国家出版基金项目
NATIONAL PUBLICATION FOUNDATION

总主编 吴俊
总校阅 黄静 肖进 李丹

本卷主编 方岩 李媛媛

中国当代文学批评史料编年

第六卷 1988—1992

华东师范大学出版社

本书为国家出版基金资助项目
国家"双一流"拟建设学科"南京大学中国语言文学艺术"资助项目
江苏高校优势学科建设工程"南京大学中国语言文学"资助项目
江苏省 2011 协同创新中心"中国文学与东亚文明"资助项目
南京大学中国新文学研究中心资助项目

编纂说明

文学批评史尤其是中国古代文学批评史,本是文学研究中的大宗。但从20世纪90年代开始,批评史退出了学科设置体系,由此对相关的教学和研究都有影响。较之于古代文学批评史,现当代文学批评史显然薄弱,或可说当代文学批评堪称发达,而当代文学批评史的研究却最弱。这从学术上看倒也是正常现象。只是所谓当代的时间范畴一直在无限扩展,恍惚间已达到了六十年,是一般概念中的现代文学时间的两倍。其他不谈,如果现代文学史、现代文学批评史方面的学术成果足以令人惊艳的话,当代文学批评的历史及内涵体量应该也完全能够支持当代文学批评史的研究开展。

或许受到20世纪80年代早期我在复旦大学读书时上过的现代文学文论课的影响,90年代末期我在华东师范大学开设过当代文学文论、当代文学批评史专题之类的课程,大概算是较早的同类课程教学和研究。调南京大学工作后,当代文学批评史方向的研究,我也一直在继续。2010、2011年间,我任首席专家的"中国当代文学批评史"项目竞标成功,立项为教育部重大课题攻关项目。这促使我必须在近年完成至少两项任务:一是结项项目专著《中国当代文学批评史》的撰写,二是原定计划中包括正在进行的《中国当代文学批评史料编年》等的文献整理及研究课题。在我看来,当代文学批评史的研究开展及其学术保障,必须依赖并建立在后者之类的专业史料和文献研究的基础之上。这可以说就是我从事这项具体工作的初衷。

感谢我的合作者多年来的精诚团结,终于完成了这套丛书的编纂。付梓之际,既感欣喜和放松,但也不乏遗憾和不安。毕竟凡事总不能做到尽善尽美。我视这套书为中国当代文学批评的历史图标集成,它应该是将历史的散点集合而成的一种逻辑系统。所以准确性和系统性是它的基本要求,也是它的基本特点,它对专业研究的学术价值也将视此而定。这套书的收录对象主要是狭义的文学批评史料,但也有与文学批评相关的一般当代文学理论史料,甚至包括了一些古代文学研究、外国文学研究等方面的史料;之所以如此,从宏观上简单说是因为中国当代文学批评的开展和理论建设往往与"古为今用,洋为中用"的思想指导相关,在古今、中外研究中,互相间的影响和互动互渗是一种历史的常态。这其实也就给这套书的编纂带来了显见的困难,如何取舍既难轻断,且常易断错。另一方面,失之疏漏、错失的地方又几乎在所难免。尤其是在定稿成书之后,诚惶诚恐就是我现在的真实心理。不管怎样,作为总主编我须为这套书的质量和水平负责。希望学界同道不吝赐教。

感谢丁帆教授慨赐墨宝为本书作书名题签。这套书除了已经署名的主编者、校阅者之外,还有我的研究生吴倩、郭静静参与了资料补充、核查工作,谨表感谢。对于华东师范大学出版社王焰女士、庞坚先生诸位多年来的宽容和照应,特别是他们为这套书的出版所付出的劳动,再次深表由衷的感谢。

吴　俊

2017 年 8 月 8 日

写于南京东郊仙林和园

目 录

1	1988年	73	11月	143	8月
3	1月	83	12月	148	9月
10	2月			156	10月
16	3月	91	1989年	161	11月
23	4月	93	1月	169	12月
29	5月	101	2月		
37	6月	106	3月	177	1990年
43	7月	116	4月	179	1月
52	8月	121	5月	185	2月
58	9月	130	6月	190	3月
67	10月	135	7月	198	4月

203	5月	270	3月	345	1月
211	6月	280	4月	352	2月
215	7月	287	5月	355	3月
223	8月	295	6月	363	4月
227	9月	301	7月	368	5月
234	10月	309	8月	378	6月
239	11月	314	9月	383	7月
247	12月	322	10月	391	8月
		327	11月	395	9月
255	1991年	336	12月	402	10月
257	1月			407	11月
266	2月	343	1992年	414	12月

1988年

1988年

1月

1日,《广州文艺》第1期发表刘斯翰的《一把热切的期望之火——本期改革文学作品漫评》。

《上海文学》第1期发表钱谷融的《当代文学散思》;王干、费振钟的《苏童:在意象的河流里沉浮》;杨小滨的《评一种陌生的小说意态》(评残雪的小说)。

《东海》第1期发表张毓书的《参照中的自省——中西文学对流的思考》;魏丁的《漫议改革文学》;唐湜的《〈遐思·诗与美〉前记》;谢德铣的《怀念董秋芳先生》。

《北方文学》第1期发表赵振鹏的《1987:冰雪原野上的青春——〈青春诗坛〉述评》;林为进的《冻土层中的热流——谈肖复兴的一组作品》。

《光明日报》发表石湾、朱卫国的《高层次文化审视——评长篇小说〈浮躁〉》;梁长森的《严阵的足迹——评〈严阵抒情诗选〉》。同期报道1987年底《文学评论》编辑部在北京召开《中国当代文学思潮史》对话会。

《红旗》第1期发表任孚先的《在岔路口站稳直行的人——读短篇小说〈人到岔路口〉》。

《作家》第1期发表曾镇南的《〈落果〉读后漫笔》;史铁生的《答自己问》(第2期续完);李洁非、张陵的《没有好小说,有好评论》;忆明珠的《关于散文的聊天①:"破罐"——我的散文观》;史铁生的《〈瀚海〉序》。

《解放军文艺》第1期发表丁临一的《凝眸:1987——我读八七年军事题材中短篇小说的随想》;李书磊的《论乔良小说的实验意义》。

3日,《小说选刊》第1期发表鲍昌的《1987年中短篇小说的散点透视》。

5日,《中国西部文学》第1期发表张曼菱的《荣幸的冒险》;木业羌的《〈黑土红土〉生奇葩》;向阳、欧亚的《在创新和突破的表象后面——评中篇小说〈黑土红土〉》。

《当代文坛》第1期发表周克芹的《写在菊花时节——改革文学漫话》;吴方的《小说主题学绪说》;颜纯钧的《文本的自在和文学作品的非自在》;叶潮的《诗歌:形象运动的方式及其组合关系》;应雄的《〈金牧场〉的结构和世界》;李健民的

《时代大潮中心灵的蜕变——论〈浮躁〉中金狗形象的塑造》;李以建的《赤土路·死海·花——许谋清小说中的意象》;董之林的《再现一代人感情的历程——梁晓声知青小说论》;宁松勋的《英雄的诗和诗的英雄——战斗英雄史光柱的诗集〈我恋〉读后》;艾芦的《写出了人物深层的内心世界——李劼人"三部曲"创造的妇女形象》;石天河的《大地意象的群雕——茜子〈大地奏鸣曲〉拾趣》;匡平的《评贝奇的两部中篇小说》;黄邦君的《黎明,蓝色的抒情——龙郁工业诗印象》;张春生的《纪实!小说?》;阴通三的《"意会"与美的欣赏》;严可的《略谈表意的曲线美》;何锐的《发人深省的爱情悲剧——简评王剑的长篇小说〈那天,你去了远方〉》;沈思的《"一个真实的茅盾"》;梁敏的《〈生死之间〉的思考》;梁恩明的《小议〈叮咚路的枪声〉》;文楚安的《荣格理论的渊源及影响》;张炯的《需要发展文艺批评——序何镇邦评论集〈作家与读者的桥梁〉》;曾敏之的《〈巴人乡趣〉序》;鹏华生的《新时期小说争鸣观念述评》;李兮的《现代派小说思潮与新时期文学的形式追求》。

《青海湖》第1期发表王建民的《昌耀:奇崛而广厚的塬体》;许明善的《源远流长的西北军事文学》。

6日,《河北文学》第1期发表张东焱的《论情感的效应与释放——文学创作心理研究之三》;陈福民的《原始心态与现代文明的抵牾——〈狮子〉漫议》。

7日,《天津文学》发表许明的《认同与发现——从批评谈到创作》;李书磊的《供人膜拜的英雄和供人欣赏的英雄》;曹致佐的《作家的当代意识与企业家的心态》;黄桂元的《读诗漫笔》。

《花溪》第1期发表崔道怡的《文学编辑致习作者十二谈(一):什么样的人才有可能成为作家》;李宽定的《爱情、婚姻、家庭与女人——关于〈女大学生〉题外话》;华奚的《未发光的陨星》。

8日,《光明日报》发表蔡葵的《革命历史小说的生机和突破——兼评〈皖南事变〉》。

9日,《文艺报》发表鲁真的《关于台湾与海外华人作家》。

10日,《文汇月刊》第2期发表刘再复、刘绪源的《刘再复谈文学研究与文学论争》(文艺对话录)。

《中国作家》第1期发表刘恒的中篇小说《白涡》。同期,发表苏童的《周梅森的现在进行时》。

《北京文学》第1期发表余华的中篇小说《现实一种》。

《雨花》第1期发表姜文的《散文美学观念的再整与拓展》。

《诗刊》第1期"我观今日诗坛"栏发表公木的《说与"北海若"诸神君》,谢冕的《选择体现价值》,袁忠岳的《横看成岭侧成峰》,周涛的《亲爱的诗坛离我太远了》,杨炼的《毋庸讳言》。同期,发表晓渡、丁巴整理的《〈诗刊〉编辑对话:纵横诗坛》;张志民的《〈艾青的跋涉〉序》;黎焕颐的《传统不能跋脚——读〈回归〉一文的感想》。

《读书》第1期发表黄梅的《女人的危机和小说的危机——"女人与小说"杂谈之四》;南帆的《双重的对立——读〈流浪的土地〉》;吴方的《沉潜与含玩——兼谈〈小说鉴赏〉》;陈平原的《小说理论更新的先兆——读三部小说理论译作有感》;柳苏的《香港有亦舒》;萧乾的《热爱台湾的龙应台》。

《唐山教育学院学报》第1期发表谢常青的《与缪斯心心相印的诗人——从余光中的两首诗看他的诗歌艺术》。

15日,《文艺争鸣》第1期专栏"由《大地和云霓》引起的争鸣"发表曾镇南的《文学,作为上层建筑的悬浮物——与鲁枢元同志商榷》,转载《文艺报》1987年7月11日发表的鲁枢元的《大地与云霓——关于文学本体论的思考》。同期,发表陈晋的《从抽象到感觉——新时期现代主义文艺主题的生产和显现特征》;程德培的《出发点在哪里——关于小说语言研究的思考》;陈金泉的《当代小说非规范化语言的包孕美》;彭华生的《从传统走向现实——关于新时期小说构件的争鸣综述》。

《文学评论》第1期发表刘心武的《近十年中国文学的若干特性》;罗强烈的《思想的雕像:论〈古船〉的主题结构》;雷达的《旧轨与新机的纠缠——从〈苍生〉反观浩然的创作道路》;朱向前的《寻找"合点":新时期两类青年军旅作家的互参观照》;陈良运的《新诗与现代意识》;绿雪的《长篇小说:新时期文学的"灰姑娘"》;纪众的《小说创作中对人的发现和把握》;以"语言问题与文学研究的拓展(笔谈一组)"为总题,发表程文超的《深入理解语言》,王一川的《语言作为"空地"》,伍晓明的《表现·创作·模式》,季红真的《回到狭义的语言概念》,吴予敏的《寻求人文价值和科学理性结合的契点》,潘凯雄、贺绍俊的《困难·分化·综合》,许明的《文学研究要进行思维变革》,陈晓明的《反语言——文学客体对存在世界的否定形态》,苏炜的《"远距离扫描"与新的"精神语码"》。

《民族文学》第1期发表(蒙古族)安柯钦夫的《描绘绚丽多彩的时代画卷》;(满族)关纪新的《呼唤改革题材的文学》;(回族)白崇人的《立足点与超越意识——少数民族文学创作新课题》。

《光明日报》发表陈传才的《谈谈创作中的意识和无意识》。

《江南》第1期发表李劼的《沈贻伟小说创作简论》;魏丁的《86与87:〈江南〉及它的中篇小说》;骆寒超的《评〈蓝色海岸〉》。

《暨南学报(哲学社会科学版)》第1期发表潘亚暾、汪义生的《刘以鬯论》。

16日,《红旗》第2期发表李庆宇的《共产党人的正气篇——读中篇小说〈八路脚〉》。

《长江》第1期发表谢东的《从两种理论的结合部突破——〈华裔警长〉小议》。

《文艺报》发表唐弢的《林语堂论》。

17日,《作品与争鸣》第1期发表沈成的《一位党员科学家的高风亮节——读报告文学〈他从这里出发……〉》;草田的《怪,艺术创造的精灵——〈小城三怪〉漫谈》;韦纪的《怪在情理之中》;曹天成的《蜕变期的中年知识分子心态——谈〈沙漠〉》;敬芝的《评中篇小说〈沙漠〉的思想倾向》;余衡的《〈鱼幻〉太精致了》;李建树的《一种独特的审美享受——喜读〈鱼幻〉》;郑晓河的《不要离开自己的读者——评〈鱼幻〉》;居松的《革命英雄主义:我国军事文艺的主旋律》;刘润为的《马克思主义文艺学必须由实践赋予活力》;曹兴玉的《群星灿烂繁荣艺术世界——读〈在艺术世界里〉》;鸣歧的《"防御性"乎?"战略性"乎?——关于文学民族化问题的争鸣综述》;张裕芳的《关于传统戏曲与现代意识冲突的讨论》;张黎华的《对电视剧〈红楼梦〉的争论在继续》;常丕军的《一些文艺单位召开电视剧〈红楼梦〉讨论会》。

19日,《青春文学》第1期发表吴国光的《揭示人生悲剧后的政治文化背景——读〈新兵连〉》;刘湛秋的《情感释放和宣泄的方式》。

20日,《小说评论》第1期发表陈晋的《论新时期现代主义小说的叙述方法》;姜静楠的《优势即局限 局限即优势——再论山东作家群的道德原则》;常智奇、阎建滨的《对一种艺术自然观的扫描——关于中国新时期文学的一个层面分析》;吴秉杰的《文体,它的三种意义——兼谈新时期小说的文体变化》;曾镇南的《一个富于时代感的心理难题的发现——〈相见时难〉的别一解》;胡平的《不成熟的陆文夫——论〈小巷人物志〉的新发展》；李运抟的《立足当代京都　驰骋艺术王国——试论刘心武近年小说创作再度崛起的成因》；陈骏涛的《向新的起点进发——读毕淑敏的两部中篇处女作》；董朝斌的《小说本体的复归——洪峰论》；许文郁的《两种荒谬感——谈张洁的〈他有什么病〉和王安忆的〈锦绣谷之恋〉》；王绯的《理想：在不同文化的交涉中涵育——读〈唱着来唱着去〉》；肖云儒的《道德感·人生感·文化感——谈李天芳的小说创作》；丁彭的《论隋抱朴——兼与黎辉、曹增瑜同志商榷》；邢小利的《〈浮躁〉疵议》；冼静的《于平实中见人生——读陈世旭新作〈父子孙〉》；水天戈的《白房子的象征——读高建群的〈遥远的白房子〉》；刘小荣的《悲剧故事——读韩少功的〈短篇二题〉》；艾云、蕙兰的《采撷过后玫瑰的飘零——论三个寡妇形象的社会价值和审美意义》。

《上海文论》第1期"长篇小说笔谈"栏发表宋炳辉的《长篇小说在中国的土壤》，王东明的《关于长篇小说审美特征的三言两语》，李振声的《长篇小说：一种容量的规范》，包亚明的《漫说长篇小说的容量》，郜元宝的《说"长"》，朱皖的《当前的长篇创作缺什么》，洪土的《生活意义的追寻》。同期，发表潘旭澜的《法外求法——散文突破漫谈》；任生名的《论散文诗的主导》；王彬彬的《论作为"人学"的〈李自成〉——对真的史诗的呼唤》；李洁非、张陵的《〈金牧场〉：过去时代的文本》；张新颖的《马原观感传达方式的历史沟通——兼及传统中西小说观念的比较》；夏志厚的《红色的变异——从〈透明的红萝卜〉、〈红高粱〉到〈红蝗〉》；王宏图的《比较文学的危机和价值》；王富荣的《淡化年辈意识　夸大知识张力》；王菱的《一部有特色的文艺理论辞书——评鲍昌主编的〈文学艺术新术语词典〉》。

《清明》第1期发表沈敏特的《真真假假假亦真——评刘克欣新作〈采桑子〉》。

21日，《文艺研究》第1期以"开拓探索创新　繁荣戏剧创作"为总题，发表锦云的《关于"狗儿爷"》，林兆华的《涅槃》，王宏韬的《看林连昆演狗儿爷》，冯其庸的《狗儿爷悲剧的历史内涵》，叶廷芳的《一曲动人的挽歌》，王蕴明的《〈狗儿爷涅槃〉在导表演艺术上的突破》，林克欢的《一代农民的终结》，田本相的《我们仍然需要现实主义》，吴乾浩的《〈狗儿爷涅槃〉的结构艺术》，康洪业的《审美机制的多样统一》。同期，发表王蒙的《"十三大"与文艺》；李心峰的《艺术学的构想》；王安国的《"新潮"音乐——一段特定的历史文化过程》；居其宏的《"新潮"音乐的美学来源与流向》；魏廷格的《当代音乐创作的立足点》；潘秀通的《电影的空间观》；宋家玲的《试论电视剧的本性和观念》;季红真的《激情生命的诗意呈示》;王干、费振钟的《走向史诗——论周梅森的美学追求》;李赜的《小说叙述视点研究》;邵大箴的《论抽象派艺术》;罗世平的《康定斯基抽象画论研究》。

《文学报》发表李以建的《揭示心理积淀与展现心理蜕变》;舒代的《评中篇小说〈癫狂〉》;李运抟的《纪实文学文体意识片谈》;戴翊的《无法回避的选择——读王火〈月落乌啼霜满天〉》。

22日,《光明日报》发表马新国的《改革时代需要崇高的文学》。

《长城》第1期发表雷达的《酷历生存中的生命美感——杨显惠创作个性分析》;陈冲的《在探索中突破——读〈含笑向你告别〉》;汤吉夫的《港湾,一个角斗的竞技场——〈风暴潮〉读后》;张学梦的《随感与断想》。

24日,《文艺理论与批评》第1期发表张啸虎的《"精华""糟粕"析》;常林炎的《当代作家与民族文化修养》;《史和诗的结合——座谈〈地球的红飘带〉》;金梅的《浩然十年创作描述》;简光的《批评:在文学与社会之间》。

25日,《当代作家评论》第1期以"长篇小说研讨"为总题,发表李以建的《张承志的困惑和矛盾》,刘思谦的《不必为了理解——金狗、雷大空论》,吴方的《"历史理解"的悲剧性主题——〈古船〉管窥》,王彬彬的《俯瞰和参与——〈古船〉和〈浮躁〉比较观》。同期,发表吴亮的《关于洪峰的提纲》;南帆的《相反相成:〈奔丧〉与〈瀚海〉》;史铁生的《读洪峰小说有感》;范力的《洪峰小说艺术之品味——读〈湮没〉及其它》;於可训的《饥饿:欲望的变奏——论〈饥饿综合症〉系列小说》;王东明的《〈饥饿综合症〉印象》;刘再复的《他献给世界以温暖的情思——〈刘湛秋散文诗选〉序》;孙绍振的《散文领域的一颗希望之星——论唐敏的散文》;金河的《文学也该务实》;吴炫的《批评的弊端》;彭定安的《中国当代文学的气质》;季红真的《现代人的民族民间神话——莫言散论之二》;皮皮的《扎西达娃:哲学与方法》;殷晋培的《审美自觉意识的张扬和小说形式的追求——谢友鄞,从〈窑谷〉〈窑变〉到〈马嘶〉〈秋诉〉》;费振钟、王干的《探求者之踪——梅汝恺小说创作评述》;程德培的《她从那条路上来——评王安忆的长篇〈流水三十章〉》;赵玫的《我思故我在——吴亮印象》;戎东贵的《江苏青年作家小说创作论略》。

《海峡》第1期发表关鸿的《母爱对艺术家成长的影响——关于艺术与女性的札记》;蔡敏的《欧阳子小说的审美特征》。

27日,《文学自由谈》第1期发表弋兵的《落脚实地　面向未来》;郑义、李锐等的《地方色彩与现代意识——山西作家七人谈》;李洁非、张首映等的《对当前文学批评的思索(上)——北京青年批评家一日谈》;贺绍俊、潘凯雄的《毫无节制的〈红蝗〉》;木弓的《〈金牧场〉的危机在哪里?》;罗强烈的《〈极地之侧〉的叙事批判》;刘大枫的《人格二重性艺术探讨的偏斜——对〈隐形伴侣〉的质疑》;唐跃、谭学纯的《语言表现:创造性外化活动》;蒋守谦的《城市文学:一个有意义的文学命题》;南帆的《艺术价值与社会价值》;蒋原伦的《〈极地之侧〉是模仿之作》;蒋原伦的《〈故人〉的叙述艺术》;吴秉杰的《"来劲"与"不来劲"随你——读王蒙的〈来劲〉》;蔡测海的《太平洋话题重提》;张长的《民族性、世界性与博物馆意识》;张德林的《论小说创作的"情节淡化"》;李国涛的《小说文体探微》;刘思谦的《〈古树〉主人公田壮林心理分析》;张志忠的《陌生化——感觉的重构——谈莫言的创作》;段崇轩的《生命的河流——对王安忆"三恋"的一种理解》;龙一的《起飞的观察——读〈萌芽〉天津青年创作专辑》;赵玫的《以血书者——张洁印象》;陈墨的《"新美学——历史批评"断想》;林斤澜的《读书杂记之三:回想〈奔月〉》;丁帆、赵本夫的《作为一次痛苦蜕变的艺术尝试——关于〈涸辙〉的通信》。

《广州日报》发表潘亚暾的《融合中西,真诚洒脱:犁青抒情朗诵诗一瞥》。

28日,《文学报》发表谷泥的《纪实文学的"隐患"》;周而复的《谈〈长城万里图〉》;《三毛和张系国对话录——写作的心境》。

29日,《光明日报》发表蔡恒茂的《从纯情到深广——读陆星儿〈留给世界的吻〉》。

本月,《山西文学》第1期发表樊丕德的《山西文坛一定会振奋起来 山西省委副书记和省作协作家座谈纪实》;丁东、邢跃的《花须柳眼各无赖 紫蝶黄蜂俱有情——〈山西文学〉1987年小说抽样分析》;石楠的《我的第一篇小说》。

《山东文学》第1期发表王凤胜的《兼谈发展山东文艺评论的问题》;孚先的《万家忧乐在心头——读〈挂马掌〉》;王兆彤的《情酣意浓 文采绚然——读郭保林的散文》。

《小说月报》第1期发表谭方明的《粤军新阵——广州军区创作组小说创作简评》。

《红岩》第1期发表吴野的《在不适气氛中的崛起与超越》;邓仪中的《调整思维方式和观照角度——从克非的两部近作谈改革题材长篇小说创作的一个重要问题》;刘显萍的《把艺术想象空间留给读者——中篇小说〈读诗人家〉的艺术特

色》。

《作品》第1期发表欧阳翎的《青春的歌吟——评韶关市"五月诗社"一束短诗》;张解民的《诗话的小说——〈白门柳〉》;陈志红的《用心写出的现实人生——黄虹坚创作管窥》。

《城市文学》第1期发表张炯的《"城市文学"漫议》;龙一的《"城市文学"概念质疑》;叶延滨的《诗人信简》。

《春风》第1期发表杨继笑的《拓展艺术视角 努力反映改革》。

《萌芽》第1期发表《茅以升答本刊编辑部问》;孙文昌的《粗粝和诡谲——王小克小辑编后》;张德林的《强化性格与情境设计》。

《湖南文学》第1期发表水运宪的《改革文学与文学改革》;胡德培的《生活化与典型化》。

《福建文学》第1期发表荒煤的《文学创作随感二题》;魏拔的《体育教练与文学评论家比较》。

《语文学刊》第1期发表康万成的《谈聂华苓〈桑青与桃红〉的象征意蕴》。

本月,中国人民大学出版社出版全国马列文艺论著研究会主编的《马列文论研究 第九集》。

上海社会科学院出版社出版《文学评论》编辑部编的《我的文学观》。

人民文学出版社出版柯云路的《现代现实主义的艺术追求:柯云路谈〈新星〉、〈夜与昼〉》。

2月

1日,《广州文艺》第3期发表叶小帆的《南国乡镇的魅力——我眼中的陆笙小说》;陈卫中的《"写实"的风味》。

《小说林》第2期发表任玉福的《铁凝近作的哲理意蕴》;胡德培的《五色杂陈的世界——从〈赤土路上的送葬队伍〉所联想到的》。

《东海》第2期发表李遵进的《改革呼唤文学》;高松年的《"改革文学"寄希望于文学改革》。

《北方文学》第2期发表马和省的《我问你,刘亚洲》;黄盖庸的《改革文学的广阔道路》;孙苏的《十步之泽　必有香草》。

《红旗》第3期发表黄胜平的《中国当代农民的颂歌——评报告文学〈太湖飞鸿〉》。

《作家》第2期发表张贤亮的《野蝉鸣无调——〈蝉蜕期中〉代序》;季红真的《读〈野草莓〉》;潘凯雄、贺绍俊的《"大"与"小"——关于近期报告文学创作的对话》;纪众的《小说的非故事性与非情节化问题》;忆明珠的《关于散文的聊天之二:语言的笔墨化》。

《青年作家》第2期发表郭健的《中国诗坛的喧嚣——评〈1986现代诗群大展〉》;叶延滨的《"返程车"前的画外音》;草上飞的《所谓"川军"与"盆地意识"》;李庆信的《"传统写法"一议》。

《奔流》第2期发表黄培需的《柳暗花明又一年》;舒安娜的《文学民族性与〈奔流〉的流向》。

《解放军文艺》第2期发表周政保的《作为小说创造的机智选择——关于李镜的两部中篇小说的印象和联想》;方炜的《在平庸的外表背后——李镜其人》;黄国柱的《军事文学的现实主义道路及前途》。

2日,《人民日报》(海外版)发表《两岸诗人春风夜话,白桦等大陆诗人与台湾诗人电话长谈》。

3日,《小说选刊》第2期发表李敬泽的《改革文学:选择的困惑》;楼肇明的《荒原上的壮士歌——读〈遥远的白房子〉》;谢友鄞的《由〈马嘶〉〈秋诉〉想到的话》;池莉的《我写〈烦恼人生〉》。

《报告文学》第2期发表马立诚的《联手排炮——漫评本期四篇报告文学》。

5日,《中国西部文学》第2期发表周政保的《寓意性:小说艺术的核心因素——兼评王晓建的小小说创作》;虞翔鸣的《从黑土地上掘开去——读〈黑土红土〉札记》。

《光明日报》发表张韧的《是长篇的旋风,还是三分天下——评小说家族的现状与大趋势》。同期,报道1月27日中国当代文学研究会与《评论选刊》联合召开座谈会讨论近年来文学创作及其批评态势。

《青海湖》第2期发表石厉的《迷失在天上的加缪——论加缪及他的主观世界》;梁新俊的《略说散文的自觉意识》。

6日,《河北文学》第2期发表王万举的《改革文学历史感的多重视角》;苗雨时的《心灵的歌吟——读张立勤的散文》;黎明的《周大新作品讨论会纪要》。

《文艺报》发表祖慰的《展露现代人的多元心理内涵》。

7日,《天津文学》第2期发表《开垦 综合 超越——天津青年文学沙龙座谈会选录》;夏康达的《文学高峰:无可超越和不可重复》;黄桂元的《读诗漫笔(之六)》。

《花溪》第2期发表丁小平的《命运的战车——记作家彭荆风》;崔道怡的《文学编辑致习作者十二谈(二):怎样把生活变成小说》。

10日,《北京文学》第2期发表林斤澜的短篇小说《春节——十年十瘾初八》;曾镇南的《〈现实一种〉及其他——略论余华的小说》;张颐武的《小说实验:意义的消解》。

《雨花》第2期发表高信的《漫说〈新"世说"〉》。

《诗刊》第2期"我观今日诗坛"栏发表邹荻帆的《诗思》,郑敏的《自欺的"光明"与自溺的"黑暗"》,叶橹的《且说"散点透视"》,周伦佑的《"第三浪潮"与第三代诗人》,宋垒的《断想》;"新诗话"栏发表高平的《佳句需易记》、《尊重自己的想象力》,黄益庸的《何必森严壁垒》、《一样意境,两样形式》,颜廷奎的《诗人的沉默》、《诗人的浪花》。同期,发表艾青的《艾青书简(四则)》;古远清的《关于乡土诗》;炼虹的《万里行吟记》。

《读书》第2期发表赵一凡的《耶鲁批评家及其学术天地》;董鼎山的《阿根廷大师博尔赫斯》;柳苏的《金色的金庸》。

11日,《文学报》发表《已是百舸争流 尚缺一枝独秀》(谈中篇小说创作现状);杜元明的《柏杨杂文的艺术特色》;陆士清的《大陆台湾文学的研究》;吴欢章的《热爱出诗人——读香港诗人秦岭雪的诗》。

12日,《光明日报》发表马也的《民族历史的真诚反思——评话剧〈桑树坪纪事〉》。

15日,《民族文学》第2期发表赵大年的《我们的视野需要更开放》;佳峻的《摸准时代脉搏 置身改革大潮》;尹虎彬的《面对历史的抉择》;查干的《一个诗歌编辑的话》;李兰、杜敏的《一个失落在中原的蒙古王公后裔——李准生活创作散记》。

17日,《作品与争鸣》第2期发表赵凤山的《铁与火熔铸的壮丽史诗——〈中国的太阳〉读后》;居松的《这样的悲剧不能再重演——读小说〈人间烟火〉致奚为》;奚为的《书到真实才诱人——读〈人间烟火〉复居松》;华文的《人生只有情难老——读肖汉初的几首诗》;德耘的《意与境浑 诗家可尚——评肖汉初同志的几首山水诗》;辛联的《争鸣要注重"论争"》;施谭的《不能让低级、淫秽的录像毒害人民》;曹桂芳的《文学鉴赏的多层次性》;刘慎红的《"性"风何以吹得文人醉——致〈作品与争鸣〉编辑部》;邹童的《仿〈来劲〉评〈来劲〉》;刘建英的《长篇小说〈金牧场〉引起热烈讨论》;辛夷的《有关新诗"复归"诸问题的探讨和争论》;方矛的《小说观念的嬗变及其在理论上的研讨》。

18日,《文学报》发表滕云的《形式的压力》;王锦园的《赞歌与思考的交织——读报告文学〈中国大学生〉》;庄钟庆的《作家论的品格——读〈林语堂论〉所想到的》;木弓的《主题的张力——读王刚的〈博格达通话〉》。

19日,《青春文学》第2期发表巫元的《为什么不能对话》;伊舟的《战场中的男人心理》;未生的《三言两语》;罗强烈的《〈西山长长〉随想》;刘湛秋的《捕捉瞬间的感觉》。

《联合时报》发表陆士清的《白先勇的世界、白先勇的梦》。

20日,《人民文学》第2期发表刘再复的《近十年的中国文学精神和文学道路》。

《当代》第1期发表柯云路的长篇小说《衰与荣》(《京都》第二部〔下卷〕)。同期,发表陈涌的《我所看到的〈古船〉》;冯立三的《沉重的回顾与欣悦的展望——再论〈古船〉》。

《台港文学选刊》第1期发表林清玄的《戏肉与戏骨头 访王祯和谈他的小说〈美人图〉》;郑雅云的《喜剧的讽喻》;朱双一的《1987年台湾大报文学副刊抽样调查》;廖炳惠的《下一辈生命理想的迷失?——评陈映真的〈赵南栋〉》;叶石涛的《评陈映真的〈赵南栋〉》。

《福建论坛》第1期发表朱二的《向阳诗歌:田园模式的变奏》。

25日,《语文学刊》第1期发表康万成的《谈聂华苓〈桑青与桃红〉的象征意蕴》。

26日,《光明日报》发表何西来的《深深的历史情思——读报告文学〈共和国不应忘记〉》；胡平的《正、反、合——文学发展的新态势》。

28日，《台湾研究集刊》第1期发表黄重添的《从〈台北，台北!〉看王拓创作的突变》；徐学的《梁实秋小品文艺术浅析》；林承璜的《"台湾作家定位"之我见》。

本月，《山东文学》第2期发表孙昌熙、韩日新的《褫其华衮　还他本相——论〈肥皂〉的民族艺术特色》；友发的《情真意切　感人肺腑——读山青的散文〈呼哨〉》；孟凯的《对历史的反思——读〈故魂〉》。

《山西文学》第2期发表祝大同的《北路青年农民文学创作群落印象》；邓刚的《我的处女作》。

《文艺评论》第1期发表林为进的《改革文学：有待于突破与超越》；朱文华的《提高"改革文学"的美学层次》；本刊记者的《变革年代说文学——我省（黑龙江）部分作家谈话纪要》；陈晋的《寻找的困惑——论新时期后崛起派创作的一个基本主题》；晋白川的《反思——痛苦与超越》；王干的《小说文体实验的现状与前景》；陈剑晖的《论心理现实主义——现代主义现实主义研究之一》；王哲刚、刘敏中的《马克思著作的文学风格漫谈》；徐剑艺的《城市的骚动——当代城市小说青年形象的文化社会学考察》；钱荫愉的《从世界妇女文学的总体格局中看我国妇女文学的失落》；应光耀的《两级对立：知青文学发展的内在动力》；何志云的《关于文艺批评的随想（一）》；黄浩的《当代中国散文：从中兴走向末路——关于散文命运的思考》；盛祖宏的《"纪实小说"是个不科学的概念》；江冰的《文体的变迁与杂文的命运》；张炜天的《正气·才气——邵燕祥杂文简论》；邵燕祥的《〈路翎小说选〉评点》；高泰夫的《研究作家　繁荣创作》；张春宁的《火的检阅——关于大兴安岭火灾的报告文学巡礼》；梁树成的《探索心灵宇宙的"黑洞"——电视连续剧〈雪城〉漫谈》；宋德胤的《民俗美的魅力》；袁元的《〈十三号盲流点〉品评》；南萌的《"瀚海"未必浩瀚》；谷启珍的《小说的揭示与电影的超越——谈〈老井〉的改编》；王肖麟的《当代大学生审美观调查》。

《百花洲》第1期发表程麻的《文学，面对着世界破裂的时代——〈唯物论者的启示〉启示之三》。

《名作欣赏》第1期发表费勇的《最深地沉积于心灵深处的——夐虹〈记得〉赏析》；李旦初的《一代诗人尽望乡——三首台湾乡愁诗比较鉴赏》；易明善的《一篇没有人物和故事的小说——香港作家刘以鬯的短篇小说〈吵架〉赏析》。

《作品》第2期发表西子的《从岑参到猫耳洞》；王曼的《于细微处见博大——

读〈家庭教师日记〉》；岑谨的《欲哭无泪，欲喊无声——〈纯真的童话〉读后》。

《城市文学》第2期发表陈少松的《写城市的散文诗》；刘阶耳的《淌着泥浆的歌》。

《春风》第2期发表应沙石的《不肯屈服的灵魂与灵魂自身的战栗——读韩汝诚〈暗堡里的女人〉》。

《萌芽》第2期发表《韩素音答本刊记者问》；汪政、晓华的《神语·梦幻·楚文化——韩少功创作断想》；宋学孟的《安徽有个胡永年》。

《湖南文学》第2期发表莫应丰的《文学的多元化与作家的多元艺术素质》；宋梧刚的《〈路祭〉显功》；张皓的《可喜的蜕变——读胡英的〈月缺月圆〉》。

《福建文学》第2期发表张毓书的《文学对时代的全方位追踪》；魏拔的《独立尊严高于人情》；叶公觉的《散文创新断想》。

《台港与海外华文文学》第1期发表翁光宇的《观今古之通变——台湾现代诗的散思》；饶芃子、黄仲文的《香港生活的多棱镜——论白洛的〈香港一条街〉》；黄维梁的《多元化的样品——八十年代香港小说选析评》；黄重添的《台湾现代派小说得失之我见》；吴中杰的《〈京华烟云〉与林语堂的道家思想》；陈贤茂的《五十年代泰华社会的一幅缩影——论〈三聘姑娘〉》；翁奕波的《附：〈三聘姑娘〉缩写》；胡凌芝的《有水的地方就有舟，有岸的地方就有歌——〈五月诗刊〉巡礼》；卢菁光的《从〈告别〉谈起——谈七十年代前后台湾留美学生文学的一个发展过程》；忠扬的《新加坡华文文艺的困境与重新出发——在第三届港、台及海外华文文学学术研讨会上的发言》；潘亚暾的《"让我们走在一起！"——陪同加华著名作家陈若曦旅游讲学散记》；[法]克劳德·苏尔梦作、关胜渝译的《椰林血泪——一位激进的华文作家笔下的荷属东印度群岛》；陈贤茂的《对传统的怀恋与对现实的省思——读〈归去来兮〉和〈繁华边缘〉》；峻径的《理想的挫折与爱的幻灭——谈云鹤诗三首》；刘笔农的《才气傲气集一身——蓉子》；林文锦的《南洋为何没有伟大作品产生——回忆战前新马文坛的一次文艺论争》。

《星星》第2期发表汪舟的《流沙河隔海说诗》。

《台声》第2期发表陈公仲的《海峡两岸当代文学异同及其发展趋向》；张光正的《快起飞吧，那连接两地的喷射机——写于林海音的〈两地〉在北京出版之际》。

本月，人民文学出版社出版张炯、王淑秧编著的《朴素·真诚·美：丁玲创作论》。

辽宁教育出版社出版王式昌、王景涛主编的《面对时代的选择：探索中的新时期文学》。

3月

1日,《小说林》第3期发表赵捷的《浅谈创作中模糊性及其量度》；张一的《何凯旋的艺术感觉和艺术追求——评〈打草〉、〈坯场上〉》。

《东海》第3期发表钟本康的《按照美的规律深化改革文学》；叶金龙的《管见篇：方言的选择和改造》；顾文浩的《忘不了鲁迅的著作》；盛子潮的《文学的创造性误解和作品的美学发现》。

《北方文学》第3期发表程树榛的《朴实无华　回味无穷——读〈癞花村的变迁〉》。

《作家》第3期发表雷达的《一鞭一条痕　一掴一掌血——〈危楼记事〉的批判精神和文体价值》；程德培的《逃亡者苏童的岁月——评苏童的小说》；李洁非、张陵的《重视文学自身的改革——关于文学描写"改革"的对话》；忆明珠的《关于散文的聊天之三：两个李的两个"别是"》。

《青年作家》第3期发表张放的《所谓"文学青年要有事业心"》；叶延滨的《中国的石头比外国硬》；何世平的《关于范文》；高尔泰的《答〈青年作家〉问》。

《奔流》第3期发表黎辉的《"改革文学"漫话》。

《解放军文艺》第1期发表雷达的《周大新小说中的善与恶》；李洁非的《王德忱小说与短篇小说艺术》；黄子平的《读〈遥远〉》；陆文虎的《青春心音的律动——何继青小说印象》。

《新疆大学学报（哲学社会科学版）》第1期发表常征的《进入内心世界的审美层次——浅论〈一捻红〉中人物自身灵魂的格斗》。

3日,《小说选刊》第3期发表罗莎的《近年青年女作者散论》；张守仁的《淘金者的喜悦——读〈红橄榄〉札记〉;肖亦农的《关于〈红橄榄〉的话》。

《文学报》发表王伟斌、周建闽的《"再没有什么力量能使我做违心的事了"——刘再复访问记》;专栏"自我与文艺创作讨论"发表何满子的《自我在艺术中的地位》,陈贤楷的《自我的二重性》。同期,发表林为进的《唯真情而有美文——读〈去意徊徨〉》;古远清的《乡土诗之我见》。

4日,《光明日报》发表何满子的《论情节——关于反情节倾向与叙事文学的时空关系》;秦玉明的《批评的宽与严》。

5日,《中国西部文学》第3期发表沙平的《真实、创新及其他——读〈黑土红土〉有感》;陈学讯的《高尔基关于建设少数民族文学的理论》。

《当代文坛》第2期发表夏文的《改革生活的全景关照——简评〈绿色的太阳〉》;何启治的《新鲜而有深度的艺术典型——漫议乔瑜中篇小说〈少将〉的形象塑造》;吕进的《凌文远,唱着海思乡情的诗人》;陈伯君的《文学书简——致王旭鸣、蔡应律》;吴红的《意蕴的深化与形式的寻求——略论新时期长篇小说的现代文学特征》;王尧、张舒屏的《历史变革中的凯歌与阵痛——新时期农村题材报告文学漫论》;丁帆的《中国乡土小说创作审美观念的蜕变》;杨荣昌的《作家创作过程中的"忘我境界"》;方克强的《俞天白创作主体论》;小舟、夜萍的《张辛欣与张抗抗:不安宁的女性生灵》;叶公觉的《沧海浪花 碧空繁星——读刘再复散文诗随想》;沈太慧的《李准其人其文》;范昌灼的《别是滋味——读李佩芝的散文》;李元洛的《意境:诗人与读者的共同创造——读台湾诗人谭子豪的〈追求〉与〈距离〉》;杨曾宪的《怪圈中的改革文学》;曾凡的《"乔典运现象"》;黄鸣奋的《艺术竞争琐谈》;廖泉京的《呵,乡土——致饶庆年》;艾白水的《湛卢的寓言——〈乌鸦开画展〉编后记》;潘亚暾的《华侨的血泪史和斗争史——序华侨作家黄东平的长篇小说〈赤道线上〉》;王定天的《但开风气不为师——读〈文学原理新论〉》;胡德培的《在无限延长的跑道上——读李玲修的〈姑娘跑向罗马〉》;李士文的《热情赞颂生活美——报告文学集〈人生的价值〉读后》;黄家刚的《读〈数珠手〉随感》;向荣的《死亡,黑暗中观照人生的审美视角——评〈大林莽〉等四篇小说的死亡观》;胡良桂的《小说思辨的文体选择》;咏枫、朱曦的《小说家与诗神——艺术修养纵横谈》;赵云飞的《艺术欣赏情感小议》;春华的《创作,需要理论》;李元洛的《意境:诗人与读者的共同创造——读台湾诗人覃子豪的〈追求〉与〈距离〉》。

《青海湖》第3期发表雷体沛的《艺术意向与感性的作用及其审美关系》。

《文艺报》发表白舒荣的《她为泰华文学的繁荣和发展艰苦奋力——记泰国华人女作家年腊梅女士》。

6日,《河北文学》第3期发表李书磊的《观念的进步与艺术的成熟——关于当前文学札记之二》;杨振喜的《韩冬和他的小说世界》。

7日,《天津文学》第3期发表丁刚的《纪实文学:异军突起的创作浪潮》;黄桂元的《读诗漫笔(之七)》。

《花溪》第3期发表李双璧的《人性与自然的追索者——汤保华印象》;崔道怡的《文学编辑致习作者十二谈(三):语言——作家的基本功》。

10日,《文学报》发表《于平淡处现真蕴——台湾女作家施叔青采访汪曾祺》;向远的《宫玺诗的新意境》;贾平凹的《贵在总体把握》。

《中国作家》第2期发表冯牧的《窄的门和宽广的路——文学生活的一些回顾》;徐晓的《我的朋友史铁生》。

《北京文学》第3期发表刘恒的中篇小说《伏羲伏羲》。同期,发表季红真的《神话世界的人类学空间》。

《雨花》第3期发表唐晓渡的《红鸽子、墨色花、银蝶和佛头——论忆明珠的诗歌创作道路》;刘静生的《"方便面、电热杯、救世军"断议》。

《诗刊》第3期"我观今日诗坛"栏发表胡昭的《困惑自语》,忆明珠的《该来的,总要来》,韩东的《奇迹和根据》;"新诗话"栏发表林希的《诗情里还有画意吗?》、陈绍伟的《"创新"乎?翻版乎?》,王若谷的《量词随景物下语》,黄锦卿的《比喻以切至为贵》、《冷峻的诗与火热的诗》。同期,发表丁国成的《别开生面的"诗歌一日"》;尹在勤的《诗人气质初探》;林真的《苦的、硬的、用血写的诗——谈台湾诗人洛夫的诗》;阿红的《一月随笔》;吕进的《诗笺上的广州》。

《读书》第3期发表董鼎山的《再谈阿根廷大师博尔赫斯》;柳苏的《侠影下的梁羽生》。

中国作家协会第三届(1985—1986)新诗(诗集)评奖初选揭晓。(本年《诗刊》第3期)

《新疆大学学报(哲学社会科学版)》第1期发表常征的《进入内心世界的审美层次——浅论〈一捻红〉中人物自身灵魂的格斗》。

11日,《光明日报》发表缪俊杰的《疏离:问题的症结和出路》;宋佳玲的《写出中国女作家对文学的贡献——读〈冰心传〉》。

15日,《文艺争鸣》第2期专栏"由《大地和云霓》引起的争鸣"发表王一纲的《唯物史观与"文学本体"——与鲁枢元同志商榷》,陈宝云的《文学艺术的位置——由〈大地和云霓〉引起的联想》。同期,发表黄泽新的《象征:在新时期文学的嬗变中》;吴秉杰的《历史主义与伦理主义的矛盾——评"王润滋现象"》;潘家柱、杨晓明的《探索与中国文学的自觉——兼与宋遂良同志商榷》;李炳银的《历史的观照——革命历史题材文学创作得失》;绿雪的《"革命历史题材"的特殊性何在?》;阿四的《井冈飞瀑前的对话——革命历史题材文学创作座谈会纪实》;赵文瀚的《关东文化意识的觉醒——东北话剧创作的新流向》;汪丽亚的《摹仿的肯定与否定——对新时期话剧的一点思考》。

《文学评论》第2期以"纪念何其芳同志诞辰七十五周年 逝世十周年"为总题,发表刘再复的《赤诚的诗人,严谨的学者》,冯牧的《何其芳的为文和为人》,唐达成的《怀念何其芳同志》。同期,发表陈燕谷、靳大成的《刘再复现象批判——兼论当代中国文化思潮中的浮士德精神》;朱建新的《面对方兴未艾的报告文学世界——报告文学家、评论家对话会纪实》;陈墨、应雄的《历史与我们——〈中国当代文学思潮史〉对话会侧记》;陈晋的《感觉中的迷狂与虚静——论文艺新潮的创作心态》;宋耀良的《现代孔乙己与批判精神——评王蒙〈活动变人形〉》;李其纲的《〈浮躁〉:时代情绪的一种概括》;殷国明的《文学批评与意识形态——论批评的胸怀之一》;艾克坚的《论"局限"及其他》;朱向前的《"灰"与"绿"——关于〈文学创作论〉》;以"报告文学发展趋势笔谈"为总题,发表李运抟的《昂首与时代湍流中的报告文学》;汪丽亚的《新时期报告文学的双重审美趋向》;於可训的《文体的多元和观念的多元》;王晖的《传统报道模式的扬弃》;程继松的《报告文学:超越传统模式》;南平的《"视野"随想》。

《民族文学》第3期发表丹珠昂奔的《更热烈地拥抱生活》;郭辉的《改革:民族文学交响的主题》;朝戈金的《对宏大艺术样式的期待》;玛拉沁夫的《我和〈茫茫的草原〉》;邢莉的《呼唤石破天惊的力作——谈少数民族女作家的创作》;陈达专的《向人生的深处开掘——苗族青年女作家贺晓彤及其小说创作》。

《江南》第2期发表西野的《先行者的形象——简评〈在城市的边缘〉》。

《书林》第3期发表梅中泉的《林语堂和〈京华烟云〉》。

16日,《红旗》第6期发表王云缦的《富有艺术震撼力的电影〈红高粱〉》。

17日,《文学报》发表肖路的《桑树坪是"活化石"——访话剧〈桑树坪纪事〉导演徐晓钟》;谢冕的《南方寻找语言——评杨克诗集〈图腾的困惑〉》;刘金的《读巴金书简〈雪泥集〉》;周政保的《理论与评价的倾斜——文学批评状况片谈》;江浩的《揭示困惑着的人自身的问题——读〈闲月〉》。

18日,《光明日报》发表邵牧君的《从高粱地走向世界》(评电影《红高粱》);王得后的《半部杰作〈红高粱〉》(评电影《红高粱》);白烨的《报告文学的新演进》。

19日,《青年文学》第3期发表何志云的《荒唐言里的辛酸泪》;川水的《滞涩中的呼唤》;老树的《执著的人生观》;月恒的《老牟的悲剧》;津蠡的《荒诞与真实》;刘湛秋的《想象是春天的树》。

20日,《人民文学》第3期发表施叔青的《陆文夫的心中园林》;曾镇南的《关于童话创作的断想》。

《小说评论》第2期发表丁帆的《新时期乡土小说与市井小说:民族文化心理结构的解构期》;王斌、赵小鸣的《当代神话:"图腾"的衰落》;宋耀良的《童年记忆与艺术母题》;石明的《两种不同的生命流程——王蒙和张贤亮文学创作比较》;丁临一的《评长篇小说〈皖南事变〉》;牛玉秋的《从〈据点〉的修改谈起》;赵玫的《自新大陆——读张承志的〈黑山羊谣〉兼谈诗小说的形成》;艾若的《一隅之变三隅将随——评中篇小说〈五色土〉》;张奥列的《从历史的角度透视观念变革——〈三寸金莲〉辨析》;曾文渊的《走自己的路——读庄东贤小说》;王东明的《真知与挚爱——〈深秋的颜色〉读后》;李贵仁的《论新时期文学的不成熟》;李劼的《赵伯涛小说论》;白烨的《流自心底的涓流——评李子云的小说评论》。

《文史杂志》第2期发表李华飞的《陈若曦西藏归来话见闻》。

《花城》第2期发表丘峰的《都市文学的新拓展——程乃珊小说创作探踪》;胡德培的《沉重负荷下的辛酸呼号——周昌义创作论》。

《清明》第2期发表张器友的《对死亡的超越——〈死亡谷〉泛论》;姜诗元的《新的自然》。

《上海文论》第2期发表王晓丹的《痛苦的寻求　灵明的超越——台湾女作家三毛心灵小史》。

《台湾研究》第1期(创刊号)发表安兴本的《转折点上的台湾文学——近几年台湾文坛思潮述评》。

《华人世界》第2期发表魏中天的《忘不了那个谢冰莹》。

21日,《文艺研究》第2期发表董学文的《马克思主义文艺学当代形态论纲》;

张首映的《十七年文艺学格局及其在新近十年转换鸟瞰》；冯宪光的《主体性美学——高尔泰美学思想的主要特点》；樊美筠的《美的本质问题的历史命运及启示》；彭立勋的《评符号学的艺术本性论》；傅瑾的《论艺术欣赏能力》；胡平的《当代文学的情感表现力度问题》；周彦的《作为文化的视觉艺术》。

24日，《文艺理论与批评》第2期发表咸方的《关于改革或改造文艺批评的若干思索》；炎岩的《话说"淡化"》；刘远的《军事文学突破刍议》；马畏安的《可怜无女耀高丘——读丁玲两部回忆录》；区汉宗的《在生活中跋涉的真诚灵魂——周良沛散文简论》；秦摩亚的《〈两河口相会〉和博古》；罗守让的《论康濯的短篇小说》；张炯的《斯人已逝 师范长存——缅怀何其芳同志的治学风范》。

《文学报》发表缪俊杰的《顺应时代发展的潮流——文艺评论问题管见》。

25日，《文艺理论研究》第2期发表钱中文的《民族文化精神与文学发展——论中国当代文学与现代主义》；金健人的《"改革文学"的改革》；林焕平的《略谈"向内转"》。

《上海师大学报（哲学社会科学版）》第1期发表林路的《在"横的移植"和"纵的继承"的交点上——台湾诗人郑愁予的创作道路及风格论》。

《当代作家评论》第2期以"长篇小说研讨"为总题，发表宋遂良的《气度·文化意识和形式创新——长篇小说创作的现状和前景》，程德培的《关于长篇的思考——我看当代长篇小说的生产流通》，鲁枢元的《从深渊到峰巅——关于〈古船〉的评论》。同期，发表王干的《等待唤醒：来自北国的悲哀——关于〈沉睡的大固其固〉及其它》；费振钟的《迟子建的童话：北国土地上自由的音符》；赵玫的《昨天已经古老——读蒋子丹近作》；徐晓鹤的《也许该这样对你说——致蒋子丹》；孟悦的《语言缝隙造就的叙事——〈致爱丽丝〉、〈来劲〉试析》；韩石山的《别一世界的风情——评〈中尉们的婚事〉》；毛时安的《读〈文学：观念的变革〉》；公刘的《我的散文观——刘湘如散文集〈星月念〉序》；徐兆淮的《在文学寻找的海洋里——赵本夫、储福金创作比较》；孙先科的《惠英"病态人格"论：读储福金的小说〈生命圆舞曲〉》；[日]荻野修二、[日]辻田正雄作，夏刚译的《当代中国文学隔岸观》；余江立的《"东北风"带来的思索》；马原的《想象的甜蜜》；孙郁的《从巴金的"自审意识"说开去》；徐俊西的《新时期"文化小说"漫论》；宋琳的《论作为自足体的诗歌语言》；孙津的《"新批评"之发旧——兼评〈新批评〉》；赵玫的《通往愿望的桥梁——南帆印象》；应红的《裘小龙：一个既译诗也写诗还研究诗的人》；李劼、沈善增的《关于〈正常人〉的通信》。

《海峡》第2期发表高天生的《新生代的里程碑——论宋泽莱的小说》。

27日,《文学自由谈》第2期发表方今的《扬起新的风帆》;顾骧、雷达等的《对当前文学批评的思索(下)——北京中年评论家一日谈》;北大当代文学研究生的《从"我"的失落到"我"的发现——关于当代文学思潮的对话》;陈墨的《失败的文本——评小说〈三寸金莲〉》;何志云的《对"无主题"的主题寻找及剖析——〈无主题变奏〉的社会学批评札记》;大卫的《莫言及其感觉的宿命》;陈晓明的《在现代精神边缘的抉择——文学世界观断想》;张首映的《世界观与文学世界观》;许明的《决定和非决定:对现代人的心灵冲撞》;吴予敏的《我理解的世界与艺术》;张颐武的《二元对立的崩溃——谈〈极地之侧〉的价值》;古耜的《改革年代的城市心态——读〈市长夫人〉》;刘宗华的《人性的张扬与美感的真实——读〈黑砂〉》;艾克拜尔·米吉提的《少数民族文学必须突破汉文学的既定模式》;徐星的《你可以这样,也可以不》;残雪的《我是怎么搞起创作来的》;李劼的《小说语言四题》;南帆的《小说语言:功能的开发与实验》;程德培的《小说语言的难题》;李庆西的《小说语言学的故事》;沈金梅、叶文玲的《关于作家的职责与艺术价值的二度反思》;李书磊的《回头看之一:试论〈班主任〉的局限性》;吴亮的《秋天的独白》;牧惠的《方向乎? 新路乎?》;刘俊光的《向着真实——访王元化》;张开达的《忆侯金镜》。

30日,《光明日报》和《当代》编辑部联合举办报告文学《世界大串连》座谈会。详情参见本年度《当代》第3期。

31日,《文学报》发表王彬彬的《作家是时代的良心——对"不能用道德评价历史"的质疑》;李运抟的《回溯历史古河的恋歌——也谈〈红橄榄〉》;秦瘦鸥的《也谈〈夜色温柔〉》;毛时安的《追求的艰难和失落——评关鸿的小说集〈艺术家生涯〉》。

本月,《山东文学》第3期发表刘玉杰的《幽默的艺术魅力——略论刘玉堂小说的语言风格》;欣荣的《读〈梦中的桥〉所想到的》;张鹄的《是血管通心脏——〈聊斋〉艺术拾粹》。

《山西文学》第3期发表段崇轩的《文化积淀与结构轨迹——〈创作主体与小说结构〉之一》;田东照的《远远望见灯塔的光影》;张承信的《民歌体新诗的放逐与回归——读〈歌漫山香路〉》。

《小说月报》第3期发表《沉静平实——鲍昌谈一九八七年文坛印象》。

《红岩》第 2 期发表陈朝红的《一个热烈而痛苦的歌者——孙静轩近年来的诗学追求》;刘火的《罗学蓬的小巷和大河》。

《作品》第 3 期发表张奥列的《我说〈男大学生宿舍〉》;游焜炳的《"改革文学"首先应是文学》;陈志泽的《歌唱的流星——读秦岭雪诗集〈流星群〉》。

《湖南文学》第 3 期发表李元洛的《天涯犹有未归人——谈台湾诗人向明的〈湘绣背面〉》;谭谈、凌宇的《文学书简》。

《萌芽》第 3 期发表《雷洁琼教授答本刊记者问》;周佩红的《步入女性文学的寂寞之地——评唐宁小说小辑》;邹平的《人道主义不能完全涵盖新时期文学》;窦时超的《"无赖派"与新生一代的小说》;徐之初的《美是难的——试评青年作家汪天云的报告文学》。

《福建文学》第 3 期发表钟本康的《小说形态的分化和融合》;何为的《我们的散文伙伴——仁凤生散文集〈生命绿〉小序》;谢大光的《舒婷、唐敏散文近作印象》;魏拔的《大时代中的小家子气》。

《语文月刊》第 3 期发表古继堂的《执着的追求,勇敢的实践——倡导"明朗健康中国诗路线"的诗人文晓村》。

本月,澳门文化学会出版芦荻、李成俊、云惟利、卢玮銮等的《澳门文学论集》。

人民文学出版社出版敏泽的《主体性·创新·艺术规律》。

贵州人民出版社出版朱家信等编著的《刘心武研究专集》。

复旦大学出版社出版潘旭澜、王锦园主编的《十年文学潮流:1976—1986》。

浙江文艺出版社出版汪曾祺的《晚翠文谈》。

中国文联出版公司出版曾镇南的《缤纷的文学世界》。

上海社会科学院出版社出版包恒新的《台湾现代文学简述》。

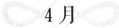

4月

1 日,《上海文学》第 4 期发表汪曾祺、施叔青的《作为抒情诗的散文化小说——与大陆作家对谈之四》。

《东海》第4期发表吴伏海的《改革文学的困惑与超越》；盛钟健的《小说的民族形式和群众的阅读兴趣》；文夫的《凤凰村人在省悟——读〈凤凰墩〉》。

《北方文学》第4期发表陈也奔、吕瑛的《今天文学所面临的冲击》；笑十的《从没什么可写与写不出谈起》。

《光明日报》发表蔡葵的《赵炳浅论》；盛祖宏的《崭新的题材　可贵的胆识——评报告文学〈世界大串联〉》。

《作家》第4期发表于坚、韩东的《在太原的谈话》；唐晓渡、王家新的《再度孤独：青年诗人创作一瞥》。

《青年作家》第4期发表叶延滨的《"票友"意识》；浦江的《身边的笑话》；胡孟雄的《想象与艺术设计的竞赛——试评〈青年作家〉的"袖珍小说命题征文"》；佳峻的《兵魂壮兮——读林园、乔瑜〈将军，一部军史及其他〉》。

《奔流》第4期发表鲁枢元的《文化符号的体验》；庄众的《报告文学的新走向》；耿占春的《最后一个祭司》。

《解放军文艺》第4期发表李国文的《小说的难易》；王宛平的《〈血劫〉断思》；蔡葵的《从"我"到"非我"——读〈一个女兵的悄悄话〉》；周政保的《军人职业意识与文学创造》、《文化碰撞与文学特色》。

《上海师大学报（哲学社会科学版）》第1期发表林路的《在"横的移植"和"纵的继承"的交点上——台湾诗人郑愁予的创作道路及风格论》。

2日，《文艺报》发表邵燕祥的《酿酒的石头（洛夫的诗）》。

3日，《小说选刊》第4期发表《汪曾祺论小说》；曾镇南的《淡说风景详说人——谈方方的〈风景〉》；莫言的《明知上帝在发笑，为什么还要思索》。

5日，《中国西部文学》第4期发表杨子的《灵魂的风景——读陶若凌诗歌札记》；鲁力的《大湖中的浪花——读尚久骖、吴云龙的两篇报告文学》；白航的《"黑色幽默"与"垮掉的一代"在中国》。

《青海湖》第4期发表龙驿的《迷宫意识——西部意识举隅》。

6日，《河北文学》第4期发表方克强的《现代故事的崛起与小说本体的返归》；吴开晋的《诗情·诗意·诗美——读戴砚田的散文集〈爱的期待〉》。

7日，《文学报》发表马原的《西藏魔幻文学》；叶廷芳的《文学与哲学"联姻"》；赵丽宏的《缪斯于我神色严峻》（诗集《沉默的冬青》序）。

《天津文学》第 4 期发表冯骥才的《发扬津味小说》;许瑞生的《闲话天津味儿》;张宜雷的《天津文学的根在哪里?》;谢望新的《五台山车祸与蒋子龙近作——读〈饥饿综合症〉写下的梦话》。

《花溪》第 4 期发表魏威的《嵇伟的情感世界》;江迅的《只言片语话嵇伟》;崔道怡的《文学编辑致习作者十二谈(四):细节——艺术的试金石》。

10 日,《文汇月刊》第 4 期发表王元化的《论样板戏及其他》。

《小说界》第 2 期发表王蒙、刘宾雁、陆文夫、流沙河的《〈重放的鲜花〉新版代序》。

《北京文学》第 4 期"关于'伪现代派'的讨论"栏发表李陀的《也谈"伪现代派"及其批评》,吴方的《论"矫情"——兼及现代小说的主体表现与自律》。同期,发表韩少华的《在所有感动之后——读〈躁动〉、〈古道〉、〈楼顶上〉》。

《雨花》第 4 期发表魏希夷的《说〈欲飞〉》;朱霞的《假作真时真不假——读孙观懋三篇短篇小说笔记》;陈墨的《"死亡"的审美叙说——读〈老山,让我仔细看看你〉》。

《诗刊》第 4 期"我观今日诗坛"栏发表宫玺的《窗下随想》,韩作荣的《孤独的诗》,高洪波的《倾斜的诗坛》,晓雪的《通向人民的心灵》,柯平的《诗歌评论引起的困惑》,林染的《从二百多封读者来信谈起》。同期,发表臧克家的《自道甘苦学旧诗》;吕进的《三月评点》;阿红的《二月随笔》;一平的《审视自身》;陈力川的《诗的空白(之三)》;陶阳的《何苦化神奇为平庸——也谈"十年改两字"》。

《读书》第 4 期发表黄子平的《文学史的"边际研究"——读陈平原〈在东西方文化碰撞中〉》;舒芜的《一份白卷——关于聂绀弩的〈北荒草〉》;刘登翰、陈圣生的《"钟整个大陆的爱在一只苦瓜"——谈〈余光中诗选〉》;柳苏的《三苏——小生姓高》;胡缨、唐小兵的《"我不是女权主义者"——关于后结构主义的"策略"理论》;陈平原的《重提两部早该遗忘的小说论》;张廷琛的《拨出理论的泥潭——当代国际比较文学研究的启示》;苏炜、袁运生的《华尔森、格拉斯与先锋派戏剧——关于现代艺术的"胡言乱语"之一》。

《台港文学选刊》第 2 期发表杜元明的《诗情葱茏笔致秀逸——略评张秀亚的散文》;阙丰龄的《台湾"现代派"的兴衰》;郭风的《关于林真的文学随笔》。

14 日,《文学报》发表王宗绍的《探索人生"两个世界"的姐妹篇——评邓刚的两部长篇小说》;赵长天的《味道好极了——读张宝发的〈逃亡〉》;南帆的《专家与读者大众》；郭景研的《耐人寻味的结尾》；野莽的《说说池莉》；曹磊的《台湾作家如何看大陆小说》。

15日，《民族文学》第4期发表（回族）张承志的《金钉、夜曲和勾镰月》；路燕的《让镜头伸向一个新的天地——试论周明震的〈学生三部曲〉》；奎曾的《他有一双科尔沁草原的眼睛——苏尔萨塔拉图蒙古文小说散文的特色》。

16日，《光明日报》发表谢冕的《"诗歌博物馆"及艺术生态》；洁泯的《〈风景〉——城市意识的消长》；白烨的《文学中对于传统文化的再思考》。

19日，《青年文学》第4期发表应雄的《现代生活的另一面》；石浪的《心理和情节》；张志忠的《〈蓝钗〉：隔壁猜枚》；黄矛的《池·渠·鱼》；何志云的《何志云：我们今天怎样做人》；梅子的《唯有情贵》；刘湛秋的《浓装与素裹的不同效果》。

20日，《人民文学》第4期发表翟永明的诗歌《静安庄》；同期，公布本刊1987年度"我最喜爱的作品"推选结果。

《当代》第2期发表张志忠的《历史的新声——〈第二个太阳〉简评》。

《福建论坛》第2期发表汪毅夫的《〈窥园留草〉识小录——〈近代台湾文学史丛考〉之一》。

《河南师范大学学报（哲学社会科学版）》第2期发表陈倩的《简论亦舒和她的小说〈她比烟花寂寞〉》。

21日，《文学报》发表王小鹰、肖复兴的《关于写"老三届"的通信》；苏敏的《张志民印象》。

《文艺研究》第3期发表杨坤绪、周宪的《"美学"阿基米德点的批判》；张国庆的《论中和之美》；靳绍彤的《对美别具一格的探索——杨安崙美学思想略述》；刘再复、林岗的《"五四"文化革命与人的现代化》；许子东的《当代中国青年中的三个外来偶像》；吴调公的《神韵论与意向主义》；王一川的《体验与生成——西方体验美学论体验的意义》；王长安的《模式论》。

22日，《光明日报》发表傅保中的《〈红高粱〉：一个苍白的梦》（评电影《红高粱》）；曾镇南的《评〈新兵连〉》。

《长城》第2期发表铁凝的《开拓我们的心灵——在〈长城〉女作者小说座谈会上的发言》；陈静的《我选择了文学——在〈长城〉女作者小说座谈会上的发言》。

《华声报》发表强涛的《琼瑶在京城》。

24日，《光明日报》发表陈骏涛的《报告文学：报告乎？文学乎？》。

《文汇报》发表何倩的《柯灵谈张爱玲》。

26日,《广东侨报》发表叶中敏的《琼瑶初访北京谈感受》。

28日,《文学报》发表李子云的《喧哗与骚动——在中美作家第四次会议上的发言》;夏峰的《"内部"的外延》;沙似鹏的《学会了独立思考——读〈夏天的审美触角〉》;钟本康、吴龙宝的《大海的生力与大海的贫困——谈郑秉谦〈海市奇观〉》;周嘉俊的《关于〈步鑫生现象反思〉引起的断想》;曹晓鸣的《"我爱我的读者……"——台湾著名作家琼瑶访问记》。

29日,《光明日报》发表朱兵的《长期酝酿 精心熔裁——读〈第二个太阳〉》;同期,报道3月底中国作协鲁迅文学院、武汉大学中文系、华中师范大学中文系和中国社会科学出版社在武汉大学召开首次文学批评研讨会。

30日,《文汇电影时报》发表史蜀君的《我与琼瑶初次相见》。

《工人日报》发表马利的《近处看琼瑶——散记琼瑶》。

《文艺报》发表陈浩星的《澳门五年来文学交流活动简况》。

《文艺评论》第2期发表纯人的《人性:回归与超越——读陈若曦的〈纸婚〉》。

《中央民族学院学报》第2期发表吴重阳的《为台湾文学注入新血——台湾当代少数民族文学简谈》。

本月,《山东文学》第4期发表张达的《论"改革文学"的意识流向》;刘克宽的《世俗心态中的文化透视——读〈九土沟〉》;王建的《寻求真诚理解和爱的世界——读姜凡振的三个短篇》。

《山西文学》第4期发表谢泳的《试论报告文学主题的转移》;程树榛的《青春的足迹》。

《小说家》第2期发表韩志君的《你找到了自己,还要超越自己——致李宽定》。

《文艺评论》第2期发表吴士余的《禅宗思维对新时期小说的参透与同化建构》;陈剑晖的《新象征主义诗潮——现代现实主义研究之二》;李杰的《论审美心理中的未来因素——兼评"历史积淀"说》;陈景春的《艺术作品的整体观》;彭加瑾的《改革时代的投影》;王彬彬的《当代小说中的创伤报复型人物——兼谈"改革者"形象塑造》;徐剑艺的《城市的文明——城市知识者形象系列考察》;吴黛英的《女性文学"雄化"之我见》;李运抟的《非知青化:知青小说家族中的变异与分离——知青文学近年发展趋势探讨之二》;庞壮国的《挑灯看笔》;苏连科的《关键

在脚踏实地去干》；张郁民的《关于北大荒文学的思考》；本刊记者的《变革年代说文学——我省(黑龙江)部分作家谈话纪要(续)》；何志云的《关于文艺批评的随想(二)》；宋永毅的《文学重心的探寻——吴士余系列论文〈小说形象导论〉札记》；李国涛的《缭乱的文体》；黄国柱的《〈殇〉：把凝重的历史告诉未来》；纯人、铁獒的《人性：回归与超越——读陈若曦的〈纸婚〉》；张葆成的《〈伦敦启示录〉的启示》；陈士果的《他有一个神奇而壮美的北大荒——简评丁继松散文的风情美》；袁元的《但愿仅仅是通俗》；杨海波的《悲剧的诞生——谈影片〈老井〉的改编》；黄赞的《短笛》；肖维的《"路"辨》；徐家良的《应提倡"寓庄于谐"》。

《当代作家》第2期发表李运抟的《丑陋的历史　悲剧的现实——中篇小说〈风景〉片论》；王必胜的《视角·哲理·情致——读〈泉涸〉、〈暮霭〉絮语》。

《百花洲》第2期发表贺光鑫的《作者形象构造力探微》。

《作品》第4期发表文兄的《比较中的个性亮色——读〈周末，雨飘飘〉》；游焜炳的《曲高和寡与雅俗共赏》；丘岳、费勇的《刘西鸿的意义》；司徒杰的《日渐深重的忧患意识——评曾应枫近年来的小说创作》。

《萌芽》第4期发表《袁翰青教授答本刊记者问》；应雄的《两种小说世界——〈献上一束夜来香〉和〈瀚海〉的叙事比较》；赵云飞的《灵感的发生及其妙用》；花建的《快乐，在思想的创造之中——记青年评论家宋耀良》。

《福建文学》第4期发表邹平的《新时期文学的现实主义精神》；曾焕鹏的《力度：贴近时代与超越自我》。

《语文月刊》第4期发表潘瑞如的《根深叶茂的苦奈树——简介台湾女作家张秀亚》。

《文学评论家》第2期发表曾少祥、杨林山的《也谈白先勇》。

本月，上海人民出版社出版刘小枫的《拯救与逍遥：中西方诗人对世界的不同态度》。

漓江出版社出版吴亮的《批评的发现》，韦实的《新十年文艺理论讨论概观：1976—1986》。

花城出版社出版蓝翎的《风中观草》，叶鹏的《文学的风帆》。

黑龙江人民出版社出版邹云方、樊月娟编的《当代文学跟踪录》。

中原农民出版社出版刘绍棠的《我的创作生涯》。

辽宁大学出版社出版李倩的《特定时期的大墙文学》。

5月

1日,《上海文学》第5期发表王晓明的《疲惫的心灵——从张辛欣、刘索拉和残雪的小说谈起》;李庆西、李杭育的《小说的哗变:现象学的叙事态度》。

《小说林》第5期发表罗守道的《模糊时空和历史整体把握》;庐湘的《赵淑侠寻根记》。

《东海》第5期发表汝曈的《历史尺度与道德尺度》;方谭的《艺术商品化和艺术的灵魂》;付潜民的《知青乐章的新音符——读蔡恭〈三个成功的女子〉》。

《北方文学》第5期发表吴方的《论"说不清"的小说——兼及意义的隐蔽》。

《解放军文艺》第5期发表李炳银的《人类情感的毁灭与重构》。

《红旗》第9期发表刘润为的《对"人的依赖关系"的病态挑战——读〈送你一条红地毯〉》。

《作家》第5期发表潘凯雄、贺绍俊的《"内"与"外"——由新时期文学"向内转"的讨论而引发的对话》;忆明珠的《关于散文的聊天之四:散文——散在哪里》。

《奔流》第5期发表艾云的《段荃法〈天棚趣话录〉》;张毓书的《当代小说艺术简化与拓展容量》。

3日,《小说选刊》第5期发表方方的《我眼中的风景》;刘震云的《独白》。

3—10日,由中国作协诗刊社、作协江苏分会、江苏省淮阴市文联、扬州市文联联合主办的全国当代新诗研讨会(运河笔会)在淮阴—扬州一线举行。这是新诗理论、批评界继1986年兰州会议之后的又一次大型盛会。全国各地的诗人、学者计70余人参加了会议。(本年《诗刊》第8期)

5日,《广西文艺》第5期发表吴一处的《女人的形体与艺术的异化》;江建文的《文学的生产与消费》。

《中国西部文学》第 5 期发表徐亮的《漂泊和归宿——赵光鸣小说探析》。

《当代文坛》第 3 期发表高尔泰的《答〈当代文艺思潮〉编辑部问》；缪俊杰的《乡土，走出峡谷……》；罗强烈的《乡土意识：现当代文学中的一个主题原型》；李庆信的《叙述：建构小说世界的基本方式》；彭荆风的《还是别绕这个圈子为好——再谈小说创作的人物、情节、故事》；黄书泉的《创作主体意识的嬗变——对"探索小说"的一次探索》；曹纪祖的《抒情风格的丧失与文学意味的贫弱——对当前诗歌创作中的一种想象的思考》；陈朝红的《流沙河归来十年》；应雄的《"巴人村"哲学启示录——读雁宁"巴人村"系列新作》；张大放的《漫谈〈红楼外传〉的艺术特色》；夏雨的《刘彦和他的法制小说》；胡邦炜的《过渡性人物命运的悲剧——〈京都〉第二部〈哀与爱〉读后》；曹家治的《散文中的史诗美感——评贾平凹散文〈黄土高原〉、〈秦腔〉》；易明善的《刘以鬯小说的创新特色》；吕进的《序穆仁诗集〈绿色小唱〉》；彭子良的《新时期女性意识构成初探》；姚玳玫的《现代女性双重追求的冲突与互补——从丁玲、冰心早期小说的比较谈起》；周冠群的《散文的"无定态"之美》；李明泉的《文学的整体直观》；刘火的《语言的文学性札记》；银甲的《对人类生存环境恶化的深沉忧思——读报告文学〈伐木者，醒来〉》；罗良德的《他也重新开始——评王长富的新作》；野草的《古代文坛走向当代审美的有益尝试——读张文勤新著〈诗词审美〉》；王克俭、赵福祺的《关于创作心理的对话——访青年作家叶辛》。

《延河》第 3 期发表林亚光的《全方位文学流变和聚焦性文化观照——"文学·文化·文化心理"沉思录之一》；周荷初的《汪曾祺小说的美学评析——兼谈其艺术渊源》。

《青海湖》第 5 期发表郑敏的《唐祈诗选序》；章治萍的《坐标系：横 0～±180；纵 0～±90——读燎原〈跋涉者〉》；史培海的《人性的错位——读蔡通海的〈狼崽〉》。

《文学报》发表陆士清的《融传统于现代创作——白先勇〈游园惊梦〉的艺术追求》；古继堂的《台湾后都市诗》。

6 日，《光明日报》发表李炳银的《人和文学的自醒与痛苦——读报告文学〈伐木者，醒来！〉》；白烨的《打开了的心史——读刘再复的〈探寻的悲歌〉》；江晓天的《"争鸣"应是一种探讨》。

《河北文学》第 5 期发表牛玉秋的《小盆地里的道德困惑——谈周大新的〈豫

西南有个小盆地〉》；何西来的《生活的支点和艺术的支点——谈周大新的小说创作》。

《天津文学》第5期发表张首映的《面对大师：受愚弄和反愚弄》；黄桂元的《读诗漫笔（之九）》；吴秉杰的《生活的原生态与小说艺术之建构》。

7日，《花溪》第5期发表梁木的《深入同代人的内心世界——琐谈苗月的几篇小说》；余未人的《一个不安分的灵魂》；崔道怡的《文学编辑致习作者十二谈（五）：思想——作品的生命线》。

《文艺报》发表应红的《"我想时间也许会把我淘汰的"——访来大陆探亲的台湾女作家琼瑶》。

10日，《文汇月刊》第5期发表刘心武、李黎的《刘心武谈新时期文学流变》（文艺对话录）。

《中国作家》第3期发表张炜的《安于回忆》；周翼南的《高行健其人》；哈文伯的《我读〈遥远的白房子〉》。

《北京文学》第5期发表罗强烈的《神话原型　心理原型　社会文化原型》、《酒神精神：二十世纪中国文学中的一个主题原型》；赵金九的《我看〈孽种〉》。

《雨花》第5期发表陈辽的《初级阶段农民意识的烛照——读刘振华的〈新嫁娘夜话〉》；刘静生的《读叶庆瑞的散文诗》；费振钟的《我们的"作品小辑"——本刊太湖座谈会追述》；墨林的《在水乡风情太湖文化中寻找自己——李鸿生作品研讨会纪要》。

《诗刊》第5期"我观今日诗坛"栏发表昌耀的《以适度的沉默，以更大的耐心》，晏明的《挑战·更新·前进》，金帆的《对评论文章的一点希望》，叶延滨的《从骚动状态复归何方？》，钱光培的《走向新的建设时期》。同期，发表阿红的《三月随笔》；吕进的《对话：面对即将逝去的八十年代》；纪鹏的《铮铮铁骨铸新诗》；方敬的《无弦的琴声》。

中国作家协会第三届（1985—1986）新诗（诗集）评奖获奖篇目揭晓。（本年《诗刊》第5期）

《读书》第5期发表王富仁的《从文学比较中的差异说起》；费振钟的《迟开的蔷薇——评叶至诚散文的"有我"品格》；邹霆的《从〈清风亭〉到〈暴风雨〉——读新版〈卖艺人家〉遥寄宗江》；谷林的《写下去，继续翻》；奕馨的《台北文坛札记》；柳苏的《唐人和它的梦》；李治华的《玫瑰和琴——读罗大冈的两本诗集》；唐晓渡、杨炼的《感性的再生——由〈西方的丑学〉说开去》；苏炜、袁运生的《"在基本问题上重新发言"——关于现代艺术的"胡言乱语"之二》；疏野的《被遗忘了的精神之旅——读〈诗〉随笔》。

12日，《文学报》发表李劼的《〈美食家〉之后的潮汐——江苏青年作家作品小辑读后》；汪政、晓华的《形式探索一解》；曾镇南的《路远小说创作漫评》；王实图的《超越于苦难之上——读施昌东的〈一个探索美的人〉》。

13日，《光明日报》以"关于历史——美学批评现状及其趋势的思考"为总题，发表缪俊杰的《对"社会批评"的反思》；黄泽新的《文学批评的倾斜》；滕云的《文学批评与人间烟火》；徐俊西的《社会学批评的价值取向》；於可训的《社会历史批评——一个开放的体系》；何镇邦的《吸收融化与发挥优势》。

14日，《文艺报》发表未署名的《艾芜老人致信香港〈亚洲周刊〉》："香港文学杂志有义务作海内外华人文化的交流园地，香港文学应当反映出香港生活和香港人的特点。"

15日，《文艺争鸣》第3期发表英若诚的《由〈茶馆〉引出的一条教训》；谷长春的《迎接新的思想解放大潮，进一步繁荣文艺创作》；谢冕的《没有主潮的文学时代》；专栏"由《大地和云霓》引起的争鸣"发表童道明的《文学不应"更高地悬浮于空中"》；曾凡的《理性的迷误——和曾镇南同志商榷》；王一纲的《认识论与"文学本体"——与鲁枢元同志商榷之二，兼及曾镇南同志〈文学，作为上层建筑的悬浮物……〉一文》。同期，发表胡昭、公刘的《对文学批评的不敬之想——两位诗友的通信》；朱江的《生与死：神秘的帐幕——〈极地之侧〉读生命的解释》；吴开晋的《诗艺上的蜕变与升华——朱雷近作印象》；张炯的《论革命历史题材的创作》；林为进的《对通俗文学的再评价》。

《文学评论》第3期发表赵仲的《面对当今文坛的冷峻反思——"文学编辑谈当前创作"座谈会纪要》；高行健的《迟到了的现代主义与当今中国文学》；叶芳的《我们还能有什么？——向新小说和新批评索取》；骊声的《兼容种种——读〈百家〉创刊号有感》；解志熙的《方法：在综合中达到互补》；张钟的《当代文学思潮漫议——由〈中国当代文学思潮史〉说开去》；南帆的《经验与选择——当代文学中价值观念的一个初步描述》；李国涛的《林斤澜小说文体描述》；于慈江的《朦胧诗与第三代诗：蜕变期的深刻律动》；陈晓明的《在悟性的空间里徜徉——漫说南帆的批评个性》；彭韵倩的《台湾文学研究综述》。

《长江》第3期发表杉木的《不信东风唤不回——读叶明山〈十三妹与倒爷们〉》;雨石的《人物独立意识的觉醒——评王霄夫的〈远山,那迷濛的溪流〉》。

《民族文学》第5期发表紫荆的《殚精竭虑保存原作丰姿》;路夫的《一个小说编辑的信》;赵志林等的《〈民族文学〉优秀作品山丹奖获奖作者谈获奖作品》;许承豪的《社会价值观念的变化——评金勋的短篇小说〈诱惑〉》;春容的《心心相印　情文并茂——读康启昌、鲁野的〈心心集〉》。

《特区文学》第3期发表邵泰芳的《透视生活　折射时代——试论特区小说的社会认识价值》。

16日,《文学报》发表《香港文坛现状管窥》。

17日,《作品与争鸣》发表韦骥的《在民族自信的支撑点上——读〈深谷在呼唤〉》;陈骏涛的《〈中国大学生〉书后——兼谈报告文学的非文学化》;西龙的《弱者的呼唤——读小说〈你在哪里啊……〉》;智杰的《人生无模式　作家有风格——读周渺小说致西龙》;翁光宇的《人格尊严的呼唤和追求——读〈看海的日子〉》;杜元明的《"雨夜花"的悲欢——评〈看海的日子〉中白梅形象的塑造》;曹毅的《文艺探索与民族文化传统及民族审美心理》;敏卓的《应该正确看待文学作品中的"性"描写》;王庆汶的《关于"改革文学"的讨论》;辛夷的《〈丑陋的中国人〉是怎样一本书——关于〈丑陋的中国人〉的讨论》;易杨的《电影〈老井〉争鸣录》;杜若的《是佳作,还是"败作"?——中篇小说〈骄傲公司〉的讨论》;秋泉的《张我军大战连雅堂——台湾新旧文学论战之关键一役》。

19日,《文学报》发表陈福康的《写出伟人的全人格——评龚济民、方仁念的〈郭沫若传〉》;李振潼、冉忆桥的《理解·尊重·创造——对老舍作品改编的反思》;《"美的历程指向未来"——台湾学者蒋勋与大陆美学家李泽厚的对话》。

《青春文学》第5期发表黄矛的《严肃的戏谑》;老木的《由〈人心〉所想到的》;辛如的《三言两语》;张颖的《三言两语》;刘湛秋的《语言——奇妙的魔匣》;斯冬的《展示出生活的"原型"——刘震云作品讨论会综述》。

20日,《人民文学》第5期发表夏衍、李子云的《文艺漫谈》;刘心武的《开放改革与繁荣文学创作》;龙应台的《开往梦境的火车》。

《小说评论》第3期发表王干的《论超越意识与新时期小说的发展趋势》;韩瑞亭的《历史的还原与诗化——关于革命战争题材文学创作问题的探究》;任一鸣的《女性文学的现代性衍进》;陈墨的《论刘依平》;张毓书的《说〈来劲〉》;李炳

银的《来自心灵与情感世界的"奏鸣"——读叶之蓁"小粒子奏鸣曲"系列小说》；杨品、王君的《厚实、真诚的力量——浩然〈苍生〉的魅力》；开愚的《作为一种事实的小说》；滕云的《从人生去发现历史——读长篇小说〈月落乌啼霜满天〉》；王冉的《艰难的选择——关于〈村魂〉〈满票〉的一种主观阐释》；苏冰的《程乃珊小说模式解析》；仵埂的《杨争光小说论》；韩梅村的《情作血肉史作骨——评〈血雾〉》；金国华、郑朝辉的《"清官意识"：审察、反思与批判——从〈乔厂长上任记〉〈新星〉谈起》；张业松的《智慧与美的启悟——残雪小析》。

《上海文论》第3期发表张小东的《多元与一元的转换和冲突——当代艺术文化模式论纲之一》；陈墨的《论文学的"人学"意味和"人学"的文学形态》；潘凯雄、贺绍俊的《构架论——文学批评学研究之九》；李裴的《荒诞意味在新时期小说中的渗透与深化》；高松年的《小说语言撷拾》；李振声的《读苏童——限于他1987年的小说》；杨小滨的《佯狂或反讽杂耍——论徐晓鹤的〈疯子和他们的院长〉》；李兴华的《〈白雾〉和〈风景〉：当代都市"梦游者"的世界——阅读反应批评》；张新颖的《荒谬、困境及无效克服——余华小说试论》；韩岩的《刘西鸿的洒脱——评〈你不可改变我〉、〈黑森林〉》；蒋孔阳的《根本特点还在于"当代"——〈中国当代文艺理论探索书系〉序》；金国华、郑朝晖的《"清官意识"：审察、反思与批判——重论〈乔厂长上任记〉、〈新星〉》；董德兴的《彭瑞高小说创作的意向化倾向》；宏鑫的《读〈乘滑轮车远去〉》；王德华的《拉美文学新秀崛起》。

《光明日报》发表张炯的《在沉思与探索中前进——近年短篇小说印象》；徐学清、温子建的《对农民精神现象的解剖——评王兆军长篇小说〈盲流世家〉》。

《花城》第3期发表叶小帆的《1987年〈花城〉中篇小说评述》。

《清明》第3期发表潘军的《多余的话》；唐先田的《长篇小说的新尝试——评潘军的〈日晕〉》；刘强的《〈哑巴店〉的审丑意识及象征结构》。

《羊城晚报》发表陈可焜的《香港文学的拓荒者——侣伦》。

《人民政协报》发表红眉的《白先勇与〈游园惊梦〉》。

22日，《新文学史料》第2期发表田野的《台湾蓝星诗社的34年》。

24日，《文艺理论与批评》第3期发表刘水的《文学：失去了什么》（目录标题为"去失"）；雷桐的《关于文学"轰动效应"问题的思考》；尚文的《失去重心的倾斜——评湖南小说界近年来的一股文学探索潮流》；边国立的《革命战争题材影片漫论》。

24—27日,《中国文学宏观研究丛书》研讨编写会议在上海召开。该丛书是国家"七五"规划期间社会科学重点研究项目,由陈伯海、董乃斌任主编。(本年《上海文论》第4期)

25日,《文艺理论研究》第3期发表蔡翔的《受难和忍耐——当代小说中的精神文化现象》;蔡宇之的《试论"悟性小说"的审美特征及其超越功能》。

《当代作家评论》第3期以"长篇小说研讨"为总题,发表陈思和的《关于长篇小说结构模式的通信》。同期,发表孙郁的《刘再复与巴金》;程麻的《文学观念的活力来源于"人"——论刘再复的理论追求》;朱大可的《懒慵的自由——宋琳及其诗论》;李以建的《"鱼非鱼"的破译——析〈溪鳗〉》;唐鸿棣的《〈耶稣·孔子·披头士列侬〉的艺术个性》;段崇轩的《艺术:面对感性,还是面对理性——从〈苦寒行〉谈何士光审美意识的倾斜》;颜纯钧的《幽闭而骚乱的心灵——论作为一种文学现象的莫言小说》;[苏]谢·托洛普采夫的《中国作家对苏维埃国家的印象——评王蒙〈访苏心潮〉》;栾梅健的《高晓声近作漫评》;张玞的《歌手的深沉——〈胡涂乱抹〉:张承志小说的主题图样一例》;王绯的《女人:在神秘巨大的性爱力面前——王安忆"三恋"的女性分析》;杨德华的《蓝虎的传说:一种古老文化的渗透》;雷达的《奔向自由——谢友鄞短篇小说的形式美感》;金河的《艰辛,但充实——谢友鄞笔下的人生》;李国涛的《欢快和健美——谢友鄞小说印象》;绿雪的《轰动未必意味着成功——评〈皖南事变〉》;蔡葵的《迷乱在历史的惯性中——评〈皖南事变〉》;王慧骐的《反叛意识与新的儿童观——试评高洪波的儿童诗创作》;方卫平的《冰波童话的情绪变调》;李昕的《理论的片面性与文艺争鸣》;方克强的《文学评价与价值法则》;刘嘉陵的《闲话"非驴非马"》;张德林的《"生活流":现实主义艺术方法的一种表现形态》;赵玫的《德培的世界——程德培印象》。

《海峡》第3期发表蔡敏的《爱,没有休止符——晓风创作之意绪指向》。

《世界博览》第6期发表潘荻的《写爱情未必不崇高——访台湾著名女作家琼瑶》。

26日,《文学报》发表周晓的《上海儿童文学纵横谈》;李振声的《批评主体建构的意义和困境》;高洪波的《在寓言诗领域奋力耕耘——刘猛和他的寓言诗》。

27日,《文学自由谈》第3期发表本刊整理的《文学编辑谈文学》;王殊的《〈棋王〉中文学退归的潜流》;王宁的《洙化与礼赞——肖复兴长篇近作一瞥》;胡平的

《〈瀚海〉纯批评》；雷达的《追寻灵魂之故乡——〈塔铺〉与〈无主题变奏〉的比较》；解志熙的《历史追寻小说：记忆的层积与艺术的重构》；蔡翔的《生命的图腾——当代小说中的精神文化现象之七》；宋遂良的《审美思维机制》；吴若增的《欧洲文艺复兴与中国寻根文学》；陈宝云的《圆与弧——小论两种艺术结构》；柏杨的《"中国大陆作家文学大系"总序》；霍达的《为了我心中那片净土——写在〈穆斯林的葬礼〉之后》；李锐的《旧景》；洪峰的《洪峰自白》；鲍昌的《一篇够味的"津味小说"——评张仲的〈龙嘴大铜壶〉》；张宇的《〈黄雨〉的游思》；王炳根的《〈隐形伴侣〉形式价值批判》；陶东风的《创伤与超越——论作家的痛苦体验》；李书磊的《回头看之二：在〈海的梦〉的"达观"背后》；张首映的《说文解艺之一：文艺批评：在其本质上是反艺术的》；王光明的《生命体验的提取与张扬——我看青年批评群体》；谭湘的《张炜印象》；刘文中的《访贾平凹》；以"《中国新诗萃》序跋"为总题，发表谢冕的《置身于文化冲撞的困惑》，杨匡汉的《时代诗情与精神价值》，杨匡满的《为顺应潮流而从容举桨》，莫文征的《诗美的探索》。

《光明日报》发表张同吾的《在灵魂深处与世界对话——王蒙诗作散论》。

30日，《台湾研究集刊》第2期发表朱二的《论台湾现代主义诗精神的表现形态》；余禺的《台湾现代诗的两极对位》；林青的《小说〈游园惊梦〉与同名话剧比较分析——兼谈昆曲对白先勇创作的影响》。

31日，《华声报》发表庄之明的《不泯的童心，博大的爱心：记香港儿童文学作家何紫》。

《芙蓉》第3期发表李元洛的《屹立于时间的风中——论台湾诗人向明的诗》。

本月，《山东文学》第5期发表吕家乡的《人生的品味　意向的铸造——〈空位〉读记》；李运抟的《一个苍白又丰富的世界——系列纪实小说〈赌徒〉片论》；姜建国的《评谢明洲的散文诗》。

《山西文学》第5期发表金河的《我对我的发现》；阎晶明的《作者意图与文本阐释》；傅书华的《乡土中树阳春白雪旗帜》。

《小说月报》第5期发表李晶的《生命的刻写——〈去意徘徊〉启示》。

《作品》第5期发表吴奔星的《别了"朦胧诗"，挽留"朦胧美"》；杨光治的《时代的强音——读〈我唱白云　我唱绿树〉》；杨箭的《〈胭脂河〉引起的思考》。

《城市文学》第5期发表阎晶明的《城市人与城市文学》。

《萌芽》第5期发表《沈其震答本刊记者问》;木公的《论伪"现代派"》;林为进的《乐观者的悲哀——李叔德创作散论》;朱小如的《转向:从"羞耻"到"过失"——评〈小城之恋〉与〈伤心咖啡馆之歌〉》。

《湖南文学》第5期发表子干的《天机云锦用在我》;日复的《〈山地笔记〉漫议》;陈砚发的《青云山人读〈故乡〉》;未央、王开林的《文学的主体性与客体性》。

《福建文学》第5期发表李丕显的《市民文学论纲》;邹荻帆的《〈被遗忘的南国梦〉序》。

本月,内蒙古人民出版社出版聂中林的《杨沫之路》,董之林编的《杨啸研究专集》。

陕西人民出版社出版浦伯良编的《李若冰研究专集》。

湖南文艺出版社出版王驰主编的《战士·作家·学者:首次周立波学术讨论会论文选》。

复旦大学出版社出版余世谦、李玉珍编的《新时期文艺学论争资料》。

6月

1日,《小说林》第6期发表冯立三的《扬弃传统寓言外观的政治寓言小说》;冯牧的《别具一格的精巧构思——读〈熊的寻根〉》;川宁的《黄亮屯:一个孤寂而完整的世界——〈逃婚的姑娘〉读后》。

《上海文学》第6期发表陈思和的《当代文学观念中的战争文化心理》;许子墙的《自恋之果:张宝发和他的小说叙事人》。

《东海》第6期发表王开阳、洪春林的《夹缝中的探索》;竺柏岳的《凡中见奇 小中见大——读〈墓碑〉有感》。

《北方文学》第6期发表张石山的《我与书》;梁树成的《胡同外边还有什么——关于儿童文学创作断想》。

《作家》第6期发表刘再复的《新时期小说的热恋者和追求者——曾镇南〈当

代作家论稿〉序》;曾镇南的《论一种现代的创作情结——从陈染的小说谈开去》;潘凯雄、贺绍俊的《"长"与"短"——关于新时期长篇小说创作与理论批评问题的对话》;忆明珠的《关于散文的聊天：文章愧难作狐语》。

《青年作家》第6期发表何开四的《和郑义的文学对话》。

《解放军文艺》第6期发表周良沛的《诗的生命与诗的价值——关于〈猫耳洞奇想〉及其它》;石言的《找米下锅》;周大新的《圆形盆地》;高光的《烧裂的龟片》。同期,公布1986—1987年《解放军文艺》特别奖获奖作品篇目、1986年《解放军文艺》优秀作品获奖篇目、1987年《解放军文艺》优秀作品获奖篇目。

2日,《文学报》发表刘厚明、孙云晓的《少年报告文学的困惑与突破》;何志云的《诸家纷呈说"小说"——读〈"冰山"理论：对话与潜对话〉》;金波的《关于儿童诗的创作漫谈》;王立的《追求不息——读闻树国的中篇小说〈黄雨〉》。

3日,《小说选刊》第6期发表雷达的《〈白涡〉的精神悲剧》;彭华生的《取一勺以观江海——〈新兵连〉读后》;叶鹏的《关注变革的现实——毕淑敏、阎连科作品讨论会综述》;斯冬的《展示生活的"原型"——刘震云作品讨论会综述》;林斤澜的《林斤澜论小说创作》。

《光明日报》发表陈骏涛的《中国女性众生相——报告文学〈中国女性系列〉读后》。同期,报道5月16、17日中国作协创作研究部连续召开苏晓康、鲁彦周作品讨论会。

5日,《中国西部文学》第6期发表(维吾尔族)买买提·祖农的《在自治区纪实文学创作座谈会上的讲话》;本刊记者的《开拓新视野,发展新观念,使我区文学创作进入新境界》;周政保的《作为表现：程万里的小说企图》、《关于赵光鸣的几篇小说》。

《延河》第6期发表权海帆的《我对〈地窖〉的感知和估量》。

《青海湖》第6期发表龙驿的《简论西部人的忧患》;方可的《与诗人刘宏亮一夕谈》。

6日,《河北文学》第6期发表湘墨的《评论的"角度"与"空间"——读周申明评论集〈双花赏评〉》;谢景林的《旨趣丰沛　姿彩纷葩——读〈河北文学〉1987年的散文作品》;苗雨时的《风景线：扇面形展开——1987年〈河北文学〉诗歌评述》。

7日,《天津文学》第6期发表佘树森的《二十世纪中国女子美文一瞥》;黄桂元的《读诗漫笔(之十)》;陈默的《"蝗"之灾:感觉的泛滥》。

《花溪》第6期发表杨振昆的《情的结晶　美的颂歌——张昆华近作漫评》;杨明渊的《他在不断地追求》;崔道怡的《文学编辑致习作者十二谈(六):感情——创作的原动力》。

10日,《文汇月刊》第6期发表李子云的《解不开的"中国情意结"——谈李黎近作》;姚雪垠的《〈刘再复谈文学研究与文学论争〉一文读后——给〈文汇月刊〉编辑部》。

《小说界》第3期发表《刘宾雁谈当代文学及其他——刘宾雁访美前夕接受本刊记者问》。

《北京文学》第6期"关于'伪现代派'讨论"栏发表张首映的《"伪现代派"与"西体中用"驳议》。同期,发表王安忆的《"上海味"和"北京味"》;汪曾祺的《〈到黑夜我想你没办法〉读后》。

《光明日报》发表伊方的《关于文艺批评的一封信》;王尔龄的《笔底风云　抗战图卷——读〈南京的陷落〉》;金梅的《第一部反映运动员生涯的长篇——〈姑娘跑向罗马〉阅读记》。

《雨花》第6期发表应雄的《幽默:"文革"题材作品的新倾向——读〈新"世说"〉》;陈必强的《"褐色幽默":另一种历史人生观照——读雨花〈新"世说"〉》;季进的《〈新"世说"〉文体辨》;石花雨的《在缪斯的桥上互赠礼品——江苏诗歌对话侧记》。

《诗刊》第6期"我观今日诗坛"栏发表屠岸的《多元化和格律诗》,王浩的《诗坛现状和走向管窥》,高平的《诗之河·涨水期》,杨光治的《诗,应当为当代中国人而作》,欧阳江河的《从三个视点看今日中国诗坛》。同期,发表《中国作家协会第三届新诗(诗集)评奖获奖诗集简介》;张同吾的《时代的音响和鸣——中国作家协会第三届新诗评奖获奖诗集读后》;刘湛秋的《可爱的诗的涌动——读一组中学生的诗》。

《读书》第6期发表苏炜、袁运生的《"从一开始就全部解决"——关于现代艺术的"胡言乱语"之三》;王干的《实验的意义》;龙应台的《让艺术的归艺术》;许纪霖的《关于知识分子的断想——读余英时的〈士与中国文化〉》;柳苏的《风兮风兮叶灵风》。

《台港文学选刊》第3期发表郭风的《关于校园散文——余光中、黄维梁、小思散文印象》；刘登翰的《在蓝色的星光下》。

《华声报》发表孙志恒的《宿迁三枝花，台湾名作家——台海文坛的朱氏三姐妹》。

《人民日报（海外版）》发表朗晖的《琼瑶与史蜀君》；武治纯的《两岸文学交流的产物——略论〈现代台湾文学史〉的三点特色》。

15日，《民族文学》第6期发表[日]牧田英二的《论少数民族文学》；佟明光、高深的《做新生活的弄潮儿》；岑献青的《湘西出了个向启军》。

《书林》第6期发表吴炫的《批评从这里走向现代——兼评〈龙应台评小说〉》。

《中山大学研究生学刊》第2期发表黄滢的《人性 心态小说 路标（白先勇的长篇〈孽子〉）》。

16日，《文学报》发表陈辽的《"瓦赛公案"早有正论——兼谈张鸿的〈续孽海花〉》；徐钢的《浅笑中的悲哀——评陆文夫新作〈故事法〉》；陈先义的《历史真实与文学真实的统一》；贺光鑫的《须要有个自家在内》；未署名的《香港文坛现状管窥》；毛洪波的《聂华苓深情回忆——她曾两晤沈从文》。

17日，《光明日报》发表何镇邦的《"长征是我心中的诗"——读长篇小说〈地球的红飘带〉》；《文坛面临通俗文学和纪实文学两大冲击》。

《作品与争鸣》第6期发表西龙的《散文天地广 驰笔任纵横——读〈芳草青青〉等六篇散文》；赖大仁的《当代大学生的新观念新追求——评〈中国大学生〉》；耿明奇的《做未来的主人——〈中国大学生〉读后》；刘元林、彭诚强、杜清森整理的《警官大学学生讨论〈中国大学生〉》；罗雀的《残雪的阿喀琉斯脚跟》；[日]近藤直子的《有"贼"的风景》；残雪的《我的创作》；杜元明的《人性与民族命运的反思——〈叛国〉主题漫议》；武治纯的《〈叛国〉——一个宏大主题的早产儿》；江晓天的《"争鸣"应是一种探讨》；石民的《台湾文学界同仁讨论〈叛国〉》；秋野的《众说纷纭的〈古船〉》；布白的《〈古船〉争鸣扬波》。

18日，《当代》编辑部与中国作协山西分会在京联合举办赵瑜的报告文学《强国梦》座谈会。

19日，《青春文学》第6期发表秋子的《〈橙云〉浅析》；了之的《笔误耶？人误耶？》；凌耀忠的《满腹谵妄说"虹贝"》；筱平的《剖析与思考——读〈多米诺骨牌〉》；刘湛秋的《语言——奇妙的魔匣的续篇》。

20日,《人民文学》第6期发表谢望新的《编者所识与作者所求》;莽萍的《报告文学的社会监督功能》。

《中国作家》第3期发表常振家的《改革题材的新开拓——简评长篇小说〈商界〉》;公刘的《和联邦德国朋友谈〈古船〉》;蓝翎的《下雪别忘穿棉袄》;何镇邦的《长篇小说艺术琐谈》;王必胜的《批评漫议》。

《台湾研究》第2期发表李义虎的《从社会思想和文化角度看"台湾意识"》;古继堂的《台湾文学中的民族意识》。

21日,《文艺研究》第4期发表叶朗的《论美学的现代形态》;高尔泰的《美感与快感》;李希凡的《"京味儿"小说》;袁可嘉的《中国与现代主义:十年新经验》;张诵圣的《现代主义与台湾现代派小说》;徐贲的《小说叙述学研究概观》;王延松的《创造与困扰——由〈搭错车〉现象所引起的自我反思》;钱中文的《论文学形式的发生》;徐剑艺的《文学形态层次论》;朱丰顺的《试论无意识与文艺创作》。

《华声报》发表澹台惠敏的《以情说史苦求情——谈台湾作家高阳的〈胡雪岩〉传奇系列小说》。

24日,《光明日报》发表陈墨的《改革文学的新的生机》;张奥列的《"玩"文学刍议》;顾传菁的《"一篇全新的世界"——读〈青春梦幻曲〉》。

25日,《文艺报》发表鲁茂的《谈澳门的散文》;胡培周的《澳门的小说》。

《世界博览》第7期发表潘荻的《海峡两岸奇才——谢晋与白先勇合作拍片记》。

28日,山西作家协会、人民文学出版社、《当代》编辑部在北京联合举办柯云路长篇小说《衰与荣》座谈会。(本年《当代》第5期)

29日—7月2日,由香港大学亚洲研究中心和美国亚洲研究协会台湾委员会联合主办的"台湾经济、历史、文化国际研讨会"在香港举行,大陆、台湾、香港及海外学者近50人出席了会议。

30日,《文艺报》召开电视片《河殇》讨论会。(本年7月16日《文艺报》)

本月,《山东文学》第6期发表聂宏刚的《〈阴阳先生〉里的侯贺林》;丁振家的《"我就是画中人"——评张歧散文集〈蓝色的足迹〉》;章亚昕的《渐入灵境繁荣孔孚山水诗》。

《山西文学》第6期发表苏华的《〈病房〉:心灵的探索与结构的更新》;薄子涛的《彭图小说创作得失》。

《小说月报》第 6 期发表朱双一的《近期台湾中短篇小说掠影》。

《文艺评论》第 3 期发表刘浪的《文学天国里的死亡阴影——文学的生命意识论之一》;卢敦基的《走出迷宫:留恋的无意识——析郑万隆〈生命的图腾〉和一个所谓永恒难题》;洪清波的《走出两级》;晋白川的《弄潮儿向潮头立》;徐剑艺的《都市里的村庄——市井市俗形象系类考察》;高华的《台湾女性文学的发展》;袁元、季沙的《知青文学:困难重重的逾越》;方卫平的《少年文学的自觉与困惑——兼及〈独船〉及其讨论》;何志云的《关于文艺批评的随想(三)》;张景超的《也论短篇小说的结构形态问题——与故事情节取消论者商榷》;万陆的《对当代散文命运一种破解的认识》;费振钟的《内在的批评与文学的情感创造性质》;彭富春的《生活和艺术简说》;陆晓声、陆光明的《一个危险的话题——关于创作和审美过程中的"神秘感"》;叶纪彬的《论艺术直觉的本质特征》;李佳的《"人嘛,都是有心的"——王毅小说浅评》;张同吾的《意境·情趣·观念递嬗——谢树散文散议》;程光炜的《黑土地的负载者和他悲放的歌吟——论庞壮国的诗》;阿凤的《呼唤那历史的回声——读王娘的几篇历史题材小说》;任愫的《柳笛声声黑土情》;文冰的《心灵的琴声》;郭风的《读〈林区小镇〉》;健璇的《生活美与散文美》;南萌的《也谈〈癞花村的变迁〉——兼及〈朴实无华 回味无穷〉》;朱希祥的《略说"艺术的科学化"》。

《当代作家》第 3 期发表聂运伟、冉铁星的《心灵旷野中爱的升华——评长篇小说〈雾都〉》。

《作品》第 6 期发表陈绍伟的《红土地的歌》;钟晓毅的《改革时代的艺术开拓——一九八七年〈作品〉小说掠影》;殷国明的《现代小说艺术的危机和生机》。

《春风》第 6 期发表高峰的《〈旅伴〉读后》。

《萌芽》第 6 期发表《贝时璋答本刊记者问》;程德培的《绝望的挣扎——对周梅森小说的一种理解》;李庆西的《文章内外说南帆》。

《湖南文学》第 6 期发表胡宗健的《春夜思絮》。

《福建文学》第 6 期发表李劼的《中国新时期文学中的人道主义要说》;谢逸溪的《一棵争夺阳光的树——谈章武的散文创作》;曾镇南的《故乡来的诗》。

《台港与海外华文文学》第 2 期发表刘坤生的《49 年以后的胡适》;潘亚暾的《诗心长在情长在——岭南人诗歌漫评》;翁奕波的《阳刚与阴柔共振——刘思诗歌赏析》;肖村的《马华文学的郁郁绿荫——〈叶的事业〉读后》;于燕燕的《三毛的

迷误》；朱永锴的《台湾小说语言析异》；袁军的《非马在温哥华》；金大可的《一个独特而丰富的世界——非马诗歌简论》；韩萌的《似属"编造"的〈杀妻〉——忆短篇小说〈杀妻〉的创作》；陈春陆、陈小民的《泰国华文文学史料》。

《台声》第5—6期发表徐学的《台湾文学研究锦上添花——〈台湾当代小说艺术采光〉读后》；安兴本的《转折点上的台湾文学——近几年台湾文坛思潮述评》。

《语文学习》第6期发表刘兴汉的《巴山蜀水系乡思——读台湾余光中〈蜀人赠扇记〉》。

《名作欣赏》第3期发表朱栋霖的《以一曲轻歌发出的试探——读郑愁予〈我以这轻歌试探你〉》。

《文学报》发表刘方泽、韩钟亮的《关于小说〈唐赛尔〉结局的通信》。

本月，春风文艺出版社出版《李辉英研究资料》。

广东高等教育出版社出版潘翠菁的《马列文论辨析》。

工人出版社出版张韧的《小说世界探索录》。

厦门大学出版社出版丁玲创作六十周年学术讨论会编选小组编的《丁玲与中国新文学：丁玲创作六十周年学术讨论会专集》。

甘肃人民出版社出版胡垲、季成家主编的《中国当代文学评论家论》。

知识出版社出版阎纯德的《作家的足迹：续编》。

四川文艺出版社出版徐采石、金燕玉的《陆文夫的艺术世界》。

7月

1日，《广州文艺》第7期发表陈志红的《一次文学的漫步——1987年"朝花奖"获奖作品随笔》。

《上海文学》第7期以"南帆评论小辑"为总题，发表南帆的《文学的冲突》，《理论·模仿·创作》。

《东海》第 7 期发表骆寒超的《生活的规范,行为的准绳——评浙江省首届法制文学获奖作品》;孙明仁的《掩卷后的沉思——读〈纪检办收到一封匿名信〉》。

《北方文学》第 7 期发表鲍昌的《"书淫"小札》;桂青山的《没有男子汉的男子汉文学——读〈起士林酒吧〉随笔》。

《光明日报》发表何西来的《惊奇与回味——话剧〈天下第一楼〉观后随想》。

《作家》第 7 期发表潘凯雄、贺绍俊的《雅与俗——关于近期文学市场和格局变化的对话》;忆明珠的《关于散文的聊天之六:游戏文字三昧》;肖逸的《发挥主体意识　振兴吉林文学评论——〈作家〉编辑部评论作者的约稿会综述》;李国民、朱晶、郭铁城、黄浩、关德富的《关于振兴吉林文学评论的评论》。

原由中共中央主办的《红旗》杂志停刊,改由中共中央委托中共中央党校主办的《求是》杂志创刊。

《奔流》第 7 期发表冠生的《拽上科学说文学》;宗树洁的《文学之社会位置》;鲍昌的《永远去追求生活、思想、创作的真诚》;张宇的《陌生的感觉》。

《解放军文艺》第 7 期发表王树增的《哭泣的童话》;李荃的《不要砍断那根脐带》;雷铎的《文学·文学多元论·形而上学说》。

《妇女学苑》第 1 期发表宋晓英的《独特的情思　悲凉的美——读於梨华的小说〈雪地上的星星〉》。

2 日,《文艺报》第 26 期发表袁忠岳的《反理性诗歌的出路》;高松年的《在民族化追求中确立个性——评张廷竹的军旅小说创作》;丁帆的《批评的遗憾——与刘晓波谈寻根文学》。同期报道 6 月 21 日作协北京分会和十月文艺出版社举行霍达的长篇小说《穆斯林的葬礼》讨论会;6 月 30 日作家出版社和作协黑龙江分会联合举行张抗抗的长篇小说《隐形伴侣》讨论会。

3 日,《小说选刊》第 7 期以"1985—1986 年获奖短篇小说漫评(一)"为总题,发表南丁的《小议〈满票〉》,张炯的《在现实主义的广阔道路上》,滕云的《三个"经济人"》,曾镇南的《时间的磨洗》。

《报告文学》第 7 期发表安哲的《当代社会的多方透视——评第四届获奖报告文学作品兼谈近年报告文学创作趋势》。

5 日,《中国西部文学》第 7 期发表章德益的《强悍的土地与雄奇的灵魂——王刚小说近作浅议》;杨子的《面具下边:一张破碎的脸》。

《当代文坛》第 4 期以"第四次中美作家会议论文"为总题,发表陆文夫的《世界文化与中国文学的骚动》;周克芹的《面对乡土的文学》;流沙河的《三柱论(The Tripillar)》;孙静轩的《纵的继承与横的移植》;陈辽的《中美当代文学比较》;宗璞的《传统与外来影响》;李子云的《喧哗与骚动》;益希单增的《西藏文学与西藏作家》;何士光的《文学属于人类》;锦云的《关于戏剧文学》;魏志远的《1988:第四次中美作家会议侧记》。同期,发表周海涛、赵歌放的《死亡与莫言小说的生命意蕴》;龚曙光的《面对一种新文体的困惑——对残雪小说艺术的一种读解》;范昌灼的《王瑛琦散文论略》;黄书泉的《说说老万——评中篇小说〈木樨地〉》;杨扬的《文学批评形态的艺术分类》;吴炫的《模式:一个有意义的批评范畴》;童志刚的《纪实小说:一个悖谬》;白崇人的《大变革中的心灵颤抖——读阿来的〈奥达马队〉》;树楷的《收获喜悦和遗憾——读徐联的两部长篇小说》;何群英的《一篇动物小说佳作——评〈冰河上的激战〉》;刘继安的《在黑暗中写出壮美——简评长篇小说〈小萝卜头〉》;梁新俊的《多元文化格局与创新态势中的缺陷——近期报告文学研究一瞥》;张德林的《"文采"琐议——读评论文随想录》;张宏梁的《出人意外的反论》;毛乐耕的《文体的杂交和形式的裂变》;晓笋的《读〈梦断春城〉》;尔龄的《特区女性的心灵曝光》;谭豹的《人生的困惑和选择》;宽文的《血染的风采 英雄的丰碑》;谭顺祥的《角落睡人的苏醒》;莫文征的《贵在进取——序〈囚徒与白鸽〉》;夏文的《"盆地意识"及其他》。

《延河》第 7 期发表玉呆的《读诗偶记》;晏明的《在多元化面前》;张同吾的《落潮之前的思索》。

《青海湖》第 7 期发表石厉的《当代文学的困境》;张玉银、曹曷的《金石杂文的美学追求》。

6 日,《河北文学》第 7 期发表魏威的《一个飘荡的幽灵:西方现代派文学在新时期文学发展史中的奇特命运》;张庆田的《含而不露——读安宇的〈火墙〉等三篇作品》。

7 日,《文学报》发表石言的《拥抱你的客体吧》;秦晾的《主体的失落》;郭风的《读〈陈嘉庚〉》。

《天津文学》第 7 期发表李哲良的《"新生代"作家与"幻觉型"作家文学》;刘乐群的《工人劳动实践的审美展示》;黄桂元的《读诗漫笔(之十一)》。

《花溪》第 7 期发表何士光的《起超兄无恙》;艾筑生的《在历史与现实的交汇点上展示人生——李起超报告文学简论》;崔道怡的《文学编辑致习作者十二谈

(七)：人物——小说的主体》。

8日,《光明日报》发表吴秉杰的《现实主义生命力之所在——评〈血色黄昏〉》。

9日,《文艺报》第27期发表王干的《马原小说批判》；荒煤的《致〈穆斯林的葬礼〉的作者》；丹晨的《门洞里厢的世界——〈裤裆巷风流记〉艺术考略》；陈刚的《形象化的反思——〈河殇〉观后》；宋遂良的《报告文学队伍中的两名新兵——即彭雁华、彭雁平》；黄子平的《"永远的灵魂"——读岑献青的散文集》；《上半年理论批评情况概述》；以"影片《红高粱》得失争鸣(四)"为总题,发表杨小滨的《〈红高粱〉:诗化的人性及其悖谬》；庄汉新的《向现代文明挑战的〈红高粱〉》。

10日,《文汇月刊》第7期发表缪俊杰的《文学：超越和难以超越——关于作家"使命感"反思的反思》。

《中国作家》第4期发表陈冠柏的《一个女人拥抱的两个世界》；刘毅然的《莫言,一杯热醪心痛》；穆拉提·杜曼的《我看〈遥远的白房子〉》。

《北京文学》第7期发表李劼、黄子平的《文学史框架及其它》；康式昭的《好一蔓青藤——读〈爬过高墙的青藤〉》。

《雨花》第7期发表丁柏铨的《特殊生存状态中的军人心理世界——读朱苏进的近作〈欲飞〉》；沈义贞的《饶有意味而又危险的探索——〈欲飞〉简析》；鲁脉的《风正一帆悬——赣榆县小说创作漫笔》。

《诗刊》第7期"我观今日诗坛"栏发表陈良运的《线性思维与多元取向》,周良沛的《诗,就是诗》,洪子诚的《今日诗的困难》,吕进的《大海与大火》,阿红的《四月随笔》；汪承栋的《朗诵艺术的魅力》。

《读书》第7期发表蔡翔的《永远的错误——关于〈金牧场〉》；黎清的《读〈锯齿啮痕录〉》；柳苏的《才女强人林燕妮》；苏炜、袁运生的《在"动态结构"中寻找"恒态机制"——关于现代艺术的"胡言乱语"之四》。

12日,《华声报》发表董明的《读台湾青年作家作品有感》。

14日,《文学报》发表双木的《要做一个"有牛仔裤精神的人"的人——台湾女作家三毛答记者问》。

15日,《文艺争鸣》第4期专栏"由《大地和云霓》引起的争鸣"发表鲁枢元的《对峙与协同——致〈文艺争鸣〉主编李玉铭》；李思孝的《没有基础的空中楼阁——兼评〈大地和云霓〉及其他》；陈辽的《文艺是上层建筑现象》。同期,发表公刘的《让希望之星重新升起——序梁小斌诗集〈山女军鼓队〉》;刘纳的《当代中国作家的处境》;董瑾的《文学潮流与时代选择——关于当代中国文学思潮的对话》;张未民的《侠与中国文化的民间精神》;洪峰、马原的《谁难受谁知道——洪峰和马远的通信》;郭铁城的《文化批判的尴尬境遇》;吴士余的《中国文化与小说思维》。

《文学评论》第4期发表公刘的《从四种角度谈诗与诗人——答中央广播电视大学中文系问》;李庆西的《寻根:回到事物本身》;王晓明的《不相信的和不愿意相信的——关于三位"寻根"派作家的创作》;蔡翔的《情与欲的对立——当代小说中的精神文化现象》;仲呈祥的《〈红高粱〉:新的电影改编观念》;张德祥的《历史蜕变与近年小说中的精神现象》。

《民族文学》第7期发表吴重阳的《悼沈从文》;阿云噶的《〈民族文学〉优秀作品山丹奖获奖作家谈获奖作品》;金东勋的《美好心灵的寻求者——记朝鲜族作家李根全的文学道路》;蒲惠民的《优美动人的草原牧歌——读尹丹才让的〈雪山集〉》。

《光明日报》发表白烨的《评论界对长篇小说的理论思考》。

《特区文学》第4期发表张奥列的《小说观念的变化——〈十五贯〉与〈破晓时分〉》;吕炳文的《研究文艺问题必须坚持辩证法》。

贵州茅台酒厂委托《人民文学》举办的首届"茅台"文学奖颁奖大会在贵州茅台酒厂举行。(本年《人民文学》第8期)

《社科信息》第7期发表陈辽的《台湾文学研究十年》;张超的《与旅美华人作家白先勇谈创作问题》;媛君的《台湾文坛:新兴文学社团相继成立》。

16日,《文艺报》第28期发表李树声的《穿越历史的屏障——读〈苦海〉等几部历史小说随感》;施纯志的《人格、命运和历史——矫健近作〈快马〉》;《和人民一同来思考——〈河殇〉座谈发言选登》;王卉的《让少年小说更贴近当代少年——与董宏猷同志谈〈少男少女进行曲〉》。

《求是》第2期发表阎纲的《清官难当——读陆文夫的〈故事法〉》。

中国社会科学院文学研究所、《文学评论》编辑部举行"胡风文艺思想反思"座谈会。(本年7月23日《文艺报》)

17日,《作品与争鸣》第7期发表邓刚的《创作手记》;陆荣椿的《在改革、开放的时代大浪里经受摔打——读〈我叫威尔逊〉》;徐晓钟的《在兼容与结合中嬗变——话剧〈桑树坪纪事〉实验报告》;木弘的《博采众生相　笔势任纵横》;姚文泰的《疯狂的文学　危险的倾向》;王方红整理的《〈褐色鸟群〉座谈笔录》;李下的《草确确实实是在生长——评中篇小说〈褐色鸟群〉》;边潭的《跨越鸿沟的有益尝试——评〈悬崖上的小路〉》;弓长的《莫须有与真实——也谈〈悬崖上的小路〉》;戚方的《评刘再复对姚雪垠及〈李自成〉的"新"评价》;刘再复、刘绪源的《刘再复谈文学研究与文学论争》;闲云的《"创新"随想录》;郝方的《自我意识与大众意识》。

遵义卷烟厂委托《人民文学》举办的首届"银杉"文学奖颁奖大会在遵义市举行。(本年《人民文学》第8期)

18日,《台港文学选刊》第4期发表刘登翰的《"创世纪"的历程》;《香港文学报》记者的《香港文坛现状管窥》。

19日,《青年文学》第7期发表伊白的《痛苦的旁观者》;津蠡的《为什么发生危机》;夕风的《请注意……》;李国文的《良好的开端》;黄国柱的《敢问路在何方……——〈三色积木〉印象》。

20日,《小说评论》第4期发表雷达的《强化了主体意识之后》;王彬彬的《从愤世到厌世——三年来"反文化小说"读札》;潘新宁的《主题模式蜕变与主体性重心转移——新时期小说变异研究之一》;林为进的《从草原深处找到旋律的两位歌手——张承志和艾特玛托夫》;张德祥的《人的生命本体的窥视欲生存状态的摹写》;周政保的《〈遥远的白房子〉:并不遥远》;孙荪的《黄河的精灵——就〈水上吉普赛〉致魏世祥》;权海帆的《陆文夫小说的喜剧性及其他》;黎辉、曹增渝的《隋抱朴的人道主义与〈古船〉的整体意蕴——续谈〈古船〉的缺憾兼答丁彭同志的"商榷"》(本年第1期《小说评论》发表的丁彭的《论隋抱朴——兼与黎辉曹增渝同志商榷》);李先锋的《同一种情感倾向所产生的巧合——试析几部小说关于农村青年进城的艺术处理》;宋丹的《谢友鄞:辽西的土地和人》。

《上海文论》第4期"重写文学史"栏发表陈思和、王晓明的《主持人的话》,戴光中的《"关于赵树理方向"的再认识》,宋炳辉的《"柳青现象"的启示——重评长篇小说〈创业史〉》。同期,发表方克强的《中国梦:新文学的原型和情结》;何龙的《文艺人类意识的思维方式和价值观》;王元化的《〈文艺心理学〉序》;吴俊的《都市里的缪斯——上海作家印象》;魏威的《硬嵌镶的葡萄干——我读〈天网〉的一点感受》;刘绪源的《无爱的人生与潜在的抗争——〈黄瑶〉读后》;杨小滨的《戏谑化的冷酷——读洪峰的〈湮没〉、〈奔丧〉》;东年的《受苦的人没有施舍慈悲的义务?老天可怜!》;吴继文的《没有出口的梦境——残雪〈黄泥街〉的倒错世界》;周介人的《面对平静》;沈善增的《看懂以后》;邹平的《世纪末的中国当代文学》;方燕的《从制度上保证反批评进行》;裘小龙、张文江、陆灏的《金庸武侠小说三人谈》;白烨的《近年文学批评的历史性演变》。

《花城》第4期发表白烨的《"人学"意识的觉醒——观念与小说创作的拓进》。

《清明》第4期发表段儒东的《写〈"左"传〉的人——记作家曹玉模》;沈天鸿的《〈冷色调〉的冷与热》。

《暨南学报(哲学社会科学版)》第3期发表蔡美琴的《台湾现代文学的奠基者赖和》。

21日,《文学报》发表陈忠方的《槛翠庵的暖色——评林斤澜系列小说〈矮凳桥风情〉》;杜埃的《昨天的云开大山——杨干华〈天堂众生录〉谈片》;吴士余的《评思维的"寻根"》;孙豹隐的《名家批评别议》;孙光萱的《读丁芒的〈诗的追求〉》。

《文艺研究》第4期发表张诵圣的《现代主义与台湾现代派小说》。

22日,《光明日报》发表冯立三的《报告:在文学的轨道上前进——评胡平、张胜友的报告文学》。

《长城》第3期发表周申明的《有所超越 不失本色——从铁凝的〈麦秸垛〉说开去》;张承志的《岁末》;黄彩文的《外枯中膏 似淡实美——贾大山〈梦庄纪事〉片论》。

23日,《文艺报》第29期发表黄国柱的《积极行进在军队序列之中——徐怀中谈军事文学》;吴秉杰的《面向生活的一种调整——评若干新进作家的创作》(评李锐、刘恒、刘震云、李晓、王小克等的作品);朱寿桐的《情感的佳构——陈白尘〈漂泊年年〉》;李晶的《人市场的冲突——读中篇小说〈人市〉》;王育生的《散谈天下第一楼》;蔡江珍的《近年散文的文化取向》;刘烨园的《走出困境:散文到底是什么?》;李洁非的《"感觉"的泛滥》;专栏"我看实验小说"发表应雄的《失败的反抗与困顿的先锋》。

24日,《文艺理论与批评》第4期发表戚方的《评刘再复对姚雪垠及〈李自成〉的新评价》;王敏的《生活、哲理、情诗与美的形式——试论话剧〈桑树坪纪事〉的导演艺术》;陈守礼的《读〈皖南事变〉》;林元的《叙事诗与形象思维》。

25日,《文艺理论研究》第4期发表许子东的《中国当代作家的社会角色危机》。

《当代作家评论》第4期以"长篇小说研讨"为总题,发表李振声的《说长篇小说的结构性容量》,殷白的《史诗的设计 功力的营造——评王火的〈月落乌啼霜满天〉》。同期,发表孙绍振的《审美价值取向和理性因果律的搏斗——刘心武论》;孟悦的《刘心武创作简论》;[美]海伦娜·柯琳达的《刘心武:点滴追求》;王干的《北岛:孤独的岛,真诚的岛》;丁宗皓的《人格的界碑:北岛的位置》;朱珩青的《乡土·生命·自然——读乌热尔图的小说》;赵海忠的《痛苦:乌热尔图小说的基调》;吴俊的《死亡:文学的永恒母题——兼论三篇小说的死亡意识及其比较》;樊星的《宗教与人心:〈晚霞消失的时候〉与〈金牧场〉的一个比较》;吴亮的《一个臆想世界的诞生——评残雪的小说》;郭风的《诗一般朴素的散文——读周明的〈记冰心〉》;黄国柱的《〈中国体育界〉:面对变革的时代大潮——兼谈"宏观"报告文学的前景》;张志忠的《单纯而蕴藉的美学追求——论朱苏进》;初旭、王景涛的《在寻找与感悟中发现灵性——评王充闾的散文创作》;王斌、赵小鸣的《余华的隐蔽世界》;徐金葵的《距离的制造:"洪峰"及其它——洪峰小说形式谈》;吴炫的《现代人≠精神贵族》;张军的《文学创作中的主客观》;赵玫的《把你的故事还给你——李劼印象》;李劼的《致现代主义童话作家陈染》。

《海峡》第4期发表薛晨曦的《林今开和他的狂人世界》;潘亚暾的《台湾人民反殖民爱国的悲歌战歌——读李乔的〈寒夜三部曲〉》。

27日,《文学自由谈》第4期发表叶楠、韩瑞亭等的《当代军事文学面面观》;北京大学当代文学研究生的《现实的深化与淡化——关于当代文学思潮的对话》;曹万生的《新时期文学中的封建意识——对三部爆炸性小说的剖析》(评柯云路的《新星》、蒋子龙的《乔厂长上任记》、李存葆的《高山下的花环》);吴秉杰的《浪漫激情中的传统血液——对张贤亮小说的主题分析》;邓善洁的《蒋子丹的颜色》;王彬彬的《假作真时真亦假——读〈红橄榄〉》;唐复华的《王四麻论——读残雪的〈黄泥街〉》;冯育楠的《略论近年武侠小说在中国之盛行》;谢泳的《崛起的新生代报告文学作家群》;周梅森的《走出虚幻,直面人生——谈黄蓓佳的小说》;赵本夫的《〈冬之旅〉随想》;黄蓓佳的《夏日里的〈冬之旅〉》;李书磊的《回头看之三:〈北方的河〉精神分析》;张首映的《说文解艺之二:单个作家的"语言风格"是不可求证的》;金梅、杨显惠的《自然——生命感——艺术》;黄秋耘的《回顾"作协四大"》;董衡巽的《直率与过谦》;张来民的《"靠上心理":中国民族劣根性的积淀——对〈新星〉热的再思考》;牛玉秋的《动荡:变革时代的价值观念——〈无尽的长廊〉读解》;孟悦的《读〈庭院深深〉》;王斌、赵小鸣的《〈蓝色的高地〉:神圣的诞生》;许明的《关于创作中的经验主义》;潘凯雄、贺绍俊的《介于科学性与文学性之间的批评语言》;姜东赋的《马克思:"纯批判的态度"》;周柯的《王信:默默的耕耘者》。

28日,《文学报》发表庐湘、唐耀华的《关于〈梦断春城〉的通信》;叶廷芳的《文学向神话回归——从电影〈红高粱〉的讨论说起》。

29日,《光明日报》专栏"关于报告文学现状及趋势的讨论"发表李书磊的《当前报告文学形势分析》。同期,发表朱向前的《红·黄·绿:军旅文学世界三原色——对军旅文学的一种"模糊认识"》。

30日,《文艺报》第30期发表张同吾的《参与意识的强化和淡远——半年诗歌创作掠影》;李兴华的《非现代化社会结构关系的经验描述——读李晓的〈关于行规的闲话〉》;黄毓璜的《探索文学的障碍》。

本月,《山东文学》第7期发表知侠的《冀鲁枣花飘清香——〈枣花〉序》;王万森的《三个高中生的选择——〈人生〉、〈老井〉、〈秋天的愤怒〉的比较》;石兴泽的《在历史与现实的联系中表现人生——读〈柳树湾〉》;何寿亭的《形象思维,艺术技巧及其他——编辑杂谈》。

《山西文学》第7期发表冯池的《喜看文苑发新枝——推荐本期"农民小说特辑"》;李国涛的《走出旧的小说格局——谈本期农民小说杂记》。

《小说月报》第7期发表孙洪威的《这里出小说——胶东小说创作一瞥》。

《红岩》第4期发表涂亚的《报告文学的文学性及其它》;翟大炳的《作家的发现和超越》;胡德培的《喜闻乐见论——通俗文学漫议》;沙平的《双重层次的艺术世界——读〈三个人的一个故事〉》;沈彦的《单纯集中 意远情真——读木斧诗集〈缀满鲜花的诗篇〉》。

《作品》第7期发表陈志红的《写给时代的壮歌——读〈宝珠在握〉和〈珠江春雨新潮急〉》。

《春风》第7期发表胡德培的《色彩缤纷的乡俗与乡情——许谋清乡土小说印象》。

《萌芽》第7期发表戴达的《诗的新生代的崛起——析张烨诗的抒情主体》；金乐敏的《紫色的太阳》。

《湖南文学》第7期发表李元洛的《断兵寸铁的锋芒——读台湾诗人洛夫的抒情小诗》；叶蔚林、刘云的《美文学的追求与探索》；黄亦鸣的《改革大潮中的一朵浪花》；王静怡的《谈王丽平的两篇小说》；黄斌的《着笔于社会底层的人生世相》。

《福建文学》第7期专栏"选择·建立中华民族新文学讨论"发表谢冕的《文化性格：选择的惶惑》；南帆的《未来的文学》；贾平凹的《时代呼唤大境界的作品》。

本月，花城出版社出版巴人著，王克平、钱英才编的《巴人文艺短论选》。

上海文艺出版社出版宋耀良的《十年文学主潮》。

重庆出版社出版流沙河的《台湾中年诗人十二家》。

8月

1日，《广州文艺》第8期发表岑桑的《〈寒妮〉及其他——试谈王海玲的小说创作》。

《小说林》第8期发表林为进的《那是一个广阔的空间——关于通俗文学的对话》；张瑞娟的《读〈变奏〉》。

《东海》第8期发表彦华的《创造优秀的艺术品奉献给人民》。

《北方文学》第8期发表《为英雄立传，为民族作史——抗联老战士笔谈〈中国的夏伯阳〉》；姚楠的《人生旅程的一次变向体验——读〈中途下车〉》。

《求是》第3期发表郑伯农的《向史诗性文学迈进——读〈地球的红飘带〉》。

《作家》第8期发表宋耀良的《战争·死亡·文学》；潘凯雄、贺绍俊的《"热"与"冷"——关于文学理论批评整体现状的对话》；忆明珠的《关于散文的聊天之七：文章讲究调子》。

《青年作家》第8期发表邓仪中的《与傅天琳关于思维方式的对话》。

《奔流》第8期发表曾凡的《不要问我从哪里来》;丘克的《殊荣当属直面人生者》。

《解放军文艺》第8期发表黎汝清的《关于革命历史题材文学创作的思考》;张波的《军人的痛苦与军事文学的痛苦》;高建群的《为了第一只猴子开始的事业》。

2日,大陆与台湾学者举行首次"台湾研究学术交流会",参会者有民间学术团体"台湾史研究会"的几位学者与厦门大学台湾研究所的研究人员。

《人民日报》发表流沙河的《乡愁三种》。

3日,《小说选刊》第8期以"1985—1986年获奖短篇小说漫评(二)"为总题,发表洁泯的《人的魅力》,崔道怡的《短评"短评"》。

《文汇报》发表施叔青的《塑造自己的世界——与大陆作家残雪对谈》。

5日,《中国西部文学》第8期发表周政保的《在事件(或关系)的表象背后——兼述中篇报告文学〈安危所系〉》;邢煦寰的《困惑和超越:当代艺术审美观念的变革——从王蒙小说〈来劲〉说起》;本刊记者的《第二步:更艰难的跨越——赵光鸣、程万里、董立勃小说创作》;夏冠洲的《多角度地开掘人性的深度——赵光鸣、董立勃、程万里小说人性主题比较》。

《光明日报》发表梁晓声的《电影的"宣言"》;张炜的《真情的吟唱——评柳原的长篇新作〈痛苦也是美丽的〉》。

《青海湖》第8期发表梁新俊的《论钱佩衡散文的审美崇高》;葛建中的《时代呼唤报告文学》。

6日,《文艺报》第31期专栏"我看实验小说"发表蔡测海的《探索小说的双重障碍》。同期,发表何镇邦的《半是谤文半是挽歌》(评刘恪的《猎人家族》);雷达的《社会·人本·生活流——读〈烦恼人生〉所想到的》;叶廷芳的《生命压抑的美学平衡》(评电影《红高粱》);祝肇年的《〈红高粱〉引起的沉思》(评电影《红高粱》);韩作荣的《干渴的土地与干渴的灵魂——读〈西部在移民〉》;王守德的《执著于世态与心态的洞察——董保存小说掠影》;张建明的《笔耕异域 情寄天涯——记武官曹彭龄》;吴方的《"悲"里千秋——新悲剧形态小说略见》;何怀宏的《各种人——读〈文人笔下的文人〉》。

7日,《天津文学》第8期发表郭栋的《积极层上的断裂——诗歌运动规则的秩序和不规则的走向》；黄桂元的《读诗漫笔(之十二)》。

《花溪》第 8 期发表程地宇的《邈然七曜山,美哉三峡人——李乔亚小说漫评》；杨志权、木川的《人生飞梦——记青年作家李乔亚》；崔道怡的《文学编辑致习作者十二谈(八)：性格——人物的标记》。

8 日,由中国社会科学院台湾研究所主办的海峡两岸学术研讨会在北京友谊宾馆举行,这是首度在大陆举办的由海峡两岸学者参加的大型学术研讨会。

9 日,《文艺生活》发表李元洛的《独立苍茫自咏诗——台清诗人向明诗作欣赏》。

10 日,《文汇月刊》第 8 期发表曾卓的《往事与未来——读梅治的〈往事如烟〉》。

《小说界》第 4 期发表李子云的《於丽华和她的小说〈姐妹吟〉》；江曾培的《山不在高　有仙则名——〈中外名家微型小说大展〉序》。

《北京文学》第 8 期"关于'伪现代派'的讨论"栏目发表贺绍俊、潘凯雄的《关于"剥离"的剥离》。同期,发表王晓明、黄子平的《在作家与作品之间》；陈世崇的《雾中看人应有情——读〈黄昏雾　白蒙蒙〉》。

《雨花》第 8 期发表陆建华的《评梁晴小说中的女性》；王玮的《静的解脱——读〈小巷幽默曲〉的两种类型》；佳星的《毗陵谈文——记青年小说家、评论家常州对话会》。

《诗刊》第 8 期"我观今日诗坛"栏发表梁南的《对诗评诗论的困惑》,古远清的《对诗歌研究理论的一点反思》；"新诗研讨会　文章摘登之一"栏发表杨子敏的《多样与自由》,严迪昌的《请剥离浮躁的翳》,郑敏的《足迹和镜子——今天新诗创作和评论的需要》,缪俊杰的《呼唤诗情与诗美的回归》；同期,发表臧克家的《诗界"三希"》；李汝伦的《诗的如是我观》；林希的《抢救诗人》；晓渡的《乱花眯眼论新诗——全国当代新诗研讨会(运河笔会)综述》。

《读书》第 8 期发表李庆西的《现代悲剧是怎样发生的——为〈最后一个渔佬儿〉台湾版而作》；晓华、汪政的《雅俗变奏——叶兆言小说读后》；曾卓的《诗的殿堂》；苏炜、袁运生的《"假设的假设"：爵士乐·京剧·"空间"与"数"——关于现代艺术的"胡言乱语"之五》；郭宏安的《批评家的公正与偏袒》。

11 日,《文学报》发表武治纯的《开拓与期望——编著〈台湾现代文学史〉的体会》。

11—17日,中国现代文学馆、人民文学出版社和牡丹江师院中文系在黑龙江召开"中国文学史(古、现、当代)研究学术讨论会"。(本年9月24日《文艺报》)

13日,《文艺报》第32期发表洁泯的《批评意识的变革》;周佩红的《长篇纪实文学的新尝试——读谢德辉的〈钱,疯狂的困兽〉》;胡孟雄的《为新潮鼓和呼——评孟晓云的报告文学新作〈寻找中国潮〉》;金燕玉的《塑造未来民族性格的雕刻刀——刘健屏小说创作论》;邹荻帆的《〈颤抖的灵魂〉的通信》。

《光明日报》专栏"关于报告文学现状及趋势的讨论"发表张韧的《报告文学的轰动与小说的沉寂——从二者比较谈文学的价值取向》。

15日,《民族文学》第8期发表段和平的《折射的时代之光——读鲍尔吉·原野的新作〈这里通向天堂〉》;刘有华的《读〈民族文学〉今年第一期有感》。

《社科信息》第8期发表钟来因的《用现代意识整理中国文化的巨大工程——台湾〈中国历史经典宝库〉(青少年版)简介》;杨全荣的《肖启庆教授谈四十年来的台湾史学界》;文牛的《一九八七年台湾散文创作动态管窥》。

16日,《求是》第4期发表栗正的《读〈北京人〉一语》。

台湾研究会在北京成立,研究会的宗旨是推动多种形式的学术活动,促进海峡两岸之间和国内外的学术交流与合作,加深对台湾的研究与了解。

17日,《作品与争鸣》第8期发表秋泉的《小插曲与大争吵——台湾新旧文学论战之余波》。

18日,《文学报》发表谢泳的《徘徊在未来学、社会学与文学之间——谈近期的报告文学》;黄国柱的《连接历史和现实的悲剧意识——读〈西路军女战士蒙难记〉》;吴亮的《我的方式——〈批评与发现〉后记》;苏冰的《结构的功能》;《王振海作品讨论会纪要》。

《中国戏剧》第8期发表赖声川的《无中生有的戏剧——关于即兴创作》;黄光新的《香港的〈一女四男〉——记魏著〈潘金莲〉在香港》。

19日,《光明日报》专栏"关于引进西方现代批评理论成果笔谈"发表洁泯的《理论批评的多元化和主要方法》,吴秉杰的《新批评:目标与发展》,张颐武的《后结构主义:方法论的危机》;专栏"关于报告文学现状及趋势的讨论"发表何双及的《报告文学的两个潜在危机》;同期,发表晓雪的《时代需要这样的诗——读胡世宗的诗集〈沉马〉》。

《青年文学》第8期发表温金海的《皮货店何以关门》;瘦马的《走出戈壁》;斯

冬的《创作的零点》；骆一禾的《故事形态和手笔》；梅子的《三言两语》；刘湛秋的《奇特的构思使人眼亮》；楼肇明的《逡巡在价值转化的坐标系上》。

《联合时报》发表刘宾雁的《海峡两岸作家首次相会探讨》。

20日，《人民文学》第8期发表伊蕾的《独舞者》；同期，发表刘宾雁的《天职》。

《当代》第4期发表杜文园、庄来来的《既是荒唐的，又是实在的——读中篇小说〈等待起飞〉》；汪晖的《〈古船〉的两种历史观》；靳大成的《人物的审美化与不可解的奥秘》。

《文艺报》第33期发表钱中文的《小说——自由的形式》；晓弈的《通俗文学何以久盛不衰》；苏童的《捕捉一点小小的阳光》；李魁贤的《台海新诗的渊源流变》。

《福建论坛》第4期发表张默芸的《台湾文坛闪亮的恒星——琦君散文小说作品评析》。

22日，《新文学史料》第3期发表贾芝的《忆诗友覃子豪》。

25日，《文学报》发表向明的《台湾诗中的月亮》。

26日，《光明日报》专栏"关于报告文学现状及趋势的讨论"发表李扬的《报告文学：结构与功能的逆向运动——关于"微观"与"宏观"的思考》；专栏"关于引进西方现代批评理论成果笔谈"发表罗强烈的《方法的意义》；同期，发表蔡葵的《冲破历史的怪圈——我看〈大出殡〉》。

28日，《上海大学学报（社会科学版）》第4期发表李元洛的《冷峻锋锐、风格独标——台湾诗人许达然诗作欣赏》。

《上饶师专学报（社会科学版）》第3期发表潘亚暾、汪义生的《剖开台湾社会现实的一把利刃——张系国小说散论》。

29日，《天津日报》发表孙玉蓉的《故人故情，相望相思——记台湾女作家张秀亚》。

《黄石师院学报（社会科学版）》第4期发表田野的《论台湾乡土文学作家钟理和》。

30日，《台湾研究集刊》第3期发表万平近的《〈赖柏英〉和林语堂的乡情》；张光正的《从白话新诗的崛起看台湾新文学运动》；韦体文的《萧白笔下的隔离世界》；许建生的《评高阳的〈慈禧全传〉》。

30、31日，《人民日报海外版》发表李克夫的《再燃上一枝蜡烛——台湾著名作家陈映真访谈录》。

本月,《山东文学》第8期发表周海波的《〈洞天〉以后》;夏勇刚的《论近年诗歌创作的三种心态》;众一、邵军的《拍拍我遗落的忧伤——刘见诗集〈红丝带〉发散》。

《山西文学》第8期发表柯云路的《艺术即否定》;谢泳的《近期报告文学发展的趋向》、《论报告文学与小说分离的合理性》。

《小说家》第4期发表魏威的《原欲·自然·人——杨显惠论》。

《文艺评论》第4期发表蔡翔的《神圣启示录——当代小说中的精神文化现象之九》;谧亚的《时代呼唤忏悔文学——对文学忏悔意识的思考》;盛子潮、朱水涌的《系列化和缀段性——当前小说形态上的一种双向对流》;方守金的《画面:小说文体的一个审美追求》;汪政、程然、晓华的《独白——一种新的文学倾向》;李国涛的《缭乱的文体》;朱国庆的《论"超越意识"》;夏虹的《论文学的模糊性》;张春宁的《论"问题报告文学"的勃兴》;三水的《有情节的政论——关于当代报告文学本质特性的思考》;何镇邦的《改革题材文学的深化》;彭子良的《女性意识·贵族化·它的困境——换一种眼光看新时期"女性文学"》;肖复兴的《〈啊,老三届〉创作断想》;蒋原伦的《北大荒精神与肖复兴的报告文学》;陈士果的《焦灼的困惑:走出黑土之色——"黑土诗"片思》;唐晓敏的《"北大荒文学"漫议》;樊星的《从历史走向永恒——论周梅森》;魏岩的《不超越就无法获得新的艺术生命——非议〈蛇神〉》;陈辽的《提倡追踪研究》;吴崇厚的《标题随想》;朱希祥的《要做高层次的思考和理解》;赵成群的《长耶!短耶!——对有些电视连续剧之我见》;杨利民的《痛苦的失落与新的思考——回忆我过去的生活和写作》。

《作品》第8期发表严瑞昌的《意境·哲理寻踪——读杨雪萍〈期待奇迹〉》。

《名作欣赏》第4期发表罗田的《沉默而沸腾的旋律——读许达然的散文〈远方〉》;李元洛的《冷峻锋锐 风格独标——台湾诗人许达然诗作欣赏》;朱栋霖的《别离的悲歌——台湾诗人郑愁予〈赋别〉赏析》。

《城市文学》第8期发表张厚余的《历史的真实与创奇色彩的瑰丽交融——评〈朱一道人〉》;群一整理的《城市诗专题讨论会发言纪要》。

《萌芽》第8期发表金宇澄的《我们的飞旋——1987年度"萌芽文学奖"获奖作者笔谈》;戴翊的《深沉的文化自省意识》;程永新的《全国得奖小说揭晓后的困惑》。

《湖南文学》第8期发表凌宇的《这不是最后的告别——悼念沈从文先生》、《生命之火长明——〈沈从文〉引子》;陈达专的《传奇的时代,传奇的故事和真实的生命——读姜育轩的长篇小说〈乱世少年〉》。

《福建文学》第8期专栏"选择·建立中华民族新文学讨论"发表孙绍振的《打破被动接受西方文化的恶性循环》;何龙的《旋出文艺新潮流的涡旋》。

《广东社会科学》第3期发表梁若梅的《在徬徨中探索——评陈若曦早期创作的两篇小说》。

本月,花城出版社出版周良沛的《香港新诗》。

中国人民大学出版社出版全国马列文艺论著研究会主编的《马列文论研究第十集》。

浙江文艺出版社出版殷国明的《艺术形式不仅仅是形式》。

华夏出版社出版余飘的《周恩来对马克思主义文艺理论的贡献》。

中国社会科学出版社出版中国社会科学出版社文学编辑室编的《小说文体研究》。

作家出版社出版刘再复的《论中国文学》。

辽宁大学出版社出版张毓茂主编的《二十世纪中国两岸文学史》。

9月

1日,《小说林》第9期发表罗守让的《论新时期小说艺术的哲理抽象》;关沫南的《一部优秀的传记文学——读〈中国的夏伯阳——赵尚志〉》。

《文学报》发表丁帆的《生存竞争下的生命悲剧意识——读周梅森的四部战争小说》;张奥列的《走出民族意识的怪圈》;姜静楠的《怎样渡河——"向内转"讨论的启示》;鲍昌的《点染色彩斑斓的生活》。

《东海》第9期发表白毅的《社会变革与道德变革》;沈虎根的《编辑家的丰碑》。

《北方文学》第 9 期发表《影响我的四本书》；沙平的《蕴含丰富，发人深思——小评〈档〉》；陈益发的《我也想哭——读〈金华饭店〉》。

《求是》第 5 期发表夏衍的《喜读〈浴血罗霄〉》；黄国柱的《文学批评的困顿与生机》。

《作家》第 9 期发表朱大可的《空心的文学——关于新时期文学的白皮书》；曾镇南的《新潮漫卷中的评论纷争——〈新潮漫卷之余〉的"题记"与"后记"》；忆明珠的《关于散文的聊天之八："好玩"——文章二字诀》。

《青年作家》第 9 期发表张放的《挣出"方志"的旧束缚——就四川小说创作与苏丁兄唱反调》；叶延滨的《在"上帝死了"之后》；陈鸿翔的《朴庸居杂记》。

《奔流》第 9 期发表孙荪的《"错误"中的创造》；李炳银的《小说的痛苦与孤独》。

《解放军文艺》第 9 期发表张志忠的《战争文学面面观》；陈墨的《生命与文学》；傅瑛的《惊涛拍岸第一声——试论〈哈拉沙尔随笔〉与〈蠕动的屋脊〉之当代意识》。

2 日，《光明日报》专栏"关于引进西方现代批评理论成果笔谈"发表陈骏涛的《"新美学——历史批评"：一种综合性、超越性的批评范式》；同期，发表白烨的《〈红高粱〉触及电影文化多方面的问题》；同期，报道 8 月上旬，山西文联与山西晋城文联在晋城联合召开报告文学讨论会，8 月中旬大众文学学会在太原召开大众文学讨论会。

《人民日报(海外版)》发表郭振亚等著的《辉县访柏杨之女郭素萍》。

《中国妇女》第 9 期发表陈嗣庆口述、三毛笔录的《父亲心目中的三毛》。

3 日，《小说选刊》第 9 期发表张奥列的《冰裂：生命的律动——读〈远去的冰排〉》；滕云的《〈黑砂〉的新视界》；《萧乾论小说创作》。

《文艺报》第 35 期发表李以建的《叶兆言小说的建构与解构》；欣荣的《白色台阶上的黑马——评邓建永的长篇〈白色台阶〉》；陈辽、京宁的《上帝是怎样失落的？——读薛尔康长篇小说〈上帝的失落〉》；张志忠的《但将悲凉化荒唐——读朱向前中篇小说〈石膏绷带〉》；康洪兴的《〈天下第一楼〉的"舆论热点"——兼向北京人艺敬一言》；丽水的《〈棋王〉散步》；倪震的《〈河殇〉作为序曲》；梁斌的《民族气魄与民族风格》；原伦的《理论·美文·境界——读〈晚翠文谈〉》。

《报告文学》第 9 期发表刘宾雁的《真诚·激情·勇气——为赵瑜自选集作

序》。

5日,《广西文学》第9期发表蒙绍业的《新花灼灼——仫佬族文学情况简介》。

《中国西部文学》第9期发表唐栋的《文学的走向与作家的选择》;陈东滨的《〈湖光〉:对理想人格的呼唤》;彭志明的《形式探索与内容表现的悖逆——评蔡宇知小说〈湖光〉》。

《当代文坛》第5期发表李洋的《边缘世界:小说视野的现代转向——张承志小说的几点启示》;李星的《新历史神话:民族价值观念的倾斜——对几部新历史小说的别一解》;石天河的《论孙静轩》;邓仪中的《超越自己与把握自己——论周炯诗歌创作的开拓》;夏文的《"四时可爱惟春日,一事能狂便少年"——郑朝宗先生散文谈片》;开愚的《魏志远小说论略》;彭子良的《理想人格:女性文学的美学内涵》;罗强烈的《才子佳人模式:二十世纪中国文学的一个主题原型》;张毓书的《小说叙述观:言语的隐喻化建构方式》;晓华、汪政的《第一人称研究》;陆文虎的《钱钟书〈谈艺录〉的文论思想》;李西建的《选择与建构——当代文学的文化批评趋向综述》;陈骏涛的《在中西文论的结合点上——序苏丁著〈空间信赖与空间恐惧〉》;陈亚平的《大成若缺——略谈新时期小说的空白艺术》;丁黎的《心态偏离与艺术变形》;曹惠民的《他依然在星光下憧憬——我看陶然散文》;文楚安的《1987年美国畅销文学书巡礼》;云彬的《傅仇森林诗的艺术构思》;谭解文的《绘人间真像　写人间真情——读杨绛散文集〈将饮茶〉》;宁松勋的《警钟·黄牌——读施放小说〈无冕之王〉》;尔龄的《"沉默实验"及其他》;林成的《飞出怪圈的螺旋——读〈石头城的儿子〉》;晓雁的《山谷,流淌的歌》。

《青海湖》第9期发表张世俊的《试论近年来小说散文的创造倾向》。

6日,《河北文学》第9期发表海岩的《中西小说时间意识比较》;张学梦的《深邃的感觉——读姚振函的组诗〈感觉的平原〉》。

7日,《天津文学》第9期发表徐兆淮、丁帆的《关于作家的蜕变和文学的嬗变》。

《花溪》第9期发表蒋子龙的《他走进了自己的部落》;包光满的《黑砂里走出来的作家》;崔道怡的《文学编辑致习作者十二谈(九):故事——小说的支架》。

8日,《文学报》发表《永远的日影——於梨华谈创作和婚姻观》;边达文的《洛夫和"创世纪"诗社》;董湘友的《动人的乡愁变奏曲——读洛夫的〈边界望乡〉》;

唐明生的《"我为下一代而写作"——访美籍华人作家农妇》。

9日,《光明日报》发表洁泯的《谢友鄞小说琐评》;刘茵的《长歌当哭悲且壮——读报告文学〈国殇〉》。

10日,《文艺报》第36期以"争鸣的文坛"为总题,报道刘再复、姚雪垠之争的反响,阳雨的《文学失去轰动效应以后》引起的讨论,鲁枢元的文学"向内转"观点引发的争鸣,王若水、杨春时就现实主义问题展开的论争;同期,发表冯亦代的《读谌容近作〈懒得离婚〉》;盛英的《一篇走向过程的小说——谈张洁新作〈小说二题〉》;章仲锷的《为"糠"者呼号——〈国殇〉小议》;岳洪治的《读罗沙的叙事诗》;刘焕鲁的《舟中之人何以敌国——读长篇小说〈男儿女儿好看时〉》;陈骏涛的《当代"淘金者"纪实——读报告文学〈前门外的新大亨〉》;胡代炜的《两代人关系的嬗变》(评小说《爸爸,我一定回来》);绍凯的《语言方式是至关重要的——读魏艳的〈女孩儿〉》。

《文汇月刊》第9期发表刘宾雁、施叔青的《刘宾雁谈文学及其他》。

《文汇报》发表朱幸福的《容我们互相勉励——访台湾著名作家柏杨先生》。

《中国作家》第5期发表李子云的《谈病中周扬》。

《北京文学》第9期发表张兴劲的《荒诞——作为一种创作现象——对于我国当代荒诞文学几个问题的思考》;陈平原、黄子平的《小说叙事的两次转变》。

《雨花》第9期发表朱子楠、刘雪梅的《在寻找中变化视角——评杨守松的报告文学》;朱君、陈其昌的《范小青小说艺术管窥》。

《诗刊》第9期"我观今日诗坛"栏发表盛海耕的《诗情与国情》,陈超的《生命的意味和声音》,阿吾的《"朦胧诗"的进步和"朦胧诗"后的退步与进步》,王干的《泛诗倾向的消失》;"新诗话"栏发表唐祈的《关于诗人……——诗论零札》,洪三泰的《诗的断想》,敏岐的《跑马圈地与播种庄稼》;同期,发表曾纪祖的《浅谈诗的哲理发现——简评当前诗歌创作中的玄秘倾向》;罗沙的《"四有""三难"及其它——读〈长恨歌〉谈叙事诗》。

《读书》第9期发表赵越胜的《土地的歌唱——读〈荒蛮月亮〉札记》;吴方的《说"残酷"——闲诂几个小说》;李公明的《关于〈琐话〉的琐话》;柳苏的《像西西这样的女作家》。

15日,《人民文学》编辑部召开《大魂王》(发表于本年《人民文学》第8期)座谈会。(本年《人民文学》第11期)

《文艺争鸣》第 5 期发表陈传才的《中国国情与文艺变革——兼论当代中国文学的特质与走向》;杨公骥的《通俗小说的趋时、复古与创新》;张颐武的《人:困惑与追问之中——实验小说的意义》;徐甡民的《躁动与寻求——对中国当代文学的一些思考》;黄国柱的《"历史真实"驳议——兼及话剧〈淮海之战〉》;公木的《诗道三昧——读张讴的〈流动的旋律〉》;丁耶的《诗人不能责怪》;张韧的《家庭结构的变迁与时代的命运——读韩志君〈命运四重奏〉随想》;白烨的《〈命运四重奏〉一解》;胡德培的《新旧更替引发的巨变》。

《文学报》发表柯灵的《社会变迁与创作自由——在国际笔会五十二届大会上的发言》;金坚范的《笔与和平》;陈辽的《迟来的商榷:文学并未失去轰动效应》;张德林的《提倡自由争鸣》;李运抟的《她也原是青春女——长篇小说〈寒星〉人物形象片谈》。

《文学评论》第 5 期以"关于胡风文艺思想的反思(座谈会发言)"为总题,发表刘再复、朱寨、丹晨、乐黛云、严家炎、缪俊杰、吕林、樊骏、陈全荣、王富仁、蒋守谦、高远东的发言摘要;同期,发表徐岱的《文学本体的人类学思辨——兼评新时期创作中的原始主义倾向》;潘凯雄、贺绍俊的《交流:对文学批评本体论的思考》;蒋原伦的《批评的自省与创造——批评心理研究札记》;谢泳的《科学与民主精神的张扬——从刘宾雁到苏晓康》;李劼的《论中国当代新潮小说的语言结构》;任洪渊的《当代诗潮:对西方现代主义与东方古典诗学的双重超越》;曾镇南的《〈血色黄昏〉与文学的轰动效应》;贺兴安的《宏大广远的反省与探询——赞电视系列片〈河殇〉》;钟本康的《别有洞天在人间——评李庆西的新笔记小说》;张啸虎的《杨书案历史小说的悲剧品格》。

《民族文学》第 9 期发表杨继国、潘自强、何克俭的《在反省中发展 从嬗变中腾飞——宁夏回族文学三人谈》。

《特区文学》第 5 期发表杨光治的《真切的女性内心世界——读深圳三位年轻女作者的诗》;耿林莽的《根,植于特区的热土——读谈耘的几首散文诗》;白先勇的《"现代文学"创立的时代背景及其风貌——写在"现代文学"重刊之前》。

16 日,《光明日报》发表周政保的《地域文化与小说创造》;专栏"关于报告文学现状及趋势的讨论"发表谢泳的《由社会轰动转向行业轰动——报告文学接受过程中的新变化》;专栏"关于引进西方现代批评理论成果笔谈"发表鲁枢元的《心理批评的困窘》。

17日,《文艺报》第37期发表荒煤的《一首雄浑的现代交响诗》(评报告文学《"一米七"特异功能》);叶伯泉的《老作家的新创造——读巴波的两部中篇小说》;弘时的《选择与认同——关于第四、第五两代电影导演》;韩瑞亭的《鲜艳而铁一般的鲜花——读肖克将军的长篇小说〈浴血罗霄〉》;谢明清的《献给家乡同胞的厚礼》(评查舜的《穆斯林的儿女们》);南帆的《否定的效应——关于一种批评方式的对话》;王鸿生的《英雄:消亡与重现》。

18日,《台港文学选刊》第5期发表朱双一的《笠:现实经验论的艺术导向》;刘宾雁的《李黎,她不断超越自己》;张德明的《台湾报导文学鸟瞰》;李弦的《变中天地——评阿盛的散文》;宋瑜的《彼岸来的乡亲——林今开印象》;郑宝璇的《亦舒游于自得之场》;胡菊人的《入乎其内,出乎其外》;黄维樑的《刘以鬯小说在形式上的创获》。

《厦门日报》发表朱双一的《余光中在厦门的文学活动》。

20日,《小说评论》第5期发表吴予敏的《论新时期小说的母题及其文化价值观念》;李子云的《她们正在崛起——序香港三联书店编〈大陆女作家作品选〉》;秦弓的《性描写的历史超越》;李国涛的《"乃始有足称讽刺之书"——李晓的小说》;许振强的《金河小说的社会心理尺度》;高扬的《运河滩上乡土香——刘绍棠近年来中篇小说的美学视角》;基亮的《关于〈古船〉叙事形式的分析》;准准的《一个青年作家寻找的足迹——评储福金的小说创作》;朱珩青的《"隐藏的土地"上的舞步——读黄尧的长篇小说〈女山〉》;雷猛发的《通雅文学的执着追求——试评王云高的长篇小说〈明星恨〉》;李春准的《生命的辉煌世界——读李凤杰的〈在没有声音的世界里〉》;钟晓毅的《在宏约、超越中追求高格调——试论谢望新文学评论的个性》;韩梅村的《冰昆历史小说论片》;汪炎的《生活的真实与理性的思考——读〈死亡的醒悟〉》。

《台湾研究》第3期发表思奇的《试论高山族神话对血缘婚的反思》;志怀的《台湾研究会在京成立》;晓范的《海峡两岸学术研讨会在京举行》、《台湾经济、历史、文化国际研讨会在港举行》。

《文史杂志》第5期发表李华飞的《"三通"与"三情"的交融——评台湾女作家陈若曦的长篇小说〈远见〉》。

《上海文论》第5期"重写文学史"栏发表陈思和、王晓明的《主持人的话》,夏中义的《别、车、杜在当代中国的命运》,王雪瑛的《论丁玲的小说创作》;同期,发表刘再复的《灵性也激活他的思索——雷达〈灵性激活历史〉序》;陈伯海《传统文化与当代意识》;吴亮的《微型评论一束——王蒙、刘心武、蒋子龙、冯骥才、张贤亮》;刘齐的《〈迷舟〉之谜》;初林的《刘心武的还是新时期文学的悲哀——读〈洗手〉有感》;张奥列的《〈蓝虎〉:自然生命的感悟》;白桦的《中国当代文学的失落与复归》;陆灏、张文江、裘小龙的《古龙武侠小说三人谈》;戴翎的《洞穿灵魂的人生世相——论沈善增的小说创作》;朱立元的《接受美学的阐释学背景》;杨文虎的《隐喻和隐喻功能》。

《花城》第5期发表李以建的《心灵启示录——读刘再复〈寻找的悲歌〉》。

21日,《文艺研究》第5期发表严昭柱的《马克思主义文艺学建设的重点》;邢煦寰的《从世界历史的宏观眼光看审美理想——兼议社会主义文艺审美理想》;周来祥、邹平的《美是符合人的理想的社会生活——吕荧的美学思想》;洪毅然的《"美是自由的象征"说质疑——与高尔泰同志论美》;曹永成的《对传统美学观的一次撞击——也谈审美意志问题》;孙振华的《论审美情感与宗教情感》;冯健民的《宗教与艺术的分野》;杜清源的《无模式的舞台模式》;陈世雄的《人的异化与现代西方戏剧的发展》;赵园的《京味小说与北京人"生活的艺术"》;何龙的《小说的叙述结构——探索小说叙述艺术》;王宁的《比较文学:走向超学科研究》;张廷琛的《现代西方文学批评的基本精神》;史建的《共生·多元·传统——对后现代主义文艺思潮的思考》。

22日,《文学报》发表夏志厚的《闪光及其失落——谈〈原野〉中的金子形象》。

23日,《光明日报》专栏"关于报告文学现状及趋势的讨论"发表苏晓康、凌天枢、赵瑜、李炳银、冯立三的《太行夜话——报告文学五人谈》。

《当代文艺探索》第5期发表潘亚暾的《香港文学素描》。

24日,《文艺报》第38期发表李陀的《阅读的颠覆——论余华的小说创作》;岐山的《她们不配有更好的命运——邹志安长篇小说〈骚动〉读后》;张守仁的《〈十月〉十年》;陈雪的《负重的长旅——读陆幸生〈天下第一难〉》;同期,以"怀疑批判重写——'中国文学史研究'笔谈"为总题,发表王晓明的《破除机械进化论》,汪晖的《"史"的含义是什么?》,陈思和的《要有个人写的文学史》,陈平原的《注重过程 消解大家》,李劼的《排除文学史论上的陈腐观念》,王钟陵的《主体和客体的二重性》,温儒敏的《文学史讨论的三个层次》,张中的《文学史不是"封神榜"》,陈曼平的《要有全新规格的断代史、专题史》,赵昌平的《要研究作家的心态》。

《文艺理论与批评》第 5 期发表汪文风的《关于文艺问题的刍议》；迟墀的《坛外杂话》；方直的《"诺贝尔情结"和"恋母情结"》；贺敬之的《〈田间诗文集〉前言》；杨柄的《这部文集是劫后的——读〈林默涵劫后文集〉》；罗守让的《新时期婚姻爱情题材小说评述》；顾传菁的《〈大出殡〉编辑漫谈》。

25 日，《海峡》第 4 期发表武治纯的《黄金时段是秋阳——叶石涛先生的文学道路》。

《当代作家评论》第 5 期以"诗歌形势探讨"为总题，发表朱大可、宋琳、何乐群的《三个说话者和一个听众——关于诗坛现状的对话》；同期，发表李子云的《知青作家与李晓》；王必胜的《躁动的灵魂和艰难的人生——刘震云小说主题论》；郜元宝的《浅俗与高蹈：文学的两种价值追求——新时期小说五家合论》；叶鹏的《审丑意识·超越意识·农民意识批判——关于军事文学的思考》；李洁非的《莫言小说里的"恶心"》；雷达的《当代畸形政治心态的辛辣素描——读韶华〈身边人物志〉》；武跃速的《邓刚的英雄梦及其幻灭》；殷晋培的《慨而有思 文心可鉴——文畅其人与其文》；于建明的《困惑的逃亡和逃亡的困惑——读张宝华长篇小说〈逃亡〉》；牛玉秋的《刘恒：对人的存在与发展的思索》；程德培的《刘恒论——对刘恒小说创作的回顾性阅读》；邹德清、朱杰的《祖慰：智慧的密码》；於可训的《关于接受祖慰的两个问题》；萌萌的《致祖慰》；祖慰的《转型梦》；张宏儒的《永不满足的思想者——〈刘再复散文诗合集〉序》；刘再复的《〈刘再复散文诗合集〉自序》、《我的文学小传》；邵凯的《"作品讨论会"有感》；吴炫的《形而上学与艺术》；李源的《一首现代社会的悲怆曲——评许达然的散文》；陈慧瑛的《娓娓话春秋——与冯牧老师在一起》；李源的《一首现代社会的悲怆曲——论许达然的散文》。

27 日，《文学自由谈》第 5 期发表汪曾祺、林斤澜、谢冕等的《漫话作家的责任感》；陈炎的《弱者的哲学——由阿城小说引起的文化反思》；应悍的《王蒙：少叨叨！》；吴秉杰的《刘心武的纪实小说略评》；龚丘克的《无法弥补却必须承认的缺憾——对本届小说评奖的一点看法》；吴亮的《微型作家论（高晓声、谌容、张洁）》；李书磊的《回头看之四：〈新星〉的英雄主义基调批判》；张首映的《说文解艺之三：文学社会责任感：在任何意义标准上显示》（正文标题为《文学社会责任感：在何种意义标准上显示》）；陈村的《烦》；丁小琦的《随感》；陈墨的《文学：在浮躁中徘徊》;刘晓波的《创作论的窘境》;李晶的《耻部文学观察——当代小说趋向(四)》;叶砺华的《跪在显示面前的性文学》;张啸虎的《说哄抬》;李挺奋的《人生体验与生命哲学》;冯立三的《读〈黄黄儿和它的伙伴们〉》;李劼的《刺刀边缘的两种奏鸣——〈原罪〉、〈宿命〉之评》;邹平的《大城市里的〈正常人〉》;杨斌华的《谢友鄞和他的〈串亲〉》;王晓峰的《小说调子试论》;许桂亭的《关于象征主义的思考》;顾国泉的《陈村近作中的"变体"现象》;黄国柱的《乔良:诗的飞翔和哲学的徜徉》;丁帆的《叶兆言小说的生命意义》;阎晶明的《批评的难点》;达流的《"骂"派批评异议》;胡宗健、陈达专的《文艺社会心理学论略》;丁蔚文的《残雪这个女人》。

29日,《文学报》发表宋清海的《真正的现实主义刚刚开始》。

本月,《山东文学》第9期发表柳原的《离开墓场:现代文明的脚步启蒙着文学》;邢广域的《文学在呐喊:让奇迹与遗憾诀别吧——报告文学〈人类医学的奇迹与遗憾〉》。

《山西文学》第9期发表李国涛的《〈找事儿〉:诗化的小说》;段崇轩的《在新格局中寻找自己的位置——读田昌安〈南北奇婚录〉随感》。

《红岩》第5期发表马识途的《文学的一点思考——在西南五省区作家龙宫笔会上的发言》;王容的《阿Q和阿Q主义纵横谈》;翟大炳的《理解与"偏见"更新》;周德利的《创作主体与自然美和艺术美》。

《作品》第9期发表严瑞昌的《时代大潮的记录——读报告文学〈大转移〉》;洪三泰的《创现新的意象世界——读樱子的诗》;陈志红的《一腔豪气唱大风——读〈中国的旋风〉》。

《春风》第9期发表李玉铭的《对当前文艺界若干流行话题的思考》。

《萌芽》第9期发表朱衍青的《愤怒,一种新的情感形式的探索——读莫言第一部长篇小说〈天堂蒜薹之歌〉》;谢海阳的《当代女性命运的自我审视——陆星儿小说中的女性世界》;邵卓的《人性·人道·道德——新时期文学与苏联当代文学之比较》。

《湖南文学》第9期发表于沙的《关于〈山里人〉的通信》;陈达专的《谈初学作诗致李丽娟》。

《福建文学》第9期专栏"选择·建立中华民族新文学讨论"发表张炯的《建设有中国特色的社会主义文学》;朱水涌、盛子潮的《自然,文学困惑中的一种选择》。

30日,《上饶师专学报》第3期发表潘亚暾、汪义生的《剖开台湾社会现实的一把利刃——张系国小说散论》。

本月,海峡文艺出版社出版第三届台港与海外华文文学研讨会学术组编选的《台湾香港与海外华文文学论文选》。

《台声》第9期发表李江南的《告别成功——台湾青年作家宋泽莱和他的〈废墟台湾〉》。

海峡两岸现代诗学学术研讨会在上海召开。

本月,厦门大学出版社出版徐学的《隔海说文》。

四川大学出版社出版易明善、梅子编的《刘以鬯研究专集》。

上海文艺出版社出版夏中义的《艺术链》。

黑龙江教育出版社出版刘再复的《刘再复集:寻找呼唤》。

人民文学出版社出版黄子平等的《二十世纪中国文学三人谈》。

花山文艺出版社出版张学正、张志英选评的《缤纷的小说世界:新潮小说选评(一)》、《缤纷的小说世界:新潮小说选评(二)》、《缤纷的小说世界:新潮小说选评(三)》。

广州文化出版社出版杨如鹏主编的《中国报告文学论》。

10月

1日,《广州文艺》第10期发表魏威的《陶建军小说创作的一次蜕变》。

《上海文学》第10期发表李锐的《〈厚土〉自语》;邹平的《走进冷谷:新时期文学的未来史》;夏刚的《民族根性与全球意识》。

《文艺报》第39期发表王蒙的《读〈天堂里的对话〉》;周政保的《历史阵痛中的艰难跋涉——评中篇报告文学〈大王魂〉》;缪俊杰的《"社会批评"的反思和自信》;彭华生的《追踪变革的时代 探索人的灵魂——刘震云创作印象》;林为进

的《小善难阻大恶——读杨牧的〈西城盲流记〉》；羊羽的《盐柱：生命的含义》（评江浩的《盐柱》）；林非的《老诗人臧克家的散文创作》。

《东海》第10期发表盛子潮的《作家的艺术感觉和文体的美学制约》。

《北方文学》第10期发表张景超的《新时期小说的怪诞美》；陈清的《动人即是好文章——读〈疯山〉》；山风的《是非曲直任评说——〈生活变奏曲〉如何变成了〈冻土带〉》。

《求是》第7期发表魏巍的《读〈西路军女战士蒙难记〉》；宁宗一的《真诚：评论家、作家的品格和勇气》。

《作家》第10期发表史铁生的《自言自语》；忆明珠的《关于散文的聊天之九：赏文如赏迎客松》；黄浩的《对都市的恐慌：当代文学的农业文化疾患》；潘凯雄、贺绍俊的《真与伪——关于"伪现代派"讨论的对话》；肖逸的《在反思中实现更自觉的选择》。

《奔流》第10期发表王振铎的《中国文论大观》；周百义的《略论〈诱惑〉的死亡意识》。

《解放军文艺》第10期发表唐达成的《将军笔墨　人间好书——在长篇小说〈浴血罗霄〉座谈会上的发言》；陈雷的《战士灵魂的素描》；陈墨的《形式与观念》。

3日，《小说选刊》第10期发表王干的《冷面叙述的非战争故事——评朱苏进的〈欲飞〉》；迟子建的《座中泣下谁最多》。

《报告文学》第10期发表童大林的《关于〈第二渠道〉的对话》；李炳根的《论报告文学的文学特征》；丁临一的《为"当代英雄"而歌——我读〈温州大爆发〉》。

5日，《中国西部文学》第10期发表韩子勇的《〈边魂〉：文化的嬗变和精神的漂泊》；李竟成的《〈湖光〉，一次不确定的追求》；欧亚的《做作的〈湖光〉》。

《青海湖》第10期发表苗雨时的《改革文学：在历史的坐标上》。

6日，《河北文学》第10期发表刘友宾的《"我们不再眩晕"——当代文学的两种气度》；李龙的《秋天的寻求——冯敬兰小说论》。

《文学报》发表《萧乾、林海音等人汉城对话——文学的"分隔"与"统一"》。

7日，《光明日报》专栏"关于报告文学现状及趋势的讨论"发表潘凯雄、贺绍俊的《生活距离的远近与文学创作的优劣——关于近期报告文学与小说创作的随想》；同期，发表何志云的《评〈当代中国女性〉系列——兼谈纪实文学的新闻价值》。

《天津文学》第 10 期发表王必胜的《纪实性和通俗化——关于当代审美小说倾向的对话》；黄桂元的《读诗漫笔(之十四)》。

《花溪》第 10 期发表李国文的《更上层楼：李霁宇作品读后》；邓贤的《霁宇印象》；崔道怡的《文学编辑致习作者十二谈(十)：情节——性格的轨迹》。

8 日，《文艺报》第 40 期以"在纪实文学热中的思考(一)"为总题，发表丁临一的《在新的文学时代来临之际》，张胜友的《报告文学的悟觉》，徐学清、温子建的《关注着改革的焦灼点》(评报告文学《沉没的陆地》、《第二渠道》、《假如，他没有这样选择》)；同期，发表朱辉军的《周扬现象初探》。

10 日，《北京文学》第 10 期发表[法]米兰·昆德拉的《昆德拉关于小说创作的两次谈话》；施叔青的《从绝望中走出来——与大陆作家史铁生对话》；方顺景的《读〈推理〉》。

《雨花》第 10 期发表叶橹的《从隐喻性到本体性——陆文夫小说艺术的一个侧面》。

《诗刊》第 10 期"我观今日诗坛"栏发表高平的《新时期的新诗及其未来》，孔孚的《中国新诗之走向》，石光华的《面对诗歌大浪潮》，蓝棣之、陈雷的《诗的方式：喧哗与骚动》；同期，发表洛夫的《静默，就是温柔的全部含义——试剖刘湛秋的诗》；袁忠岳的《一曲紫色的生命旋律》；同期，发表张光年的《哈尼族的英雄歌》；阿红、吕进的《漫评〈诗刊〉六月号》；吕进、阿红的《漫评〈诗刊〉五月号》。

《读书》第 10 期发表王干的《反文化的失败——莫言近期小说批判》；金克木的《〈活动变人形〉书后》；萧功秦的《文化失范与现代化的困厄——许纪霖〈知识分子与近代文化〉读后》；倪文兴的《不要忘了林语堂：我读〈京华烟云〉》；柳苏的《侣伦——香港文坛拓荒人》。

《文学报》发表汪景寿的《略谈台湾文学的架构问题——与〈现代台湾文学史〉主编商榷》。

13 日，《文学报》发表韩石山的《当代长篇小说的文化阻隔——兼评王蒙的〈活动变人形〉》。

14 日，《光明日报》发表王愚的《历史深层的生命活力——评〈北方之北〉》。

15 日，《文艺报》第 41 期以"在纪实文学热中的思考(二)"为总题，发表高宁的《从虚构向纪实转移的文学大趋势——纪实文学热探源》，冰心的《我呜咽着看完〈国殇〉》，潘凯雄、贺绍俊的《独立品格的削弱与丧失——为纪实文学泼一瓢冷水》;同期,发表周来祥的《现实主义在当代中国》;董大中的《一件有意义的工作——简评卢玮銮的香港文学史研究》;同期,报道9月上旬山东大学、山东师范大学等单位在山东高密举行莫言创作讨论会。

《民族文学》第10期发表关纪新、朝戈金、尹虎彬的《多重选择的世界——民族文学谈话录》;杨长勋的《叙抒娓娓　琴韵悠悠——论壮族女作家岑献青的散文》。

《社科信息》第10期发表《解严后的台湾文坛》;孙慰川的《众说纷纭的三毛》。

16日,《求是》第8期发表田本相的《〈河殇〉论》;戚方的《对〈河殇〉及其讨论之我见》;李建的《理解:人类心灵的渴望——话剧〈天狼星〉观后》。

《光明日报》发表张胜友的《"世界人"与故园情——访台湾著名女作家郭良蕙》。

17日,《作品与争鸣》第10期发表王世德的《"雅俗共赏"与当代审美要求》;张炯的《向中华民族发出的呼唤——读〈中国大团圆前奏曲〉》;《复旦大学、华师大学生笔谈中篇小说〈青春的梦魇〉》;宣成的《失诸轻薄——青年习作的一种常见病》;胡焕的《风载白云走　萋萋鹦鹉洲》;朝阳的《读〈悠悠白云何处归〉——兼与宣成同志商榷》;董国强的《角度选择的不同——谈朝阳与宣成二同志的分歧》;宣成的《并非白云要做"贞女"——答朝阳诸同志》;洲洲的《电影〈青春祭〉内幕丑闻》;张暖忻的《影片〈青春祭〉创作本末》;赵潜苏的《理论家的理论与实践——〈无冕皇帝〉及其它》;冰的《关于〈赴美华人录相〉的争鸣》;方伟的《电视片〈河殇〉引起争论》。

18日,《华声报》发表陈坚的《访台湾著名女作家丹扉》。

19日,《青年文学》第10期发表白野的《换一种方式说出人物》;半岛的《〈误会〉之后》;夏爽的《三言两语》;禾仁的《三言两语》;一扬的《三言两语》;刘湛秋的《多余的诗行就像多余的破烂》。

20日,《人民文学》第10期发表施叔青的《又古典又现代——与大陆女作家宗璞对话》。

《当代》第5期发表何启治的《改革关键时刻的警世之作——推荐俞天白的长篇新作〈大上海沉没〉》。

《福建论坛》第5期发表黄重添的《台湾政治小说片谈》。

《文学报》发表汪景寿的《略谈台湾文学的架构问题——与〈现代台湾文学史〉主编商榷》。

21日,《光明日报》发表洁泯的《当代文学的兴衰小议》;冯秋子的《"我"与"真我"——读张抗抗〈隐形伴侣〉》。

21—26日,中国作协研究部、广西文联等单位联合发起的首次全国通俗文学座谈会在桂林召开。(本年11月5日《文艺报》报道《首次全国通俗文学座谈会在桂林召开》)

22日,《文艺报》第42期以"在纪实文学热中的思考(三)"为总题,发表韩子勇的《报告文学创作中的新闻主义倾向》;谢泳的《从理由的创作看报告文学观念的变化》。同期,发表张炯的《气魄与才识——谈吴因易的系列历史小说》;滕云的《前卫陷落低谷》。

《长城》第4期发表何镇邦的《冯敬兰小说创作初探》;陈冲的《寻找人性和社会性的结合部——读〈绿苇滩〉兼及其他》;小章、大海的《忧思:当神圣面临着挑战——读梅洁的〈大血脉之忧思〉》。

27日,《文学报》发表张志忠的《由现代意识说开去——关于批评的批评》;赵大年的《我读〈牵骆驼的人〉》;张贤亮的《西部文学的主干》。

《文史杂志》第5期发表李华飞的《"三通"与"三情"的交融——评台湾女作家陈若曦的长篇小说〈远见〉》。

《戏剧文学报》第10期发表徐学的《姚一苇历史剧初探》。

29日,《文艺报》第43期发表韦君宜的《〈南渡记〉漫谈》;李春青的《文学的"冷"与"热"——兼与丁临一同志商榷》;李陀的《昔日顽童今何在?》;何满子的《关于东平、路翎小说的"痉挛性"之类》;於可训的《小说与笔记》。

本月,《山东文学》第10期发表章亚昕的《生命火:胡鹏诗谈》。

《山西文学》第10期发表洪清波整理的《文学的双峰跨越——报告文学〈强国梦〉讨论纪要》;韩石山的《黄土地上的执著——评崔巍的小说》;李逸民的《起步之前》;侯桂柱的《永不忘前辈的栽培——我的第一篇小说》。

《小说月报》第10期发表戎东贵的《传统与新潮的融合——江苏省青年小说家近作概况》。

《小说家》第5期发表腾云的《人本主题与社会主题的同构——读〈大出殡〉》;川民的《长篇小说的虚拟收获——〈大出殡〉座谈会综述》。

《文艺评论》第 5 期发表南帆的《文学：审美与审丑》；张惠辛的《典型的困境——对于文学形象的动态考察》；周荷初的《倒错而理智的表现形式——试谈文学创造中的"反讽"妙用》；晋白川的《原野的呼唤》；林焱的《论诗体小说》；张同吾的《诗的审视与思索》；张佩珩的《走向宏观：报告文学的中国潮》；王辽南的《关于长篇小说创造的三个问题》；李国涛的《缭乱的文体》；彭子良的《改革文学：从激情的宣泄走向冷静的审视》；李晓峰的《改革文学超越困境的关键》；李少鹏的《"自己的一间屋"——女权主义文学批评简介》；李运抟的《知青视角：知青文学性灵之弦——新时期知青文学评价之三》；王利芬的《也谈知青文学的超越——与袁元、季沙同志商榷》；孟久成的《在这块土地上……》；李福亮的《在悲哀中锻造国民性格》；王玉祥的《不倦的北疆歌者——读陆伟然的〈星星集〉》；支援的《发人深省的人物形象——简评长篇小说〈有情人难成眷属〉》；王新伟的《浓墨重彩北荒情——读郭力的散文》；王静的《寻找平衡的内心挣扎——评无场次话剧〈欲望的旅程〉》；关鸿的《困惑：激情的迷惑与人性的弱点》；杰华的《"新概念"与通俗化》；梅毓的《〈谁是第三者〉求疵》；陈淑贤的《"切尔诺贝利"文学现象》。

《百花洲》第 5 期发表周政保的《关于小说中的"故事"》；吴方的《小说"主题"理解面面观》；胡宗健的《社会心理学与小说创作》。

《当代作家》第 5 期发表龚绍东的《面对"父亲"的思考——评长篇小说〈诱惑〉》。

《作品》第 10 期发表洁泯的《现代和当代：两代文学反思的一个侧面》；游焜炳的《文艺：在商品经济的海洋里……》；艾彤的《文学碎语》。

《青春》第 10 期发表《再现与反思——读〈老兵儿〉》；张青运的《"俄狄浦斯"之谜——记弗洛伊德艺术原动力学说》。

《萌芽》第 10 期发表黄天源的《张奥列其人其事》；张文中的《"澳洲梦"，一个永无止境的追寻——澳大利亚当代小说掠影》；汪政、晓华的《政治文学：应当存在的流派》。

《湖南文学》第 10 期发表胡宗健的《秋夜思絮》；田章夫的《少女的颜色——致黄青》；聂雄前的《取生活的常态而出新——〈走访李小迪〉浅析》。

《福建文学》第 10 期专栏"选择·建立中华民族新文学讨论"发表张陵的《建立作家与读者的审美新秩序》；莫言的《"我痛恨所有的神灵"》；李丕显的《在历史的结合部上》。

《台声》第10期发表悠悠的《洛夫诗观漫笔》。

本月,海峡文艺出版社出版王宗法、马德俊主编的《当代台港文学名作欣赏》。

漓江出版社出版《马克思主义文艺理论研究》编辑部编的《马克思主义与文学问题》。

湖南人民出版社出版杨汉池的《艺术真实性研究》。

春风文艺出版社出版[美]古尔灵等著、姚锦清等译的《文学批评方法手册》。

山东大学出版社出版臧云远的《文苑拾影》。

花城出版社出版陈素琰的《文学广角的女性视野》。

中国文联出版公司出版陈晋的《当代中国的现代主义》。

浙江大学出版社出版郭志今主编的《当代浙江文学概观》。

花山文艺出版社出版河北省文联文艺理论研究室编的《河北论坛群星》。

中山大学出版社出版黄伟宗的《新时期文艺论辩》。

学苑出版社出版吕晴飞主编的《新时期文学十年》。

宁夏人民出版社出版宁夏人民出版社编的《评〈男人的一半是女人〉》。

广西师范大学出版社出版王敏之、谢福铭编的《陆地和他的长篇小说〈瀑布〉》。

11月

1日,《上海文学》第11期发表夏中义的《文化史批评及其实证分析》。

《东海》第11期发表李遵进的《文学与人的生存意识》;少白的《真与善的追求——读董炳新小说有感》。

《北方文学》第11期发表陈染的《我是主人》;王俭美的《硬心肠的反省——〈中国文化的"深层结构"〉述评》。

《作家》第11期发表纪众的《新文化的建设与开拓——发展中的吉林青年小

说》;潘凯雄、贺绍俊的《"远"与"近"——关于近期小说与报告文学创作状况比较的对话》;赵玫的《走出炼狱——史铁生印象》;忆明珠的《关于散文的聊天之十:俗有俗美》;纪众的《新文化的建设与开拓——发展中的吉林青年小说》。

《青年作家》第11期发表何易的《编辑的"累功"》;聂峙砥的《新时期文学:成就突出,诸多不足》。

《奔流》第11期发表殷双喜的《世纪末的沉沦》。

《解放军文艺》第11期发表苏国栋的《论战争文学作品中自然人与社会人的双向流动转化》。

2—5日,福建省台湾研究会,福建省台湾、香港暨海外华文文学研究会(筹)联合主办的福建省台湾文学研讨会在福州举行。

3日,《小说选刊》第11期上发表李福亮、黄益庸的《旧土地上的歌哭——迟子建小说一瞥》;刘恒的《断魂枪》。

《文学报》发表古继堂的《反其意而出新——读台湾诗人李魁贤的诗》;江迅的《秋声故里行,论文话平生(柏杨)》。

4日,《光明日报》发表刘再复的《论丙崽》;林丽韫的《描绘两岸亲情的新篇章——读报告文学〈探亲流·1988〉》。

5日,《文艺报》第44期发表冯牧的《对变革生活的刻意追求和深挚情感——谈长篇小说〈有情人难成眷属〉》;王愚的《大潮中的价值选择》(评沈奇、白立的报告文学《为了梦中的椰子树》);樊苏华的《焦灼与呼唤——读大鹰的报告文学〈谁来保卫2000的中国〉》;孙荪的《审父与自审——读长篇小说〈诱惑〉》;王纪人的《困境和出路——现实主义断想》;刘心武的《小说寓言化》;辛晓征、郭银星的《我们需要"雅文学"的什么?》。

《中国西部文学》第11期以"报告文学五人谈"为总题,发表周政保的《爱的荡漾和人的生存位置的寻找》,安尼瓦尔·托乎提的《从"起跑"引发的感想》,刘宾的《关于报告文学〈在反思中起跑〉》,韩子勇的《报告文学:从哪里起跑》,王仲明的《突破禁区 发展创作》。

《当代文坛》第6期以"西南军事文学评论专辑"为总题,发表吴野的《探求战争现象的哲学文化内涵——〈一团浅黑色的雾〉读后》,陈朝红的《开掘严峻生活的柔情诗意——评杨景民〈雪域柔情〉系列中篇》,何开四的《〈特别慰问团〉二篇》,廖泉京的《年轻而真诚的目光——我读〈太阳雨〉》,雷树凯的《为普通军人造像——试析〈排长〉的人物塑造》,基亮的《"戎装书生",一个语言的和社会文化的结构——读丁隆美的〈戎装书生〉》,李士文的《〈煞庄亡灵〉读后》,赵智的《略谈〈转哥厂长〉的意蕴》,晓林的《透过弥漫的硝烟——读〈西南军事文学〉部分短篇小说》;同期,发表缪俊杰的《纪实文学:对新闻和小说的双向挑战及其自身矛盾》;李洁非的《文气与温病(文坛现状随想录·之一)》;毛迅的《热点:潜藏危机的内耗》;陆文虎的《钱钟书〈谈艺录〉的文论思想(下篇)》;曹顺庆的《中国文论的断裂与延续》;丁帆的《现实主义小说创作的命运与前途》;曹万生的《我看当代文学的现实主义》;张广崑的《知青籍女作家扫描》;徐则挺的《来自中国改革大潮的深处——苏晓康纪实文学风格简析》;傅正谷的《石英的散文美》;张云初、王发庆的《武智刚小说漫评》;邹建军的《一本有特色的诗美学专著——评李元洛〈诗美学〉》;符泊的《人性的开掘——评莫向北〈现代作家作品论〉》;张继楼的《准确把握少男少女的心态——谈柯愈勋的儿童诗》;田由的《黎庶之忧 华夏之魂——评余德庄的长篇小说〈优魂〉》;杨山的《一个美丽的亮点——读蓝疆新时期的诗》;李明泉的《生命旅程的体验与把握——读金平"新疆行"系列小说》;高扬的《深深的乡土情——读刘绍棠长篇小说〈豆棚瓜架雨如丝〉》;[美]玛吉·皮希尔的《谈女性与战争》。

《青海湖》第11期发表陈钢的《简论白渔的诗歌创作道路》;任碧江的《挣不脱的因袭——读中篇小说〈河东河西〉》。

由厦门大学台湾研究所、厦门大学海外函授学院、福建社会科学院文学研究所、海峡文艺出版社、《台港文学选刊》编辑部、《港台信息报》社联合发起的"福建省台湾、香港与海外华文文学研究会"在福州成立。这是大陆第一个研究台港与海外华文文学的省级学术团体,该会筹备组与福建省台湾研究会于11月2日至5日联合举办台湾文学研讨会。

6日,《河北文学》第11期发表李新宇的《贫血与缺钙——关于当前文学病态的断想》;方克定的《平常故事非常理 不薄古人薄今人》;张辉利的《在生活的荡涤面前——〈进入角色〉的启示》。

7日,《天津文学》第11期发表鲁藜的《〈天津文学〉诗廊漫步》;叶鹏的《为着时代的新文体——兼评〈天津文学〉1988年纪实文学》;黄桂元的《读诗漫笔(之十五)》。

《花溪》第11期发表黄祖康的《坦诚地面对生活——王安和他的小说创作》;

伍略的《王安印象剪辑》；崔道怡的《文学编辑致习作者十二谈（十一）：结构——美的造型》。

8日，中国文联第五次代表大会在北京开幕，邓小平、赵紫阳、杨尚昆等出席开幕式，夏衍致开幕词，胡启立致祝词，阳翰笙因病由人代念文联会务工作报告；12日，文代会闭幕，林默涵致闭幕词，大会通过第五届全委会名单和中国文联新章程。

《人民日报》发表秦牧的《海内外文学交流的盛举：谈港台海外华文文学评奖》。

《人物》第6期发表谢云的《龙应台风暴》。

10日，《文汇月刊》第11期发表曾卓的《"石头"的见证——读〈血色黄昏〉》。

《中国作家》第6期发表孙少山的《邓刚印象》。

《北京文学》第11期发表南帆、黄子平的《小说、审美情感与时代》；邝午生的《说说这两篇小说》。

《雨花》第11期发表汪政、晓华的《虚构的回忆——苏童小说随想》。

《诗刊》第11期"新诗话"栏发表赵恺的《创造不老》，赵庭的《冲口出常言》，姚学礼的《我追求的诗神》，马立鞭的《比喻尤贵打破常规》；同期，发表雷霆、北新的《"它来到我们中间寻找骑手"——第八届"青春诗会"侧记》；丁国成的《四十年间一聚首——记海峡两岸诗人的首次聚会》。

11日，《光明日报》发表梁晓声的《奥林匹斯的"黄昏"》；以"报告文学讨论来稿摘要"为总题，发表李庆宇、周健的文章摘要。

12日，《文艺报》第45期发表胡启立的《在中国文联第五次代表大会上的祝词》；夏衍的《中国文联第五次代表大会开幕词》；王必胜的《人生命运的奏鸣曲——刘恒小说散论》；张恬的《从〈纸床〉里读出的悲哀》；王尧、张舒屏的《亟需建立报告文学的理论体系》；周政保的《寻找小说与寻找……——"寻根"思潮的重新审视》；专栏"我看近两年的小说和批评"发表赵侃的《我不同意李陀同志的观点》；小可的《不可当"顽童"》（两文皆回应本年10月29日《文艺报》第43期发表的李陀的《昔日顽童今何在？》）；郭枫的《繁华一秀尽得风骚（余光中散文）续完》。

13日，《文艺报》发表江迅的《秋声故里行，论文话平生》。

《上海文化艺术报》发表张工的《两岸涛声隔不断，心舟已过澎湖湾——"七重天"巧遇台湾作家汪笨湖》。

15日,《文艺争鸣》第6期发表曾阳的《必然发生的和必须引导的——从社会主义初级阶段的角度观照文学现状》;包泉万的《作家的知识结构与作品的艺术质量》;专栏"由《大地和云霓》引起的争鸣"发表曾镇南的《支离破碎的思维——评鲁枢元对我的批评》;傅树声的《文艺是上层建筑吗?——就〈大地和云霓〉的讨论致〈文艺争鸣〉编辑部》。同期,发表南帆的《历史·道德·人》;朱晶的《深刻的困惑:历史与伦理之间的人性渗透》;李炳银的《九州生气恃风雷——论报告文学的发展踪迹及兴盛原因》;郭铁城的《郝国忱之路》;纪众的《〈古塔街〉思索》。

《文学评论》第6期发表应雄的《二元理论、双重遗产:何其芳现象》;谢冕的《美丽的遁逸——论中国后新诗潮》;王干的《时空的切合:意象的蒙太奇与瞬间隐寓——论朦胧诗的内在构造》;荒煤、张炯的《要关注文学创作的新潮——〈新潮小说丛书〉序》;陈继会的《精神疲惫·文化阵痛与文学进路》;陈世旭的《当代文学在哪里迷失》;阎晶明的《带着镣铐跳舞——论张石山的〈仇犹遗风录〉》;黄国柱的《寻求军旅生活善和美的支点——军队作家李占恒小说创作的价值选择》。

《民族文学》第11期发表宇凡的《关注于现实的价值的选择——广西民族文学的一种描述》。

《特区文学》第6期发表苏卫红的《两种世界的赋格结构——读牧羚奴的〈不可触的……〉》。

《书林》第11期发表章培恒的《金庸武侠小说与姚雪垠的〈李自成〉》。

《社科信息》第11期发表张益民的《台湾学术界对中国现代化进程的研究》;媛君摘编的《两年来台湾文艺界概况》。

16日,《长江》第6期发表童志刚的《悖论:艰难的解读——关于胡发云的〈秋之梦〉的随感》。

《求是》第10期发表林为进的《从"天使失去微笑"所想到的——谈〈红色的十字架〉》。

17日,《作品与争鸣》第11期发表安居的《是改革的主人,还是历史的过客?——读〈傻子瓜子衰微录〉》;吴国光的《揭示人生悲剧背后的政治文化背景——读〈新兵连〉》;郑吉的《含泪的嘲笑——谈〈新兵连〉对农民传统文化心理的批判》;力群的《我与作家的对话》;吴敏的《不要苛求于文学——与力群同志对话》;常丕军的《壮美的诗　哲理的诗——读〈一百名死者的最后时刻〉》;夏炎的《这样的描写真实吗?——评〈一百名死者的最后时刻〉》;杨正勇的《感受高原需要一种素质——读〈高原醒了〉致欧骁》;欧骁的《感受高原之素质质疑——答杨正勇》;郑清和的《〈无冕皇帝〉:纪实小说的再度崛起》;鲍昌的《从纪实小说〈无冕皇帝〉谈开去》;卜萍的《话说刊物拖起》;杨志杰的《黄村断想录》;《理论与创造讨论中篇小说〈达奇〉》。

《读者》第11期发表朱正琳的《"五香街"的性文化》;鲁枢元的《成一的千山》;柳苏的《徐訏也是"三毛之父"》。

中国作协第四届理事会第三次会议在北京开幕,冯牧致开幕词,唐达成作会务工作报告,会议为期三天。(本年11月19日《文艺报》)

《文学报》发表李元洛的《他有不老的青春——谈台湾作家余光中》;闻途的《了解台湾现实的窗户——评张德明编选的台湾报告文学集》。

18日,《光明日报》专栏"关于报告文学现状及趋势的讨论"发表秦晋的《走出困境——关于报告文学批评的思考》;同期,发表白烨的《现代主义文学倾向问题引起关注》。

《台港文学选刊》第6期发表朱双一的《搭架现实与传统的心桥——略谈70年代后台湾新生代诗社》;翁光宇的《至情至性的席慕蓉》;陈浩泉的《白先勇·〈游园惊梦〉·〈骨灰〉》;白先勇的《忆崎岖的文学之路》;黄维樑的《近十年香港文学初探》;何少川的《把台、港暨海外华文文学研究推向新的层次——在福建台湾、香港暨海外华文文学研究会成立大会上的讲话》。

《文艺报》发表朱双一的《台湾〈联合文学〉"沈从文专号"述评》。

19日,《文艺报》第46期发表林默涵的《中国文联第五次代表大会闭幕词》;木弓的《本年度的好故事》;曾镇南的《一部成功的巨型报告文学》(评周钢的长篇报告文学《西天一柱》);张同吾的《生存空间的怪圈——读报告文学〈当代误区:中国职称评聘纪事〉》;《胡风书信六则》(致路翎四封,致牛汉、冯异各一封);晓风的《关于胡风书信的一点说明》;田本相的《一出耐人寻味的戏——〈哗变〉漫议》。

《青年文学》第11期发表张志忠的《一点启迪》;罗强烈的《莫言的冲突》;李洁非的《鬼才写鬼事——莫言〈五梦集〉之四、之五》;月恒的《读〈物异〉漫议》;木桩的《回答自己》;庞泽云的《说吃》;伊青的《三言两语》;应雄的《"老王"笔记》;伊白的《三言两语》;刘湛秋的《诗的色彩、声音和气味》。

20日,《人民文学》第11期发表萌萌的《论〈白雾〉的隐喻意义》。

《小说评论》第6期以"陕西长篇小说探讨"为总题,发表小雨的《长篇小说的审美特性与我们的选择——陕西作家长篇小说讨论会纪要》,王愚的《气度恢宏与意境深邃——从陕西87年长篇小说谈起》,陈学超的《陕西小说作家的优势及其优势中隐含的局限》,蒙万夫的《读〈迷人的少妇〉致邹志安》;同期,发表于青的《两性世界的对立与合作——谈女性文学的社会接受与批评》;齐效斌的《新时期小说形态的形象模式考辨及其历史追踪》;田常定的《新时期小说接受的三次嬗变》;王干的《苦涩的"陈奂生质"——高晓声新论之一》;叶公觉的《从〈活动变人形〉看王蒙小说的艺术风格》;王玮的《对"意义"的审美超越——我读〈欲飞〉》;徐剑艺、阮忆的《礼平的故事》;王基的《从稳固的心态走出——读〈王不天小说选〉想到的》;胡良桂的《情感的困惑与情感的觉醒——读长篇小说〈美仙湾〉和〈山野情〉》;吕世民的《柳青与外国文学》;郜元宝的《特殊的读者意识和文体风格——王蒙小说别一解》。

《上海文论》第6期"重写文学史"栏发表王晓明的《主持人的话》,陈思和的《胡风文学理论的遗产》,毛时安的《重返中世界——姚文元"文艺批评"道路批判》;同期,发表南帆的《媚俗:艺术的倾斜——评〈神鞭〉、〈三寸金莲〉、〈阴阳八卦〉》;程德培的《对抗自杀的故事——史铁生论》;李洁非的《新潮和传统之间:论"文革后文学"》;许明的《轻拂那新理性的风——思想随笔》;王彬彬的《草丛中的漫步——上海部分青年评论家印象》;朱大可、张擎的《都市的老鼠》;吴俊的《陈村:为了杜辛妮亚的唐·吉诃德》;邵凯的《书评五篇》,分别为《空白带来的畅销——读〈毛泽东〉》、《历史与非历史——读〈斯大林肃反秘史〉》、《逃不脱的男性本位的思想模式——读〈黑色唱片〉》、《第一乎？第二乎？——读翻译小说〈第二夫人〉》、《人体艺术与文化改造——读〈裸体艺术论〉》;杨淑敏的《电影〈红高粱〉争论综述》。

《花城》第6期发表苏晓康、贾鲁生、麦天枢、尹卫星、赵瑜等的《1988·关于报告文学的对话》。

《清明》第6期发表韩瀚的《破土而出的新笋——萧亮〈高山人家〉读后随想》,陈辽的《给读者留下广阔的思维空间——读〈日晕〉》。

21日,《文艺研究》第6期"跟现实生活步伐 探戏剧发展规律"栏发表李春熹的《建立开放性的戏曲导演思维》,汪人元的《现代戏曲音乐的走向》,吴乾浩的《戏曲美学特征的新变化》，孟繁树的《方兴未艾的造剧高潮》；同期，发表蒋培坤的《也谈当代形态马克思主义文艺学的建设》；邵建的《试论文学的历史感》；童滇的《中国现代美术运动之景观》；高名潞的《新潮美术运动与新文化价值》；周彦、王小箭的《新潮美术的语言形态》；涂途的《信息论美学和"审美信息"范畴》。

23日，《人民日报（海外版）》发表蒋进的《一片冰心在玉壶——读琼瑶大陆游记〈剪不断的乡愁〉》。

24日，《文艺理论与批评》第6期发表雷桐的《〈河殇〉二题》；程思的《"态势评论"刍议》；李准的《关于社会主义初级阶段文艺问题的思考》；欧阳山等的《文艺改革的摸索和经验》；毛崇杰的《也谈意识形态》；卞国福的《浅谈诗歌的现实主义问题》；张海宽的《建设有中国特色的诗歌》；蔡葵的《用当代意识返观革命历史——读长篇小说〈第二个太阳〉》。

25日，《文艺理论研究》第6期发表王愚的《无边与有限——关于当代文学中现实主义的思考》。

《当代作家评论》第6期以"文学形势探讨"为总题，发表辛晓征、郭银星的《新理论的处境》；以"评论之评论"为总题，发表李伯勇的《情势的奔突与嬗变——评雷达〈蜕变与新潮〉》，朱水涌、盛子潮的《寻求活整体的小说理论架构——南帆〈小说艺术模式的革命〉评述》，半岛的《知人论世　知音论魂——读曾镇南〈王蒙论〉》；同期，发表曾镇南的《略论杂文体的社会讽刺小说——从张洁的〈小说二题〉谈起》；吴方的《历史小说的"策略"及其"通变"——兼谈〈李自成〉现象》；石言的《"三山计划"及其他——我看〈皖南事变〉》；管卫中的《谢冕：一代人的缩影——兼论新时期诗歌流向》；徐德明的《新时期小说中的老舍风》；刘夏的《痛苦的回归——〈风景〉、〈烦恼人生〉等中篇小说探源》；姚一风的《〈故事法〉的历史穿透力》；谢海泉的《一幅"全景式"的社会长卷——〈夜与昼〉、〈衰与荣〉合论》；陈墨的《〈衰与荣〉：困惑与浮躁的京都——兼论〈京都〉的主题拓展》；纪众的《〈隐形伴侣〉评论二题》；董朝斌、张锦的《挑战与应战：张抗抗的自我拓展——评〈隐形伴侣〉》；李福亮的《读〈隐形伴侣〉札记》；金梅的《地域文化小说：〈裤裆巷风流记〉》；王菊延的《都市风貌的艺术观照——〈裤裆巷风流记〉读后》；秦玉明、张命全的《土家族作家思基》；思基的《历史的大河——〈思基中短篇小说选〉编后记》；樊星的《文学史与人史》；陈染的《走远是神话　回头即现实》；殷国明的《一个世界性主题：种族的困惑——兼从比较的角度评论白先勇的〈纽约客〉》；张擎的《朱大可：生命谷的秃鹰》。

《海峡》第6期发表俞兆平的《岛国诗情——介绍新加坡〈五月诗社〉》。

《收获》第6期发表李子云的《主持人的话》(叶言都小说《高卡档案》)。

26日，《文艺报》第47期发表王蒙的《关心改革，关心文学事业》(在中国作协第四届理事会第三次会议开幕式上的讲话)；王斌、赵小鸣的《论一种新的小说——谈格非的小说》；兴安的《艺术构造与生命体验的遇合》；许志平的《"我想探寻自己的路"——访池莉》；《在两种文化碰撞的交界点上——"留学生文学"座谈侧记》；刘再复的《新潮：一个值得尊重和研究的文学存在》(北京师范大学出版社出版的《八十年代文学新潮丛书》序言)；《〈河殇〉重播后歧见迭出——〈河殇〉主要撰稿人之一苏晓康谈〈河殇〉之争》；专栏"我看近两年的小说和批评"发表吴奈的《选择的困惑》。

27日，《文学自由谈》第6期以"一九八七年小说"为总题，发表丹晨的《平实，而不媚俗》，李陀的《还是认真地读点作品》，林斤澜的《遭遇》，李国文的《君子兰的启示》，刘心武的《需要自由的创作心境》；同期，发表洪子诚的《文学传统与作家的精神地位》；郭小东的《蛰伏的冲突：论文学中性别冲突的磨合》；王干的《谈新时期小说的形态》；杨国良的《也谈中国作家与当代世界——与刘心武商榷》；周佩红、朱士信的《分化中现象的碰撞——关于纪实文学热的对话》；张放的《关于〈随想录〉评价的思考》；茉莉的《男人的肋骨——张贤亮笔下的女性形象批判》；周建渝的《知青小说：对知青生涯的扭曲》；胡河清的《程乃珊的"俗"》；李书磊的《回头看之五：〈爱，是不能忘记的〉叙述观察》；张首映的《说文解艺之四：文艺理论就是需要空、灵、美》；刘恒的《自问自答自省自供——准自由谈》；朱晓平的《爱与爱的极致——我写农村小说》；李如学的《各有不足》(评《无冕皇帝》的争论)；吴俦的《文学的调侃》；李明的《文学创作中词语运用的语义学分析》；朱水涌、盛子潮的《艺术真实与艺术本文》；刑广域的《诗海掬浪觅潮音——柴德森海底咏物诗读感》；张映勤的《〈死海惊奇〉得失谈》；孙吴的《"上一层台阶就靠近一层楼门"——读〈平津之战〉感言》；齐兴家、周予、乔迈等的《文学与电影》；金梅、张士敏的《长篇小说〈十字架〉对社会心态的剖析》(创作通信)；密国波的《对文学批评客观化的思考》；林中王的《她不媚俗——王安忆印象》。

29日，《文学报》发表江迅的《相逢一笑，论世谈文——台湾作家汪笨湖与上海同行会面侧记》。

30日,《台湾研究集刊》第4期发表黄重添的《台湾企业家的心路——评杨青矗新作二部曲〈连云梦〉》;何笑梅的《略论廖辉英小说的女性意识》;徐学的《庐山面目纵横看——论当代台湾散文》;周林的《大陆的台湾文学研究回顾及展望》;汪毅夫的《台湾近代文学史实丛考二题》。

本月,《山东文学》第11期发表房福贤的《从分化走向合流:已见端倪的小说创作趋势》;耿林莽的《十年磨一剑,一语胜千言——评桑恒昌诗集〈光,是五颜六色的〉》。

《山西文学》第11期发表薄子涛的《张玉良小说的审美追求》;杜曙波的《爱好的魅力》;马骏的《苦涩的回忆》;石页的《最初的足迹》。

《小说月报》第11期发表费振钟的《浅谈"新世说"的艺术特色》。

《红岩》第6期发表陈伯君的《批评的孱弱声与创作的失重——也谈发展四川小说的问题》;吕进的《人的剧诗——序王川平〈墓塔林〉》;文子的《〈绿色小唱〉:归来之后》。

《作品》第11期发表黄培亮的《冲破禁锢之后——邱超祥小说集〈迷乱的乐章〉序》;杨苗燕的《她活得真滋润——读李兰妮的小说集〈池塘边的绿房子〉》;钱超英的《读〈黑吊钟〉——兼谈广东小说界的躁动与探索》。

《萌芽》第11期发表方克强、王斌的《从"麦秸垛"的象征意义谈起》;毛时安的《意味与形式——关于当前文艺论争的主客问答录》。

《湖南文学》第11期发表谭谈的《建立一个属于你的文学王国》;刘强的《诗,从实象到灵象》;李元洛的《岛国诗夜》。

《福建文学》第11期专栏"选择·建立中华民族新文学讨论"发表袁和平的《我看中国小说》,邹平的《新时期文学的世纪末选择》。

《文学知识》第11期发表李成的《两度被提名的诺贝尔奖候选人林语堂》。

本月,中国戏剧出版社出版颜长珂的《戏曲剧作艺术谈》。

长江文艺出版社出版於可训的《小说的新变》。

12 月

1日,《小说林》第12期发表杨治经的《历史反思与现实观照的艺术结晶——评〈有情人难成眷属〉的美学价值》;宋德胤的《民俗意识与改革——〈海妖〉读后》;杨纯光的《读〈机缘〉》。

《上海文学》第12期发表曹增渝的《乡土的精灵——论张宇》;吴洪森的《诉诸沉思的文学——格非小说论》;郭小东的《寻归者的归途——一种文学的女性现象》。

《东海》第12期发表金健人的《"写什么"与"怎么写"》;骆寒超的《情思绕五月——评朱明溪的散文》。

《北方文学》第12期发表灼灼的《说说王东升的〈小站旧事〉》;曾镇南的《北国人间烟火的升华——谈迟子建的小说》;阿成的《优美的弯曲——小评〈戒指〉》;李布克的《并非不是圆满成功——读〈民主选举圆满成功〉》。

《青年作家》第12期发表(彝族)吉狄马加的《我的作家梦》;高尔泰的《文学可以是商品吗?》。

《奔流》第12期发表杨匡汉的《一半是黄金一半是血泪》。

《解放军文艺》第12期发表丁临一的《新松恨不高千尺——关于"断层现象"的一点思考》;张志忠的《战争观念的演变与战争文学的发展——关于战争文学创作基本理论的思考》。

《人民日报(海外版)》发表王川的《绝版六十年重见天日〈张我军诗集〈乱都之恋〉〉》。

《文学报》发表梦花的《琼瑶、三毛与东方文化》。

2日,《光明日报》专栏"关于报告文学现状及趋势的讨论"发表雷达的《谁把报告文学推上了前台》。同期,发表周政保的《这也是现代小说——谈储福金的〈绿井〉、〈红墙〉》。

3日,《小说选刊》第12期发表王必胜的《周大新小说的艺术世界》;《秦兆阳论小说创作》。

《文艺报》第48期发表林为进的《徘徊于历史与想象之间——谈近年来的武

侠小说》;唐跃、谭学纯的《叙述样式和隐喻思维——谈刘嘉陵〈硕士生世界〉》;黄国柱的《历史的幽默——兼谈中篇小说〈碎牙齿〉》;李荃的《血色硝烟——读中篇小说〈死亡地带〉》;晓纲的《置身同一文化苍穹——致台湾女诗人张香华》;白先勇的《香港传奇——读施叔青〈香港故事〉》;萧乾的《龙应台论诺贝尔文学奖》。

《报告文学》第12期发表傅希鹏的《报告文学创作现状的透视与思考》。

5日,《中国西部文学》第12期发表李竟成的《缪斯在哲学王国中的浮沉》;(维吾尔族)阿不都秀库尔的《开放意识与新疆少数民族文学》。

《青海湖》第12期发表钱正坤的《拓荒者的苦恋——马西光艺术追求的心境历程》。

《文艺报》发表古继堂的《和台湾著名老诗人桓夫谈诗》。

《散文世界》第12期发表喻大翔的《台湾散文家许达然、三毛印象》。

5—8日,香港中文大学和香港三联书店联合主办了香港文学国际研讨会。

6日,《河北文学》第12期发表吕振侠、徐亚平的《"纪实文学"断想》;周良沛的《诗,就是诗——〈诗,就是诗〉自序》。

7日,《天津文学》第12期发表雷达的《当代夏娃的躁动——从〈女十人谈〉谈起》;田师善的《认识和理解自己的人物——评〈风水轮回〉》;黄桂元的《读诗漫笔(之十六)》。

《花溪》第12期发表黄祖康的《高楼丛林中的漂泊者》;余未人的《烟瘾》;崔道怡的《文学编辑致习作者十二谈(十二):意境——美的神韵》。

9日,《光明日报》发表潘旭澜的《真知与挚爱的开拓——谈报告文学集〈中国大学生〉》;专栏"关于引进西方现代批评理论成果笔谈"发表林兴宅的《批评方法的深层变革》。同期,以"报告文学讨论来稿摘登"为总题,发表周劭馨、张首映、周铸的文章摘要。

《上海文化艺术报》发表王相莉的《来来去去——记台湾作家汪笨湖》。

10日,《文艺报》第49期发表温金海的《从风云人物反思十年动乱》;徐兆淮的《一个农民作家的自审意识——谈徐朝夫和他的小说创作》;王蒙的《故事的价值》;迟子建的《遥远的世界》;周晓波的《典型力量的消失——近年儿童小说动向之一》;汤锐的《曹文轩儿童小说印象》;向远的《印在剑上的吻——庞天舒作品读后》;唐弢的《孙中山颂——序庄禹梅作章回小说〈铁血男儿传〉》;尉迟葵的《"一枪两眼"与〈血色黄昏〉》。

《北京文学》第12期发表余华的中篇小说《古典爱情》。同期,发表鲁枢元、黄子平的《文学和心理学》;王斌、赵小鸣的《生命意识:谜一样的回旋曲》。

《雨花》第12期发表《"故事法"——叶兆言小说阅读提示》。

《读书》第12期发表周彦的《我们能走出"文化低谷"吗?》;张颐武的《"人"的危机——读余华的小说》;柳苏的《刘以鬯和香港文学》。

《诗刊》第12期发表犁青的《回归传统的台湾现代诗:简介台湾现代诗的发展和现状》。

11日,《联合时报》发表翟世耀的《亲情·友情·爱情——柏杨女儿谈父亲》。

14日,《人民日报(海外版)》发表李绪萱的《"没落"乎,"蜕变"乎?——台湾作家谈本土小说创作》。

15日,《民族文学》第12期发表徐振辉、黎化的《壮哉,民族魂——读南永前组诗〈山魂〉》;(回族)高深的《做清澈如水的人,写清澈如水的诗》;刘镇的《他是一颗蓝星——记满族诗人佟明光》;闻山的《思考历史的脚步——包玉堂同志近年来诗作读后》;陈冲的《采花蜜苦蜜方甜——读金鸿为的工人进行曲》;尹汉胤的《清新凝重 勃勃有声——读散文诗〈清江月〉、〈大河与大树〉》。

《徐州师范学院学报(哲学社会科学版)》第4期发表方忠的《论赖和创作的民族性》。

16日,《光明日报》发表蔡葵的《〈平凡的世界〉的造型艺术》;黄国柱的《寻觅历史生命的魂魄——评报告文学〈大王魂〉》;白烨的《关于纪实文学新发展的探讨》。

《求是》第12期发表张炯的《开拓者的颂歌——读周纲的报告文学〈西天一柱〉》。

17日,《文艺报》第50期发表雷达的《骚动的海土与沉默的厚土——兼谈西东倾斜现象》;张志忠的《未完成的爱——论贺东久的爱情诗》;孙武臣的《春江无处不月明——评文畅的散文集〈山水月明〉》;海男的《照耀死亡》;吴炫的《中国批评的儿童态》;晓华、汪政的《对阅读的一个期待》;专栏"我看近两年的小说和批评"发表王干的《批评的沉默和先锋的孤独》。

《作品与争鸣》第12期发表常效的《经济:呼唤着新秩序——读〈前门外的新大亨〉》;青平的《漫话〈懒得离婚〉》;之伟的《〈懒得离婚〉断想》;胡彭的《推荐〈性"开放"女子〉》;张明铎的《道德的沦丧 兽欲的宣泄——〈性"开放"女子〉读后》;

杨志杰的《黄村断想录(续一)》。

19日,《青年文学》第12期发表秋子的《东南西北风》;曾镇南的《读〈枇杷落下地〉》。

《团结报》发表敬三的《谈谈台湾作家张拓芜和朱西宁》。

20日,《人民文学》第12期发表刘湛秋的《现代诗的魅力》。

《当代》第6期发表王愚的《简单的结论和复杂的展开——谈一种文学现象》;洁珉的《漫说现实主义四题》;霍达的《〈国殇〉作者致读者的信》;本刊记者的《国殇与国运——报告文学〈国殇〉讨论会纪要》。

《福建论坛》第6期发表万平近的《〈林语堂论中西文化〉前言》;[法]克罗汀·塞蒙的《椰子树下的血迹》。

21日,《法制日报》发表《台湾兴起"监狱文学"》。

23日,《光明日报》发表谭霈生的《对人的独特发现与形式的活力——评话剧〈哗变〉》;以"关于《懒得离婚》的两种意见"为总题,发表青平的《疲软的时代》,赵玫的《模棱两可的选择》。

24日,《文艺报》第51期发表王鸿生的《风景:在沉沦与期待的界面——谈王朔近作》;何西来的《一缕隽秀的情思——梁荔玲〈今夜没有雨〉读后》;吴光华的《读王梓夫的长篇新作〈异母兄弟〉》。

25日,《比较文学研究》第4期发表梁秉钧的《香港小说与西方现代化文学的关系》。

29日,《文学报》发表杜国清的《〈笠〉与台湾诗坛》。

30日,《人民日报(海外版)》发表武治纯的《"新而独立的台湾文学"辨析》。

《戏剧艺术》第4期发表林君的《台湾戏剧近况述评》。

《盐城师专学报(哲学社会科学版)》第4期发表鲁青等的《如闻仙乐耳暂明——读席慕蓉〈无怨的青春〉》。

31日,《文艺报》第52期以"1988年中短篇小说创作六人谈"为总题,发表李国文的《今年是小年》,缪俊杰的《歉收——从文学自身找原因》,张韧的《潜流着的三个思潮》,黄国柱的《在寻找新的生存方式的漫长道路上》,吴秉杰的《过渡期的文学》,雷达的《缺乏强大深邃的思想力》;同期,发表范培松的《多彩的艺术世界——陈先法和他的〈八十年代散文选〉》;丁亚平的《文化的变奏与困扰》;苏华的《〈人格的倾斜〉读后》;《众家畅谈"新世说"》("新世说"为《雨花》创办的专栏);

专栏"我看近两年的小说和批评"发表郭银星、辛晓征的《批评焦虑而无力》;金克木的《文学预测》;严纯钧的《超前的意识 超前的批判》;汤学智、许明的《文学研究的思维变革》。

本月,《山东文学》第12期发表孔庆东的《蓬山此去无多路——品〈寻找那只小鸟〉》。

《山西文学》第12期发表李国涛的《〈年味〉及其他》;董大中的《"莜麦文化"的绝唱——读房光的〈莜麦谣〉》;丁东的《新旧交替时代的一个侧影——读〈县长蒜薹〉》;张厚余的《意蕴:源于对人的把握——读郑惠泉的〈春韵〉》。

《小说家》第6期发表谢望新的《为张欣和张欣的作品而作》。

《文艺评论》第6期发表张德祥的《代价·重负·惰性——论近年小说中的情感与历史的背逆》;晋白川的《自然与文明:选择中的困惑》;王彪的《透彻永恒的苦乐——论近年小说中人性的生命内驱力》;辛班英的《当今小说的叙述风度》;王干的《悲剧:理想的痛苦与英雄的孤独——论朦胧诗的心理机制》;张景超的《新中国第一代知识分子的人格面貌论析》;张孝英的《改革精神的弘扬——评长篇小说〈都市风貌〉兼及改革文学的走向》;于清的《一个神秘的"怪圈":女性文学的女性心理探幽之一》;胡平的《情感力度结构与强力度情感符号》;吴建新的《论异中求和的美学思想》;阎晶明的《批评:综合还是分化?》;李佳的《黑土地奏鸣曲——评四篇获奖短篇小说》;王滋源的《生命之树——简评梁南诗歌〈我们,我们!〉》;林道立的《浑金璞玉的摄照——平青北大荒散文提要》;喻权中的《"奇人"的惑力与迷惘》;马风的《论关守中的剧本创作》;陈阳的《凝视表层之下的精神世界——姜胜群超短篇小说印象》;张奥列的《意象散谈》;何二元的《广义风格随想》;朱希祥的《艺术的假定性》;孙立峰的《论当前中国电影中的"畸形人"形象》。

《当代作家》第6期发表邹原的《审美观照的新视角》;胡德培的《深厚历史感的艺术追求——从方方的中篇小说〈风景〉谈开去》。

《百花洲》第6期发表潘旭澜的《第一个春潮随想——读"中国作家看外国"》;吴慧颖的《史诗里寻诗的〈国难〉》。

《作品》第12期发表严瑞昌的《寓意深邃的小说——筱敏的〈老羊和小羊的故事〉评析》;李育中的《从周作人看鲁迅》。

《春风》第12期发表路放的《关东风情与时代色彩——读〈树挂〉三篇小说随

想》。

《青春》第11、12期合刊发表象洋的《微型纪实文学刍议》。

《萌芽》第12期发表于建明的《简论李晓小说的入世情态》；田家鹏的《面对你忧郁的眼睛——致王光明》。

《湖南文学》第12期发表韩抗的《文学的困境》；朱正的《写情人的文学作品》；石太瑞的《说不清的痛楚——读向书豪的诗》。

《福建文学》第12期专栏"选择·建立中华民族新文学讨论"发表林兴宅的《出路：生命自由意识的觉醒》；钟本康的《宏扬民族的艺术精神》；李炳银的《关于散文现状》。

《盐城师专学报（哲学社会科学版）》第4期发表鲁青的《如闻仙乐耳暂明——读席慕蓉〈无怨的青春〉》。

澳门文化学会出版澳门文化研讨会筹备委员会编的《澳门文化研讨会》。

本月，花山文艺出版社出版孙振笃的《文评双楫》。

广西民族出版社出版中国作家协会广西分会编的《广西文学评论选集》。

贵州人民出版社出版谢冕的《文学的绿色革命》。

宁夏人民出版社出版吴淮生、王枝忠主编，宁夏文联、宁夏文学学会编选的《宁夏当代作家论》。

花山文艺出版社出版龚富忠主编的《河北女作家论》。

漓江出版社出版曾文渊的《小说风云》。

学苑出版社出版李复威的《新时期小说的嬗变与拓展》。

本年

《中华女子学院山东分院学报》第1期发表宋晓英的《独特的情思　悲凉的美——读於梨华的小说〈雪地上的星星〉》。

《中民央族学院学报》第2期发表吴重阳的《为台海文学注入新血——台湾

当代少数民族文学简谈》。

《上海师大学报(哲学社会科学版)》第1期发表林路的《在"横的移植"和"纵的继承"的交点上——台湾诗人郑愁予的创作道路及风格论》。

《安徽教育学院学报》第1期发表徐永龄的《乡情·亲情·民族情——评〈台湾爱国怀乡诗词选〉》。

《当代文艺思潮》第5期发表潘亚暾的《在转折中勃兴 在过渡中繁荣:八十年代前期香港文学现状》。

《戏剧文学报》第10期发表徐学的《姚一苇历史剧初探》。

《戏剧艺术》第4期发表林君的《台湾戏剧近况述评》。

《文学自由谈》第3期发表王绯的《三毛的私小说论(上)》。

《文学评论家》第2期发表曾少祥的《也谈白先勇》。

《文学研究参考》第3期发表黎湘萍的《台湾文学批评管窥》。

《文学研究参考》第4期发表安兴本的《转折点上的台湾文学——〈台湾文坛新潮〉序》。

《学习月刊》第12期发表包恒新的《浅论杨逵与鲁迅》。

复旦大学台港文化研究所在上海成立。

华东师范大学台港文史研究中心在上海成立。

1989年

1989年

1月

1日,《广州文艺》第1期发表叶小帆的《"中国潮"的一朵浪花——读〈大潮汐〉》。

《作家》第1期发表雷达、胡平的《回到短篇——新时期短篇小说流向》;刘晓波、周舵、戴迈河、宗仁发的《文化、文学四人谈》;顾城的《生活里总有微笑——我的自传》;李泽厚的《〈技术美学与技术艺术〉序》。

《奔流》第1期发表陈辽的《作家,请勿进入误区》;黎辉的《国民素质与审美情态》。

《解放军文艺》第1期发表本刊记者的《关于报告文学的对话》。

3日,《小说选刊》第1期发表汪曾祺的《小说陈言》。

《报告文学》第1期发表苏晓康的《走进底层——贾鲁生印象》;《"贾鲁生现象"及其他——贾鲁生作品讨论会纪要》。

4日,《山东文学》第1期发表韩琳、赵宝奇整理的《激情退潮以后……关于当代文学新思潮的对话》。

5日,《广西文学》第1期发表常弼宇、黄佩华等的《广西文坛三思录》。

《文学报》发表丁帆的《难以规范的现实主义》;姜静楠的《"换车"后的收获——读〈当代长篇小说的文化阻隔〉》。

《中国西部文学》第1期发表雷茂奎的《振奋精神 扬帆前进》;孟驰北的《对西部需要再认识》;李燃的《西部文学的理论自觉——读〈中国西部文学论〉》。

《北方文学》第1期发表李庆西的《枕上诗书闲处好》;张孝军的《黑土地上的生命之歌——〈北方文学〉一九八八年小说述评》;姚楠的《对社会流行病冷观和热讽——〈流行病〉读解》;青山的《不妨笑笑,然而……——〈冰箱〉读后》。

《当代文坛》第1期发表张炯的《文学创作和研究的新格局——论近年我国文学发展态势》;李新宇的《论近几年文学中的人类危机感与自审意识》;谭学纯、唐跃的《语言情绪的空间宽度》;曾镇南的《批评的灾厄——论胡永年〈坛三弊〉杂感》;曹纪祖的《评当前诗歌创作中的几种倾向》;杨远宏的《诗的自觉与世人的迷失》;邓仪中的《情感创造诗 情感出诗人——论张新泉诗歌创作的抒情艺术》;彭斯远的《〈红色的太阳〉里的女性形象》;廖泉京的《走出盆地——读周炯长篇报告文学〈西天一注〉》;曾绍义的《白描的艺术——读杨景民的散文》;魏巍的《序〈一个红军战士的歌〉》;何镇邦的《〈当代小说艺术流变〉后记》;陈继会的《融汇·整合·发展——新时期农村小说的艺术选择》;应光耀的《心态,以人为本的多重组合——〈献上一束夜来香〉在谌容小说创作中的意义》;孙葳的《"龙卷风"的启示》;申万胜的《传统与更新》;刘克宽的《改革文学也需要改革》;张君恬的《短中之长:组合式小说文体》;沙鸥的《读巴波的〈河灯〉》;谭德晶的《诚即是佛——读郭青的〈袈裟尘缘〉》;何世进的《从清新到蕴藉——谈李祖星的诗歌创作》;袁永庆的《读〈向荣街的儿女事〉札纪》;艳阳的《这里通向世界》。

《青海湖》第1期发表王泽群的《乱弹三章》。

《湖南文学》第1期发表未央的《明丽的橄榄绿》;伍振戈的《文学,寻找自己的缪斯》。

《山花》第1期发表潘亚暾的《陈若曦和她的艺术世界——〈女子有远行〉跋》。

7日,《文艺报》第1期发表邓仪中、陈朝红的《那一片灿烂的星空——四川青年诗群一瞥》;刘心武的《〈无主题变奏〉序》;吴方的《"?"的品格——从钟道新的〈超导〉谈起》;李一安的《越过世相的浮尘——〈改革启示录〉纪实文学丛书掠影》;冯立的《贺抒玉笔下的女性世界》;张廷竹的《作家的创作底蕴》;冯亦代的《传记家的困惑》;陈国凯的《秦兆阳印象》。

《天津文学》第1期发表腾云的《老孙犁与新孙犁》;单正平的《面对金钱的惶惑与抉择》。

《花溪》第1期发表彭荆风的《名家致习作者十二谈①:路就在我们脚下——小说漫谈》;白航的《诗之沉思》;黄家刚的《去后谈编》;戴达的《突破:孕育在跋涉途中——致殷慧芬,楼耀福夫妇》。

10日,《文汇月刊》第1期发表巴金、徐开磊的《作家靠读者养活——关于传记及某些文艺现象的谈话》。

《中国作家》第1期发表蔡测海的《我与他——唐栋印象》。

《北京文学》第1期以"汪曾祺作品研讨会专辑"为总题,发表汪曾祺的《认识到的和没有认识的自己》,黄子平的《汪曾祺的意义》,吴方的《说"淡化"——汪曾祺小说的"别致"及其意义》,[法]安妮·居里安的《笔下浸透了水意——沈从文的〈边城〉和汪曾祺的〈大淖纪事〉》、张兴劲的《访汪曾祺实录》、陈红军的《汪曾祺作品研讨会纪要》。

《雨花》第1期发表程然的《丧钟为谁而鸣——摩罗〈古钟〉谈片》。

《读书》第1期发表李陀、张陵、王斌的《一九八七——一九八八：悲壮的努力》；何怀宏的《中国、世界与我们自己——读〈远行人〉》；郭宏安的《批评：主体间的等值》；柳苏的《无人不道小思贤——香港新文学史的拓荒人》；朱伟的《最新小说一瞥》；陈平原的《两脚踏东西文化——林语堂其人其文》。

12日，《文学报》发表麦天枢的《真实是可怕的——关于〈土地与土皇帝〉的非文学风波》。

《羊城晚报》发表何龙的《香港文学国际研讨会记趣》。

14日，《文艺报》第2期发表余义林的《冷清的话剧现状令人担忧——1988年首都话剧一瞥》；叶延滨的《人生之旅的履迹——漫议犁青山水诗的人格美》；邵燕祥的《〈一枚子弹〉及其他》；张洁的《序〈硕星〉》；陈墨的《俗极而雅 奇至而真——读金庸、梁羽生、古龙漫笔》；吴方的《总把新桃换旧符——"重写文学史"一瞥》；冯骥才的《中档文艺抬头了》；应红的《在痛苦中沉思的快乐——听麦天枢谈问题报告文学》；徐怀中的《创作心态·文化品格·突破与创新》。

15日，《文艺争鸣》第1期发表谷长春的《环境·气氛·心态——关于"争鸣"的杂想》；童道明的《把学术争鸣引上学术轨道》；吴亮的《争鸣的意义》；谢冕的《争鸣：精神领域的常态》；钱谷融的《争鸣三境界》；何西来的《争鸣的规则和风度》；何志云的《何妨各说各的》；王世德的《爱因斯坦争鸣的启示》；何中华的《商品经济的发展与文学的超越》；林化的《大争鸣：李泽厚、刘晓波论争及其他》（争鸣综述）；张同吾的《哲理诗的概念界定与内涵拓展》；潘凯雄、贺绍俊的《"道"与"玩"——关于文学位置问题的对话》；潘军、钱叶用的《关于当代文坛现象的对话》；陈剑晖的《走向本体的批评》；绍梦的《描绘人的灵魂——评许行短篇小说集〈第四片枫叶〉》；邓牛顿的《说"野"》。

《文学评论》第1期发表刘再复的《论八十年代文学批评的文体革命》；李兆忠的《旋转的文坛——"现实主义与先锋派文学"研讨会纪要》；赵玫的《先锋小说的自足与浮泛——对近年来先锋实验小说的再认识》；吴俊的《当代西绪福斯神话——史铁生小说的心理透视》；祖慰的《造"星"——〈普陀山的幽默〉自序》；丁帆的《亵渎的神话：〈红蝗〉的意义》；专栏"'当代诗歌价值取向'笔谈"发表洪子诚

的《同意的和不同意的》,老木的《诗人及其时代》,陈忠信的《历史·政治·伦理——试析陈映真的政治小说》。

《民族文学》第1期发表《促进民族团结的舆论阵地——民族文学》;周克芹的《在历史与现实的交汇点上——序阿来小说集〈远方的地平线〉》;李伟民(正文作者署名"荒甸",目录署名"李伟民")的《一个民族之"梦"的解析——陈川近作〈梦魇〉》;彭吉象的《两种文化冲撞中诞生的梦》。

《江南》第1期发表冀汸的《理论的悲剧》。

16日,《长江》第1期发表李运抟的《当代现实主义的审丑图——读叶明山的〈垃圾王国的混世魔王〉》;耀仑的《文学:生命本体与性意识》。

18日,《台港文学选刊》第1期发表潘亚暾的《向纵深掘进——台湾文学研究十年回顾》;陈若曦的《海外作家和本土性》;何笑梅的《众声喧哗,多元发展——"八十年代台湾小说走向"专题讨论纪要》;王宗法的《历史的脚步声——近十年海峡两岸文学沟通一瞥》;梦花的《东南亚华文文学的第一次盛会——第二届华文文学打通世界国际会议侧记》。

19日,《文学报》发表叶砺华的《轻率拟古与盲目迷外——文学创作中值得注意的一种现象》;陈辽的《是投机心理作怪,还是社会热点转移》;黄国钦的《报告文学的艺术滑坡——一个读者的感想》;杜鹏程、韩望愈的《挚爱在心头——读〈深沉的爱〉》。

《青年文学》第1期发表潘凯雄、贺绍俊的《在人与大自然精神的联系中探寻》;洪清波的《牛的崇拜与牛的批判》;孙泱的《珍视文学的超价值》;木屐的《三言两语》;月恒的《说说闲事》;梅子的《三言两语》;刘湛秋的《天籁是自然的流露》;雷达的《乡土中国的悲哀——读〈头人〉》。

20日,《人民文学》第1期发表刘心武的《时代 开拓 交流》;李劼的《〈荒原〉的情结与死亡的焦虑》;牛汉、刘湛秋的《裂变 超越 生命的形态》。

《上海文论》第1期以"重写文学史"为总题,发表王瑶的《文学史著作应该后来居上》,唐湜的《关于中国现代文学史的一些看法与设想》,陈思和、王晓明的《主持人的话》,沈永宝的《革命文学运动中的宗派》,范伯群的《对鸳鸯蝴蝶—〈礼拜六〉派评价之反思》;以"文学的危机与生机笔谈"为总题,发表吴亮的《向先锋派致敬》,辛晓征的《"危机"意味着什么》,殷国明的《文学价值和角色变动》,张首映的《文学的寄生性及其出路》,陈晓明的《走下祭坛,走向平面》;同期,发表刘心武、刘湛秋、刘再复的《面对新的文体革命——〈三人对话录〉》；朱立元的《偏离与错位——对马克思、恩格斯现实主义理论的历史反思》；高尔泰的《承担起作家的责任——评〈文艺创作如何掌握歌颂与暴露的关系〉》；周介人的《走向大气》；吴方的《"错位"咏叹调——谈一个小说主题》；夏仲翼的《当批评误入歧途的时候——苏联重新发表长篇小说〈我们〉的联想》；陈骏涛的《坚实、热忱的求索者——陈思和〈批评与想象〉序》；张文江、裘小龙、陆灏的《梁羽生武侠小说三人谈》。

《小说评论》第1期发表王干的《低谷中的震荡——对1987—88年小说创作的散点透视》；吴秉杰的《历史无情人有情——序〈新时期中篇小说荟萃〉》；阎晶明的《不肖子孙：先锋派的风貌》；潘凯雄、贺绍俊的《伊甸园里的躁动——性文化意识小说漫评》；刘勇、蒋谈的《悖谬：在困顿心境中消融——谈谌容中篇小说〈懒得离婚〉》；周政保、韩子勇的《莫言小说的"亵渎意识"》；李洁非的《一派清纯的苏童——读〈一无所获〉有感》；韩鲁华的《艺术创造上的超越——贾平凹近期小说艺术初探》；奥奇的《"驼道"上的里程碑——邓久刚小说创作轨迹探寻》；李杭春的《中国"小人物"风景——方方〈风景〉的读法一种》；李作祥的《文体的觉醒和人的觉醒——评谢友鄞的小说》；程德培的《小说语言界线再论》；胡宗健的《论当今小说形式的探索》；孙绍振的《关于情节强化和淡化》；李贵仁的《且看今日文坛，谁为中流砥柱！——谈缪俊杰的文学批评兼及其他》；姚维荣的《铸造民族之魂的独特艺术追求——评长篇历史小说〈国魂〉》；于青的《玫瑰色的阴影——读〈玫瑰门〉》；木生的《翟村的世界——读梁晓声〈冰坝〉》；黄河的《到美国去干什么——读〈到美国去！到美国去！〉》。

《光明日报》专栏"关于报告文学现状及趋势的讨论"发表何西来的《论当代报告文学大潮中的理性精神》。同期，发表张钟的《当代穆斯林的情怀——〈穆斯林的儿女们〉读后》。

《花城》第1期发表费振中（原文如此）、王干的《战争：一种故事、一座陷阱、一次体验、一个虚境——关于周梅森四部战争小说的四种对话》。

《清明》第1期发表黄书泉的《寻找的悲剧——评长篇小说〈多情病患者〉》；唐跃、谭学纯的《"错"在何处？——关于〈错觉〉乃至马原小说中的叙述问题》。

《福建论坛》第1期发表朱双一的《古龙武侠小说的现代特征及文化价值》。

21日，《文艺报》第3期发表《在繁荣与多元的背后——本报召开1988年诗歌创作座谈会纪要》;胡可的《话剧小品的启示》;谢选骏的《从天地翻覆到阴阳错位》;西南的《关于柯岩和〈人生咨询〉的传说》;专栏"中国作家的历史道路和现状研究"发表王行之的《我论老舍》。

22日,《长城》第1期以"笔谈录"为总题,发表吴亮的《今日文学之命运》,冯健男的《且将文场比市场》,潘凯雄、贺绍俊的《88文坛:生存的困惑》,蒋原伦的《作家的危机与自我选择》,温金海的《不可轻视通俗文学》;同期,发表木弓的《余华、格非、叶兆言为何在1988年引人瞩目》;张东焱的《龙年〈长城〉小说景观》。

24日,《文艺理论与批评》第1期发表干学伟的《野性的颂歌——电影〈红高粱〉小议》;郭志刚的《现代启示录——读冰心的两篇小说》;戚方的《灵魂的建筑工程——从〈沉沦与复苏〉说起》;陈志昂的《〈河殇〉之殇》;张炯的《新时期六年文艺鸟瞰——〈新文艺大系·史料集〉导言》;金梅的《柳溪近年的小说创作》;迟墀的《坛外杂话》;汪文风的《文学作品的性描写问题》;叶太平的《民族化三题——兼与郝亦民、陈越同志商榷》。

25日,《文艺理论研究》第1期发表徐中玉的《关于重写历史、现在能否有轰动效应与报告文学的生命力》;黄珅的《评刘晓波的〈选择的批判〉》;金健人的《文学的当代困惑》;钱念孙的《外来文学对传统文学蕴蓄的开掘功能》;黄世瑜的《现实主义在当今》。

《当代作家评论》第1期发表南帆的《变革:叙述与符号——〈中国新时期文学理论大系·小说艺术分卷〉导言》;季红真的《历史命题与时代抉择中的艺术嬗变——论"寻根文学"的发生与意义》;夏刚的《自新世界:我的"转向"宣言》;黄子平的《青春的躁动和不安》;吕正惠的《青春的叛逆和迷惘》;廖仁义的《解读策略的不同选择》;段崇轩的《悲剧人生和诗化人生的冲突——评谌容的家庭系列小说》;吴建洛的《谌容三篇小说比较谈片》;陈伯君的《生存的困倦——魏志远小说语态指向的人生情绪》;周桦、曹磊的《幻影:一切文化与非文化的努力——〈访问梦境〉与现代主义小说的终极出路》;黄秋耘的《"报国心遏云行"——读〈南渡记〉的随想》;王必胜的《苏晓康的报告文学散论》;张志忠的《寒冷世界中的生命之光——评〈生命的图腾〉》;郜元宝的《向生存边界的冲击——评残雪的〈突围表演〉》;靳原的《双重契机的扬弃——方方小说论》;林焱的《现实与神话的二重走向——评〈李氏家族的第十七代玄孙〉》;李晶的《困顿的谣曲——〈沙荒〉、〈苦舟〉、〈热土〉综评》;金河的《一个走向,一个离去》;陈辽《改革时期的新杂文——

评穆惠杂文集〈老虎屁股……〉》;陈骏涛的《感情的投注和理性的张扬——序郭小东〈诸神的合唱〉》;应红的《星儿》;赵玫的《人生的奋求与悲哀——陈骏涛印象》;何龙的《从性的暗孔探视生命和社会——李昂性爱小说片面观》。

26日,《人民日报》发表宗璞的《行走的人——关于〈关于罗丹——日记择抄〉》。

27日,《文学自由谈》第1期发表岳建一、刘恒、老鬼的《文学与革命》;陆文夫的《没有白费力气》;马原的《小说》;邓刚的《红卫兵·作家·文革·改革》;苏童的《风景这边还好》;谢冕的《现代主义:中国与西方》;[美]周蕾的《谢冕先生的〈现代主义:中国与西方〉》;潘凯雄、贺绍俊的《1988文坛印象》;夏康达的《纪实文学与当前文学创作中的短期行为》;钱念孙的《识时务与不识时务——漫议商品经济浪潮对文艺事业的冲击》;王欣的《在大逃亡的现场》;杨品、王君的《作家职业的危机》;吴亮的《微型作家论(张承志、韩少功、梁晓声、郑义)》;陈村的《摇头集:没人付账》;李书磊的《回头看之六:〈男人的一半是女人〉接受检讨》;李晶的《悲愤的倾泻与消散——〈雪城〉情绪分析》;韦晓东的《跨度的背后——对〈曲里拐弯〉的批评》;佳山的《"第三代"与〈上海文学〉现象》;李书磊、解志熙、商伟的《假若世界上没有文学》;龚鹏程、王绯的《台湾与大陆——关于当代文学》;阿茂的《值得探究的〈阴阳八卦〉——兼评吴俊的解读误会》;刘密的《思想迷误:混乱和蒙昧的世界——〈阴阳八卦〉批判》;王斌、赵小鸣的《刘恒:一个诡秘的视角》;刘敏的《对男性社会的挑战与臣服——评戴晴〈性开放女子〉》;张石的《绝望之为虚妄 正与希望相同——评黑孩的〈我走近你〉》;王爱英的《那一片热土——牛伯成中篇小说印象》;黄桂元的《赵玫的"涩果"及其情结》;张圣康的《中国式的黑色幽默——略谈肖克凡的小说》;蒋原伦的《批判意识论》;赵玫的《施的艰忍的女性——读施叔青的小说集〈颠倒的世界〉》。

《光明日报》发表滕云的《文章憎命穷——读一份当代知识人人格变迁的心态报告》。

28日,《文艺报》第4期发表阳雨的《何必悲观——对一种文学批评逻辑的质疑》;范小青的《感觉之于文学》;专栏"我看近两年的小说和批评"发表朱向前的《1985—1987年:新潮小说的"二度剥离"》,孙津的《没有文化的累》;同期,发表尹世霖的《中国特色的儿歌》;端木蕻良的《大海的女儿——〈盐丁儿〉读后》;向川的《盖壤和他的童话》;朱向前的《庞泽云的"粗"与"细"等等——庞泽云其人其文》。

《兰州大学学报》发表梁若梅的《论陈若曦早期世界观的形成及其特点》。

本月,《山西文学》第 1 期以"1988 年《山西文学》小说笔谈(之二)"为总题,发表陈坪的《死与生的话题——由〈死舞〉说开去》,吕乐平的《传统农民悲剧人格的延续——〈土地,沉默不语〉中宋喜元的形象塑造》,段崇轩的《人间有良知——读〈缘分〉》,杨品、王君的《质朴而耐人寻味的〈老王〉》。

《红岩》第 1 期发表邓仪中的《她属于她自己——傅天琳把握世界方式的特色》;刘火的《说说乔瑜的小说》;刘敬涛的《恋情与幽远的历史回声——长篇小说〈情山梦海〉的历史哲理探寻》。

《作品》第 1 期发表严瑞昌的《现实在这里沉思——评长篇小说〈商界〉》;谭庭浩的《以文学的方式思考——我看〈商界〉》。

《春风》第 1 期发表张晓春的《无序的外在形态 朦胧的生命指向——〈黑蚁〉的启示》;张未民的《我读〈黑蚁〉》;纪众、北川的《文坛"战事"及其他》。

《萌芽》第 1 期发表曹阳的《广袤天地,游目骋怀》;晓华、汪政的《张承志的现代宗教》;朱小如的《走向:非压抑性文学的本能原动力》。

《山花》第 1 期发表潘亚暾的《陈若曦和她的艺术世界——〈女子有远行〉跋》。

《当代文坛报》第 1 期发表何克志的《美的魅力——论琼瑶小说的艺术美》。

《杂文界》第 1 期发表秦启安等的《杂文的钢鞭要用爱心去挥舞——柏杨谈杂文写作》。

本月,北京大学出版社出版张钟等的《中国当代文学》。

广西人民出版社出版何邦泰、焦尧秋的《形象思维学概论》。

云南人民出版社出版徐剑艺的《城市与人:当代中国城市小说的社会文化学考察》。

作家出版社出版冯牧的《文学十年风雨录》。

国际文化出版公司出版古继堂的《静听那心底的旋律:台湾文学论》。

2月

1日,《广州文艺》第1期发表陈卫中的《战争·人性·文学——向建军作品讨论会综述》。

《上海文学》第2期发表汪政、晓华的《叙事行为漫论》;徐剑艺的《小说文体形态及其构成》;蒋孔阳的《真理占有我——徐俊西〈再现与审美〉序》。

《光明日报》发表鲍昌的《〈杂技:超常的艺术〉序》;周政保的《〈我是一个兵〉:忠实与怀疑》;丁帆、王菊延的《悲剧:矛盾的文化人格——评〈一个跌跌爬爬的人〉》。

《求是》第3期发表冷铨清的《也谈"纯文学"的危机和出路》。

《作家》第2期发表巴铁的《〈死城〉论纲》;夏志厚的《阐释的价值》;鲍昌的《1988年的鲍昌谈自己》。

《解放军文艺》第2期公布中国潮报告文学征文优秀作品获奖篇目。

2日,《文学报》发表《改革、社会与文学——张贤亮与施叔青的对话》;江曾培的《杂文时代过去了吗?》;刘火的《文学:不能忘记启蒙》;雷达的《徜徉在文学与人性之间——读〈文学:人性的幻影〉》;刘再复、刘心武、刘湛秋的《面对问题革命——三人谈》。

3日,《小说选刊》第2期发表雷达的《动荡的低谷——论一九八八小说潮汐》;何镇邦的《现实主义艺术之树常青——读中篇小说〈纸床〉》。

《报告文学》第1期发表冯骥才的《决不放弃的使命——〈一百个人的十年〉再记》;安哲的《新的困境——致理由》;刘大平的《祖慰创作的三个阶段——关于报告文学创作的对话》。

4日,《山东文学》第2期发表姜静楠的《山东文学的探索——〈山东文学〉近期阅读现象》。

《文艺报》第5期发表赵紫阳的《在文学艺术家春节茶话联欢会上的讲话》;本报评论员的《莫负春光——有感于中共中央领导与文艺家联欢》;牛玉秋的《1988年的新潮与格局——本年度中篇小说微观》;忆明珠的《题〈宫花寂寞红〉》;阎晶明的《智慧的文学——钟道新近作读后》;钱宏的《自由是精神的舟楫》;吴福

辉的《泥淖中美的人性——观电影〈春桃〉》；达世新的《面对时代：困境与新路——对我国少儿科学文艺创作走出低谷的思考》；高洪波的《笑比哭好——读王清秀〈哈哈笑的儿歌〉》；王惠骐、林道立的《残缺的世界正完整起来——评张秋生的〈小巴掌童话百篇〉》。

5日，《中国西部文学》第2期发表周政保的《1989：关于报告文学的问答》；漠夫的《〈西部的浪漫〉：理解的力量》。

《北方文学》第2期发表金刚的《行者：罂粟园的孤独》；李少鹏的《镜与灯·文本与读者——现象学与文学批评》。

《青海湖》第2期发表王建明的《河湟文学论——谨以此文献给河湟作家作者及〈青海湖〉编辑部》。

《湖南文学》第2期发表黄亦鸣的《于平实中见新奇——读纪实小说〈香港、香港、香港〉》。

6日，《河北文学》第2期发表周政保的《小说家的人格力量》。

7日，《天津文学》第2期发表蒋子龙的《好一座白门楼》；万同林的《目前中国当代文学缺少什么——关于寻求现实主义和现代主义相默契的答问》；张石山的《且说伊蕾》。

10日，《文汇月刊》第2期发表刘再复的《历史哲学感与人类命运感》；陈建功、苏炜的《小楂及其他》（对话录）；郑海瑶的《陆星儿印象》。

《北京文学》第2期发表刘震云的中篇小说《单位》；余华的短篇小说《往事与刑罚》。同期，发表吴方、黄子平的《关于"小说主题学"》；刘友宾的《欲说还休——读〈你说人生忧郁我不言语〉》。

《光明日报》发表陈超的《谈诗论方法的颠倒》；丹晨的《闲闲的，走来又过去——〈人生一站〉读后》；周介人的《文学批评中的"叙事角"》；杨桂欣的《〈日晕〉对官场意识的批判》。

《花溪》第2期发表彭荆风的《名家致习作者十二谈②：商品与精品——小说漫谈》；阳海洲、李方眉的《笙鼓壮春潮——读赵西林〈笙鸣鼓合集〉》；余薇野的《这就是她，只能是她——读〈傅天琳自选诗集〉》。

《读书》第2期发表蔡翔的《母亲与妓女——关于〈白涡〉》；老木的《美人、怪客或别的东西——〈灯芯绒幸福的舞蹈〉》；朱伟的《最新小说一瞥》。

11日，《文艺报》第6期发表李复威的《"通俗史诗"的新探索——评蒙古族作家孙书林的长篇小说〈穹庐惊梦〉》;蔡葵的《多思的才华——读童庆炳的长篇小说〈淡紫色的霞光〉》;朱珩青的《超越:走出你的"中心"!——黄尧长篇新作〈女山〉读后》;刘友宾的《遥想皇帝当年——读〈中华第一大帝〉》;董保存的《李连庆和他的〈离乱情侣〉》;丹晨的《对张放对巴金的批评的批评》;铁凝的《云晴龙去远》;陈美兰的《热浪中的沉思——由中西文化碰撞所引发的联想》。

15日,《民族文学》第2期发表晓雪的《不容忽视的存在和发展——再谈新时期的少数民族诗歌》;晨宏的《景颇族当代文学的思索》;许也的《土家族作家李传峰其人其事》。

《杂文界》第1期发表秦启安等的《杂文的钢鞭要用爱心去挥舞——柏杨谈杂文写作》。

16日,《文学报》发表林焕平的《区别通俗文学与"庸俗文学"》;原野的《文坛没有堕落》。

《广州日报》发表《谈〈孽子〉、三毛、张爱玲及文化交流——白先勇答中山大学学生问》。

17日,《光明日报》发表阳雨的《民主的代价与选择的必要》;《邵燕祥、丹晨著文反驳张放对巴金的批评》。

《作品与争鸣》第2期发表马光复的《无声的军歌 悲壮的旋律》;戈平的《一个使人难忘的人——读报告文学〈天荒〉有感》;德耘的《天荒当破 理性勿失——评〈天荒〉兼及文学中的涉性问题》;吴子敬的《呼唤觉醒》;赵凤山的《聚焦在灵魂上的闪光点——读短篇小说〈扫街人〉》;张日凯的《"须入乎其内,又须出乎其外"——读小说〈扫街人〉有感"》;高进贤的《危机与时机》;刘泽民的《救救流失的孩子们》;胡蛮的《宽容、信任和理解——评〈无冕皇帝〉及其讨论》;晓流的《〈无冕皇帝〉"抖出"文坛内幕,中国文坛又起风波》;花敏的《中国文坛1988年头号新闻揭秘》;杨志杰的《黄村断想录·瞎子摸鱼》;郭晓芳的《对〈狂潮〉的不同评价》;河乡的《台湾同胞话〈河殇〉》;陆码的《应该欢迎批评——写给〈作品与争鸣〉编辑部的信》;吴滤的《高尔泰找到了吗?》。

18日,《文艺报》第7期发表吴秉杰的《把故事还给小说》;蔡文高的《幽叹,仅仅是幽叹——读周克芹的〈难念今宵〉》;阚昱静的《略论女性的不完整——关于谭元亨的女性三部曲》;孙葳的《女性灵魂深处的呐喊——〈我要属狼〉二题》;专栏"中国作家的历史道路和现状研究"发表童庆炳的《拷问自我——关于知识分子题材作品的再思考〉》；同期，发表冯骥才的《一个糊涂的口号：中国文学要走向世界》；陈昊苏的《浅释娱乐片主体》。

《台港文学选刊》第 2 期发表管宁的《女性境遇的艺术之窗——评廖辉英〈窗口的女人〉》；汤淑敏的《在困境中挣扎前进》；王宗法的《历史的脚步声——近十年海峡两岸文学沟通一瞥》；田野的《散文，台湾的散文》；潘亚暾的《向纵深掘进——台港文学研究十年回顾》。

19 日，《青年文学》第 2 期发表罗强烈的《叙事方式与主题——我读〈重返家园〉》；崔道怡的《看〈病房春秋〉》；王长安的《深情的呼唤》；阿瞻的《三言两语》；刘湛秋的《散文对诗的滋润》。

20 日，《当代》第 1 期发表冯骥才的《一百个人的十年》。

23 日，《文学报》发表《89 年，社会转型期的文学——上海文学刊物编辑六人谈》；刘汉太的《绿色中最美最浓的……——哲夫印象》；柯蓝的《奋斗中的散文诗》；陈圣来的《该失落的让它失落》；李运抟的《批评的尖锐性及其学术性——对近年某些批评现象的论说》；方克强的《"牛皮们"的现实与神话——读长篇小说〈牛皮三〇三〉》。

24 日，《联合时报》发表冯英子的《台湾诗人高准的〈诗叶〉》。

25 日，《文艺报》第 8 期发表林为进的《在平静中酝酿的跃动——谈 1988 年的长篇小说》；杨葵的《成熟的寂寞》（评郑敏的诗）；朱先树的《发现与超越自己——读韩作荣的两首诗》；梅朵的《论娱乐片与中国电影文化建设》；专栏"我看近两年的小说和批评"发表陈辽的《小年：为什么？》（评 1988 年的文学创作），张志忠的《文学的张与弛》，张新颖的《创新的盲目》，刘密的《创作心态的紊乱》，古继堂的《大陆对台湾文学研究的新格局》。

28 日，《光明日报》发表何镇邦的《长篇小说创作主体的三个矛盾》；胡采的《为开拓者立传——评纪实报告文集〈黑色沉浮〉》；李硕儒的《情幽幽，意幽幽——读梁荔玲的小说〈今夜没有雨〉》。

《台湾研究集刊》第 1 期发表许建生的《闽南方言在台湾小说中营造乡土特色的形式》；夏莞的《寻求台湾文学研究的突破口——福建省台湾文学研讨会综述》。

本月，《山西文学》第 2 期发表胡正的《序〈下河滩的女人们〉》；杨品、王君的《从表层的感觉到深层的思辨——由〈圆寂的天〉谈吕新创作的转化》；杨士忠的

《美丽的背反或曰循环——艺术本体泛论之四》。

《小说家》第1期发表阙维航的《命题的选择：建筑与人类文化——陈军小说漫论》。

《文艺评论》第1期发表薛毅的《个性的误区——对近年小说的反思》；王彬彬的《民以食为天——当代小说中饥饿描写的文学意义》；江冰的《关于中国知识分子性格批判的断想——兼谈知识分子题材创作》；盛子潮、朱水涌的《论新时期小说叙事观点的演化》；汪丽亚的《新时期报告文学的非文学化创作倾向》；颜纯钧的《人生经验和艺术经验》；贾明的《审美思维与语言描述的龃龉》；许钢的《美感——一种象征性的自由感》；兰爱国的《当代文学中的原始主义谈》；季水河的《危机与选择——新时期马克思主义文艺理论研究的反思》；马少华、马少军的《重构"对话层"——关于"非文学"批评的思索》；张春宁的《画民族之魂——从报告文学〈大魂王〉谈改革者的形象塑造》；董之林的《现实人生与文学性格——读〈血色黄昏〉》；程光炜的《由美丽的忧伤到解脱和粗放——新时期女性诗歌嬗变形态内窥》；喻权中的《小说的新迹与局限——88年黑龙江小说散论》；潘洗尘的《冯晏——关于一个女性的诗篇及其他》；赵振鹏的《活着，可要记住——〈苦难风流〉启示录》；刘齐的《周冰冰的寓言模式》；包临轩的《文学呼唤着真诚》；毛正天的《"轻便武器"与"重型炮弹"——文艺批评病态之一》；张先瑞的《获大奖随想——观影片〈末代皇帝〉》；湘磊的《一点缺憾——观〈彭大将军〉》；李少鹏的《挑战者与对话者——新马克思主义文学批评略述》。

《百花洲》第1期发表陈墨的《论新时期长篇小说的艺术局限》。

《作品》第2期发表阿文的《以传统的命题反映现实的愚昧——谈〈胎教〉》；叶砺华的《文学的"俗"命运》；吴玉柔的《女性的寻觅——女性文学三题》。

《青春》第2期发表沈存步的《使我想起了鲁迅》；象洋的《玩技巧的反思》；邢念萱的《从色情到乱伦》。

《春风》第2期发表汤吉夫的《还是想得深些好》。

《萌芽》第2期发表张文中的《扼住命运的喉咙——记青年评论家宋永毅》；张德林的《情境设计的艺术凝聚力》。

《福建文学》第2期发表李振声的《创新的意义与困难》；何绵山的《试谈散文的振兴》。

《广东社会科学》第1期发表韩剑夫的《身在天涯　心存故国——记美籍华

人著名学者、社会活动家林汉生教授》；李源的《台湾当代散文创作鸟瞰》。

《博览群书》第2期发表单新元的《台湾文坛崛起的一颗新星——著名女作家龙应台的故事》。

本月，解放军出版社出版朱向前的《红·黄·绿：朱向前新军旅文学批评》。

天津人民出版社出版张恩和的《鲁迅与郭沫若比较论》。

中国矿业大学出版社出版王家伦的《当代作家创作巡礼》。

3月

1日，《广西文学》第3期发表李兹的《我们更需要"现在"——代编后语并与某些作家对话》。

《上海文学》第3期发表方克强的《寻根者：原始倾向于半原始主义》；李国涛的《小说批评与文气说》；李昂、王安忆的《妇女问题与妇女文学》。

《光明日报》发表单三娅的《〈晚钟〉的命运》。

《求是》第5期发表韩作荣的《魂兮归来——读报告文学〈大王魂〉》。

《作家》第3期发表雷达的《论王朔现象》；赵玫的《述平小说印象》。

《奔流》第3期发表陈继会的《创作心境与艺术选择》；单占生的《人的力量心的灵视》；刘学林的《刘向阳作品讨论会纪要》。

《解放军文艺》第3期以"军事文学创造随想与漫笔"为总题，发表王中才的《闯关东：冻土文学》，叶楠的《海洋在召唤》，郭光豹的《一切为了南方军事文学的崛兴》，彭荆风的《忌讳媚俗》，贺晓风的《"断裂"地带的军事文学》，韩静霆的《军事文学的"爱"与"被爱"》，杨景民的《愿您喜欢她》，朱光亚的《从"西北旋风"谈起》，肖玉的《自白》，丛正里的《坚持走自己的路》，朱苏进的《随想》，王石祥的《军事文学的根仍在基层》，王振贤的《这是个出好作品的时代》，朱春雨的《强攻开阔地》；同期，发表徐怀中的《不可失去历史性的文学机遇——在全军创作室主任会议上的讲话（节录）》。

2日,《文学报》发表斯人的《理论的贫乏与杂文的复兴》。

3日,《小说选刊》第3期发表黄国柱的《1988:彷徨在峡谷——军队小说家创作心态透视》。

4日,《文艺报》第9期发表徐怀中的《不可失去历史性的文学机遇——对当前军事文学发展的思考》;谢冕、张志忠的《孙浼的诗:凝重而飘逸的情思》;肖复兴的《历史的悲剧色彩——读〈北大荒移民录〉》;专栏"中国作家的历史道路和现状研究"发表赵园的《负累重重的"地之子"——农民意识与中国作家》;同期,发表阳雨的《白话文是中文吗?》(回应本年1月28日《文艺报》第4期发表的孙津的《没有文化的累》);蔡葵的《漩涡里的人生景观——读长篇小说〈炼狱〉》;晓雪的《黄殿琴的爱情诗》;祖慰的《散文贵于超常的聚——谈刘学强的散文集〈雪暖滑铁卢〉》;白崇人的《女性是写不尽的——读文平〈乡井〉系列小说》;张伟的《张爱玲在圣玛利亚女校的最后一年》。

《山东文学》第3期发表胡家福的《执著的追寻与追寻的困惑》。

5日,《中国西部文学》第3期发表李康宁的《困难与机遇——在〈中国西部文学〉编委扩大会上的讲话》;陈柏中的《说一说报告文学的丰收年》;周涛的《八首和四十首——序赵天山诗集〈天之山〉》。

《北方文学》第3期发表李庆西的《沧浪有景不可到》;张鹏飞的《大风,你吼什么——读庞壮国〈风葬:大熊的红手镯〉》。

《当代文坛》第2期发表曹家治的《作家精神自由与新时期散文创作》;何镇邦的《试论长篇小说创作中的主观随意性》;李健民的《加强通俗文学的时代感》;吴跃农的《寻求与世界文明的沟通——新时期十年中国作家出访记述评》;王实的《失败者的心头血——从〈血色黄昏〉看知青亚团》;官晋东的《同是青春色彩呈现强烈反差——老鬼〈血色黄昏〉与杨沫〈青春之歌〉的比较》;叶砺华的《马原现象和后现代主义的终结》;亦丹的《生活的多味与人生的苦涩——兼评钟少曦中篇小说〈深山存古寺〉》;弓戈的《初读〈省委第一书记〉印象记》;奔放的《儿子·水手·歌者——冯庆川诗作片论》;罗国荣的《执着而艰难的艺术追求——王旭鸣小说创作谈》;李向阳的《叩开心灵封闭的"黑匣子"——简评〈凝视〉》;税海模的《张敏芳侦破小说谈——兼议当前侦破小说的提高》;张毅的《试论文学独立品格的追求——兼谈我国当代文学的走向》;易丹的《〈尤利西斯〉与勋伯格——关于叙述形式的几点思考》;汤立民的《浅析米歇尔·布托〈度〉》;垄耘的《读周克芹

〈人生一站·雨中的愉悦〉》；林文的《〈龙门阵〉的内蕴》；向荣的《分裂的焦虑与寻求的困惑——牛俊才〈龋齿〉解读》；尔龄的《一个有特色的企业家形象——谈〈酒旗红〉》；夏述贵的《简评报告文学〈成昆长啸曲〉》；钟鸣的《一场自然关系与社会关系的大搏斗——浅议小说〈伏羲伏羲〉》；孙静轩的《诗的困惑与文化的退潮——〈孙静轩诗选〉后记》；李林樱的《矛盾和探索——采写报告文学的反思》；蔡田明的《文学与"镜子"》；川涛的《潜心创作　努力提高》；吴跃农的《台湾海外十年散文印象》。

《青海湖》第3期发表龙驿的《论藏族人对待生命与死亡的基本方式》；艾家的《你波动的目光之外——评韩新东的〈另一种恋歌〉及其它》。

《湖南文学》第3期发表彭燕郊的《江堤的诗》；张吉安的《廖静仁散文的文化取向》。

6日，《河北文学》第3期发表刘大枫的《宣泄：文学的重要功能》；刘晓峰的《新使命：关于第三代诗人》。

7日，《光明日报》以"《飞龙杯》报告文学征文发奖大会发言"为总题，发表唐达成的《报告文学的发展是时代的需要》；王兆军的《走向夏天》。

《天津文学》第3期发表雷格、汤军、余世存、橡子、程文超、赵宝奇的《听听北大同学的声音——文坛态势六人谈》。

《花溪》第3期发表彭荆风的《名家致习作者十二谈③：作家是干什么的？》

9日，《文学报》发表王愚的《于平实中见深沉——读〈听雪集〉致毛锜》；秦瘦鸥的《法制文学的新卷——读王小鹰〈你为谁辩护〉》；王景曙的《城市人——青年诗人宋琳印象》。

10日，《中国作家》第2期发表王蒙的中篇小说《坚硬的稀粥》。同期，发表张洁的《他不是一个难猜的谜——关于从老哥的闲话》。

《北京文学》第3期发表赵士林的《从悲剧向喜剧的转化——〈李自成〉与姚雪垠》。

《雨花》第3期发表陈辽、黄毓璜、周梅森、宋词、费振钟、黄佳星、谷新的《〈秦淮半边月〉七人谈》。

《读书》第3期发表蒋原伦的《名流的叹咏》；朱伟的《最新小说一瞥》。

《人民政协报》发表王永久的《台湾最早出现的女诗人——蓉子》。

11日，《文艺报》第10期发表崔道怡的《说〈日子〉》；李国涛的《〈村间拾遗〉颇耐品评》;朱珩青的《"肉货":中国奴性文化的活鬼——话说康濯〈洞庭湖神话〉》;张同吾的《诗坛有好诗——评〈悲剧的诞生〉》;胡德培的《把"血肉"留给人间——迟子建创作印象》;专栏"中国作家的历史道路和现状研究"发表朱水涌的《矛盾的这一群——知识分子形象浅谈》;同期,发表冯骥才的《顺应与反叛》;刘兆林的《军营文化和文化意识》。

14日,《光明日报》发表郭志刚的《关于走向世界》;王愚的《更能消几番风雨——长篇新作〈月亮的环形山〉漫议》;张奥列的《该唱一支新调子——读报告文学〈南方的思考〉》。

15日,《文艺争鸣》第2期发表尹均生的《从全球文化视野审视纪实文学》;丁亚平的《"文学史"的历史探询——也谈重写文学史》;纪众的《小说审美生命形式问题》;胡平的《以情节取胜论》;冀怀的《陌生化——产生文学认识的手段》;崔建军的《刘晓波的误区——评〈我看审美〉》;王彬彬的《"残酷"的意义——关于最近几年的一种小说现象》;潘天强的《冷却以后的思考——"寻根"文学得失谈》;汪政、晓华的《由通俗文学而谈到"两栖文学"》;何志云的《纪实文学这个"杂种"》;刘勇、蒋谈的《热源背后的危机》;谢泳的《关于近期报告文学发展的一些问题》;孙津的《人的神话》;郜元宝的《〈来劲〉与关于〈来劲〉的非议》;吕金龙的《爱的倾诉,美的追求——读王肇歧、陈黎星的〈死亡与复苏〉》。

《文学评论》第2期发表何龙的《小说的语言语调与情感情态》;胡河清的《论阿城、马原、张炜:道家文化智慧的沿革》;朱向前等的《艰难跋涉中的军事文学——近期军事文学走向座谈会撷英》;季元龙的《"弃文从商"小议》;李新宇的《大众化与化大众的冲突——一个值得重新思考的新问题》;慈继伟的《文学的难与真》;专栏"'当代诗歌价值取向'笔谈"发表唐晓渡的《纯诗:虚伪与真实之间——与公刘先生商榷兼论当代诗歌的价值取向》,张同吾的《在光怪陆离中寻找诗的真谛》,黎湘萍的《生命情调的选择——试论台湾"语言美学"本体论》,周林的《寻求台湾文学研究的突破口——福建省台湾文学研讨会(1988)述略》。

《民族文学》第3期发表康克清的《〈为了明天〉序》;袁应军的《醉人的"桐味"——读〈风味满楼〉致作者》;滕树嵩的《〈风满木楼〉作者的回信》;郭辉的《植根于民族文化的深层——韦一凡小说创作中的民族精神》。

《钟山》第2期发表潘凯雄、贺绍俊的《"文革文学":一段值得重新研究的文学史》;木弓的《"文革"的文学精神——民众理想的辉煌胜利》;王干的《重读:〈东方红〉和〈大海航行靠舵手〉》；黄毓璜、丁帆、王干、费振钟、丁柏铨、汪政的《现实主义与先锋派文学笔谈》。

《特区文学》第2期发表张斤夫的《现代与传统的交融》。

16日，《文学报》发表《夏娃模式黄头发黑头发的抉择及其它——北京"当代文学中妇女形象的模式"学术讨论会摘记》；竣东的《谈现实主义的继承与发展》。

《求是》第6期发表蒋子龙的《寂寞中的文学造句运动》；杜鹏程的《文采斐然 别具一格——读毛锜散文集〈听雪记〉》。

17日，《作品与争鸣》第3期发表张炯的《明天定会出太阳——读梁荔玲的中篇〈今夜没有雨〉》；何龙的《又一件愚昧的陈列品——由〈没种和有种的男人〉谈开去》；胡宗健的《我看〈有种和没种的男人〉》；叶延滨的《一只没有壳的气球——读〈当代诗歌〉1987年1月号"新潮诗"后的几点感想，兼议"非非主义"的主张》；周伦佑的《语言的努力与诗的自觉——谈非非主义的语言意识兼答一位批评者》；原林的《在现实丑与艺术美之间》；黄木春的《暴露丑恶 割除疽痈——读〈性病在中国〉的感受》；桑逢康的《李白戏作"洋泾浜"》；崔胜洪的《文学中的"嬉皮士"家族》；杨志杰的《黄村断想录·合理性的错误》；陆荣椿的《一次关于"媒婆"与"处女"的争论》；徐玉英的《我们需要这样的文学论争——读戚方之文有感》；梦语的《重返初始论点》；布白的《读者看文学的"性"描写》；黄国柱的《〈解放军报〉讨论军旅诗》。

18日，《文艺报》第11期发表《中共中央关于进一步繁荣文艺的若干意见》；尧山壁的《〈玫瑰门〉的门》；李国文的《功到自然成——谈池莉的小说》；江曾培的《需有自己的名家与"专家"——〈中外名家微型小说大展〉读后》；公刘的《〈重放的鲜花〉序》；李星的《瞄准真实而健全的人性——读白描的〈苍凉青春〉》；[美]詹姆斯·拉根作、涓涓译的《中国近年文学观念谈片》。

《台港文学选刊》第3期发表王德威的《女作家的现代鬼话——从张爱玲到苏伟贞》；仲连等的《文学界的性别势力——女作家的美与罪》；叶石涛的《五四与台湾新文学》。

19日，《青年文学》第3期发表张石的《生命比主义更远久——评张廷竹的〈挣扎的黄昏〉》；刘湛秋的《在真实与幻觉之中》；白野的《摆脱无形的艰巨里程》；秋子的《浅释〈逃〉》；胡德培的《乡土风情与时代画影》；双因的《三言两语》。

20日,《小说评论》第2期发表李运抟的《论近年小说对人自身丑陋的审视》;沈金耀的《浅析近年来小说中的后现代主义》(正文标题为《试析近年来小说中的后现代主义》);吴方的《悲喜剧形态小说的审美经验》;李健民的《通俗文学的最佳选择》;李国涛的《新颖的通俗文学——钟道新的近作》;陈墨的《许辉小说的意味与视界》;张志忠的《少女的启示录——评铁凝〈玫瑰门〉》;周百义的《历史进程中的人性谛视——评长篇小说〈金屋〉》;屈长江、赵晓丽的《〈灵旗〉:五十年流不尽的英雄血》;盛子潮、朱水涌的《小说空间与空间小说》;徐斐的《"大团圆"模式杂议》;杜黎均的《刻画人物的性格化思维》;刘齐的《〈来劲〉论》;肖云儒、王治明、李昺的《改革的变奏与杂音——〈32盒黑磁带〉三人谈》;张彦林的《生命存在的多层次剥离——从〈厚土〉窥探李康美的生命意识》;腊月的《评余华的一部感伤小说》(评《古典爱情》);卜贝的《牛皮当然不是吹的——读〈牛皮303〉》;胡文的《被撞碎了的心理现实——读〈最后一场秋雨〉》;禹邑的《人性的痛楚与醒悟——读中篇小说谈〈村女〉》。

《上海文论》第2期以"重写文学史"为总题,发表席扬的《"山药蛋派"艺术选择是非论》,杨朴的《桃花谢了春红,太匆匆——由〈青春之歌〉再评价看革命历史题材创作的局限》,陈思和、王晓明的《主持人的话》;同期,发表海莹、花建的《FEMINISM是什么?能是什么?将是什么?》;吕红的《一个罕见的女性世界——兼及〈金瓶梅〉的道德与美学思考》;孟悦的《两千年:女性作为历史的盲点》;王友琴的《一个小说"原型":"女人先来引诱他"》;施国英的《颠倒的世界——试论张贤亮创作中的两性关系》;李晶的《被毁的金岛——〈离异〉琐谈》;朱虹的《对采访者的"采访"——读谌容的〈懒得离婚〉》;王绯的《性扭曲:女界人生的两极剖视——来自〈中国女性系列〉的报告》;钱荫愉的《女性文学新空间(提纲)》;钱虹的《关于中国现代女性文学的考察》;乐铄的《再次崛起后的再度困惑》;魏维的《在炼狱的出口处——论当前女性文学的理性超越》;王逢振的《美国女权主义文学批评概略观》;林树明的《开拓者的艰难跋涉——弗·伍尔夫女权主义文学理论述评》;[挪威]托瑞尔·莫瓦作,赵拓、李黎、林建法译的《阁楼里的疯女人》;陆星儿的《女人与危机》;郭小东的《白杨林的倒塌——论赵玫的小说》;本刊记者的《大众传播中的女性形象》。

《花城》第2期发表胡平的《论文学的可评性和可评的局限性》;李炳银的《贾鲁生报告文学创作论》。

21日,《文艺研究》第2期发表王蒙、王干的《说不尽的现实主义》;胡经之的《艺术本体真实性》;赖干坚的《文艺本体论对反映论的碰撞与渗透》;陈晓明的《拆除深度模式——二十世纪创作与理论的嬗变流向》;曲金良的《民俗美学发生论》;陈平原的《论"新小说"主题模式》;季红真的《文化"寻根"与当代文学》;李陀、张陵、王斌的《"语言"的反叛——近两年小说现象》;韩石山的《聪明的小说家》;柳鸣九的《关于外国心理小说》;蒋原伦的《批评家与攻击性》;郭宏安的《"池塘生春草":康复者眼中的世界》。

《光明日报》发表李运抟的《为有源头活水来——也说报告文学的文学性问题》;李国文的《评〈热岛——三访海南纪实〉》。

23日,《文学报》发表江泽民的《在中国作家协会上海分会第五次会员大会上的讲话》;桂子的《创作的"阻隔"和理论的"阻隔"》;悦尔的《情歌与悲歌的融合——读韩震霆的长篇〈大出殡〉》。

24日,《文艺理论与批评》第2期发表路延之的《"精神贵族"小议》;宋谋玚的《报告文学取得"轰动效应"以后》;王福湘的《科学性·民族性·时代性——读李元洛的诗歌论评》;石玉山的《漫议传记文学的真实性——兼评当前传记文学写作中的问题》;许文郁的《理性的支点——桑树坪的反思》。

25日,《文艺报》第12期发表吴泰昌的《这是一个值得书写的浪潮》(评报告文学浪潮);雷达的《我们叹息却不颓唐——读高红十〈哥哥你不成材〉》;谢云的《报告文学的文学性》;孟繁树的《京味小说的又一招——评〈玲珑三娘〉》;马也的《森林和雪地里的传奇——读张舒"遥远的兴安岭"系列中篇》;冯骥才的《平面轰炸》;吴俊的《文坛的调情——对文学现状的一种看法》;贾磊磊的《娱乐片的神话属性及目前创作中的"范畴性错误"》;郑开慧的《儿童小说中的教师形象刍议——兼评张抗抗的〈"万宝路"和我们〉》;周晓的《儿童小说的艺术新形式——评张之路近作》;圣野的《美好心灵的邮递员——读儿童诗集〈春雨的悄悄话〉》;金波的《没有说完的故事——介绍〈中国小诗人诗选〉》。

《当代作家评论》第2期发表王蒙、王干的《十年来的文学批评》;季红真的《历史的命题与时代的抉择中的艺术嬗变——论"寻根文学"的发生和意义(续)》;月斧的《悖反的效应——王蒙的小说魔术》;吴炫的《作为文化现象的王蒙》;贺绍俊、潘凯雄的《什么叫做"没意思"》;周德生的《躁动的世界 别扭的人生——李国文的系列小说〈没意思的故事〉》;李国文的《〈没意思的故事〉序》;墨哲兰的《走出性的两难——王振武周年忌日与振武谈〈古歌〉》；萌萌的《生命，闪过了刃口吗？——论王振武的"关于原始社会的札记小说"》；李星的《论"农裔城籍"作家的心理世界——陕西作家论之一》；樊星的《人性恶的证明——余华小说论(1984—1988)》；李红洋的《探求小说至境——乔良小说空灵观》；毛浩、李师东的《刘西鸿给我们带来了什么——对当代文学中一种精神文化现象的分析》；赵玫的《皮皮的小说世界》；李洋的《寓言：一束陨落的梦想——周大新的〈家族〉的意味》；杨剑龙的《论汪曾祺小说中的传统文化意识》；卢敦基的《当代自然主义潮流中的曹明华散文》；胡德培的《谈李玲修的〈姑娘跑向罗马〉》；吴亮的《制造"白日梦"——评残雪小说〈黄泥街〉》；蔡源煌的《歇斯底里——评残雪的〈黄泥街〉》；苏哲安的《说梦仍是呓语——对评论残雪小说〈黄泥街〉的一点反思》；辛晓征的《历史，还是历史的模拟》；郭银星的《小说正在泄密》；孙少山的《读〈父亲祭〉致刘兆林》；王利芬的《是文学评论，还是党史研究——读绿雪、石言二位文章有感》。

《海峡》第 2 期发表李晓红的《"花凋"——张爱玲小说中的几位少女》；管宁的《"油麻菜籽"：女性命运的现实写照——廖辉英小说创作一瞥》。

《收获》第 2 期发表李子云的《主持人的话……》。

《新观察》第 6 期发表蓬生的《台湾的探亲文学》。

27 日，《文学自由谈》第 2 期发表周介人、蔡翔、洪峰、余华等的《纯文学与一九八八年》；许子东的《谈书录：〈活动变人形〉、〈芙蓉镇〉》；吴亮的《微型作家论(周梅森、莫言、余华、孙甘露)》；陈村的《摇头集：为"荡妇"声辩》；李书磊的《回头看之七：〈你别无选择〉矛盾阅读》；牛志强的《也谈"文革文学"》；林虹的《论文学活动的商品性》；周政保的《战争观与战争题材小说创作》；陈晓明、汪晖的《文学的巴比伦塔已经倒塌》；马尚龙的《你是否要活下去——略谈二十世纪文学的自杀意识》；吴元迈的《文学与全人类思维漫谈》；林焱的《报告大文学　文学大报告》；何立伟的《语无伦次》；林希的《读书偶拾》；陈冲的《批判精神的深化、软化和虚化——从〈河殇〉谈起》；吴波的《自缚者的禅悟——陈村创作印象》；蒋原伦的《一个书香门第的衰落》(评叶兆言的《追月楼》)；王晓峰的《弘扬生命意识，扩张时代精神》(评徐铎、徐钢的《脊美鲸》)；吴方的《"认真"的浮想》；王彬彬的《不名刊物和未名作家——偶读〈日晕〉的随想》；书瑰的《死者长已矣　存者勿偷生——读〈国殇〉感言》；陈骏涛的《批评的寻觅：科学性与艺术性——序陈达专

〈优势与缺陷〉》;木弓的《怀疑"传记批评"》;何启治的《独特·新颖·典型——评乔瑜的两篇小说》;周涛的《失败中的辉煌——于劲〈厄运〉读后》;朱珩青的《红色、亮色、对比色及其弥漫和爆炸——谈莫言小说的色彩》;雷池月的《有本质的真实,才有悲剧的深度——读〈赵丹西域蒙难记〉》;刘振生的《纵深·哲学·悲剧——吴若增小说思想特征断想》;龙一的《评林希的三部"历史"小说》;岳洪治的《淡紫色的朦胧——读屠岸的两首新作》;范伦的《关于〈随想录〉的反批评》;金梅、路远的《小说的氛围描写》(创作通信);李庆西、钟本康的《关于新笔记小说的对谈》(文学对话);崔俊臣的《戴晴印象》;郭栋的《实验诗的〈逻辑组合〉与非逻辑组合》。

28日,《光明日报》发表刘再复的《文学理论的自立》;洁泯的《满纸净言话教育——评〈找寻失落的价值〉》;陈辽的《"文学刊物过热"也要压缩》。

30日,《文学报》发表王锦园的《赋丑于审美形态——杜国清的讽刺诗》;叶廷芳的《题材的现代性》。

本月,《山西文学》第3期发表李国涛的《有趣的往事——义夫短篇二题》;王威宣的《说喜不得言喜》。

《百花洲》第2期发表本刊记者的《〈铜帆〉、〈侏儒〉讨论会侧记》;汤士杰、于时、如月的《作家书柬》;曾亦禅的《文学观念的转型》。

《红岩》第2期发表周荷初的《以俗为美：小说创新的险径》;翟大炳的《空白艺术的斯芬克斯》;谭兴国的《重新认识李劼人》。

《作品》第3期发表严瑞昌的《质朴自然　情真意切——读刘宏伟的中篇小说〈谢天谢地〉》;钟晓毅的《雷锋创作断想》;沈妙先、曾宗远的《金线串珠　生辉耀目——饶远抒情童话结构初探》。

《青春》第3期发表包忠文的《闯与韧》;陈辽的《小天地与大天地》;杨群慧的《有感于王蒙参赛》;王子谆的《袖珍版的历史——从历史的角度看〈青春〉微型纪实文学》。

《春风》第3期发表朱晶的《独立于人生和艺术的潮流中——关于作家与时代的随想与札记》。

《萌芽》第3期发表谢德辉的《生命中不能承受之累》;马立诚的《一代人的心路历程——论马佳的中篇小说》;其纲的《认真,方克强的箴语》。

《福建文学》第3期发表毛乐耕的《散文：呼唤着哲学意识》;陈村的《胡扯》;

王欣的《创作与"观照"》。

《华人世界》第3期发表莫昭平的《台湾文学刊物经营惨淡》。

《台声》第3期发表田野的《评在大陆出版的第一部〈现代台湾文学史〉》。

《台港与海外华文文学》第1期发表方思若的《老牛 破车 晓月——〈泰华文学〉序》;杨嘉的《人生百态 风物千姿——〈泰华文学〉短篇小说评介》;吴腾凰、杨连成的《民族根、游子魂的生动再现——简论赵淑侠的小说创作》;潘亚暾的《他在生活的光谱中寻找自己的颜色——云鹤诗歌赏析》;于燕燕的《情切思深的审美世界——读贺兰宁的诗集〈石帝〉》;陈实的《〈船民〉的领域》;彦火的《与许达然一席谈》;金大可的《别样深情写"乡愁"——许达然创作道路简述》;忠扬的《〈马来西亚探奇〉序》、《序尤今著〈中东的足迹〉》;黄梦龙的《偏见比愚昧更可悲——小说〈遇到陌生女子的那天上午〉赏析》;郑奋强的《乡土的诗情》;黄东平的《写作生活回顾 我与〈侨歌〉》;刘新舜的《戴天:"首先做一个人"》;李少儒的《"五四"爆开的火花——泰华新诗发展简史》;陈春陆、陈小民的《泰国华文文学史料(下)》;晓刚的《白先勇研究资料索引》。

《华文文学》第1期发表姚宗伟的《欢迎中国广东省华文文学考察团莅泰国访问》;黄梦龙的《偏见比愚昧更可悲——读小说〈遇到陌生女子的那天上午〉》;李少儒的《"五四"爆开的火花——泰华新诗发展简史》;方思若的《老牛 破车 晓月——〈泰华文学〉序》。

本月,海峡文艺出版社出版潘亚暾的《香港作家剪影》。

复旦大学出版社出版潘旭澜、王锦园主编的《十年文学潮流:1976—1986》。

吉林文史出版社出版范培松的《报告文学春秋》。

漓江出版社出版丁振海的《当代文学思潮论》,谢宏的《坛下谈文》。

陕西人民出版社出版宋建元的《丁玲评传》。

文化艺术出版社出版刘颖南、许自强编的《京味小说八家》。

中国文联出版公司出版何帆、文祥编的《现代小说题材与技巧》。

4月

1日,《上海文学》第4期发表吴方的《不定式表达:小说写实新变》;郑义、施叔青的《太行山的牧歌》。

《文艺报》第13期发表何镇邦的《新的视角　新的思维——评〈商界〉、〈大上海沉没〉兼论改革题材文学的深化》;鲍昌的《一个紧紧抓牢大地的文学新人——翁新华小说集〈再生屋〉序》;郭风的《〈散文札记〉前言》;王愚的《融雅入俗的尝试——长篇小说〈32盒黑磁带〉评议》;沙林的《在温厚节制中谴责传统》;《1988:新批评家的龃龉与冲突》;专栏"中国作家的历史道路和现状研究"发表应雄的《历史批判与自我批判》,吕正惠的《台湾文学的浮华世界——1988年的观察台》,犁青的《从一年来的华文文学交流活动谈起》。

《作家》第4期发表雷达的《是新大陆,还是旧大陆?——现实主义问题讨论随想》;陈染的《没结局》。

《奔流》第4期发表宗树洁的《尴尬与潇洒》;潘知常的《人类学与美学》。

《解放军文艺》第4期发表王愚的《致力于文学的发现》;李炳银的《报告文学的新闻特征及其变异》。

3日,《小说选刊》第4期发表邵燕祥的《新"世说"和老话题》;《王蒙谈小说创作》。

4日,《山东文学》第4期发表宋协周的《小荷才露尖尖角　早有蜻蜓立上头——〈我的红蜻蜓〉》;高立民的《探索者的感伤——关于于振海的组诗〈乡土恋歌〉》。

《光明日报》发表张德祥的《主体性与价值取向问题——十年来文学价值观念流变的反思》;何西来的《兴衰五十年——读吴因易四部唐宫小说》;同期,报道3月29日《当代》和《文汇报》在北京召开俞天白的长篇小说《大上海沉没》讨论会。

5日,《中国西部文学》第4期发表蔡宇知的《新疆小说创作现状思考》;王斌、赵小鸣的《人类学的整体网络及文学》;[苏]艾特玛托夫的《世界站在自身改革的门槛上——钦·艾特玛托夫谈〈断头台〉》。

《北方文学》第4期发表金刚的《黄帝·传统·阿Q论坛——〈行者·罂粟园的孤独〉之二》;张炯的《站在通向无限世界的窗口》。

《青海湖》第4期发表肖云儒的《西部文学对多民族共居区杂色心态描写》。

《湖南文学》第4期发表李元洛的《歌唱不老的青春——旅美诗人周策纵作品赏析》;胡宗健的《谭谈小说的艺术特色》。

6日,《文学报》发表沈天鸿的《当代现实主义诗歌缺少什么?》;以"荒煤文论两题"为总题,发表《努力展示现代人的心灵》,《历史人物与历史风貌》,王蒙、王干的《何必"走"向世界——越向世界的语言障碍》;窦时超的《访台湾著名小说家高阳》。

《河北文学》第4期发表范国华的《改革文学大潮中的个性轨迹——陈冲小说剖析之二》;冯健男的《生活的足印和花朵——谈李文珊的散文》;韦野的《一支耕耘的歌——读刘增山的散文集〈生命风景线〉》。

7日,《天津文学》第4期发表曾镇南的《别一种现代志异小说——读姜天民的〈白门楼印象〉》。

《花溪》第4期发表金乃千、唐爱梅的《王鹏搏和他的"北京系列"小说》;和近建的《王鹏搏印象》;何士光的《名家致习作者十二谈④:灯下漫笔(之一)》。

8日,《文艺报》第14期专栏"对文学评论的评论"发表范荣康的《文学评论失去了什么》,蓝翎的《摆正文学批评的位置》,刘梦溪的《有真批评也有伪批评》,江晓天的《评论应面向大众,有所倡导》,陈子伶的《宏观地看取文学评论的多元化格局》;同期,发表于晴的《往事如烟君记否》(评邹荻帆的长篇小说《颤抖的灵魂》);钱谷融的《我更爱古典主义作品——答友人关于我的文学观问》。

10日,《文汇月刊》第4期发表陈辽的《文艺批评界的六种文化现象》;江曾培的《更勇敢些,更深邃些》。

《北京文学》第4期发表张颐武的《理想主义的终结——实验小说的文化挑战》。

《雨花》第4期发表陆晓声的《魂兮归来——跳到文学圈外谈小说》。

《读书》第10期发表王干的《气度与选择——关于〈收获〉、〈钟山〉、〈北京文学〉、〈上海文学〉的印象》;汪政、晓华的《叙述:对小说的基本认识》;朱伟的《最新小说一瞥》;柳苏的《你一定要看董桥》。

《人民日报》发表《台湾女作家回沪探亲》。

11日,《光明日报》发表李洁非的《反思八五新潮》;彭程的《常态与荒谬——读〈单位〉》;《欧阳山致周而复——〈南京的陷落〉读后》。同期报道3月下旬全国第四次老舍学术讨论会在重庆举行。

13日,《文学报》发表曹晓鸣的《三毛回来了》。

15日,《文艺报》第15期专栏"对文学评论的评论"发表刘锡诚的《要尊重历史　研究社会》,季红真的《不要固守一种观念》,韩瑞亭的《又到了一个"坎"上》;同期,发表盛英的《知识分子的众生相——杨绛〈洗澡〉读后》;杨牧的《满目苦难　遍地风流——读马合省的〈苦难风流〉》;严家炎的《还是承认现实主义有多种形态为好——答何满子先生》。

《民族文学》第4期发表(彝族)安尚青的《谈安文新的〈神树·树神〉》;王一之的《序傈僳族的〈十九岁的太阳〉》;(回族)马旷源的《先驱者的足迹——回族现代作家、翻译家、文学活动家马宗融散记》。

17日,《作品与争鸣》第4期发表陈东滨的《〈湖光〉:对理想人格的呼唤》;欧亚的《做作的〈湖光〉——评中篇小说〈湖光〉》;李秀峰的《心乐——〈村间拾遗〉之一》;缪俊杰的《潜意识:人生悲喜剧的渊薮——评李秀峰的村间小说四题》;苏华的《既厌世又恋世的检视与思索——〈心乐〉生存混沌现象刍议》;冼民的《填补历史空白的艺术之作——读小说〈秘密流放北冰洋〉》;党真的《再多些创造——〈秘密流放北冰洋〉小说的不足》;成志伟的《文艺作品中的"美人计"质疑》;张黎华的《抒情音乐剧〈相逢不是在梦中〉争议录》;本刊记者的《读者心目中的〈无冕皇帝〉》、《我们的期望》。

《人民日报》发表《琼瑶夫妇再度抵京》。

18日,《光明日报》发表南帆的《颠倒的宽容》;谢冕的《两岸异同的互补——从杨平的诗谈起》;同期,报道宗璞的长篇小说《南渡记》讨论会在北京召开。

19日,《青年文学》第4期发表毛志成的《〈静水涟漪〉创作谈》;了之的《三言两语》;张石的《生命荒漠中的动地哀歌——评〈仇杀·杀仇〉》;曹季军、潘承凡的《败未必寇——简析〈老区〉》;刘湛秋的《不稳定的状态和变形的美感》。

20日,《文学报》发表《苍凉青春——对知青文学的又一次超越》;何镇邦的《长篇小说创作的新趋势与新特点》;高小康的《绿血与梅杜萨的眼睛》(评新潮小说)。

《当代》第2期发表许可的《"失去了"引起的思考》;刘再复的《〈古船〉之秘密

和我的思考》；胡平的《报告文学，伸出你的两翼》；李炳银的《文学的"当代"风采》。

《暨南学报（哲学社会科学版）》第2期发表饶芃子的《论白洛的小说创作》；翁光宇的《逼近真实　开掘内蕴——论梁锡华的域外游记》；潘亚暾的《香港南来作家简论》；卢菁光的《她在建构两座桥梁：〈香港文学〉40期述评》。

22日，《文艺报》第16期专栏"对文学评论的评论"发表荒煤的《一个老文学评论者的困惑》；陈思忖的《文学评论应实现多元互补》；张炯的《评论自由不是没有是非》。同期，发表蒋元伦的《一个新主题的出现——评刘震云中篇小说〈单位〉》；段崇轩的《为了人与自然的和谐——读麦天枢报告文学〈挽汾河〉》；谭兴国的《她留在了这片神奇的土地上——读龚巧明〈通往极地〉》；刘再复的《"五四"文学启蒙精神的失落与回归》（4月29日第17期续完）。

《长城》第2期以"笔谈录"为总题，发表腾云的《文学自失与自寻》，赵玫的《小说的先锋性》，李晶的《关于文革文学的两点思考》，浪波的《迎着时代的潮头》；同期，发表周申明、铁凝、艾东的《〈玫瑰门〉恳谈录》；冯健男的《花开晋藏本一枝——谈李文珊的小说》；周政保的《奚青小说的艺术品格》。

24日，《人民日报》发表《三毛回舟山寻根》。

25日，《光明日报》发表王蒙、王干的《感觉与境界》（5月2日续完）；刘润为的《庭院深深深几许？——评长篇小说〈玫瑰门〉》。

27日，《文学报》发表晓蓉、天然的《〈王实味和〈野百合花〉〉八人访谈录》（访陈丹晨、温济泽、黄子平、刘学苇、钱理群、江曾培、严文井、戴晴）；许杰的《一个过来人的纪念——我对五四精神的再认识》。

29日，《文艺报》第17期发表唐达成的《文学发展与民主、科学精神——"五四"运动七十周年有感》；韩作荣的《诗的创造与创造的诗》；郑敏的《成熟的寂寞不是我要摆脱的境界》；专栏"对文学评论的评论"发表雷达的《评论似乎又回到了原先的理论热点》；顾骧的《正视非社会化文学思潮的存在》；王必胜的《理论建设的虚弱使文学批评后劲不足》；曾镇南的《文艺批评有三大时弊》；扬渡的《冷箭与投枪——读许达然散文的随想》。

30日，《人民日报（海外版）》发表王齐的《三毛认"父"——台湾作家三毛幸会张乐平》。

《浙江日报》发表姚振发等的《海那边飘来一片云——台湾著名作家三毛在

杭州〉》。

《湘潭大学学报（社会科学版）》第 2 期发表金杏的《现代社会女性的困境与自救——评台湾新女性主义小说》。

本月，《山西文学》第 4 期发表李锐的《中国文人的"慢性乡土病"——从"悯农"与"田园"谈起》；祝大同的《黄昏的悲哀——农村生活小说研究——山西北路青年农民文学创作群印象之二》。

《小说界》第 2 期发表倪墨言的《王实味和他的小说》；曾镇南的《向生命本能和生存本义的逼近——谈近期长篇小说主题意向的深化》；赵丽宏的《汪笨湖其人其文》。

《小说家》第 2 期发表闻树国的《信马由缰与无缰之马——〈嫉妒之研究〉说三道四》；莫言的《〈伏牛〉读后与一个"惊天动地的响屁"》；王立的《也算印象》。

《文艺批评》第 2 期发表杨春时的《"社会主义现实主义"批判》；李岭的《论动态的文学批评》；许钢的《美感具体形态发展的基本趋势》；陈剑晖的《符号化了的小说语言》；徐斐的《"送你一束玫瑰花"——集束小说的审美特征》；彭子良的《回归本体：对报告文学新走向的理论设计》；李有亮的《生命：诗的大陆——论诗的复归本体态势》；江冰的《一个模式中的两个原型——知识分子与当代文学专题研究系列论文之二》；李树声的《上帝、刑天和西西弗斯——从〈深秋的颜色〉说开去》；徐列的《民众：改革的生力与基点——对"改革文学"的一种理解》；喻权中的《再谈小说的新迹与局限——一九八八黑龙江小说散论续二题》；李佳的《散论〈河灯〉》；叶伯泉的《风清月朗淡淡美——读李风清诗集〈拔节的乡情〉》；李庆西的《作家与社会》；朱希祥的《文艺接受中的"亚文化"因素》；李文方的《论"摄影文化"的宏观体系及特征》；郑喜林的《"入乎其内"、"出乎其外"——兼谈戏曲意象创作问题》。

《当代作家》第 2 期发表周勃的《祝愿与希望——写在〈当代作家〉创刊三周年》。

《作品》第 4 期发表韩强的《生命的形式——试从生命美学的角度评〈珠水龙蛇传〉》；姚国建的《论诗的"间离效果"》。

《青春》第 4 期发表陈鸿祥的《文场三吹》。

《春风》第 4 期发表斯民的《深层次反映改革大潮中人物命运的流向——1988 年〈春风〉短篇小说述评》。

《萌芽》第4期发表邹庆萍的《我所知道的殷国明》;应雄的《分解与重构:残雪、刘西鸿小说叙事比较》;陈墨的《"新星"的蜕变与荣衰——从〈新星〉到〈荣与衰〉》。

《当代文坛报》第4期发表林承璜的《刘以鬯小说创新散论》。

第四届台港暨海外华文文学学术讨论会在上海召开。

本月,花城出版社出版古远清的《台湾朦胧诗赏析》。

福建教育出版社出版李复威的《新时期文学面面观》。

广东教育出版社出版陈剑晖的《新时期文学思潮》。

解放军出版社出版陆文虎的《风格与魅力:陆文虎文学评论选》。

内蒙古人民出版社出版吴重阳、李连成编的《云照光研究专集》。

时代文艺出版社出版席杨的《选择与重构:新时期文学价值论》。

浙江文艺出版社出版李劼人的《个性·自我·创造》。

中国文联出版公司出版孟繁华的《叙事的艺术》。

5月

1日,《广西文学》第5期发表彭洋的《躁动不安的广西文坛——"振兴广西文艺大讨论"记述之一》。

《上海文学》第5期发表王蒙、王干的《文学的逆向性:反文化、反崇高、反文明》;王玮的《反规范的实验小说》。

《求是》第9期发表苏华的《"愿民族的血脉能呈超导态"——评钟道新中篇小说〈超导〉》。

《作家》第5期发表雷达的《苏晓康模式平议》;赵玫的《追逐岁月的激情——蒋子龙印象》。

《奔流》第5期发表艾云的《一个,两个……一共五个》;杨飏的《对河南报告文学现状的思考》。

《解放军文艺》第 5 期发表席扬的《中国当代军事文学的审美反思》；何永康的《"视点"的辩证观》。

2 日，《光明日报》发表陈骏涛的《"中国文学要走向世界"辩》。

3 日，《小说选刊》第 5 期发表周克芹的《题外之谈》。

《报告文学》第 5 期发表苏晓康的《面向荒原的对抗——麦天枢素描》；《社会问题报告文学：探索中的忧虑——〈报告文学〉、〈文学评论〉第二届作家、评论家对话发言纪要》；谢泳的《传播学与报告文学》。

4 日，《山东文学》第 5 期发表陈宝云的《蜕变中的力作——我看〈独臂村长〉》。

《文学报》发表《杂文将与改革结伴而行——全国首届杂文研讨会纪要》。

5 日，《中国西部文学》第 5 期发表边谷的《文学：关注人的命运——读中篇小说〈入冬的风〉》；张德明的《〈红尘夕照〉读后》。

《北方文学》第 5 期发表李庆西的《昨夜星辰昨夜风》；张孝军的《够哥们，孙少山——〈黑色的沉默〉小评》。

《当代文坛》第 3 期发表陈艾玲的《金钱的冲击：中国当代文学往何处去？》；张惠辛的《文学体制与文学本性的错位——试析当代文学困顿局面的主观因素》；李兴华的《转换和冲突：当代作家社会身份的危机》；毕光明的《人生实现与文学实现——王蒙审美意识的张力场》；薛毅的《刘索拉小说的语言及其精神世界》；胡德培的《"谌容现象"研究》；应雄的《意义的消失：从反抗小说到娱乐电影》；李彬的《荒诞：对人生的一种解读——近几年小说创作中荒诞现象的回顾与审视》；李庆信的《小说之所以为小说——对小说性质的一点思考》；彭斯远的《阵营·实绩·差距——新时期巴蜀儿童文学宏观扫描》；陈朝红的《他有一颗活泼的童心——徐志国儿童诗漫评》；班马的《马玲的灵——少女小说中童年生命感和哲学人类学的幽思》；王泉根的《谭小乔幼儿文学的美学追求》；李晓峰的《挖出自己的那口"井"——李晓海儿童小说析赏》；胡本常的《果真一朵黑牡丹——读韩蓁儿童小说札记》；吴少霖、易水、廖德家、楠夫的《书评四则》；银甲的《为了明天 为了未来——记四川少年儿童出版社》；张继楼的《这里有一片热土——我所了解的重庆出版社少年儿童编辑室》；九思的《园中：百花盛开——及〈少年先锋报〉对文学幼苗的培养》；吴跃农的《台港海外十年散文印象》；常青、明泉的《对人类的双重忧虑——评估金平的报告文学〈龙年之变〉》；姚咏絮的《浓情铸就山水魂——读邓洪平散文集〈山水魂〉随想》;梁球的《对农民觉醒的热情礼赞——评韦编联的小说集〈七色人生〉》;吴培义的《酸涩的悲剧故事——读短篇小说〈进入角色〉》;施叔范的《〈商界〉——南方的喧嚣与冷静》;李元洛的《中西诗美的联姻——台湾诗人洛夫诗作片论》。

《安徽大学学报(哲学社会科学版)》第2期发表王宗法的《论八十年代的台湾文学的走向》。

《青海湖》第5期发表李继凯的《生命冲动与五四文学》;佐良的《日月山下的情思》。

《朔方》第5期发表李元洛的《清纯而隽永的歌——台湾诗人痖弦诗作欣赏》。

6日,《文艺报》第18期发表《〈南渡记〉读后——冯至致宗璞》;崔道怡的《听〈初春回旋曲〉》;忆明珠的《终不能"一笑人间万事"》(《流星》序言);薛方的《中国的"美神"没法不沉重——读长篇小说〈三美神〉》;丁永淮的《一样悲欢逐逝波——读〈文苑悲欢〉》;陈雷的《隐喻的世界:梦幻提示——读中篇小说〈第四世界〉》;专栏"中国作家的历史道路和现状研究"发表张颐武的《茅盾的矛盾——重读〈夜读偶记〉》。同期,发表梁昭的《为文学"商品化"一辩》。

7日,《天津文学》第5期发表杨义的《"五四"文学家自主自重的文化心态》;郭骅整理的《认同·批判·超越——"五四"精神与当代文学讨论会发言摘要》。

《花溪》第4期发表何士光的《名家致习作者十二谈⑤:灯下漫笔(之二)》;彭荆风的《给编辑部×同志的一封信》。

9日,《光明日报》发表蔡葵的《老作家的新探求——读韶华的短篇新作》;朱向前的《"熊掌和鱼不可兼得"新解——为小说家们进一言》;丁胜如的《拷问灵魂——读从维熙的〈走向混沌〉》。

10日,《文汇月刊》第5期发表嵇伟的《关于一个人——关于苏晓康》。

《北京文学》第5期发表蒋原伦的《诗学与神话》。

《雨花》第5期发表汪政、晓华、程然的《小缉在一九八八——三人联弹》。

《读书》第5期发表金克木的《百无一用是书生——〈洗澡〉读后》;甘阳的《自由的理念:五·四传统之阙失面》;刘东的《衰朽政治中的自由知识分子——读〈胡适与中国的文艺复兴〉》;赵一凡的《海外祭五·四》;刘小枫的《关于"四五"一代四五的社会学思考札记》;郑也夫的《学运·少年·孔家店——读周策纵的〈五

四运动史〉》；陈来的《五四文化反思》；许子东的《对"文革"的两种抗议姿态——〈上海生死劫〉与〈血色黄昏〉》；张颐武的《诗的危机与知识分子危机》；高名潞、唐庆年、范迪安、周彦的《前卫艺术与文化现实——关于"中国现代艺术展"的谈话》；王林的《是句号，还是问号？》；朱伟的《最新小说一瞥》；王蒙的《〈回娘家〉的模式意义》。

11日，《文学报》发表肖路的《龙应台北京行》。

12日，《华声报》发表郑林的《作家与故乡——记去台作家舒畅》。

13日，《文艺报》第19期专栏"对文学评论的评论"发表阎晶明的《新批评的危机》；垄耘的《自身的提高与消解》；谢泳的《徘徊在广告与学术之间的文学批评》；孙葳的《失常的心态》；专栏"中国作家的历史道路和现状研究"发表陈晋的《几代文人的悲欢——对中国现当代文学的一种社会学透视》。同期，发表杨劼的《黑域情态　乌金炎凉——读〈黑色的沉默〉〈连环套〉有感》；阿国的《曹青与她的女谢尔顿梦——在"俗"的可读性与"雅"的深层性的耦合中寻求突破》。

13—20日，《文汇读书周报》发表钱虹的《神秘的岑凯伦——关于"岑凯伦热"的疑惑及其他》。

15日，《文艺争鸣》第3期专栏"纪念五四运动七十周年"发表孟宪忠的《文化危机与民族振兴——中国文化现状与中国新文化建设任务》，刘柏青、金训敏的《五四新文学的现代化问题》，缪俊杰的《深刻反思　再度启蒙》，姜铮的《马克思主义、个性主义与五四启蒙》，赵园的《也说"知识分子"》。同期，发表彭定安的《评"新基调杂文"的基调》，梁归智的《论武侠小说的基本特征》，程文超的《批评的寻求》，吴秉杰的《〈新星〉对话》，周忠厚的《创作方法新论》，程德培的《分裂的文本》，张颐武的《恐龙时代的终结》，黄侯兴的《话说"创作自由"》，公木的《读〈风从四方来〉》。

《文学评论》第3期发表王蒙、王干的《文学这个魔方》（对话录）；艾妮的《弄潮人的求索——问题报告文学研讨会概述》；严纯钧的《文学的世俗化倾向》；李洁非的《新时期小说的两个阶段及其比较》；滕云的《孙犁研究新声音——孙犁创作学术讨论会随想》；李其纲的《苏童放飞的姐妹鸟》；刘建军的《感性与理性交织中的困惑——李天芳小说读后》；专栏"'当代诗歌价值取向'笔谈"发表沈泽宜的《得到的与失去的——谈新生代诗》。

《民族文学》第5期发表（回族）杨继国的《民族性与历史性的统一——评张

承志回族题材的作品》;刘恩龙的《绿色意向——谈班果的诗歌创作》;雷猛发的《他心中有读者——黎国璞小说小论》。

《江南》第3期发表唐湜的《一条舒展、开阔的探索道路——并致王晓华先生》。

《特区文学》第3期发表丁芒的《从当代文学总态势谈到应用散文诗》;严瑞昌的《爱情不属于蒙昧者——中篇小说〈铁皮屋〉的启示》。

《人民日报(海外版)》发表杨培林的《妙语联珠,笔下生花——访台湾著名作家高阳先生》。

《复旦学报》第3期发表文华的《"第四届台港暨海外华文文学学术讨论会"综述》。

16日,《光明日报》发表李思孝的《现实主义与批判精神》;沈一之的《读〈发烫的黑土地〉随感》。

《求是》第10期发表牧惠的《在"纪实"不实的背后》。

17日,《作品与争鸣》第5期以"汪曾祺作品讨论会专辑"为总题,发表汪曾祺的《认识到的和没认识到的自己》、《汪曾祺的意义》,吴方的《说"淡化"——汪曾祺小说的"别致"及其意义》;同期,发表本刊评论员的《文艺与人民——纪念"五四"新文化运动七十周年》;张志忠的《一点启迪》;罗强烈的《莫言的冲突》;李洁非的《鬼才写鬼事——莫言〈五梦集〉之四、之五》;劳莘的《〈草原三娘子〉的审美意识》;兰河的《关于〈草原三娘子〉的一点异见》;谭好哲的《让我们都宣泄一下吧!——读〈你无法真实〉》;培海的《一篇令人遗憾的作品——〈你无法真实〉读后感》;孙美菊的《作家心灵的曝光——谈〈你无法真实〉》;杨志今的《电影〈弧光〉引起争议》。

18日,《文学报》发表吴若增的《文学的两大主题——人道主义与自我实现》;朱祝宁的《向纷繁和深层的人生世界掘进——"新写实主义"漫论》;顾骧的《从人的自觉到文的自觉》;嵇伟的《苏晓康其人其事》。

《台港文学选刊》第5期发表叶石涛的《五四与台湾新文学》;钱虹的《"五四"的产儿和香港的女儿——中国现代和当今香港女性小说之比较》;林耀德的《台湾新世代小说家》。

19日,《青年文学》第5期发表疏竹的《没有完结的生命缺憾》;尹卫星的《读〈血色〉兼谈其作者》;阿康的《三言两语》;曾镇南的《地之子与世纪儿的倾诉——

读〈青春墓志铭〉》；刘湛秋的《抒情诗的立体感》。

20日，《人民文学》第5期系"散文专号"。同期，发表蓝翎的《散文乱"侃"》；郭枫的《探索散文艺术的奥境》。

《小说评论》第3期发表王蒙、王干的《王蒙小说的悖反现象》；鲁枢元的《隐匿的城堡——读〈流水三十章〉致王安忆》；余昌谷的《她"从容地端详现实"——论谌容小说的幽默》；修晓林的《人生的苦难和人格的力量——评长篇小说〈曲里拐弯〉》；韩鲁华的《不惑之年的困惑与思考——从邹志安近作说起》；董子竹的《血污不掩深刻的睿智——白描〈苍凉青春〉随感》；邵德怀的《〈绿梦〉及其他——评关汝松的小说》；奎曾的《知识分子：他们的苦乐悲欢——读小说集〈一生中的四天〉》；董之林的《旧梦与新岸——论新时期知青小说理想命题的嬗变》；王淑秧的《也谈新时期的哲理小说》；韩梅村的《图谱：历史小说的危谷》；张德林的《非常态情境与人物心态设计》；林焱的《论反小说——小说体式论之九》；栾梅健的《李向南论》；李贵仁的《评〈阎纲短评集〉》；刘长海的《水乡风情 鱼王神采——李鸿声小说创作纵横录》；王旻的《寻找失落的圣地——王文泸小说谈》；铁朴的《当代社会心理的双向透视——读谌容〈得乎？得乎？〉》；白玉兰的《〈艳歌〉一曲 荡气回肠——读叶兆言〈艳歌〉》；苑湖的《杂色的风景——读苏童的〈平静如水〉》；虞驰的《刚正求实总有报——读京夫的中篇〈人文地理〉》。

《长江》第3期发表童志刚的《〈白驹〉杂谈》；谢海阳的《改革中的不同参预意识的写真——读中篇小说〈斗鸡〉》。

《文艺报》第20期发表荒煤的《我希望多一点心灵美——〈潜流〉读后》；王富荣的《高手不从时尚体 好诗只说眼边情——赵长天小说简评》；何西来的《通俗文学的格调问题——从〈文艺生活〉第二届优秀通俗作品评奖引出的思考》；吴秀明的《民族灵魂的发现》；峻东的《一种思维方式的终结——重读〈新春的反思〉》；专栏"中国作家的历史道路和现状研究"发表钱理群的《反思三题》；刘宾雁的《〈美国这个迷〉自序》。

《花城》第3期发表王蒙、王干的《且说长篇小说——文学对谈录之一》。

《清明》第3期发表沈敏特的《真理的简单与复杂》；唐先田的《〈高山人家〉咀嚼录》。

《文艺报》发表洪汛涛的《谈新加坡华文儿童文学》。

《福建论坛》第3期发表汪毅夫的《击钵吟：演变的历史和历史的功过——

〈台湾近代文学史丛考〉之三》。

《上海文论》第3期以"五四与中国知识分子"为总题,发表谢冕的《盗火者的悲凉》,严家炎的《关于五四新文化运动的反思》,王富仁的《略谈中国知识分子的文化心理》,钱理群的《由"历史"引出的"隐忧"》,黄子平的《演戏,或者无所为》;赵园的《由魏晋名士想到五四知识分子》,刘晓波的《从"犧牛"到"娼优"》,叶廷芳的《中国需要补启蒙运动这一课》;以"重写文学史"为总题,发表陈思和、王晓明的《主持人的话》,蓝棣之的《一份高级形式的社会文件——重评〈子夜〉》,徐循华的《对中国现当代长篇小说的一个形式考察——关于〈子夜〉模式》;同期,发表陈伯海的《"士"的巡礼——古代知识阶层的人格剖视》;潘凯雄、贺绍俊的《知识分子的悲剧是怎样酿成的》;邹平的《现代文化起点——五四新文化的重新认识》;李子云的《在寂寞中实验——论西西的小说创作》;章培恒的《走在下坡路上的文学——宋诗简论》;[美]保尔·德·曼作、沈勇译的《美国新批评的形式和意向》。

21日,《文艺研究》第3期发表王晓明的《从万寿寺到镜泊湖——关于"二十世纪中国文学"研究》;陶东风、孙津、黄卓越、李春青的《历史,从将来走向我们——"重写文学史"四人谈》;俞建章的《悖论:文化中的惰性与活力——兼论文化对策的选择》;汪曾祺的《关于"样板戏"》;黄子平的《批评的预设》;舒芜的《"思到无邪可打油"》;李兆忠的《古老永恒的咏叹调》;蔡骧的《改革题材电视剧创作的思考》;彭加瑾的《电视小说》;黄颇的《电视观众的审美心理》;林瑞武的《新时期戏曲文学的演进》;胡星亮的《中国现代戏剧发展史上的一点启示——如何对待观众审美趣味》;徐贲的《二十世纪西方小说理论之人物观评析》;陈辽、周京宁的《论文艺情报员》。

22日,《新文学史料》第2期发表陈辽的《台湾的现代文学研究〈中国现代文学研究丛刊〉简介》。

23日,《光明日报》发表周政保的《中国小说的出路》;苏华的《"经济与人"的思考——评钟道新描写高科技领域的几部中篇小说》。

24日,《文艺理论与批评》第3期发表王扬的《〈河殇〉大讨论述评》;马菁的《为〈河殇〉一辩》;于仁的《〈河殇〉的"劫难"和"最佳效果"》;许嘉凌的《也谈〈河殇〉》;叶橹的《人之魂 诗之魂——〈评朱自清之歌〉》;王仲生的《历史,在这里呼唤史诗——重读〈保卫延安〉札记》;黄柯的《小说与历史》。

25日,《文艺理论研究》第3期发表苏平的《谈当代小说语言意象的视觉美》。

《文学报》发表顾文的《残雪印象》。

《当代作家评论》第3期发表程麻、李洁非的《文学对话：危机与困惑》；陈晓明的《现代主义意识的实验性催化——"后新潮"文学的"意识"变迁》；刘再复、李辉的《个人·文学·当代中国的问题》；费振钟的《一个观念小说家的想象——评周梅森"战争与人"系列小说阅读漫笔》；方克强的《刘震云：梦·罪与感伤主义》；宋遂良的《沉沦·困惑·悲愤——评田中禾近作三篇》；李炳银的《情似胡马依北风——论金河的小说创作》；钟本康的《评论家的小说　小说家的评论——说说李庆西》；李作祥的《从三个角度看〈野血〉》；吴秀明、周天晓的《〈张学良将军〉与现代新历史小说》；曾绍义的《散文与艺术敏感——论于宗信的"台湾散文"》；程国政的《伏羲的困惑——我看〈伏羲伏羲〉》；舒文治的《图式·客体·反讽——〈谋杀〉的三面缺陷》；廖炳惠的《政治的讽喻——评宋泽莱的〈弱小民族〉》；夏晓虹的《现代人生存方式的思考——评宋泽莱小说集〈弱小民族〉》；蔡源煌的《瞎扯淡的艺术》；吴炫的《青天与青天意识——关于〈新星〉批评的批评》；彭定安的《文坛骚乱：捣蛋的"莽汉"与变异的"上帝"——一个非文学的"通俗文学"透视》；应凤凰的《正义在身　胆识过人——侧写女作家陈若曦》；查建英的《黄子平印象》；廖炳惠的《政治的讽喻——评宋泽莱的〈弱小民族〉》。

《海峡》第3期发表张香华的《一个诗人的心路历程——在爱荷华国际作家写作计划提出的报告》；罗蒙的《思考：在历史与文学之间——评卓钟霖〈新编元朝演义〉》。

26日，《联合时报》发表徐迅等的《乡思如缕化梦游——台湾著名女作家张漱燕和她的乡亲》。

27日，《文艺报》第21期发表张韧的《生存本相的勘探与失落——新写实小说得失论》；金甲的《警惕自我孤立主义》；蔡葵的《魂系自然——读〈远方有个女儿国〉》；贾植芳、钱谷融、徐中玉的《老教授三人谈》；《小剧场：戏剧的救亡运动——黄佐临、陈白尘、徐晓钟三人谈》；王景山的《台湾儿童文学鸟瞰》；沙似鹏的《台湾报告文学的人道精神》。

《文学自由谈》第3期发表陆星儿的《文学热闹与冷清》；范小青的《不谈"理论"》；陈丹燕的《关于〈寒冬丽日〉》；黑孩的《故事的背后》；皮皮的《女人写小说》；迟子建的《昨日花束纷纷》；陈越的《我观孙犁》；程然的《周梅森的误区》；舒文治的《伪造形式的迷宫——读残雪的〈突围表演〉》；丁东的《柯云路透视》；向远的

《文学的出路在于重新树立权威》；应雄的《无边的人道主义》；李兆忠的《扩张中的王国——谈艺术的一个最重要的本性》；李运抟的《记者型报告文学家漫议》；吴亮的《微型作家论(张辛欣、刘索拉、残雪、王安忆)》；李书磊的《回头看之八：〈这是一片神奇的土地〉文化测量》；陈村的《摇头集：有根者如是说》；许子东的《谈书录：〈论中国文学〉的现实文化处境》；解志熙的《〈褐色鸟群〉的讯号——一部现代主义文本的解读》；张颐武的《魔幻世界的冷峻与真实——谈张石山的系列小说〈古城魔幻〉》；费振钟的《昨天的故事：悲怆与诗意——范若丁〈白河纪梦〉述说》；夏康达的《汤吉夫创作论》；顾传青的《智慧之爱——读谷应的〈危险的年龄〉》；严家炎的《走出百慕大三角区——谈二十世纪文艺批评的一点教训》；杜景华的《批评家的角色》；艾云的《生命低谷中的批评家》；吴亮的《一窝蜂的悲哀》；小非的《何谈"厌恶"》；谢泳的《报告文学的文学性》；刘敏整理的《文学与美术》(对话录)；白化文的《挽救不了的危机》(文学对话)；以"通俗文学笔谈会"为总题，发表杨励(正文为扬励)的《面对低谷的反思》，张圣康的《对通俗文学创作者的期望》，张春生的《地摊出售：通俗文学的盲点》，李治邦的《"出版商"非同小可》。

30日，《光明日报》发表甄家珍的《近年儿童文学创作一瞥》；樊发稼的《童心的诗篇——致〈小黄莺的歌唱〉作者雁小鹂》；韩瑞亭的《素朴醇美的乡情——〈染房之子〉初赏》。

《台湾研究集刊》第2期发表王晋民的《台湾现代诗的发展历程——访台湾诗人杜国清》；徐学的《承传与超越——台湾作家散文观综论之一》；黄重添的《不断地超越自己——朱秀娟长篇小说创作片论》。

本月，《山西文学》第5期发表张石山的《激昂而盲目的吹奏》；席扬的《在同一时空中的"意味"落差——对省内外作家的一种抽样定点比较》。

《红岩》第3期发表石天河的《现实主义问题答客问》；林亚光的《文化冲突的文学凝聚和文学研究的文化视角——"文学·文化·文化心理"沉思录之二》；罗良德的《评〈碧血双枪〉》。

《作品》第5期发表张奥列的《程贤章近期创作思路——读〈从祖庙到自由神〉》；芦荻的《读黄雨〈听车楼集〉》。

《春风》第5期发表凌耀忠的《〈潜影〉所思所想》。

《萌芽》第5期发表北明的《文学悖论三题》；刘祥安、李彬等的《自杀与他杀：

"死亡"作家大曝光》;周政保的《关于小说的"真实"》。

《福建文学》第5期发表林兵的《散文的优美之虑》;亦岸、南庄的《畅游闽江话文学》。

《安徽大学学报(哲学社会科学版)》第2期发表王宗法的《论八十年代的台湾文学的走向》。

《鸭绿江》第5期发表古继堂的《放荡女人的歌者——品茶论秦松》。

本月,湖南文艺出版社出版凌烟的《世纪末的艺术留言》。

花城出版社出版杨树茂的《新时期小说史稿》。

江苏教育出版社出版汪靖洋主编的《当代小说理论与技巧》。

青海人民出版社出版肖云儒的《中国西部文学论:多维文化中的西部美》。

陕西人民出版社出版刘建军的《换一个角度看人生》。

文化艺术出版社出版张学新、王玉树主编,中国解放区文学研究会天津分会编著的《创造新世界的文学:首届中国解放区文学研讨会论文集》。

西南师范大学出版社出版张世君的《文学批评方法与实践》。

长江文艺出版社出版韩石山的《韩石山文学评论集》。

浙江文艺出版社出版王晓明的《所罗门的瓶子》,周介人的《新尺度》。

中国文联出版公司出版哲明主编、天津市文联理论研究室编的《天津文艺理论十年》。

中原农民出版社出版浩然的《小说创作经验谈》。

6月

1日,《广州文艺》第6期发表殷国明、叶小帆的《寻找广州文学的位置——关于1988年度"中侨朝华文学奖"的对话》。

《上海文学》第6期以"许子东评论小辑"为总题,发表许子东的《从方法出发?还是从对象出发》、《当代文学中的青年文化心态》;同期,发表潘凯维、贺绍俊的《我们缺什么?》;专栏"批评家俱乐部"发表李其纲主持的《小说本体与小说意识》。

《文学报》发表吴炫的《杂论两则》;张贤亮的《我必须要告诉你——致我的小说的读者》。

《求是》第9期发表方纪的《冀中人的风貌与情怀——读周渺的〈葫芦巷春秋〉》;王大海的《我心中的杂文》。

《作家》第6期发表谭学纯、唐跃的《新时期小说语言变异的理论评估》。

《青年作家》第6期发表黎勇等的《关于小说〈情人,情人……〉的讨论二则》。

《奔流》第6期发表李传申的《"天人合一"继续谈》;李国文的《执拗的文学追求》;予风的《春天的呼唤与审美的诱惑》;任蒙的《诗廊漫步》。

《解放军文艺》第6期公布1988年《解放军文艺》特别奖获奖名单和1988年《解放军文艺》优秀作品获奖名单;同期,发表陈墨的《中国当代军事文学的文化反思》;骆飞的《〈染坊之子〉的魅力》。

3日,《小说选刊》第6期发表季红真的《一无所有者的自我剖白——读徐星〈剩下的都属于你〉》;谢欣的《魅力与矛盾——对余华、格非、苏童小说的印象与思考》。

《文艺报》第22期发表雷达的《魂与情——肖亦农小说》;高红十的《历史的回声——评长篇小说〈狂风乍起〉及其它》;高洪波的《血性文章 春秋笔意——谈李松涛长诗〈无倦沧桑〉》;洪洋的《不惑之年的困惑——写在〈长江文艺〉创刊四十周年之际》;王蒙、王干的《自由与限制——当代作家面面观(上)》;《语言的迷宫及其它——李泽厚、于建对谈录》。

《报告文学》第6期发表卢元镇的《我和赵瑜的一段"公案"》。

4日,《山东文学》第6期发表陈明欣的《孔孚追求的诗美境界》;任孚先的《沉重负荷下的跋涉》;于永绚的《一种恶性文化心态的曝光——评小说〈归去来兮〉》;王汶成的《可读性与可写性》;袁忠岳的《"安得广厦千万间"之外——〈欲望号兵车〉的另一种解读》。

5日,《中国西部文学》第6期发表李星、唐栋的《关于小说创作的通信》。

《北方文学》第6期发表金刚的《壶天微雨——〈行者·罂粟园的孤独〉之三》;许俊德的《在荒诞的背后——小评〈夏天,在孔家庄〉〈空楼〉》。

《青海湖》第6期发表葛建中的《英雄挽歌——评杨志军的系列小说》。

6日,《光明日报》发表顾骧的《民族和时代的良知——读邵燕祥新时期杂文》;崔元和的《人类命运的哲学思考——评杨志军的〈海昨天退去〉》;肖珂的《王朔小说的精神内核及前途》;得爱的《新生代诗的得与失》;同期,报道《上海文学》杂志社主办的中国40年文学道路研讨会在上海举行。

《河北文学》第6期发表孙达佑的《君若爱之须纵情——散文创新漫谈》;王力平的《文化的现实与生命的选择——〈红囍〉读解》。

7日,《天津文学》第6期发表杨匡汉的《路的哲学》;向娅的《我为什么要写〈女十人谈〉》;张培忠的《怪才写怪事——〈校场秘闻〉解读》。

《花溪》第6期发表何士光的《名家致习作者十二谈⑥:灯下漫笔(之三)》。

10日,《文汇月刊》第6期发表刘再复、刘心武、刘湛秋的《作为超越的文化(三刘对话录)》。

《北京文学》第6期发表王干的《近期小说的后现实主义倾向》;吴亮的《契约、争夺与控制》、《永远的可能性》。

《雨花》第6期发表张闳的《评摩罗的〈深的山〉〈古钟〉》;丁柏铨的《浮躁、骚动的都市世相图——读江锡民的三个短篇后致作者》。

《读书》第6期发表何光沪的《"这个世界需要爱!"——读刘小枫的〈拯救与危机〉》;赵小鸣、王斌的《"主体"论的盲点及其限度——刘再复学术思想探讨》;杜维明的《继承五四　发展儒学》;甘阳的《自由的敌人:真善美统一说》;朱伟的《最新小说一瞥》。

13日,《光明日报》发表《十年来的文学批评》。

15日,《文学报》发表谢海阳的《"湘军",怎么了?!——来自湖南的报告》(评湖南作家群)。

17日,《文艺报》第24期发表张炯的《但愿真诚不再被拍卖——谈彭明燕的〈真诚大拍卖〉》;冯英子的《千秋知己人何在——评石楠新作长篇小说〈寒柳〉》;彭吉象的《人世沧桑的咏叹调》;专栏"对文学评论的评论"发表陆泰的《小圈子"包评现象"是评论的悲剧》,杨朴的《文学评论所欠缺的》;同期,发表王蒙、王干的《自由与限制——当代作家面面观(下)》。

《作品与争鸣》第6期发表樊发稼的《进一步促进儿童文学的繁荣》;木禾的《一个孤野倔强生命的匆匆终结》;张放的《关于随想录评价的思考》;邵燕祥的《为巴金一辩》;丹晨的《对张放对巴金的批评的批评》;张炯的《艰难的奋进——

读〈X地带〉》；俞天白的《艰难奋进的出发点——关于〈X地带〉答张炯同志》；何镇邦的《对知识分子命运的哲理性思考》；石范的《评〈紫雾〉的命运主题》；鸟明的《〈紫雾〉：社会政治主题，或者说，民族历史主题》；德耘的《谈谈〈紫雾〉的象征意义》；冯骥才的《关于〈阴阳八卦〉的附件》；刘密的《思想迷误：混乱和蒙昧的世界——〈阴阳八卦〉批判》。

19日，《青年文学》第6期发表白烨的《由〈流浪爵士鼓〉说到"浪子文学"》；张兴劲的《几许恍惚》；钟斌的《走进你的心灵》；小晓的《三言两语》；阿瞻的《魅力源于真心灵》；刘湛秋的《给诗人注入些幽默的味道》。

20日，《人民文学》第6期发表海子的《麦地与诗人》（诗作）；同期，发表王宁、陈晓明的《后现代主义与中国当代先锋文学》。

《光明日报》发表周劢馨的《关于形成新的创作规范的断想》；《纯文学与通俗文学》；同期，报道工人出版社在北京召开白描的长篇纪实小说《苍凉青春》讨论会。

22日，《文学报》发表王干的《现代感、历史感、民族感的铸炼——评吉狄马加的诗集〈初恋的歌〉》；斯非的《摆脱"困境"》；任凤生的《山高水长学者风——读〈秋色满山楼〉》。

24日，《文艺报》第25期发表严纯钧的《从认识的深度到体验的深度》；张志民的《读韩忆萍的〈紫丁香〉》；赵玫的《苍茫的野性之歌——读〈混血〉》；段儒东的《熊尚志：这个杀猪的……》；陈骏涛、朱向前的《三种批评理论形态的交叉与互补》。

29日，《文学报》发表杨桂欣的《胡风三次平反有感》。

30日，《中国文学研究》第2期发表赵福生的《张恨水、琼瑶比较论》。

《图书馆杂志》第3期发表马国平的《港台文学及海外华人文学的分类》。

本月，《山西文学》第6期发表吕新的《带有六个抽屉的低柜——小说的格局与颜色》；艾斐的《对社会母题和美学文本的多元选择——关于"晋军"现实创作态势的扫描与思考》。

《小说界》第3期发表郑光迪的《关于〈印度滞留地〉》。

《小说家》第3期发表杨政的《试论尤凤伟的小说创作》。

《文艺评论》第3期发表薛毅的《挣扎与超越的可能——对今年小说文化背景的透视与批判》；李运抟的《中国文学的迷津在哪里？——一个无法回避的话

题》;李裴的《心灵的怪圈——新时期文学心态描述之四》;彭岚嘉的《孤独:游荡于文学中的幽灵》;李洁非的《文学批评的语言问题》;樊星的《评论的帆——关于近年文学评论的随想录》;张惠辛的《作家与生活的距离与距离感》;邵建的《从艺术本体和人类本体看艺术之本质》;钟本康的《语言对自身局限的抗争》;蔡桂林的《长篇小说:现状与期待》;江冰的《走向祭坛:知识分子与当代文学系列论文之三》;靳愿的《面对时代:一代人心灵审视的选择》;李晓峰的《改革者形象演变的纵向考察——兼对一种流行观点的质疑》;张孝军的《驰骋于心灵的空间——简评徐晓阳的诗歌创作》;菲章的《"娥"的彷徨——评实验话剧〈娥〉》;郁文的《"我叫娥,是虫儿"——对话剧〈娥〉的乱弹》;王中仪的《读〈绿色的谷〉》;何二元的《狭义的意境论》;袁元的《"烂鱼"、"张力"及其他》;江兰的《"是""如"之间》。

《当代作家》第3期发表占春的《无罪的大地——读李佩甫的〈金屋〉》。

《作品》第6期发表严瑞昌的《在悲壮的深沉中反思——谈孔捷生短篇小说〈北京马拉松〉》;李运抟的《文化屏幕中的奴性角色——读〈戏外有戏〉的一点思考》。

《百花洲》第3期发表陈墨的《〈铜帆〉有意味的形式的探索——长篇小说〈铜帆〉叙事分析》;钱宏的《一部"形而上学的文学"新作——关于〈侏儒〉的文本评价》;胡平的《超细节现象释析》。

《青春》第6期以"文学与商品经济"为总题,发表蔡玉洗的《人欲与文明》,俞律的《文学拜金杂说》,象平的《文学在商品面前》。

《福建文学》第6期发表朱水涌的《叙事迷宫的营造与困境》;张宇的《关于传达及其它》。

《文教资料》第3期发表文牛的《近期台湾文学市场概况》。

《云南教育学院学报(社会科学版)》第2期发表刘正强的《"改革国民性"思想及危机意识——评"鲁迅柏杨异同"之争》。

《温州师范学院学报(哲学社会科学版)》第2期发表陈冰原的《留予他年说梦痕,一花一木耐温存——台湾作家琦君的生平及其文学创作》。

月底,《名作欣赏》第3期发表曹明海的《清新剔透的"第二自然"——人化的荷塘妙境——读颜元叔散文〈荷塘风起〉》。

本月,百花文艺出版社出版马威编著的《困惑与超越:文艺求索录》。

广西民族出版社出版刘诚言的《老舍幽默论》。

广西人民出版社出版李建平的《新潮:中国文坛奇异景观》。

江西人民出版社出版韦丘的《寻她千百度》。

陕西人民出版社出版刘建军的《换一个角度看人生》。

7月

1日,《广州文艺》第7期发表张奥列的《〈节食〉:一种人生体验》。

《上海文学》第7期发表南帆的《文学:英雄与反英雄》;陈晓明的《后新潮小说的叙事变奏》;专栏"批评家俱乐部"发表陈思和主持的《关于"世纪末"的对话》。

《作家》第7期发表开愚的《中国第二诗界》;杨黎的《穿越地狱的列车——论第三代人诗歌运动(1980—1985)》;巴铁、李亚伟、廖亦武、苟明军的《先锋诗歌四人谈》;李亚伟、王小妮、林珂的《获奖者的话》;以"现代诗研究笔谈四篇"为总题,发表徐敬亚的《我对中国现代诗荣誉评选的建议》;曲有源的《讲点儿大话》;朱凌波的《中国现代诗资料收集者说》;宗仁发的《或许是马歇尔,或许是乌托邦,反正不能想得太好——一个关于中国现代诗研究的玄议》。

《奔流》第7期发表曾凡的《咱们中国人》。

《解放军文艺》第7期发表张炯的《关于中国军事文学的审美反思》;晓丁的《在这片神奇的土地上——读〈军旅情与爱〉》;应从瑛的《一本富有新意的诗集——读〈一个红军战士的诗〉》。

《文艺报》发表宋绍瑞的《笔墨耕耘千载事,亦甘亦苦见园丁——记香港儿童文学研讨会》;韩士奇的《崛起的台湾女作家群》。

2日,《湘潭大学学报(社会科学版)》第2期发表金杏的《现代社会女性的困境与自救——评台湾新女性主义小说》。

3日,《小说选刊》第7期发表洁泯的《花楼街文化和现代意识——漫谈中篇小说〈不谈爱情〉》。

4日,《山东文学》第7期发表《泰山笔会座谈纪要》;周源的《张炜两篇小说的叙述分析》。

《光明日报》发表高洪波的《喜读〈红豆〉》;胡德培的《才华的珍惜与自制》;《报告文学的文学性》;《实验小说困入形式技巧的密林》。

5日,《中国西部文学》第7期发表高尚的《寻找西部世界的真实》。

《北方文学》第7期发表李庆西的《留得枯荷听雨声》;刘中硕的《希望,在于跳出桎梏——小评肖克凡的〈黑圈〉》。

《当代文坛》第4期发表曾镇南的《中国当代文坛现状纵横谈》;谢泳的《当前报告文学的新走向》;俞兆平的《意象试论》;胡平的《相反思维·相似思维·相近思维——文学创造的相对思维方式》;徐岱的《艺术的家族起源与群体发生》;谭兴国的《历史的反思——谈吴因易的四部历史小说》;白崇人的《藏族人民心灵的窗口——读益西泽仁的小说集〈松耳石项链〉》;许振强的《烛照现实的理性光源——金河小说的理性呈现》;德万的《白色的漩涡——读刘恒的小说〈白涡〉》;臧克家的《吕进的诗论与为人》;孙静轩的《"魔瓶"终于打开——序徐康的诗集〈年轮上的梦〉》;李元洛的《"浅易的美"与"艰奥的美"——犁青、舒巷城、戴天、蔡炎培试片论》;彭荆风的《在战争的灰色大网下寻觅亮点——云南贬低战争文学的昨天和今天》;字心的《忧患·真诚·勇气——致丁隆炎》;周裕锴的《历史与价值的冲突——关于商品新秩序下的文学思考》;陈辽的《文学领域的错位与怪圈》;郝亦民的《也谈"中国文学要走向世界"的口号——兼与冯骥才同志商榷》;赵英的《沉重的跨越——〈梦魇香樟树〉读后》;冯异的《读〈春秋茶室〉随想》;夏述贵的《开拓·建设·出新——评皮朝纲、钟仕伦〈审美心理学导引〉》;幸晓峰的《〈鱼饵〉的语言和意蕴》;王崇新的《最后的冲刺——读鲍昌的〈荒诞四题〉》;芙蓉风的《李华印象》;郭仁怀的《诗美与悖论》;李裴的《小说"小道具"的结构—功能分析》。

《青海湖》第7期发表白崇文的《青海少数民族文化特点刍议》。

《湖南文学》第7期发表杨里昂的《读诗杂记》;刘强的《诗的一种现代变异——读谭伟东〈云的使者〉》。

《河北文学》第7期发表周政保、韩子勇的《题材与角度——当前报告文学创作的理论对话》;靳亚利的《〈履痕〉读后》;张辉利的《谈诗的不同色调——读诗杂记》。

7日,《天津文学》第7期发表万同林的《当代文学:拜托民粹主义的框范与奴性自缚》;叶灵的《漂:当代心灵寻找栖息地——关于新时期文学的一个立论》。

《花溪》第7期以"文学与人生·写作者言之一:逃匿·选择·友问"为总题,发表周琪的《我在哪里?》;徐新建的《职业作家 民间歌手 诗化哲学》;张健健的《写作的发生》。同期,发表阎纲的《名家致习作者十二谈⑦:离宫乱弹——文学的双重批判》。

10日,《中国作家》第4期发表董乐山的《话说冯二哥》;李炳银的《天是公允的——评〈民以食为天〉》。

《北京文学》第7期发表戴锦华的《裂谷的另一侧畔——初读余华》;黄子平的《语言洪水中的坝与碑——重读中篇小说〈小鲍庄〉》;孟悦的《读林斤澜的〈十年十癔〉》;季红真的《精神流浪者的智力游戏——王朔〈玩的就是心跳〉索解》;木弓的《〈错误〉方式——读马原的〈错误〉》;张颐武的《男人猜〈请女人猜谜〉——孙甘露的神话与梦呓》;王斌、赵小鸣的《〈世事如烟〉释义的邪说——简评余华的〈世事如烟〉》;张京媛的《三角的循环——评析王安忆的〈荒山之恋〉》;李以建的《东方基督的困窘——〈古船〉的潜文本》。

《雨花》第7期发表孙家正的《序〈送你一片姑苏秀色〉》;王蒙、王干的《何必"走向"世界》。

11日,《光明日报》发表艾斐的《对时代大潮的散点透视——评焦祖尧小说新作〈病房〉》;苗雨时的《一曲民族历史的壮歌——长篇叙事诗〈渤海湾〉简评》;《当代女性作家的自足与不足》。

13日,《文学报》发表钱谷融的《争鸣要自然》;於可训的《方方的"玩世"——读〈白驹〉》;阙维杭的《探索道路上的自我超越——评龙彼德诗集〈爱的王国〉》;陆星儿的《不肯失落的性别》(评张洁、王安忆、张抗抗、王小鹰、张辛欣、程乃珊等)。

15日,《文艺争鸣》第4期发表谷长春的《时代呼唤艺术回归现实》;纪宗树的《一九八八年文艺理论批评概观》;胡明的《"五四"文化精神的迷失与复归——七十年文艺谈》;何慧的《"一体化"社会结构之下小说的命运》;吴炫的《文学批评中实证与思辨的得失》;包泉万的《文化倒错现象中的文学创作》;陈实的《作家的选择与被选择》;吴戈的《历史遗症、文化选择与戏剧困顿》;汪丽亚的《报告文学是文学吗?——与谢泳同志商榷》;张晓春的《吉林青年创作断想》;吴俊的《关于一个批评家的悲哀》;陈骏涛的《批评,作为一种事业的选择——序孟繁华〈文学的新现实〉》。

《文学评论》第4期发表夏中义的《历史无可避讳》;许子东的《现代主义与中国新时期文学》;高尚的《论新时期小说创作的深度模式》;何西来的《文格与人格——邵燕祥杂文论片》;钱中文的《〈青天在上〉与高晓声文体》;殷国明的《〈桃源梦〉:一种传统文化理想终结的证明——兼通过比较分析现代寓言小说的艺术特征》;王鲁湘的《野土的祭典——灰娃和她的〈野土〉》;王培元的《爱国主义的文化特征》;吴晓东、谢岚的《诗人之死》;夏锦乾的《文学史批评的现代理性精神——陈思和与他的新文学整体观》;专栏"'当代诗歌价值取向'笔谈"发表陈良运的《两种诗歌观念与两种价值取向》、陈贤茂的《中国新文学对海外华文文学的影响》、郭枫的《站在亲爱的土地上——〈台湾当代文学大系〉序》。

《钟山》第4期"新写实小说大联展"栏发表王朔的长篇小说《千万别把我当人》,范小青的中篇小说《顾氏传人》,蔡测海的中篇小说《灾年》;同期,发表朱伟的《关于余华》;汕苹的《诗化的衍生:死亡意象的重奏——〈人间消息〉的意义》;丹晨的《性·女性·人性的反思——李昂小说中的性爱描写分析》;邵建的《从情到欲:还原的实验——说王安忆〈岗上的世纪〉等性爱小说》。

《特区文学》第4期发表肖殷的《肖殷书简》。

17日,《作品与争鸣》第7期发表特约记者苏生的《百尺竿头 更进一步——记本刊百期纪念会》;杜元明的《"小人物"人性光辉的颂歌——读短篇小说〈西北黑人〉》;戈平的《在黑话的背后——评贾鲁生的〈黑话〉》;蔡毅的《黑话不黑——读〈黑话〉,致戈平》;高尚的《余华,请速刹车——〈鲜血梅花〉读后》;吕芳的《没有出口的迷宫——读〈鲜血梅花〉》;吴俊的《故弄玄虚的〈阴阳八卦〉》;阿茂的《值得探究的〈阴阳八卦〉——兼评吴俊的解读误会》;苏雅的《关于"重写文学史"的讨论》;古威的《关于〈太阳与人〉及其引起的讨论》。

18日,《光明日报》以"切实反对资产阶级自由化 繁荣和发展社会主义文艺——在中宣部召开的首都文艺界座谈会上的发言"为总题,发表李希凡的《公正地对待毛泽东文艺思想》;程代熙的《要重视文艺界的"灾情"》;叶水夫的《学习要联系文艺界实际》。同期,发表潘仁山、王致中的《一部爱国主义的辉煌巨著——评价〈中国抗日战争时期大后方文学书系〉》;闻旭跃的《"玩"文学必须休矣》;《对当前批评语言的批评》;刘明琪的《意蕴深远的青春悲歌——评白描〈苍凉青春〉》；冒炘的《〈秋之白华〉创作断想》。

《台港文学选刊》第 7 期发表袁和平的《从事序结构到叙述结构——读〈破晓时分〉所想到的》；吴锦发的《苦闷的性——评黄有德〈啸阿乂，圣阿珠〉》；梦花、吴颖文的《用生命书写的——张拓芜和他的散文》；周文彬的《香港的微型小说》；王宗法的《寻找香港文学的突破口——在龙香文学会议社座谈会上的发言》；雷骧的《疯与圣——读〈啸阿乂，圣阿珠〉》；朱双一的《视觉美的追寻——台湾图像诗》。

19 日，《青年文学》第 7 期发表宗诚的《大地之子的恋歌与挽歌》；阿康的《三言两语》；阿伟的《三言两语》；刘湛秋的《如歌的旋律在林中回荡》。

20 日，《人民文学》第 7 期发表佘树森的《散文的审美反思》。

《上海文论》第 4 期以"重写文学史"为总题，发表陈思和、王晓明的《主持人的话》，王彬彬的《良知的限度——作为一种文化现象的何其芳文学道路批判》，周志宏、周德芳的《"战士诗人"的创作悲剧——郭小川诗歌新论》；同期，发表徐中玉的《传统的劳绩　当今的镜鉴——陈谦豫〈中国小说理论批评史〉序》；贾植芳的《〈郁达夫年谱〉序》；张业松的《王平文章——兼说近年小说中的一种文化态度》；黄毓璜的《"房"里乾坤大——沈乔生的中篇小说〈黑房子〉阅读漫笔》；徐明旭的《新时期上海文学一瞥——〈新时期上海作家论集〉前言》；朱大可的《燃烧的迷津——缅怀先锋诗歌运动》；李劼的《微型中外作家比较谈（二章）》；郑昀的《干吗读小说（三章）》；陈伯海的《"士"的巡礼（下）——古代知识阶层的人格剖视》；骆玉明的《为艺术与为人生的统一——从〈古诗十九首〉到陶渊明》；[美]梅仪慈的《登高望远——高晓声庐山文艺对话录》；[英]托·艾略特作、陈克明译的《论〈哈姆雷特〉》。

《长江》第 4 期发表方方的《怎么舒服怎么写》；童志刚、高晓晖的《文坛上有个足音轰响的方阵踏来——武汉青年作家群巡礼》。

《小说评论》第 4 期发表张毓书的《当代小说非逻辑叙述概观》；洪清波的《当代小说结构新潮——看"卡片体"小说》；常智奇、阎建滨的《论新时期文学中原始主义的蕴育与泛起》；汪政、晓华的《周梅森小说读白》；刘剑梅的《不只是梦——略评残雪〈苍老的浮云〉》；钟本康的《余华的幻觉世界及其怪圈》；武跃速、崔月恒的《苏童的小说世界》；胡德培的《大胆地走着自己选择的艺术道路——迟子建创作论》；陈辽的《创作意识的自我超越——谈成汉飙的小说创作》；容崇的《不仅是爱情悲剧——莫伸〈沉寂的五岔沟〉读后》；刘润为的《谈张从海的小说》；一评的《真诚的文学品格——白描长篇纪实小说〈苍凉青春〉讨论会纪要》；方克强的《现代动物小说的神话原型》；胡平的《小说思路分析》；陈墨的《一个未完成的超越——评王蒙〈活动变人形〉》；苏育生的《评〈懒得离婚〉及对它的批评》；樊保的《悲壮中见精神——张弛〈甲光〉小议》；季醒的《人生的悲哀——读〈重轭〉》；白雨的《"官场"人生　别样滋味——读刘震云的〈官场〉》；原杭的《生命意识的超越——读方方〈白驹〉》；王晋民的《从现代主义走向现实主义——在美国与聂华苓谈她的小说》。

《花城》第4期发表陈晓明的《幽暗国度里的光明》；本刊编辑部的《关于"周梅森现象"的对话》。

21日，《文艺研究》第4期发表本刊编辑部的《纪念创刊十周年寄语》；冯牧的《一个理论刊物应有的品格》；荒煤的《对〈文艺研究〉的祝贺与希望》；李希凡的《贺〈文艺研究〉创刊十周年》；赵园的《回归与漂泊——关于中国现当代作家的乡土意识》；周宪的《论内心困惑——新时期文化心理学分析》；鲁枢元的《超越语言——"文学言语学"刍议》；郭宏安的《重建阅读空间》；邵大箴的《观念艺术——一种艺术的探索和探索性的艺术》；袁可嘉的《现代与传统——现代派文学历史经验谈》；叶廷芳的《论悖谬——对一种存在的审美把握》；杨安崙的《西方文化背景与审美情趣琐谈——答友人书》；彭立勋的《审美经验与艺术研究的统一——当代西方美学研究特点的总体审视》；王宁的《现实主义、现代主义和后现代主义》；严昭柱的《文学本体论的兴起与困惑——新时期十年文艺理论研究扫描》；叶纪彬的《关于"两个尺度"的论争及我见》。

22日，《文艺报》第29期发表李若冰的《朱奇散文的魅力——读〈朱奇抒情散文选〉》；周政保的《人·意象·寓言倾向——王树增小说创作印象》；何镇邦的《小说理论研究的一个重要课题——读刘安海的〈小说创作技巧描述〉》。

25日，《文艺理论研究》第4期发表梁玉玲、王稼钧的《当代流行艺术与文化》；白烨的《文学观念的当代变革》。

《长城》第3期发表汤吉夫、李大鹏的《当代小说的语言流向》。

《光明日报》发表张学新的《继承、发扬解放区文学的优良传统》；凌行正的《将军的审美情趣——读〈浴血罗霄〉随记》。

《当代作家评论》第4期发表韩石山的《明日来寻都是诗——评林斤澜的近

作》;李扬的《文化与心理:〈玫瑰门〉的世界》;汪政、晓华的《黄土地的慢板——杨争光初论》;王彬彬的《余华的疯言疯语》;张惠辛的《李晓方式:文学批判功能的拓展》;周英雄的《红高粱家族演义》;吴秉杰的《发现一片新大陆——田中禾近作片谈》;范志忠的《浮躁于老井的人生意识》;徐劲军、铁岩的《对苟活的宽容解读——从马秋芬的〈阴阳角〉谈开去》;叶鹏的《机智的忧虑——评柳沄的诗集〈阴谋与墙〉》;宋炳辉、郜元宝的《李平易小说漫评》;潘吉光的《李元洛的〈诗美学〉浅评》;吴秀明、周天晓的《红颜悲剧与作家的当代思考——评穆陶的长篇历史小说〈红颜怨〉》;钟民的《岛和船:同纬度的梦——舒婷、傅天琳诗歌创作比较》;陈仲义的《论顾城的幻型世界》;武跃速的《转换:走出枫杨树——苏童近作印象》;竺兰的《画魂:苏童近作小说一读》;刘火的《金狗论——兼论贾平凹的创作心态》;张器友的《论贾平凹小说中的巫-鬼文化现象》;高深的《我读〈匪患世界〉三题》;黄益庸的《漫谈〈匪患世界〉》;黄子平的《供稿人的话》;王德威的《要发泄,还是要排泄》;钱理群的《读林双不的〈决战星期五〉》;南帆的《寻找北方精神》;林怡俐的《草原牧歌》;陈晓明的《现代主义意识的实验性催化——"后新潮"文学的"意识"变迁(续)》;舒婷的《自在人生浅淡写》。

《海峡》第 4 期发表潘亚暾的《向心灵世界掘进——罗门诗歌浅析》;[新加坡]黎力的《他还是半个乡下人——记我所认识的流军》。

《四川师范学院学报(哲学社会科学版)》第 4 期发表张承意的《八十年代台湾女性文学管窥》。

《收获》第 4 期发表李子云的《主持人的话》。

27 日,《文学自由谈》第 4 期发表张韧的《民主与科学精神的失落与复苏》;刘火的《起轰及后影响》;陈墨的《"史诗"与迷途》;童道明的《〈自由谈〉谈"自由"》;吴涛的《漫画北京青年批评家》;吴俊的《大彻大悟:绝望者的美丽遁词——关于史铁生的小说》;刘小荣的《没有作者的小说——读王安忆的〈岗上的世纪〉》;刘慧英的《淫荡乎,贞洁乎——两种传统女性类型的对立和转化》;万同林的《反思文学、改革文学的再评价》;董华峰的《谈报告文学的轰动和轰动心理》;何立伟的《说自己》;汤吉夫的《瞎聊》;弋兵的《文艺这十年——与一个老文艺干部的问答录》;潘旭澜、王东明、李振声、王彬彬的《漫话报告文学》;刘火、向荣、李明泉的《泱泱川军何时崛起》;北村、王欣的《关于汉语言文学的对话》;张钟的《王蒙现象探讨》;王干的《王朔的恶作剧》;刘敏的《天使与妖女——生命的束缚与反叛——

对王安忆小说的女权主义批评》;余峥的《神话重构的现代抉择——漫说〈伏羲伏羲〉》;丁胜如的《〈汩汩圣人血〉:洞察灵魂的人生世相》;奎曾的《当今读者向文学要求些什么——关于文学功能的一些调查与思考》;祝晓风、马凌、哈悦的《大学生的文学阅读状况》;丹晨的《作家和读者》;贺兴安的《文学的"放"情》;陆禾吴的《修辞方式例选》;韩武喜的《国骂集汇——〈摇滚青年〉之我见》;丁亚平的《关于批评自由的反思》;北明的《作家楼里说作家——山西作家近期剪影》;陈村的《摇头集:这里这里,那里那里》;季红真、林为进的《〈新时期文学荟萃·散文卷〉编后》;杨文虎的《虚静、参禅和创作》。

《文学报》发表《关于"史诗"与"巨人"的讨论——"当代能不能产生文学巨人"座谈会纪要》;方方的《从容才能写得好》;林道立、丁帆的《新潮小说与新现实主义小说评述》;邓刚的《面对经济大潮的冲击》。

29日,《文艺报》发表何紫的《香港近十年儿童文学的潮流》。

本月,《山西文学》第7期发表段崇轩的《审视与体验——"晋军"与青年农民作者的比较》;陈实的《文学批评的起码道德》。

《作品》第7期发表游焜炳的《何必"忌口"现实主义》;文易的《换一种活法如何?——杂谈当前某些文艺现象》。

《青春》第7期以"文学与商品经济"为总题,发表陆建华的《文学,请摆脱金钱的困扰》;陈鸿祥的《文学,面临着商品经济》;汪应果的《从美国文艺界状况看"金钱观念与文艺"的关系》。

《萌芽》第7期发表毛时安的《在同一文化星空下——读湖南三人小辑——彭瑞高近作一种人生哲学》;刘绪源的《欲望的梦与现实的盘旋》;杨云才的《查舜心像图》。

《当代文坛报》第7期发表江励夫的《香港文学略论》;王剑丛的《香港女作家对爱情的思考》。

《台港与海外华文文学》第2期发表吴中杰的《徐訏的追求》;蔡师仁的《论忠扬的文艺批评》;石明的《父亲呵,父亲!——评白先勇长篇小说〈孽子〉》;获果的《听〈园丁的独白〉》;姚宗伟的《漫话泰华文学》;高陶的《东南亚华文文学研究在中国》;胡文军的《半梦半醒 梦中述怀——刘以鬯的〈副刊编辑的白日梦〉评析》;峻径的《人格的尊严 永存的爱——读赵淑侠的中篇小说〈翡翠戒指〉》;陈贤茂的《新马华文文学发展概况》;谭真的《历史的回顾——谈谈〈一个坤銮的故事〉与〈座山成之家〉的撰写经过》；潘亚暾的《艺术型气质的作家施叔青》；周新心的《泰华作家小传》；晓刚的《台湾新诗研究资料索引》。

本月，人民文学出版社出版古继堂的《台湾新诗发展史》。

华岳文艺出版社出版柏峰的《审美的选择：胡采、杜鹏程研究》。

上海社会科学院出版社出版徐兆淮的《艰难的寻找》。

新疆人民出版社出版陈柏中编的《鉴赏与探讨》。

语文出版社出版刘绍棠的《论文讲书：文学创作指导》。

8月

1日，《上海文学》第8期发表陈平原的《佛与道：三代小说家的思考》；晓华、汪政的《仿古的意味》；专栏"批评家俱乐部"发表陈晓明主持的《先锋派与文明的解体》。

《光明日报》发表张炯的《大力推进马克思主义的文学研究和批评》；孙养普的《军人奉献在特殊战场——读报告文学〈瘦虎雄风〉》。

《作家》第8期发表曾镇南的《中国当代文学的历史、近况和前景——答客问并志中国当代文学四十年》（第10期续完）；陈建功的《悲喜剧小说：可能与挣扎》。

《解放军文艺》第8期发表彭荆风的《文学不是天际的浮云——评〈中国当代军事文学的审美反思〉》；思忖的《为了弄清历史的真实存在——对中国当代军事文学审美反思的回应》。

《萌芽》第8期发表王从仁的《"现代人"的介入——从古龙〈流星蝴蝶剑〉谈起》。

3日，《小说选刊》第8期发表蔡葵的《"浪漫的追求与现实的灾难"——〈落凤坡人物〉印象》；石丛的《〈单位〉里发生了什么——读〈单位〉札记》。

《报告文学》第8期发表田流、程光锐的《报告文学之树常绿——祝贺〈报告文学〉创刊 100 期》；孟晓云的《苦夏随感》。

4 日，《山东文学》第 8 期发表胡平的《情境：叙事创作柔软的下腹部》；耿林莽的《低哑的六弦琴——评谢明洲的散文诗集〈蓝蓝的太阳风〉》；李丕显的《知识灵魂的困窘——杨杨〈申述〉读后随想》。

5 日，《文艺报》第 31 期发表凤子的《学习茅公的做人处世的精神——读〈我走过的道路〉下集》；何志云的《告别梦境——胡健和她的〈失乐山谷〉》；李星的《试说〈游戏〉的游戏意味》；单正平的《游向海外的黄土诗魂——读〈姚学礼海外诗选〉》。

《北方文学》第 8 期发表金刚的《百叶窗里的守望——〈行者·罂粟园的孤独〉之四》。

《青海湖》第 8 期发表奚跃华的《中国诗画的虚实与意境》。

《湖南文学》第 8 期发表《琼瑶谈小说创作》；于沙的《新而不怪——读汤锋的三首诗》；张贺琴的《一束清丽的小花——读〈太阳鸟〉》。

7 日，《天津文学》第 8 期发表王宁的《后现代主义成不了中国文学的主流》；吴若增的《把现实主义幽默一下怎么样——读〈春天里的毒日头〉》。

8 日，《光明日报》发表闻旭跃的《跟着"感觉"走向哪里？》。

9 日，《光明日报》发表章林文的《评〈河殇〉对史实的歪曲》。

10 日，《文学报》发表《女人，并非特殊……——女作家张洁答香港记者问》。

《北京文学》第 8 期发表卓谐的《认真学习　深刻领会党的十三届四中全会精神——北京作协组织作家集中学习四中全会精神》。

《雨花》第 8 期发表陈思和的《在社会理性准则以外》。

《读书》第 7、8 期合刊发表金克木的《玉梨魂不散　金锁记重来——谈历史的荒诞》；张颐武的《困惑之域》；汪政、晓华的《互补的青年意识——与苏童有关的或无关的》；林大中的《交谈与倾听的艺术——关于〈人民文学〉的散文专号》；谷林的《"真中求善"的"实体"文》；朱伟的《最新小说一瞥》；王蒙的《文化传统与无文化的传统》。

11 日，林焕彰等七位台湾儿童文学作家突破重重阻碍赴大陆访问。

12 日，《文艺报》第 32 期发表阮章竞的《值得反思的……——致〈黎巴嫩散记〉的作者》；张庆田的《献给抗联战士的歌——读〈风流世家〉》；黄震云的《尺幅万里》；彭新祺的《坦诚的程乃珊》；鲁枢元的《从"血战"到"服从"——关于语言和文化的思考》;李燃的《西部文学的理论自觉——读〈中国西部文学论〉》;思忖的《愿创作革命历史巨片者加油——〈巍巍昆仑〉〈百色起义〉观后》;塞先艾的《填补微型小说的理论空白》;孙春旻的《走向成熟的微型小说》;尹虎彬的《"当代满族文学"及其意义——读〈当代满族短篇小说选〉》;达章的《〈渤海湾〉与作者高恩才》。

14日,《光明日报》发表靳仁的《赵紫阳同志的介入说和〈河殇〉的"新纪元"》。

15日,《光明日报》发表李希凡的《继承民族传统 繁荣戏剧创作》;张乙的《贴近生活,进入角色——军事文学新人新作漫笔》;朱向前的《倡导通俗军旅小说的创作》;《发展和深化当代文学研究——"中国当代文学研究会第二次常务理事扩大会"侧记》。

16日,《求是》第16期发表李文斌的《革命历史题材影片的新收获——〈巍巍昆仑〉、〈百色起义〉、〈开国大典〉三部影片观后》。

17日,《作品与争鸣》第8期发表杜元明的《人体艺术命运的记录与忧思——读报告文学〈超越世纪:性艺术在中国〉》;叶石涛的《评陈映真的〈赵南栋〉》;廖炳惠的《下一辈生命理想的迷失?——评陈映真的〈赵南栋〉》;董晓宇的《男性世界中女性的生命本相——谈〈棉花垛〉中的女性形象的塑造》;阎新瑞的《对现代乡村青年女性的艺术把握——评铁凝的〈棉花垛〉》;成志伟的《农村生活的清丽画卷——评周渺小说选集〈葫芦巷春秋〉》。

19日,《文艺报》第33期发表《既要坚决反对资产阶级自由化 又要繁荣文艺活跃群众文化生活》;程树臻的《真理不怕重提——谈作家的使命与公民的义务》;唐伯固的《"命运之谜"问世——简介柯蓝传记文学〈徐特立传〉》;包忠文、刘静生的《"颂有德者为敬,颂无德者为骂"——读宋词的〈南国烟柳〉》。

20日,《人民文学》第8期"多品种专号"发表汪曾祺的《中国戏曲和小说的血缘关系》。

《当代》第4期发表张炯的《〈大上海沉没〉与城市文学勃兴》;荒煤的《作家的眼光、勇气和魄力——致〈大上海沉没〉的作者》;何镇邦的《大上海的新史诗——读俞天白的长篇新作〈大上海沉没〉》;江河的《文化小说与现实生活相沟通的巨制——首都文学界举行〈大上海沉没〉得失研讨会》;张东焱的《且化浓墨写港湾》。

22日,《光明日报》发表张奥列的《人与大海的情感交流——读张锦江中篇小说集〈海葬〉》。

《新文学史料》第 3 期发表庄钟庆的《论语派与幽默文学》。

23 日,《光明日报》发表赵光贤的《从历史的视角评〈河殇〉》。

26 日,《文艺报》第 34 期发表晓冉的《两种景观与两种评价——读〈猎神〉散记》;高平的《〈祁连雪〉:一本震撼心灵的书》;宋遂良的《长长流水 款款深情——记济南部队青年作家苗长水》;陈育德的《周扬的现实主义理论及其与胡风的论争——与乐黛云同志商榷》;邓友梅的《雅俗由之》;易明善的《评介香港作家的新收获:读柳苏评介香港作家的系列文章》;古继堂的《台湾文学和诗中的"偶数现象"》。

29 日,《光明日报》发表杨柄的《文艺和美学坚持什么指导思想》;杨远宏的《深情而忧郁的诗歌——评彝族青年诗人吉狄马加》;王啸文的《俱怀逸兴壮思飞——李连庆文学作品印象》。

《四川师范学院学报(哲学社会科学版)》第 4 期发表张承意的《80 年代台湾女性文学管窥》。

《徐州师范学院学报(哲学社会科学版)》第 4 期发表方忠的《论赖和创作的民族性》。

30 日,《台湾研究集刊》第 3 期发表林青的《柏杨的小说世界》;寒青的《试论台湾作家七等生》;陈文祥的《清新的风 甜美的泉——读台湾林良等三人的儿童诗》。

31 日,《文学报》发表叶辛的《作家仍应有使命感和责任感》;欧嘉年的《开铺子的诗人——记青年诗人麦芒》。

本月,《小说界》第 4 期发表赵丽宏的《汪笨湖其人其文》;倪墨炎的《关于张资平的短篇小说》;《学者、作家、记者纵论〈巴金传〉——对正拟着手创作的下卷提出不少建设性意见》。

《文艺评论》第 4 期发表薛毅的《○与●的对话之一:照亮深渊——审美主义批判》;吴炫的《理解的困惑与逃脱理解——批评哲学思考之二》;金健人的《审美的困惑》;阮忆的《阅读的倾斜——新时期文学阅读行为描述》;晓梅整理的《商品经济条件下文学的困境及其出路——座谈纪要》;王彬彬的《"人面不知何处去"——当代小说中的文化心理现象之一》;周政保、韩子勇的《真实是一种判断——现代报告文学的理论对话》;马少华的《近期小说的"反意识形态模式"》;

垄耘的《回眸:"审祖"——新潮小说家眼里的历史》;江冰的《从自恋到自审:知识者的一次超越——知识分子与当代文学专题研究系列论文之四》;罗田的《女作家的精神痛苦与小说的"病态美"》;滕贞甫的《地域观念与审美局限——北大荒作家有待挣扎的心理困惑》;黄国柱的《〈海葬〉:在不堪回首中沉思——兼论一种悲观的文化史观》;李福亮的《热肠觅人道 冷面写世情——王阿成小说论》;赵佩琤的《畅流的清溪——李家兴报告文学现象》;王俭美的《走向动态、多元的文艺学主体——读〈当代文艺学新论〉》;黎可的《"流氓文学"、小说与你》;黎熹的《层面与层次》。

《当代作家》第 4 期发表丁一的《汉水船帮:一首安魂曲——〈河祭〉作品讨论会纪要》。

《百花洲》第 4 期以"中国当代文学走向论坛:北京青年评论家小辑"为总题,发表吴方的《历史:重新剪辑与重新编码》,张颐武的《向英雄时代告别》,李洁非的《失却其读者》,陈晓明的《先锋文学的"亚文化"倾向》,王斌的《说"新潮"》,蒋原伦的《文坛新潮与个人主义》,张首映的《有点天才意识 写点经典作品》,贺绍俊、潘凯雄的《评论与占卜》,应雄的《商品时代的"良知批评"》,陈晋的《当前文学中的理想、主义与价值》;同期,发表王干的《文学的误区》。

《作品》第 8 期发表梁昭的《文学商品化与商品化的文学》。

《福建文学》第 8 期发表孙津的《终极的麻烦——新潮小说对语言的操作》;赵玫的《再度奉命——关于新小说的重归本体》。

《青春》第 8 期以"文学与商品经济"为总题,发表裴显生的《想起了赵树理》;陈辽的《君向何方:在商品经济冲击下的选择》。

《萌芽》第 8 期发表孙悦的《真诚·自然·质朴……兼评"时代风景线诗歌大奖赛"》;王从忆的《"现代人"的介入——从古龙〈流星蝴蝶剑〉谈起》;陈思和的《启蒙与纯美——中国新文学的两种文学观》。

江西人民出版社出版公仲、汪义生的《台湾新文学史初编》。

月底,《名作欣赏》第 4 期发表章亚昕的《诗艺结构之道——读台湾诗人纪弦的〈过程〉〈狼之独步〉》。

《中国现代文学研究丛刊》第 3 期发表宋永毅的《第二届华文文学大同世界国际会议》。

本月,贵州民族出版社出版王鸿儒等的《贵州当代文学概观》。

花城出版社出版郭小东的《诸神的合唱》。

江西人民出版社出版萧君和的《文艺研究新模式》。

上海文艺出版社出版蔡翔的《躁动与喧哗》。

文化艺术出版社出版马尚瑞编的《沿着毛泽东思想的道路走来》。

9 月

1日,《广西文学》第9期发表秦立德的《弘扬南方民族文化精神——评常弼宇〈姑娘河的隐私〉》;何浩深的《谁说"南方没有小说"——评潘大林的〈南方的葬礼〉》。

《上海文学》第9期发表李庆西的《中国文学与士大夫文人的生命意识》;杨远宏、潘家柱的《废墟·战斗·诗为何——从几位四川诗人的作品开始》;王愚的《苦涩的追踪——谈杨争光的〈小说二题〉》。

《求是》第17期发表吴秉杰的《得失之间——读小说〈得乎?失乎?〉》。

《作家》第9期发表吴亮的《期待与回音——先锋小说的一个注解》;杨小滨的《崩溃的诗群——当今先锋诗歌的语言与姿态》;曾镇南的《中国当代文学的历史、近况与前景——答客问并志中国当代文学四十年》。

《奔流》第9期发表杨稼生的《散文和我 我和散文》;王忠瑜的《力求历史与艺术的融合》。

《解放军文艺》第9期发表喻季欣的《思考与重构:军事文学走向探索》;苏策的《我所体验的军事文学》;张焜的《即使硝烟已经散去——从席扬的"反思"而来的断想》。

《中国文学研究》第3期发表丁子人的《"融传统于现代"——试论聂华苓的长篇小说〈桑青与桃红〉的艺术方法》。

2日,《华声报》发表刘自立的《读近两年台湾新诗》。

3日,《小说选刊》第9期发表陈世旭的《生活与修养》。

4日,《山东文学》第9期发表武善领的《马海春小说创作简论》;丽莹的《为女性文学呐喊——读〈山东文学〉三月号〈女作家小说专辑〉有感》。

5日,《北方文学》第9期发表李庆西的《年年检点人间事》;姚楠的《商品经济对文学的正面效应》。

《光明日报》发表许志平的《坚持、运用、发展毛泽东文艺思想——"全国毛泽东文艺思想研究会"理事会侧记》;黄国柱的《军事文学的理想境界》。

《当代文坛》第5期发表邓仪中的《"独自面对现实生活"——周克芹近作浅议》;陈朝红的《抒时代豪情　唱大江东去——唐大同散文诗的艺术追求》;刘火的《青年作家微型论(三题)》;陈辽的《现实主义在我国当代文学中的命运——四十年当代文学反思之一》;晓华、汪政的《语言分析与当代批评》;石天河的《文学的迷宫与理论的穷途》;吴野的《从脉搏到鼻尖都在呼唤着爱——郁小萍诗文览胜》;夏文的《马同旭诗文谈》;杨江源的《钱钟书之谜》;尚且的《默默的奉献者——〈剑南文学〉扶持新人新作漫记》;夏述贵的《大众趣味的文学化引导——从三篇通俗小说谈起》;毛世全的《呼唤人性的温馨——读〈水杉林:想起一个下午〉》;吴周文的《审美的超越与美的品格——论孙犁新时期的散文》;罗义群的《何士光的借鉴与独创》;吕进的《现代格律诗的新足音——序黄淮〈九言抒情诗〉》;木斧的《许伽的诗——序〈长青藤〉》;吕洪文的《能纵则灵焉——散文创作偏见谈之五》;张继楼的《让城市走进儿歌——儿童创作漫谈》;曾文渊的《"勇敢地正视自己"——读邹志安的〈憔悴难对满面羞〉》;王定天的《通俗小说艺术三议——读王正平〈碧血双枪〉有感》;亦丹的《苦难灵魂的震颤——〈茶道〉浅析》;刘斌夫的《试读〈崩毁〉》;因其的《怪圈的设置与对走出怪圈的期待——莫怀威小说的陌生化手法》;张惠辛的《文学想象力的横向发展——新时期文学想象力的特质》;[美]沃克·珀西的《论作为诊断工具的现代小说》;春华的《坚持文学的社会主义方向》。

《湖南文学》第9期发表安妮·居里安的《笔下浸透了水意——沈从文的〈边城〉和汪曾祺的《大淖记事》》;李元洛的《溪流的水影波光——刘丽萍组诗的〈浅水滩,浅水滩〉印象》。

6日,《河北文学》第9期发表罗守让的《陌生化:形式化了的现代小说审美特性》。

7日,《文学报》发表陈炳的《塑造社会主义新人》。

《天津文学》第9期发表陈超、杜栖梧的《关于实验诗的一次夜谈》。

《花溪》第9期以"文学与人生·写作者言之三：语言与欢乐"为总题，发表徐新建的《语言 事实 角色》，林树明的《男性的话语》，西篱的《语言的温情》，陈绍陟的《技巧与历险》，黄祖康的《思无尽而言有穷》；同期，发表阎纲的《名家致习作者十二谈⑨：你，文学的追求者》；王刚的《传统与现实的凝重思考——戴绍康小说创作简论》；司马赤的《知情者言》。

9日，《文艺报》第36期发表刘华的《放弃对社会的承诺：先锋派文学的误区》；周熠的《作家应有自觉的社会责任感——作家田中禾一夕谈》；孙荪的《让诗走进人民心中——读〈王怀让诗选〉》；碧野的《谱写现代化工业的颂歌》（报告文学《再造坚实》序言）；钱中文的《文学史的类型、构架与问题》；马昭的《历史小说也要作深层次的探索》；贾锦福、孙世军的《突破性的探索——读〈巾帼藩王〉》；胡昭的《芳香三月昆明夜——访纳西族作家戈阿干》；陈山的《多彩的写真——读晓凡〈裸体的日本〉》。

10日，《人民文学》第5期发表杜嘉夫的《急、憨、粗、痴、迷三道——朋友眼中的朱晓平》。

《西湖》第9期发表盛海耕的《席慕蓉的诗》。

《雨花》第9期发表洪清波的《阶级悲歌——读〈风流〉有感》；郁生、孙生民的《古平原上的忧思——读吴碧莲的〈风流〉》。

《读书》第9期发表朱伟的《最新小说一瞥》；胡缨的《新的挑战：女性电影美学理论》。

12日，《光明日报》发表杨金辛的《评现代诗的"表现自我"》；权海帆的《魂系山乡——喜读长篇小说〈爱与梦〉》。

13日，《人民日报（海外版）》发表李宏硕等的《台湾竹枝词》。

15日，《文艺争鸣》第5期发表陈辽的《回顾与反思：文学批评四十年》；李衍柱的《赵公元帅与文艺女神联姻——试论商品经济与文学艺术的发展》；胡协和的《对文学与经济、政治关系沿革的思考》；田蕴荻的《经济不直接决定文艺》；李运抟的《美貌的女人与俗套的艺术——对当代小说女性形象塑造的一个批判》；梁新俊的《近年"形散神不散"的争鸣概述》。

《文学评论》第5期发表张炯的《毛泽东与新中国文学——评〈历史无可回避〉一文》；周宪的《论认同性自我批判——新时期文学的文化心理学分析之一》；

尹鸿、罗成琰、康林的《现代文学研究的第三代：走向成功与面临挑战》；王绯的《张洁：转型与世界感——一种文学年龄的断想》；沙水的《表演人生——论残雪的〈突围表演〉》；张志忠的《逃离土地的一代人——周大新小说创作漫评》；名小毛的《小说文体的变异与创新——洪峰小说形式谈》；程亘的《文学：发展与进步区分说》；专栏"'当代诗歌价值取向'笔谈"发表程光炜的《当前诗创作的两个基本向度》。

《江南》第5期发表彦华的《旗帜鲜明地反对资产阶级自由化　坚定不移地繁荣社会主义的文艺》；盛英的《文学的娱乐和教育》。

《特区文学》第5期发表本刊记者的《在新的审美层面上呼唤特区文学——深圳石岩湖笔会纪要》。

《齐齐哈尔师范学院学报（哲学社会科学版）》第5期发表关连阁等的《评王祯和的〈嫁妆一牛车〉》。

《语文月刊》第9期发表梅德平的《凡而不俗　清新隽永——余光中〈珍珠项链〉赏析》。

16日，《文艺报》第37期发表《以战士和诗人的心声抒写时代的主旋律——首都诗界在纪念郭小川的会上倡导"小川诗歌风格"》；伍寰章的《自然向人亮出黄牌——从刘贵贤的〈中国水污染〉说开去》；郭风的《〈美人泉〉序》；蔡葵的《向改革的深层掘进——〈地火〉漫评》；杨德华的《最美的还是真情——读柳原的长篇小说〈痛苦也是美丽的〉》；廖奔的《道德、历史、审美——评历史剧的三重视角》；韦苇的《弃绝花招真情在——十年儿童散文述评》。

17日，《作品与争鸣》第9期发表本刊编辑部的《就双百方针致读者》；盛雷的《物欲诱惑下的精神滑坡》；李下的《性要写，但不能丢了美——从王安忆的〈岗上的世纪〉说开去》；照光的《一曲充满浪漫激情的生命赞歌——读王安忆的〈岗上的世纪〉》；关飞的《关于周廷烈的闲话》；林晓东的《谈几句反面意见》；戚方的《对一种"译介"的"破译"——对〈与刘再复对话的"后话"〉一文必须说的话》；刘绪源的《与刘再复对话的"后话"》；西龙的《理想失落的悲剧——读台湾作家陈映真的〈赵南栋〉》；谭天的《关于民主、自由的随感》；宋铁志的《"反思"之思》；王敏的《〈海鸥〉诞生的启示》；洛杭的《让青少年多读点有益的文学作品——写在〈青少年长篇小说导读〉出版之后》；高梦龄的《辛勤的耕耘——读〈大地五线谱〉札记》；《关于〈早安！朋友〉的争议》；刘文耀的《电视连续剧〈吴玉章〉观后》；徐玉英的

《为文学堕落而愤慨》；秦志希、成项的《关于新时期性爱文学创作的争鸣》；宋强的《"娱乐片"：当前中国电影界的热门话题——近年关于"娱乐片"的讨论概述》；鸣歧的《众说纷纭"王朔热"》。

18日，《台港文学选刊》第9期发表徐学的《孔孟风骨　幽默文章——诗坛林语堂其人其文》；亮轩的《玫瑰·紫藤·雪莲·女萝》；艾芝的《窗口与纽带——写在〈台港文学选刊〉创办五周年》；刘登翰的《检视来路，寻求突破——研究十年感言》；白少帆的《一步一蹚走过的十年轨迹》；殷国明的《批评的转机——台港及海外华文文学研究现状一瞥》。

19日，《青年文学》第9期发表冬至的《形骸归宿于精神流浪》；杨剑鸣的《困惑中的断想》；师兵的《不谈车祸》；了子的《三言两语》；刘湛秋的《诗的建行、空白和标点》。

20日，《上海文论》第5期以"重写文学史"为总题，发表李振声的《历史与自我：深隐在〈女神〉诗境中的一种困难》，喻大翔的《论闻一多早期诗歌的狭隘性及其文化根源》，陈思和、王晓明的《主持人的话》；同期，发表徐明旭的《论俞天白的小说创作》；方克强的《八十年代的都市交响曲——评长篇小说〈大上海沉没〉》；余华的《虚伪的作品》；晓华、汪政的《余华小说现象》；陈骏涛的《访日学术印象》；陈鸣树的《理论框架的建构——〈文艺学方法概论〉之一章》；谈蓓芳的《重评梁代后期的文学新潮流——以萧纲、萧绎为中心》；古远清的《〈中国当代文学理论批评史〉后记》；[德]沃尔夫冈·伊瑟尔著，杨波、郜元宝译的《作为现实主义小说一个组成部分的读者——萨克雷〈名利场〉美学效果研究》。

《小说评论》第5期发表李运抟的《中国当代先锋小说新解》；赵俊贤的《当代小说人物形象体系的功能及演进》；杨振昆的《科学与幻想——谈科幻小说的发展》；李洁非的《关于小说的作法》；郜元宝的《论小说叙述的主体性》；贺兴安的《王蒙近作的心态描述》；周政保的《〈大出殡〉：复合构造中的复合表达》；谢欣的《论刘恒小说的悲剧意蕴》；朱珩青的《莫言创作新趋向探源——兼评长篇小说〈十三步〉》；吕金龙、蔡政的《可怕感示与格局质疑——读邓刚新作〈未到犯罪年龄〉》；胡光凡的《心的搏击　爱的悲歌——读刘健安长篇小说〈很近很近的过去……〉》；杨剑龙的《两种文化两个世界的"边缘人"——读小楂的〈留美故事〉》；雷猛发的《文明走向的艰难步履——试论瑶族部分小说的艺术探索》；丁尔纲的《论丁玲创作个性的时代特征》；[苏]托罗普采夫作、理然译的《论中国当代小说中的冲突类型》;管卫中的《中国现代革命运动中的农民——评长篇小说〈省委第一书记〉兼析新文学中的农民形象》;思清的《生活的本色——读田中禾〈明天的太阳〉》;优兮的《敲响灵魂的警钟——读王刚〈遥远的阳光〉》;莹的《在盆景迷宫中散步——读孙甘露〈岛屿〉》;项滨的《乐声消逝后的悲哀——读熊正良中篇〈乐声〉》;苑湖的《梦幻逃离的雨夜——读大营的〈雨夜车祸〉》。

《长江》第5期发表何镇邦的《一簇浪花汇长江——读"文学创作研究生班作品专辑"》;吴清泉的《为什么不谈爱情——读池莉的中篇小说〈不谈爱情〉》。

《清明》第5期发表段儒东的《莫作愁红怨绿看——彭拜历史小说及其人》。

21日,《文艺研究》第5期发表景慕逵的《〈巍巍昆仑〉创作断想》;魏铎的《〈巍巍昆仑〉摄影构想》;李洋的《回顾与梳理——新时期军事题材电影漫谈》;李少白的《关于电视艺术的驰想》;张涵的《中国当代美学的现状与走向》;李心峰的《比较艺术学的功能与视界》;涂途的《控制论美学的产生及其走向》;王明居的《优美与模糊》;陈平原的《"进化的观念"与小说史研究》;阎晶明的《批评:全史眼光与哲学背景》;孔书玉的《嵋的"启悟"主题》。

《文学报》发表王尔龄的《一部生动的战时交响曲——谈〈长江还在奔腾〉的高层人物形象》;江迅的《"我的血是中国的,我要关心中国"——记台湾作家汪笨湖第五次大陆行》。

23日,《文艺报》第38期发表彭嘉锡的《现实主义仍然有强大的生命力》;叶鹏的《让庄严笼罩着诗行——读王晋军的组诗〈士兵与命运交响曲〉、〈士兵与英雄交响曲〉》;赵捷的《汪国真的诗歌意境》;竹韵的《读杨锦的散文诗》;林希的《重复的误解》(回应朱辉军的《胡风理论的矛盾与胡风的理论道路》);石明的《对台港暨海外华文文学研究现状的思考》;武叔义的《台湾文学的最新信息库——〈中华现代文学大系〉(1970—1989)简介》;黄重添的《台湾作家笔下的女强人》;公仲的《宏观的架构,微观的剖析——评〈台湾新诗发展史〉》。

24日,《文艺理论与批评》第5期发表阮章竞的《为革命暴力力辩》;张明铎的《归来吧,艺术中的崇高》;刘金的《试看文学为何者》;石菲的《文坛边上的思索之十一——"北京风波"札记》;陈尚哲的《也论何其芳现象——与应雄同志商讨》;汪泾洋的《〈巍巍昆仑〉启示》;叙舒红的《〈风雪人间〉的艺术个性》;《贺敬之、马烽谈赵树理》。

25日,《文艺理论研究》第5期发表林小红的《论中国当代部分新潮小说的情节淡化〉》。

《当代作家评论》第5期发表李晶的《陆星儿评传》;陈思和的《黑色的颓废——王朔小说的札记》;张颐武的《第三世界文化的生存困境——查建英的小说世界》;卞之琳的《读宗璞〈葫芦引〉第一卷〈南渡记〉》;马风的《从文学社会学角度看汪曾祺小说》;吴方的《略话成一与他的〈游戏〉》;淮淮、晓帆的《抗争·反思·自审——评农民作家徐朝夫和他的小说创作》;[新西兰]闵福德、[英]高尔登的《杨炼与中国传统》;胡宗健的《潘吉光的艺术世界》;吴宗蕙的《深浓的情意流泻于笔端——〈瓷都之恋〉序》;常智奇的《在苦难意识中展示人的内在性——侧评〈平凡的世界〉的艺术世界》;曹增渝、梅蕙兰的《人生之旅与人性之梦——路遥与张炜创作比较》;彭定安的《描绘金河的艺术世界——〈金河小说创作论〉序》;方克强的《评木青的长篇小说〈匪患世界〉》;孙玉石等的《关于"二十世纪中国文学"的两次座谈》;黄子平的《供稿人的话》;程德培的《一头钻进胡同——评陈建功小说集〈丹凤眼〉》;张大春的《我爱扯闲篇——简说〈丹凤眼〉的叙事风格》;李庆西的《野凫眠岸有闲意——汪曾祺小说的中国传统诗学精神》;张诵圣的《开近年文学寻根之风——汪曾祺与当代欧美小说结构观相颉颃》;皮皮的《洪峰印象》;苏华的《"向上的路就是向下的路"——我所认识的王干》;赵园的《试论李昂》。

《海峡》第5期发表陈映真的《被湮灭的历史的寂寞》;陈映实的《铁凝评传》;孙绍振、陈家伟的《滴血的玫瑰——谈诗人陈侣白》。

26日,《光明日报》发表陈慧的《西方现代派和我国当代国情》;柯岩的《典型的中国情愫——喜读〈欧罗巴,一个迷人的故事〉》。

27日,《文学自由谈》第5期发表弋兵的《文学的反思与展望》;天宇的《近年文学的三多三少》(正文标题为《近期文学的三多三少》);莫伸的《唱几句反调》;淑萍的《爱情不仅仅是性爱——读同题小说〈爱情故事〉》;韩子勇的《倾斜的〈海骚〉》;韦晓东的《化解:"新世说"的文化心态》;潘新宁的《〈大出殡〉:缺乏根基的理性》;王利芬的《长篇小说主题演变特征探讨》;吴茵的《试论新潮小说中的价值失落》;徐德峰的《困惑与选择:在文学与现实之间》;姚振函的《诗:在轻浮的文化背景下》;刘大新的《价值是文学联系读者的纽带》;陈村的《摇头集:热爱文学》;张石山的《文学的错失:观念嬗变的痛苦》;丛林的《随意品味:书摊前的"文学批评"》;陈雷的《阳光下的碎片——张洁的〈只有一个太阳〉》;刘敏的《"恋母情结":性欲的最初觉醒——铁凝的〈无忧之梦〉》;李晶的《〈寒冬丽日〉解读》;倪邦文的《孤独与寻梦困扰着的灵魂——王安忆的〈神圣祭坛〉》;赵祖谟(正文为赵祖汉)的《因果报应的背后——〈古船〉与〈浮躁〉漫议》;陈墨的《"洪峰"及其"洪峰"过后——洪峰小说片论》;段崇轩的《"厚土"底层的女人们》;任芙康的《从他们看我们——读彭名燕的〈真诚大拍卖〉》;刘友宾的《刘恒小说悖论》;杨增华、杨克的《谈丁玲的一篇散文》;兴安的《才子佳人文学传统的戏拟与嘲仿——读余华的〈古典爱情〉》;李以、王玉树的《诗人老去童心在——读鲁藜近作札记》;陈超的《伊蕾的经验之圈》;盛英的《他的执着与执拗——读高维晞〈痴情集〉》;张春生的《〈都市风流〉:改革题材的拓展》;子干的《"人"的呼唤——苏纪迅的〈话痨〉读后》;叶砺华的《达达批评:收起你的刀子》;孙先科的《文学不足虑》;邢小利的《文学会不会成为人的"异己"之物》;金梅、贾宝泉的《一草一木栖神情,星辰山川有精灵——关于艺术表现中的无限感》(创作通信);章亚昕的《诗的内在结构与意向的二重性》;赵玫的《特洛伊木马——马原印象》。

28日,《文学报》发表《加强主旋律　创作传世佳作》。

30日,《文艺报》第39期发表管桦的《文学艺术有培植爱国主义精神力量的任务》;沈太慧的《坚定地走现实主义的创造道路——周克芹近年部分小说创作谈》;洁泯的《文学四十年:现实主义从失落到回归》;曲景春的《1988年小说文体研究概观》;解玺璋的《真实作为风格——张笑天谈〈开国大典〉》。

本月,《山西文学》第9期发表陈辽的《我国农村小说的新动向》;董大中的《读温暖散文杂记》。

《红岩》第5期发表刘扬烈的《胡风诗歌美学论略》;赵振汉的《说"隐笔"》;周晓风的《现代诗歌的语言变形——现代诗艺管窥之一》。

《青春》第9期发表柳力的《微型小说的写作》;金予的《读微型纪实偶感》;松鸣的《评〈古风四录〉》;沈存步的《从"三头"戏谈起》。

《春风》第9期发表彭嘉锡的《现实主义仍然有强大的生命力——读近几年〈春风〉文学月刊印象和想到的》。

《萌芽》第9期发表赵园的《乡村文学:模式及其变易》;本刊编辑部的《多元多姿　新军崛起——本刊上海青年作家小说专号座谈会》。

《福建文学》第9期发表南帆的《文学:民族的与世界的》。

《当代文坛报》第8、9期(合刊)发表何龙的《香港框框随笔管窥》;杨光洽的

《奇异·鲜活·准确——浅论台湾诗人洛夫的诗歌语言》;谭庭浩、许芸的《生命:瞬间里的永恒——席慕蓉的意义》;钟晓毅的《一条河流的梦与歌——谈席慕蓉的散文世界》。

海峡两岸现代诗学学术研讨会在上海召开。

本月,百花文艺出版社出版高占祥的《微风集》。

黑龙江教育出版社出版刘再复的《刘再复集:寻找呼唤》。

花城出版社出版黄浩主编的《新时期广东文学评论选》,黄伟宗的《欧阳山创作论》。

山东友谊出版社出版侯琪、侯林的《泺上集》。

上海文艺出版社出版陈晋的《文学的批评世界》。

文化艺术出版社出版丁振海、李准的《文艺观念与方法新探》。

语文出版社出版吕桂申等编的《作家生活漫记》。

中国人民大学出版社出版陆贵山、王先霈主编的《中国当代文艺思潮概论》,杨刚元的《格局的界定:文艺创作方法理论研究》。

10 月

1日,《上海文学》第10期发表吴福辉的《大陆文学的京海冲突构造》;张奥列的《雷铎小说叙述风度》。

《作家》第10期发表纪众的《喜忧各有理由——几篇吉林青年小说近作读后》;曾镇南的《中国当代文学的历史、近况与前景——答客问并志中国当代文学四十年》。

《奔流》第10期发表顾丰年的《冲刺前的静谧与骚动》。

《解放军文艺》第10期发表刘白羽的《随着革命历史的钟声前进——看〈百色起义〉》;江守德的《颂扬革命历史生活的黄钟大吕——影片〈巍巍昆仑〉》。

《西北大学学报(哲学社会科学版)》第3期发表阎广林的《林语堂幽默观论

略》。

《中国文学研究》第 3 期发表丁子人的《"溶传统于现代"——试论聂华苓的长篇小说〈桑青与桃红〉的艺术方法》。

3 日,《小说选刊》第 10 期发表陈辽的《由小说而想起的》。

《光明日报》发表张鸣铎的《艺术需要崇高——面对艺术庸俗化倾向的呼吁》;江晓天的《此时无声胜有声——读〈非凡的大姨〉》。

《山东文学》第 10 期发表斤夫的《呼唤文学的万里长城》;林非的《一曲长长的恋歌——郭保林散文集〈青春的橄榄树〉序》。

5 日,《中国西部文学》第 10 期发表杨牧的《拳击手与目的颤动——读贺海涛的诗》。

《北方文学》第 10 期发表金刚的《墓地里的神灯——〈行者·罂粟园的孤独〉之五》;梁树成的《唱着悲歌走向圣坛——小评本刊七期的一组散文》。

《青海湖》第 10 期发表张薇的《苍凉的土地 苍凉的歌——鲍义志〈黑牡丹 白牡丹 红牡丹〉》;庞义的《一颗不愿出土的珍珠——试论〈枪手〉中的焦廷成》。

《湖南文学》第 10 期发表刘强的《"用晦而明"诗之道——弘征诗美艺术损益比较》;杨里昂的《心灵通向读者——〈天籁的变奏〉读后》。

6 日,《河北文学》第 10 期发表王畅的《小说的诗情与意蕴——陈新〈瞬间三题〉读后》;张东焱的《钟情于他心中的"邮票"——张中吉小说读后》。

7 日,《文艺报》第 40 期发表崔道怡的《执着于抒写改革的艺术耕耘——曹致佐的长篇小说〈用微笑迎接风暴〉读后》;菌子的《常常注重主旋律》;路远的《黄河怎样流 我就怎样活——肖亦农印象》;洪清波的《江南可采莲——吴碧莲小说创作印象》;张炯的《攀登与选择——四十年文学若干侧面的回顾》;朱雷的《牛与蚕的事业——读南永前诗集〈相思集〉》;张奥列的《在新的视角中展开故事——读长篇小说〈名门淑女〉》;何开四的《〈白马〉的意蕴及艺术特色》;李明泉的《难以沟通的桥——读杨贵云长篇小说〈本案请你裁决〉》。

《天津文学》第 10 期发表余世存的《新时期文学的浪漫实质及其它》。

《花溪》第 10 期以"文学与人生·写作者言之四:阅读的戏剧"为总题,发表西篱的《安徒生与我》,周琪的《苦熬:昨天与今天》,徐新建的《描绘 扮演 讲述》,张建建的《阅读的戏剧》;同期,发表苏叔阳的《名家致习作者十二谈⑩:要用中国话写中国小说》;袁元的《跟着感觉走——迟子建小说追踪》;于劲的《迟子建印象》。

10日,《光明日报》发表林涵表的《"性欲望的宣泄"与文学——由"扫黄"想起文学沉沦》;洁泯的《见微知著》;冯亦代的《〈柳江怒涛〉读后》;晓雪的《一部爱与美的交响乐——读报告文学〈未完成的交响乐〉》;周达的《爱国主义的向心力和凝聚力——读〈名门淑女随想〉》。

《北京文学》第10期发表康凯的《打开国门之后——对一些文化现象的思考记录》。

《读者》第10期发表王佐良的《另一种文论,诗人读诗》;柯灵的《幸存者的足迹——读〈懒寻旧梦录〉》;吴方的《且即苍生问鬼神——〈伏羲伏羲〉品题》;朱伟的《最新小说一瞥》。

《读书》第10期发表余斌的《林语堂的"加、减、乘、除"——〈中国传奇小说〉读后》。

12日,《文学报》发表邵德怀的《山水诗的现代色彩——读犁青的部分诗作》。

14日,《文艺报》第41期发表《中国作协组织作家深入学习江泽民重要讲话 文学领域必须旗帜鲜明反对资产阶级自由化》;黄国柱的《军事文学的艺术形式探索——兼评曾凡华的"散文诗体小说"》;峻青的《献给攀登者之歌》;刘友宾的《透视普通人的命运——读魏兰波的中篇小说〈拐爷罗曼史〉》;程麻的《谈文学价值的构成层次——〈文学价值论〉命题之一》;汪晖的《〈本命年〉的意义》。

15日,《山西大学学报(哲学社会科学版)》第4期发表王世杰的《在现实的沃土中深入开掘——论台湾作家杨青矗的小说创作》。

17日,《光明日报》发表金紫光的《忆文坛的长征女英雄——〈李伯钊文集〉出版有感》;谭霈生的《微观剖析与宏观把握的有益结合——贺〈美的网络〉出版》。

《作品与争鸣》第10期发表肖伦的《坚持四项基本原则 繁荣社会主义文艺》;成志伟的《老夏这个共产党员——评小说〈孤坟〉》;西龙的《可悲的"无牢骚"——与友人谈小说〈本系无牢骚〉》;智杰的《说"牢骚"——从汤吉夫的一篇小说谈起》;崔莹玺的《典型塑造中的文化意识》;盛雷的《主体设计和性格逻辑》;戴达的《荒诞和不荒诞的人生戏剧——〈一个精神病患者眼里的世界〉读解》;奚为的《评论的尴尬——读〈一个精神病患者眼里的世界〉和它的评论》;邵秋的《民主战士的心灵塑像——评岑琦的诗集〈闻一多之歌〉》。

19日,《文学报》发表潘向黎、李东的《群鸟飞过——上海新时期小说家印象》;韩石山的《烧荒》。

《青年文学》第10期发表白烨的《人生何尴尬》;刘湛秋的《浮游于生命的大海》。

20日,《人民文学》第10期发表崔道怡的《合订本作证——〈人民文学〉四十年》;康濯的《日上中天》;叶君健的《我和中国文学的对外译介》。

21日,《文艺报》第42期发表《高扬社会主义文艺旗帜　团结起来共同繁荣文艺》;林为进的《"远村"二重奏——近期长篇小说的一个侧面》;邹亮的《变革时代的都市景观——简评长篇小说〈都市风流〉》;徐怀中的《推进军事文学研究——读〈苍凉的历史〉》;司马玉常的《乱世众生相——读〈夜遁香港〉》;敏泽的《论所谓"五四"启蒙精神的"失落"和"回归"》(回应本年4月22日及29日《文艺报》发表的刘再复的《"五四"文学启蒙精神的失落与回归》);吕芳的《生命,不断地受伤与复原(席慕蓉)》;易明善的《浅谈香港作家夏易的短篇小说》。

24日,《光明日报》发表张炯的《关于新文化新文学的评价问题》;陆艳、文楷的《文学成为"游戏"以后……》;李文衡的《生活土壤里长出的文学结构——〈省委第一书记〉的叙述秩序》。

25日,《光明日报》发表弋人的《读〈文艺报〉第20期》,11月4日《文艺报》第44期转载。

26日,《文学报》发表赵兰英的《满目青山夕照明——记上海四位老文艺家》(巴金、于伶、贺绿汀、杜宣)。

27日,《青年报》发表钱虹的《岑凯伦之谜》。

31日,《光明日报》发表杨植材的《诀窍何在——喜读〈下世纪的公民们〉》;董炳月的《一部蕴含丰富的生活教科书——读〈郭小川家书集〉》。

《钟山》与《文学自由谈》编辑部在南京联合召开"新写实小说"讨论会。(本年11月25日《文艺报》)

本月,《山西文学》第10期发表张志忠的《论"乡土情结"》;房光的《农村现实与文学使命》。

《小说家》第5期发表郭志刚、章无忌的《孙犁传》。

《文艺评论》第5期发表黄毓璜的《文学的迷误和作家的失落》;王彬彬的《哥哥你走西口——当代小说中的文化心理现象之二》;李运抟的《当代悲剧:奴性的

崇拜与解脱——论中国近年小说的一个批判性主题》；王辽南的《外面的世界多精彩 外面的世界多无奈——当代中国文化态的考察和文学的位置》；张跃生的《猜不透的人事之谜——论近年小说建构的一种取向》；江冰的《历史的阴影——知识分子与当代文学系列论文之五》；周可的《电视文化与现代人的社会心态——对电视作为一种文化的批判》；张觅的《北纬45°亚寒带冻土 文艺主体风格简论——兼谈黑龙江文化（文艺）史的分期（上）》；薛毅的《○与●的对话之二：生命的形式》；徐潜的《新型文艺思维方式的崛起——对当前文艺思维及文艺心态的思考》；咏枫、朱曦的《批评之一忌："它是什么"的定格化》；贺春秋的《文学模糊思维谈片》；冯天海的《岛子和他的实验诗》；黎可、关杰的《白山黑水歌中情——评邢籁的歌词创作》；孟久成的《纯情的礼赞》；崔树人的《此岸和彼岸——简析话剧〈淘金大船〉》；张大明的《〈文学人才学〉序》；戚贵元的《〈起落之间〉序》；叶伯泉的《报告文学走出峡谷的高难动作——读〈大爆炸〉有感》；陆泰的《捧风初探》；于俊赋的《复合艺术乱弹》；朱希祥的《这算是创作？》。

《作品》第10期发表陈世明、黄昌之的《关于当今诗美走向的思考》；杨光治的《诗坛偶记》。

《青春》第10期以"文学与商品经济"为总题，发表包忠文的《作品和商品及其它》，曾立平、高鹤云的《把握作品与商品之间的"度"》，叶雷的《架好文企之桥》。

《春风》第10期发表碧野的《散文六辩》；洪斌的《深层失落与忧患意识的对象化——读〈屈原〉有感》；艰辛的《我们那时候》。

《萌芽》第10期发表宋永毅的《在历史的起落中行进——上海小说四十年史略（节选）》；季红真的《女性主义——近十年中国女作家创作的基本倾向》。

《福建文学》第10期发表沈金耀的《论现实主义和现代主义的分歧》。

《名作欣赏》第5期发表李华年的《现代中的传统——郑愁予的〈水巷〉》。

本月，四川人民出版社出版徐乃翔主编的《台湾新文学辞典》。

海峡文艺出版社出版王宗法、马德俊主编的《当代台港文学名作欣赏》。

春风文艺出版社出版张松魁、李作祥主编的《当代东北作家论》。

高等教育出版社出版董学文的《走向当代形态的文艺学》。

花山文艺出版社出版河北省文联文艺理论研究室编的《河北小说论》。

人民文学出版社出版中共中央宣传部文艺局编的《邓小平论文艺》。

四川文艺出版社出版何开四的《批评与探索》。

长江文艺出版社出版中共湖北省委宣传部文艺处主编的《回顾与选择：新时期湖北中青年作家创作研究》。

中国社会科学出版社出版九歌的《主体论文艺学》。

明天出版社出版耿建华、章亚昕的《台湾现代诗歌赏析》。

11月

1日，《作家》第11期发表季红真的《文化变异期的文学观念面面观——序〈中国作家如是说〉》；章平的《小说的悲剧时代》。

《奔流》第11期发表隅人的《为现实主义张目》。

《解放军文艺》第11期发表黄柯的《回眸一顾可鉴新——评说话剧〈中国，1949〉》；蔡桂林的《呼唤英雄——关于文学创作中的英雄问题的思索》。

2日，《文学报》发表本报评论员的《文化艺术界的一件大事》；张德林的《关于文学本体特征的思考——兼评某些错误的文学观念》；木青的《振兴东北文学》；墨非韵的《曲终人不去　绕梁有余音——评话剧〈梦迢迢〉的抒情风格》；李相时的《长沙访琼瑶》。

3日，《小说选刊》第11期以"《人民日报》文艺部和《小说选刊》杂志社主办1987—1988年优秀中、短篇小说奖发奖活动专辑"为总题，发表本刊记者的《发奖大会在京举行》，李国文的《更好地反映伟大的时代》，李准的《爱护文学，引导文学》，苗长水的《努力创作无愧于时代的作品》。

4日，《山东文学》第11期发表李运抟的《"省份文学"面面观》。

《文艺报》第44期发表邹荻帆的《诗与画,感情与韵律——读〈红豆〉、〈江河大地〉札记》；荒煤的《我理解这种真挚的心声——〈心声散曲〉读后》；朱向前的《〈灵性俑〉：当代中国军人的灵性显现——兼谈黄献国的军旅小说创作》；滕云的《故事化—生活化—心灵化——历史小说走向管窥》；思蜀的《现代小说语言制作工艺一探——从〈白门楼印象〉语言开始陈旧所想到的》；周思源的《人物语言背反与形象分裂》；康濯的《〈文艺报〉与胡风冤案》(11月18日第46期续完)。

《团结报》1041号第三版发表吕克难的《略谈鲁迅和林语堂的幽默》。

5日，《中国西部文学》第11期发表晓芬的《单纯而丰富的〈满月〉》；草肃的《读后小议》；晓月的《寓庄于谐的〈改造〉》；程光炜的《杨牧晚近长诗的语义分析》。

《北方文学》第11期发表李庆西的《想到读书头已白》；胡平的《情感淡化：一种审美的错觉——有关文字感染力的一次对话》。

《当代文坛》第6期发表唐正序的《坚持和发展马克思主义文艺理论》；吴野的《贫血：疲软症状的病理学研究》；尹在勤的《何必自轻自贱？——"非传统"异议》；廖全京的《批评·学风·马克思主义》；文安的《浅谈〈重庆人，霸道〉的人物塑造》；黄树凯的《一个坚实的脚印——试评〈支呷阿诺的子孙们〉》；胡焕章的《粗狂　浪漫　悲壮——我读〈明朗诗词选〉》；刘士杰的《青春热情的活力　沉静睿智的思索——读叶延滨诗集〈心的沉吟〉》；朱先树的《在寻找自己——雨田和他的诗》；范昌灼的《四个十年：中国散文的新崛起——兼谈中青年散文作家的创作》；李庆信的《小说的第二人称创作》；孙武臣的《那一瞬间——答友人问》；程安东的《西路红军的悲壮挽歌——评张弛的〈甲光〉》；应光耀的《平和：一种"玩"文学的现实心态》；傅德岷的《美在巴山蜀水间——漫评新时期描绘天府之国的游记创作》；李元洛的《中西诗美的联姻——台湾诗人洛夫诗作片论》；方其的《文学内外片面观》；冯异的《读诗偶记》；金树的《巴山千载仰高风——读〈彭总在三线〉》；永年的《抚时感事　哀转久绝——读散文集〈回声〉》；叶砺华的《做圣人难，做凡人更难——〈圣人余自悦正传〉》；陶镕的《五色交织的知青百态图——漫议〈知青沉浮录〉》；邱少鸿的《失落后的顿悟——读〈被出卖的夏天〉》；《坚决反对资产阶级自由化　发展马列主义文艺评论——省市文艺理论工作者座谈会侧记》。

《湖南文学》第11期发表石太瑞的《岸的呼唤——熊育群及其诗的印象》；朱衍青的《想不到竟是如此苍凉和悲壮——读翁新华小说集〈再生屋〉》。

7日，《光明日报》发表刘白羽的《盗得天火赠人间——写在〈李大钊〉出版之际》；张韧的《传记文学·人生选择及叙述基调——读〈李大钊〉随感》；郑恩波的《作家美丽心灵的写照——浅谈刘绍棠小说中的情爱性爱描写》。

《花溪》第11期以"文学与人生·写作者言之五：沉迷于永恒之中"为总题，

发表林树明的《阅读与传统》,李裴的《写作与被写作》,周琪的《永恒的主题》;同期,发表苏叔阳的《名家致习作者十二谈⑪:小说要有"神"》。

《青海湖》第 11 期发表张世俊的《高扬个性　随意赋形——兼谈散文的振兴与发展》;周廷良的《浅谈人性与民族精神——兼评黄国田的微型小说〈隐形砝码〉和〈端盘子的姑娘〉》。

9 日,《文学报》发表秦牧的《语言艺术的魅力》;曹阳的《一颗真诚的心——读倪惠明诗集〈我是你的暖流〉》。

10 日,《中国作家》第 6 期发表王白石的《忆企霞》。

《雨花》第 11、12 期合刊发表钱旭初的《心灵的歌——关于章品镇人物随笔的随笔》;陈辽的《他走出了一条新路——读贺景文的小说集〈同居长千里〉》。

《读书》第 11 期发表杜声锋的《"后现代性"与"理性"》;刘明琪的《语言、艺术的同构与异质》;朱伟的《最新小说一瞥》。

11 日,《文艺报》第 45 期发表李瑛的《把最好的精神食粮献给人民——读〈李大钊〉有感》;张金起的《〈欲望号兵车〉默默开过——读刘恒志新作》;张曰凯的《古道热肠　一往情深——阿成小说创作印象》;李洋的《文化电影:失去"轰动效应"以后》;王泉根的《理解与超越:徜徉于两种审美意识之间》(论儿童文学)。

15 日,《文艺争鸣》第 6 期发表公木的《波峰浪谷尽风流——七十年新诗的诞生和发展》;张扶桂的《"五四"文化精神的转化与深化——评〈"五四"文化精神的迷失与复归〉》;李准的《论商品经济与文艺发展的关系》(1990 年第 1 期续完);滕云的《"历史当代化"评议》;张月的《现象与框架——与夏中义先生商榷》;陈骏涛的《新美学—历史批评综说》;禾木的《性爱描写与审美意识》;彭放的《"大逃亡"与文学的"轰动效应"说》;胡德培的《"叙述代替描写"悖论》;沈光明的《玩"文"丧志》。

《文学评论》第 6 期以"检查整顿《文学评论》笔谈"为总题,发表王善忠的《我观〈文学评论〉之不足》,张国民的《资产阶级自由化的一些表现》,涂途的《作为读者的进言与直言》,陆永品的《评对待爱国主义和古典文学的错误态度》,毛崇杰的《"动摇和失落"是当代马克思主义的世界命运吗?》,严昭柱的《方向问题无可避讳》,亦箫的《从〈诗人之死〉说起》;同期,发表闻岩的《文学研究所召开座谈会检查、整顿〈文学评论〉》;杨振铎的《无法回避的辩论——关于文艺本质及其他问题与夏中义同志再商榷》;王元骧的《论文学的社会学研究与文化学研究》;王诺的《意识流小说出路何在?》;赖干坚的《文学兴衰初探》;胡尹强的《现实主义过时了,还是多元化了?》;郑梦彤的《谈创作上的有意识和社会责任感——与吕俊华同志商榷》;张奥列的《一种新的文学形态——特区文学初论》;阎晶明的《顽主与都市的冲突——论王朔小说的价值选择》;雷启立的《读解与读解之外的世界——王晓明其人其文漫说》;专栏"'当代诗歌价值取向'笔谈"发表唐湜的《关于诗歌问题的随感》。

《钟山》第6期发表王宁的《规范与变体——关于中国文学中的现代主义和后现代主义》;陈孝英、理晴的《超越悲剧——当代小说的一种趋势》。

《深圳文学》第6期发表谢望新的《我,浪潮之外的孤独——关于肖复兴中篇创作的拟函》;尚建国的《寄自深圳特区的书笺——漫议几部反映深圳特区生活的中短篇小说》;王绯的《生存悲剧感与挫折超越力——读〈五十岁的男人〉有感》。

《特区文学》第6期发表胡滨的《现实与梦境的交触——白先勇的〈游园惊梦〉漫评》。

16日,《文艺报》第46期发表艾克恩的《理想·信念·意志的较量——〈红军长征记〉今谈随录》;胡德培的《中国式推理小说的起步——曹正文五部推理小说读后》;冯季庆的《"本体论批评"略论》。

17日,《作品与争鸣》第11期发表赵凤山的《拥抱人类的梦幻——读报告文学〈依尽故土砂砾情〉》;智杰的《因福得祸——读〈匆匆春又归去〉》;阮明的《玄虚的悲剧——也谈〈匆匆春又归去〉》;孙养普的《军人奉献在特殊战场——读报告文学〈瘦虎雄风〉》;常丕军的《关于军队"干"和"练"的困惑——读〈瘦虎雄风〉的一点感想》;佩燕的《权与法的较量——读报告文学〈周志远现象〉》;陈与新的《两块钱引起的轰动效应——评〈周志远现象〉》;端木飞云的《读者的希望与编辑的职责——读〈一个精神病患者眼里的世界〉,致编辑同志》。

《文学报》发表《当代文学与现代人——余秋雨新加坡客问》。

18日,《台港文学选刊》第11期发表郭风的《关于三毛的散文》;朱蕊的《"红花独行侠"——台湾女作家三毛印象》;温智平的《侯孝贤以真性情与犀利镜头捕捉人世悲喜》;《电影永不停场——联副第四届"每月人物"吴念真特写》。

19日,《青年文学》第11期发表月恒的《这小说你别不读》;刘湛秋的《一次坦诚而惬意的交流》。

20日,《上海文论》第6期"重写文学史"专辑以"主持人的话"为总题,发表陈思和、王晓明的《关于"重写文学史"专栏的对话》;以"批评与重构"为总题,发表刘纳的《"五四"新文学的实绩与光影》,徐麟的《中国现代文学的逻辑与历史》;以"一家言"为总题,发表赵园的《也说"重写"》,王富仁的《关于"重写文学史"的几点感想》,吴亮的《对文学史和重写文学史的怀疑》,丁亚平的《重写与超越》;以"作家与流派"为总题,发表夏志厚的《曹禺:早衰的名家》,陈慧忠的《秋风下的落叶——也谈新感觉派的消亡》;以"多维视野中的文学史"为总题,发表李子云的《重写文学史与台湾文学研究》,王振科的《空间的延伸——新马华文文学与现代文学史的关系》,蓝棣之的《名著的"解读"》,谢天振的《为"弃儿"找归宿——翻译在文学史中的地位》;以"编辑手记"为总题,发表毛时安的《不断深化对文学史的认识——"重写文学史"专栏编后絮语》;同期,发表张文江的《〈管锥篇〉的四种文献结构》。

《小说评论》第6期发表徐兆淮、丁帆的《思潮、精神、技法——新写实主义小说初探》;尹鸿的《现代现实主义小说的探索》;王汶石、王愚、王昊、李星、张沼清、董墨、魏钢焰的《〈月亮的环形山〉七人谈》;於可训的《陈世旭近作散论》;费振钟的《一切不再为了期待——黄蓓佳:抒情诗时代结束以后》;喻季欣、吴跃农的《都市知青魂——肖复兴文学创作精神阐释》;李乔的《试谈〈穆斯林的葬礼〉的艺术魅力》;顾传菁的《青春的思索——读〈女中学生三部曲〉》;庄众、曾凡、李佩甫的《象征的金屋与〈金屋〉的象征》;李硕儒的《人的歌——读黑孩的〈根的报复〉漫想》;李新宇的《对农村文化蜕变的深情呼唤——读毕四海长篇新作〈皮狐子路〉》;李天芳的《正负零工程》;徐剑艺的《小说的话语体态》;谭学纯、唐跃的《对话与泛对话》;胡采的《青春的脚步——读〈黑森林 红森林〉感记》;许文郁的《理性与诗情——邵振国论》;白雾的《错开的花:生命的感悟——读张承志〈错开的花〉》;《独特的生命体验——读柏原的〈沟沟壑壑二题〉》;小泾的《写实小说的新拓展——简评程东的中篇〈心疼自己〉》;戈尔巴的《读蒋子龙〈退化的男人〉》。

《清明》第6期发表陈辽的《以赤子之心看取世界——读张拓芜的〈坎坷岁月〉》。

《上海文论》第6期发表李子云的《重写文学史与台湾文学研究》;王振科的《空间的延伸——新马华文文学与现代文学史的关系》。

21日,《文艺研究》第6期发表张国民的《一种需要剖析的文论现象》;严昭柱的《文艺中的政治与美学》;李明泉的《论现当代文学的循环现象》;程金城的《二十世纪中国文学中的"理想人格设计"概观》;陈孝英的《试为"幽默"正名》;邢广域的《幽默的美学品格》;仪平策的《论喜剧艺术的主体自由性及其表现》;周建军的《国外通俗文化研究述略》。

《光明日报》发表李希凡的《"要坚持真理,修正错误"——读〈邓小平论文艺〉的一点体会》;陈传才的《文艺要与新的时代相结合——学习〈邓小平论文艺〉有感》;文美惠的《读书和译书——从〈沙堡〉打折扣说开去》;冯复加的《血写的史实——读〈戒严一日〉》。

22日,《文学报》发表李相时的《长沙访琼瑶》。

23日,《文学报》发表《我们需要怎样的通俗文学作品?》。

24日,《文艺理论与批评》第6期发表南海的《论反对自由化和贯彻"双百"方针》;石菲的《文坛边上的思索之十一——"北京风波"札记(续)》;方梧的《中国万岁——评〈河殇〉》;周良沛的《何其芳和他的诗及"何其芳现象"——〈中国新诗库·何其芳卷·卷首〉》;以"四人谈:苏晓康《世纪末回眸》"为总题,发表刘金的《缘何"回眸"总歪斜?》,戚方的《呼唤胡适亡灵的"真谛"所在》,程代熙的《重新降临的到底是黑暗还是光明?》,杨汉池的《"回眸"的回眸——某种精神污染的一瞥》。

25日,《文艺报》第47期发表《我国文艺要在多样化的发展中强化主旋律——中宣部文艺局和湖南省委宣传部联合召开繁荣文艺研讨会》;叶鹏的《责任感与爱国心——评报告文学〈中华之门〉》;杨金亭的《未妨余事作诗人——读许世杰的诗词集〈椰颂〉》;陆文夫的《小康老农刘振华》;王宏飞的《灵魂被扭曲的痛苦——读金河短篇小说〈涨价〉》;曹志培的《许辉铿锵地走来》;邓友梅的《我在民俗小说中的方言运用》;於可训的《近十年通俗文学的生存与发展》;管桦的《斥卖国贼刘宾雁》;李瑛的《一个反面教员的启示》(批评刘宾雁、苏晓康)。

《文艺理论研究》第6期发表黄珅的《试论极端反传统的迷误》;郭春林的《对一种实验诗的解读》。

《当代作家评论》第6期发表楼肇明的《敬畏生命与自然默契的情思——散文大背景中的郭风近作》;俞兆平的《瞬间的敞明——郭风审美观的一个侧面》;郭风的《散文诗琐论》;王春林的《人性的倾斜与畸变——评铁凝〈玫瑰门〉》;艾云的《把女人的性别发挥到极致——论〈玫瑰门〉中的司猗纹》;王绯的《关系世界里的三种人生境界——关于马秋芬的两篇近作》;李万庆的《写实·写意·荒

诞——刘元举小说的多元世界》;张惠辛的《难以挣脱的彷徨——格非近作印象》;钟本康的《"格非迷宫"与形式追求——〈迷舟〉的文本批评》;崔建军的《当代实验小说向传统文化母题的回归——对原始自然主义价值取向的追问与分析》;程光炜的《曾卓论》;赵福生的《现代知识女性的心理踪迹——丁玲和张洁的小说比较》;樊星的《民族惊魂之光——汪曾祺、贾平凹比较论》;吴秀明、柯梧野的《〈庄妃〉:历史命运与个人意志的双向演绎》;胡平的《陆文夫小说的语言功力》;简宁的《在返回的途中:启示与破坏——〈岛子实验诗选〉解读举隅》;黄子平的《供稿人的话》;李咏炽的《情欲的游戏》;王得后的《凄迷的人间》;陈平原的《都市灵魂的悸动——舍弃"戏剧性"而来的反讽与自嘲》;张诵圣的《玩世不恭的谑仿——以通俗风格游戏式挞伐当世流行弊病》;莫昭平的《两岸评激荡两岸》;孔慧怡的《苍茫大地的磅礴之美——郑万隆笔下粗犷慓人的生存情境》;蔡翔的《寻根派的文化自觉——郑万隆触及人文核心的人文重建》;刘密的《创作心态的紊乱与新潮作家的窘困》;皮皮的《扎西达娃速写》;於可训的《论整体格局中的湖北中青年创作》。

《社会科学》第11期发表施建伟的《论林语堂的幽默观》。

《海峡》第6期发表林承璜的《论80年代台湾小说新的格局与特点——兼与叶石涛先生商榷》。

《语文月刊》第11、12期合刊发表王元的《追求"真"与"爱"的生命——读三毛〈撒哈拉的故事〉、〈哭泣的骆驼〉的随想》。

27日,《文学自由谈》第6期发表马恒祥、苗长水、李存葆等的《山东文学坚守现实主义》;鲁枢元、张一弓、刘思谦等的《关于文学价值的研讨》;乐黛云、张京媛、孟悦等的《女权主义与文学批评》;耿恭让的《多一点辩证法》;黎平的《要准不要过》;王家斌的《小说新观念大潮之回顾》;王力平的《新潮小说:头足倒置的世界》;木弓的《保守而谨慎的写作》;李洁非的《小说形式的冒险与出路》;李运抟的《并非亵渎的调侃》;李小江的《寻找自我:当代女性创作的基本母题》;康达的《谈"擦边球"现象》;罗振玉的《萌动的春潮——朦胧诗后诗坛印象》;杨振昆的《娱乐:文学本体位置的真正复归》;赵宝山的《漫谈广告文学》;丁帆、徐兆淮的《向现代悲剧逼近的新现实主义小说》;古卤的《也来说说"新写实"——兼评刘恒、李锐的部分作品》;晓华、汪政的《"分析"的破坏与构成——有关〈虚证〉的阅读对话》;彭荆风的《张昆华与〈记忆之墓〉》;王菊延的《人生感悟的艺术传递——读〈个体部落纪事〉》;陈墨的《"困兽"的不同表达方式——王刚中篇新作谈片》;王爱英的《血与泪的生命——读石磅的〈混血〉》;邢广域的《向儿童文学的新境界开拓——读秦文虎的〈球迷小总统〉》;刘功业的《悲剧与劣根——读汪宗禧报告文学〈青山泪〉》;冉淮舟的《〈伤悼〉序》;桑逢康的《〈感伤的旅行〉后记》;蒋原伦的《谈一个流行的句式》;苗得雨的《生活的佳境之线》;金梅、石楠的《艺术与史实的统一》(创作通信);陈村的《摇头集:一言难尽》;白洁的《我看迟子建》;林耀德的《台湾新世代小说家》。

28日,《光明日报》专栏"关于文艺的主旋律和多样化笔谈"发表李准的《在多样化发展中强化主旋律》,马玉田的《文艺不可能脱离政治》。

30日,《文学报》发表刘绍棠的《"三辈不离姥家影儿"》;张奥列的《〈黑魂〉:黄与黑的冲突》;陆建华的《在现实的大地上展翅飞翔——新时期江苏中青年作家扫描》。

《台湾研究集刊》第4期发表朱双一的《台湾社会—文化变迁中的心理摄像——王幼华作品论》;林承璜的《"台湾文学"与"台湾意识"刍议》;何笑梅的《台湾报导文学析评》。

本月,《山西文学》第11期发表傅书华的《民族化与农村生活小说》;宋剑洋的《谈谈的乡野》;张高的《现代观念的诱惑——评黄树芳小说近作》。

《红岩》第6期发表敖忠的《我们的文艺属于人民——纪念邓小平同志在第四次文代会上的〈祝辞〉发表十周年》;李敬敏的《风格、流派与主旋律琐议》;老谭的《拉开些,还是贴近些——对小说现状的一点思考》;沈太慧的《关于陈朝璐的小说创作》。

《作品》第11期发表张惠辛的《评崇实的阅读心态》;许肇本的《构思巧 命题妙——简评小说〈故意〉》。

《春风》第11期发表方英文的《三年后的微笑》;卢萍的《在人生开阔地带进行诗的冲击》;玉良的《人格的力量》。

《萌芽》第11期发表本刊编辑部的《报告文学〈上海滩"新大亨"〉诉讼已判决》。

福建省台湾文学研究会在福州召开。

《台港与海外华文文学》第3期发表王列耀的《求赎的困惑于理性的探寻——李昂创作概评》;翁光宇的《一山一水总关情——读梁锡华的散文〈八仙之恋〉》;翁奕波的《〈笠〉诗人谈片》;朱永锴的《台港文学作品疑难词语集释(上)》;

李元洛的《千岛之国的橘香——菲华诗人和权诗作欣赏》;肖村的《一卷雄文 炳蔚千秋——读方北方小说〈树大根深〉》;王春煜的《南洋的风俗画与风景画——新华作家〈莫河散文选集〉序》;胡凌芝的《湄南河畔之声——读诗集〈桥〉有感》;王振科的《那"一丝小小的爱"——评周粲的散文新作〈都市的脸〉》;杨翼的《柯振中》;非梦的《柯振中的"神韵派小说"》;白舒荣的《简评陶然小说新作〈见报〉》;饶芃子的《文学通信二则》;清风的《花城重访流军》;周新心的《泰华写作人小传》。

本月,春风文艺出版社、辽宁教育出版社出版古继堂的《台湾小说发展史》。

大连出版社出版张启范的《新绿集》。

四川美术出版社出版王朝闻的《王朝闻集(第一卷:新艺术创作论、新艺术论集)》。

中国文联出版公司出版中国社会科学院文学研究所《中国文学研究年鉴》编辑委员会编的《中国文学研究年鉴(1987)》。

中原农民出版社出版陈继会的《理性的消长:中国乡土小说综论》。

作家出版社出版荒煤的《探索与创新:荒煤文艺评论集》。

12月

1日,《广州文艺》第12期发表钟晓敏的《选择:艰难的历程——〈宾士域〉、〈特区打工妹〉、〈你从哪里来〉读后断想》。

《上海文学》第12期发表南帆的《文学:现实与超现实》;程光炜的《女性诗歌语言结构的功能分析》。

《求是》第23期发表雷达的《为了中国的"青春"——读长篇传记小说〈李大钊〉》。

《作家》第12期发表朱晓平的《不怕您笑话——我的文学自述》;吴若增的《黑孩印象》;巴铁的《当代诗歌中的后现代主义因素——以欧阳江河的两首小诗为例》。

《奔流》第12期发表刘安海的《文学创作动机的发生》;段崇轩的《感悟与创造》。

《解放军文艺》第12期发表杨白冰的《坚持军队文艺工作的正确方向——在三次大型歌舞演出和全军文艺调演总结表彰大会上的讲话》；宗元的《论苗长水小说中的女性世界》；曹欣的《金达莱作证》。

2日，《文艺报》第48期发表《认真学习 武装头脑 进一步明确文艺方向》；张达的《状写现代化工业之魂——读报告文学〈蜕变〉》；冯牧的《〈爱的流泉〉序》；蔚江的《封建王朝覆灭的哀歌——读长篇历史小说〈秋露危城〉》；刘世杰的《情深诗美画山水——读晏明诗集〈花的抒情诗〉》；董学文的《建设有中国特色社会主义文艺的指针——学习〈邓小平论文艺〉》；康濯的《揭去刘宾雁的伪装》；曾克的《人民不允许你们的卖国行径！》。

3日，《小说选刊》第12期发表苗长水的《心灵的种子》；阿成的《寻求天籁之音》。

4日，《山东文学》第12期发表任孚先、王光东的《现实主义的深化和开拓——首届山东省泰山文艺创作奖获奖小说漫评》。

5日，《中国西部文学》第12期发表李康宁的《肯定成绩，总结经验，不断前进——在中国作协新疆分会新时期优秀文学作品颁奖大会上的讲话》；王仲明的《作家是"当代现实疆域里的公民"——读"中国潮"、"丝路新貌"征文》；周政保、韩子勇的《功能：期待与可能性——现代报告文学创作的理论对话》。

《北方文学》第12期发表金刚的《天国纶音或地上的喧哗——〈行者·罂粟园的孤独〉之六》。

《光明日报》专栏"关于文艺的主旋律和多样化笔谈"发表陆贵山的《弘扬社会主义文艺的主旋律》，李吉心的《高扬主旋律，发展多样化》；同期，发表王愿坚的《真实·深度·历史感——〈地火〉欣赏随笔》。

《青海湖》第12期发表张震的《读者是作家的上帝》；田毅的《井石的〈湟水谣〉》。

《湖南文学》第12期发表伍振戈的《诗美与人生——读郭辉组诗〈岁月〉》；胡宗健的《一种批评模式：历史主义——女权主义》。

6日，《光明日报》发表潘仁山的《七十苍松不老——访著名文艺理论家陈涌》。

《河北文学》第12期发表傅德岷的《散文创作二题》。

7日，《文学报》发表顾晓鸣的《现代人寻找"批评的标准"》；舒服的《文学的苦力——记青年作家毕坚》。

《天津文学》第12期发表宋实的《重读〈在延安文艺座谈会上的讲话〉》;周政保、韩子勇的《文学世界的"边缘王国"——现代报告文学的理论对话》。

《花溪》第12期以"文学与人生·写作者言之六:飞渡心灵的大海"为总题,发表李裴的《自在与不自在》,周琪的《秋日的私语》;同期,发表苏叔阳的《名家致习作者十二谈⑫:小说的品味》;卢惠龙的《艰难耕耘的实绩》;康后元的《"规范"出奇文》。

9日,《文艺报》第49期发表成善一的《长篇小说里的矿工形象》;李玲修的《执着辛勤的耕耘》(评柏青的诗歌);刘英武的《未璞之理之理》(评陈世旭的《未璞之理》);丁力的《中国现代的乡土诗》;饶芃子的《文学中的"女性世界"》;戚方的《从"白皮书"到〈河殇〉——纪念"白皮书"讨论四十周年》;峻青的《取道抒情坦抒胸臆——读〈赖少其题画诗集〉》。

10日,《读者》第12期发表夏文斌的《文化危机的另一个层面》;朱伟的《最新小说一瞥》。

《读书》第12期发表柳苏的《刘以鬯和香港文学》。

12日,《光明日报》专栏"关于文艺的主旋律和多样化笔谈"发表刘玉山的《文艺的主旋律与社会主义新人形象》;同期,发表蔡葵的《〈洗澡〉的超越意蕴》。

14日,《文学报》发表花建的《从程乃珊的创作历程想到的》;江曾培的《深入生活与张扬主体意识》;峻青的《身系五洲 情满四海——喜读田樱的散文》;栾保俊的《王若望其人其事》。

16日,《文艺报》第50期发表叶子的《轰动效应的启迪——写在〈穆斯林的葬礼〉播出之后》;陆志成的《坎坷的道路 坚实的足迹——评陈登科自选集〈第一次恋爱〉》;孙达佑的《自然平易 直如口出——读尧山壁散文集〈母亲的河〉》;李润新的《是"驼峰"而非"滑坡"——评〈我论老舍〉》(本年1月21日《文艺报》发表的王行之的《我论老舍》);李希凡的《系统深入批判 澄清理论是非》;程代熙的《清除垃圾 净化环境》;柯蓝的《我的心中有一块永远填不满的空白——五十年文学创作漫谈》;张同吾的《风流岁月,壮美情怀——叙事长诗〈爱魂〉序》;赵丽宏的《十八年散文创作小结》。

17日,《作品与争鸣》第12期发表本刊记者的《坚持和发展毛泽东文艺思想 重建学习马克思主义的浓厚风气》;徐玉英的《骂出"语感"与捧出错觉——自由化"精英"伎俩批判》;耘德的《缘分,不仅是缘分——评短篇小说〈缘分〉》;小丕的《一个值得尊敬的洋老头——读〈洋君已乘黄鹤去〉》;胡萍的《一颗崇洋媚外的苦果——读报告文学〈洋君已乘黄鹤去〉》;倪勤的《半是泥沙半是金——评〈信天游不断头〉》;张军、衣庆华的《柳枝儿:一个占卜命运的女人——读〈信天游不断头〉》;杨旸的《特殊的牺牲——读〈瘦虎雄风〉有感》;布白的《关于〈晚钟〉的争鸣》、《不应贬低赵树理》。

18日,《台港文学选刊》第12期发表潘亚暾的《第一个高度——八十年代香港小说巡礼》。

19日,《光明日报》专栏"关于文艺的主旋律和多样化笔谈"发表丁振海的《正本清源 强化和高扬文艺主旋律》,王仲的《社会主义思想的主旋律 方法风格流派的多样化》。同期,发表樊篱的《坚持文学的社会主义性质》,孙若风的《骆驼刺的风采——读丹辉新时期边塞诗》。

23日,《文艺报》第51期发表《抓理论,反对资产阶级自由化 抓方向,繁荣社会主义文艺——中宣部文艺局和人民文学出版社联合召开〈邓小平论文艺〉研讨会》;李子云的《硬骨头音乐家的写真——〈贺绿汀传〉读后》;叶辛的《要如一面镜子般给人以映照》;彭龄的《潜心写作国际间谍题材小说的张丽》;王宁的《论学院派批评》;田志平的《何以读者了了——简析新潮小说失去亲近感》;宇文化的《〈河殇〉呼唤一种什么"反省意识"》。

江苏台港与海外华文文学研究中心在南京成立,研究中心以促进海峡两岸文化与学术交流、增进海内外同行的相互了解和友谊为宗旨。

26日,《光明日报》发表何国瑞的《"纯艺术"论者的理论及其情绪》;晓雪的《汲天地灵气 合时代脉搏——读叶延滨诗集〈囚徒与白鸽〉》。

28日,《文学报》发表林默涵的《写什么和为什么而写——在欧阳山文学作品研讨会上的发言》;杨勇的《业余作者咏叹录》。

30日,《文艺报》第52期发表戴翊的《民族资产阶级家族生活的画卷——读长篇小说〈望尽天涯路〉》;郭风的《诗人的真情——于宗信散文集〈红豆吟〉序》;王愚的《评常扬的几篇报告文学》;曹凤的《一曲高昂的悲歌——读王忠瑜的〈中国的夏伯阳〉和〈总司令的悲剧〉》;花建的《探寻燃烧的心灵轨迹——记全国首届巴金学术研讨会》;梁光弟的《明灯,挂在社会主义文艺的大路上——学习〈邓小平论文艺〉的体会》;冯德英的《繁荣社会主义文艺,必须坚持正确的指导思想》;陈早春的《坚持文学艺术的社会主义方向》;晓雪的《汲天地灵气 合时代脉搏——读叶延滨诗集〈囚徒与白鸽〉》;路遥的《无声的汹涌——读李天芳、晓雷著〈月亮的环形山〉》;曾绍义的《评王宗仁的散文报告文学》。

31日,《山西大学学报(社会科学版)》第4期发表王世杰的《在现实的沃土中深入开掘——论台湾作家杨青矗的小说创作》。

本月,《山西文学》第12期发表雷加的《时代与作家——兼谈延安文艺运动》;胡正的《〈泪与呼唤〉序》;田中禾的《在历史与人性的切点上观照乡土》。

《小说界》第6期发表倪墨言的《英年早逝的女作家庐隐》。

《百花洲》第6期发表陈墨的《金庸赏评》;方可强的《长篇小说将再度复兴》;黄世瑜的《奇异的心理？奇异的玫瑰？》。

《文艺评论》第6期发表薛毅的《○与●的对话之三：感伤传统》;王彬彬的《当代小说中的墨家文化心理——当代小说文化心理现象之三》;江冰的《悲壮的突围——知识分子与当代文学专题研究系列论文之六》;彭子良的《裂变与对立——论新时期文学中家庭观念的嬗变》;李安东的《新时期散文流变论》;张志忠的《一九八五：新的转机——〈八十年代中篇小说〉节选》;赵佩琤的《并未失落的文学品格——兼谈报告文学的短写艺术》;李洋的《"文化电影"的贫困》;张觅的《北纬45°亚寒带冻土文艺主体风格简论——兼谈黑龙江文化(文艺)史的分期(下)》;朱国庆的《唯在感觉》;李庆西的《拯救文明与拯救自我——谈两种现象》;郑群辉的《论文学的需要表现》;万千的《艺术与人生——一种人类学本体论的思考》;范明华、刘萍的《简论文学批评观念与文学观念的关系》;黎可的《绿色的诱惑——评话剧〈野草〉》;陆蔚青的《山里山外：四声道立体声——谈音乐剧〈山野里的游戏〉》;秦牧的《散文漫想录》。

《当代作家》第6期发表李运抟的《古朴而悲壮的原色世界——鹏喜长篇小说〈河祭〉印象》。

《作品》第12期发表文易的《无言的魅力——我看〈作品〉简评其88年的部分小说》。

《青春》第11、12期合刊发表冯亦同的《"低谷"中开放的花朵——第二届当代大学生诗赛获奖作品漫评》;章彦文的《淡化：非理性小说技法》;易木的《小中见深 着力开掘》;爱武的《微型文学的趣味》;爱田的《谈微型纪实》;汪保健的《微型评论二题》;周书文的《把准"情绪"》。

《春风》第12期发表张少武的《来自生活的清新之风——本刊新人新作大奖

赛述评》;《获奖者的话(五则)》。

《萌芽》第12期发表谢德辉的《小人物的情感世界——王少华小说刍议》;周佩红的《变化中的生机——黄宏地散文简论》;刘纳的《二十世纪中国文学的文化热情》。

《当代文坛报》第12期发表叶曙明的《被都市所困的一族——漫话80年代台湾的新生代作家》。

《台声》第12期发表黄重添的《勇于超越自己——对台湾文学研究的反思》;武治纯的《他站在文学多元化的交汇点上——非马诗探赏》;杨燕民的《"独行者"的诗与梦——访台湾青年诗人杨平》。

本月,湖南文艺出版社出版胡良桂的《史诗艺术与建构模式》。

江西人民出版社出版赣州地区文联编的《科学家与形象思维》;何镇邦的《当代小说艺术流变》。

昆仑出版社出版周政保编的《独白与奥秘:作家谈创作》。

内蒙古教育出版社出版宁昶英的《塞北艺谭》。

陕西人民出版社出版权海帆等编的《陕西文艺十年:1978—1988》。

上海社会科学院出版社出版上海社会科学院文学研究所当代文学研究室编的《新时期上海作家论集》。

四川美术出版社出版王朝闻的《王朝闻集(第二卷:面向生活、论艺术的技巧)》;《王朝闻集(第三卷:一以当十)》。

中国广播电视出版社出版汪志的《论科学小说》。

中原农民出版社出版姜忠亚的《活力的奥秘:李准创作生涯启示录》。

本年

《文教资料》第3期发表文牛的《近期台湾文学市场概况》。

《四海:港台海外华文文学》第6辑发表黄维梁的《香港文学与中国现当代文

学的关系》。

《图书馆杂志》第 3 期发表马国平的《港台文学及海外华人文学的分类》。

《铁岭教育学院院刊》第 1—2 期发表张福梁的《论琼瑶新体诗上的旧体因素》。

《首都师范大学学院学报(社会科学版)》第 5 期发表王景山的《鲁迅和台湾新文学的因缘及其影响》。

《团结报》第 11 期发表吕克难的《略谈鲁迅和林语堂的幽默》。

《鸭绿江》第 2 期发表余光中等的《台湾新诗展》。

《鸭绿江》第 5 期发表古继堂的《放荡女人的歌者——品茶论秦松》。

《西北大学学报(哲学社会科学版)》第 3 期发表阎广林的《林语堂幽默观论略》。

《西湖》第 9 期发表盛海耕的《席慕蓉的诗》。

《湘潭大学学报(社会科学版)》第 2 期发表金杏的《现代社会女性的困境与自救——评台湾新女性主义小说》。

《希望》第 6 期发表王越的《令人神往的雨中情——谢冰莹〈雨港基隆〉》。

1990年

1990年

1月

1日,《广州文艺》第1期发表谢望新的《转型期的南方军旅文学——广州军区作家同题小说〈卡拉OK〉读后》。

《作家》第1期以"孙犁散文研习录"为总题,发表曾镇南的《开篇》、《征战的路与文学的路——读〈晚华集〉之一》。同期,发表季红真的《超越困境的精神建构——史铁生小说的终极语义》。

《青年作家》第1期发表陈伯君的《魔瓶揭开了以后——近年来性文学泛滥的反思》;晓迟的《"扫黄"与道德重建》。

《滇池》第1期发表蔡毅的《文学的盛衰与文学的社会性》;马宝康、黎泉、袁佑学的《金沙归来话创作》。

《解放军文艺》第1期发表崔洪昌的《关于"特区军旅文学"的思考》;崔道怡的《小船儿轻轻——〈白纸船〉读后感》;肖文的《让心灵的航船扬起风帆——评〈九十年代·军旅文学系列专辑〉第一辑》。

4日,《山东文学》第1期发表袁忠岳的《感应时代的诗的方式——评首届泰山文艺奖获奖诗集》;任孚先的《门前老将识风云——读许评同志的散文》。

5日,《广西文学》第1期发表秦立德的《代际的解体——读三期〈广西文学〉有感》。

《中国西部文学》第1期发表章德益的《隐藏于神山中的稀世之鸟——散文集〈稀世之鸟〉序》;张越的《要批判,也不能不要歌颂——我观报告文学》。

《北方文学》第1期发表胡平的《神秘而诱人的混沌世界》。

《当代文坛》第1期发表吕进的《开放与传统——中国新诗谈》;李保均的《"伪现实主义"的"时间误区"》;戎东贵、陆跃文的《新时期都市文学的发展和走向》;曹家治的《文学语言的审美特性片谈》;残星的《诗:返回自身的叙述文体》;彭斯远的《关于儿童文学的美学断想》;春华的《扎根在生活的大地上——近年来四川小说创作谈片》;陈伯君的《理解李劼人——〈死水微澜〉:从文学到屏幕》;刘火的《四川青年作家微型论(两篇)》;尹在勤的《郭小川诗歌的壮丽美》;董之林的《黄土高原的悲喜剧——评纪实小说〈苍凉青春〉》;石天河的《撞钟杂话——黄邦君诗集〈生命之张力〉读后》；肖牧樵的《对"法制文学"的一点思考》；吕红文的《为山水评传的一次实验》；彭荆风的《有我之境——评祁加福的〈野山的风〉》；秦玉明、胡孟雄的《小说角度试论》；夏述贵的《"养气说"与文学创作》；彭子良的《通俗文学研究的逻辑起点》；常青、明泉的《悲壮的回旋——评雁宁的中篇小说〈老区〉》；张子良的《在死亡的阴影下——读中篇小说〈习惯死亡〉》；郭剑新的《〈本案请你旁听〉感言》；王可子的《"英雄崇拜"及其他》。

《青海湖》第1期发表阿红的《诗路夜记》；董子竹的《迟到的诗评——评〈黄河源抒情诗〉》。

《港台海外华文文学》）第1期发表胡培周的《澳门的小说》。

6日，《文艺报》第1期发表李兴叶的《〈豆蔻年华〉的异采与启示》；西南的《扫除粉腻呈风骨——简嘉其人其文》；白崇人的《严谨和巧妙的结合——谈路夫的散文》；高红十的《费解的人生之谜——评李建〈雪岭〉等三篇小说》；巴茅的《〈祭天古歌〉：独有的文献价值》；朱辉军的《马克思主义文艺理论与现代中国文学》；王泉根的《十年少年小说系列人物形象的嬗变》；樊发稼的《人物·故事·语言——1988年"小天鹅文艺奖"获奖作品简评》；高洪波的《人类意识的折射——读婴草的儿童诗》；方卫平的《走向建设——新时期儿童文学研究概述》。

《天津文学》第1期发表戈兵的《文学——面对新的里程》。

《河北文学》第1期发表刘荣惠的《稳定政策　繁荣创作——在纪念〈河北文学〉创刊四十周年座谈会上的讲话》。

10日，《中流》创刊，月刊，主编为林默涵、魏巍，主管单位为《光明日报》。第1期发表《创刊词》；佟仁温的《迎接九十年代》；林默涵、魏巍的《主编寄语》；贺敬之的《给欧阳山文学作品研讨会的一封信》；林默涵的《写什么和为什么而写——祝欧阳山同志文学创作六十五周年》；刘白羽的《给欧阳山同志的贺词》；草明的《希望——读〈邓小平文艺〉有感》；石英的《我耳边响起社会主义晨钟》；李兴叶的《〈豆蔻年华〉的异采与启示》；何绍改的《文学需要精神支柱——著名作家草明与燕化工人座谈》。

《时代文学》第1期发表宋遂良的《从〈时代文学〉看时代的文学》；吴开晋的《在祝愿的瞳孔里——读〈青春四重奏〉》。

《唐都学刊》第1期发表顾国柱的《林语堂的"综合观"与克罗齐的"表现说"》。

《诗刊》第1期以"《诗刊》顾问、编委话《诗刊》"为总题，发表臧克家的《且看这几年》，邹荻帆的《乱弹录》，李瑛的《几点随感》；同期，发表贾漫的《诗，中华民族之声》；王小蝉、蓝贝的《不要忘了诗的使命——关于部分青年女诗人"性诗歌"对话》；彭燕郊的《真理追求者的心路历程——读绿原的〈高速夜行车〉》；石天河的《必走雅俗共赏之路》；罗绍书的《玫瑰满园扑鼻香——写于"玫瑰诗丛"出版之际》；尹在勤的《新诗的大检阅——读〈中国新诗大辞典〉》。

《读书》第1期发表唐湜的《六十载遨游在诗的王国——说说卞之琳和他的诗》；王蒙的《作家是用笔思想的》；朱伟的《最新小说一瞥》。

10—15日，文化部艺术局、中宣部文艺局、中国话剧研究会、中国戏曲学会在北京联合召开全国话剧戏曲创作座谈会。（本年2月3日《文艺报》报道《全国话剧戏曲创作座谈会在京召开》）

13日，《文艺报》第2期发表刘金的《"顺风好，还是顶风好？"——〈欧阳山文集〉研讨会拾穗》；孙武臣整理的《对工业题材创作的呼唤——鞍山市作协、鞍钢文联联合召开工业题材创作研讨会发言摘要》；何镇邦的《当代长篇小说文体的演变及其思考》；黄国柱的《〈庄妃〉：政治史的战争风俗画——兼谈长篇历史小说的当代启示性》；毛时安的《出手不凡——盛李及其作品印象素描》；李本深的《小说家——生活的"证人"——读芳洲近期一组短篇小说》；秦佳琪的《子君走后怎样——读亦舒〈我的前半生〉有感》。

《台港文学选刊》第1期发表刘登翰的《历史，多姿地向我们走来》；徐学的《台湾幽默散文漫评》；朱二的《八十年代台湾小说实验》；蔡江珍的《精神和鸣与异质的歌——两岸近年散文比较》；陈飞宝的《历史的沧桑——〈悲情城市〉及其编导艺术》。

15日，《文艺争鸣》第1期发表张炯的《正确认识我国新文化和新文学》；张颐武的《第三世界文化与中国文学》；藏永清的《弹弹现实主义这个老调》；李洁非的《语言艺术的形式意味》；崔子恩的《对艺术家的本质的沉思》；余华的《走向真实的语言》；李本深的《等待灵感的办法》；罗丁的《表现时代与表现自我——朦胧诗读后》；杨斌华的《个人与神话（当代实验诗风景）》。

《文学评论》第1期发表张国民的《毛泽东文艺思想不容歪曲和诋毁》；董之林、张兴劲的《近十年来国外当代中国文学研究述评》；张韧的《小说新思维》；王晓华的《关于近年文学创作的几个趋向》；陈继会的《对文化失范的困惑和忧思——田中禾近作的意义》;韩子勇的《倾斜的文学》;陈雷的《蓝棣之批评个性阐释》。

《江南》第1期发表黄源的《不能忘却的纪念——沙可夫》;冀汸的《诗的翻译和"翻译的"诗》。

《特区文学》第1期发表叶知秋的《天涯海角有知音——读〈天涯海角〉》。

16日,《求是》第2期发表唐弢的《关于重写文学史》;林志浩的《重写文学史要端正指导思想》;黄国柱的《〈文丐〉启示录》。

17日,《作品与争鸣》第1期发表本刊编辑部的《迎接伟大的九十年代》;成志伟的《一个平凡而高尚的人——评〈我和萧永顺〉》;曲之的《高尔泰为什么要人找呢?》;赵凤山的《绿色军营的诱惑》;阿吾的《真情与矫情,铺张与匆忙》;郑宗的《岂能混淆是非》;朱铁志的《沉重的艳歌》;孙珉的《奈何"无可奈何"》;张跃中的《评两篇内容灰暗无聊之作》;石柏的《未可全盘否定》;学敏的《有心寻玉杵 端只在人间》;海兰的《观剧札记》;《文艺理论与批评》编辑部的《斗争并没有"终结"——对一种批评的回答》;竣东的《一种思维方式的终结——重读〈新春的反思〉》;左达的《反对资产阶级自由化问题——致文学青年》。

19日,《青年作家》第1期发表白烨的《神似的生活艺术》;茵茵的《契机的选择》;刘新平的《冯老万的悲剧》;思平的《一种体验》;唐旭升的《夹缝中的悲哀》;刘湛秋的《关于〈诗的秘密〉的几句话》。

20日,《小说评论》第1期专栏"西北小说研讨"发表管卫中的《寻找西部小说的现代品格——西部青年小说群描写》,许文郁的《西部风情与西部魂魄——甘肃近年小说考察》,秦弓的《张冀雪"氛围小说"文体分析》,雪晨的《开展对西北本土文学的深入研究——西北评论家座谈会纪要》;同期,发表周政保的《中国当代战争小说的解释与判断》;曲景春的《命运之门被怎样敲响——对新潮小说的一种读解》;金燕玉的《艺术世界的构筑——王蒙与陆文夫小说创作的比较》;邹忠民的《灵性人物——对张洁与哈代之作的一种比较》;喻季欣、吴跃农的《小巷风情的文化指向——范小青近期小说阐释》;何镇邦的《人间有真情——简评童庆炳长篇新作〈淡紫色的霞光〉》;黄伟林的《在乎山水之间也——聂震宁"长乐"与"暗河"世界两面观》;张跃生的《对人自身的深层悟视——论杨争光〈短篇二题〉》;林宇的《〈太阳之恋〉纵横谈》;高万云的《当代小说的修辞学论析》;金健人的《被放逐的灵魂——评吴正长篇小说〈逆光中的香港〉》。

《文艺报》第3期发表《繁荣文艺必须大力弘扬民族优秀文化》;于逢的《略谈欧阳山的文学道路——在〈欧阳山文集〉研讨会上的发言》;陈珊的《悲凉的沉沦——读〈落日〉》;刘立波的《笔尖咬紧情和爱——乔林生部分作品印象》;孙建江的《面对新奇的世界——读诗集〈十四岁的星空〉》;葛乃福的《澳门文学形象一瞥》。

《上海文论》第1期以"学习与研究"为总题,发表邱明正的《毛泽东文艺思想的继承与发展——学习〈邓小平论文艺〉》,吴士余的《当代文艺批评的规范——学习〈邓小平论文艺〉》,蒋孔阳的《主体意识和社会责任感》;同期,发表《祝贺首届巴金学术研讨会召开》;徐中玉的《向巴老祝贺、学习、致敬——在首届巴金学术研讨会开幕式上的致辞》;丁帆、徐兆淮的《新现实主义小说的挣扎——关于近年来一种小说现象的断想》;吴洪森的《艺术与未来》;花建的《文艺新学科多重属性论》;何向阳的《隔着墙壁的对话——读解陈村》;红子的《我读陈村》;任仲伦的《感悟现实的人生意味——读史中兴〈生活是蓝色的〉》;陈思和、王晓明的《站在王瑶先生的身后》;陈志红的《童年情结:知识女性的心理误区——"当代文学中的知识女性形象"之三》;李小江的《女性在历史文化模式中的审美地位》;陈正宏的《李白诗歌与齐梁文风——兼论南朝文学的历史地位》;魏威的《劳伦斯阅读和中国当代新文化的建设》;王宏图的《希利斯·米勒与耶鲁学派的解构批评》;[美]J·希利斯·米勒作、王宏图译的《〈呼啸山庄〉:重复和"神秘莫测"(节选)》。

21日,《文艺研究》第1期发表王宝增的《创作空白论》;袁可嘉的《略论卞之琳对新诗艺术的贡献》。

24日,《文艺理论与批评》第1期以"学习江泽民同志国庆讲话 坚持发扬革命文艺传统——五单位座谈会上的发言"为总题,发表王燎荧的《一定要坚持毛泽东文艺思想》;张炯的《必须澄清大是大非》;李业道的《"审美"掩盖下的政治》;严昭柱的《我们需要什么样的美学?》;江晓天的《也谈柳青和〈创业史〉》;余飘的《近年来反对毛泽东文艺思想的有代表性言论述评》。同期,发表弋人的《涿州会议的前前后后》;贺敬之、林默涵、熊复、刘白羽、陈涌、马仲扬、姚雪垠、孟伟哉在涿州会议上的发言摘要;陈守礼的《小说〈皖南事变〉与基本历史事实并无出入——与周祖羲同志商榷》;姚雪垠的《创作体会漫笔——〈李自成〉第五卷创作情况汇报》(第2期续完)。

25日,《长城》第1期发表周政保的《现实主义与中国当代小说(二题)》。

《当代作家评论》第 1 期发表杨树的《转换：从传奇到启示录——记黎汝清长篇历史小说的创作走向》；丁亚平的《历史的探寻与跋涉——由萧乾〈未带地图的旅人〉看一代知识分子的选择心态》；胡河清的《洪峰论》；孟悦的《读张洁〈只有一个太阳〉》；南帆的《文学：人与自然》；马风的《杨绛的机智和哲学心理——〈洗澡〉泛论》；王彬彬的《关于几篇情绪化的小说》；陈思和的《旧札一则：由故事到反故事——谈李晓的两个短篇小说》；宋舒虹的《李晓面面观》；程国政的《两个世界两块心——读刘恒近作〈两块心〉》；季进、吴义勤的《文体：实验与操作——苏童小说论之一》；孙绍振、谭华孚的《渗透着个性的理论——读张德林〈现代小说美学〉》；郭银星、辛晓征的《军事以外的文学的世界——评朱苏进的几部中篇小说》；费振钟的《非战争经验的叙述——关于朱苏进小说创作发生的假定性判断》；王干的《战争之外——朱苏进小说的价值取向》；高洪波的《血性文章 春秋笔意——读李松涛长诗〈无倦沧桑〉》；乔良的《松涛之翼》；王鸣久的《天殇不止 悲剧不已——读松涛长诗〈无倦沧桑〉》；张毓茂的《王瑶先生印象》；刘俊的《浓重的心理投影——论於黎华及其留学生题材小说》。

《海峡》第 1 期发表白舒荣的《反浪漫的浪漫诗人——访美国加州大学中国文学教授杜国清先生》；老鹭的《不平凡的起程——台湾文坛新秀王湘琦、黄有德简介》。

《收获》第 1 期发表李子云的《主持人的话……》。

27 日，《文学自由谈》由双月刊改为季刊，第 1 期发表戈兵的《与艺术唯心主义划清界限》；吴调公、赵本夫、费振钟等的《新写实小说漫谈》；张奥列的《文学生存与商品意识》；莲子的《试谈海峡两岸女性文学的发展》；张颐武的《欣悦的"瞬间"》；单正平的《风俗小说：审美的反思——〈烟壶〉、〈美食家〉、〈三寸金莲〉简论》；张德林的《话说"太阳文学"与"月亮文学"》；刘大枫的《阿 Q 阴影的笼罩》；方淳的《戏谑再论》；涂险峰的《论文学语言魅力的衰亡与再生》；黄忠顺的《端出你的灵魂来，新潮小说》；陈树义的《文学成为游戏之后》；杨剑龙的《走出陋巷的何立伟》；沈义贞的《〈人间消息〉与先锋派的盈虚消息》；黄木的《不明的趋向——读残雪的两篇小说》；张韧的《文学批评的'人学'意识》；陶东风的《批评应当如何"玩"？》；傅汝新的《文学的沉寂与沉寂后的文学——与作家达理对话》；王干的《诗的误读与诗的阐释——答牛犊丛书编者林爱莲问》；晓华、汪政的《〈初春回旋曲〉断评》；杨品、王君的《关于汪曾祺小说评论的评论》；李书磊、张欣的《〈洗澡〉

的"冷"与"雅"》;杨长春的《从〈苍生〉看浩然的矛盾心态》;朱衍青的《毁灭的新生——读朱春雨的长篇〈血菩提〉》;刘恪的《草原,在历史与现实的交汇点上——路远小说中的几对矛盾索解》;陈跃红的《日子与〈日子〉》;奎曾的《当代符咒岂成诗——从一首怪诗看"新生代"诗派的误区》;吴洪森的《现在该你自省时》;柳溪的《漫议文学作品的翻译》;浦玉生、浦玉峰的《对灵感激发机制的探讨》;郭小东的《我们期待什么?——〈南方的忧郁〉跋》;梁秉钧的《都市文化与香港文学》。

31日,《团结报》发表陈漱渝的《丹心白发一老翁——在台北访台静农教授》。

本月,《山西文学》第1期发表赵福生的《鲁迅、赵树理、高晓生贯通论》;李旦初的《李建华诗作评点 ABC》。

《红岩》第1期发表彭斯远的《直面现实的动人歌吟——评〈西窗诗话〉》;余见的《献给生活与时代的"情歌"——读〈阿Q献给吴妈的情诗〉》;晏明光的《清醒的,挚爱的,忧郁的梦——评吉狄马加〈一个彝人的梦想〉》;周克芹、邓仪中的《创作终究得从头做起——周克芹答客问》。

《作品》第1期发表黄培亮的《为有源头活水来——读庄东贤小说集〈感伤罗曼史〉》。

《青春》第1期发表张宏梁的《文学语言中的哲理升华》;柳辑的《闲话五则》。

《春风》第1期发表斯民的《新时期文学的发展与困惑》。

《萌芽》第1期发表周佩红的《沉入灵魂——安徽三人小辑读后》。

本月,上海人民出版社出版[联邦德国]顾彬著、马树德译的《中国文人的自然观》。

2月

1日,《广州文艺》第2期发表张奥列的《都市情结与都市意识——从"青春七彩路"专辑说开去》。

《广西文学》第2期发表丘振声的《珍视作家与人民血肉般的联系——学习

〈邓小平文艺〉的一点体会》;王敏之的《毛泽东文艺思想的丰富与发展——学习〈邓小平论文艺〉的一点体会》。

《上海文学》第2期发表徐中玉的《学习〈邓小平论文艺〉》;吴亮的《阅读与体验》;邹平的《未来文化消费中的文学》。

《作家》第2期以"孙犁散文研习录"为总题,发表曾镇南的《诚挚的回忆与怀念——读〈晚华集〉之二》。同期,发表雷达的《现实主义艺术形态的更新》;丁道希的《他是绍兴人——何志云印象》;吴亮的《论书》。

《滇池》第2期发表杨振昆的《关于一个"倾斜而美丽的世界"的歌——读张雪梅留在人世上的诗》;陈墨的《臭菊花:禁忌与图腾——〈土船异人〉》;杨红昆的《〈江滩〉得失杂谈》。

《解放军文艺》第2期发表江守德的《齐鲁青未了——济南军区作品专辑漫评》。

3日,《文艺报》第4期发表爱泼斯坦的《〈寂静的群山〉——一部重要的小说》;孙达佑的《河北散文创作一瞥》;黄毓璜的《范小青近作漫笔》;方航山的《试论郭风的散文诗观》;迟启良的《英雄民族的纪念碑——读姜兆文的〈东归英雄传〉》;犁青的《要重视东南亚华人文学的研究》。

4日,《山东文学》第2期发表赵鹤翔的《一部山民命运交响曲——读〈七叶火绒草〉》;王光东的《长话短说——关于王延辉、阿真、王春波小说的微型评论》。

5日,《中国西部文学》第2期发表巴德玛的《〈江格尔〉——蒙古族人民的骄傲》。

《北方文学》第2期发表包临轩的《诗之旅:超越荒原——〈北方文学〉1989年诗歌漫评》。

《青海湖》第2期发表曾绍仪的《生活的歌者——赞王宗仁的散文报告文学(序〈昆仑山的爱情〉)》;党军的《文学的维谷:用发展的眼光看文学——文艺社会学问题之一》。

6日,《河北文学》第2期发表刘友宾的《回归黄土地——读几篇农村题材的小说》;王力平的《隔膜与沟通:主题演变描述——铁凝艺术世界剖析之四》。

7日,《天津文学》第2期发表刘武的《现代小说:人类的一种精神空间》;卢君的《小说需要好故事》。

8日,《光明日报》发表史莽的《〈苦斗集〉后记》。

10日,《文艺报》第5期发表王愿坚的《军事文学的新突破》;纪鹏的《寄情山水以明志》;丘振声的《乡情浓似酒　诗意沁心扉——读苏长仙的两本散文选集》;雷常新的《千古文章寸心知——读〈儿女风情〉》;严炎的《让散文诗走上文学的殿堂》(《散文诗作家10人新作选》丛书序言);苗得雨的《文艺特点的探求》;王炘的《挑战与目标期待》;李正忠的《评"〈讲话〉后现象"说》;刘谦的《少年报告文学和作家的责任感——少年报告文学获奖作品述评》;阎春来的《特区儿童文学的一个缩影——评罗思的〈哈啰〉》;阿南的《太阳孩子的歌吟——评申爱萍的儿童诗作》。

《中流》第2期发表余仁的《为什么要抵制思想和文化渗透》;刘玉山的《在这块阵地上——来自〈文艺理论和批评〉的报告》;亦心的《评〈乐园〉》;边方的《一项重要的文艺理论工程——读〈列宁论文艺与美学〉》。

《诗刊》第2期"新诗话"栏目发表伧夫的《也说"社会效果"》、叶延滨的《"走向"》、《译诗与仿作》;同期,发表耳东的《"先锋"的没落》;唐湜的《在现实与梦幻之间》;陈良运的《现代短诗的艺术魅力》;傅浩的《论诗之可译》。

《读书》第2期发表汪政、晓华的《人到中年与文到中年》;朱伟的《最新小说一瞥》。

13日,《华声报》发表《要"让世界认识中国文学"——记台北中国现代文学研究中心主任周锦》。

《台港文学选刊》第2期发表叶石涛的《论八十年代台湾文学的特质》。

15日,《光明日报》发表《一曲英雄主义的凯歌——首都文艺界人士座谈电视剧〈长城向南延伸……〉》。

《文艺理论家》第1期发表卢善庆的《美的范畴的理论构架和探讨——读姚一苇〈美的范畴〉》。

《红楼梦学刊》第1期发表袁良骏的《〈红楼〉海外放奇葩——论白先勇与〈红楼梦〉》。

《文学报》发表胡其云的《行色匆匆四川行——台湾诗人高准在成都》。

16日,《光明日报》发表陈仲华的《开放必须加"过滤器"——评戴晴的一篇专访》。

《求是》第4期发表王忍之的《关于反对资产阶级自由化》。

17日,《文艺报》第6期发表林为进的《凝重的历史写照——由近期的两部长篇历史纪实作品说开去》；修晓林的《误入歧途者的悲歌》(评嵇鸿的长篇小说《毒窟》)；铁凝的《我看张立勤》；碧野的《〈玛瑙石〉序》；韩映山的《关于〈荷花淀〉文学流派》；赵京华的《全景式诗人传记——读〈徐志摩传〉随想》；李炳银的《繁星的光谱——读〈这是一条女人的星系〉》；苏冰的《蕃衍原型的现代复苏——评熊正良"红土地"中篇系列》；黄国柱的《留恋芳草地——长篇小说〈雌性的草地〉读后》。

《作品与争鸣》第2期发表《热情歌颂社会主义建设者》；任启亮的《发人深省的〈家属房〉》；德耘的《乐园：释义的困窘》；高华的《"乐园"的迷失》；亦言的《苍白的"老聂"》；余声的《一个孤傲倔强的灵魂》；成志伟的《察谣·解蔽》；李京盛、张学盛的《京剧〈曹操与杨修〉评价不一》。

19日，《青年文学》第2期发表雷达的《不动声色的悲剧》；胡协和的《乡土酿造的"酒神"精神》；道谋的《一面折射乡土的心镜》；赵景军的《〈黑色和玫瑰色〉的象征》；白野的《读〈青年文学〉近期的散文作品》。

20日，《当代》第1期发表马畏安的《坚持正确的方向》；张炯的《建设有中国特色的社会主义文艺——学习〈邓小平文艺〉》；李福亮的《爱的牢笼——读〈青纱帐，母亲〉》。

《长江》第1期发表傅东流的《复归天性与文明的"禁区"——略谈〈君子于役〉的矛盾冲突》；毛韶华的《心迷官窍——〈老师和上级〉读后随想》。

《福建论坛》第1期发表汪毅夫的《台湾的科举和台湾的文学——〈台湾近代文学史实丛考〉之四》。

22日，广州军区文化部、解放军文艺出版社与广州文艺杂志社在北京召开特区军旅文学研讨会。(本年《作品与争鸣》第5期)

24日，《文艺报》第7期发表查干的《长白枫林秋来红——〈金哲诗选〉读后》；张长弓的《一身正气　满腔忠贞——〈李汀短篇小说集〉序》。

25日，《华南师范大学学报(社会科学版)》第1期发表吴奕锜、陈涵平的《从自我殖民到后殖民解构》。

《团结报》发表韦健谈的《童心、爱心、游子情——访台湾著名儿童文学作家萧奇元》。

28日，《台湾研究集刊》第1期发表袁良骏的《白先勇与〈红楼梦〉三题》；黄重添的《对台湾新文学分期的思考》；王晋民、吴海燕的《评叶石涛的〈台湾文学史纲〉》。

《上饶师专学报(社会科学版)》第1期发表张文军的《评〈台湾新文学史初编〉》。

本月,《中国作家》第1期发表晓雪的《他有一颗永远年轻的心——李乔印象》。

《当代作家》第1期发表於可训的《雕阑画础非经营——〈当代作家〉小小说征文来稿述评》;杨耐冬的《纳吉布·马佛兹的稚情——1988年诺贝尔文学获奖作品译介之一》。

《百花洲》第1期发表舒畅的《欲壑中的迷失——简评〈狂欲〉》。

《作品》第2期发表严瑞昌的《写水乡风俗　抒悲歌一曲——读〈水龙吟〉(上篇)》;张奥列的《时代潮流的趋向——吕雪报告文学散文集〈白云魂〉序》。

《青春》第2期发表陈辽的《大有作为　需要提高》;孙有田的《关于微型文学作品》;远山的《永恒的一瞬》;何乃仁的《短而精的文体》;丁芒的《笔记文学漫谈》;凌焕新的《笑的艺术魅力》;沈存步的《精心构思　巧织篇章近百篇》。

《广东社会科学》第1期发表赖伯疆的《海外华文文学的异彩和前景》。

《语文月刊》第2期发表古继堂的《台湾文学中的女性意识(上)》。

《名作欣赏》第1期发表罗田的《冷雨漓漓洗热肠——读余光中〈听听那冷雨〉》。

海南师范学院华文文学创作研究所在海口成立。

本月,上海社会科学出版社出版毛时安的《引渡现代人的舟筏在哪里:文艺现象沉思录》。

复旦大学出版社出版贾植芳主编的《中国现代文学的主潮》。

上海文艺出版社出版吴俊的《冒险的旅行》。

文化艺术出版社出版刘绍棠的《乡土文学四十年》。

江西人民出版社出版周政保的《文学格局与作家选择》。

华岳文艺出版社出版阎纲的《阎纲短评集》。

湖北教育出版社出版康平编的《雷加研究专集》。

北京十月文艺出版社出版李允经的《鲁迅的婚姻和家庭》。

山西人民教育出版社出版山西省鲁迅研究学会编的《鲁迅思想与中外文化论集》。

3月

1日,《广州文艺》第3期发表叶小帆的《洪水中唱出的生命之歌——我读〈祸水〉》。

《上海文学》第3期发表王安忆的《大陆台湾小说语言比较》;程乃珊的《望不尽的人生路》。

《作家》第3期以"孙犁散文研习录"为总题,发表曾镇南的《典型环境中的典型性格——读〈晚华集〉之三》。同期,发表季红真的《新写实支脉——论"寻根后"小说》;黄浩的《角色紧张:一个说得太多和太累的"我"——新时期第一人称小说的集体疲劳》;叶鹏的《千里闻铃音》。

《青年作家》第2期发表周克芹、张叹凤的《红楼梦、四川小说一席谈》。

《滇池》第3期发表张倩的《大山里出来的作家》;郑海的《艰难寻觅——张庆国小说印象及思考》;上官玉的《"明镜照物 妍媸毕露"——边地小说〈嘎朵镇纪事〉琐议》。

《解放军文艺》第3期发表黄国柱的《军事文学地域特色的追求与超越——成都军区作品专辑漫评》;晓河的《人民的心声 时代的强音——浅谈吕骥歌曲艺术》。

2日,《文艺评论》第1期发表袁元的《同时面对痛苦和希望》。

《上饶师专学报》(哲社版)第1期发表张文军的《评〈台湾新文学史初编〉》。

《中山大学学报(哲学社会科学版)》第1期发表王剑丛的《香港文学拓荒期浅论》。

3日,《文艺报》第8期以"弘扬革命传统 繁荣社会主义文艺——纪念'中国左翼作家联盟'成立60周年笔谈"为总题,发表夏衍的《关于左翼文化运动,臧克家的〈六十年后话左联〉》,林默涵的《高举"左联"的火炬》,刘白羽的《不可忘却的纪念》;专版"军旅文学巡礼 广州军区之页"发表《特区·军旅·文学形象——广州军区"特区军旅文学"对话》,《九十年代军旅文学迎春曲——"特区军旅文学"研讨会"在京召开》,张波的《春江水暖鸭先知——关于〈白纸船〉》;同期,发表陈涌的《怎样评价新时期十年的文艺》。

5日,《中国西部文学》第3期发表杨牧的《反串者的谵语——写在〈鉴赏与探讨〉之前》;雷茂奎的《像沙漠中的骆驼一样——序小说集〈明月,从刀朗河畔升起〉》。

《天津文学》第3期发表邹建军的《如椽史笔写春秋——评祝宽的〈五四新诗史〉》。

《当代文坛》第2期发表唐正序的《艺术需要人民——学习〈邓小平文艺〉的一点体会》;张炯的《关于新时期文学思潮——答〈当代文坛〉记者问》;夏文的《钱钟书比喻论及其文艺美学思想》;徐岱的《从文体学看文学的接受与欣赏》;李洁非的《读近作偶记(第二辑)》;冯宪光的《阅读的困惑——85新潮小说的反思》;木弓的《"女性知青小说"——〈十三阶〉》;张德祥的《时代氛围与农家院里的悲欢——评田中禾的中篇小说〈枸桃树〉》;叶橹的《人生悖论的诗情表现——论于坚的诗》;吴野的《穿透实在的象征意蕴——读朱启渝〈源头的歌〉》;晓钟的《论四川少数民族文学创作的勃兴》;熊发学的《沃土生辉——读报告文学集〈发烫的黑土地〉》;地山的《在艺术琴弦上弹奏美的音符——评徐建成散文诗集〈美的流韵〉》;税海模的《寻求大众性与时代性的契合——面对通俗文学热的思考》;张远宏的《深层语义与艺术魅力》;叶鹏的《爱与美——谈杨景民的散文创作》;曾伯炎的《一支玫瑰出巴蜀——余薇野〈阿Q献给吴妈的情诗〉读后》;叶砺华的《梦幻之力穿透现实——〈落凤坡人物〉梦游释义》;张大成的《美与深沉的追求——读诗集〈泥土与爱情〉》;周永年的《赵晓玲和她的〈独生女〉》;陈学名的《不畏荆棘闯坎坷——散文集〈风雨人生路〉浅谈》;江林的《加强团结　繁荣创作》。

《四海:港台海外华文文学》第2期发表陆士清的《世界上的水都是相通的——〈最后的贵族〉从小说到电影的改编和拍摄》;卢伟銮的《侣伦早期小说初探》。

6日,《河北文学》第3期发表李新宇的《生命的彻悟与困惑——论新时期文学中的生死观》;应雄的《刘景乔小说中的个人化叙事》。

7日,《天津文学》第3期发刘大枫的《形式本体论的尴尬》;徐敏的《真诚的沉重——尹学芸小说创作评析》。

《花溪》第3、4期合刊发表华奚的《点评》。

9日,《上海文化艺术报》第3期发表未署名的《对香港文学评论的呼唤》。

10日,《文艺报》第9期以"弘扬革命传统　繁荣社会主义文艺——纪念'中国左翼作家联盟'成立60周年笔谈(续)"为总题,发表吕骥的《纪念左联成立六十周年　必须反对资产阶级自由化思潮》;艾青的《我在狱中写了〈大堰河〉》;沙汀的《提起"左联",我很不平静……》;荒煤的《继承与发扬鲁迅战斗精神》。同期,发表康濯的《迎着国际风云翱翔——读朱子奇散文集〈飞向世界〉》;冯牧的《追忆似水年华》(评沈贻炜的长篇小说《荒烟》);殷晋培的《牟心海的〈青海集〉和〈绿水集〉》;高扬的《生命的燃烧　感情的倾泻——读长篇传记小说〈窄门〉》;周小波的《困惑于少年文学的尺度——兼评汪恩宁〈理性精神对少儿文学的叩问〉》;庄之明的《关于繁荣儿童文学的几点想法》;赵志英的《我爱"咪咪"——读程玮的〈走向十八岁〉》;汤锐的《阳刚之梦——读长篇小说〈初涉尘世〉》;马午阳的《从"知识精英"到"暴乱先锋"——苏晓康"大胆地"走向何方》;《陈映真眼中的中国文学和中国作家》。

《中流》第3期发表杨耳的《革命精神衰退的危险现象》;溪烟的《两次历史性对话的启示》;张雨生的《雷锋精神与"现代意识"》;宋镇铃的《一个喜人的现象——读政治读物转"热"的调查与分析》;郑伯农的《致丁宁》;范浦等的《一石激起〈中流〉热》。

《时代文学》第2期发表王干的《没有波澜只有潮汐——1989年小说创作掠影》。

《雨花》第3期发表汪政、晓华的《〈南通市作家创作小辑〉漫评》。

《诗刊》"新诗话"栏发表丁芒的《关于"共知率"》,林希的《只有通过别人,才有艺术》,马立鞭的《避免单调》;同期,发表姜耕玉的《诗体蜕变:俗而非俗的美学原则——再评当代诗与读者的疏离倾向》;吕剑的《吕剑致艾青、高瑛》、《吕剑致严辰》;林染的《应该重提人民性》;胡天风的《关于诗的打油诗》;古远清的《新颖的史识与独到的史笔——评古继堂的〈台湾新诗发展史〉》。

《读书》第3期发表王蒙的《旧体诗的魅力》;旷新年的《在生活的丛林里》;朱伟的《最新小说一瞥》。

13日,《台港文学选刊》第3期发表吴锦发的《青春物语——简谈葛爱华的小说》;何笑梅的《爱是一种需要学习的艺术——杨小云短篇小说印象》;蔡江珍的《中国情感浸渍着的那份温馨和挚爱——洪素丽散文谈》;白先勇的《香港传奇——读施叔青的〈香港的故事〉》;刘凌的《中西文化融汇着的人格追求——三毛作品侧面观》;叶公觉的《一朵柔弱而洁白的花——读琼瑶小说》;陈映真的《试论施叔青:〈香港的故事〉系列》。

15日,《文艺争鸣》第2期发表李运抟的《当代"平民文学"新论》;刘毅然的《小说一种:造型与行为》;肖亦农的《人人头上一方天》;高光的《长白山的文学与文学的长白山》;杨斌华的《平面的人(当代实验诗风景)》;郑颂的《纪实文学:夹缝中求生》。

《文学评论》第2期发表杨汉池的《正确把握文艺与政治的辩证关系——学习〈邓小平论文艺〉的体会》;雷达的《传统的创化——从苗长水的创作探讨一个理论问题》;吴秉杰的《两种不同的文学话语——论通俗文学与"纯文学"》;黄浩的《文学失语症——新小说"语言革命"批判》;徐剑艺的《当代小说的言语义系统》;皇甫修文的《散文潜结构及其泛化中的"现代化"哲学倾向》;朱水涌的《历史传奇:史传传统与史诗模式》;徐岱的《论文学艺术的思维方式》;许文郁的《风情·传奇·西部魂——论西部作家张弛》。

《钟山》第2期公布1989年《钟山》"新写实小说大联展"获奖作品篇目;同期,发表吴调公的《从深沉心态看历史浸润——有感于"新写实小说"》;潘凯雄、贺绍俊的《写实·现实主义·新写实——由"新写实小说大联展"说起》;木弓的《中国当代小说思想中的保守态度》;孙津的《灾变:新潮小说和新潮批评》。

《特区文学》第2期发表崔道怡的《她已经长大——申力雯的创作道路及其〈核桃树上的铃铛〉》;端倪的《文学作品中的感觉联通与感觉移动》;钟逸人的《大海儿子写真情——读谢金雄新作〈孤岛情缘〉》。

《复旦学报》第2期发表思帆的《试论"台湾文学"与"台湾意识"》;杜国清的《新诗的再革命与现代化——论台湾现代诗的特质》。

17日,《文艺报》第10期发表冯宪光的《平实与空灵——读周克芹新作〈写意〉》;阿红的《诗的天池》(评知十的诗集《相思树》);马威的《弘扬民族英雄主义的丰碑——克明长篇小说〈博陵血〉读后》;晓钢的《不断进击的诗旅——读朱增泉长诗〈国风〉》;《不能抛弃文艺的党性原则——在京部分理论家认真探讨文艺工作如何坚持党性原则》;朱光亚的《他从黄土高原走来——记青年作家李锐》;杨克的《林白:南方之南》;季成家的《是历史,也是文学——读〈丙子"双十二"〉》;老岛的《现实的语义——读〈迷惘的鞭炮〉》。

《作品与争鸣》第3期发表艾克恩的《改革开放展新姿态——〈白洋淀纪实〉感奋录》;厚嘉的《他起码不是一个坚强的斗士》;宜言的《当个"好官"不容易》;东

方彤云的《难解的〈死结〉》;端木阳子的《解与不解——读〈死结〉,致东方》;柳岸的《触摸青春期的微妙心理》;海湛的《优势与局势——浅析李飞容的三组校园抒情诗》;万千的《自我的失落》;大卫的《守住自己——一个有争议的信念——关于〈格格不入〉》;徐世丕的《"亚文化层"的心态咏叹调》;鸣歧的《撩开爱情的面纱》;张曰凯的《一幕人生旅程的悲喜剧》;居松的《请教马克思》。

19日,《青年文学》第3期发表王若冰的《新鲜的社会课题》;穷桑的《严肃的风景》;刘劲挺的《漂浮:后现代主义的主题》;林辰、蔡世连、王凤鬵的《"三言两语"三则》;毛浩、李师东的《关于〈反面角色〉的对话》;黄康俊的《别人与我》。

20日,《小说评论》第2期发表李建军的《近年来文学的迷失及其出路》(正文标题为《近几年来文学的迷失及其出路》);肖云儒的《两极震荡中的多维互渗——论新时期文学的总体趋势》;杨炳彦的《当今小说外在形态同内在意旨的极致融合》(正文标题为《当代小说外在形态同内在意旨的极致融合》);汪政、晓华的《现代寓言作品——〈蝇王〉与〈逍遥颂〉比较阅读》;张德祥的《现实变革与理想人格——评田中禾的两部中篇》;韩子勇的《王朔小说与社会阅读》;李运抟的《走向绝望的苦难历程——朱晓平悲剧小说叙事艺术及其他》;严锋的《刘索拉与海勒:模仿的本质》;陈继会的《善于恶的悖论:〈李氏家族〉的历史哲学——读〈李氏家族第十七代玄孙〉札记》;古耜的《〈濂溪笔记〉文体咀华》;李沙铃的《我心目中的刘绍棠》(正文题目为《我心中的刘绍棠》);韩梅村的《〈我的夏娃〉:审美理想的物化》;黄思天的《小说的色调》;王仲生的《追踪崇高美探索者的足迹——简评〈论杜鹏程的审美理想〉》;阎庆生、李继凯的《为历史建造艺术丰碑——评长篇报告小说〈丙子"双十二"〉》。

《上海文论》第2期以"纪念'左联'成立六十周年"为总题,发表荒煤的《继承和发扬鲁迅的战斗精神》,张磐石的《中华民族新文化的方向》,林焕平的《"左联"杂忆》,杨纤如的《寿南北两"左联"六秩》;同期,发表朱立元的《略论马克思主义文艺学、美学的哲学基础》;晓岚的《仍然需要深入生活》;陈思和的《致程乃珊:走你自己的路——读〈望尽天涯路〉随想》;戴翊的《生活启示与创作母题——读长篇小说〈你为谁辩护〉》;葛佳渝的《微笑属于强者——读曹致佐的〈用微笑迎接风暴〉》;周佩红的《赵丽宏散文主旋律的发展和变异》;罗洛的《〈世界流派诗选〉序》;周书文的《从辩证哲学与系统哲学的结合上拓展研究视野——〈古典小说审美新探〉后记》;张寅德的《现实·心理·艺术——论〈追忆逝水年华〉的三重内涵》;陆晓光的《痛苦与创作才能之特殊关系的心理原因探讨》;杨斌华的《解构:都市文化的黑色精灵——评林耀德的诗》;王向民的《商品经济与文学艺术问题综述》;屠友祥的《罗兰·巴尔特和太凯尔团体》;[法]罗兰·巴尔特著,屠友祥译的《〈S/Z〉选择》。

《光明日报》发表岳洪治的《人民意识与民族特色——〈心花飘向远方〉读后感》。

《台湾研究》第1期发表王京琼的《呼唤"真有生命的中国文学"——台湾诗人高准对现代派的批判》。

21日,《文艺研究》第2期发表陆海林的《何谓意识形态——艺术意识形态论之一》;王杰的《马克思主义对现代西方美学思潮的影响——兼谈现代美学体系的基本要求》;邵建的《关于"生态小说"》;钱林森的《法国文学与中国》。

22日,《光明日报》发表宗杰的《抒人民之情 与时代共振——读诗集〈爱的风露〉》。

《西北师大学报》(社会科学版)第2期发表党鸿枢的《论黄春明小说的抗挫折意识》。

24日,《文艺报》第11期发表魏巍的《我怀念陈辉》;郑恩波的《并非老观念——读刘绍棠〈乡土与创作〉、〈我与乡土文学〉等四部散论集》;文畅的《从现实生活中撷取美质》(评李成汉的散文创作);蔡桂林的《使命感:作家无可回避》;路延之的《"精神贵族"小议》。

《文艺理论与批评》第2期发表胡良桂的《史诗与史诗性的长篇小说》;钱仓水的《关于散文分类的几个问题》;苏景昭的《评文艺的"三自论"》;蔺羡璧的《我们还需要赵树理——与戴光中、郑波光同志商榷》;黄伟宗的《欧阳山创作的艺术生命力》;田海蓝的《还〈高干大〉以应有的历史地位》;陈国凯的《高扬社会主义文学的旗帜——在欧阳山文学作品研讨会上的发言》;张学辛的《走在革命现实主义道路上——在康濯作品讨论会上的发言》;郑心伶的《文艺界的一次盛会——记〈欧阳山文集〉研讨会》。

25日,《长城》第2期发表西岸、文初的《新时期社会主义文艺建设的理论导向——学习〈邓小平论文艺〉》;蒋子龙等的《"洼地上的战役"笔谈会》;缪俊杰的《谈非虚构文学作品》;封秋昌的《从部分获奖作品看河北创作态势——读载于〈长城〉的六部获奖作品》。

《当代作家评论》第 2 期发表金河的《系统学习 把握体系——学习〈邓小平论文艺〉》；黄毓璜的《现状和前景：范小青的人生小说建构》；晓华、汪政的《范小青的现在时》；喻季欣、吴跃农的《"返回"：文化的生命活力——范小青小说精神巡视》；季红真的《无主流的文学浪潮——论"寻根后"小说（一）》；杨匡汉的《小说陌生化向度的勘探——当代文学潮流研究之一》；朱珩青的《外部的和内部的世界——孙健忠的〈死街〉及其它》；李炳银的《来自山间的困惑与希望——汤世杰小说散论》；陈墨的《〈土船异人〉人物素描》；卢敦基的《寻觅世界的平衡——刘毅然作品漫评》；杨剑龙的《"美的瞬间的破坏与毁灭"——论何立伟小说的悲剧意蕴》；刘菲的《美学意识对创作的影响——评阿红诗集〈窗外不是梦〉》；黄国柱的《辽南土地上的军事文学——沈阳部队青年作家五人论》；王光东、杜新华的《难以割舍的迷恋——王润滋的小说创作论》；陈明刚的《从"售货亭"到"白门楼"——姜天民论》；张安平的《论张洁的小说创作》；韩鲁华的《审美方式：观照、表现与叙述——贾平凹长篇小说风格论之一》；李运抟的《庞瑞垠的小说世界》；皮皮的《王中才印象记》；高海涛的《情调：季节生成的意义——1989 年辽宁小说对话批评》。

《海峡》第 2 期发表杨连城、吴腾凰的《漂泊的心态与民族传统文化的交融——读赵淑侠的长篇小说〈塞纳河畔〉》。

《社会科学家》第 2 期发表李向平的《生生之为乐的伟大和愚蠢——读林语堂〈中国人〉》。

《收获》第 2 期发表李子云的《主持人的话……》。

27 日，《光明日报》以"净化纪实文学园地 繁荣纪实文学创作——纪实文学创作座谈纪要"为总题，发表张伯海的《纪实作品的现状及其误区》，李准的《细节真实与历史真实 制定法规和条例》，朱盛昌的《"轰动效应"与作品评价》，丁振海的《加强理论探讨 解决实际问题》，崔道怡的《纪实作品的创作倾向问题》，凌行正的《提倡正面反映现实》，王朝柱的《正确、独立审视生活的艺术视角》，王朝美的《坚持党性原则和科学性》，霍达的《作家应具有强烈的社会责任感》，李炳银的《根本问题在于对待真实的态度》，李明三的《文学真实与历史真实》。

29 日，《光明日报》发表吴欢章的《对劳动者的美的讴歌——读纺织诗人诗集〈蚕之歌〉》。

30 日，《西北师大学报（社会科学版）》第 2 期发表党鸿枢的《论黄春明小说的抗挫折意识》。

31日，《文艺报》第12期发表石英的《大地的脉搏　人民的精魂——漫谈"国庆报告文学征文"获奖作品》；郑秉谦的《片羽随缀——杂谈创作与生活的关系》；汪静之的《热情奔流　畅快淋漓——读周梦贤的抒情长诗集〈海上追月〉》；吴竹筠的《〈你为谁辩护〉：王小鹰的自我辩护》；肖卒的《文学的歧路——试评〈更自由地煽动文学的翅膀〉及其影响》（《更自由地煽动文学的翅膀》载1987年《人民文学》一、二期合刊号）；罗源文的《前途与信心——读王忍之〈关于反对资产阶级自由化〉一文的体会》；刘绍棠的《刺耳未必是噪音》；杜元明的《热情讴歌社会主义新人——周渺小说印象》；海笑的《通俗的严肃文学——读沙陆墟的通俗文学有感》；庄严的《拥抱真实与呼唤生命——读〈奔星集〉》；陈朝红的《神情地呼唤真诚和美——王尔碑的诗美追求》。

本月，《山西文学》第3期发表傅书华的《实现与毁灭——读〈郎爪子〉》；李毅的《传统观念与现代意识的碰撞——〈乡井·流〉漫议》；杨文彬的《莫负沃土春光——关于农村生活小说研究的断想》；薄子涛的《燃烧着生命之火——评贾真诗集》。

《红岩》第2期以"学习邓小平文艺,发展社会主义文学"为总题，发表苏执的《写在〈祝辞〉发表十周年之际》；元青的《"人民是文艺工作者的母亲"》；敖忠的《文艺界需要一个"学习运动"》；罗良德的《关于写社会主义新人》。

《作品》第3期发表郭小东的《南方的忧患——电视剧〈商界〉的精神方式》；苏桂宁的《"人是什么?"——谈何卓琼的长篇小说〈祸水〉》。

《青春》第3期发表陈辽的《扫描：江苏籍台湾作家》；刘静生的《报告文学之花——在"春花奖"报告文学作品授奖会上的发言》；爱武的《巧妙地运用逻辑思维》。

《春风》第3期发表章轲的《醉翁之意不在酒》；佳丽的《爱情的背后》。

《语文月刊》第3期发表古继堂的《台湾文学中的女性意识（下）》。

本月，花城出版社出版周文彬的《台港爱情诗》。

海峡文艺出版社出版古继堂的《台湾爱情文学论》，南帆的《阐释的空间》，谢望新的《浪潮之外的孤魂》。

中国社会科学出版社出版张志忠的《莫言论》。

内蒙古人民出版社出版田怡主编的《中国当代文学论稿》。

沈阳出版社出版邵振棠的《艺圃文墨》。

上海文艺出版社出版吉明学、孙露茜编著的《三十年代"文艺自由论辩"资料》。

吉林教育出版社出版刘柏青等主编,武鹰、宋绍香编译的《日本学者中国文学研究译丛(第四辑:现代文学专辑)》,刘柏青等主编的《日本学者中国文学研究译丛(第三辑)》。

4月

1日,《广州文艺》第4期发表郭小东的《都市的风雅:田园时代的终结》;易冰的《九十年代军事文学迎春曲——"特区军旅文学研讨会"在京召开》。

《上海文学》第4期发表许振强的《谢友鄞审美心理假设判断》;陈墨的《梦魇与激情》;专栏"批评家俱乐部"发表王干主持的《新写实小说的位置》。

《作家》第4期以"孙犁散文研习录"为总题,发表曾镇南的《文学的天性与文人的命运——读〈晚华集〉之四》;同期,发表吴秉杰的《小说艺术视角与审美意识形态》;吴亮的《关于语言的札记》;公木的《学习〈邓小平论文艺〉》。

《滇池》第4期发表刘火的《简论"边地小说"》;刘建伟的《"狼妖"与人妖——浅谈小说〈狼妖〉》。

《解放军文艺》第4期发表朱力的《坚持正确的方向　繁荣军事文艺——学习〈邓小平文艺〉》;杨肇林的《走水路——从自己的港口驶向大海》;骆飞的《大海的呼唤——海军大海军旅文学作品专辑漫谈》。

2日,《上海第二工业大学学报》第1期发表施建伟的《论林语堂在"语丝"时期的杂文创作》。

4日,《山东文学》第4期以"马海春、赵德发、陈占敏作品笔谈会(一)"为总题,发表陈宝云的《一部出新之作》,宋遂良的《我读〈水长流〉》,丁振家的《满纸诙谐语　一把辛酸泪》,卢兰琪的《清水微澜底蕴深》。

5日,《中国西部文学》第4期以"学习《邓小平文艺》"为总题,发表冯大真的《发展和繁荣多民族社会主义文艺事业》,张贵亭的《必须加强和改善党对文艺工作的领导》,柯尤慕·图尔迪的《必须加强和改善党对文艺工作的领导》,陈思的《准确完整地把握邓小平文艺思想》;陈刚的《把准方向是办刊人的首要职责》,丁山的《走出认识的误区——浅谈近年来农垦题材作品中的几个认识》。

《青海湖》第4期发表葛建中、燎原的《寻找被流放的牧歌——翼人组诗〈西部:我的绿色庄园〉读后》。

《长江文艺》第4期发表陈辽的《略谈湖北籍台湾作家》。

6日,《中外电视月刊》第4期发表杨念整理的《台湾电影节二三事——吴念真访问记》。

《河北文学》第4期发表公木、高昌的《关于诗的对话》;陈墨的《沧桑写意人生素描——读刘继忠短篇小说札记》。

7日,《文艺报》第13期发表《马烽谈促进艺术生产的良性循环》;《陈登科呼吁文艺界在社会主义方向下团结起来》;缪俊杰的《关于"非虚构文学"的创作问题》;郭风的《读〈寻觅芳踪〉》;孟繁树的《从〈京味小说八家〉看京味小说》;刘章的《人生旅途的情思——读诗集〈旅程情思〉》;陈志昂的《〈心中的日出〉及其殒灭——关于〈河殇〉的"续集"》;叶君健的《关于"民间故事"和"童话"》;任玉福的《审美功能与社会功利的和谐一致——评浩然的儿童小说》;辛由的《"信天游"的生命力——读乔盛的〈黄土地上的美男俊女〉》。

《天津文学》第4期发表吴秉杰的《文学性的实现》;张绪强的《放飞无助的灵魂——读傒晗的小说〈日落〉》。

《文汇电影报》发表梅朵的《我们需要风暴——漫谈琼瑶小说改编的影视片》。

9日,《光明日报》发表《必须加强文艺与人民群众的血肉联系——中宣部文艺局召开首都部分文艺报刊负责人座谈会》。

10日,《雨花》第4期发表包忠文的《马克思主义文艺学面临的挑战——略论马克思主义文艺学的坚持和发展》;大野的《〈学习马克思主义文艺理论,弘扬民族和地方优秀文化〉研讨班札记》。

《中流》第4期发表梁光弟的《艺术的生命:密切与人民群众的联系》;江霞的《信仰、意识形态斗争及其他》;石玉山的《再谈读一点毛泽东:具有历史意义的著作》;王士菁的《〈鲁迅传〉重印题记》;殷其雷的《从〈河殇〉到〈五四〉》;《热烈会见亲切交谈——〈中流〉创刊座谈会发言摘要》;草木的《扇动的什么翅膀——重读〈人民文学〉1987年1—2合刊》;聂清波等的《怎样看待〈雪白血红〉》。

《诗刊》第4期发表光未然的《〈光未然歌诗选〉自序》;周良沛的《卞之琳和他的诗》;唐湜的《忆唐祈——悼念他猝然的死》;袁忠岳的《人生体验的简化形式——评阿红诗集〈窗外不是梦〉》;张学梦的《对异质文化的奇妙感受——谈叶延滨的〈在天堂和地狱之间〉》;程光炜的《心灵的祭奠——谈〈光未然诗选〉》;赵国泰的《早春札记——读〈诗刊〉1990年1月号的三篇文章》。

《读书》第4期发表洪迪的《文艺心理的阐释》;赵一凡的《巴赫金:语言与思想的对话》;朱伟的《最新小说一瞥》。

12日,《光明日报》发表陆贵山的《对文艺的非理性主义的理性审视》。

13日,《联合时报》发表萧松的《陈映真的民主统一观》。

《台港文学选刊》第4期发表宋瑜的《乱花渐入迷人眼——关于"诗路花雨"》;郭风的《关于亦玄的散文》;袁良骏的《"挖不完的宝藏"——论白先勇笔下的女性形象系列》;武治纯的《忏悔·复萌·省思——郑清文〈三脚马〉一瞥》。

14日,《文艺报》第14期发表《必须加强文艺与人民群众的血肉联系》;刘白羽的《文学与人民——在〈人民文学〉编辑部的讲话》;韩起的《爱,深沉而博大——读李若冰、贺抒玉散文集〈爱的渴望〉》;吴然的《一股炽热的潜流——〈朋友告诉你〉读后》;叶梅珂、刘振洪的《一首心灵的诗——读长篇小说〈雪之恋〉》;陈晓东的《在反差中透视人生的价值——读王振贤的长篇小说〈邂逅〉》;艾绯的《为了和平——评长篇历史纪实小说〈黑血〉》;孙玉良的《地狱·民族·时代——记东北文学研讨会》;汤吉夫的《关于小说错位的杂感》;单复的《展现美好的心灵——简评〈为了明天〉》;祝文的《抒写与审美的结合——浅谈吕洪文的〈三峡鉴赏志〉的文学性》;之宇的《北京方言运用于时代的契合》(评邓友梅的《那五》);专栏"公安题材文学评论征文"发表赵大年的《"公安题材"小议》。

17日,《作品与争鸣》第4期发表杜元明的《警魂颂歌谱新章——评报告文学〈中国公安的脊梁〉》;盛雷的《一群卑琐灵魂悲惨命运启示录》(批评《妻妾成群》,此小说发表于1989年第6期的《收获》);秋野的《妻妾的悲哀与女性的解放——〈妻妾成群〉漫议》;区文的《鱼头"药方"在何方?》;家骥的《鱼头药方治何病》(以上两篇文章均是批评《鱼头药方》,此小说发表于1987年第12期的《东海》);李明山的《对话与沟通的尝试——评〈少妇的贞节牌坊〉》;惠钦的《你无法真实——也评〈少妇的贞节牌坊〉》;桑逢康的《广告的变迁》;居松的《广告不仅仅是广告》;范浦的《双百方针 贵在实践——致〈作品与争鸣〉编辑部》;边吉的《争鸣扬波》;《"和平演变"战略的有关资料选登》。

19日,《光明日报》发表梁光弟的《回顾新时期文艺的一把钥匙——谈加强文艺同人民群众联系的问题》。

《青年文学》第4期发表刘代的《寻找家园的流浪》;常征的《一曲生命不息的力与美的赞歌》;高潜的《解读〈红痣〉》;王振平的《"终点也是起点"》;徐林的《三言两语》。

20日,《暨南学报》第2期发表花金苓的《黄东平小说创作浅论》。

《福建论坛》第2期发表万平近的《各有特色的民族正气之歌——〈京华烟云〉小说与电视剧比较谈》;闻毅的《台湾西化文学与现代主义文艺思潮》。

21日,《文艺报》发表刘士杰的《银碗盛雪,冰心玉壶——记台湾诗人林耀德》;丁力的《读〈姚学礼海外诗选〉》;《确保文艺工作沿着社会主义方向健康发展》;江晓天的《从〈枫香树〉到〈春江风雨〉——读王英先的两部长篇小说》;斤夫的《建立自己的"文学特区"——读〈海风是清新的〉》;黎汝清的《航向明而后前程远——学习〈邓小平论文艺〉的体会》;迟墀的《杂话二题》。

22日,《光明日报》发表王舟波的《存,还是亡——读报告文学〈愤怒的地球〉》。

24日,《光明日报》发表韩亚君的《〈海火〉简评》。

27日,《文学自由谈》第2期发表金梅、林希、宁宗一等的《弘扬民族文化与文学面向世界》;夏康达、刘怀章、滕云等的《文学的主旋律与多样化》;姜贻斌、崔建民、姜小川等的《海南青年作家谈》;舒婷的《窄巷·活弦》;蔡测海的《他为什么愤怒》;桑逢康的《关于〈友人·情人·路人〉》;张晓平的《杂谈王朔、方方等人的小说》;邓善洁的《"先锋小说"不再令人兴奋》;沙滩的《痞子意识与贵族意识》;柴巩利的《女性悲剧探寻中的滑坡》;北村的《神格的获得与终极价值》;胡平的《关于文学情感形成的可塑性》;龚钢的《新的"专制"与"儒家风范"》;叶砺华的《批评的疲软现象》;钟本康的《追踪当代文学思潮的轨迹》;陈平原的《何必青灯古佛旁——文学与佛道》;李书磊的《文学的主义》;冯肖华的《李子云的评论》;金梅、赵玫的《没有纯粹抽象的艺术形式》(通信);张宗栻、黄伟林的《被遗忘的土地》;

吴梦洁的《格非的美学》;洪子诚的《刘毅然的小说》;刘敏的《姜贻斌小说阅读点滴》;丹晨的《穆斯林世界的变迁(关于霍达的〈穆斯林的葬礼〉)》;晓静的《无慈无悲 大慈大悲》(读宋健梅《战地浪漫曲》);郭银星的《小栏高槛别人家》(评安波舜的《上帝不在天堂》);田琦的《独具个性的灵魂逼视》(谈夏庄的《荒原狼》);陈艰的《孙犁仍在前行》;李大鹏的《此梦非彼梦》;陈素琰的《席慕蓉的艺术魅力》。

28日,《文艺报》第16期发表魏巍的《推荐一位青年的军队诗人——读郑一的诗集〈黎明花,黄昏草〉》;邵璞的《生活的恋歌——评诗集〈爱的风露〉》;白崇人的《生命之歌——评李传锋的〈最后一只白虎〉》;傅秀乾的《最应该记住的——读徐光耀的〈冷暖灾星〉》;金燕玉的《草原上的蓝眼睛雪熊》(评童话《蓝眼睛雪熊》);任大霖的《献给少年儿童的礼物》(评上海少年儿童出版社出版的《中国神怪故事大观》);专栏"公安题材文学评论征文"发表张子宏的《当代英雄主义的呼唤与高扬——对几部公安题材长篇小说的思考》。

30日,《上饶师专学报》第2期发表潘亚暾等的《台湾、大陆女性文学之比较》。

本月,《山西文学》第4期发表丁一的《第二代的选择和困惑——部分中年作家农村题材近作讨论会纪要》;刘福林的《陆桑小说创作漫评》;张同吾的《诗人与诗的自审意识》。

《小说界》第2期发表俞可的《论俞天白的自我迷失和自我超越》;倪墨炎的《叶灵凤小说的艺术追求》。

《小说家》第2期发表耿占春的《人的寓言——读〈驿站笔记〉》;毕运昌的《大鱼图——社会主义新渔村大鱼岛诗话》。

《中国作家》第2期发表李辉的《难以重叠的重叠——萧乾印象》;孙鸷翔的《我烹阴阳鱼》;陈源斌的《十年一觉扬州梦——关于〈天京维扬〉》。

《当代作家》第2期发表胡亚敏的《从〈最后一只白老虎〉看动物小说——研讨会综述》。

《作品》第4期发表游焜炳的《回来吧,人民性》;何逊的《小说的抒情格调——读海南的短篇小说〈北方也有相思树〉》;连峻径的《诗不是感觉的记录》;梁昭的《"轰动效应"短论》。

《春风》第4期发表孙玉良的《向深处开掘》。

《萌芽》第4期发表崔洪昌的《我们受命于时代——读军区三人小辑随想》。

《语文月刊》第 4 期发表张皖春的《深沉的眷恋之歌——读赵淑侠的〈翡翠戒指〉》；林立的《白洛短篇小说创作艺术的拓展》；左鹏威的《寻觅灯火阑珊的人生境界》。

《浙江师范大学学报（社会科学版）》第 2 期发表韩伟岳的《於梨华小说的女性作家气质》。

福建省台湾、香港暨海外华文文学研究会召开学术会议，讨论台湾文学的走向等问题。

本月，广东新世纪出版社出版[泰]陈春陆、陈小民的《泰国华文文学初探》。

海峡文艺出版社出版福建省台湾研究会、福建省台港文学研究会编的《台湾文学的走向》。

春风文艺出版社出版殷晋培的《发现美和表现美的文学：殷晋培文学评论选》。

浙江文艺出版社出版唐弢等的《迟到的怀念与思考：关于巴人》。

河北人民出版社出版周申明主编、河北省文艺评论指导小组编的《新时期河北文艺评论选萃》。

中国文联出版公司出版李复威的《摘下兽与鬼的面具：当代文学论文集》。

新疆大学出版社出版管希雄的《魂灵画论：鲁迅小说论集》。

5 月

1 日，《广州文艺》第 5 期发表喻季欣的《探索军旅文学的发展新格局——北京"特区军旅文学研讨会"述评》；殷国明的《都市文学中的"百感交集"——试论广东文学创作的一个侧面》；陶小淳的《自觉切入时代生活，努力寻找创作个性——广州市作协座谈会综述》。

《上海文学》第 5 期发表陈伯海的《文化与传统》；张颐武的《叙事的觉醒》；吴福辉的《走向自讽和寓意》。

《求是》第9期发表张永生的《一株可贵的劲草——评话剧〈疾风劲草〉》。

《作家》第5期以"孙犁散文研习录"为总题,发表曾镇南的《勘梦——读〈秀露集〉之一》。同期,发表南帆的《文学:规范与反规范》;吴亮的《论写作环境》;苏童的《我的自传》。

《滇池》第5期发表彭荆风的《"滇军"有望》;郑海的《好个执着的黎泉》;冉隆中的《马宝康和他的"金沙江"系列小说》。

《解放军文艺》第5期发表陈晓东的《橄榄绿色的歌唱——武警部队作品专辑漫谈》;张志忠的《铅华洗尽见天真——读长篇新作随想》。

4日,《山东文学》第5期以"马海春、赵德发、陈占敏作品笔谈会(二)"为总题,发表孔范今的《我读〈通腿儿〉》,王光东的《"空间"的辉煌》,丁彭的《为妇女命运呐喊》。

5日,《广西文学》第5期发表何浩深的《请评论家和作家交朋友吧——读〈代际的解体〉》。

《文艺报》第17期发表张东焱的《贾大山小说中的传统因素》;谭湘的《"敢于此山唱彼歌"——柯玉茹小说近作小议》;黄国柱的《相撞的都是年轻的心——女作家成平小说创作咀味》;张志忠的《美在生活》(评刘兆林的长篇小说《绿色的青春期》);李珺平的《文学失落了什么?》;《评"重写文学史"中的若干观点——中国解放区文学研究会第四次学术讨论会纪要》;以"'文艺思想座谈会'发言选登"为总题,发表王驰涛的《从拍摄〈铁人〉想到的》,杨润身的《人民给了我力量》,李希凡的《反自由化刚刚开了个头,任务远远没有完成》,徐非光的《和人民的关系是关键问题》,赵寻的《整顿促进了戏剧的繁荣》,汤小铭的《要提倡主导的东西》,杨成寅的《反规律性、反目的性的"新潮美术"》,瞿维的《音乐的社会作用不容忽视》,南丁的《决心要大、政策要落实、工作要细致、步子要稳妥》,颂扬的《坚持"二为"方向 讴歌煤矿工人》,李瑛的《我们的前景是光明的》;同期,发表梁球的《血洒右江化碧涛——读农穆长篇传记小说〈陈洪涛传〉》;金木的《警惕——白色的诱惑——读海笑的长篇新作〈白色的诱惑〉》;张真的《平凡人的歌——台湾诗人林焕彰作品读后》。

《中国西部文学》第5期发表周政保的《中国当代现实主义小说的前景》。

《当代文坛》第3期发表张仲炎、朱启渝的《学习〈讲话〉精神 繁荣社会主义文艺》;李希凡的《"文艺是不能脱离政治的"——〈邓小平文艺〉的一个核心问题》；杨匡汉的《论情感体验的形式》；叶潮的《论作为文化交流活动的诗歌接受》；陈仰民的《论社会主义法制文学》；张毅的《"新写实"小说的形与魄》；王泉根的《"成人化"与少年文学审美创造》；叶公觉的《荒煤散文艺术风格片谈》；晓华、汪政的《元历史小说——对周梅森现象的新的提法》；曾镇南的《草野间别一样民族魂——张放小说漫评》；陈伯君的《夏季已经来临——张建华诗中的青春世界》；白航的《有感于诗坛的"反理性"》；阳有权的《由"诺贝尔情结"说开去》；赵振汉的《"简笔"的艺术途径》；曹毅的《"文眼"双重性质说》；秦家伦的《韦翰小说创作论》；郑朝宗的《〈碧海擎鲸录〉卷头语》；毛时安的《〈引渡现代人的舟阀在哪里〉序言》；尹在勤的《于思索中奋进——张大成和他的诗》；尔龄的《简评〈东京没有爱情〉》；吴莹的《〈紫米〉思考》；尚之年的《略谈〈战争的秘密〉的艺术特色》。

《青海湖》第5期发表陈东风的《年轻的诗话》；梁新俊的《讴歌民族的传统美德——评察森敖拉的小说创作》。

《四海：港台海外华文文学》第3期发表石伟的《台湾女性电影的特色》。

6日，《河北文学》第5期发表封秋昌的《走出困惑——江敏小说一瞥》；董旭升的《赵新小说创作的探求意向》。

7日，《天津文学》第5期发表李惠欣的《我怎样写〈女博士旅美打工记〉》。

10日，《中流》第5期发表魏巍的《这个口号丢不得》、《文艺工作者需要"认母"》；林一株的《为什么要重建文艺与人民的血肉联系》；石玉山的《三谈读一点"毛泽东"：现实的呼唤》；《听听工人对文艺的意见——北京重型电机厂座谈会记录》；梁斌的《重写被删去的半篇文章》；袁静的《为孩子们创作科学童话》；奎曾的《"玩文学"：没有出息的恶作剧》；郁里的《"痞子文艺"与"自恋主义"》；吴奔星的《"一字诗"能列入辞典条目吗？》。

《诗刊》第5期"新诗话"栏发表苗得雨的《他不愿意看"看不懂"》，周啸天的《出奇制胜》，丁永淮的《以"笑"写花（二则）》，马立鞭的《定语倒置的魅力》；同期，发表公木的《回忆与断想——延安文艺座谈会四十八周年纪念》；夏川的《"二为"永远是方向》；丁鲁的《提起格律，千头万绪》；黄东成的《真情·诗美》；伧夫的《闲话"选家"》；罗绍书的《将假丑恶撕给人看》；洪三泰的《论野曼的短诗艺术》。

《读书》第5期发表朱伟的《最新小说一瞥》；海影的《从"无"到"空"——一种文化现象的描述》。

12日，《文艺报》第18期发表张同吾的《在结束与开始之间——1989年诗的回顾》；邓仪中的《在民族化、群众化的道路上探索》（评王笠耘的诗集《心花飘向远方》）；黄志凡的《回响在时代的上空——读〈爱的乐章——时乐濛传〉》；余文秀的《文学传记的可喜收获——读〈血染的爱河——赵世炎革命春秋〉》；程树臻的《感应时代脉搏　适应人民需求——学习邓小平论文艺的体会》；延平的《文艺源泉·作家修养·民族风格》；伊村的《我们共同的道义——读〈愤怒的地球〉感怀》；高少锋的《一个有意蕴的个性形象》（评徐航的长篇历史小说《朱元璋》）；专栏"公安题材文学评论征文"发表高建平的《新时期公安文学的精神价值》。

13日，《光明日报》发表朱向前的《切进当代军人生活的尖兵行动——〈广州军区·特区军旅文学专辑〉的意义》。

《文史知识》第5期发表曾思奇的《稚拙质朴、绰约多姿的高山族民间文学》。

《台港文学选刊》第5期发表刘俊的《刻意创新的探求者——论王幼华的小说艺术》；黄凡、林燿德的《新世代小说家的告示》；朱蕊的《不伟大、伟大或其他——台湾新生代作家王幼华》；伊豆的《汪笨湖：台湾文坛一怪杰》。

15日，《文艺争鸣》第3期以"学习《邓小平论文艺》"为总题，发表陆民的《学习邓小平文艺思想，繁荣社会主义文艺》，胡德培的《文艺编辑的时代使命》，田子馥的《也谈主旋律与多样化》，秀樱的《文艺之魂》；同期，发表刘纳的《另一样的认知与把握世界的方式——新派通俗小说给我们的启示》；汪丽亚的《"样板戏"现象探微》；公木的《感觉生活重要的，但不能跟着感觉走——与青年诗人王松林同志谈诗》；吴亮的《小说阅读札记》。

《文学评论》第3期发表杨长春的《两种基本的情感模式——当代文学中对农民的表现》；孙歌的《读〈洗澡〉》；陈伯君的《谁揭开了魔瓶——对新时期涉性文学的反思》；黄彩文的《自由的歧途——评刘晓波的〈审美与超越〉》；陶东风的《文学史：走出自律和他律的双重困境》；刘士杰的《叶延滨论》；韩经太的《文学遗产的接受与开放性自律》；冯锡玮的《漫谈文学反思》；何向阳的《英雄主义的重铸——张承志创作精神管窥》。

《光明日报》发表李希凡的《中国革命文艺的历史道路不容否定》。

《江南》第3期发表李子云的《人、风格和兴趣——观"夏衍捐赠字画展"所感》；谭新的《时代生活的折光——〈江南〉1989年以来的部分中短篇小说述评》；何志云的《过程与有意味的形式——读冯洁、袁敏的"环套"小说札记》。

《钟山》第3期发表朱伟的《铁生小记》；蒋原伦的《老派小说读意义，新派小说读句式》;张颐武的《第三世界文化中的叙事》。

《特区文学》第3期发表黄伟宗的《峥嵘的起步岁月——〈欧阳山评传〉之一章》;姚雪玲的《人生下一站——张伟明小说〈下一站〉刍议》。

《文艺评论》第3期发表袁良骏的《论白先勇小说的传统特色》;李甡的《台湾女性文学三十年的路》。

16日,《求是》第10期专栏"纪念《在延安文艺座谈会上的讲话》发表48周年"发表刘白羽的《社会主义文艺的明灯》,马烽的《回顾与展望》,欧阳山的《〈讲话〉辩——〈广语丝〉第三十二》,浩然的《永恒的信念》,殷秀梅的《难忘的南沙之旅》。

17日,《作品与争鸣》第5期发表臻海的《划清文艺领域两种不同性质的创新观》;雷铎整理的《特区·军旅·文学形象——广州军区"特区文学"对话》;易冰的《九十年代军事文学迎春曲——"特区军旅文学研讨会"在京召开》;方惠的《"出国潮"中的人生悲剧》(批评《玫瑰房间》,此小说发表于1989年第2期的《钟山》);吴涛的《走火入魔的文本——评〈玫瑰房间〉》;赵文瀚的《〈蛾〉——一个关东的童话》;车连滨的《追寻澄明朗照的人生》;张觅的《弹奏在黑土地上的生命乐章——评写意话剧〈蛾〉》;王良的《浅薄的抽象——也说〈蛾〉》;左达的《反对资产阶级自由化的大致历程——致文学青年》;陈俊山的《关于传统文化》。

19日,《文艺报》第19期发表林为进的《于平凡中寻找生活的意蕴——1989年长篇小说综述》;胡采的《读长吟的山水散文系列》;钱光培的《它填补了新诗史的空白——写在〈一个红军战士的诗〉再版时》;余飘的《关于毛泽东文艺思想问题的论争》;蔡葵的《淡妆浓抹总相宜——〈平凡的世界〉从小说到电视剧》。

《青年文学》第5期发表吴涛的《尴尬状态的幽默》;王青青的《真实与非真实之间》;白枫的《你该怎样活着》;古林的《站在世纪支点上的沉思》。

20日,《小说评论》第3期发表李运抟的《走向实证的艺术世界——也论新写实小说》;阎建滨的《小说还远:当代文学的又一次本体复归现象》;李星的《新的崛起:在传统的长河中——陕西作家论之二》;仵埂的《追寻与受难——读路遥的〈平凡的世界〉》;王愚的《清澈而美好的女性世界——贺抒玉〈命运交响曲〉谈片》;刘路、可书的《爱也悠悠,梦也悠悠——读赵熙的长篇小说〈爱与梦〉》;董子竹的《"气功文学"的现代嬗变——评贾平凹〈太白山记〉》;洪治纲的《余华小说散论》;王彬彬的《朱苏进小说中的"孟中天精神"》;周德生的《文体:作家认知图式的外在构成——李国文小说文体形态论》;周迪荪的《论小说的韵味》;阎纲的《序王海小说集〈感情〉》;陈辽的《台湾小说家笔下的知识分子形象》;温儒敏的《客家味、传统人文精神及其他——评谢霜天〈梅村心曲〉》。

《上海文论》第 3 期以"学习与研究"为总题,发表叶茂康的《关于建构马克思主义艺术认识论的断想》;以"纪念'左联'成立六十周年"为总题,发表陈鸣树的《论"左联"文学运动的历史意义——纪念"左联"成立 60 周年》,王铁仙的《如何评价三十年代左翼文学》,王文英的《"左联"现实主义文学的演变轨迹》,王尔龄的《"左联"与文学新人》;同期,发表山风的《主旋律与审美性》;陈惠芬的《女性的生存困境——〈天生是个女人〉的图象和意义》;谷梁的《寻找自己的传说——评裘小龙近年来的诗歌创作道路》;方克强的《成年礼:死亡与再生的象征——评中篇小说〈冠礼〉与〈及 X〉》;张德林的《关于新人形象与审美价值判断——文艺价值论之六》;黄世瑜的《通俗文学散论》;耿占春的《隐喻与体验》;章亚昕的《喻是诗的语言》;杨文虎的《隐喻思维机制论析》;王彬彬的《品茶者说——关于潘军的小说创作》;吴慧的《火红的画卷——报告文学集〈钢魂〉编后随记》;何佩群的《朱丽叶·克莉斯蒂娃与女权主义》;[法]克莉斯蒂娃著,何佩群译的《父亲、爱恋和流放》;[美]卡莉·洛克著,董俊峰译的《妇女——神话的创造者》。

《光明日报》以"重温《讲话》精神 繁荣社会主义文艺事业——本报文艺部举行纪念《讲话》发布 48 周年座谈会发言摘登"为总题,发表浩然的《我爱这片土地》,敏泽的《创作于源泉》,李琦的《从一个建议说起》,程树臻的《永远扎根生活的土壤》,水华的《〈讲话〉引领我前进》,方掬芬的《让人民的热情燃烧你》,张天民的《文艺家应有主心骨儿》,金哲的《牢记作家的神圣职责》;石零的《真诚地对待生活》。

《花城》第 3 期发表古继堂的《文学的旋流——台湾文艺思潮析辨》。

《清明》第 3 期发表陈辽的《现居台湾的安徽作家群剪影》。

21 日,《文艺研究》第 3 期发表周来祥的《毛泽东的哲学精神及美学思想》;杜寒风的《毛泽东美学思想再认识》;邢煦寰的《试论社会主义的美学品格》;王建高、邵桂兰的《试论现当代内向化的喜剧美学观》。

21—22 日,中国延安文艺学会、中国艺术研究院等 15 个单位在北京联合召开纪念《在延安文艺座谈会上的讲话》发表 48 周年学术讨论会,王震、宋任穷出席开幕式。(本年 5 月 23 日《光明日报》报道《人民需要艺术 艺术更需要人民》)

23日,《光明日报》发表本报评论员的《深入群众 深入生活——纪念〈在延安文艺座谈会上的讲话〉发表四十八周年》。

24日,《文艺理论与批评》第3期以"坚持文艺的党性原则——座谈会发言"为总题,发表陈燊、徐非光、郑伯农、吕德申、杨柄、吴元迈、严昭柱、王仲、刘庆福、刘玉山的发言摘要;同期,发表李希凡的《党性原则与创作自由》;涂途的《关于文艺的党性问题》;陈志椿的《谈谈文学的党性》;黄国柱的《革命战争历史题材的史诗性追求——评〈地球的红飘带〉》;仲呈祥的《坚持社会主义影视艺术的审美价值取向——兼评电视剧〈铁人〉、〈长城向南延伸〉和电影〈豆蔻年华〉》;计小为的《毛泽东的故事》;康濯的《赵树理和山西小说家群——〈山西作家群评传〉序》;丁尔纲的《刘知侠论》;初华的《战斗未有穷期——读〈林默涵劫后文集〉》。

《文学报》发表黄汉威的《新加坡的"三毛"——尤今》。

25日,《长城》第3期发表李佳俊的《探索高原民族的奥秘——论李文珊在西藏的文学创作》;韦野的《真实塑造民族智慧的伟大创作——李文珊同志的中篇小说〈四郎翁堆和他的"影子"〉读后感》;张永泉的《观念的变革与陈映实的小说近作》;林斤澜的《初三读三声》。

《当代作家评论》第3期发表孟悦的《荒野弃儿的归属——重读〈红高粱家族〉》;吴方的《勘探者与勘探者的故事——刘恒及其小说世界》;李洁非的《读近作偶记(初辑)》;李春林的《向现实生活的广阔领域拓展与掘进——胡景芳儿童文学创作寻踪》;秦玉明的《思基的〈昨夜风雨〉》;公木的《读〈迷人的色块〉》;李扬的《文化:作为意志的表象——论刘震云小说的文化内涵》;邓星明的《张宇的"鬼气"系列》;吴秉杰的《当前长篇创作的分类与评述》;吴义勤、季进的《超越:在复归中完成——1989年小说创作鸟瞰》;汪政的《叶兆言创作主体寻踪》;晓华的《〈死水〉迟评》;樊星的《人生之谜——叶兆言小说论(1985—1989)》;王光明的《探寻更高的诗学境界——王中才小说论》;张志忠的《天涯觅美者的足迹——王中才简论》;王中才的《战争文学和生存意识——关于战争心态的对话》;栾梅健等的《纯与俗:文学厮杀中的对立与沟通》;康序、陈颖灵的《此侠只应中华有——谈金庸武侠小说〈天龙八部〉主人公段誉》;周兴华的《〈五千年演义〉出版有感》;应红的《"龙旋风"北京匆谈录》;黎湘萍的《凡人时代的救赎之路——试论八十年代台湾新文化小说》。

《收获》第3期发表李子云的《主持人的话……》。

《海峡》第 2 期发表何人的《台湾新生代女作家平路》。

26 日,《文艺报》第 20 期发表马烽的《建设具有中国特色的社会主义大众文学》;罗守让的《文学史能这样重写吗?——也谈对赵树理的再认识》;方汉文的《漂浮在空中的一种批评流派》;金依俚的《浅谈技巧》;郝亦民的《心浸黄河写诗章——评田东照的黄河小说》;吴泰昌的《她在寻找——读江挽柳的报告文学》;王慧骐的《向阳光倾吐久蕴的希望——评严炎的散文诗创作》;董旭升的《他走着一条正确的艺术道路》(评韩映山的小说创作);正言的《于国颖和她的〈女兵帅克〉》。

27 日,《光明日报》发表蔡葵的《〈秋之惑〉的审美主调》。

29 日,《光明日报》发表张同吾的《新时代的颂歌——读〈三兴集〉有感》。

31 日,《光明日报》以"听听工人对文艺的意见——北京重型电机厂座谈会记录"为总题,发表马来顺等 19 人的发言摘要。

本月,《山西文学》第 5 期发表王祥夫的《农村小说叙事模式的变迁》;杨品、王君的《农村题材小说的走向》。

《红岩》第 3 期发表杨甦的《关于文艺主旋律及有关问题答客问》;王定天的《令人惶惑的探索——柯云路〈大气功师〉点评》;王泉根的《卓荦的"歌孩"》;胡德培的《追踪时代的足迹——姚咏絮报告文学品尝录》。

《作品》第 5 期发表楼栖的《发挥〈讲话〉的精神威力——纪念〈在延安文艺座谈会上的讲话〉发表四十八周年》;廖启良的《不尽源头水 万古 ABC》;郑心伶的《毛泽东文艺思想的活力》;黄培亮的《"绿洲上的暗影"及其他——木青中短篇小说集〈另一个女人〉序》。

《青春》第 5 期发表象洋的《摆脱自我,投身生活——纪念在〈延安文艺座谈会上的讲话〉发表 48 周年》;徐海帆的《流动的月色》;陈胜乐的《新散文的"味"》。

《春风》第 5 期发表孙琅的《地域 民族 时代——记〈小说月报〉、〈春风〉东北文学研讨会》;玉良的《把握心态 熔铸灵魂》。

《花城》第 3 期发表古继堂的《文学的旋流——台湾文艺思潮析辨》。

第一届世界华文儿童文学笔会在湖南召开。

本月,中国广播电视出版社出版丁尔纲的《新时期文学思潮论》。

西北大学出版社出版费秉勋的《贾平凹论》。

广西师范大学出版社出版杨炳忠的《桂海文谭》。

春风文艺出版社出版谢俊华、殷晋培主编的《创作的思考：文学评论卷》。

江苏人民出版社出版陆建华的《文坛絮语》。

兰州大学出版社出版吴小美等著的《中国现代作家与东西方文化》。

6月

1日,《广州文艺》第6期发表何龙的《在经验、感受与转化之间——由"中侨朝华文学奖"说开》。

《上海文学》第6期发表吴方的《"写实"谈丛》;季红真的《形式的意义》;储福金的《关于"中国形式"的问答》。

《作家》第6期以"孙犁散文研习录"为总题,发表曾镇南的《问津——读〈秀露集〉之二》。同期,发表易洪斌的《一分历史十分情——我读〈初恋没有故事〉》;朱晶的《生存危机与方法意识——〈陆地的围困〉读后记》;蒋原伦的《小镇·女人·聊天》(评"中南海"女人);张长的《痛苦与快乐的寂寞》。

《解放军文艺》第6期发表韩静霆的《瞬间的辉煌——一组小报告文学的随想》;肖文的《天高任鸟飞——空军〈蓝天·六月笔会〉漫谈》。

《新疆大学学报(社会科学版)》第2期发表王堡的《画不尽心中的爱——谈席慕蓉〈画展〉、〈非别离〉、〈生别离〉的艺术感觉》。

2日,《文艺报》第21期发表何能金的《生活呼唤作家——长篇报告文学〈生存较量〉读后》;蔡文祥的《我们心灵的呼声》(评报告文学〈生存较量〉);绍凯的《特殊的魅力和特殊的遗憾——读任常德长篇小说〈风流巨贾〉》;荒煤的《〈骚动之秋〉读后》;盛源的《敏泽〈美学思想史〉读后》;杨成寅的《"新潮"美术论纲》;戈振缨的《战斗的历程　丰硕的奉献——马少波著〈从征拾零〉读后》;冯牧的《远游何处不消魂》(评王蔚桦的散文集《消魂集》);颍川的《山川风物寓诗情——韦野散文〈雪桃集〉印象》。

4日,《山东文学》第6期发表袁忠岳的《云无心以出岫——序卢兰琪〈无心集〉》。

5日,《广西文学》第6期发表杨峻、唐正柱的《高奏时代主旋律——广西文艺创作主旋律讨论会纪要》。

《中国西部文学》第6期发表马河川的《伊犁的优势》。

《青海湖》第6期发表马光星的《山里人的歌——读土族作者张英俊的散文及小说》;龙铎的《西部岩刻画的几种类型》;王建民的《介绍几首诗》。

6日,《河北文学》第6期发表李洋的《告别碾道——峻高小说印象》;曹广志的《地方色彩、时代感与人——关仁山小说创作的艺术追求》。

7日,《天津文学》第6期发表夏康达、盛康、姜东赋、刘大枫的《坚持文艺的社会主义方向(四家笔谈)》;腾云的《文学:民族意识与自我意识价值沉浮》;赵玫的《秩序的秘密——学途漫笔之一》。

《光明日报》发表林为进的《心中的太阳永不落——评〈太阳神的厄运〉》。

9日,《文艺报》第22期发表陆地的《小巷终将辟成大陆——笔谈柯天国小说》;郭风的《谈家欣、怀丹的散文〈金婚岁月〉》;朱梅华的《他跋涉在文学路上——汪卫兴其人其事》;尹在勤的《画山 画水 画人生——纪鹏〈北国·江南〉感想》;张德林的《主旋律·多元化》;小雨的《"让文学回归文学"质疑》;蔡师勇的《微妙的均衡——影片〈哦,香雪〉的意义》;阿红的《春天的山野风——读张庆和诗集〈山野风〉》;白崇义的《诗美从生活中来——冷慰怀诗集〈花草帽〉读后》;胡德培的《论"公安题材"视野的开拓》;李青果的《黑土地上的白桦林——读诗集〈飞驰的色块〉》。

10日,《中流》第6期以"纪念毛主席《在延安文艺座谈会上的讲话》发表48周年"为总题,发表李琦的《不要忘记》,杨柄的《〈讲话〉首先是整风文献》,沈大力的《向世界奉献我一瓣心香》,罗立斌的《"倒爷文化"初探》,钱学森的《学习理论与干部应具备的素质》,靳平的《实现稳定,必须消除不稳定的主要因素》,石玉山的《四谈读一点"毛泽东":而今迈步从头越》,赵沨的《从施光南英年早逝联想种种》,所云平的《战士从未下征鞍——读马少波〈从军拾零〉》,《怎样看待〈血红雪白〉(续一)》。

《诗刊》第6期发表李元洛的《反思与重认——中国诗歌传统纵横论之二》;陈良运的《诗人情绪与社会心态》;朱子奇的《风吹浪打起宏图——重学〈水调歌头·游泳〉》;何力的《盛夏的黄昏——读龙彼德诗集〈爱之海〉》;余之的《莫做"倒

霉"诗人》。

《读书》第 6 期发表赵一凡的《利奥塔与后现代主义论争》;金台的《关于〈懒寻旧梦录〉》;刘丽华的《言微意深重》;朱伟的《最新小说一瞥》。

16 日,《文艺报》第 23 期专版"军旅文学巡礼 成都军区之页"发表万胜的《揭示当代军人的灵魂美》,丁临一的《江山代有才人出——成都军区文学创作队伍巡礼》,林焕平的《学习哲学与繁荣文艺》,洪民生的《对电视文化的思考》。

17 日,《作品与争鸣》第 6 期发表本刊评论员的《文艺应面向人民群众》;张炯的《人民,需要这样的诗——读〈世纪末叶〉有感》;周申明的《长篇小说的可贵收获——〈玫瑰门〉印象》;张德祥的《拨开响勺胡同的岁月雾霭——读长篇小说〈玫瑰门〉》;徐光耀的《题内题外话〈玫〉作》;浪波的《众妙之门——我读〈玫瑰门〉》;张峻的《女性生命的品味》;王利芬的《〈玫瑰门〉:超越与限制》;李佳的《〈玫瑰门〉质疑》;李晶的《黑棋镇奇观》;东晓的《象征与思想导向——评〈黑棋镇〉》;韦骥的《文人的文和行——想起了祖慰》。

19 日,《光明日报》发表《散文创作的发展趋向》。

《青海湖》第 6 期以"《荒原》三人谈"为总题,发表张志忠的《孤烟袅袅寄情思》,朱向前的《"这一眼你眨了十三年……"》,黄献国的《似曾相似:〈荒原〉的陌生化效果》;同期,发表王学海的《美的真实与丑的诙谐》;汤在府、黄土的《三言两语两则》。

20 日,《当代》第 3 期发表《〈骚动之秋〉漫谈》;何镇邦的《从"阳光"到"阳光"——读王刚的两部中篇小说》。

《信阳师范学院学报(哲社版)》第 2 期发表陈倩的《反刍"港式生活" 妙笔推开新窗:评施叔青的小说集〈驱魔——香港传奇〉》。

《台湾研究》第 2 期发表陈飞宝的《近百年来海峡两岸电影文化的交流》。

22 日,浩然担任《北京文学》主编,林斤澜连任两届届满,不再担任。(《北京文学》第 8 期)

23 日,《文艺报》第 24 期发表姚雪垠的《重读七律〈长征〉》;刘斯翰的《故事的俗和品味的雅——读李树政小说集〈悠悠未了情〉》;邓仪中的《扎根在生活的土壤里——读周克芹的近作》;韦野的《藏族生活的缩影和凯歌——评李文鹏的〈西天佛地〉》;黄柯的《对生命的呼唤——读陈晓东〈黑发上的竹叶〉》。

24 日,《小说月报》第 6 期发表泽露的《融地域民族时代于一心——东北文学研讨会侧记》。

30日,《文艺报》第25期发表倬镇宁、倬小燕的《"弄潮儿"的乐章——评〈艰难的历程〉、〈太湖弄潮〉、〈江南明星闪耀的地方〉三本报告文学集》;彭荆风的《"滇军"有望》;潇雨的《正确认识〈讲话〉的历史地位——与支克坚同志商榷》;冯宪光的《艺术毕竟是一面映照人生的镜子》;杨实诚的《浑然一体的童话世界——读孙幼军〈亭亭的童话〉》;丁芒的《这天空也是一片蔚蓝——评王慧骐的〈十七岁的天空〉》;陈模的《用纯净的心感知世界——评黄一辉的童话创作》。

《台湾研究集刊》第2、3期发表朱双一的《台湾社会运作形式的省思——黄凡作品论》;黄重添的《从性度看海峡两岸女性文学的差异》;许建生的《台湾闽南两地民间文学比较分析》。

《徐州师范学院学报(哲学社会科学版)》第3期发表赵志英的《我看三毛》;邹建军的《舒兰的诗论》;戚云龙的《永恒的追求——郭枫和他的〈第一次信仰〉》;火月丽的《席慕容诗论》;陈辽的《陈义芝、何瑞元创作简论》。

本月,《山西文学》第6期发表西戎的《温暖的散文》;胡正的《〈边关草〉序》。

《小说界》第3期发表江曾培的《文艺家要去寻找,表现他们——〈寻找奉献者〉读后》。

《作品》第6期发表严瑞昌的《豁达宽容看人生——曾应枫〈幽灵堡琐事〉系列小说读后》;李玉皓的《斜阳却照深深院——范若丁〈暖雪〉集赏析》;袁忠岳的《羊城的诗论杂家——评杨光治的〈情趣诗话〉》。

《青春》第6期发表程乐坤的《厚土的光彩》。

《春风》第6期发表彭嘉锡的《又赞一曲崇高美——读傅子奎长篇小说〈男儿女儿多风流〉》;建新的《不尽的期待与希冀》。

《台港与海外华文文学》第1期发表袁良骏的《白先勇创作道路初探》;李元洛的《晴空一鹤——菲华诗人云鹤作品欣赏》;《印(尼)华文学的过去与现在》;刘丽君的《继承与借鉴的巧妙结合》;杨嘉的《〈明月水中来〉读后碎语》;黄重添的《台湾长篇爱情婚姻小说面面观》;竺亚的《自古英雄出少年——金庸武侠小说及金庸迷一解》;王振科的《超越与回归:从心灵到现实——对罗门都市诗的再认识》;朱永锴的《台湾文学作品疑难词语集释(下)》;杜运燮的《两个纽带——〈脚步的诱惑〉序》;陆行良的《台湾文坛一"秀"——访新世代作家王幼华》;周新心的《泰华写作人小传(续二)》。

《名作欣赏》第3期发表李平的《尹雪艳的魅力与传统文化——重读白先勇小说〈永远的尹雪艳〉》;庄若江的《海一样深石一样坚的思乡情——晓风的散文〈愁乡石〉欣赏》;曹明海的《一首阴沉冷峻的生命悲怆曲——读洛夫散文〈诊释〉》;张放的《余光中诗〈布谷〉解》;戴达的《萧孔里流出的蓝色音乐——读台湾旅美诗人叶维廉〈萧孔里的流泉〉》;吴常强的《小巧玲珑意蕴浓郁——读许达然散文《蓦然看到》》;李元洛的《"为永恒服役"的选手——台湾诗人张默诗作欣赏》;杨文的《昨夜星辰的永恒之光——席慕蓉抒情诗三首欣赏》。

《台声》第6期发表张乐平的《我的"女儿"三毛》;武治纯的《台湾文学定义之我见——兼致陈万益教授》。

本月,山西教育出版社出版陈辽主编的《台湾港澳与海外华文文学辞典》。

暨南大学出版社出版谢长青的《香港文学简史》。

鹭江出版社出版吕宕的《病中闲话》。

陕西师范大学出版社出版傅正乾的《郭沫若与中外作家比较论》。

花山文艺出版社出版韦野的《文林漫议》。

中国妇女出版社出版吕晴飞的《中国当代青年女作家评传》。

广西教育出版社出版郭成、陈宗敏的《丁玲作品欣赏》。

上海教育出版社出版曹余章主编的《历代文学名篇辞典》。

四川文艺出版社出版王先霈、范明华的《文学评论教程》。

河北少年儿童出版社出版臧策编著的《文学批评写作初步》。

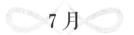

7月

1日,《广州文艺》第7期发表黄锦鸿的《都市文学——当代文明演进繁荣艺术记录》;钟晓毅的《朝花夕拾的追求——杂谈周式源的短篇小说创作》。

《作家》第7期以"孙犁散文研习录"为总题,发表曾镇南的《续问津(上)——读〈秀露集〉之三》。同期,发表刘纳的《关于短篇小说》;萧平的《逝水悠悠》。

《解放军文艺》第 7 期发表朱向前的《空山·兵道·岩石岁月——二炮作品专辑谈片》；吴然的《回顾与反思：再度振兴军事文学的必要性和可能性》；杨治经的《弘扬民族英雄主义的历史丰碑——评〈中国的夏伯阳〉和〈总司令的悲剧〉》。

4 日，《山东文学》第 7 期以"马海春、赵德发、陈占敏作品笔谈会（三）"为总题，发表萧平的《致马海春》；牛运清的《听唱翻新杨柳枝》；震博的《难得大俗大雅》；张清华的《萧瑟秋风今又是》。

5 日，《中国西部文学》第 7 期发表谢冕的《脉流和根系的诗情——孟倩的诗读后》；王勇的《抚摸西部的情感——读陈友胜诗歌印象》；李竟成的《慕士塔格冰峰下的"现代神话"——关于〈太阳的子孙〉的美学思考》。

《当代文坛》第 4 期发表冯宪光的《对文学繁荣问题的思考》；魏天祥的《"双百"方针与安定团结——学习〈邓小平文艺〉的体会》；吴秉杰的《批评的基础》；李孝华的《散文作家的"自我自由"与"自我限制"》；俞兆平的《论诗的抽象》；肖阳的《从揭示现实矛盾到刻画人物性格——略论周克芹十年短篇创作的变化》；尹在勤的《〈处女书系〉面世感言》；戴翎的《对知青生涯的一种观照层面——谈长篇小说〈贼船〉的生命意识》；古耜的《奇葩一朵出天山——读〈天之山〉致赵天山》；林亚光的《外国人眼中的蒙难的中国——"中国抗日战争时期大后方文学书系"〈外国人士作品〉编选漫纪》；李元洛的《内箨香苞初出林——香港诗人王良和作品赏析》；陈海的《台湾的乡愁诗》；秦牧的《探索散文创作的系列问题——〈散文创作与审美〉序》；徐康的《送你一束馨香的小花——〈外国隽永小品赏析〉自序》；张同吾的《诗论二题》；张小元的《恳请你们不要背过脸去》；王成英的《漫谈作家成才的一半规律》；钟仕伦的《"以意逆志"与文学接受》；邓宾善的《模仿的歧途》；凡非子的《呈现：生命的炼火来自深处——读黎正光诗集〈生命交响诗〉》；卢雄飞的《来自生命的体验——评孙建军诗集〈纯情的微风〉》；罗良德的《现实主义厚土上的耕耘——评范明的〈步行者的风景〉》；石绍文的《一个"空明纯净"的心灵——〈寂寞绿葱岭〉读后》；王耻富的《〈京韵第一鼓〉的映衬艺术》；川涛的《从人民群众中吸取力量》。

《光明日报》发表吴小如的《武侠小说作者南向北赵》。

《青海湖》第 7 期发表欧阳朗的《塑造社会主义新人形象与社会主义精神文明建设》；罗振亚、王建的《瀚海雪原上的雄浑奏鸣——1989 年〈青海湖〉诗歌印象》。

6日，《文艺报》第26期发表《近期报告文学创作引人注目》；胡青坡、叶颖的《形象化的历史——读李尔重的〈新战争与和平〉》；吴调公的《着手成春　妙在性灵——读李汝伦〈紫玉箫集〉》；绿雪的《为了忘却的前事——〈百年沉冤〉读后》；吴元迈的《二十世纪西方文论与我们》；何向阳的《辉煌与困顿——新时期文艺心理学十年》；汪玉良的《劳动的旋律　炽热的激情——读吕宏声诗集〈玫瑰色的黎明〉》；晓雪的《凝溪和他的寓言》；顾工的《诗人竟也写侦破?!》；赵平的《东风又一枝——评何双及的长篇小说〈挑战〉》。

《河北文学》第7期发表金文的《敏锐的感受　生动的传达——评胡玉宴小说的语言及其它》。

7日，《天津文学》第7期发表张颐武的《文艺学的新视野——第三世界文化：可能性与挑战》；王力平的《音乐性、超越性、前景性——文学语言特性新探》。

《花溪》第7、8期合刊发表肖君和的《也论"艺术需要人民"》；杨远宏的《山魂·谣曲·神话——评陈绍陟的处女诗集〈生命的痛处〉》。

8日，《光明日报》发表王昌定的《千里燕山民族魂——读长篇小说〈无住地带〉》。

《人物》第4期发表白舒荣的《唤起同胞对历史的温情——台湾著名作家高阳》；石楠的《一个非凡的女性——方逸华印象》。

10日，《光明日报》发表柯岩的《大地的诗人——献给〈首都建设者丛书〉》；宫魁斌的《读〈无极之路〉》。

《中流》第7期以"纪念毛主席《在延安文艺座谈会上的讲话》发表48周年"为总题，发表李霁野的《学习〈讲话〉的粗浅体会》，公木的《坚持、运用、发展毛泽东文艺思想》，王汶石的《重新学习的紧迫性》，周良沛的《一个"非知识分子"的感受》，韩映山的《重提描写和培养社会主义新人》；同期，发表老槐、汤寿松的《为共和国供给理论武器的人们——人民出版社出版马列著作、毛泽东著作纪事》；颂扬的《矿工文艺启示录》；李兵、程玮东的《石油工人论文艺——华北油田部分职工座谈纪要》；董学文的《评"西体中用"及其他——李泽厚先生近年理论观点分析》；石玉山的《五谈读一点"毛泽东"：永远为人民服务》。

《写作》第7期发表戴达的《鸣响在秋风里的思乡的弦——蓉子〈晚秋的乡愁〉品赏》。

《时代文学》第4期发表《加强与人民的联系繁荣文艺事业》。

《诗刊》第 7 期"新诗话"栏目发表丁芒的《诗中要有我,又要跳出自我》,马立鞭的《诗必须避免大实话》、《借贷的多层次》,姚学礼的《韵味与句子的长短》;同期,发表李元洛的《僵化与西化——中西诗歌传统纵横论之二》;宋垒的《"抽象化"与幻象化》;高洪波的《龚炜说诗》;盛海耕的《我看古诗今译》;刘见的《伪造者的卑劣行径——透视台声出版社伪造席慕容的诗集〈恋情解答〉》;杨光治的《关于真假席慕容》。

《读书》第 7 期发表陈乐民、资中筠的《细哉文心——读宗璞的〈南渡记〉》;柯灵的《香港是"文化沙漠"吗?》;痖弦的《温柔,不需要声音》;唐湜的《一望无际的诗海》;朱伟的《最新小说一瞥》。

文艺报在京召开长篇报告文学《魂系青山》(张步真著,载《洞庭湖》1990 年第 4 期)讨论会。(《作品与争鸣》第 10 期)

13 日,《台港文学选刊》第 7 期发表刘登翰的《台湾诗人十八家论札(一)》。

14 日,《文艺报》第 27 期发表李影的《高扬起"共同富裕"的旗帜——马烽、孙谦新时期的电影文学创作》;胡采的《为新时代树碑　为开拓者立传——读〈"囚犯"的苦恋〉》;春迟的《读〈北大荒文学艺术〉》;严昭柱的《评〈美学四讲〉中的"新感性"论》;张炳隅的《新文学流派研究的新成果——简评〈中国现代文学流派论〉》;于敏的《观〈开国大典〉散论》。

中国诗酒联谊会筹备大会在人民大会堂贵州厅内举行。(本年《诗刊》第 9 期)

15 日,《文艺争鸣》第 4 期发表谷长春的《坚持马克思主义文艺思想,高奏社会主义的时代强音》;肖君和的《新潮文论的误区》;车成安的《现实主义与现代主义在道德上的分歧》;刘纳的《为仿效辩护》;王彬彬的《文学创作中的进化观念与创新意识——大地与天空的对话》;李俊国的《睿智与洒脱:任性纵情的狂狷者形象》;聂运伟的《痛苦痉挛中新生的神话英雄——论中国现当代文学中知识者形象的情感特征》;刘川鄂的《天平的倾斜　价值的翻转——试论中国文学的爱情与事业冲突模式》;周政保的《"被炮火驱动的大碾盘"——谈周梅森小说中的战争与人》;黄国柱的《"冻土文学"的审美特征——论东北军事文学的一个侧面》。

《文学评论》第 4 期发表张炯的《密切文学艺术与人民的联系》;逄增玉的《新时期东北作家群研究述评》;陈金泉的《新时期现实主义小说的自然化倾向》;马风的《论宗璞的"史诗情结"——对〈南渡记〉文体的一点疑义》;迟垌的《坛外杂话

二题》;董佳杰的《小议文学与政治》;管卫中的《投向西部文明——关于一种文艺思潮的遐想》;王干的《意义丧失之后——范小青近作的拆析》;张德祥的《新现实主义的还原向度》;赵小琪的《边域小说中的现象:心理图式的顺应与同化》。

《江南》第 4 期发表刘枫的《坚持正确方向,努力繁荣社会主义文艺——在浙江省纪念毛泽东同志〈在延安文艺座谈会上的讲话〉发表 48 周年大会上的讲话》。

《钟山》第 4 期发表池莉的中篇小说《太阳出世》;林白的中篇小说《子弹穿过苹果》。同期,发表陈思和的《自然主义与生存意义——对新写实小说的一个解释》;汪政、晓华的《"新写实"的真正意义——对一些基本事实的回顾》;於可训的《人生的礼仪——读〈太阳出世〉兼谈池莉的人生三部曲》。

《特区文学》第 4 期发表本刊编辑部的《深入体验特区生活　创作更多优秀作品》;宫瑞华的《特区十年文学纵横谈》;宋梧刚的《读灵书法》;胡滨的《天人感应·生命力的崛起——〈老村〉试析》。

16 日,《求是》第 14 期发表黄胜平的《一代社会主义企业家在茁壮成长——评〈艰难的历程〉等三本报告文学集》。

17 日,《作品与争鸣》第 7 期发表《莲荷风骨　道德文章——评〈春秋情〉》;崔道怡的《小船儿轻轻——〈白纸船〉读后感》;方惠的《白纸船驶向哪里?》;董晓宇的《对女性人格缺陷的深刻自省——谈〈秋之暮〉对女性文学的补白》;阎新瑞的《模式与限制——评叶文玲的〈秋之暮〉及其它》;张学敏的《婉而多讽　哀而不伤——评〈雾锁山村〉》;黄村仁的《离奇与离谱——读〈雾锁山村〉》;东亮的《应该有这样的笔记体》;徐惠仁的《笑不起来》(以上两篇论文均是批评贾平凹的《笑口常开》,此作品发表于 1989 年第 5 期的《人民文学》)。

19 日,《光明日报》发表吴欢章的《"散"辨——散文随想》。

《青年文学》第 7 期发表许军的《寻找失落》;呢哝的《〈蓝屋〉反映了当代大学生什么思想状况?》;余文浩的《直面的悲怆》;杨茂义的《〈反面角色〉的形式和意义》;黄华明的《凝重的响声》。

20 日,《小说评论》第 4 期发表曾镇南的《评查建英的留美故事》;李炳银的《绿色青春的咏叹——论刘兆林长篇小说〈绿色的青春期〉》;费秉勋的《关于贾平凹的创作》;邢小利的《人的探寻与困惑——邹志安〈爱情心理探索〉系列小说漫议》;荒耕的《生命的悲剧和文化的挽歌——从熊正良的〈红河〉论及当代文化小说》;谢怡的《刘绍棠、浩然小说语言风格的比较》;邰尚贤的《唯我彭大将军——读长篇小说〈战魂〉》;彭岚嘉的《重返黄土地——柏原黄土地小说散论》;徐良的《论新时期小说的黄土文化意象》;孙先科的《典型观的拓展与艺术的多样化》;李伟的《创作情志与色彩主调》;马养奇的《论小说审美体验》;于茜、马进军的《让生命永远闪光——长篇小说〈月亮的环山形〉座谈纪要》;杜元明的《七等生及其"怪异"小说》。

《上海文论》第4期以"纪念'左联'成立六十周年"为总题发表苏兴良的《"左联"时期中日无产阶级文学的交流》,王锡荣的《"文化围剿"探源——"左联"对立面研究之一》,黄可的《中国左翼美术家联盟的活动及其历史地位》;同期,发表胡协和的《都市的轨迹与作家的预期——从经济的角度看三部上海都市长篇小说》;戴翊的《真诚贴近那些创造着历史的人们——论赵长天的小说创作》;南帆的《文学:城市与乡村》;蒋原伦的《论批评的几种心理效应》;刘金的《"重写文学史"之我见》;陈非的《赵树理小说创作论》;肖元的《文化嬗变中的乡土中国——肖建国论》;丹晨的《读〈屠格涅夫与中国〉而想到的》;王明贤的《开拓性与当代美学思潮——卢善庆主编〈门类艺术探美〉读后》;庞兆麟的《继承·创新·繁荣——"陈伯吹儿童文学奖"得奖作品漫评》;瞿世镜的《英美文学批评界现状》;[日]佐佐木健一作、张唤民译的《微型肖象画的美学——就物的大小而言》;[德]汉斯·罗伯特·尧斯作,李俊玉、张灏译的《传统、变革及审美经验》。

《花城》第4期发表缪俊杰的《具有独特审美价值的巨制宏篇——评长篇小说〈穆斯林的葬礼〉》。

21日,《文艺报》第28期发表王汶石的《来自枣乡和野山的风——读〈春天,春天〉》;杜埃的《耕耘者的奉献——评李钟声文学评论集〈漫论特区文学及其它〉》;咏青的《在伐檀的国风里遍植银杏——评程宝林近年诗歌创作》;李松涛的《窦志先印象》;南辞的《神奇的"影子"复合的象征——读〈四朗翁堆和他的影子〉》;吴铭的《他微笑着呼唤风涛——评析戴砚田的诗集〈渴慕〉》;石一宁的《闪亮的萤火——读岑献青散文集〈秋萤〉》;彭子良的《论公安文学的题材规范》。

《文艺研究》第4期发表严昭柱的《论文艺的美的情感——重读〈在延安文艺座谈会上的讲话〉》;王少青的《毛泽东论文艺的审美本性》;陈宪年的《创作个性的基本特征》;蒋茂礼的《论创作自由》;陈欲航的《"〈搭错车〉现象"的自我思辨》。

22日,《光明日报》发表李准的《战争和人——艺术中战争哲学的商榷》。

24日,《文艺理论与批评》第4期发表罗源文的《欧阳山谈作家深入生活》;杨志今的《一部魅力独具的作品——读〈来自地狱的报告〉》;致远的《并非一条宽广的路——近年文学发展的一种倾向》。

《光明日报》发表任敏的《新起点 新风格——读〈人民文学〉七—八月合刊号》。

25日,《长城》第4期发表周申明的《在实践中认真坚持毛泽东文艺思想的指导地位》;缪俊杰的《生活·人物·意蕴——评何申的〈乡镇干部〉及其中篇小说创作》。

《当代作家评论》第4期发表林为进的《从"力"的追寻到人的确定——谈邓刚的小说世界》;李以建的《死亡的宿命——刘恒小说创作的策略》;胡河清的《超脱的代价——读李晓小说随想》;李扬的《〈习惯死亡〉叙事批评》;高万云的《冯骥才小说语言模式的辩证分析》;张玞的《故事的回忆——格非小说艺术谈》;郭风的《散文文体琐谈》;木弓的《许谋清的〈海土〉系列与乡土小说》;陈非的《走单纯的民族化大众化道路——论赵树理小说创作》;朱自强的《新时期少年小说的误区》;荆歌的《遥观的诗意和介入的痛苦——评范小青长篇新作〈个体部落纪事〉》;叶鹏的《军营文化的青春效应——评刘兆林的长篇小说〈绿色的青春期〉》;王必胜的《〈绿色的青春期〉别论》;罗守让的《论阿成的小说》;刘火的《论阿成小说的语言力量》;谢海泉的《我看"新写实小说"——读书思考札记》;张德祥的《"新现实主义"的美学追求》;绿雪的《关于长篇历史小说〈怨妃〉的通信》;赵园的《黄凡作品印象》;余华的《读西西女士的〈手卷〉》;赵园的《黄凡印象记》。

《海峡》第4期发表陈若曦的《海外作家和本土性》;潘亚暾的《许达然诗风小识》;刘登翰、林承璜等的《台湾文学研究之价值尺度(七篇)》;苏伟贞的《苏伟贞谈〈黑暗的颜色〉》。

《社会科学家》第4期发表龙超领的《一颗温馨的女性诗魂——评台湾当代诗人席慕容的诗歌创作》。

27日,《文学自由谈》第3期发表黄炎智的《为弘扬民族优秀文化献计出力》;马献廷的《弘扬民族文化的两个认识问题》;戈兵的《关于马克思主义文艺理论建设》;徐德峰的《小说价值的转型》;潘凯雄、贺绍俊的《中国世纪末的畅销书热》;陈超的《实验诗对结构的贡献》;何立伟的《关于汪先生》;蔚蓝的《海派文学的小家子气》;王盛渠的《妙笔生月》;韩少功的《记忆的价值》;王英琦的《敢于使用语言》;冯育楠的《武侠小说琐议》;吴方的《天光云影话朱湘》;苏童的《令人愉悦的阅读》;李书磊的《新刊的旧籍》;蒋原伦的《林纾·茶花女及其它》;金梅、张少敏的《从地域走向更广大的世界》;张军的《扎西达娃及其小说》;王玉树的《他拨动了缪斯的琴弦》;黄泽新的《春风催发又一枝》;老漠的《程鹰小说阅读札记》;张焜的《朴素中见真情(评彭荆风的〈泸沽湖水色〉)》;张宇的《〈圣诞〉之光》;黄书泉的《纯正的历史小说(读石楠的〈寒柳〉)》;费振钟的《梦的诞生和消失(李贯通的〈绝药〉的故事意义)》;刘功业的《挚爱与痛苦(读〈桑恒昌抒情诗选〉)》;刘文中的《浅评汪治国的形象》;黄少波的《郭小东和〈诸神的合唱〉》;李元洛的《读台湾〈文学批评史〉》。

28日,《文艺报》第29期发表刘志洪、贺凤阳的《史诗般的革命画卷——评魏巍的长篇小说〈地球的红飘带〉》;李星的《民族魂魄　浪漫精神——王观胜小说创作浅论》;程光炜的《当代乡村的冷峻观照——读刘益善的乡土诗》;罗守让的《她丧失艺术个性了吗?——为丁玲的文学创作一辩》;朱书华的《文艺批评应当有科学的标准》;樊发稼的《为了孩子　为了未来》;叶君健的《从未来出发——序〈儿童文学新论丛书〉》;吴然的《飞吧,太阳鸟——漫评云南十年儿童文学选〈太阳鸟〉》;绿洲的《一部沟通成人世界和孩童世界的佳作——读〈今年你七岁〉》;高进贤的《蒋风和他的儿童文学研究所》。

29日,《光明日报》发表刘白羽的《穆斯林诗魂》(评霍达的《穆斯林的葬礼》)。《社会科学辑刊》第4期发表蒋秀英的《论琼瑶小说的语言特色》。

本月,《山西文学》第7期发表李国涛的《〈土地悲歌〉序》;马作楫的《时代的脉搏,情感的激流——评郭新民的诗》;张德祥的《有收获也有失去——吕新小说创作片谈》;珍尔的《人格与世俗的悖谬——谈张小苏的短篇小说〈世纪伟人〉》。

《红岩》第4期发表李敬敏的《略论文艺中的主、客关系》;彭斯远的《〈母狼紫岚〉审美情趣纵横谈》;陈辽的《四川籍台湾三作家》。

《作品》第7期发表何楚雄的《可贵的悲剧意识——读何卓琼长篇小说〈祸水〉》。

《青春》第7期发表包忠文的《几乎是无事的困惑和悲喜剧——从〈海瞑〉想起》;周梅森的《简评〈三老爷的楼〉》;叶兆言的《文学少年》。

《春风》第7期发表公木的《读〈我的苦恋〉随想》。

《语文月刊》第7期发表王德胜的《旧梦破碎后的失落与沉沦——评台湾作

家吕赫若的短篇小说〈嫁妆一牛车〉》。

本月,海峡文艺出版社出版厦大台研所编的《台湾百部小说大展》,汪毅夫的《台湾近代文学丛稿》。

学林出版社出版程德培的《当代小说艺术论》。

春风文艺出版社出版高云、高挺之的《在橘黄色的灯光下》。

解放军文艺出版社出版黄国柱的《苍凉的历史》。

长江文艺出版社出版周屏等主编的《新时期文艺简论》。

8月

1日,《广州文艺》第8期发表李钟声的《悄悄勃发的特区人文精神——读"深圳作家专辑"》。

《上海文学》第8期发表李其纲的《作为审美范畴的"尴尬"》;费振钟的《分离的价值》;段崇轩的《田中禾和他的"人性世界"》。

《求是》第15期发表范咏戈的《公仆精神的生动写照——读长篇报告文学〈无极之路〉》。

《作家》第8期以"孙犁散文研习录"为总题,发表曾镇南的《续问津(中)——读〈秀露集〉之四》。同期,发表胡宗健的《何立伟小说形式评估》;杨公骥的《自传》。

《滇池》第8期发表崔建兵的《化外之民:一个现代的神话》;钟秋的《生活的逻辑和心灵的逻辑——浅议〈驿道〉人物性格心理的发展》。

《解放军文艺》第8期发表李炳银的《北疆军人的"不等式"》;吴之南的《看得懂与好看的艺术》;蔡桂林的《文学的时代感探说》。

2日,《文学报》发表文洁若的《林海音探亲》。

3日,《光明日报》发表贺敬之的《发扬革命文艺传统　正确表现时代生活》。

4日,《文艺报》第30期发表温金海整理的《民族正气歌——〈魂系青山〉讨论会发言摘要》；张步真的《山河不老故乡情——我为什么写〈魂系青山〉》；栾保俊的《评峻东的"思维方式"——重读〈一种思维方式的终结〉》(1989年5月20日《文艺报》发表的峻东的《一种思维方式的终结——重读〈新春的反思〉》)；赵侃整理的《关于"新写实"小说讨论的综述》；黄国柱的《一个当代军人的精神旅程——读贺晓风的散文集〈奇思〉》；书君的《含笑的诗人——读〈韩笑抒情诗精选〉》；专栏"公安题材文学评论征文"发表阿南的《契入社会：公安文学的真正生命》；王燕生的《美好心灵的透镜——谢先云"公安诗"的审美指向》。

《山东文学》第8期以"马海春、赵德发、陈占敏作品笔谈会(四)"为总题，发表李心田的《慢吞吞，沉甸甸，苦殷殷，莽苍苍》，张达的《读赵德发的"生态小说"》，张振声的《〈大轮回〉琐谈》，李师东、毛浩的《浅谈〈七叶火绒草〉》，佘小杰的《〈水长流〉的象征意蕴》。

5日，《中国西部文学》第8期发表韩子勇的《书里书外：〈小说世界的一角〉及其它》。

《光明日报》发表金圣的《"玩文学"的实质及其危害》。

《青海湖》第8期发表王建的《梦归江河源——读朱奇抒情散文》；王建民的《对某种缺憾的赞赏与期待——牛八诗评介》。

6日，《河北文学》第8期发表汤吉夫、平慧源的《朦胧的弥漫——小说当代风貌描述之二》；范国华的《乐观的想象——漫谈康志刚的几篇小说》。

7日，《天津文学》第8期发表朱辉军的《艺术家与马克思主义》；赵玫的《学徒漫笔(二)》。

9日，《广州日报》发表蔡克健的《"时间流逝，人生无常"——著名作家白先勇谈文学创作》。

10日，《中流》第8期发表江波的《请直视她的眼睛——推荐〈她的中国心〉》；《军营的声音 军人的期待——51069部队文艺座谈会发言摘要》；丁宁的《他把美留在人间——读〈沧海艺魂〉》；方立民的《〈奇袭白虎团〉传奇——〈沧海艺魂〉节选》；姚雪垠的《略论中国当代文学的教学与科研问题——〈中国当代分类文学史〉总序》；柯岗、曾克的《怎样看待〈血红雪白〉(续二)：读〈血红雪白〉有感》；刘志洪的《难忘他对文学青年的期望——回忆蔡天心同志的一次见面》。

《诗刊》第8期发表周良沛的《诗有广角镜——读诗随笔》；李元洛的《革新与创造——中国诗歌传统纵横论之三》；蔡清富、李捷的《新诗改罢自长吟——谈毛泽东对自己诗词的修改》；金波的《老树的怀抱——读雪兵的儿童诗》。

《读书》第8期发表王蒙的《懂还是不懂？》；朱伟的《最新小说一瞥》。

《写作》第8期发表古远清的《刻画都市人生的圣手——台湾罗门诗作欣赏》。

11日，《文艺报》第31期发表《坚持社会主义道路　繁荣社会主义文艺》；艾子的《社会、历史与人生的浩歌——评刘湘如的两部报告文学新著》；魏巍的《元辉的诗》；孙友田的《展示生活的五彩——读陈万鹏的诗》；赵瑞蕻的《到哪里去寻觅诗的源泉——〈诗的随想录〉前记》；王维国的《今天的文艺仍需要"晋察冀精神"——〈中国解放区文学研究资料丛书·晋察冀边区卷〉读后》；余叔芹的《永葆现实主义的艺术魅力——兼谈新时期上海的话剧舞台》。

13日，《台港文学选刊》第8期发表刘登翰的《台湾诗人十八家论札（二）》；刘登翰的《台湾诗人十八家论札（三）》。

《阅读与写作》第8期发表李仲华的《无根浪子的悲歌——评短篇小说〈芝加哥之死〉》。

15日，《福建学刊》第4期发表王惠廷的《林语堂三十年代幽默文学漫议》。

17日，《作品与争鸣》第8期发表金圣的《"舌苔事件"备忘录》；东方旭光的《寓艺术魅力于确凿事实的描述中——评〈"舌苔事件"备忘录〉》；傅秀乾的《最应该记住的……——〈冷暖灾星〉》；范国华整理的《乐观的悲剧——谈〈冷暖灾星〉》；李尔薇的《〈最后的贵族〉影评综议》；杜元明的《从〈谪仙记〉到〈最后的贵族〉——小说原著与影片改编本之比较》；艾雯的《文艺领域中资产阶级自由化表现举例》；艾春的《电视剧〈十六岁花季〉引起各种议论》。

18日，《文艺报》第32期发表柯原的《南海上的一片诗帆——谈陈忠干的诗作》；冰心的《〈穆斯林的葬礼〉外文版序》；王绯的《斗士诚坚共抗流——读雪克的遗作〈无住地带〉》；张奥列的《孙泱小说语言谈片》；刘白羽的《把反法西斯的精神传诸后世——写在〈世界反法西斯文学书系〉出版之前》；孟伟哉的《小议"精英文艺"》；郭志刚的《在传统与现代之间——一个和写小说史有关的问题》；客人的《史光柱：挺身朝光明撞击——读诗集〈背对你投下黑色的河流〉》；杨建民的《为了瞑目的倾述——读〈魍魉世界〉》；丁国成的《创作规律就是一种"作法"》；徐学俭的《一个女性的觉醒——读〈渔家女〉》；专栏"公安题材文学评论征文"发表夏青的《艰难的抉择——我国公安文学走向刍议》。

19日,《青年文学》第8期发表丁胜如的《走出魔圈》;顾琴轩的《女人的社会角色与社会的女人角色》;杨振镛的《追求的意义与无意义》;芮立祥、丁大明的《三言两语》。

20日,《人民文学》7、8期合刊发表本刊编辑部的《九十年代的召唤》。

25日,《文艺报》第33期发表兴安的《爱的歌手 民族的声音——毕力格太抒情诗印象》;居津的《死亡文学——评小说〈圣诞〉》;金乐敏的《读龙彼德近期两本诗集》;浩然的《根深才能叶茂——读〈青山作证〉》;何祚麻的《"想当然耳"和"不求甚解"》;雁翼的《明天的中国诗》;子干的《艺术的"通"与"化"》;刘伊山的《也谈"镜子"——和冯宪光同志商榷》;温金海的《一个动人的现实世界——陈炎荣和他的儿童小说》;史福兴的《他,弹奏着自己的诗弦——读佟希仁的散文诗集〈五十双眼睛〉》;邬朝祝的《一株独异的鲜花——读〈长颈鹿拉拉〉》。

28日,《文艺报》、中宣部文艺局、《中流》编辑部、《中国教育报》联合召开徐福铎的报告文学《她的中国心》讨论会。(本年9月1日《文艺报》)

29日,《社会科学辑刊》第4期发表蒋秀英的《论琼瑶小说的语言特色》。

《社会科学家》第4期发表龙超领的《一颗温馨的女性诗魂——评台湾当代诗人席慕容的诗歌创作》。

《浙江师范大学学报(社会科学版)》第4期发表陈文祥的《清新的风,甜美的泉:读台湾"三林"的儿童文学诗》。

本月,《山西文学》第8期发表冈夫的《诗作札记》;段崇轩的《灵性小说——评义夫近期小说创作》;艾斐的《草民村事天性淳——评谢俊杰小说〈桃河怨〉》。

《小说家》第4期发表李福亮的《记忆的幽灵及其他——读〈木屐·水饭·活树〉断想》;李五泉的《阿成印象》;杨楷、元璋的《剪辑的镜头》;胡丹阳、方正南的《清水淬其锋》。

《中国作家》第4期发表文平的《从神童到土著》;罗维扬的《碧野的意义》。

《当代作家》第4期发表杨耐冬的《纳吉布·马佛兹的少年伙伴——1988年诺贝尔文学获奖作品译介之二》。

《花城》第4期发表王蒙的《天情的体验——宝黛爱情散论》;陈墨的《叙事迷宫与寓言世界——〈侠客行〉赏析》;陈良运的《也谈"女性诗歌"》;黄世贤的《一列复归的人生列车——评〈没有终点的轨迹〉》。

《作品》第8期发表饶芃子的《心泉淙淙——〈文学批评与比较文学〉后记》;

杨羽仪的《不可忽视的缺憾美——散文创作随想之一》;韩笑的《"犁青现象"的启示——在犁青作品和〈文学世界〉座谈会上的发言》;古远清的《"眼中看得玫瑰开"——王心果三首爱情诗赏析》。

《春风》第8期发表孟留喜的《透照人与大自然的扭结点——读马秋芬的〈狼爷、狗奶、杂串儿〉》。

本月,花城出版社出版易准的《熟悉的陌生人》,张奥列的《文学的选择》。

延边大学出版社出版于寒、金宗洙的《台湾新文学七十年》。

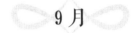

9月

1日,《广州文艺》第9期发表钟晓毅的《走出拥挤,趟一条自己的路——张奥列文学批评散论》。

《上海文学》第9期发表赵毅衡的《关于"后批评意义"》;李洁非的《自然主义:一个观念的历史》;吴洪森的《想象与理性》。

《文艺报》第34期发表《首都文艺界人士力荐〈她的中国心〉》;李下的《人间真情贵于金——报告文学〈她的中国心〉读后》;耘德的《有这样一颗中国心——评报告文学〈她的中国心〉》;萧乾的《感情真挚　朴实无华——读〈单复散文选〉》;刑贲思的《关于主体性问题的几点思考》;嘉谨的《影视艺术与精神文明建设——访陈荒煤同志》;皇甫德仁的《用美好的心灵感应生活——读江宛柳的报告文学〈蓝色太平洋〉》;程德源的《太平梦·天国恨——读〈太平天国全史演义〉》;张同吾的《真诚地做人与真诚地写诗——读王洪涛的诗》;贾永生的《淡中见雅　含蓄隽永——梅少静〈冰冻三尺〉漫评》。

《求是》第17期发表徐军的《人民的呼唤　时代的乐章——〈焦裕禄〉读后》。

《青年作家》第5期发表周昌义、洪清波的《与青年作者侃文学》。

《滇池》第9期发表张庆国的《陌生化和写作状态》;郑海的《别具一格的趣意——李霁宇小说片谈》。

《解放军文艺》第9期发表黄国柱的《呼唤军事文学的辉煌——东北军旅文学作品专辑印象》；张志忠等的《军旅诗与军营文化——解放军艺术学院文学系青年师生九人谈》。

4日，《山东文学》第9期发表刘振佳的《试论孔孚诗的儒家精神》。

5日，《广西文学》第9期发表凡尼的《庞克俭散文小议》。

《中国西部文学》第9期发表《解放散文：西部文学的重要发现——"周涛散文研讨会"座谈纪要》。

《当代文坛》第5期发表吕进的《诗学：中国与西方》；谭兴国的《"六经注我"与"我注六经"——对两种文学批评观的述评》；李炳银的《报告文学的文体特征及其发展演变》；廖全京的《青春的缱绻——裘山山和她小说中的心灵世界》；李庆信的《对人生的体味与感悟——傅恒小说风貌一瞥》；吴野的《登上高原——金平小说创作漫议》；黄树凯的《探索人生的深沉意蕴——试论武志刚的小说创作》；何镇邦的《读周大新长篇小说〈走出盆地〉》；夏文的《阿克默氏世纪病及其他——字心小说集〈女人在失落〉谈片》；丁帆的《人的生命意识窥探和技巧转换——论赵本夫的小说创作》；白航的《诗歌问答》；赵文江的《作家的心态与文学的导向》；沙鸥的《有感于"席慕容现象"》；阳有权的《走出"小圈"自风流——文坛"圈子心态"刍议》；苏恒的《严肃的理性思考——李益荪〈马恩文艺思想论稿〉序》；贺兴安的《序〈文学精灵的突围〉》；余三定的《实践总结与理论探讨的交融——评〈史诗艺术与建构模式〉》；周景行的《一枝独具风格的奇葩——评范昌灼新著〈散文创作论〉》；李元洛的《挹一掬遥远的清芬——读新加坡诗人蔡欣的诗》；赵智的《漫谈想象的审美中介作用》；徐治平的《散文的色彩美》；郭仁怀的《锤炼后的反复——谈诗歌的一种语言现象》；李兮的《通俗小说浅谈——读黄剑华的两部小说有感》；温源的《一面时代的镜子——读报告文学〈婚姻大世界〉》；云草的《睿智哲理的折光——读〈应将书剑许明时〉》；田由的《傅小渝和他的海南故事》；左人的《悠悠扬扬的竹叶笛——评马及时的儿童诗》；雷业洪的《描山绘水见真情——读〈山河恋〉》；春华的《时代呼唤新人形象》。

《青海湖》第9期发表周宁的《文到沉毅人到率真——〈黑色经历〉读后》；张震的《闪光的痛苦——评王自源的〈流变〉等三篇小说》；黄宇飞的《思想厚重 意蕴深沉——〈小站停车两分钟〉读后》。

6日，《河北文学》第9期发表苗雨时、王伟芳的《人与土地的深层默契——读韩文戈的〈吉祥的村庄〉》。

7日,《天津文学》第9期发表郭枫的《还给台湾艺术散文原貌——〈台湾艺术散文选〉序》;周政保的《"故事"与模糊的寓言倾向》。

《花溪》第9、10期合刊发表秦家伦的《坚持马克思主义文艺观　繁荣社会主义文艺创作》;黄瑞云的《漫画化和世俗相——叶澍寓言小议》。

8日,《文艺报》第35期发表刘白羽的《我心中最纯真的语言——读〈她的中国心〉》;李若冰的《吴树民的追求》;尚文的《我读〈苍生〉》;辛如的《马克思主义应该怎样对待现代西方思潮》;《贯彻"双百"方针　澄清理论是非——〈文艺理论与批评〉编辑部召开关于文艺的意识形态性讨论会》。

10日,《中流》第9期发表本刊整理的《文艺要促进青少年的健康成长——教育工作者座谈文艺工作发言摘登》;本刊评论员的《"愚公移山"的新篇章——推荐报告文学〈沂蒙脊梁〉》;李中权、邹谨延的《怎样看待〈雪白血红〉(续三)》;和谷岩的《真实生动正确地反映革命战争——〈长城内外〉读后》;艾平的《忠于革命老而弥坚——李英敏文学创作研讨会综述》。

《北京文学》第9期发表刘友宾的《身在异乡为异客——李惠薪近作札记》。

《时代文学》第5期发表费振钟的《返回家园——李贯通论略》;谭好哲的《人生因真情而美丽——读苗长水中篇新作〈南北之梦〉》。

《诗刊》第9期发表罗沙的《一支爱国主义的颂歌——读郭光豹的〈望乡风〉》;飞雁的《还我国风——读长诗〈渤海湾〉》。

《读书》第9期发表赵一凡的《福柯的知识考古学》;朱伟的《最新小说一瞥》。

13日,《文学报》发表萧乾的《漫谈小说创作——为在台北举行的当代中国文学国际学术会议而作》。

15日,《文艺争鸣》第5期发表杨匡汉的《智慧的生长——诗学笔记之一》;孟悦的《叙事与历史(上)》;朱辉军的《重评胡风的理论成就与缺陷——兼答林希先生》;白烨的《关于胡风文艺思想讨论的综述》;吴育频的《创作自由与党性原则》;阳友权的《文坛"热点"的冷思考》。

《文艺报》第36期发表《贺敬之同志同〈她的中国心〉主人公乌云和作者徐福铎的谈话》;聂大江的《是什么使她做出这种抉择?》(在《她的中国心》作品讨论会上的讲话);尧山壁的《朱增泉的诗》;郭风的《读〈红观音〉》;晓冰的《喜读〈义重情长〉》;纪学的《你的山水诗有特色——致诗人苗得雨》;高扬的《颂扬呼唤美的真

情——评小说集〈生之灭〉》;李丛中的《性的升值与文学的沉沦——评"性文学热"》;雁翼的《诗形体小议》;《时代气息·时代精神·时代高度——北京市委宣传部副部长马玉田谈当前文艺创作中的一些问题》;何为的《耕耘散文——读〈袁鹰散文六十篇〉》;邹荻帆的《欣喜与祝愿——读胡鸿的诗集〈初恋的情结〉》;孙达佑的《梅洁散文片谈》;黄振源的《从人看战争——读长篇小说〈山在虚无缥缈间〉》。

《文学评论》第 5 期发表肖鹰的《近年非理性主义小说的批判》;喻季欣的《新时期军事文学的"英雄情结"》;朱向前的《〈灵性俑〉的诞生——黄献国小说艺术蜕变勘探》;方惠的《报告文学"新潮"赞》;黄文华的《呼唤"绿色文学"》;刘嘉陵的《通俗文学的历史、现状和发展方向——繁荣通俗文学创作座谈会述介》;古继堂的《略论台湾文学研究中的十个问题》。

《徐州师范学院学报》第 3 期发表赵志英的《我看三毛》;邹建军的《舒兰的诗论》;戚云龙的《永恒的追求——郭枫和他的〈第一次信仰〉》;火月丽的《席慕容诗论》;陈辽的《陈义芝、何瑞元创作简论》。

15 日,《钟山》第 5 期发表郭枫的《四十年来台湾文学的环境与生态》。

《特区文学》第 5 期发表李钟声的《关于特区文学的"特味"——致戴木胜》;谢望新的《晴空中的一团阴霾——读何继青的中篇小说〈哭歌〉》。

16 日,《求是》第 18 期发表成志伟的《"我的生命属于中国"——报告文学〈她的中国心〉读后》;孙武臣的《它更愿意开放在原野上——读刘绍棠的〈黄花闺女池塘〉》;戈峰的《白话诗与迷幻诗》。

17 日,《作品与争鸣》第 9 期发表盛雷的《当代中国的"普通一兵"——〈荒原〉读后》;司空奇的《价值观碰撞中的困惑——评〈潇洒的累〉》;朱铁志的《道是潇洒却疲惫——评中篇小说〈潇洒的累〉》;李下的《可怜天下父母心——刘恒〈教育诗〉漫评》;毕胜的《话说〈教育诗〉》;孙珉的《骚动的灵魂与民族精神的重建》;茹志鹃的《谈李森祥的〈小学老师〉》(原载《上海文学》1990 年第 3 期);白玄的《赋到沧桑语便工》;赵光的《白描的魅力——评〈小学教师〉》;王鸣久的《夭殇不止 悲剧不已——读长诗〈无尽沧桑〉》;陈然的《一首令人困惑的诗》;夏日闲人的《毁誉不一的〈独身女人的卧室〉》。

19 日,《青年文学》第 9 期发表张晓红、王永平的《〈荒原〉短评两篇》;徐林的《耐人寻味的伏笔》;李志坚的《娓娓倾诉的深情》;力凡的《平凡中见深厚》。

20日,《人民文学》第10期发表本刊编辑部的《主旋律下的群星灿烂——〈人民文学〉1990年7—8期合刊号座谈会纪要》。

《小说评论》第5期发表张德祥的《论"新现实主义"小说的美学特征》;王仲生的《历史是一种对话——土地、战争与人》;黄毓璜的《1984—1989:周梅森论》;晓华、汪政的《阿成的浪漫诗学》;程然的《醇浓绵长 耐人寻味——阿成小说语言谈片》;宾堂的《用心去书写生活——我所认识的刘震云》;徐明旭的《昨天不再来——读程乃珊的小说〈望尽天涯路〉》;陈墨的《悲剧意识的朦胧与拓展——廖西岚小说艺术片论》;贺绍俊、潘凯雄的《心眼多也是可爱的——析〈"中南海"女人〉和孙惠芬的创作》;范步淹的《红·白·黑——〈白门楼印象〉的主题意象》;胡良桂的《凝重雄浑的乡土情结——略论〈血坳〉》;刘树元的《透视孙春平的小说世界》;许文郁的《困境中的人生与生存困惑——牛正寰小说意蕴探寻》;刘春的《理想主义的重铸——李春光〈黑森林 红森林〉讨论会纪要》;舒文治的《难言的痛苦和思想的荒原——韩少功创作心态和哲学思维散论》;陆志平的《小说的语境研究》;丁永强的《论小说的悲剧描写》。

《上海文论》第5期以"学习与研究"为总题,发表胡惠林的《简论邓小平文艺思想的形成与展开》;同期,发表季红真的《文学批评学:框架与构想》;潘凯雄、贺绍俊的《社会—历史批评与新时期文学批评》;程德培的《小型作家论——汪曾祺 高晓声 矫健 格非 李杭育》;杨晓敏的《突围:生命的追求——史铁生论》;周政保的《从创作方法到审美精神的潜移——现实主义与中国当代小说》;赵园的《现当代文学中的农民文化(二章)》;王安忆的《上海开埠后的市民故事——读〈歇浦潮〉》;方克强的《关于自我的人生笔记——评长篇小说〈正常人〉》;唐金海的《在现实主义深化的道路上——论青年女作家蒋濮小说的个性和追求》;李洁非的《零乱的意会——关于艺术》;叶潮的《诗歌与文化传播——对诗歌的文化学考察之一》;潘颂德的《〈中国现代诗论四十家〉后记》;郭文珍的《在多维文化的空间建筑自己的批评大厦——评肖云儒〈中国西部文化学〉》;苏勇的《用形象预示未来——读〈艺术幻测论〉》;谢天振的《什克洛夫斯基与俄国形式主义》;[俄]什克洛夫斯基作、谢天振译的《作为手段的艺术》。

《花城》第5期发表陈明亮的《走向新的艺术综合——1989年〈花城〉中篇小说概评》。

《文艺报》发表苏丁的《苏醒的中国意识——余光中诗观述评》。

21日,《文艺研究》第5期发表陆海林的《观念形态的艺术——艺术意识形态论之二》;高小康的《当代大众趣味描述》;易明善的《浅谈香港作家夏易的短篇小说》。

22日,《文艺报》第37期发表西南的《宏放朴实 踔厉风发——读〈飞天〉"军旅散文十四家"》;张诗剑的《诤友·烛光·无花果——读方航仙散文诗》;张同吾的《绕梁余音静中寻觅——读诗论集〈轻叩诗之门〉》;徐定宝的《通俗文学撷谈》;岳洪治的《五彩缤纷的众芳之园——读〈中国当代散文精华〉》;刘白羽的《谈传记文学——1987年传记文学研讨会的书面报告》;胡君靖的《〈金葫芦〉对美的呼唤和讴歌》;罗英的《儿童文学园地的一朵新葩——读康文信〈咧开嘴笑的石榴〉》;陈大远的《诗言志也言情——果瑞卿〈相思集〉读后》;胡迎节的《行人更在青山外——台湾青年剧作家王安祈与她的新国剧》。

24日,《文艺理论与批评》第5期专栏"纪念《讲话》发表48周年"发表徐非光的《〈讲话〉的命运和文艺的歧路》,杨柳的《继承延安传统 开创文学新路》,艾克恩的《一世雄谈万世师》,颂扬的《创作自由与奉命之作》,古建军的《解放区文艺是真正人民文艺》;同期,发表丁宁的《激流勇进之美——与"门外客"畅谈〈长江三日〉》;石英的《日出东海天红胜火——〈刘白羽散文四集〉赏析》;罗守让的《老成健笔 更上层楼——评康濯中篇新作〈洞庭湖神话〉和〈十年一聚〉》;黄增珠的《绚丽多变的龙卷风——龙彼德诗歌创作论》;韩瑞亭的《燕塞烽火铸干城——读报告文学〈长城内外〉》。

25日,《文艺理论研究》第5期发表吴炫的《批评科学化与方法论崇拜》。

《长城》第5期发表陈映实的《铁凝小说的语言艺术》。

《当代作家评论》第5期发表於可训的《论作为实践形态的新写实主义——写在"新写实主义"倡导周年》;陆晓声的《别把小说太当"小说"——读〈钟山〉"新写实小说大联展"诸作》;郭银星、辛晓征的《告别新小说时代》;何志云的《强悍而悸动不宁的灵魂——读刘庆邦的小说创作》;张颐武的《话语 记忆 叙事——读刘庆邦的小说》;翟墨的《向心灵的暗井掘进——我读刘庆邦的小说》;高海涛的《浩烈情,迷茫劫——刘庆邦小说的文化精神》;刘庆邦的《痛快一回》;张玞的《虚构的帝国——评马原小说》;胡河清的《马原论》;汪政、晓华的《诗意的沉浮——论黄蓓佳的小说创作》;吴毓生、孙生民的《超常的情感体验——黄蓓佳三篇近作漫评》;曾镇南的《对于德才小说创作道路的一个勾勒》;雷达的《知识分子心灵的一页历史——评长篇小说〈月亮的环形山〉》;刘毅的《贾宝泉散文艺术探美——兼评〈人生,从序走向跋〉》;晴川的《高深诗歌创作艺术特色》;李万庆的《牟心海诗歌世界描述——〈情海集〉、〈绿水集〉综论》;段崇轩的《为了艺术的纯粹——评〈韩石山文学评论集〉》;李星的《怀旧与招魂:民族精神的颂歌——读〈梅村心曲〉》。

《海峡》第5期发表陈辽的《略谈福建籍台湾作家18家》;翁奕波的《时代的鼓手——台湾诗人桓夫》;庄原的《时代·文艺·老作家——兼评介呼啸的〈梦里人生〉》。

《世界博览》第10期发表方连的《爱就是在那里——访於梨华》。

29日,《文艺报》第38期发表董旭升的《新时期的"山药蛋"——赵新小说探微》;冯牧的《独特的女性色彩——评白族女作家景宜的小说》;纪众的《温馨的记忆,美丽的梦——长篇小说〈男儿女儿多风流〉读后》;尹鸿的《对历史生命的想象——谈影视作品中历史人物形象的塑造》;张志民的《勤劳出果实——读刘江的诗》;滕云的《〈桂系演义〉之长短》;李小甘的《走出孤独的雨季——评赵婧诗集〈走出孤独的雨季〉》;专栏"公安题材文学评论征文"发表杜元明的《视角多变与晋川小说的探索——公安题材作品艺术漫论之一》。

30日,《河南大学学报(哲学社会科学版)》第5期发表张景华的《沪港洋场的"病丑狂孽"——张爱玲〈传奇〉中人物的劣根性》。

本月,《山西文学》第9期发表郑波光的《小人物们的世界——评常捍江的小说创作》;王祥夫的《常捍江小说语言印象》。

《百花洲》第5期发表蒋孔阳的《谈谈悲剧性》;陈金泉的《艺术王国里的动物世界》。

《作品》第9期发表杨光治的《〈初恋的回声〉的回声》;游焜炳的《好一茬新苗——第七届新人新作获奖作品印象》;杨瑞昌的《把心融在特区这块土地上——读丹圣"特区人情世态"小说》。

《青春》第8、9期合刊发表王干的《叶兆言的省略艺术》;毛时安的《没有答案的选择——关于陆星儿的〈夏天太冷〉》;X力的《再现历史的有益尝试——孙景生长篇小说"震风"号巡洋舰失踪》座谈纪要》;曹明的《在爱的世界里跋涉——漫谈席慕容的爱情诗》;刘海涛的《走出"二难"的一条途径》;辛颜的《留给读者的想象空间》;陈惠芳的《我们寻找什么样的家园——"新乡土诗"对中国诗坛的启发》。

《语文月刊》第 9 期发表曹丽薇的《一曲人生失意的哀歌——读台湾作家杨逵的小说〈水牛〉》。

本月,海峡文艺出版社出版复旦大学台港文化研究所选编的《台湾香港暨海外华文文学论文选》(第四届台港暨海外华文文学学术讨论会论文集)。

高等教育出版社出版潘亚暾主编的《台港文学导论》。

北岳文艺出版社出版蔡润田的《泥絮集》。

甘肃人民出版社出版郭光廉、刘增人编的《臧克家研究资料》。

10 月

1 日,《广州文艺》第 10 期发表江励夫的《艰难,但有希望——都市文学漫议》。

《上海文学》第 10 期发表赵园的《人与大地——中国现当代文学中的农民》;张韧的《文化环境的异质比较与文学创作》;陆星儿的《规定与局限》。

《求是》第 19 期发表周启志的《走出低谷区——中篇通俗小说〈低谷区行动〉读后》。

《作家》第 10 期以"孙犁散文研习录"为总题,发表曾镇南的《续问津(下)——读〈秀露集〉之五》。同期,发表胡宗健的《故事:时间生活与价值生活》;蓝马的《走向迷失——先锋诗歌运动的反省》。

《滇池》第 10 期发表汤世杰的《结构意识:萌醒,嬗变和重建——吉成小说结构特色初探》;赵克雯的《芬芳土地上的诗情——吴雯儿童散文赏析。》

《解放军文艺》第 10 期发表范咏戈的《"宁军"的文学新版图——南京军区作品专辑读后漫笔》。

《苏州科技学院学报》(社会科学版)第 3 期发表陈浩洤、曹毓民的《〈乱都之恋〉:鲜血与泪水的凝聚——论台湾诗人张我军》。

《中国现代文学研究丛刊》第3期发表秦贤次的《台湾新文学运动的奠基者：张我军》。

4日，《山东文学》第10期发表冯中一的《民族其魂　现代其风——关于王耀东的农村抒情诗》；陈宝云的《人生维艰——读〈空当儿〉》。

5日，《中国西部文学》第10期发表蔡宇知的《周涛散文美质探》；周政保的《〈绿岛〉评述》；天山雪的《必须扼止这类行为——评常征的中篇小说〈第七十三行〉》；吕艺的《一个性格复杂的"捉刀"——评中篇小说〈第七十三行〉》。

《青海湖》第10期发表冯育柱的《到报告文学领域中驰骋吧！——读本期报告文学作品的思考》。

6日，《文艺报》第39期发表泉文的《真实反映农村改革的复杂性——〈骚动之秋〉讨论会纪要》；段崇轩的《青春的雕像——评王东满长篇小说〈蔷薇之恋〉》；白崇人的《关注现实　直面人生——读马犁小说集〈西望博格达〉》；金宏达的《改革年代的"知青文学"——评曾志明的长篇小说〈姑娘你才十九岁〉》；吴奔星的《谈"诗要用形象思维"——重读毛泽东同志谈诗的一封信》；钱光培的《交代与告白——写在〈中国十四行诗选〉出版时》；吴欢章的《谈姜德明的人物散文》；苏庆昌的《真情的吐露——谈左森的散文》；绍凯的《靠山吃山　靠水吃水——洞庭湖与舒放的〈火船〉》；专栏"公安题材文学评论征文"发表王奎连的《试谈公安文学的教育作用》。

《河北文学》第10期发表刘俐俐的《新写实小说人物创造透视》；张志春的《蓓蕾一枝自旖旎——读杨菁的散文》。

7日，《天津文学》第10期发表王之望的《艺术的完美与完美欲》；赵玫的《学徒漫笔（之四、之五）》；刘树勇的《关于生命体验——艺术杂感之一》。

《光明日报》发表杜文远的《林默涵谈杂文》。

9日，《光明日报》发表艾斐的《"寻根文学"的误区——兼论"寻根文学"与拉美魔幻现实主义文学的关系》。

10日，《中流》第10期发表邓力群的《一次可贵的尝试——在〈世纪行〉座谈会上的讲话》；王忍之的《做一个真正的人》；刘白羽的《乌云颂——读〈她的中国心〉》；江晓天的《历史将继续证明——谈姚雪垠和〈李自成〉》；康林的《莫做歌剧〈刘三姐〉里的秀才》；祁念曾的《人生哲理的探寻和沉思》；陈志昂的《电视艺术的现状和问题》；王绶青的《一个老编辑和一个新作家》；艾克恩的《一曲〈南泥湾〉

无限鱼水情》；黎明等的《怎样看待〈雪白血红〉(续四)》。

《雨花》第10期发表大野整理的《雨花杂志社读者、作者、编辑评刊会议纪要》；陈辽的《面对历史的深沉思索——评薛冰的〈爱情故事〉》；黄毓璜的《乡村的呼唤——〈村邻〉印象》。

《诗刊》第10期"新诗话"栏发表宋垒的《定量与定性》、陈显荣的《嫁接是一种创造》、《听美声唱法偶感》，黄东成的《诗忌重复》、《笔墨之外的韵味》、《单调不仅是一种枯燥》；同期，发表陈慧的《"停滞"的困境——关于先锋派的沉思录之一》；姜耕玉的《缘情言志与多样并存的诗歌流派——关于中国诗歌传统与李元洛先生商榷》；盛海耕的《刘征寓言诗的讽刺艺术》；古继堂的《一条沁润心灵的小溪——评台湾女诗人涂静怡的短诗》。

《读书》第10期发表胡晓明的《淘沙宽堰　守先待后——读王元化〈思辨短简〉》；朱伟的《最新小说一瞥》。

11日，《文学报》发表子迅的《新兴的香港两大文化特产——"无厘头文化"和"优皮士文化"》。

13日，《台港文学选刊》第10期发表徐学的《80年代台湾女性文学》；刘登翰的《台湾诗人十八家论札(四)》。

14日，《光明日报》发表雷达的《谈〈南行记〉从小说到电影》。

下旬，祝贺曹禺从事戏剧活动65周年学术研讨会在北京举行。(本年12月1日《文艺报》)

16日，《光明日报》发表黄中俊的《〈茶馆〉仨老头散记》。

17日，《作品与争鸣》第10期发表石英的《难得的"红旗"》(批评周明的诗歌《红旗》，该作品发表于1990年7月2日的《人民日报》)；《民族正气歌——〈魂系青山〉讨论会发言摘要》(原载1990年8月4日《文艺报》)；张步真的《山河不老故乡情——我为什么写〈魂系青山〉》(原载1990年8月4日《文艺报》)；张首映的《在价值十字街头的反思——读〈徘徊的青春〉》；盛雷的《一个引人注目的艺术形象——略论〈徘徊的青春〉中之萍的塑造》；原林的《一只大鸟一出梦——读〈大鸟〉有感》；宗强的《评〈大鸟〉》；魏平的《随感两则》；宗荣的《"西望长安"可奈何——"动乱精英"在国外》；赵侃整理的《关于"新写实"小说讨论综述》(原载《文艺报》1990年8月4日)；金昕的《关于杨绛小说〈洗澡〉的讨论》。

19日，《青年文学》第10期发表张晓平的《先祖土地上深扎的根》；汪雄飞的

《我说〈我不能孤独〉》;邢思勇的《〈羊肉泡馍〉有味》;汤在府的《青年是文学作品的主体》。

20日,《文艺报》第41期发表秦牧的《我的生活信念和文学追求》;芦萍的《火焰般的诗魂——读海南的诗歌》;殷海涛的《独具特色的普米族文化——写在普米族民间文学集成出版以后》;冯宪光的《深入生活是文艺创作的客观规律》;何国瑞的《"性美论"和"性根论"辨析》;温文认的《十年小说风云尽收眼底——简评〈新时期小说史稿〉》;以"祝贺曹禺从事戏剧活动65周年"为总题,发表田本相的《曹禺现实主义创作的基本特色——为曹禺从事戏剧活动65周年而作》,于是之的《青山不老——贺曹禺院长从事戏剧活动65周年》,高岩、常郁的《一位戏剧大师的心灵历程——读〈摄魂——戏剧大师曹禺〉》;同期,发表樊发稼的《在刻画人物上下功夫——读季浙生的儿童小说〈天涯情〉》;纪鹏的《美的新疆,诗的新疆——〈中国西部摄影诗〉阅后断思》;林非的《张若愚散文漫评》;张继楼的《可贵的热情——读聪聪的长篇诗作〈三月交响曲〉》;圣野的《太阳,将从我们手中升起——读徐鲁中学校园诗集〈再来一次童年〉》。

《福建论坛》第5期发表管宁的《情爱:社会与人生的透镜——李昂抒情小说论》;施建伟的《林语堂研究综述》;林焱的《选家的慧眼——读万平近选编的〈林语堂选集〉》。

24日,《小说月报》第10期发表高松年的《吴越文化小说断议》。

27日,《文艺报》第42期发表冯牧的《关于〈无极之路〉》;秦兆阳的《时代的呼唤》(评宏甲报告文学《无极之路》);杨金亭的《铁笛铜琶奏大风——读朱竹的〈太阳风〉》;鲍晓的《架起一座金色的桥——长篇报告文学〈大湖中的绿宝石〉读后》;张德厚的《一片爱心在新诗——谈张新如教授的新诗理论》;杨葵的《日常生活的叙述——谈影片〈北京,你早!〉》;王菊延的《爱国主义:民族文化中的美质——读储福金中篇小说〈聚〉》;李若冰的《色泽鲜亮的五彩石——喜读耀县水泥工人诗文集》;专栏"公安题材文学评论征文"发表云德的《关于"公安文学"的审美特征》。

28日,《光明日报》发表干与的《窘困与突围——关于新时期政治抒情诗的思考》。

30日—11月1日,中国作协报告文学创作座谈会在北京召开。(本年11月3日《文艺报》报道《中国作协召开报告文学创作座谈会》)

31日,《台港与海外华文文学评论和研究》创刊,主编陈辽,副主编汤淑敏、秦家琪,主办单位为江苏省社会科学院文学研究所、江苏省台港文学研究中心,创刊号发表寇立光的《土地、人民和民族文化的情思——郭枫散文初探》;刘俊的《情愫:审美的根源和制约》;方忠的《张晓风散文创作初探》;颜一平的《海洋精神和海洋文学——论朱学恕的〈开拓海洋新境界〉和〈饮浪的人诗集〉》;王同书的《江苏双璧映玉山》;沈存步的《雨后丽日看"天虹"——记香港诗人傅天虹》;凌君钰的《扬州:纪弦诗歌的发轫之地》;文牛的《画出台湾电影发展的轨迹——记台湾杰出的电影艺术家李行》;秦家琪、刘红林的《凌叔华小说中的女性世界》;王盛的《近代台湾诗坛的一对"双星"——丘逢甲与许南英》;钦鸿的《热爱生活 反映生活——评林琼的散文集〈又晴又雨〉》;梦花的《难忘的朋友——记王润华、淡莹夫妇》;陈辽的《旅美华人知识分子生活、心态的写照》;庆华、大壑的《在东西方文化的夹缝中——析台湾留学生文学的"放逐"主题》;古继堂的《台湾文学研究十年》;徐学的《八十年代台湾政治文学概观》;东方一的《台湾当代文学发展概况》;白坚的《"休而未朽"赞——柳无忌〈休而未朽集〉命名的启示》;韦晓瑛的《"港台文学热"探》。

中秋节前后,福建省作家协会举办海峡诗人节,来自台湾、香港的作家以及诗人洛夫等应邀参加。两岸诗人、作家畅游八闽山水,谈论诗文。这是福建举办的两岸诗人共同参与的首次大型文学活动。刘登翰、林承璜等多次去台湾作学术交流。

本月,《长江》第5期发表岳恒寿的《追着太阳唱起歌——吴宝忠印象》;钱运录的《在湖北省首届"屈原文艺创作奖"、"金凤青年文艺奖"颁奖大会上的讲话》;唐小禾的《东方现代艺术应树立自己的价值标准》;田中全、王先霈、俞汝捷、涂怀章、古远清、乔玉生、可训的《获奖作品笔谈》。

《山西文学》第10期发表蔡润田的《〈泥絮集〉自序》;阎晶明的《智慧的文学——钟道新小说新论》;李桦的《大长江的子民——及诗人秦岭和他的〈大长江〉》。

《小说家》第5期发表邵卓的《传统的与现代的——第一个读者的话》;刘庆邦的《许谋清印象》。

《中国作家》第5期发表碧野的《臧克家素描》。

《当代作家》第5期发表缪俊杰的《孔子:从精神偶像到艺术典型——评杨书

案的长篇小说〈孔子〉》;聂运伟的《评长篇小说〈蓝太阳〉》。

《青春》第 10 期发表凌焕新的《在对立强化中显示艺术魅力——初读〈春天幼杉在舞蹈〉》;苏叶的《卓然飘逸》;陈鸿祥的《忘年之恋》;王德安的《我与缪斯的终生缘》。

浙江省文联文艺研究室与浙江大学中文系联合发起的诗歌理论讨论会在杭州召开。(本年《诗刊》第 12 期)

本月,高等教育出版社出版吕德申等主编的《马克思主义文艺理论发展史》,邱文治、韩银庭编著的《茅盾研究六十年》。

天津教育出版社出版袁良骏的《丁玲研究五十年》;黄修己的《不平坦的路:赵树理研究之研究》;崔西璐编著的《中国当代文学研究概论》。

南京出版社出版戎东贵的《文学启示录》。

白山出版社出版黄国柱的《北国的辉煌》。

吉林大学出版社出版李光鏖的《圭臬论》。

陕西人民出版社出版孙豹隐的《时代·人·艺术》。

花城出版社出版广东省文学艺术界联合会编的《热血青史:欧阳山作品研讨论文集》。

11 月

1 日,《广州文艺》第 11 期发表严瑞昌的《悲郁中的眼睛——读〈黑暗中的眼睛〉》。

《作家》第 11 期以"孙犁散文研习录"为总题,发表曾镇南的《窥藏——读〈秀露集〉之六》。同期,发表李子云的《女性意识的觉醒——谈竹林的〈女性——人〉》;江浙成的《留下,就是补偿——我的自传》。

《青年作家》第 6 期发表周昌义、洪清波的《与青年作者侃文学(连载之二)》。

《解放军文艺》第 11 期发表管卫中的《突破模式的包围——西线军旅文学创

造动向简析》;朱向前的《军旅文学新风景》;刘兆林的《〈绿色青春期〉与军营文化》。

3日,《文艺报》第43期发表李瑞环的《在全国"扫黄"工作会议上的讲话》(1990年10月24日);贺敬之的《在祝贺曹禺同志从事戏剧活动65周年纪念会上的讲话》;林默涵的《健康长寿　老当益壮——在祝贺曹禺同志从事戏剧活动65周年大会上的开幕词》;马烽的《描摹当代的焦裕禄》(评宏甲的报告文学《无极之路》);文怀沙的《读〈无极之路〉——生不用封万户侯　但愿一识刘书记》;方宾的《文学应该有崇高的理想》;王愚的《一生儿爱好是天然——闻频抒情诗集〈红罂粟〉评议》;思忖的《别开生面的〈龙年警官〉》;黄健中、李小龙的《关于〈龙年警官〉的漫谈》。

4日,《山东文学》第11期发表刘锡诚的《熟悉的和陌生的——试评马海春、赵德发和陈占敏》。

5日,《中国西部文学》第11期发表木业羌的《散板——独山子笔会散记》;力文的《从三个角度看〈第七十三行〉》;雨之的《评常征的小说〈第七十三行〉》;本刊评论员的《克拉玛依文学巡礼》。

《当代文坛》第6期发表马识途的《悼周克芹同志》;履冰的《悼念克芹引发的联想》;之光的《悼克芹》;陈朝红的《对生活独特的审美把握——莫怀威小说的艺术追求》;夏文的《李乔亚的小说世界》;冯宪光的《现实与传统、幻想与梦境的交织——评阿来的短篇小说》;曹顺庆的《中西诗学对话:现实与前景》;李明泉的《世界观·矛盾观——艺术辩证法研究札记之一》;曹纪祖的《"先锋诗歌"的历史疑问》;曹万生的《一个关于中国人的梦——兼论易丹的小说》;刘火的《深山里蕴藏着人的力量——四川新作小说的一种走向》;程地宇的《文学:困惑与超越》;谭解文的《新时期传记文学创作述评》;缪俊杰的《重视通俗文学的审美特性》;饶德江的《创作中的自我与自大》;张德祥的《死者与生者的灵魂对话——评方方的〈祖父在父亲心中〉》;徐其超的《林文询小说人物琐谈》;王火的《一个执着追求者的心声——〈殷白作品选〉序》;蒲永川的《作者青衫湿,吾解其中味——读〈鸦片王国浮沉记〉》;山彬、荦钧的《爱的祈祷——读叶延滨诗集〈蜜月箴言〉》;张继楼的《变声期的心音——读徐康的〈初开的蔷薇〉》;张晓林的《蝌蚪摆荡的天空——读郁小萍、郁奉的母子诗集》。

《青海湖》第11期发表杨建青的《试论文学的批评方法——兼对张薇的文学

批评之批评》。

《四海：港台海外华文文学》第5、6期发表陈贤茂的《海外华文文学初探》；赖伯疆的《泰国华人社会的爱情悲喜剧——浅析泰华作家吴继岳的中短篇小说》；邓友梅的《聊聊谢青》。

6日，《河北文学》第11期发表《〈河北文学〉1990年农村题材专号座谈会纪要》；雷达的《关汝松的短篇小说——序〈草民〉》；王力平的《陈静小说的"童心角"》。

7日，《天津文学》第11期发表吴若增的《生活判断与艺术判断》；马林、张仲的《关于"津味"文学的通信》。

《花溪》第11、12期合刊发表万德强的《论创作自由与艺术家的责任感》。

10日，《文艺报》第44期发表德卫的《在探索和调整中寻求发展——近期报告文学印象》；蔡桂林的《绿色方阵的心曲浩歌——读喻晓的军旅诗》；吴光华的《独具魅力的农民形象——谈〈复活的幽灵〉中的农民企业家马前》；甘海岚的《说不尽的老舍——北京市老舍研究会首届理论年会综述》；李洋的《"文化地图"中的影视趣味》；荒煤的《文学贵在画魂——读霍达报告文学集》；毕胜的《凝重的童心——素素散文集〈北方女孩〉读后》；喻季欣的《传统的认同与创新——读崔洪昌长篇章回体小说〈血战丛林〉》；专栏"公安题材文学评论征文"发表姚楠的《省略：公安文学的一条美学原则》。

《时代文学》第6期发表孟祥元的《必须重视向党员群众灌输马克思主义理论（企业家笔谈）》。

《诗刊》第11期"新诗话"栏目发表丁芒的《从"虫声粘户网"说起》、《换个说法》，马立鞭的《通感也贵贴切自然》，成庶的《诗与将》；同期，发表陈慧的《"粗俗"的泥潭——关于先锋派的沉思录之二》，吕进的《诗人的修养》，孙友田的《煤与诗》，远骆的《诗海之筏——读飞白〈诗海——世界诗歌史纲〉》。

《读书》第11期发表唐湜的《怀敬容》；王蒙的《发见与解释》；朱伟的《最新小说一瞥》。

11日，《天津日报》发表李霁野的《寄语老友静农（二）》。

13日，《光明日报》专栏"社会主义文艺的本质和特征笔谈"发表李准的《加强社会主义文艺的理论建设》。

《台港文学选刊》第11期发表朱双一的《幽默是一种深沉的喜感——小评黄

凡《东区连环泡》》;郭风的《关于谢武彰的散文》;张文彦的《张开眼睛探索深阔的世界——简媜散文阅读散记》;姚牧的《纵览世态之妍 抚观天下之美——推荐张文达的两本杂文集》;刘登翰的《台湾诗人十八家论札(五)》。

15日,《文艺争鸣》第6期发表刘国枢的《深入学习社会主义理论 努力繁荣社会主义文艺》;牧欣的《坚持运用唯物史观研究文艺问题》;孙歌的《期待与期待的落空》;贺兴安的《诗评中的"诗"与"评"》;吴秉杰的《通俗文学的地位、价值和发展》;许中田的《文学应该满足大众的审美需求——关于繁荣通俗文学的思考》;孟悦的《叙事与历史(下)》;陈平原的《说"快意恩仇"——武侠小说形态研究之一》。

《文学评论》第6期发表张炯的《繁荣文艺与反对资产阶级自由化》;吕芳的《新时期中国文学与拉美"爆炸"文学影响》;李虹的《女性"自我"的复归与生长——新时期女性散文创作的流变》;梅蕙兰的《辉煌的瞬间与平淡的日子——张一弓与何士光创作比较》;汪文顶的《现代东方才女的典型——读〈冰心传〉》。

《中文自修》第11期发表叶枫的《日新月异 气象恢宏——香港现代诗初探》。

《钟山》第6期发表于果的《〈落日〉短评》;丁帆的《叙述模态的转换——叶兆言小说解读一种》;李洁非的《从小说的观点看》。

《特区文学》第6期发表谢福铨的《当代农村生活的思考与表现——马烽短篇新作漫评》;钟逸人的《努力拓宽军旅文学创作新领域——喜读何继青中篇小说〈哭歌〉》;杨作魁的《情景交融闪火花——读郭洪义的散文有感》。

《文学报》发表李霁野的《回忆录——台静农早年往事》。

15—25日,全国歌剧观摩演出在株洲举行。(本年12月1日《文艺报》)

16日,《中国人民大学学报》第6期发表马德俊的《台湾现代派的崛起、论争、回归及反省》。

《求是》第22期发表严昭柱的《评"文艺的非意识形态化"》。

17日,《文艺报》第45期发表徐迟的《报告文学要走进生活》;凌行正的《战士的情怀——读刘德鑫散文集〈送你一个月亮〉》;钟高渊的《冰如的散文》;一泓的《反映变革时代的心声——读〈雨花〉第10期的两篇小说》(评《村邻》、《外婆》);黄钢的《莫辜负人民的信托》(谈报告文学创作);张宏明的《对"新诗潮"的透视》;王火的《拳拳之心 眷眷之情》;孙海浪的《拥抱生活大海 探寻心灵矿藏》;陈伯吹的《为儿童造福　为作家鼓气》；许文郁的《把美给孩子们——读赵燕翼的童话集〈金瓜银豆·小精灵〉》；高扬的《新奇动人的生活图画——读吴晓琳的儿童小说〈小小的我〉》；李大振的《努力按艺术规律写作——在〈圆圆小传〉出版时的自语》。

17日，《作品与争鸣》第11期发表田增科的《深深植根于爱的沃土——读〈她的中国心〉》；武久计的《怎一个"左"字了得！——从周渺的一篇小说》；阮明的《周渺写情的新尝试——读〈梦里寻她千百度〉》；鸿民的《悖乎事理　顺乎人情——评中篇小说〈疯〉》；常丕军的《为什么要这样写悲剧》；郑雅琴的《奇特的故事　平凡的道理——评〈贼王艳遇记〉》；陈晓甫的《为谁张目　替谁说话——评传奇小说〈贼王艳遇记〉》；董崇理的《凡性皆美吗？——评小说〈岗上的世纪〉》（原载《中国文化报》1990年6月3日）；栾保俊的《评竣东的"思维方式"——重读〈一种思维方式的终结〉》；夏日休文的《〈大气功师〉小说乎？科学理论乎？》；诸葛东之的《〈雪白血红〉是一本怎样的书？》；东方旭光的《只有精忠能报国》；刘俊岩的《正确对待传统文化　为社会主义精神文明建设服务》。

18日，《光明日报》专栏"社会主义文艺的本质和特征笔谈"发表张炯的《社会主义文艺的结构与功能》。

19日，《青年文学》第11期发表韩羽的《〈青年文学〉的"实"、"新"、"深"》；钟培杰的《"新人新作"合乎民意》；刘浪的《退出"读者论坛"这点子不错》；李森的《这样的事还是头次见》。

20日，《小说评论》第6期发表雷达的《关于写生存状态的文学》；蔡葵的《长篇絮语》；陈美兰的《当他们迈向长篇小说领域的时候——从几位年轻小说家的第一部长篇谈起》；绿雪的《长篇小说的整体格局与审美变化》；林为进的《从古典向现代的过渡——嬗变中的长篇小说》；徐兆淮、丁帆的《在中西文化交汇点上寻觅自己——叶兆言和他的新写实主义小说探微》（正文标题为《在中西文化交汇点上寻觅自我——叶兆言和他的新写实主义小说探微》）；朱移山、许梦凡的《诗人的小说——论公刘〈昨天的土地〉系列》；李玉皓的《万顷江田一鹭飞——陈国凯幽默讽刺小说谈》；吴然的《蓝天的印象——〈空军、蓝天、六月笔会作品专辑〉小说扫描》；汤吉夫的《漫话〈老喜丧〉》；张同吾的《也算一种小说观——中篇小说集〈爱，不是选择〉后记》；李文的《批评是缄默的——读刘建军〈换一个角度看人生〉》；韩鲁华的《小说史研究的新拓展——评赵俊贤〈中国当代小说史稿〉及其他〉;一评的《一部具有独特个性的小说史论著——赵俊贤〈中国当代小说史稿〉讨论会纪要》;李洁非的《情节为本——小说赖此成为艺术》;周政保的《中国西部小说的省悟与语言——"1990 中国西部小说创作研讨会"述评》;安琪的《从革命历史中开掘新的美——陕西革命历史题材创作座谈会纪要》。

《上海文论》第 6 期以"学习与研究"为总题,发表郜元宝的《文学研究领域必须坚持发展马克思主义》,嵇山的《论社会主义文艺的服务对象和文艺的"审美本性"》;同期,发表管卫中的《旧文明的批判与新人格的寻觅——当前小说中的思潮动向考察》;赵小琪的《边城小说中的生态环境与文化》;王菊延的《豪华落尽见真淳——范小青中短篇小说漫评》;吴洪森的《差一点就是杰作——评王璞的〈涨水那一年〉》;吴永耀的《双重意绪下的人生境界——评〈请高抬贵手〉》;金丹元的《禅意开悟与唐宋神韵》;何满子的《〈历代小品精华鉴赏辞典〉序》;陈思和的《〈巴金研究指南〉后记》;张怀久的《文莫贵于精能变化——〈文学新名词词典〉序》;陈良运、查清华的《〈唐诗学引论〉述评》;李庆西的《文化、诗学和叙事方式——〈二十世纪中国小说史(第一卷)〉的两个问题》;[美]利奥·洛文塔尔作、王周生译,冯天泽校的《文学与社会学》;[德]阿道尔诺作、乐嘉春译的《现代艺术的特征:艺术的技术化倾向》。

《光明日报》专栏"社会主义文艺的本质和特征笔谈"发表严昭柱的《略谈社会主义文艺的本质特征》。

《清明》第 6 期发表黄书泉的《一曲哀怨凄丽的歌——〈水上女子芦苇花〉》。

《花城》第 6 期发表张奥列的《关于特区军旅文学及〈远行〉》。

21 日,《文艺研究》第 6 期发表龚政文的《意识形态与艺术理论——对"西方马克思主义"的一种考察》;栾昌大的《意识形态问题需要深入讨论——向梅林先生求教》;陈文忠、丁胜如的《人像展览:短篇小说的第三种结构》;张杰的《批评的超越——论巴赫金的整体性批评理论》。

20—21 日,江苏台港与海外华文文学研究中心主办的"江苏籍台港与海外华人作家作品学术讨论会"在南京召开。

23—27 日,全国剧本创作思想研讨会在北京召开。(本年 12 月 8 日《文艺报》)

24 日,《文艺报》第 46 期发表马烽的《真实地反映时代——读刘玉民的长篇小说〈骚动之秋〉》;冯健男的《〈三个老病友〉是一首诗》;王敏之的《浓缩了的生活醇酒——沈祖连小小说艺术微探》；汪恩宁的《真诚地追寻——王慧骐散文诗集〈月光下的金草帽〉读后》；崔宝国的《思索着的爱——读刘国尧的新诗集〈爱的旋律〉》；张炯的《新时期报告文学的走向》；叶伯泉的《"朋友，请听听这大森林的回声"》；曹万生的《吕红文散文片论》；王野的《叙新奇之事，抒动人之情——读〈天命集〉》；曲英丽的《乡场悲歌——读〈地保〉》。

《文艺理论与批评》第6期发表刘金的《一曲爱国主义的正气歌——评雪克的遗著〈无住地带〉》；王昌定的《忠于历史　忠于人民——评〈无住地带〉兼论作家的使命》；冯宪光的《"直面人生，开拓未来"的硕果——评周克芹的长篇新作〈秋之惑〉》；马畏安的《高尚的情感高尚的人——读〈她的中国心〉》；李正忠的《真实而又激动人心——〈她的中国心〉读后》；胡熙绩的《杂文散论》。

25日，《长城》第6期发表周申明的《历史与现实的必然——冀晋豫三省大型文学期刊组稿联谊活动感言》；山梅的《读孙犁文论札记》；石宗山的《好一部人生咏叹调》；阎涛的《成功的社会主义新人形象》。

《当代作家评论》第6期发表郜元宝的《命定视角与反讽基调——论新时期长篇小说的一种艺术选择》；陈志红的《永远的寻求：一代人的精神历程——兼谈知识女性形象的形而上趋势》；查振科、丁胜如的《反刍存在：陈源斌近年小说漫议》；李洁非的《在另一面——莫言三年前的一篇小说》；丁临一的《我看〈无极之路〉》；程麻的《文学的实与虚——〈唯物论者的启示录〉启示之四》；冒炘、庄汉新的《中西兼容　哲情互补——林非散文论》；吴亮的《无指涉的虚构——关于孙甘露的〈访问梦境〉》；孙郁的《汪曾祺的魅力》；张卫中的《余华小说读解》；雷格的《理解杨炼：站在人类文明的肩头》；陈创业的《新时期散文艺术嬗变》；王光明的《悲壮的"突围"——评散文诗集〈情人〉》；王克增的《〈津门大侠霍元甲〉的启示》；杨剑龙的《真切展示烦恼人生的混沌状态——读池莉的"烦恼三部曲"》；吴跃农的《现实生存策略——池莉小说阐释》；亦村的《忍与和的市民悲剧——池莉审美哲学臆解》；张贤亮的《关于〈习惯死亡〉的两封信》；木弓的《豪华小说热——读亦小井〈永远的贵族〉致作者》；赵园的《萧丽红的小说世界——读〈桂花巷〉、〈千江有水千江月〉》。

27日，《文学自由谈》第4期发表李文俊的《爱与理解的呼唤》；李书磊的《新书的古意》；夏晓虹的《说"玩物丧志"》；吴方的《一个凡人和一本薄书》；陈平原的《漫卷诗书喜欲狂》；蒋原伦的《华丽忧伤又一曲》；叶君健的《"东周殉马坑"观后》;马原的《批评的提醒》;马林的《我喜欢褐红色》;王鹰飞的《王蒙小说模式谈》;郭熙志的《王安忆、莫言的疲惫》;季红真的《朦胧的古典精神》;单正平的《写情三说》;田敬斌的《小说观念的变革与稳定》;金梅、许淇的《地域情调的追寻》(通信);胡宗健的《孙健忠创作印象》;黄伟林的《智者乐水》;柳宁的《许一青和他的书》;闵人的《〈流亡将军〉题内题外话》;李惠彬的《一片冰心在玉壶》;刘连群的《诗笔写生活》;黄桂元的《当代都市潮向的变奏》;王尔龄的《于细微处见精神》;王仲明的《新生代的阿凡提形象》;刘庭华的《叶老和他的作品》;王力的《批评的死亡》;季仲的《奇人奇书》;谢冕的《列车找不到终点站——评台湾现代诗初潮》;王璞的《这里有一块绿》。

28日,《作家报》发表陆卓宁的《不是梦幻,却是梦幻——陈映真的〈赵南栋〉》;钱虹的《香港文坛上的一簇洋紫荆——女作家西茜凰及其创作》。

29日,《社会科学辑刊》第6期发表赵朕的《乡土文学:文化倾斜的选择——大陆与台湾小说比较论》。

30日,《台湾研究集刊》第4期发表何笑梅的《谈〈人生行路〉与〈情结〉的结构艺术》;汪景寿、杨正犁的《台湾文学历史分期刍议》。

本月,《山西文学》第11期发表郝亦民的《人情练达即文章——评韩石山的散文》。

《当代》第6期发表荒煤的《致张炜》;黎之的《典型的魅力——编读随笔》;刘亚洲的《凝重的黄昏——评王学东的中篇小说〈绿色〉》。

《红岩》第6期发表黄良的《小说与社会心理》;歌王的《通俗文学泛谈》。

《作品》第11期发表潘亚暾的《令人神往的现代抒情诗——读澳门诗选〈神往〉》;黄培亮的《探寻者的第一串脚印——卢一基小说集〈女市长和她的丈夫〉》。

《台声》11期发表黄天横的《一九四五年以前的台湾新文学》。

本月,广东人民出版社出版刘焜炀的《鲁迅思想发展新探》。

湖北教育出版社出版李恺玲、谌宗恕编的《聂华苓研究专集》。

解放军出版社出版张西南的《审美意识:创作和批评的双向变革》。

花山文艺出版社出版封秋昌的《审美中的感悟》。

四川文艺出版社出版严肃的《茅庐集》。

文化艺术出版社出版赵俊贤的《论杜鹏程的审美理想》。

中国人民大学出版社出版姚鹤鸣的《在历史的秋千架上:中国新时期文学回

顾》,阎焕东的《凤凰、女神及其他:郭沫若论》。

上海文艺出版社出版丁亚平的《一个批评家的心路历程》。

中国社会科学出版社出版乐黛云、王宁主编的《西方文艺思潮与二十世纪中国文学》。

12月

1日,《广州文艺》第12期发表李钟声的《南方,冉冉升起的太阳——关于都市文学的随想》;张奥列的《南国风味的〈悠悠未了情〉——李树政小说集补说》。

《上海文学》第12期发表王宁的《论学院派批评》;张新颖的《博尔赫斯与中国当代小说》。

《文艺报》第47期发表《让歌剧更好地和新时代的群众相结合——1990年全国歌剧观摩演出在株洲举行》;贺敬之的《争取民族的社会主义的歌剧艺术的新繁荣——在歌剧观摩演出座谈会上的讲话(摘要)》;曾绍义的《秦牧散文的生命力》;张锲的《红烛啊,流吧!——读"红烛奖"获奖作品〈楷模〉》;梁长森的《心系红尘——评黎焕颐诗集〈西出阳关〉》;姚雪垠的《八十愧言》(在"纪念姚雪垠文学创作60周年学术讨论会"上的发言);余义林的《曹禺的创作与戏剧的繁荣——祝贺曹禺从事戏剧活动65周年学术研讨会综述》;专栏"'环印奖'通俗文学理论评论征文"发表耿恭让的《要重视对通俗文学的研究》。

《作家》第12期以"孙犁散文研习录"为总题,发表曾镇南的《挹滴——读〈秀露集〉之七》;同期,发表金钟鸣的《观察方式及其它——"吉林小说专号"印象》;黄浩的《长白山不长小说——吉林省小说创作苛评》;张目的《新的时空体验与流行式——〈作家〉9月号阅读随笔》;张晓春的《吉林青年小说:困惑中的踟蹰》。

《解放军文艺》第12期发表张志忠的《心中的太阳——国防科工委作品专辑漫谈》;蔡桂林的《对非理性文学的理性思考》;吴然的《新时期军事文学的地域特色》。

2日,《光明日报》专栏"社会主义文艺的本质和特征笔谈"发表陈传才的《略论社会主义文艺的特质》。

4日,《光明日报》专栏"社会主义文艺的本质和特征笔谈"发表潘天强的《需求、满足与精神文明——从马克思主义基本原理和文艺的特性看社会主义文艺的本质》。

5日,《中国西部文学》第12期发表马河川的《重要的是揭示了"徐达由现象"》;《新疆大学中文系部分师生座谈中篇小说〈第七十三行〉》。

《青海湖》第12期发表于共的《坚持文艺的社会主义方向——学习〈在延安文艺座谈会上的讲话〉》;许文郁的《逃离与复归——〈盲流村〉意蕴探寻》;汤留生的《卢梭的悲哀》;葛建中的《美文的长旅》。

6日,《河北文学》第12期发表周申明的《可贵的努力　喜人的收获——在〈河北文学〉农村题材作品专号座谈会上的讲话》;阿门的《永远的渴望——读李南的诗》。

《文学报》发表古继堂的《催生、成形、诞生——关于〈台湾新诗发展史〉、〈台湾小说发展史〉的再继》;叶永烈的《相思无日夜——梁实秋与他的情书》。

7日,《天津文学》第12期发表张颐武的《超越"情节剧"意识》;邢广域的《沉甸甸金子轻飘飘尘》。

8日,《文艺报》第48期发表《总结戏剧创作经验　探讨文艺深层问题——全国剧本创作思想研讨会在京召开》;黎洁的《用血肉铸就的人生碑石——读邓加荣报告文学〈一部打乱的日记〉》;徐怀中的《读常青的几篇小说》;高松年的《关于当代吴越小说的断想》;陈志红的《宁静中的激烈与冲突——读张波的〈五羊〉》;《文学主体性问题讨论会纪要》;程然的《作家:两个世界两种心态》;牛玉秋的《今日农村的悲喜剧》(评9月号《河北文学》发表的一组农村题材短篇小说);吴嘉的《不平的水面——〈臧克家序跋选〉读后》;专栏"公安题材文学评论征文"发表郜元宝的《罪与罚的背后——评杨黎光长篇新作〈走出迷津〉》,徐敏的《公安文学审美价值内核探源——读全国金盾文学奖优秀获奖作品集有感》。

9日,《光明日报》专栏"社会主义文艺的本质和特征笔谈"发表马玉田的《社会主义文艺的本质和塑造新人》。

10日,《中流》第12期以"报告文学四人谈"为总题,发表魏巍的《继承和发扬报告文学的革命传统》,苏方学的《理直气壮地描绘社会主义时代》,张帆的《反映波澜壮阔的生活》、黄国柱的《在平凡中发掘美的情愫》；同期，发表余飘的《周恩来论曹禺及其作品》。

《诗刊》第12期发表陈慧的《"颓废"的死结——关于先锋派的沉思录之三》；苗得雨的《漫谈乡土诗》；袁忠岳的《生命的乐章——评安谧病前的几首诗》；杨子敏的《诗的牡丹园——序〈九都诗踪〉》；古远清的《"为中华民族的诗运努力"——香港〈世界中国诗刊〉简介》；李春辉的《我们呼唤李季》。

《读书》第12期发表葛兆光的《语言学批评的前景与困境——读〈唐诗的魅力〉》；盛宁的《阐释批评的超越——论〈结构主义诗学〉》；朱伟的《最新小说一瞥》。

13日，《台港文学选刊》第12期发表王耀辉的《知人论文切中肯?——读潘亚暾〈香港作家剪影〉》；徐学的《都市沙漠的仙人掌——林燿德散文漫论》；刘登翰的《台湾诗人十八家论札（六）》。

15日，《文艺报》第49期发表《弘扬民族文化优秀传统　发展社会主义戏曲艺术——本报召开纪念徽班进京二百周年座谈会》；魏巍的《森林的旋律》；王瑶的《吴福辉作〈戴上枷锁的笑〉序》（遗作）；洪三泰的《立体的灵魂世界——评长篇小说〈炎热的夏天〉》；康凯的《中州铁汉的雕像——读〈一部打乱的日记〉》；马龙潜的《评"文体革命"论》（评1989年《文学评论》第1期发表的刘再复的《论八十年代文学批评的文体革命》）；束沛德的《忆人品文品兼有的金近》；杨振昆的《儿童文学要有现实感》；汪恩宁、王慧骐的《诗化叙述中的童话世界——高洪波〈飞龙与神鸽〉探索意义描述》；绍凯的《孩童犹自爱小书——喜读〈中国传统儿歌一百首〉》。

16日，《光明日报》发表程代熙的《尖锐·辛辣·深沉——读欧阳山〈广语丝〉》。

《求是》第24期发表郑伯农的《关于报告文学创作的几个问题》。

17日，《作品与争鸣》第12期发表海湛的《回首往事，自有令人兴奋和沉重的诗篇——浅议洪江的组诗〈硝烟年代〉》；常向的《轻松与深沉——评〈呵，右右湖〉中的陈志民》；张学敏的《平朴淡雅　如临春风》（批评对象与上文相同）；达仁的《新奇固然美，深刻更感人——读〈人猿奇案〉》；杨弃的《〈人猿奇案〉的破绽》；王立的《尚未觉悟者说——〈圣诞〉创作谈》；潘渊之的《怕活不怕死——读王立的〈圣诞〉》（原载《天津文学》1990年第2期）；居津的《死亡文学——评小说〈圣诞〉》

(原载《文艺报》1990年8月25日);孙达佑的《哀莫大于心死——读〈绿灯笼〉》;辛勤的《莫测高深　自相矛盾——评〈绿灯笼〉》;肖白的《以艺术的真实表现生活的真实——谈〈漩流〉》;田雨的《生活不能简化——读短篇小说〈漩流〉》;王永等整理的《关于〈大鸟〉的讨论》;边吉的《片言只语陈己见——争鸣扬波》。

18日,《光明日报》发表卢正佳的《火与光的礼赞——长篇小说〈第二个太阳〉读札》。

19日,《青年文学》第12期发表常征的《透过浓雾的曙光》;晓雨洋的《是挽歌也是期盼》;王久辛的《对战争末梢神经的触摸》;吴向东的《三言两语》。

20日,《台湾研究》第4期发表许钟萍的《王湘琦小说赏析》。

《信阳师范学院学报(哲学社会科学版)》第4期发表陈倩的《真情应在淡泊中——三毛及其创作简论》。

22日,《文艺报》第50期发表艾斐的《报告文学的美学品格与价值判断——兼论近年来报告文学创作的曲折进向与新的契机》;田兴文的《莫把坦途当迷途——从对〈红旗谱〉等作品的否定谈起》;小可的《"社会主义是不是乌托邦?"——读杨守松的报告文学〈昆山之路〉》;蒋巍的《流动在人民的血脉里》;任玉福的《试论李准的艺术追求——从李准的文艺评论谈起》;胡可的《体现时代精神　培养社会主义新人——在第五届全国优秀剧本创作奖授奖大会上的发言》;张学敏的《捕捉时代的诗意真实——谈蔡洪声的小说创作》;绿雪的《一个年轻的身影——蒯天小说创作漫议》;张同吾的《他与诗合为一体——读〈夜世界〉有感》。

23日,《光明日报》发表李炳银的《"静静地孕育着辉煌"——评报告文学〈昆山之路〉》。

27日,《社会科学辑刊》第6期发表赵朕的《乡土文学:文化倾斜的选择——大陆与台湾小说比较论》。

《中国人民大学学报》第6期发表马德俊的《台湾现代派的崛起、论争、回归及反省》。

29日,《文艺报》第51期发表《传统美德和时代精神的交融——本报和中宣部文艺局联合召开〈渴望〉座谈会》;白崇人的《北京有个赵大年》;江曾培的《一部富有新意的评传——读〈中国的叛徒与隐士:周作人〉》;阿醒的《文坛"一痴"》(介绍苏方桂);闻逸的《〈渴望〉的成功》;杜键的《对〈"新潮美术"论纲〉的意见》(回应本年6月2日《文艺报》发表的杨成寅的《"新潮美术"论纲》)。

30日,《汕头大学学报(人文版)》第4期发表翁奕波的《论台湾五六十年代现代派诗的审美特质》。

31日,《信阳师范学院学报(哲学社会科学版)》第4期发表陈倩的《真情应在淡泊中——三毛及其创作简论》。

本月,《山西文学》第12期发表吕家乡的《高岸小说的文心和文体》;段崇轩的《澄明的往事——读高岸小说断想》;薄子涛的《拓展自己的艺术领地——评田昌安短篇小说集〈村宝〉》;杜学文的《从外部经验到内部体验——漫谈〈山西文学〉近期散文作品》。

《中国作家》第6期发表朱伟的《林斤澜先生散记》。

《当代作家》第6期发表华华整理的《我读〈蓝太阳〉》。

《作品》第12期发表文能的《写实与抒情的二重变奏——〈作品〉一九八九年小说漫评》;游焜炳的《粤军沿着鲁迅道路行进——广东省第三届鲁迅文学奖印象》;竺柏岳的《略论直观在艺术创作中的地位——从卢、安之争谈起》;郑莹的《"桐花万里丹山路"——漫话〈越秀丛书〉》。

《青春》第12期发表王菊延的《范小青中篇新作〈片段〉简析》。

《百花洲》第6期发表胡辛的《小说视野中的陶瓷文化——兼谈〈地上有一个黑太阳〉的创作》;余音的《我想买枝龙爪花》。

《萌芽》第12期发表孙悦的《诗歌的情感把握》。

《清明》第6期发表黄书泉的《一曲哀怨凄丽的歌——〈水上女子芦苇花〉》。

《广东社会科学》第4期发表袁良骏的《"融传统于现代":论白先勇小说的现代特色》。

《台港与海外华文文学》第2期发表李元洛的《敲自己的锣——台湾诗人林焕彰作品欣赏》;李甦的《台湾新生代女作家笔下的女性形象》;邵德怀的《试评钟伟民的抒情诗》;古远清的《洛夫诗三首赏析》;林青的《话说"笠"诗人》;陈实的《郭永秀的童话和现实》;黄维梁的《"走马看花"话菲华新诗》;吴奕锜的《从"侨风"到"侨歌"——黄东平创作断论》;赵顺宏的《张爱玲小说的错位意识》;杜丽秋的《海外华文文学研究的回顾与展望》;潘亚暾的《流军——新马文坛的赵树理——读流军的〈蜈蚣岭〉有感》;竺亚的《回首,为了更好地前进——读新加坡文艺研究会编选的〈新加坡文艺十年选〉、〈独立25年新华文学纪念集〉及〈文艺的敬礼纪念特刊〉》；陈贤茂的《新加坡女作家蓉子印象》；非马的《我的诗路历程》；黄东平的《写作杂识二则》；方北方的《90年代马华文学发展方向》；杜诚的《微笑土地上绽开亚细安文艺的奇葩——第二届亚细安华文文艺营纪略》；柯振中的《记〈文学报〉》；韩萌的《回忆赤道出版社》；米军的《我在梦中跳"珑玲"——致小木裕文》；周新心的《泰华写作人小传（续）》。

《台声》第12期发表张春吉的《台湾文学研究的新收获：〈台湾长篇小说论〉评介》。

《汕头大学学报（人文版）》第4期发表翁奕波的《论台湾五六十年代现代派诗的审美特质》。

《重庆社会科学》第6期发表杨舍邦的《金庸与平庸——试论金庸小说的创作特色》。

本月，北岳文艺出版社出版王富仁的《文化与文艺》。

山东文艺出版社出版朱泽吉的《朱泽吉学术论文选集》。

光明日报出版社出版李下的《苑边赏叶》。

安徽文艺出版社出版徐文玉的《胡风文艺思想论稿》。

浙江文艺出版社出版巫岭芬编的《夏衍研究专集》。

陕西人民出版社出版刘家鸣的《鲁迅小说的艺术》。

本年

《云梦学刊》第4期发表温儒敏的《香港文学批评印象》。

《真善美》第4期发表李夫生的《席慕蓉：温柔的陷阱》。

《诗选中外文学》第1期发表文晓村的《台湾当代诗人》。

《西北师大学报（社会科学版）》第2期发表党鸿枢的《论黄春明小说的抗挫折意识》。

《文史知识》第5期发表曾思奇的《稚拙质朴、绰约多姿的高山族民间文学》。

《文艺评论》第1期发表袁元的《同时面对痛苦和希望》。

《鸭绿江》第 10 期发表于宗信的《心灵的写真与人生的思考——〈台湾新诗选〉编后随笔》。

第一届海峡两岸现代诗学术研讨会在上海召开。

鲁迅与台港作家暨台港鲁迅研究座谈会在江西庐山召开。

1991年

1991年

1月

1日,《广州文艺》第1期发表何继青等的《青春派对——羊城作家迎羊年笔谈》。

《山西文学》第1期发表张德祥的《现实·现实观·现实主义——论"新现实主义"的发生意义》;韩石山的《纵横谁是李健吾》;张小苏的《"老话题"泛议——兼议本期几篇农村题材小说》。

《上海文学》第1期发表史铁生的《我与地坛》;徐剑艺的《论形式思维》;黄献国的《兵舍寻味的审美境界——评石钟山的短篇小说〈兵舍三味〉》。

《四川文学》第1期发表何定楷的《人间自有真情在——读〈永恒的星辰〉》;基亮的《时间与武志刚的梦幻》;《潜力与希望——四川青年作家小说创作七人谈》。

《作家》第1期发表吴炫的《非文学·坏文学·好文学》;从维熙的《艺术的空灵——创作随想录之七》。

《青年作家》第一期发表周昌义、洪清波的《与青年侃文学(连载之三)》。

《鸭绿江》第1期发表赵玫的《学徒漫笔》。

《滇池》第1期发表官晋东的《价值观念冲突的艺术表现——读徐刘的三篇小说》;杨振昆的《红土地的馈赠——瞿文早中篇小说读后》;卢云昆的《"幽默"琐语》。

《解放军文艺》第1期发表杨白冰的《时代的特色 军队的特点——在解放军艺术学院建院30周年纪念大会上的讲话》;朱向前的《艰难行进中的"农家军歌"——陈怀国的小说成长暨意义》;汪守德的《女儿有才便是诗——王秋燕小说创作析》;朱苏进的《自然之子的痴笑——〈稀世之鸟〉欣赏》。

4日,《台港文学选刊》第1期发表叶公觉的《席慕蓉散文的艺术魅力》。

5日,《山花》第1期发表日月的《〈山花〉九〇年小说掠影》;李裴的《自我的含义及其文学效应》。

《长江文艺》第1期发表於可训的《刘醒龙与大别山之谜——刘醒龙创作散论》;章柳新的《平淡下的深沉——读小说〈文化人〉》;黄佳君的《曾经沧海难为

水——尚建国诗集〈蓝色的梦幻〉浅析》。

《文艺报》第 1 期发表叶鹏的《给世界留下一片美丽——评长篇报告文学〈沙坡头·世界奇迹〉》;郭风的《读〈耐力〉》;叶公觉的《迷人的西藏画卷——读秦文玉的散文集〈绿雪〉》;李致的《为"四川诗群"催生助长——读邓仪中、陈朝红合著〈十二诗人之路〉有感》;成善一的《我国第一部煤矿题材长篇小说》(评康濯的《黑石破煤窑演义》);黄国柱的《当代军事文学中的爱国主义的种种表现形态》;以"电视剧《渴望》发言选登"为总题,发表聂大江的《〈渴望〉的积极意义》;王光的《时代主旋律的广阔天地及其他》,马拉沁夫的《〈渴望〉给人的启示》;同期,发表《弘扬民族优秀文化——本报召开的纪念徽班进京 200 周年座谈会发言摘要》;力群的《把美的情操奉献给人民——从谢俊杰的小说谈开去》;杜鹏程的《〈趣味诗话〉序》;转载《真理的追求》1990 年第 4 期陈涌的《什么是"美学的历史的"批评——马克思主义与文艺批评之一》。

《中国西部文学》第 1 期发表小月的《疏而不陋 蕴含深沉》;李果河的《闻频诗作片想》;张成武的《刚柔相济的草原诗——读屈直的诗集〈绿海〉》。

《当代文坛》第 1 期发表滕云的《历史向人心生成——读长篇小说〈山在虚无缥缈间〉》;黄树凯的《历史创造者之歌——评周纲近期的报告文学》;白航的《程宝林和他的诗歌创作》;王仲生的《军魂:在传统文化的长河跃动——〈马安信长篇叙事诗自选集〉探析》;吴野的《当代文学:世纪之交的远眺》;庄锡华的《从泛目的感知到审美观照——对艺术掌握世界的思维过程的思考》;李洁非的《他是谁?——"虚构人物"三论之一》;戴翊的《简论程乃珊的长篇新作〈望尽天涯路〉》;张俊彪的《民族之光 希望之光——读〈洁白的明星——王莹〉》;刘扬烈的《让生活充满美和爱——论彭燕郊新时期的诗创作》;宏达的《"新写实小说"的导向问题》;应光耀的《寻求人的理想价值——知青作家笔下自然与城市对立的意义》;胡德培的《不要"拆大楼卖砖瓦"》;吴奔星的《〈夜读臆札〉序言》;顾骧的《柔橹轻帆忆江南——序〈钱国丹小说选〉》;赵振汉的《浅谈"动势"艺术》;马小朝的《从文学的真实性说开去》;朱安玉的《审美与闲暇》;胡平的《不孤独的"孤客"——读曾志明小说有感》;刘火的《渡人的舟子何在——陈明云散文印象》;丁胜如的《生命激情的诗意呈现——评诗集〈一树春天〉》;吴莹的《一支儿童世界的交响乐——儿童短篇小说集〈出门〉漫评》。

《延河》第 1 期发表李星的《雨夜中心灵的倾诉——〈恋爱记挫〉及朱鸿的散

文》;姚逸仙的《准确把握自己的感觉世界》。

《莽原》第1期发表于有先的《团结奋进,努力振兴河南文坛》;杜田村的《比较视角下的李准、张一弓语言前景》;何彧的《深入学习〈邓小平论文艺〉 努力振兴河南文坛》。

《湖南文学》第1期发表艾若的《时潮〈一片云〉》。

《人文杂志》第1期发表宋纹演的《评金庸的"新武侠小说"》。

《四海—港台海外华文文学》第1期发表许达然的《土地和人民——论郭枫的散文》;庄美华的《千树万树梨花开——於梨华的写作世界》;李琼丝的《生命中不可承受的沉重——平路和写作》。

《团结报》发表陆临五的《女作家谢冰莹近况》。

6日,《河北文学》第1期发表陈辽的《略谈河北籍的台湾省作家及其作品》;周政保的《选择与表达的智慧——读〈可以公开的丛林见闻〉》;杨振昆的《发自童心的歌——读龚昕的两种诗集》。

《当代文学研究资料与信息》第1期发表《痖弦谈台湾文坛》(钱莉摘);《海峡两岸当代文学的异同》(张晓瑜摘);《台湾的录影诗和视觉诗》;《台湾作家笔名记趣》(辛力摘)。

7日,《天津文学》第1期发表王干的《纪实的阅读值》;李运抟的《故事的完成与艺术的选择——读青年作家近年部分小说札记》。

8日,中国作家协会委托《文艺报》主办的马克思主义文艺理论研讨会开始在鲁迅文学院举行。(本年1月12日《文艺报》)

9日,《今晚报》发表虞锡的《三毛自杀激起港台"三毛热"》。

10日,《小说林》第1、2期合刊发表曲若镁、孙民乐的《新崛起的哈尔滨作家群》;胡平的《冰凉的包子与热忱的奉献》;王立纯的《寻寻觅觅》;刘国民的《讲三千字实话》。

《北京文学》第1期"北京作家"栏发表《端木蕻良小传》,端木蕻良的《创作杂谈》,林斤澜的《我们叫他端木》;同期,发表吴方的《乡土情思与李佩甫近作》;张宇的《早晨的风景——读〈无边无际的早晨〉》。

《时代文学》第1期发表张韧的《报告文学的现状及其走势》。

《读书》第1期发表《一九九一:我的读书梦》;王蒙的《短评两则》;温儒敏的《学院派批评的启示》;赵一凡的《什么是新历史主义》。

《文学报》发表未署名的《三毛曾经如是说,台湾读者发感慨》;未署名的《走尽天涯路,魂归"撒哈拉":台湾作家三毛猝逝记什》。

《开放时代》第 1 期发表徐南铁的《用思想的厚度托举广东文学的繁荣——与文艺理论家饶芃子一席谈》。

12 日,《文艺报》第 2 期发表张清华的《乡土诗:新的美学追求》;刘绍棠的《情节和人物贵在逼真——读长篇小说〈雾霭与阴谋〉》;胡德培的《沉甸甸的一颗心——李伯屏与他的〈魂梦〉》;公仲的《飞跃世界的赞歌——评报告文学〈子午线上的大鸟〉》;汪聪的《挚着生活 为情造文——读鲁野、康启昌散文集〈耐冬·黄叶〉》;樊发稼的《一本感人至深的诗集——读〈少先队活动朗诵诗〉》;徐康的《让诗,走进中学生的心灵世界——儿童诗集〈初开的蔷薇〉后记》;别道玉的《于历史的源头处开掘——读〈比较儿童文学初探〉》;孙建国的《根植于现实沃土的幻想之树——评饶远的童话创作》;陈尚信的《洁白晶莹的童心——读三首雪花诗》;古继堂的《谈"多妻主义"诗人余光中:与苏丁先生商榷》。

《中流》第 1 期发表戚方的《陕北父老:真正的"上帝"和"母亲"——兼评关于"上帝的弃地"的臆断》;于敏的《风起于青萍之末——关于电影的几次座谈会》;田兴文的《并非只为孙犁辩——评〈我观孙犁〉》;朱兵的《草原·薄雾·彩虹——读孙犁新作〈芸斋小说〉》。

15 日,《文艺争鸣》第 1 期发表曾镇南的《王蒙与〈爱,是不能忘记的〉引起的争鸣》;张未民的《新时期小说的生命意识》;胡永年的《新时期小说的青春期——对近两年中短篇小说创作态势的总体估价》;汪宗元的《文学主潮新态势》;於可训的《社会学批评在新时期的更新和开放》;孙歌的《文学批评的立足点》;陆学明的《批评的错觉——文学批评活动的心理分析》;张同吾的《诗的现状与未来》;徐芳的《被矛盾折磨的诗歌现实》;林为进的《市井风俗小说何去何从?——从〈三寸金莲〉说起》;邓牛顿的《〈小城之恋〉及其它》。同期,以"洪峰小说讨论"为总题,发表杨存的《洪峰小说的文化批判》;姜铮的《洪峰小说与现代西方人本主义哲学》;费振钟、王干的《洪峰的生命世界:关于〈奔丧〉的一些话》;李敬泽的《〈奔丧〉及其它》。

《文学评论》第 1 期专栏"新中国文学评价问题笔谈"发表雷达的《文学史并非观念史》,艾斐的《新中国文学历史评价的反思》,李复威的《知难而进》;同期,发表曾镇南的《〈南渡记〉的评价与现实主义问题》;罗守让的《为柳青和〈创业史〉

一辩》;滕云的《试论新时期作家情感型态分类及其演变》;何国瑞的《是一元论还是多元论——评刘再复的"多元论"》;唐跃、谭学纯的《文学尚未失语——关于黄浩同志〈文学失语症〉一文的不同意见》。

《民族文学》第1期发表关纪新、尹虎彬的《"弄潮儿向涛头立"——写在〈民族文学〉创刊十周年之际》;邢莉的《写给高擎火炬的人们——祝〈民族文学〉创刊十周年》。

《江南》第1期发表柯灵的《早熟的悲欢》;冀汸的《诗踪》。

《特区文学》第1期发表张奥列的《文学的回归》;张振金的《秦牧散文的艺术境界》;黄伟宗的《时代艺术的"年轮"与波纹——从蒋子龙的〈阴阳交接〉谈起》;尚建国的《永不沉没的爱之湖——评报告文学〈火中飞起的凤凰〉》;谈耘的《柯蓝与耿林莽对〈第二十五个夏天〉的争议》。

《华东师范大学学报》第1期发表钱虹的《香港女作家部分婚恋小说的主题分析》。

17日,《作品与争鸣》第1期发表本刊编辑部的《难忘的十年　珍贵的十年——纪念〈作品与争鸣〉创刊十周年》;雨炽的《秉笔直书中的深入反思——读宜明的〈《WM(我们)》风波始末〉》;艾雯的《人生世相尽淋漓——评短篇小说〈香与香〉》;司马汤汤的《短篇小说〈香与香〉的缺陷》;赵凤山的《只有性格是神圣的——中篇小说〈雄性株〉人物剖析》;海军、鸣歧的《堕入泛性欲的迷惘——中篇小说〈雄性株〉读后》;杨桂欣的《论脱光了的章永璘——关于〈习惯死亡〉及其他》;曾镇南的《幻觉中的心灵裸照——读〈习惯死亡〉》(原载《厦门文学》1990年第7期);居松的《由亚运会想到的》;影辑的《电视连续剧〈公关小姐〉褒贬不一》;燕南的《劳模成为小说主人公引起官司》(原载《当代工人》1990年第10期)。

《文学报》发表宗培的《他追求文学的"至尊":访台湾作家汪笨湖》;三毛的《我看〈凌晨大陆行〉》。

19日,《文艺报》第3期发表祈念曾的《写改革窗口　绘时代雄风——读报告文学〈中国窗〉》;陆晓声的《追寻时代的足音——写在〈旋转地古城〉出版之后》;丁胜如的《碧野散文意境管窥》;佘树森的《她:"就写这个"》(评黄晓萍的散文创作);于敏的《亦余心之所善》(谈电影创作);刘华的《开阔艺术视野　寻求新的繁荣——江西省第三届革命历史题材创作讨论会综述》;《电视剧〈渴望〉座谈会发言选登》。

《青年文学》第1期发表黄献国的《闭目超度：审美民间的两难境界》；力凡的《一首朴素而昂扬的歌》；李竞宏的《人物形象的复合之美》；汤逆舟的《别开洞天的艺术》；李德明的《一种悖误的生存昭示》；俞汝捷、陈华宾的《论欢愉——小说人物心理类型（一）》；韩少华的《心灵直对着心灵——散文的魅力（一）》。

《团结报》发表《三毛之死》。

20日，《小说评论》第1期发表张德祥的《近年小说叙述方式考察》；廖增湖的《当代小说的反思与超越》；白耶、Thomson的《来自书里和书外的启示——关于〈中国小说传统技法〉的对话》；刘春的《贾平凹：作为一个文化的例证——读费秉勋新著〈贾平凹论〉》；吴秉杰的《命运的交响与变奏——对近年长篇创作中的一种主题意向的鸟瞰》；李少勇的《〈逍遥颂〉的语义世界》；陈宝云的《评〈骚动之秋〉》；李运抟的《独特而厚重的人生昭示——周华山长篇小说〈公主号贼船〉论》；何向阳的《人性世界的寻找——郑彦英〈西风〉、〈黄道〉的意义》；张跃生、王湘庆的《杨争光小说的母题与叙事艺术》；阿敏古的《〈大气功师〉的魅力》；肖阳的《〈山吼〉：崩岭山人生存本相写照——读高旭帆系列短篇》；肖友元的《社会角色与文化人格——论汪洋校园小说》；陆幸生的《短小隽永　韵味无穷——蒯天作品印象记》；（壮族）雷猛发的《〈波努河〉深浅蠡测——评瑶族作家蓝怀昌的第一部长篇小说》；徐亮的《在场——文学真实性新题》；汪湨的《游离的言语：闲话——小说言语现象研究》；薛迪之的《忧伤中的沉思——读李春光的〈黑森林　红森林〉》；刘谦的《积岐小记》；月朋的《历史的另一页——读〈来去中国〉》；思雨的《文化熏陶与民族气节——周天〈岭上云〉小议》；齐圆的《圆内与圆外：人生位置的沉思——读王月瑞〈圆外的世界〉》；张侯的《志不同而心相知——读中篇小说〈十字铺〉》。

《上海文论》第1期"当代视野中的大众文艺"栏以"大众文艺笔谈"为总题，发表花建的《另一种机制》，蔡翔的《大传统、小传统及其它》，邹平的《大众文艺与文化人》，杨文虎的《大众文艺：生产—流通—消费》，方克强的《批评家与大众文艺》，袁进的《探索大众文艺的艺术规律》，张文江的《纯文学和大众文学是一个具有两极的连续域》，郜元宝的《三足鼎立还是全面凯旋》，宋炳辉的《大众文艺：传统的与现代的》，毛时安的《大众文艺：世俗的文本与解读——关于当代大众文艺研究的一些想法》；同期，发表蒋国忠的《真实·典型·审美——列宁的反映论与现实主义文艺观剖视》；罗洛的《中国新诗七十年》；陶东风的《形式化与艺术创作〉;王纪人的《心理批评:〈爱,是不能忘记的〉》;艾以、刘蕻的《构建当代新的批评——读吴士余〈中国小说思维的文化机制〉》;修晓林的《胆识双全见新奇——评长篇历史小说〈清末名妓赛金花传〉》;吴慧、杨莉的《科学组合:文艺与社会诸多关系》;吴俊的《生命的悲剧意识——白先勇小说意蕴管窥》。

《长江》第1期发表韩石山、李建刚的《关于〈坐火车玩儿〉的作家通信》;李世南的《莹姐能走出古宅么?》;童志刚的《唱不尽的太阳——读吴宝忠的报告文学〈风流襄北〉》。

《海上文坛》创刊,双月刊,主办单位为中国作家协会上海分会,主编为徐开垒、叶辛。第1期发表臧克家的《短诗抒我情》;施蛰存的《二战以后的西方戏剧》。

《清明》第1期发表涂路的《文学是属于天才的——〈给我一片蔚蓝的天〉编后》。

21日,《文艺研究》第1期以"推进有中国特色的文艺理论建设"为总题,发表董学文的《谈谈"中国特色"》,蒲震元的《自强所争者大》,严昭柱的《牢牢把握住主题》;邢煦寰的《最主要之点》,李心峰的《应做的几项工作》,张首映的《正确处理三种关系》;同期,发表赵大民的《当代话剧的审美思维与观众的认同机制》。

24日,《文艺理论与批评》第1期发表严昭柱的《论文学本质多元论的实质》(评王蒙的文学观);《文学主体性问题讨论会纪要》;蒋茂礼的《"文学主体论"对社会主义文艺方向的背离》;刘玉山的《创作主体问题琐谈》;刘庆福、傅希春、梁仲华的《评刘再复的人道主义文学观》;陈传才的《对个体本位主义文学主体论的辨析》;《坚持毛泽东文艺思想的指导地位——座谈会发言》;张国民的《必须坚持毛泽东文艺思想的指导地位》;冯天瑜的《义理·考据·词章——姚雪垠创作特征探微》;王维玲的《从〈李自成〉的出版谈起》;丁永淮的《论李季的叙事诗创作》。

25日,《长城》第1期发表陈冲的《新的信息——〈三个老病友〉一解》;张东焱的《意义:在新的姿势中浮凸——薛勇小说侧识》;铁凝的《您的微笑使我年轻》。

《当代作家评论》第1期以"评论之评论"为总题,发表王桐仲的《审美、思辨的取决——评论集〈发现和表现美的文学〉读后》;同期,发表江开勇的《定势:起步的基石和超越的负累——对贾平凹创作整体的一种把握》;阎建滨的《月亮符号·女神崇拜与文化代码——贾平凹创作深层魅力新探》;潘雪清、焦桐的《赵本夫小说的文本意义》;毕胜的《社会形象与典型精神——评〈无极之路〉及其他》;

徐亮的《惊人的偏执 惊人的真实——张承志小说后论》;陈晓明的《暴力与游戏:无主体的话语——孙甘露与后现代的话语特征》;王玮的《"悟"者的"行履"——论储福金的小说创作》;王中才的《芒果,确实属于他的……——谈谈晓凡和他的诗》;李万庆的《"内陆高回"——论昌耀诗歌的悲剧精神》;丁宗皓的《生命体验的意义——王鸣久诗集〈东方小孩〉及其他》;宗仁发的《平实:当代小说的一种新趋向——读张同吾中篇小说集〈爱不是选择〉所感》;李洁非的《比较研究:华欧文论的历史与研究》;程麻的《人的价值观念的升华与审美效应——〈文学价值论〉前言》;朱希祥的《顽童们抛水的圆圈涟——对马原、洪峰、格非三篇小说的演进特征批评》;洪治纲的《美文的绿洲——新时期作家主体动向》;陈思和的《论台湾新世代在文学史上的意义》;单复的《赵希友》;素素的《汪集刚》。

《海峡》第1期发表小山的《都市丛林的一颗果实——台湾文坛上的新人类小说》。

《浙江学刊》第1期发表卢敦基的《金庸武侠小说的文化与反文化》。

《社会科学战线》第1期发表张缙的《飘泊天涯路,谁明浪子心:论古龙的武侠小说的创作》。

《四川师范学院学报》第1期发表张承意的《台湾文学一瞥》。

26日,《文艺报》第4期发表贺敬之的《关于文艺思想理论的几个问题——在全国音乐思想座谈会上的讲话(摘要)》;黄国柱的《写不尽漫漫人生长旅——著名诗人元辉的军旅诗及散文漫议》;余之恩的《远不止于作历史见证——读石果的长篇小说〈沧桑三部曲〉》;黄益庸的《不"涩"不"白"别具匠心——读于波的诗集〈雪乡〉》;张东焱的《"颤动"的风采——奚青近作杂评》;严昭柱的《一种"人道主义文学观念"的名与实》(批评刘再复的文学观);专栏"'环印奖'通俗文学理论评论征文"发表温金海的《通俗小说与读者》。

27日,《文学自由谈》第1期发表彭荆风的《倾覆小说的调整》;韩少功的《比喻的传说》;陆星儿的《寻找读者》;吴秉杰的《长篇的困难》;木弓的《从理论角度看通俗小说》;季红真的《文化"寻根"与当代文学》;李洁非的《逃避语言》;蒋原伦的《由刘毅然小说谈起》;姚二龙的《化大众的文学倾向》;雁宁的《我哭克芹》;刘慧英的《远道归来的张洁》;何立伟的《关于史铁生》;金梅、宗璞的《一腔浩气吁苍穹》(创作通信);何志云、毕四海的《贯穿创作始终的发掘》;丹晨的《读〈后顾之忧〉》;朱伟的《新作三篇谈》(评石钟山的《兵舍三昧》、李森祥的《新兵"排长"》、黄小初的《运河的底细》);肖伯喈的《〈遣送大西北〉阅读记》;朱珩青的《〈大泽〉及其他》;柴德森、刘德铭的《〈龟岛〉的新突破》;赵智的《张建华的49封"私信"》;陈墨的《金庸的小说》;龙长顺的《刘萧的起步》;吴若增的《治邦的努力》;庞清明的《北村的风貌》;谭庭浩的《张奥列文学批评初论》;张雷克的《滦南杂文的风骨》(评"滦南三杰"——石飞、兰楠、汪金友的杂文);枫柳的《滦南作者对话》;林承璜的《台湾的极短篇小说》;汪义生的《〈台港文学导论〉小议》。

本月,《小说月报》第1期发表雷达的《小说的沉潜、断层与积聚——1990年小说创作浏览》。

《东海》第1期发表彦华、谭新的《我国社会主义文艺的必由之路》;钟本康的《文学:地域文化的再认识》。

《红岩》第1期发表刘火的《四川青年作家微型论(二题)》;吕进的《关于现代山水诗》。

《芒种》第1期发表李运抟、朱祝宁的《赤橙黄绿青蓝紫——1990年〈芒种〉小说景观巡看》;李作祥的《孙慧芬论》。

《作品》第1期发表秦牧的《答谢和自白》;杨干华的《一部长篇的诞生》;蓝海的《九十年代粤军的思考——座谈会纪要》。

《芳草》的第1期发表易中天的《羊年说美》;李运抟的《情节的完成——当代小说情节艺术今论之一》。

《青年文学家》第1期发表文耕夫的《生活·夕照·豆腐日子——〈小小说三题〉读后》;李松涛的《他已是自己的向导——记青年作家窦志先》。

《春风》第1期发表曾镇南的《方英文小说读后杂感》;留言的《男性心理的一次曝光》。

《荷花淀》第1期发表曾镇南的《荷花淀派小说之我见》;段华的《借古说今——〈耕堂读书记〉小记》。

《萌芽》第1期发表王振科的《看看那个"奇妙"的世界——介绍一组港澳与海外华文微型小说》;杜元明的《从城市生活中捕捉灵感:谈台湾青年女作家肖锦绵的散文》。

《台港与海外华文文学》第1期发表竺亚的《诗,追寻在时代中失散去的悲剧——谈泰国华文诗集〈五月总是诗〉》;峻径的《琐谈〈松鹤楼〉》。

《杭州师范学院学报(社会科学版)》第1期发表陈墨的《台港女作家林文月、

小思合论》。

《当代文学研究资料与信息》第1期发表《痖弦谈台湾文坛》。

本月,吉林人民出版社出版姜成文的《文坛散论》。

人民文学出版社出版程麻的《文学价值论》。

石油大学出版社出版武斌的《石油文学初论》。

兰州大学出版社出版万嵩的《叶圣陶新论》。

光明日报出版社、广西师大出版社出版陈实的《新加坡华文作家作品论》。

2月

1日,《山西文学》第2期发表焦祖尧的《弘扬赵树理精神 推进新时期文学——在山西省第三次赵树理(国际)学术讨论会上的讲话(摘要)》;韩石山的《悠悠桃河悠悠情——谢俊杰和他的小说》;丁芒的《评温祥的诗兼论绝句的艺术规律》。

《上海文学》第2期发表赵园的《乡村荒原——对中国现当代乡村小说的一种考察》;胡河清的《孙甘露和他的"信使"》。

《四川文学》第2期发表刘火的《拥抱九十年代——四川部分青年作家素描》。

《作家》第2期发表张同吾的《诗的本体与诗人的自觉》;从维熙的《艺术的变格——创作随想录之八》。

《鸭绿江》第2期发表许振强的《形而上在写实观念中》。

《滇池》第2期发表冉隆中的《哈尼族作家:超越的艰难——存文学、艾扎部分新作漫评》;杨振昆的《社会历史的透视和缩影——王定明长篇小说〈爱的诞生〉读后》。

《解放军文艺》第2期发表叶鹏的《美好又不美妙的微妙——评黄恩诚的巡线系列小说》;黄献国的《从童话中走出的女孩聊天》;宏甲的《〈无极之路〉出版前后》。

2日,《文艺报》第5期发表李瑛的《让我们再唤新人——〈沙迪克的婚礼〉序》;金梅的《立足于人生大地　凝神于六合八极——贾宝泉散文集〈人生,从序走向跋〉阅读记》;专栏"'环印奖'通俗文学理论评论征文"发表陈扬勇的《社会主义时代通俗文学的意义及其价值特性》。同期,发表峭岩的《魂系军情——写在〈峭岩诗选〉出版之际》;蹇先艾的《序〈苗岭情思〉》;张振金的《特区情怀战士心——读钟永华的诗》;吴国钦的《社会、人生的形象报告——莲子〈南国风流〉读后》;转载《真理的追求》1990年第5期陈涌的《文艺批评的美学方面生活不可缺少的——马克思主义与文艺批评之二》。

《北方文学》第2期发表孟久成的《"仿生情感学"》。

《中国西部文学》第2期发表晓芬的《蹬车人的生活》;小木的《万绿丛中一点红——评〈红伞〉》。

5日,《山花》第5期发表余庆安的《马、恩现实主义观与作家的"跟着人物走"》;洪治纲的《人格:批评的力量》;翟大炳的《荒诞树上开出的荒诞花——关于小说视角艺术的独创与尴尬》;刘火的《从〈早茶笔记〉谈小小说的一种品格》;文讯的《〈大学二年级〉引起反响——贵州师大中文系举行作品讨论会》。

《长江文艺》第2期发表钱运录的《在中国作家协会湖北分会第三次会员代表大会上的讲话》;轩文的《团结务实　繁荣文艺》;周德梅的《写出生活的本真》。

《湖南文学》第2期发表刘文华的《倾注生命:感悟与睿智的人生历程——读青年诗人熊育群的诗》;周玉柳的《从一种美学观看刘志坚的散文》。

6日,《河北文学》第2期发表宋协周的《晓曦满目　生机无穷——读申身的诗集〈红珍珠〉》;张雨贵的《有意境则成高格——评陈映实的几篇小说新作》。

7日,《天津文学》第2期发表陈思和的《自己的书架:读台湾〈新世代小说大系〉》;余世存的《最新小说扫描》。

9日,《文艺报》第6期发表孙家正的《一条历经艰辛而充满希望之路——序〈昆山之路〉》;陈宝云的《留在心灵里的记忆——读刘知侠的长篇小说〈沂蒙飞虎〉》;周彦文的《紧紧扣住时代的主题——读散文集〈浪漫情感世界〉》;黄毓璜的《爱与美的歌吟——读魏毓庆的散文集〈宫花寂寞红〉》;姜凌的《批评的时差》;林焕平的《艺术形式是"载体"吗?》潘延的《反顾童年:儿童文学的一个永恒母题》;官晋东、林伟的《密林中的动人故事——评辛勤的〈小哥俩猎虎〉》;绍凯的《〈中华少年风采录〉有风采》;刘先平的《对儿童探险小说的自白》。

《团结报》发表苏仲衡的《"我终于回到魂牵梦萦的广州"——台湾著名女作家毕璞大陆探亲记》。

10日,《北京文学》第2期"北京作家"栏发表《阮章竞小传》,阮章竞的《我的写作道路》,刘烜的《阮章竞〈漳河水〉的独创性》。

《诗刊》"新诗话"栏发表郭济访的《春燕飞何处》、《诗的空间》,曲近的《蜜蜂与牛的启示》;同期,发表艾苦的《启明星诗卷·盒式磁带及其它——张建华其人其诗掠影》;盛海耕的《她有希望成熟——读王汝梅的诗》;鲁达的《乡村歌手匡国泰》;张同吾的《读汪国真的诗》;《光明日报》记者陆先高的《重读主席诗词 更添豪情壮志——〈毛泽东诗词鉴赏〉座谈会综述》。

《读书》第2期"各说各话"栏发表《比较:必要、可能和限度(笔谈)》,桑烨的《关于〈再说语词〉——和王蒙先生抬杠》,汪曾祺的《人之相知之难也——为〈撕碎,撕碎,撕碎了是拼接〉而写》,张颐武的《回忆:书写梦境》;吴岳添的《作家·稿酬·文学奖》。

12日,《中流》第2期发表《一个必须回答的问题:谁是中国知识分子的代表》;辛鸣的《发现毛泽东——一种来自时代的思考和要求》;俞惠哲的《评一种混淆视听的错误论调——所谓"'左'也是资产阶级自由化"》;李桦的《新兴版画的新收获》;胡叔和的《〈讲话〉与文学的主体性》;浩明的《为〈雷锋之歌〉辩护——兼评〈诗的智慧〉诗学观》;熊志彬的《评〈韩笑抒情诗精选〉》;葛文的《诗之情——田间书信集编纂后记》;谭剑的《在烈火与热血中得到永生——读〈红岩〉有感》。

15日,《民族文学》第2期发表(壮族)岑献青的《第一个十年》;丁子人的《民族,这是个独特的情感世界——读回族诗人杨峰的诗集〈故乡的新月〉》;(白族)杨荣昌的《藏胞生活的艺术再现——喜读〈迪庆小说散文选〉》。

17日,《作品与争鸣》第2期发表雨清的《开掘与提炼》(原载《新文学史料》1988年第3期);魏平的《"文革"悲剧的艺术写照——评中篇小说〈红鞋〉》;赵凤山的《寻找典型化的联结点——中篇小说〈红鞋〉简析》;雍文华的《荒诞:不必给予太多的青睐》;云德的《调侃,一点也不轻松》(以上两篇文章均是批评航鹰的短篇小说《过街雨掉钢镚儿》,作品发表于《人民文学》1990年第2期);梅志的《历史的真实——读林默涵同志〈胡风事件的前前后后〉》(原载《新文学史料》1990年第1期);黄华英的《几点说明与补正——林默涵同志访谈录》(原载《文艺报》1990年10月13日);诸葛东之的《〈雪白血红〉是一本怎样的书》。

19日,《青年文学》第2期发表陈墨的《红高原上的七色光——谈云南作家作品小辑》;李希曾的《传统观念与现代意识的冲突和抉择》;漠风的《穿越与到达》;吉江明的《寂寞的日子》;汪雄飞的《〈河之女〉的魅力》;孙娟的《文学爱好者的心愿》;俞汝捷、陈华宾的《论焦虑——小说人物心理类型(二)》;韩少华的《散文,文学的素描——散文的魅力(二)》。

20日,《广东社会科学》第1期发表何慧的《夏易小说中的现实主义特点》。

《福建论坛》第1期发表朱双一的《八十年代台湾都市文学》。

《鲁迅研究月刊》第2期发表王观泉的《把名字隐入诗中:喜获台先生墨宝述怀》;台静农的《酒旗风暖少年狂》。

25日,《当代作家评论》第1期发表张新颖的《从焦虑开始——欧阳子的小说集〈秋叶〉》。

28日,《台湾研究集刊》第1期发表刘登翰的《也谈台湾文学的历史分期:兼与汪景寿等同志商榷》;徐学的《八十年代台湾文学批评与文学消费》;林青的《高阳·曹雪芹·〈红楼梦〉》。

《学术研究》第1期发表许翼心的《秦牧与香港文学》。

《文学报》发表树棻的《沉重的跋涉:泰国华文作家印象》;吴文方的《旅美华裔作家於梨华谈半生创作缘》。

本月,《小说家》第1期发表苏童的中篇小说《红粉》;刘震云的中篇小说《一地鸡毛》。同期,发表汪曾祺的《读〈萧萧〉》。

《文艺评论》第1期"'反串'大戏台"栏发表南帆的短篇小说《悬案》,北村的《我读南帆》。同期,发表陈晋的《传统戏曲与文化改造(上)——毛泽东与中国文艺之四》;韩子勇、雷琳的《在阅读的背后》;徐岱的《论文学作品中的意义——对语言艺术的审美语义学分析》;樊星的《惨烈人生——"当代小说与中国文化"笔记之五》;张惠辛的《小说:从忧虑到焦虑——"救赎母题"的演化与转型》;李运抟的《私情的泛滥——当代小说平民形象论之四》;杨华斌的《家园与墓园——实验诗风景》;陈平原的《书剑恩仇儿女情——二十世纪武侠小说论》;李布克的《如歌的行板——论李琦诗歌的审美品位》;赵振鹏的《路上的人生——马和省政治抒情诗印象》;马和省、李琦的《诗话》;临轩的《黑龙江青年诗人扫面(之一)》;李佳的《飞絮篇(二则)》;张葆成的《麟爪话东瀛》;刘邦厚的《我的戏剧观》;潘平微、王俭美的《略论塑造"有弱点的英雄"》。

《东海》第2期发表彦华、谭新的《鼓励创新　引导探索》；吴刚的《文体的传承和创新》；钟本康的《文学：地域文化的再认识（之二）》。

《当代作家》第1期发表王先霈的《〈当代作家〉1990年全国小小说征文概评》。

《百花洲》第1期发表吴调公的《主体意识：楔入于历史画卷中——评长篇小说〈横波夫人〉》。

《芒种》第2期发表田志伟的《"乱花渐欲迷人眼"——〈芒种〉沈阳青年作家小说专号读后》；张英的《值得一读的第145期》；彭定安的《马秋芬论》；黄世俊的《沈阳青年作家座谈会纪要》。

《芳草》第2期发表鹏喜的《从创作深度中开掘新意》；於可训的《论现阶段小说创作中的新写实主义浪潮》。

《青年文学家》第2期发表中子的《多彩的冬韵——1990鹤城青年诗人笔会散记》。

《春风》第2期发表孙文珠的《小说的都市色彩和平民化》；吕鲁凯的《生活演化的轨道》；黄浩的《寻找自己的泊位——李云良小说漫评》；亦闻的《清醒的抉择——读〈鱼娘子〉》。

本月，文化艺术出版社出版唐弢的《鲁迅论集》。

中国华侨出版公司出版哲明的《春晖集》。

贵州人民出版社出版何火任编的《张洁研究专集》。

湖南文艺出版社出版胡宗健的《文坛"湘军"》。

北京大学出版社出版马振方的《小说艺术论稿》。

大连出版社出版张福高的《文学创作论集》。

3月

1日，《山西文学》第3期发表阎晶明的《在纷乱和多元之间——吕新小说解读》;金汝平的《黄土地的灵魂——评〈忧郁的桦树林〉》。

《上海文学》第3期发表李洁非的《虚构人物的价值》。

《四川文学》第3期发表阿来的《时代的创造与赋予》;冯宪光的《裸露出白雪下的黑土》;张永思的《走进文学的郑直及其〈苦刑〉》;向荣的《消解的意义:走向寂灭的语言游戏》;徐岱的《小说与建筑》;《一缕温煦的阳光——喜读〈永恒的星辰〉》。

《作家》第3期发表林为进的《李不空小说漫议》;王晓明的《追问录(七一十一)》。

《鸭绿江》第3期发表李炳银的《真诚与激情的痕迹——刘元举文学创作论》;傅汝新的《晨哥小说的形象》。

《滇池》第3期发表宋家宏的《邹长铭小说得失谈》;郑海的《米思和他的两本诗集》。

《解放军文艺》第3期发表林为进的《重要的是超越自我限制——谈石钟山的小说创作》;苏方学的《读鞠天相的一组小说》。

人民文学出版社《当代》杂志和当代文学编辑室在北京联合举办长篇纪实文学《大国之魂》作品讨论会。(本年《当代》第3期)

2日,《文艺报》第8期发表吴明整理的《笔下有雷声——谈新诗高扬时代主旋律》;甘泉的《乡土报告文学的生命力——从宋贵生〈冲浪集〉谈起》;刘文的《大悲剧前的小悲剧——读凌力长篇历史小说〈倾国倾城〉》;李希凡的《人民呼唤焦裕禄》;郑心伶的《说"长"道"短"》;转载《求是》1991年第4期蓝砚的《论"刘再复现象"》。

《四川师范学院学报(哲学社会科学版)》第1期发表张承意的《台湾文学一瞥》。

4日,《山东文学》第3期发表邱勋的《张炜的河》;袁忠岳、赵林云的《生命之根永在——读赵镇琬的四首诗》。

5日,《山花》第3期发表徐达的《文学·政治·主旋律——学习马列文论札记》;杜国景的《唐亚平诗歌的两种景观》;陆大庆的《爱的诱惑——评李发模诗集〈偷来的正午〉》;林树明的《叙事人称与读者反应——阅读活动漫谈之七》。

《长江文艺》第3期发表丁永淮的《既不是僧侣,也不是唐·璜——关于文学中的"性"描写问题》;毕光明的《道德评价与生存洞察——胡燕怀小说漫谈》;和穆熙的《文学是人民的母亲——为翟晓诗集〈抒情的季节〉作序》。

《北方文学》第 3 期发表《编辑的喜悦》。

《中国西部文学》第 3 期发表周政保的《文学发展中的不平衡关系》；王仲明的《〈祖尔东·萨比尔小说选〉序》。

《当代文坛》第 2 期发表张炯的《文学，迎向九十年代》；叶潮的《诗歌与文化五论（论纲）》；王愚的《视角的转换与视点的高移——谈近年来长篇小说的衍变》；吕进的《新时期诗歌的三段式轨迹》；宏达的《新写实小说与自然主义》；林道立的《吴泰昌散文论》；绿雪的《"岳鹏程现象"辩证——评〈骚动之秋〉》；董之林的《返归自然——张承志与赫尔曼·黑塞作品异同谈》；高秋的《感伤的人生三部曲——刘震云小说类型剖述》；马识途的《为现实主义一辩——崔桦小说集〈生活拒绝叹息〉序言》；沙鸥的《梁平诗歌片论——读诗集〈山风流人风流〉有感》；夏文的《一曲强者之歌——读长篇报告文学〈大潮中的绿宝石〉》；姚咏絮的《山水为骨酒为魂——邓洪平旅游散文论》；石天河的《谈龙片语——读龙郁〈走向自然〉漫笔》；熊忠武的《欲识庐山真面目　须得身在此山中——当代文学写"史"之我见》；半夏的《文学创作的定势误区》；尹在勤的《〈梦帆〉与廖忆林》（正文标题为《〈梦帆〉与廖亿林》）；古耜的《油海诗潮的踔厉风发》；王庆发的《简评〈一条大河波浪宽〉》。

《莽原》第 2 期发表艾云的《中原大地的诱惑——河南近期小说态势讨论会综述》；于巽的《振兴文坛繁荣创作》。

《四海—港台海外华文文学》第 2 期发表王保生的《台湾现代文学研究的新收获——评几部新编台湾新文学史》；杜元明的《母亲的深情颂歌：读一组颂母散文》；白少帆的《台湾近现代文学史程表（1894—1949）》开始连载，1992 年第 3 期，1992 年第 6 期。

6 日，《河北文学》第 3 期发表宋宝注的《新时期河北散文创作漫评》。

7 日，《天津文学》第 3 期发表陈思和的《自己的书架：读台湾〈新世代小说大系〉》。

8 日，《诗刊》编辑部主办的"李季诗歌研讨会"在北京举行。（本年《诗刊》第 5 期）

9 日，《文艺报》第 9 期发表李若冰的《雄浑悲壮的赞美诗——就〈陕北父老〉致曹谷溪》；臧克家的《〈文学创作灵感论〉小序》；潘凯雄的《和平时期军人形象的凸现——谈陶建军的军旅小说创作》；郑然的《家庭与知识分子——黄蓓佳近作的一个主题》；柯蓝的《中国散文诗的历程》；晏明的《我登上了长江源头》(《长江源抒情诗》创作自述)；郭风的《诗情画意写乡情》(评王耀东的散文《走在故乡》)；文畅的《新的视野和新的思索——读董学仁的报告文学〈蓝色的路标〉》；郑法清的《蓄情于心　生发于诗——读陈茂欣诗集〈雾秋〉》；晓村的《倾听阳光的耳朵——读简宁诗集〈倾听阳光〉》。

10日，《中国作家》第2期发表汤吉夫的《话说航鹰》。

《北京文学》第3期"北京作家"栏发表《雷加小传》，雷加的《最早的和最近的》，高长印的《雷加的文学观念》；同期，发表纪路的《〈陈绍谦小小说25篇〉讨论会纪要》；孙达佑的《真切表现人物的心态——陈绍谦小小说评析》；刘颖南的《生活的真实与艺术的美——也谈陈绍谦的小小说》；王振军的《新的召唤》；俞建华的《好诗苦向月中寻——读卢坤峰题画诗词》。

《时代文学》第2期发表张学军的《又是一年春草绿——〈时代文学〉1990年小说概观》；刘玉杰的《漫说〈渔家傲〉》。

《诗刊》第3期发表吕进的《写诗技巧的"有"与"无"》；姜耕玉的《论诗的生命意识》；张同吾的《翘望璀璨的星空——第三届全国少数民族文学创造获奖诗集漫评》；陈显荣的《〈渴望〉对诗人的启示》；李占学的《读诗随记(二则)》。

《雨花》第3期发表张锲的《昆山有玉　玉在其人——寄给〈昆山之路〉讨论会的书面发言》；陈辽的《回答了一个大问题——评〈昆山之路〉》。

《读书》第3期发表赵一凡的《〈围城〉的讽喻与掌故》；余凌的《失落者的歌唱——析〈梦之谷〉》；王安忆的《写作小说的理想》；吴祖光的《欠账》；朱伟的《〈夜泊秦淮〉杂记》；李杭育的《既朴实，又奢侈》；王蒙的《批评或有之隔》；蒋亶文的《散步〈城市笔记〉》；王干的《城市的巫歌》。

《当代文学研究资料与信息》第3期发表袁良骏的《"奇"从何来？：白先勇小说艺术漫笔》；古远清的《台湾近年出版的研究大陆文学专著》。

12日，中国环境科学学会环境文学研究会、人民文学出版社《当代》杂志、神农架林区在北京联合举办长篇报告文学《神农架之野》暨神农架自然保护座谈会。(本年《当代》第3期)

《中流》第3期发表本刊评论员的《人格的失落，还是灵魂的升华？》；刘玉林的《春江水暖鸭先知——我心目中的浩然》；达瓦卓玛的《也别把"天鹅"当"田娥》;金银花的《让三毛安息吧》;公孙子治的《从〈渴望〉演员荣获"孟泰奖章"说起》;火养的《想起了"孟母三迁"》。

15日,《文艺争鸣》第2期发表谭解文的《传统文化与文学"寻根"——与李书磊同志商榷》;陈孝英的《论新时期文艺中的喜剧性》;李万武的《我看当代文坛上的"性"冲击波》。同期,以"洪峰小说讨论"为总题,发表王肯的《我看洪峰》;洪峰的《我的说话方式》。

《中国图书评论》第3期发表李浩的《一本有开拓意义的工具书、参考书——评介〈台湾港澳及海外华文文学辞典〉》。

《特区文学》第2期发表尚建国、徐敏的《刻写创业编年史的碑文——评〈黄金十年选〉》;胡燕菘整理的《台湾著名作家陈映真谈战后台湾文艺思潮的变迁》;曾文经的《它山之石　借以攻玉》。

《文学评论》第2期发表甄西的《新时期的话剧探索与探索话剧》;王侃的《叙述:从一个角度看近年的小说创作》;段崇轩的《"屏蔽"后的重建——池莉中篇小说的解析》;叶公觉的《吴泰昌散文艺术初探》。

《民族文学》第3期发表高少锋的《在平缓前进中发展——一九九〇年〈民族文学〉小说漫评》;蒋登科的《南方在沉思——读冯艺散文诗集〈朱红色的沉思〉》;胥勋和的《凉山有一只虎——读倮五拉且的〈大凉山抒情诗〉》;祝融的《发展中的京族文学》。

《江南》第2期发表刘枫的《坚持正确的方向　大力繁荣社会主义文艺——在省文学艺术联合会第三次代表大会上的讲话》;谷斯范的《雨丝风雨录》;王西彦的《植根在沃土》;沈芸的《琼瑶的小说和琼瑶的读者》。

《钟山》第2期"新写实小说大联展"栏发表刘震云的长篇小说《故乡天下黄花》;同期,发表朱伟的《刘索拉小记》;黄毓璜的《面对共同的历史——周梅森、叶兆言、苏童比较谈》;月斧的《赵本夫——生命不能承受之重》、《余华——在平面和深度之间》;费振钟的《贾平凹——商州之子》、《阿城——文化的悲哀》;贺绍俊、潘凯雄的《方方——对都市化的发酵现象来一点幽默》、《池莉——执着于生活和艺术的合一》;周梅森的《李贯通——别有洞天》。

《徐州师范学院学报(哲学社会科学版)》第1期发表华椠的《在东西方文化的夹缝中:析台湾留学生小说的"放逐"主题》。

16日,《文艺报》第10期发表《主题重大　题材广泛　风格多样——众评委高兴地评说第三届茅盾文学奖》;张同吾的《寻常芳草　朱墨春山——1990年诗的一瞥》;冰心的《序〈雪落黄河〉》;孟繁树的《不求诗名而得真诗——读戴临风的诗集》;木弓的《朴实真诚　言之有物——读杨旭的〈田野上的风〉》;致远的《也谈"引渡到艺术之外"》;巢扬的《〈"下次开船"港〉的幼儿文学特征》;金文的《把握儿童文学的主旋律——兼谈何双及的创作思想》;金星的《儿童文学必须注重教育性》;专栏"'环印奖'通俗文学理论评论征文"发表郑达的《通俗文学:首先必须是文学》。

《统一战线》第3期发表陈桂芬的《中国女性的真善美——读台湾女作家三毛小说有感》。

17日,《作品与争鸣》第3期发表叶永烈的《东方风格的科学童话——读〈藏在鸟巢里的竹简〉》;蒋星煜的《科学童话的广阔世界——读徐奋〈藏在鸟巢里的竹简〉》;孟晓天的《〈渴望〉幕后》;单三娅的《从〈渴望〉看渴望》(原载《光明日报》1990年12月21日);喻家卿的《类型化的创造模式》(原载《北京广播电视》1990年第52期);王云缦的《赋予类型化女性形象以新意——〈渴望〉一议》(原载《解放日报》1991年1月5日);于守山的《一个成功的艺术形象——评刘慧芳的塑造》(原载《北京广播电视》1991年第1期);王作祥的《从亚茹身上看到的》(原载《北京广播电视》1991年第1期);何东的《谈谈宋大成》(原载《北京广播电视》1991年第1期);刘玉山的《"这个世界还是好人多"——〈渴望〉情结的启示》(《光明日报》1991年1月1日);卫东的《不能评价过高》(原载《北京广播电视》1991年第1期);李刚的《一段不能湮灭和流逝的史迹——谈中篇小说〈土漫河〉》;郑宗良的《歌颂,还是丑化?》;胡方巧的《走出"口袋原理"的阴影——读〈晚安〉》;达瓦卓玛的《看了〈晚安〉,晚安不了》;陆部的《韦君无可指责》;邓市的《韦君是个伪君子》;方平的《韦君——一个"中间人物"》(以上三篇文章均是批评王莉的短篇小说《活着的和死了的幸福》,作品发表于《芒种》1990年第10期);赵振鹏的《一种日暮途穷的问题——地下室手记之二》(原载《北方文学》1990年第9期);马齿觅的《散文的前途——读〈地下室手记之二〉的手记》;陈胜乐、秦道红的《"四不像"散文就是散文吗?》;徐循华的《梁晓声怎么变得婆婆妈妈了——读梁晓声近作〈龙年:一九八八〉》(原载《文学评论》1990年第4期);金圣的《梁晓声:骂倒一切的"英雄形象"——读〈一个作家的自白〉》。

19日,《青年文学》第3期发表杨振镛的《圣洁不在坟墓》;赵海忠的《热情与尴尬》；力划的《回味不尽的言外之意》；刘上峰的《关于四个爱情故事》；俞汝捷、陈华宾的《论忧悒——小说人物心理类型（三）》；韩少华的《构筑自己的真情世界——散文的魅力（三）》。

20日，《长江》第2期发表程云的《那小树就是周代》；欧阳雪的《我见到了碧野》；冯翎的《生存：在死亡的烛照中——读〈古宅〉》；朱静的《苦于找不到一个真诚的人帮助》。

《小说评论》第2期发表张韧的《近期小说中文学价值意识的演化》；孟繁华的《小说本体研究述评》；王仲生的《从与农民共反思走向与民族共反思——评陈忠实八十年代后期创作》；吴然的《冰山：人格力量的升华与象征——评唐栋的中短篇小说集〈雪岛〉》；段崇轩的《合金式文学——谈田中禾小说的艺术表现》；叶鹏的《深情地营造美的世界——论苗长水的小说创作》；杨剑龙的《烦恼人生的真实写照——谈池莉的小说创作》；高洪波的《歌哭前贤较有情——读施亮的长篇小说〈歌与哭〉》；胡光凡的《美在真实：不阿谀也不诽谤生活——评水运宪长篇〈庄严的欲望〉》；一评的《长篇小说的新开拓——麦甲〈黄色〉讨论会纪要》；雷达的《白雪与草地的歌者——谈雷建政的小说》；陆志平的《小说情节新论》；谭学纯、唐跃的《叙述和元叙述》；何西来的《读〈史诗艺术与建构模式〉》；常智奇的《表现真正意义上人的爱情——评长篇小说〈苦爱三部曲〉》；董子竹的《侏儒们的心声——评〈苦爱三部曲〉》；垄耘的《开掘着的人生系列——路遥初论》；火良的《人生读得懂吗？——读高红十〈那早起有雾〉》；刘冬的《亦非亦是写人生——读〈在黄昏放松琴弦〉》；梅香的《畸形社会　变形"英雄"——读林希的〈高买〉》。

《上海文论》第2期"当代视野中的大众文艺"栏目以"话说《渴望》"为总题，发表汪云天的《展开"善"与"美"》，方克强的《小芳与原型意识》，陈思和的《谈〈渴望〉的文化原型》，梁红英的《女人们渴望什么？》，任仲伦的《一次无挑战的征服》，王文英的《〈渴望〉文化意蕴的两面观》，生民的《〈渴望〉辩疑》，鸣亚的《话语与隐喻》，张振华的《通俗、随俗与媚俗》，包亚明的《消费中的沉沦与救赎——当代大众文化思考》；同期，发表程麻的《艺术多样性与文学的生命力》；李俊玉的《文学批评中的文本概念》；邹平的《小说：预谋与随机》；蔡翔的《独在异乡为异客——中国文学中的游子主题》；[日]村松暎的《〈极乐门〉序》。

《清明》第2期发表阎连科的《心浸黄河书沉沦——评焦景周的中篇小说〈古村〉》。

《鲁迅研究月刊》第3期发表朱双一的《鲁迅对日据时期台湾新文学散文创作的影响》。

21日,《文艺研究》第2期发表张首映的《意识形态与文艺阐释》;邵建的《文艺的准意识形态性》;傅成兰的《一位话剧导演在戏曲实践中的感受》;魏麟的《如何看待戏曲从城市走向农村的现象》。

23日,《文艺报》第11期发表陈美兰的《中国式的"这一个"——读杨书案的长篇历史小说〈孔子〉》;徐怀中的《真中寓奇 奇中见真——读李宝生的散文集〈西线军人风情〉》;高光的《灵魂探源工程——读郑秉谦〈普陀旧梦〉》;耿林莽的《许淇的散文诗艺术》;李景峰的《革命历史题材是取之不尽的宝藏——从读孙书林长篇小说〈血恋〉想起的》;曾镇南的《为什么说"向内转"是贬弃现实主义的文学主张?》;尚文的《秉笔直书 有感而发——读余开伟评论集〈跪在真理与美德的脚下〉》;张志民的《听那煤海的涛声——读秦岭的诗》;加农的《文学评论贵精短——漫评〈文苑漫步〉》;千石的《在文学道路上跋涉》(评万振环的散文创作);专栏"'环印奖'通俗文学理论评论征文"发表李传锋的《通俗文学的群众性与当代性》;沈存步的《雨后丽日看"天虹"——记香港诗人傅天虹》。

24日,《文艺理论与批评》第2期发表张炯的《关于探讨社会主义文艺的特征与规律问题》;龙长顺的《骑在时代的马背上放声歌唱——论贺敬之政治抒情诗的阳刚美》;任愫的《鼓琴和鸣 雄健动听——论纪鹏诗的艺术风格》;石英的《关于诗的唠叨》;陆贵山的《"文学主体性"理论与审美乌托邦》;罗守让的《关于"重写文学史"的辨析》;程俊的《应当怎样评价中国当代文艺——兼与李泽厚同志商榷》;《青年人说〈渴望〉——座谈会发言》。

25日,《长城》第2期发表铁凝的《醒来的独唱——何玉茹小记》;封秋昌的《女性世界的审视——论何玉茹小说创作》;高扬的《长城雄姿燕赵大气——〈长城〉1990年载中篇小说鸟瞰》;南帆的《北村的小说图式》。

《当代作家评论》第2期发表丁亚平的《理论建构与接受的未决状态》;吴方的《小窗一夜听秋雨——重读杨绛〈干校六记〉》;段崇轩的《童话的幻灭——蒋韵小说的一种解读》;汪政、晓华的《彭瑞高小说札记二则》;郭风的《自觉的文体意识——王充闾散文集〈清风白水〉读后》;高逸群的《姜天民〈白门楼印象〉小说创作论》;孙郁的《徐星小说的精神走向》;杨德华的《视角、结构及其他——〈女性没有地平线〉艺术谈》;贺绍俊、潘凯雄的《现实主义的果实——漫评孙春平的两个小说集》；方克强的《叙述态势：建构与解构——评李其纲的中篇近作》；马风的《对社会生活的试图参与和最终疏离——近期小说创作的一种选择》；莫言的《清醒的说梦者——关于余华及其小说的杂感》；赵毅衡的《非语义化的凯旋——细读余华》；张玞的《现实一种——评余华小说》；韩毓海的《新文学的宏观视角——论中国新文学的三次语言革命》；蔡翔的《道与势——中国文学中的"君臣"模式》；李洁非的《比较研究：华欧文论的历史与形态（续）》；绿雪的《拓展与更新历史文学观念赘言》；刘火的《关于〈灰窑地〉的通信》；樊星的《吴越的逍遥——当代小说的地缘文化研究》；张新颖的《从焦虑开始——欧阳子的小说集〈秋叶〉》；徐劲军的《邓毓德》；刁斗的《夏经伦》。

《海峡》第2期发表文洁若的《女权还是人权——华严小说读后感》；陈少松的《郭风散文诗的色彩美》。

30日，《文艺报》第12期发表蔡葵的《反映时代　表现人民——读第三届茅盾文学奖获奖作品》；臧克家的《万行诗·千字文——评长篇诗体小说〈山盟〉》；王玮的《走向深邃——评黄豆米的〈伟哉！滇缅公路〉》；袁学骏的《面对生活　无愧时代——关于曹继铎的散文创作》；何首巫的《郁钧剑和他的诗》；程继田的《关于塑造社会主义新人形象的断想》；罗守让的《社会主义文艺的性质、特征、存在和前途》；力群的《对于"新潮"美术之我见——就商于杜键同志》；专栏"'环印奖'通俗文学理论评论征文"发表赵宝山的《漫谈当代通俗文学及其它》。

《浙江大学学报（人文社会科学版）》第1期发表海的《林语堂追求生之和谐的人生观》。

本月，人民文学出版社在北京饭店举行了建社四十周年茶话会。（本年《人民文学》第3期）

本月，《小说月报》第3期发表雷达、何镇邦、潘凯雄、蒋原伦的《〈一地鸡毛〉四人谈》。

《东海》第3期发表彦华、谭新的《珍惜社会责任者和历史使命感》；钟本康的《文学：地域文化的再认识（之三）》。

《红岩》第2期发表尹在勤的《情深而执著——〈爱情·人情·风情〉读后致梁上泉》；胡德培的《以精神和心理分析切入生活——莫怀戚小说创作的艺术特色》。

《芒种》第3期发表包全万的《底层世界的人生景观——读"丹东小说专

辑"》;马占君的《要盯住人物——读〈情歌三哭〉随想》;李万庆的《林和平论》;刘元举的《达理》。

《作品》第3期发表伊妮的《接受文学的拣选》;黄培亮的《情系雷州——祝宇散文集〈绿色的梦〉漫评》;陈炳的《对一种论调的反思——艺术美在于"不离不即"》。

《芳草》第3期发表王先霈的《执着与新变——漫说管用和》;卫遵慈的《现代主义在中国的历史命运》;王晖的《我看〈两个人的会场〉》。

《青年文学》第3期发表何镇邦的《对生活的冷静剖析——读肖亦农的短篇近作〈父亲的辉煌〉和〈邻居〉》。

《荷花淀》第2期发表墨石的《对绿色的追寻和呼唤——读散文〈白草畔,太行山的精灵〉有感》。

《萌芽》第3期发表张德明的《爱的感悟与思考——〈真爱〉的意蕴探寻》。

《星星诗刊》3期发表雨印的《诗魂游于山水间:读台湾青年诗人杨平诗集〈空山灵雨〉》。

《博览群书》第3期发表齐瑶的《一枝独秀——梁凤仪的财经系列小说》;王晓吟的《用心灵拥抱世界——读尤今的〈生命与爱〉》。

《盐城师专学报(哲学社会科学版)》第1期发表秦家琪的《理想人性的呼唤与寻觅:吕秀莲"新女性主义"小说》。

《青岛师专学报(社会科学版)》第1期发表耿建华的《东方席慕容》。

《上海文论》第3期发表潘向黎的《三毛作品艺术谈:一个女人的"自传"》;杨剑龙的《论席慕蓉的散文创作》。

本月,贵州人民出版社出版李勇的《曹聚仁研究》。

陕西人民出版社出版肖云儒的《八十年代文艺论》。

漓江出版社出版乔山的《文学·人性·伦理》。

华艺出版社出版杨品、王君的《文学创作探秘》。

暨南大学出版社出版黄展人主编的《文艺批评学》。

湖南文艺出版社出版李达轩的《丁玲与莎菲系列形象》。

杭州大学出版社出版史瑶等的《茅盾文艺美学思想论稿》。

4月

1日,《山西文学》第4期发表魏玉山的《一泓透明的泉水——浅谈诗集〈樱花雨〉心理距离的把握》;艾斐的《民情乡韵谱心曲——关于诗集〈爱的风录〉》;陈良运的《触事生情与缘情叙事——评叙事诗集〈红黄绿〉》;张厚余的《温馨之花——李建华诗文漫评》。

《上海文学》第4期发表蒋原伦的《小说·历史·意识形态——周梅森、格非小说中的历史》;[法]安妮克琳作、肖晓宇译的《诘问和想象在韩少功小说中》。

《四川文学》第4期发表徐庆信的《小说的象征形态》。

《鸭绿江》第4期发表《陈山、赵天山关于〈西圣地〉的信札》。

《滇池》第4期发表蔡毅的《一个不倦的跋涉者——谈毛诗奇的诗歌创作》。

《解放军文艺》第4期发表张志忠的《东拉西扯——简直小说读后》;刘立云的《寻找灵魂的憩园——冷燕虎小说的诗意化倾向》。

4—6日,江苏省作家协会暨吴县县委宣传部在苏州吴县举办范小青作品讨论会。(本年《钟山》第4期)

2日,《信阳师范学院学报(哲学社会科学版)》第1期发表陈倩的《独具风韵别样美——评三毛的成名作〈撒哈拉的故事〉》。

《盐城师专学报(哲学社会科学版)》第1期发表秦家琪的《理想人性的呼唤与寻觅——吕秀莲"新女性主义"小说》。

5日,《山花》第4期发表蹇先艾的《真正的园丁精神——读陈漱渝〈关于鲁迅收藏的一组青年文稿〉》;刘湛秋的《读李泽华诗集〈海孕〉》;罗强烈、张建建的《〈塬上风〉二人谈》;王鸿儒的《刚柔相济的美——李起超小说的美学风格》;叶公觉的《散文鉴赏与模糊识别方法》。

《长江文艺》第4期发表张奥列的《文学语言的回归》;刘耀仑的《生活需要嚼艺术需要悟——就〈巨骨〉致何存中的一封信》;王先霈的《读〈山里人山外人〉有感》;蔚蓝的《山地人生的沉重与悲哀——读叶梅小说集和新作〈断根草〉》;普丽华的《1985:一个季节的风度——论姚永标诗集〈陌生的城〉》;王浩洪的《叙述视角的复合效应》。

《北方文学》第 4 期发表张茜荑的《随便说说》;桑苗的《三言两语说〈神嘴〉》。

《中国西部文学》第 4 期发表(维吾尔族)阿孜古丽的《新时期维吾尔族小说漫谈》;白俊华的《〈我欲乘风东去〉读后》。

《湖南文学》第 4 期发表黄道奇的《〈边城诗草〉序》;宋梧刚的《阳光下的女人——李波〈金银花〉序》。

6 日,《文艺报》第 13 期发表刘白羽的《病中答问》;罗守让的《人间自有真情在——评中篇小说〈乡村情感〉》;孙毅的《扎根沃土,为人民、为社会主义歌唱——序〈二月兰〉》;艾斐的《映日荷花别样红——评诗集〈踏歌山水间〉》;马龙潜的《评所谓"宏观的方向和方法"——对李泽厚学术研究方向和方法的考察》;肖卒的《近年来某些文艺评奖质疑》;陈仪箴的《为科技工作者唱出的赞歌——读〈日魄〉的联想》;袁学强的《永远与人民群众打成一片》;张敦云的《人民的需要激励我从事创作》;戴翊的《探踪耕耘的收获——读丘峰的〈文学探踪录〉》;专栏"'环印奖'通俗文学理论评论征文"发表胡德培的《努力提高通俗文学的社会品格》。

7 日,《天津文学》第 4 期发表余世存的《最新小说扫描》;李洁非的《小说角度概论——关于小说艺术的基础研究之一》。

9 日,《西湖》第 4 期发表姚小雄的《梦里花落:写给三毛》。

10 日,《北京文学》第 4 期"北京作家"栏发表《杨沫小传》,杨沫的《往事悠悠》,吴宗蕙的《从〈青春之歌〉到〈英华之歌〉》。

《诗刊》第 4 期"新诗话"栏发表马立鞭的《小诗不小》、《只表现序曲》,老谭的《诗不畏直》、《诗应能解》,方竟成的《"南辕北辙"式的结尾》,公木的《读江天〈土地的呐喊〉》,邹荻帆的《剑兰之歌——读郭光豹诗选集〈白天鹅〉》,袁忠岳的《抒情诗中叙事功能及其形式转换》。

《读书》第 4 期发表何平的《狭义英雄的荣与衰——金庸武侠小说的文化解述》;陈平原的《也与武侠小说结缘》;冯至的《诗的呼唤——读赵瑞蕻〈八行新诗习作〉》。

《当代文学研究资料与信息》第 4 期发表袁良骏的《"奇"从何来?:白先勇小说艺术漫笔(续)》;古远清的《一份高格调的世界华文文学刊物——评香港犁青主编的〈文学世界〉》;辛摘的《台湾四十年影响最深的书籍》、《八十年代文学在台湾的困境》。

《写作》第4期发表赵绿耶的《满月醉人的乡色酒——台湾舒兰三首12行诗欣赏》；古继堂的《明朗、健康、写实的中国精神——评台湾诗人文晓村的诗》；胥岸英的《形象新颖　整合巧妙：谈余光中〈乡愁〉的意象美》。

12日，《中流》第4期发表《回顾过去　青春无悔　展望未来　任重道远　同人民共甘苦　同祖国共命运——"老三届"座谈会发言摘要》；江波的《今日师道——读报告文学〈壮烈的陨落〉、〈接力〉随想》；陈志昂的《烈士说——电视片〈国魂〉》；朱兵的《一生锲而不舍写工人——女作家草明文学创作六十周年纪念》；杜鹏程的《一位外国女作家的巨著——〈延安采访录〉》；于逢的《孔捷生到哪里去了？》。

13日，《文艺报》第14期发表喻季欣的《切近时代生活　走向阔大深沉——第二次"特区军旅文学研讨会"综述》；专栏"获奖作家谈"发表路遥的《生活的大树万古长青》，凌力的《继续耕耘　继续探求》；同期，发表李一安的《长篇小说〈十月怀胎〉略议》；李万武的《不诚实的"还原生活"——对一种小说新观念的质疑》；艾斐的《文艺与"社会主义"》；专栏"'环印奖'通俗文学理论评论征文"发表王汶成的《通俗文学理论的研究应转向"具体把握"》，叶君健的《开发新的"创作资源"》，王愚的《青春感情的投入——读王宜振〈献给少男少女的诗〉》，高洪波的《李子玉的世界》，金波的《记忆中的明珠——读〈梦的露珠〉》。

15日，《民族文学》第4期发表伊澈的《读赵大年的满族题材小说——长篇〈女战俘的遭遇〉、〈大撤退〉》；溪清的《我观大年创作》；杜国景的《文化结点上的情感分蘗——读陈亮的诗兼谈少数民族诗歌的价值取向》。

16—17日，《人民日报》文艺部和中国作协创作研究部在北京联合举行小说创作研讨会。（本年4月27日《文艺报》）

16—19日，《人民文学》和《山西文学》主办的"短篇小说艺术讨论会"在山西省杏花村召开。（《人民文学》第7、8期合刊）

17日，《作品与争鸣》第4期发表石英的《真正年轻的诗》（批评郭安文的《我们这一代》，该作品发表于1990年10月16日《人民日报》）；天山雪的《必须扼止这类行当——评常征的中篇小说〈第七十三行〉》（原载《中国西部文学》1990年第10期）；吕艺的《一个性格复杂的"捉刀"——评中篇小说〈第七十三行〉》（原载《中国西部文学》1990年第10期）；力文的《从三个角度看〈第七十三行〉》（原载《中国西部文学》1990年第11期）；雨之的《评常征的小说〈第七十三行〉》（原载《中国西部文学》1990年第11期);易三得的《为伊消得人憔悴——〈灰窨地〉读后》(原载《天津文学》1990年第8期);王立的《自戕者的灰色悲剧——读〈灰窨地〉》;弋人的《〈新启蒙〉述评》(原载《文艺理论与批评》1990年第6期);成志伟的《〈渴望〉三议》;陈尚华的《也谈〈渴望〉——兼谈人的阶级意识》;张炯的《瑕不掩瑜——我看〈渴望〉》;郝亦民的《时代的脉搏生命的歌——评董耀章的诗》;诸葛东之的《〈雪白血红〉是一本怎样的书》。

19日,《青年文学》第4期发表杨志勇的《打虎?还是打狗?——小议〈特殊使命〉的人物塑造》;自成的《炽热的爱国主义热情——谈〈特殊使命〉》;白枫的《揭开生命的怪圈之谜——读〈一起交通案〉的感想》;李尊宪的《人生的课题——〈难受〉小析》;俞汝捷、陈华宾的《论悲伤——小说人物心理类型(四)》;韩少华的《聪明为声色而在——散文的魅力(四)》。

20日,《文艺报》第15期发表《坚持百花齐放推陈出新　努力繁荣社会主义文艺》;陈先义的《一个崭新的课题——读长篇报告文学〈神农架之野〉》;专栏"获奖作家谈"发表孙力、余小惠的《贴近生活　直面人生》,霍达的《我为什么而写作》;同期,发表罗然的《评中篇小说〈狼毒花〉的人物个性创造》;张鹏鼎的《"后"学评价》;丁力的《朴实、清新、优美——评牛亚杰的诗集〈田园风光〉》;未央的《人生窗口的凝望——读孙泱〈东方之吻〉》;黄献国的《疏浚军旅日常生活之流——庞泽云军旅小说新视角漫谈》。

《当代》第2期发表黄国柱的《在历史暗河的幽深处点燃一只蜡烛——关于长篇纪实文学〈大国之魂〉的断想》;李炳银的《检史与摄魂——读〈大国之魂〉》;崔道怡的《给申力雯的热线电话》。

《暨南学报》第2期发表王列耀的《实践一种新的批评精神——论台湾女诗人钟玲的诗歌评论》。

《福建论坛》第2期发表张默芸的《谢冰莹小说散文创作漫评》。

27日,《文艺报》第16期发表《加强理论探讨　繁荣小说创作——小说创作研讨会在京召开》;专栏"获奖作家谈"发表《萧克将军与责任编辑的对话》;同期,发表游斌的《写历史之大事　抒民族之正气——徐兴业和他的〈金瓯缺〉》;绍凯的《这片神圣的陆地永远不会沉落——安子介先生和他的科幻小说〈陆沉〉》;吴光华的《半岛和他的长篇小说〈鬼窟〉》;蔡桂林的《论时代对艺术的要求与艺术对时代的满足》;蔡若虹的《分歧在于不同的立场——对杨成寅、杜键同志两篇文章的意见》;专栏"'环印奖'通俗文学理论评论征文"发表潘守杰的《言情小说与武侠小说》;专栏"文艺短论征文"发表何宝康的《为"名"与为"民"》。

《文学自由谈》第2期发表冯牧的《对中国当代长篇小说创作的有益探讨——读〈中国当代长篇小说创作论〉》;刘方、白苈的《新潮文学的终结》;铁凝的《心灵的牧场》;阿成的《杂感小说》;冯骥才的《享受这片月光——读赵玫散文的感受》;荆竹的《宁静中透露着生命的力量》(评刑可的创作);佘树森(正文为佘森树)的《刘章的散文》;张文雅的《陈官煊的儿歌》;木弓的《报告文学与小说》;郏宗培的《小小说现象》;崔俊臣的《社会语言的发展与文学语言的创新》;金梅、聪聪的《在质朴与通俗中求艺术》(创作通信);肖文苑、冉淮舟的《关于〈深宫锁恨〉》(创作通信);王炳护整理的《〈中国知青部落〉座谈摘要》;张志忠等的《军旅诗的现状及其它》;林李的《南方的诱惑》(评郭小东的作品);岑杰的《外面的世界精彩又无奈》(评安徽文艺出版社出版的《留学生文学丛书》;聂雄前的《跪在真理与美德的脚下》(评余开伟的《跪在真理与美德的脚下》;洪治纲的《〈天行〉阅读札记》;潘渊之的《读〈残寺〉》;邢广域的《喜读老友新作》(评朱建信的报告文学《济南大血劫》、乔荣涛的诗集《雏音集》》);葛颖的《文化冲撞下的漂泊人生》(评《我在美国:酸甜苦辣》);陈学勇的《王安忆何曾"疲惫"》;耿书林的《金融与文学》;赵丽宏的《读汪笨湖〈落山风〉》;白舒荣的《杜国清对爱情诗的探索》;古远清的《评林燿德的〈观念对话〉》;冯育楠的《港台与大陆通俗文学窥见》。

《当代》编辑部举办长篇报告文学《飞向太空港》作品讨论会。(本年《当代》第4期)

《团结报》发表陈漱渝的《他在争议中保持自我:台北三晤柏杨记》。

30日,《台港与海外华文文学评论和研究》第1期发表曾阳的《江苏文化的二元结构和江苏籍台湾作家的创作特色》;秦家琪的《郭枫散文的心境基调与主题思路》;黄重添的《台湾现代都市社会的投影——萧飒小说漫论》;王林书的《乡愁、诗化的张默——论〈爱诗〉》;温潘亚的《现代女性自塑的雕像——试析〈女强人〉中的林欣华形象》;薛家太的《人民的意愿与艺术的回归——读舒兰的诗散思》;周成平的《论李黎的散文创作》;曹明的《绚丽多姿 各具风采——漫谈白先勇小说中的女性形象》;曹惠民的《小的就是美的——略谈晓风散文的感受方式》;鲍善本的《蓉子诗(二首)的艺术美》;张禹的《重要的是认识台湾——并非题外的发言》;梦花的《愿人世间有更多的爱——论席慕容的创作》;冒炘、古粗的

《东方女性的爱与思——简宛散文论》;李志的《流派纷呈　风姿绰约——台湾散文创作谈片》;沈卫威的《〈呼兰河传〉、〈城南旧事〉比较分析》;钟来因的《王梦鸥与唐代文学研究》;毛宗刚的《论当代台湾乡土文学的文化精神——一个以五四文学为参照的思考》;萧村的《沐浴在友谊的暖流中——记同新、马华文作家欢聚的日子》;周棉的《试论二十世纪国际政治文化背景下走向世界的华文文学》;王振科的《试谈蓉子诗作中的乡愁意识》;方忠的《尉天骢在台湾乡土文学论战中的地位和作用》;沈存步的《沙白和他的诗》;王振科的《石头城里寄相思——出席"江苏籍台湾与海外华人作家作品学术讨论会"散记》。

月底,《名作欣赏》第2期发表王海龙的《幽篁情节,夜鸟春歌:读台湾诗人莫渝〈苦竹〉、〈黄昏鸟〉》;洪烛的《情感领域里的轻音乐——台湾抒情诗三首欣赏》。

本月,《小说月报》第4期发表肖亦农的《告别都市》。

《小说家》第2期发表杨争光的中篇小说《棺材铺》。同期,发表何镇邦的《说长论短看"擂台"——读"小说家"九一年第一期"中篇擂台"之新作》;蒋原伦的《我的阅读感受》;雷达的《四种视角　四种境界——读四部中篇小说》;潘凯雄的《我的"裁决"——读〈小说家〉1991年第1期"精短中篇小说擂台赛"作品四篇之后》。

《文艺评论》第2期"'反串'大戏台"栏发表吴亮的短篇小说《湿雪》,蒋蕶文的《读吴亮小说〈湿雪〉》,吴亮的《〈湿雪〉的诞生》;同期,发表陈晋的《传统戏曲与文化改造(下)——毛泽东与中国文艺之四》;徐剑艺的《小说的形式语法》;李裴的《文化的视角——对新时期现实主义文学的一种思考》;邵建的《方式的维新》;熊忠武的《"样板戏"启示录》;樊星的《酒神精神——"当代小说与中国文化"之六》;李运抟的《知足:破碎的谶语——当代小说平民形象论之五》;陈平原的《书剑恩仇儿女情——二十世纪武侠小说论(续)》;袁元的《听她讲那过去的事情——王娘的叙述方式及其他》;禾沐的《散评王娘》;王娘的《我相信》;临轩的《黑龙江青年诗人扫描》;孟迟的《致友人书——散谈长篇小说〈天荒〉及其他》;刘公平的《序〈黑龙江散文丛书〉》;彬彬的《偶思长短录》;张葆成的《麟爪话东瀛》;陈晓云的《荒诞的都市——城市电影研究之二》。

《东海》第4期发表朱汝曈的《真善美与文学价值》;李民的《欣喜之余的感受——评余方德的小说〈死亡之约〉》。

《当代作家》第2期发表南帆的《激情与个性——〈世纪末的情人们〉读后》;

梅龙等的《〈世纪末的情人们〉座谈纪要》;明照的《时代的审美沉思　探索创新心态——长篇小说〈山鬼〉管窥》;杨耐冬的《从〈开罗三部曲〉到镜子——1988年诺贝尔文学奖作品译介之三》;童志刚的《完结与未完结的意义——评汪洋的长篇小说〈N维的情侣〉》。

《百花洲》第2期发表周劭馨的《强化文艺的社会主义意识形态性质》。

《芒种》第4期发表邓萌柯的《峭拔俊逸　明亮纯净——读90年〈芒种〉诗歌漫笔》;仁秋的《黑孩自述》。

《芳草》第4期发表田天的《离现实更近一点,好吗》;易中天的《再说滋味——续〈羊年说美〉》;田野的《周代〈晚晴小集〉读后感》;胡卫军的《江海诗：传统与超越——论李道林诗歌创作的艺术特色》。

《作品》第4期发表黄培亮的《琐谈〈走出大山〉——读稿随笔》;陈国凯的《林坚的"傻劲"》;严瑞昌的《读〈野石榴〉印象》;温波的《芬芳飘自乡野——邓学聪小说简论》;海王的《真诚的对视——赵小敏儿童文学创作漫评》。

《青年文学家》第4期发表王新弟的《自然·情感·诗境》。

《春风》第4期发表曾镇南的《还是现实主义的白描为高——从迟子建的两篇小说想起当前创作中的一个久违的话题》;建新的《简约求"像"》。

《萌芽》第4期发表翁光宇的《八十年代台湾诗坛状况之一斑》;杨波的《讲故事的小说——评〈三月的阳光〉》。

《语文月刊》第4期发表左鹏威的《装满历史的抽屉　承载情愫的地缘——郭良蕙短篇小说〈地缘〉评析》。

《当代文学研究资料与信息》第4期发表辛摘的《八十年代文学在台湾的困境》。

本月,长江文艺出版社出版邹建军的《台港现代诗论十二家》。

厦门大学出版社出版庄钟庆主编的《东南亚华文文学与中国现代文学》("第一届东南亚华文文学研讨会"论文集)。

湖南文艺出版社出版彭漱芬的《丁玲小说的嬗变》。

花城出版社出版李钟声的《漫论特区文学及其他》。

三秦出版社出版陈孝英、赵宇共主编的《新时期陕西文艺论文选》。

上海社会科学院出版社出版王嘉良、金汉主编的《现代浙籍作家论丛》。

江西高校出版社出版周文、罗淦先的《文学的诱人性》。

花山文艺出版社出版张志民的《文学笔记》。

时代文艺出版社出版姜铮的《人的解放与艺术的解放:郭沫若与歌德》。

5月

1日,《广州文艺》第5期发表文能的《一组都市生活的颤音——1990"中达朝花文学奖"漫评》;温波的《现实的态度 创新的意象——读〈广州文艺〉广东文学院专号》。

《山西文学》第5期发表张颐武的《一个希望和一种前景——对山西省青年作家叙事文本的解读》;郝亦民的《魂系黄河绘〈河魂〉——简评田东照的〈故里人〉》;王祥夫的《漫评〈开破头〉》。

《上海文学》第5期发表陈平原的《小说的类型研究——兼谈作为一种小说类型的武侠小说》;方克强的《黑孩与捞渣:柔性原始的象征》。

《四川文学》第5期发表苏执的《温馨的回忆——〈讲话〉发表四十九周年感言》;杨正荣的《寄予一种期待》;王德芬的《萧军和孩子们》。

《作家》第5期发表雷达的《关于小说创作的若干思考》;晓华、汪政的《短论四章》。

《青年作家》第3期发表消融的《不必要不应该出现的细节——读〈纸鸟〉有感》;王令的《不应该自绝》;曾泥的《魅力在于形象》。

《鸭绿江》第5期发表王景涛的《阿里阿德涅的线团——老乔小说的文本意义》。

《解放军文艺》第5期公布1989—1990年《解放军文艺》荣誉奖获奖作品名单、1989—1990年《解放军文艺》特别奖获奖作品名单、1989—1990年《解放军文艺》优秀作品获奖作品名单;同期,发表范雅各的《文学方队——"土工"——许金成短篇小辑读后漫笔》。

4日,《文艺报》第17期发表贺敬之的《关于当前文化工作任务的一些想法——答〈文艺理论与批评〉记者问》;段崇轩的《黄土地上的执着开掘——〈山西文学〉近期农村题材小说综论》;李瑛的《关于〈我骄傲,我是一棵树〉》;程树臻的《一部高扬时代主旋律的通俗文学——读郭启祥的长篇小说〈黑洞〉》;金恒源的《关于"城市人"与"城市文学"——与吴亮商榷》;晨宏的《景颇族当代文学的产生和崛起》;陆嘉明的《〈飞天〉"诗歌专刊"读后》;刘章的《西子妆成总是宜——刘征诗词集〈霁月集〉欣赏》;海笑的《略谈赵永生的报告文学》;专栏"通俗文学理论评论征文"发表陈辽的《通俗文学和通俗作家》,周良沛的《复活:记台湾作家陈映真》。

5日,《山花》第5期发表李运抟的《绝望的抗争——刍议当代小说中的婚姻悲剧的展示》;邬锡鑫的《从"意象"到"意境"》;吴晓的《诗歌意象结构及其表述》;管郁达的《独白——读陈明媚诗随感》。

《长江文艺》第5期发表罗守让的《评池莉的人生三部曲》;曾卓的《〈七彩的花潮〉序》;田野的《胡天风和他的散文集》;王晓峰的《小说无法》。

《北方文学》第5期发表汪惠仁的《最后的情感依据——家园》;李琦的《〈遥远的家园〉前后》。

《中国西部文学》第5期发表亦文的《西部高地上的新太阳——陆天明的长篇小说〈泥日〉简介》。

《当代文坛》第3期发表唐正序、冯宪光的《人民的需要是艺术价值的基础——重读〈在延安文艺座谈会上的讲话〉》;胡平的《情感的抽象与形式的建构》;叶公觉的《新时期纪实文学发展浅说》;董小玉的《语言的困扰与创新——论当代文学作品中语言的走向》;古耜的《人类:请正视大自然亮出的黄牌——长篇小说〈摄生草〉阅读感言》;张德祥的《生存启示录——评中篇小说〈太阳出世〉》;程宝林的《背负太阳和大山的寻觅者——读罗强烈散文集〈寻找格林先生〉》;段更新的《诗路通向人生——黄淮〈人之诗〉访谈》;杨远宏的《张新泉诗歌创作论》;袁基亮的《评刘继安小说创作》;彭斯远的《蓝疆山水诗透视——我读〈烟花三月〉》;张杰的《"先结构"与阅读中的理性因素》;江兰的《幽默的色调》;亦村、王大奇的《关于〈裸云〉的通信》;马安信的《你是我的黑眸子——〈雪爱〉自序》;秦立德的《批评的选择——读张奥利〈文学的选择〉随想》;颜廷奎的《巴人仍在吹箫——读鄢家发诗集〈寂地〉》;地山的《人到中年的心灵轨迹——评曹纪祖诗集〈多情人生〉》;罗越先的《硝烟中飞出的鸽子——评青年诗人王耀军的诗》;张德明的《悲剧,在荒原中分娩》;溪清、高华的《写实与神话的结合——浅谈唐栋小说〈红鞋〉》。

《延河》第5期发表苑湖的《赵命可和他的小说》。

《莽原》第3期发表冯明的《为人民服务是社会主义文艺的根本宗旨——纪念〈在延安文艺座谈会上的讲话〉发表49周年》;黎辉的《关注农民　了解农民　表现农民——与乔典运谈深入生活》。

《湖南文学》第5、6期合刊发表聂雄前的《从文化重振的梦想到文化失范的惶惑——湖南新时期小说创作阶段论》;弘征的《愿鲜花更加盛开——新时期十年湖南诗歌鸟瞰》。

《四海—港台海外华文文学》第3期发表潘亚暾的《台湾女性文学初探》;巴桐的《"文化沙漠"上的奇葩——〈龙香短篇小说选〉序》;夏马的《一束开在太平山下的紫荆花:〈龙香散文选〉序》;申思的《悲歌一曲慰英灵:简评〈幌马车之歌〉》。

6日,《河北文学》第5期发表单正平的《论组合小说——对一种新文体的初步探讨》。

7日,《天津文学》第5期发表阮忆的《走向过程的阅读》;贾宝泉的《散文随谈录》;余世存的《最新小说扫描》。

10日,《小说林》第3期发表曾镇南的《评蒋巍的报告文学作品》;李计谋、果崇普的《〈呼兰河传〉与地域文化》;孟庆华的《走向成熟》。

《中国作家》第3期发表荒煤的《我所认识的巴金老人》;晓霖的《对床夜雨——忆父亲郭小川的二三事》。

《北京文学》第5期"北京作家"栏发表《骆宾基小传》,骆宾基的《生活是文学艺术之源》,张首映的《骆宾基作品的意义》;同期,发表浩然的《对泥土的深情厚意——赵松泉简介》。

《诗刊》第5期以"怀念李季　学习李季特辑"为总题,发表本刊记者的《与时代同步　与人民同心——李季诗歌研讨会综述》,李瑛的《致力于新诗和人民群众结合的典范》,江波的《忆念人民诗人李季》,张器友的《李季与新诗民族化、大众化》;同期,发表阮章竞的《致青年作者》。

《读书》第5期发表吴小如的《俞平伯先生的新旧体诗》;赵一凡的《〈围城〉的隐喻与主题》;金克木的《新诗·旧俗》。

《当代文学研究资料与信息》第5期发表钱莉的《走过七十年代的文学标

竿——台湾部分作家重评"乡土文学"论战》。

《写作》第5期发表涂险峰的《领略人世情韵——读余光中散文〈听听那冷雨〉》。

10—18日，中国作协召开的全国诗歌座谈会和中国作协、《诗刊》、桂林市文联等联合主办的第三届漓江诗会在桂林举行。(本年6月1日《文艺报》、《诗刊》第7期)

11日，《文艺报》第18期发表温小钰的《"先行官"的改革和改革的"先行官"——读茅盾文学奖获奖小说〈都市风流〉》；唐因的《序〈牵牛花之谜〉》；雍文华的《仍然需要提倡革命现实主义》；黄力之的《文学与艺术形态问题——对〈艺术链〉中若干观点的质疑》；郑心伶的《"遵命文学"与文学的遵命》；滕云的《读〈第三军团〉兼谈中学生题材社会化趋势》；陈伯吹的《赵明的儿童小说》；张贤亮的《好个诗情画意——读程大利散文集〈那片蓝天那方土〉》；常智奇的《对人生与历史的思考——读雷抒雁〈掌上的心〉》；郭风的《繁富缤纷的花朵——读陈志泽的散文诗》；转载《现代人报》1990年7月24日韩笑的《"犁青现象"的启示》。

12日，《中流》第5期发表魏巍的《走什么样的道路？做什么样的作家？——在全国青年业余创作者会议上的讲话》；尔重的《写〈新战争与和平〉的一些想法》；邓斌的《胸中历史　笔下波澜——长篇小说〈新战争与和平〉简评》；宋垒的《情、理、事、象的交融——读〈臧克家序跋选〉》；杜埃的《文学上也在打一场没有硝烟的战争吗？——读欧阳山同志的〈广语丝〉》；金圣的《回顾对毛泽东文艺思想的一场"围剿"》。

15日，《文学评论》第3期发表中国社会科学院文学研究所当代室的《"新写实"小说座谈辑录》；赵朕的《女性小说：异曲同工的和鸣——海峡两岸小说比较》；胡平的《我们需要何种小说文体——判断与判断题解》；丁永淮的《论流沙河的诗》。

《文艺争鸣》第3期发表吴光正的《社会主义文艺特殊规律刍议》；冯贵民的《对社会主义文艺的几点认识》；李志宏的《谈文艺的社会主义性质与审美属性的统一》；邵建的《马克思主义文艺美学本质辨识——兼与陆梅林先生商榷》；王一川的《卡里斯马典型与文化之镜(三)——近四十年中国艺术主潮的修辞学阐释》；张奥列的《通俗文学的出路》；杨冬的《印象主义批评的历史与评价问题》。

《民族文学》第5期发表特·达木林的《活跃因素　精华部分——第三届全

国少数民族文学评奖获奖中短篇小说集读后》;杨长勋的《历史记载着每一时代的幸运——为黄神彪第二本诗集〈远风俗〉作跋》;杨云才的《逃避或反叛——谈回族诗人贾羽诗创作的情感态度》;胡振华的《发展中的当代柯尔克孜族作家文学》。

《中国图书评论》第 5 期发表黄佳骥的《林语堂与〈朱门〉》。

《江南》第 3 期发表唐湜的《我的诗艺探索历程》。

《特区文学》第 3 期发表谢常青的《日出东方永向前——情真卓识自然的马万祺诗作》;朱玲玲、朱砥平的《野火烧不尽　春风吹又生——读〈张志宽烈士遗诗·野草集〉》

17 日,《作品与争鸣》第 5 期以"中国社会主义文艺繁荣发展的指针——纪念毛泽东〈在延安文艺座谈会上的讲话〉发表 49 周年"为总题,发表成志伟的《生活是文艺创作的源泉》,严昭柱的《尊重艺术规律,勇于开拓创新》,涂途的《社会主义文艺家要自觉地树立"服务"意识》,董学文的《高扬作家革命的主体性》,喻季欣的《走向明天——从〈明天在今夜开始〉兼论"特区军旅文学"》,崔洪昌的《生活走向与创作取向——"特区军旅文学"一周年回顾》,刘恒的《伏羲是谁》(原载《中篇小说选刊》1988 年 6 月号),张炯的《关于〈伏羲伏羲〉和"新写实"小说的对话——答〈作品与争鸣〉记者》,王陆的《哀叹末日的蜗居者——评〈圣诞〉及有关评论》,一知的《〈文学评论〉注意开展学术争鸣》,官伟勋的《〈渴望〉三则》(原载 1991 年 1 月 15 日《人民日报》)。

18 日,《文艺报》第 19 期发表社论《进一步增强文艺队伍的团结》;中共中央宣传部、文化部、广播电影电视部的《关于当前繁荣文艺创作的意见》(1991 年 3 月 1 日);罗守让的《思想上有深度　艺术上有特色——评〈第二个太阳〉》;张炯的《揭示军人的人生——读范军昌的中篇小说近作》;朱向前的《读李鸣生长篇报告文学〈飞向太空港〉》;王春林的《精神失落之后——评权文学的〈月亮在山顶丢失〉》;《〈中国解放区文学书系〉编委扩大会纪要》;罗扬的《繁荣文艺的必由之路——纪念陈云同志关于"出人、出书、走正路"重要谈话发表 10 周年》;力群的《赞美工人阶级的歌手——贺小虎——〈我们工厂的三个女人〉读后》;黄培亮的《色彩浓郁的特区生活画》;专栏"'环印奖'通俗文学理论评论征文"发表钟逸人的《时代需要高品位的通俗文学——苏方桂〈丐王〉、〈雨打残红〉读后》。

19 日,《青年文学》第 5 期发表力凡的《〈琴师〉审美赏析》;曾庆平的《〈琴师〉

的语言》；绕子的《告诉你人生的天机》；俞汝捷、陈华宾的《论厌恶——小说人物心理类型（五）》；韩少华的《把握心灵同世界的共鸣点——散文的魅力（五）》。

20日，《长江》第3期发表刘军的《壮哉，浴血狼道——读中篇小说〈狼道〉》。

《小说评论》第3期发表丁永强整理的《新写实作家、评论家谈新写实》；南帆的《札记：关于"寻根文学"》；周政保的《是刻画西部人？还是创造艺术？——〈高地上的寓言〉：西部小说论之十五》；何克俭的《梨花湾的穆斯林的世界——〈穆斯林的儿女们〉的民族民俗特征》；胡平的《90短篇佳作选评》；戴翊的《带着喜剧色调的悲剧——论李晓的小说创作》；滕云的《圣人也是人——读杨书案的〈孔子〉》；潘吉光的《倾斜·审判·复兴——评孙健忠的长篇〈死街〉》；田长山的《为躬耕者拉一回套——读莫伸的两本小说集》；许自强的《心灵深处无言的悲歌——评张同吾的〈爱，不是选择〉》；李洁非的《小说母题刍议》；王治明、李昺的《小说叙述中的主观性与客观性》；陈忠实的《文论两题》；李铭的《灰色人生的写照——读池莉〈冷也好热也好活着就好〉》；苑湖的《沉入静穆——读史铁生的〈我与地坛〉》；李玉皓的《爱，永远说不清的东西——读〈未完成的拉奥孔〉》；陈炳藻的《论西西的短篇小说技巧》。

《上海文论》第3期"当代视野中的大众文化"栏发表章培恒的《从武侠小说的发展看大众文艺的前景》，陈平原的《浪迹天涯——武侠小说形态分析之一》；同期，发表徐中玉的《团结起来　繁荣文艺——纪念中国共产党建党七十周年》；邱明正的《坚持社会主义文艺方向的根本保证——写在建党七十周年前夕》；王安忆的《〈泥日〉的彼岸》；刘海燕的《美丽与尴尬——解读〈奔丧〉与〈离乡〉》；余思牧的《谦谦君子　博精求新——序陈思和〈人格的发展：巴金传〉》；潘向黎的《三毛作品艺术谈：一个女人的"自传"》；杨剑龙的《论席慕容的散文创作》。

21日，《文艺研究》第3期发表贺敬之的《关于艺术研究中的几个问题》；蔡子谔的《崇高美是毛泽东美学思想的核心形态》；陆梅林的《切磋琢磨，深入开掘——艺术意识形态论外一篇》；樊波、常峰的《试析中国文艺中的现代主义》；马大康的《文学功能新论》；冯其庸的《四十年梨园忆旧》。

22日，《新文学史料》第2期发表林辰辑注的《台静农书简》；启功的《平生风义兼师友》；舒芜的《忆台静农先生》；秦贤次的《台静农先生的文学书艺历程》；台益坚的《爝火(追悼先父台静农)》；《台静农先生事略》；陈子善的《台静农后期著作系年(1947—1990)》。

23日，中国作家协会召开的全国青年作家会议在北京开幕，国家副主席王震出席开幕式并发表讲话，中国作协党组书记、副主席马烽致开幕词，中国作协党组副书记玛拉沁夫作题为《青年作家的历史使命》的报告，邓颖超写来贺辞；26日，会议闭幕，葛洛致闭幕词。（本年5月25日、6月1日《文艺报》）

24日，《文艺理论与批评》第3期发表贺敬之的《关于当前文化工作任务的一些想法——答〈文艺理论与批评〉记者问》；陆梅林的《回顾与反思——记十年来若干文艺理论论争》；《繁荣社会主义文艺生活是文艺工作者的光荣职责》；杨祖武的《毛泽东文艺思想的硕果——赞李尔重〈新战争与和平〉》；金水的《试析〈新战争与和平〉结构艺术》；黄国柱的《用生命和热血写就的军事文学——关于张鼎全及其长篇小说〈雪祭唐古拉〉》；刘玉山的《看〈焦裕禄〉所想到的》；伊云的《为石油工作者塑像——读魏巍〈石油战线巡礼〉》；王淑秧的《七十年代台湾小说三题》。

25日，《文艺报》第20期发表王震的《〈讲话〉精神永照千秋——在全国青年作家会议上的讲话》；马烽的《在跨世纪的伟大进军中大显身手——全国青年作家会议开幕词》；《中宣部、文化部、广播电视部给全国青年作家会议的贺信》；邓颖超的《寄语全国青年作家会议》；闻钧的《文艺理论战线在斗争中前进》；蒋茂礼的《刘再复鼓吹"人类之爱"的实质》；魏明的《"评奖"与"买奖"》；刘志洪的《为何赞美"策划私奔"及其它——略谈文艺评论的品格》。

《长城》第3期发表管桦的《源于生活的艺术》；冯牧的《〈左朱雀右白虎〉及其他》；何镇邦的《关于新现实主义的断想》。

《收获》第3期发表王朔的《我是你爸爸》。

《当代作家评论》第3期以"评论之评论"为总题，发表西飏的《读〈城市笔记〉》，陈晓明的《生存之境：文学的审美价值——评程麻新著〈文学价值论〉》，喜勇的《超越必然——读毛时安〈引渡现代人的舟筏在哪里〉》；同期，发表南帆的《世俗与超越》；王彬彬的《人物论：作为一种批评方法的荣辱兴衰》；李洁非的《小说类型探讨》；吴炫的《写实的障碍》；陈嘉平的《凡人的渴望与拒绝——从互文性看第三代诗人的一种姿态》；胡河清的《史铁生论》；蒋原伦的《史铁生小说的几种简单的读法》；费振钟的《1985—1990：作为技术性小说作家的叶兆言》；李炳银的《社会与人生脉动的报告——贾宏图报告文学创作论》；缪俊杰的《描绘历史风云　弘扬民族文化——评吴因易的历史小说"唐宫四部曲"》；宋遂良的《纵芭蕉不语也飕飕——于爱香的小说世界》；阿红的《长在大地上的诗——读〈刘文玉诗选〉》；朱靖华的《给俗语加上故事的翅膀——〈中国俗语故事集〉读后》；蒋子龙的《短论两篇》；韶华的《寓言写作的现身说法》；叶兆言的《枇杷树》；贾宏图的《我和报告文学》；楼肇明的《南天一隅，重峦叠翠，万壑争流的散文风景线——台湾散文发展的一个轮廓》；马秋芬的《杨维祝》；苏曼华的《李子彬》。

29日，《团结报》发表华海的《"南洋一枝笔"——在新加坡访周颖南》。

31日，《台湾研究集刊》第2期发表古粗的《东方的思索东方的爱——简宛散文创作综论》。

本月，《东海》第5期发表易湘的《文艺属于人民》；李遵进的《创作与期待》。

《红岩》第3期发表彭斯远的《文化冲突的强劲表现——评易宁的两部校园小说》；赵智的《意图与超越——从〈已经消失的森林〉说开去》。

《芒种》第5期发表木青的《苦涩而甜蜜的白桃——读里扬长篇小说〈白桃〉》；单复的《心游万仞　精骛八极——〈长河流月〉序》；张启范的《单复论》；谢友郑的《我看"西部"与文学》。

《芳草》第5期发表李运抟的《使命的说客——当代小说情节艺术今论之二》；鹏喜整理的《愿离作者和读者更近一点》。

《作品》第5期发表王林书的《雅俗共赏的流向——诗歌创作谈》；杨羽仪的《筱敏〈喑哑群山〉序》。

《芙蓉》第3期以"重振'湘军'雄飞笔谈"为总题，发表罗守让的《坚持走革命现实主义道路》，谢海阳的《"湘军"大有希望》，季红真的《从乡土走向世界》，贺绍俊、潘凯雄的《"湘军"：一个口号？一个流派》，肖建国的《自我回顾和展望》。

《青年文学家》第5期发表岳亭的《浓浓乡土情　灼灼赤子心》；晓达的《谈李风清诗歌创作中的品质意识》。

《春风》第5期发表刘绍棠的《致青年文艺创作者》；朱晶的《叙事的意味——凌耀忠小说读后记》；孙琅的《以缺憾为写美》。

《荷花淀》第3期发表常思的《文坛随感录》；董旭升的《陈业鹏小说漫评》。

《萌芽》第5期发表赵长天的《荒唐之余——〈一案九罪〉读后》；江曾培的《富有独特内涵与价值的"留学生"文学》。

《语文月刊》第5期发表梅德平的《意象新奇　绘声绘色——台湾诗人覃子豪〈毒火〉赏析》。

《当代文学研究资料与信息》第5期发表《走过七十年代的文学标竿：台湾部分作家重评"乡土文学"论战》。

泉州华侨大学海外华人暨台港文学研究所在泉州成立。

本月，厦门大学出版社出版李标晶的《茅盾文体论初探》。

江苏文艺出版社出版许志英的《五四文学精神》。

漓江出版社出版李建平的《桂林抗战文艺概观》。

春风文艺出版社出版刘卓的《十年喧嚣沉思录：新时期通俗文学热扫描》。

时代文艺出版社出版林建法、王景涛的《中国当代作家面面观》。

广西教育出版社出版李超鸿、王敏之编著的《李英敏和他的文学创作》。

解放军文艺出版社出版王必胜的《缪斯情节》。

浙江少年儿童出版社出版浙江少年儿童出版社编著的《中国儿童文学论文选：1949—1989》。

6月

1日，《广州文艺》第6期发表懿灵的《徐志摩的诗歌音乐感理论及其实践》；殷国明的《小地方 大文学——澳大利亚文学创作一瞥》。

《山西文学》第6期发表席扬、李婕的《关于权文学创作的几则笔记》；聂群的《由雅入俗俗复雅——由〈怪世奇谈〉论及文学的雅俗关系》。

《上海文学》第6期发表周政保的《卷入现实与艺术创造的智慧——朱苏进小说论》；王鸿生的《追问与应答——李佩甫和他的神话视界》。

《文艺报》第21期发表葛洛的《做跨世纪文学栋梁——全国青年作家会议闭幕词》；杨白冰的《在全军文艺创作座谈会上的讲话（摘要）》；以"全国青年作家会议发言摘登"为总题，发表刘玉民的《以真诚之心写真实之作》，孙云晓的《为强壮民族的脊梁而歌》，李晓伟的《扎根青藏高原 高唱军旅壮歌》；同期，发表束沛德的《情真意切的教育诗篇——读孙云晓的〈孩子，抬起头〉》；王晓峰的《心怀着至真至善——刘元举创作印象》；李京盛的《心灵的歌吟与哭诉——读施亮的〈歌与哭〉》；王祥夫的《王东满小说评析》。

《四川文学》第6期发表张放的《"春天天气真好"》；朱启渝的《躁动着的人情人性》；吴野的《"四川小说创作新一代"辨析》。

《作家》第6期发表胡宗健的《小说的叙事模式》；李书磊的《关于许谋清小说的笔记》；金钟鸣的《心灵的轨迹——〈心灵的探索与探索的心灵〉后记》。

《鸭绿江》第6期发表毛志成的《中国当代文学的伪质性》。

《解放军文艺》第6期发表雷达的《寻找新的抛物线》。

4日，《山东文学》第6期发表李心田的《纯情少女之诗》；束沛德的《山东儿童文学的新收获——在刘海栖作品讨论会上的发言》；赵耀堂的《幻想与现实的巧妙结合——读〈灰颜色的白影子〉》。

5日，《山花》第6期以"大视野中的贵州文学（之一）"为总题，发表张建建的《地域与文学：贵州文学共同体》，王良范的《告别父亲的仪式——贵州文学视野中的文化风景线》，彭兆荣的《贵州文学分析的"文化诗学"视角》；同期，发表周荷初的《功到雄奇即罪名——评长篇历史小说〈百年沉冤〉》；黄祖康的《灵魂的鸟儿无所栖止——谢挺和他的小说》。

《长江文艺》第6期发表於可训的《文学：在哪里失去了读者——对新时期文学与读者关系的考察》；胡德培的《不要被自己制造的垃圾所淹没——艺术规律探微》；周思明、漆咏德的《仰视与凝眸——评金辉诗集〈楚魂〉》。

《北方文学》第6期发表李福亮的《残阳如血写精神——好一个〈土匪马大〉》；王为华的《别有一番滋味在心头》；朱新鹏的《渴望一点温情——读何群的小说〈金凤子〉》。

《中国西部文学》第6期发表都幸福的《中国西部文学的三大色块》。

《延河》第6期发表桃子的《把更多的爱献给孩子们》。

7日，《天津文学》第6期发表杨匡汉的《诗思的提升与语码的运作》；刘树勇的《关于文学性》。

10日，《北京文学》第6期"北京作家"栏目发表《杲向真小传》；杲向真的《小草》；徐莉萍的《纯真的人格 平和的世界》。同期，发表浩然的《要开启"水库"的闸门——孟广臣简介》；吴光华的《孟广臣和他的小说》。

《诗刊》第6期发表王赋元的《诗创作的奥秘：从语言符号到艺术符号的蜕

变》;吴思敬的《走向哲学的诗——读〈赵恺诗选〉》;杨匡汉的《跋涉者的渴求——莫文征和他的〈季节河〉》;晏明的《山水诗与我》;庄严的《"诗中有我"与"表现自我"》;唐湜的《新诗应该有自己的中国风采》;朱先树的《泱泱诗国的一项宏伟工程——〈中国诗歌大辞典〉出版》。

《读书》第6期发表柳鸣九的《"新小说"代表作的杂色》;李欧梵的《狐狸洞书话》。

《写作》第6期发表熊礼汇的《从三首爱情诗看台湾新诗对古代诗歌的继承》。

12日,《中流》第6期发表《爱我中华心声 壮我中华的呼唤——向读者推荐颜元叔诸位先生的三篇文章》;颜元叔的《向建设中国的亿万同胞致敬——读何新先生文章有感》;潘亚暾的《中华民族揭开了腾飞的历史——遥致颜元叔书》;陈映真的《寻找一个失去的视野——读何新〈世界经济形势与中国经济问题〉》;苏晓康的《对苦难漠视的残忍——读颜元叔大作有感》;罗大冈的《漫谈诺贝尔文学奖》;陆笛的《周立波和他的〈南下记〉》;钱海源的《对范曾出走巴黎的思考》;赵望、凌光的《难得的教员 绝妙的教材——逃亡"精英"启示录》;章姗编辑的《叛逃"精英"劣迹抄》。

15日,《文艺报》第23期发表张立国的《从〈文艺报〉看1990年的报告文学》;叶楠的《潜望镜升起来了——读李忠效小说集〈升起潜望镜〉》;凤子的《历史的见证——周而复〈长江万里图〉前三部读后》;何国瑞的《关于社会主义艺术生产的几点思考》;戴翃的《爱国主义激活了历史——读长篇小说〈金瓯缺〉》;成城的《历史与现实的回声——读张育瑄的诗集〈篝火〉》;许振强的《毕业之时话青春——评中篇小说〈毕业歌〉》;专栏"'环印奖'通俗文学理论评论征文"发表周可的《谈通俗文学认识功能的强化》。

《民族文学》第6期发表何颖的《寻求瑶族作家文学的突破》;周海波的《别停,别把追求停下来——王延辉小说片论》;(裕固族)钟进文的《祁连山的启迪——裕固族年轻诗人贺继新和他的诗歌》。

17日,《作品与争鸣》第6期以"《一地鸡毛》四人谈"为总题,发表雷达的《把生活的原生态还给艺术》,何镇邦的《叙述的魅力》,潘凯雄的《发人深思 催人反省》,蒋原伦的《阅读感受》(原载《小说月报》1991年第3期);同期,发表本刊评论员的《沿着党指引的宽广道路——纪念中国共产党成立七十周年》;金圣的《歌颂

时代精神　描绘新人形象——读报告文学〈光明颂〉》；中国社会科学院文学研究所当代文学研究所的《"新写实"小说座谈辑录》（原载《文学评论》1991年第3期）；文理平的《关于社会主义文艺特征与规律的讨论》（原载《文艺理论与批评》，本刊有删节）。

19日，《青年文学》第6期发表欧阳明的《评阿宁的两篇校园小说》；李铁牛的《写给真实》；雪松的《自然的启示与生命的感动》；刘江滨的《评"读者评坛"》；俞汝捷、陈华宾的《论羞涩——小说人物心理类型（六）》；韩少华的《寻觅只属于自己的表现形态——散文的魅力（六）》。

20日，《当代》第3期发表陈早春的《在人民文学出版社建社四十周年北京茶话会上的讲话》。

《福建论坛》第3期发表吕良弼的《海外华文文学研究三题》。

22日，《文艺报》第24期发表江泽民的《加强党的理论建设》；黄侯兴的《弘扬爱国主义与理想主义精神——写在创造社成立七十周年》；曹凤的《美在生活　美在发现——读〈程树臻小说集〉》；李向晨的《回荡在流逝岁月的青春协奏曲——评介张海迪的长篇小说〈轮椅上的梦〉》；李静的《站在大红墙下的思考——评常敬竹诗集〈中南海情思〉》；梁光弟的《团结起来，努力繁荣社会主义文艺——学习江泽民元宵节讲话的体会》；专栏"'环印奖'通俗文学理论评论征文"发表丹娅的《通俗文学现状之窥探》。

25日，《山东大学学报（哲学社会科学版）》第2期发表耿建华的《武侠也是文人写：金庸武侠小说初探》。

29日，《文艺报》第25期发表金河的《陈福廷短篇小说印象》；江晓天的《善于开发自身的艺术潜力——序〈陈登科研究〉》；陈先法的《扎根在生活中的周嘉俊》；王万森的《美的报告文学——读〈一百个女兵梦〉》；刘绍棠的《致青年文艺创作者》；秦木的《在历史交叉点上作家的庄严使命》；高文升的《文学研究领域中的一项重要建设——评〈长篇小说研究专集〉》；张琦的《历史革命题材影片的力作——〈开天辟地〉》；单复的《布谷声不住——略谈端木蕻良的散文》；白崇人的《壮族女作家岑献青和她的散文》；任孚先的《现实主义的深化和开拓——评姜树茂的长篇小说〈常乐岛〉》；林非的《罢〈夜话〉说杂文——序杜卫东杂文选〈两书斋夜话〉》。

30日，《外语教学与研究》第3期发表郭正枢的《林语堂英译六首苏轼词赏析〉》。

《中国图书评论》第3期发表李浩的《一本有开拓意义的工具书、参考书——评介〈台湾港澳及海外华文文学辞典〉》。

本月,《小说家》第3期发表池莉的中篇小说《你是一条河》。同期,发表张韧的《人性与人生的双重奏——读"擂台赛"中篇小说随想》;单正平的《他们的自信异彩纷呈——读四个中篇的印象》;贺绍俊的《愉快轻松地读了四篇小说》;腾云的《主角是生活——读四个中篇》;冯骥才的《阅稿札记》。

《小说界》第3期以"我看小说"为总题,发表冰心的《我看小说的时候》;钱谷融的《故事情节·人物形象》;鲁彦周的《小说应走入民间》;邓刚的《乱砍乱想一二三》;叶辛的《小说:带着感情从细微处着眼的叙述艺术》;苏童的《短篇、中篇和长篇》;谢友鄞的《我的小说世界》。同期,发表方克强的《知识分子与原型形态——评孙颙的中篇小说〈雪庐〉》。

《文艺评论》第3期"'反串'大戏台"栏发表李庆西的短篇小说《人间笔记(四题)》、李杭育的《喧嚣的渺小》;同期,发表张弼的《寻求文艺学美学理论发展的生长点》;李洁非的《文学事实和文学价值——批评的二元论兼论中国文学批评之偏颇》;王彬彬的《为自己辩护——思想与体验之一》;樊星的《政治之道——"当代小说与中国文化"札记之七》;张志忠的《中国当代文学缺什么?》;张景超的《十七年中一种积淀深厚的创造现象》;马少华的《从精神到物质的文学——一种新时期小说主题流变的社会心理分析》;方卫平的《憧憬博大——对一种儿童文学现象的描述与思考》;马风的《原型意象与戏剧话语——试说梁国伟剧作的艺术特色》;舒张的《"荒原"上颤栗的"绿灵魂"》;邵未醒的《人生并非恶梦——读梁国伟的〈绿灵魂〉》;梁国伟的《大道而难言——为四十岁的困惑所作》;临轩的《黑龙江青年诗人扫描》;张孝军的《青春的祭奠与昂扬——读〈中国知青部落〉》;李佳的《飞絮篇(二题)》;彬彬的《偶思长短录》;靳原的《道德的祭坛——我看〈渴望〉》;杜新夫的《围不住的立体幽默》。

《东海》第6期发表黄山的《读者论》;铁谷、沈廓的《鞍马余生起豪吟——评吴军〈墨池词笺〉》。

《当代作家》第3期发表吾夫的《〈泣歌伴我〉长篇小说研讨会纪要》。

《芒种》第6期发表阿红的《诗是船,智慧是帆,思想是舵——序汤炀〈人生多梦〉》;谢俊华的《七弦琴弹奏着新农村的牧歌——为李云辉处女集〈故乡的小溪〉

序》;晴川的《鲁野论》;肖文苑的《马的随想》。

《芳草》第6期发表冯牧的《关于孔子与〈孔子〉——在杨书案长篇历史小说〈孔子〉研讨会上的发言》;易中天的《咀嚼人生——三谈滋味》。

《作品》第6期发表李钟声的《诗泉,在跨过不幸的坎坷后喷发——论郭光豹》;东瑞的《香港文化忧思录》;审家仁的《诗味与语言密度》。

《春风》第6期发表姚毅的《又一种海味——读〈鱼性三题〉》;张志忠的《游子的悲哀——评〈小说二题〉》。

《萌芽》第6期发表胡玮莳的《似水伊人》;陈贤茂的《引人注目的新加坡女作家尤今》;《汪曾祺、吴若增谈〈扎根林〉》。

《台港与海外华文文学》第2期发表杨义的《林语堂:道家文化的海外回归者》;陈贤茂的《淡妆素裹 国色天香——论尤今的创作》;李元洛的《诗国天空的一弯秋月——菲华诗人月曲了作品欣赏》;钦鸿的《论甄供杂文的艺术特色》;谭国栋的《以冷役热 以真感人——论杜国清的爱情诗》;郑伟雄的《孤雁的困惑——读白先勇的〈纽约客〉》;王振科的《为情而造文——忠扬杂文中的情感世界》;客人的《青春无悔的美丽心语——评涂静怡的〈秋笺〉》;唐世春的《绿卡与人生的二重变奏——〈落雪纷飞的季节〉评析》;王礼溥的《菲华文艺六十年》。

《广西教育学院学报》第1期发表施修蓉的《试论白先勇小说的对比艺术》。

《扬州师范学院学报(社会科学版)》第2期发表吴义勤的《论徐訏小说的叙述模式:〈徐訏论〉之一》。

《台湾研究集刊》第2期发表万平近的《读〈林语堂传〉》印象记》。

《华侨大学学报》第2期发表施建伟的《林语堂的"一团矛盾"和〈八十自叙〉》;叶鸣的《林语堂:从"中西文化溶合"破题》。

本月,吉林大学出版社出版袁良骏的《白先勇小说艺术论》。

鹭江出版社出版黄重添、徐学、朱双一的《台湾新文学概观》(下册)。

海峡文艺出版社出版刘登翰、庄明萱、黄重忝、林承璜主编的《台湾文学史》。

陕西人民教育出版社出版杨匡汉的《矫矫不群》,洪子诚的《作家的姿态与自我意识》,王绯的《女性与阅读期待》。

文化艺术出版社出版孟广来、孟丹编的《孟广来论著集:老舍研究》,王欣荣的《王任叔巴人论》。

花城出版社出版钟晓毅的《走进这一方风景》,陈绍伟编的《台湾爱情诗赏析》

山东大学出版社出版山东省当代文学研究会编的《当代文学四十年》。

解放军文艺出版社出版张志忠的《拔剑的维纳斯:军事文学纵横谈》。

四川大学出版社出版谭洛非、谭兴国的《巴金美学思想论稿》。

上海外语教育出版社出版高文池、陈慧忠的《中国当代文学概论》。

浙江文艺出版社出版于听的《郁达夫风雨说》。

江苏文艺出版社出版包忠文的《艺术与人学》。

知识出版社出版古继堂的《评说三毛》。

7月

1日,《山西文学》第7期以"短篇小说艺术谈"为总题,发表崔道怡的《用竹节杯饮杏花酒》;焦祖尧的《山西短篇小说的几个特点》。同期,发表傅书华的《笔走龙蛇 各呈异彩——简评"晋城作品小辑"》;德格尔的《汾酒·小说·生活》;竹喧的《读者·作者·编者》;崇岭的《短篇小说的呼唤》。

《上海文学》第7期发表汪政的《论文人小说》;颜纯钩的《论"世俗小说"》。

《四川文学》第7期发表《四川小说创作的新局面——四川青年作家小说创作研讨会部分发言摘要》。

《作家》第7期发表吴秉杰的《小说情调的转变——兼谈近年小说创作》;储福金的《关于"时尚审美需要"问答》。

《滇池》第7期发表李必雨的《我们冷落了自己的上帝》;冉隆中的《返朴归真——谈我省几位青年作家的散文》;张倩的《读张庆国〈灰色山岗〉》。

《解放军文艺》第7期发表汪守德的《一春梦雨常飘瓦——尽日灵风不满旗——关于军事文学创作的几点思考》;范咏戈的《〈冰山情〉与部队的戏路子》。

2日,《扬州师范学院学报(社会科学版)》第2期发表吴义勤的《论徐訏小说的叙述模式:〈徐訏论〉之一》。

5日,《长江文艺》第7期发表于黑丁的《写人间真情》;罗守让的《论新时期文学关于共产党人形象的塑造》。

《北方文学》第 7 期发表炯炯的《天涯尽处亦芳草——我编〈梧桐雨〉》；孙少山的《没有无私的爱》。

《中国西部文学》第 7 期发表马河川的《通过〈入党〉看罗雨》；王正的《主旋律断想》。

《当代文坛》第 4 期发表夏文的《文艺的倾向性与文艺的审美特征——马列文论学习札记》；川涛的《对塑造社会主义新人形象的思考》；邓仪中的《周克芹创作的里程碑——读长篇小说〈秋之惑〉》；李庆信的《历史的全景观照与文化反思——评长篇纪实文学〈大国之魂〉》；李保均的《一座当代军人的文学纪念碑——从〈西藏：不朽的高原地〉说开去》；潘颂德的《诗海扬帆唱爱歌——评杨山诗集〈爱之帆〉》；赵歌东的《寻根文学在哪里迷失——从知青心态看寻根文学的发生及取向》；彭荆风的《对军队深切的爱——读〈太阳和月亮〉有感》；尔龄的《简评李国文的中篇新作〈茧〉》；郭文珍的《生命的感悟和力的礼赞——评刘成章近几年的散文》；叶延滨的《他是高原的儿子——〈高原抒情诗〉序》；王利勤的《也谈"写实"——近年写实小说简析》；赵智的《诗画结合：小说文本的审美追求》；尹在勤的《遮掩了会更多情——读〈我是你远方的红豆〉致赵敏》；蒲永川的《独到的探索　成功的续写——初读〈红楼梦新续〉》；张兆前的《历史嬗变与个人命运的双重变奏》（评孙颙的《雪庐》）；刘树元、王彩凤的《优美形式与高洁心灵的艺术呈示——浅评谢世祥的〈咏画诗笺〉》；王发庆的《以至情文字写悲壮人生——评长篇小说〈囚禁在荒原上的爱〉》；曹志培的《"公仆"与"公事"的幽默——读〈夏天的公事〉》；瞿巍的《困难而又有价值的工作——评介〈星星抒情诗精选〉》。

《延河》第 7 期发表大营的《你一定要听田信军的故事》。

《莽原》第 4 期发表穆木的《深刻反映新时代的本质》；张奥列的《长篇小说的徘徊》；鲁枢元、二月河的《关于〈康熙大帝〉的通信》；涂白玉的《有关通俗文学的感受》。

《湖南文学》第 7 期发表罗田的《乡土文学的出新与艺术审美的群众化——浅析曾辉小说的特色》；朱珩青的《审美批评的品格：宽大或偏狭——翁新华批评中的反思》；黄永和的《青山有情，竟无语凝噎——读隆振彪的〈青山无语〉》。

《当代作家评论》第 4 期发表刘菲的《田园之气在——评杨平诗集〈空山灵雨〉》。

6 日，《文艺报》第 26 期发表郑恩波的《刘绍棠长篇小说创作的新突破——

〈水边人的哀乐故事〉的艺术特色》；秦牧的《熟悉作者，就会加深了解作品——谈〈广东当代作家传略〉》；荒煤的《"神似"的奥妙——王为政小说、报告文学自选集〈傲骨〉序》；马启代的《人和景物都被扯成了丝——苗得雨诗集〈维也纳雨丝〉简评》；黄力之的《生命意识：近年文学思潮之一瞥》；邹亮的《开拓，在中国儿童文学研究的空白点上——谈蒋风的儿童文学史论》；韩进的《韦苇和他的儿童文学研究》；赵志英的《花开两朵　各显风采——我观两类儿童诗》；刘杰英的《寻找童年——评儿童小说〈魔表〉》；蔡路的《响应当代生活的呼唤——读〈蓝皮鼠大脸猫〉》。

《台港文学选刊》7月发表武治纯、李魁贤的《台湾文学的主流界说及其他》；王保生的《走向深切的艺术剖视》。

7日，《天津文学》第7期发表辛诚的《说学习，话繁荣——"七一"抒怀》。

8日，《人民日报海外版》发表范丽青的《做个脊梁挺直的中国人：访台湾著名作家陈映真》。

10日，《小说林》第4期发表胡德培的《李汉平的风格》；戴洪龄的《王立纯的艺术追求》；王左泓的《无语的荒原》。

《中国作家》第4期公布"吉鹏杯"短报告文学征文获奖名单；同期，发表赵小源的《流行的寂寞——张伟进与中国歌坛》；和谷的《提笔成章》。

《北京文学》第7期"北京作家"栏发表《管桦小传》，管桦的《漫谈》，俊骧的《萧萧金石声　浩荡海天情——管桦的文学、艺术与风骨》；同期，以"北京泥土文学丛书作者简介"为总题，发表浩然的《妙笔抒发赤子心——刘廷海简介》、《他在不断地自我超越——星竹简介》、《走自己的路——倪勤简介》。

《诗刊》第7期发表朱先树的《正本清源团结奋斗，繁荣社会主义诗歌——全国诗歌座谈会侧记》；杨子敏的《把握方向，在时代的海洋上破浪远航——在全国诗歌座谈会上的发言》。

《时代文学》第4期发表侯民治的《对时尚的抉择——评谢维衡的中篇小说〈小推车〉》；高立民的《从地狱到天堂——评徐承伦的中篇小说〈拉驴〉》。

《读书》第7期发表王蒙的《相声的文学性》；谢冕的《天真：透明的核心》；余凌的《张爱玲的感性世界——析〈流言〉》；吴岳添的《作家的心态》；李欧梵的《狐狸洞书话》。

《当代文学研究资料与信息》第7期发表张晓瑜的《台湾新诗坛掠影》。

10—14日,第五届台港澳暨海外华文文学国际学术研讨会在广东省中山市召开。

12日,《中流》第7期以"'发扬延安精神　繁荣文艺创作'座谈会发言摘登"为总题,发表李准的《发扬延安精神　繁荣文艺创作》,王巨才的《自觉坚持文艺的社会主义方向》,刘绍棠的《理直气壮　不遗余力》,于敏的《为改造二字正名》,王玉堂的《欢迎作家到科学家中来》;同期,发表本刊评论员的《发扬我们的精神优势》;辛治的《我们并非大海的孤舟——"边远小镇纪事"的核实之纪实》。

13日,《文艺报》第27期发表傅汝新的《草明工业题材小说略论》;杨桂欣的《读〈跳崖壮士〉和〈乡村纪实〉》;李万武的《积极的人生参照——读姜孟之的小说集〈黄牌警告〉》;刘润为的《确定性与开放性》;吴奔星的《多写一点兴旺意识》;谢春池的《时代·特区·地域——〈小说月报〉、〈厦门文学〉"特区题材小说研讨会"综述》;成善一的《美的召唤——评严阵的煤矿题材报告文学》;林建华的《乡土梦魂　情愫流云——读冯艺散文诗集〈朱红色的沉思〉》;翟鹏举的《一种对"新体诗歌"的探索——喜读〈山河恋〉》;柯原的《散文诗片论》;专栏"'环印奖'通俗文学理论评论征文"发表刘安海的《通俗文学的审美特性》。

15日,《文艺争鸣》第4期发表张同吾的《论新时期诗歌审美观念的嬗变》;南帆的《再论小说的符合模式》;晓华、汪政的《一种文学　两种文化——论城市和乡村两种文化意识》;王炳根的《审视"农民英雄主义"》;黄邦君的《诗的主体意识——兼评黄淮的诗》。

《文学评论》第4期发表张国民的《论人的主体性和文学中的主体性问题——评刘再复的"主体论"兼及李泽厚的"主体性实践哲学"》;朱持的《浪漫的回忆——关于"还原"文学的哲学思考》;黄毓璜的《长篇小说的整体把握——长篇小说阅读札记》;李星的《在现实主义的道路上——路遥论》。

《民族文学》第7期发表扎拉嘎胡的《蒙古族作家长篇创作琐议》;汤世杰的《诗的感知方式与抒情——评诗集〈初恋的红峡谷〉》;胡昭的《灵感与笨功夫》。

《江南》第4期发表林斤澜的《乡问》。

《特区文学》第4期发表徐迟的《报告文学漫谈》;杨光治的《数十年厚积的薄发——评刘更申的〈绿韵〉》;邵德怀的《东瑞短篇小说的都市文学特征》;魏达志的《城市设计师的科学精神与文学浪漫——郑家光散文集〈街上有个国家——西欧五国行〉读后》。

《钟山》第 4 期发表王蒙的《伟大的混沌——与新闻学院学生谈〈红楼梦〉》；王菊延的《蜕变与意义——范小青作品讨论会述要》；王必胜的《刘恒——精神苦役者画师》、《刘震云——都市寻梦者的追求》；蒋原伦的《周梅森——只能写好男子汉》、《梁晓声——不断地榨取自己》；潘凯雄的《张炜——求变求深求力度》、《矫健——历史峡谷中的搭桥人》。

16 日，"吉鹏杯"短报告文学获奖作品颁奖大会在北京人民大会堂举行。（本年《中国作家》第 5 期）

17 日，《作品与争鸣》第 7 期发表王敏的《其人虽已没　千载有余情——中篇小说〈乡村情感〉读后》（原载《上海文学》1991 年第 3 期）；赵凤山的《古老而又年轻的话题——读〈中国税收战场纵观〉》；曹凤的《独特的视点　独特的世界——读中篇小说〈金色叶片〉》；西龙的《能否这样描写首长的家庭及其人性——〈金色叶片〉质疑》；《〈大学二年级〉引起反响——贵州师大中文系举行作品讨论会》（原载《山花》1991 年第 2 期）；思蜀的《方鸿渐与倪吾诚——谈谈"归来的文学"》；喻季欣的《第二次"特区军旅文学研讨会"在穗举行》。

19 日，《青年文学》第 7 期发表金仁章的《不变的计谋与递变的动机》；山风的《常理与非理》；乔丽华的《并不陌生的梦魇》；王为的《欲说人生好困惑》；俞汝捷的《论内疚——小说人物心理类型（七）》；韩少华的《本色：散文艺术的极致——散文的魅力（七）》。

20 日，《长江》第 4 期发表王先霈的《刘醒龙的"新感觉"》；田野的《诗人的告别——悼"天风"》。

《小说评论》第 4 期发表李运抟的《走向大美境界的艰难——新时期小说爱情描写综论》；任孚先、王光东的《灵魂冲突的意义——新时期小说一个主题的考察》；丁帆的《男性文化视阈的终结——当前小说创作中的女权意识和女权主义批评断想》；刘伟馨的《深邃的批判——高晓声、陆文夫小说比较研究之一》；秦弓的《阳光失色的阴冷世界——王刚近期小说解读》；潘凯雄的《集解剖师与书记员于一身——读方方长篇新作〈落日〉》；洪治纲的《价值：在回眸之中——评胡尹强长篇小说〈情人们和朋友们〉》；沈敏特的《评〈斜阳梦〉》；张承源的《傣族现代生活的历史画卷——评傣族第一部长篇小说〈南国情天〉》；单正平的《新生代的检阅——〈天津文学〉1990 年头条小说评议》；童庆炳、李树峰的《思想和艺术的新高度——评李本深中篇小说〈神戏〉》；修文的《企业文化中的扶持文学新人——王海小说集〈鬼山〉讨论会在咸阳召开》(正文标题为《企业文化中的文学新人——王海小说集〈鬼山〉讨论会在咸阳举行》);徐剑艺的《小说叙事方式的自我指称价值》;萧云儒的《从张爱玲的〈金锁记〉到电视剧〈昨夜的月亮〉》;鲁枢元、王安忆等的《创作与评论》(对话录);夏至的《病态"逻辑"的悲剧与迷惑——读孙建成的〈大哥〉》;项滨的《命运:掌握在自己手中——读中篇小说〈红粉〉》;做鞋的的《在背叛与认同之间——读张宇的〈没有孤独〉》;庆雨的《来自泥土的香味——读柏原的〈伙电视〉》。

《文艺报》第28期发表余立华的《西部军人的英雄群像——报告文学〈青藏高原之脊〉读后》;陈先义的《讴歌这辉煌的星座——读〈红十字星座〉》;杨天喜的《新人塑造二题刍议》;田本相的《陈瘦竹的贡献》;专栏"'环印奖'通俗文学理论评论征文"发表耘德的《通俗文学的发展与提高》。

《文史杂志》第4期发表胡绍轩的《记台湾老作家陈纪滢》。

《上海文论》第4期"当代视野中的大众文艺"栏发表陈大康的《论通俗小说的双重品格》,吴礼权的《情鬼侠小说与大众文化心理》,张献、朱大可、郦辉、袁幼鸣的《"汪国真现象"说》;同期,发表邵建的《梳理与沉思:关于文艺本体论》;郭春林的《对话批评:一种理想的批评模式》;李星的《男子汉的自省与自审——评贾平凹的土匪系列小说》;沈善增的《新写实主义新在哪里?》;董瑾的《困惑与超越——铁凝、王安忆作品之解读》;朱珩青的《读长篇历史小说〈垂亡〉》;杨义的《文学研究家的无心与视野——介绍美国学者王德威的两部近著》;单正平的《艺术价值、审美价值与经济价值——艺术经济学思考》;王向民的《浅论商品经济对文学艺术的挑战》。

21日,《文艺研究》第4期发表张国民的《社会主义文艺的指针》;王德颖的《艺术生产论和艺术意识形态论》;张荣翼的《流行艺术特征论析》;马振芳的《论拟实小说的艺术形态》;陈汝陶的《谈京剧"样板戏"的艺术经验与启示——侧重于音乐方面的探讨》;李下的《评赵本山的喜剧小品艺术》。

24日,《文艺理论与批评》第4期发表罗守让的《何其芳文学道路评析——兼评所谓"何其芳现象"》;冯健男的《丁玲剪影》;马风的《孙犁小说论的"生活"观》;朱兵的《散论草明文学创作的个性和特色——为祝贺草明文学创作六十年而作》。

25日,《文艺理论研究》第4期发表南帆的《冲突:文化史与当代文学》;陈辽的《论当代意识与历史意识》;丁永强的《现实主义与新写实主义》;杨扬的《新时期文学价值的倾斜与调整》;郜元宝的《从文学批评诸概念内含的冲突看批评的价值取向》。

《长城》第 4 期发表王力平的《我们无权诅咒》;莫言的《读史笔记》;龚富忠的《人生:历史与现实的凝聚——〈树神〉读解》;杨显惠的《读书二题》。

《当代作家评论》第 4 期以"毛泽东文艺思想研究"为总题,发表金河的《"人民生活"与作家的生活者化——学习毛泽东同志关于深入生活的思想》;同期,发表丁亚平的《悠长的期冀与采集——萧乾近年省思与回忆性散文印象》;傅光明的《萧乾散文新作漫评》;李洁非的《小说与围棋的联想——林和平作品点评》;李敬泽的《权力的走廊——林和平的〈乡长〉、〈局长〉、〈局长夫人〉和〈笔杆子〉》;林为进的《林断山续江复开——1990 年长篇小说述评》;郜元宝的《批评絮语》;赵园的《张承志的自由长旅》;何西来的《神秘的荆楚艺术世界——评刘恪的长江楚风系列中篇》;赵小鸣、王斌的《"敌人":一个被消解的概念》;木弓的《读高光的〈血劫〉》;潘凯雄的《执著于诗意和诗美的追求——邵璞和他的诗作漫评》;周政保的《战争与月光——谈雷铎的战争小说》;简宁的《距离的消失:咏叹与震惊——评析刘立云两本战争诗集》;黄国柱的《民族军事文化意识的高扬——评〈蓝骑兵巴鲁图〉》;张志忠的《在平淡中写出滋味——石钟山军营小说漫议》;吴然的《思情中的顿悟——杨闻宇散文的美学追求》;李作祥的《丹东文学风景素描》;樊星的《"津味小说"的曙光——冯骥才、林希合论》;刘菲的《田园之气在——评杨平诗集〈空山灵雨〉》;马秋芬的《张连琨》;刁斗的《杨贵生》。

《海峡》第 4 期发表林承璜的《一朵艳丽的奇葩——评王祯和的〈玫瑰玫瑰我爱你〉》。

《社会科学战线》第 4 期发表丘铸昌的《台湾近代诗人的爱国情思》。

《山东师大学报(哲学社会科学版)》第 4 期发表叶锦田的《1933 年间香港普罗文艺活动片断》。

26 日,《小说》第 3 期发表余秋里、邓朴方、徐惟成、张宝顺、朱寨、雷达的《关于〈轮椅上的梦〉的评论》;缪俊杰的《关于〈地火侠魂〉的评论》。

27 日,《文艺报》第 29 期发表董大中的《在新时期的文学列车上——读"山药蛋"派第二代近作印象》;陈子伶的《"我与他"的过程意味——读〈北京文学〉两个短篇小说》(评《三传自自黑儿》、《夜色里的血红》);冯英子的《不是一番寒彻骨哪得梅花扑鼻香——读石楠的〈从尼姑庵走上红地毯〉》;专栏"'环印奖'通俗文学理论评论征文"发表刘建的《浅谈通俗文学口语化的语言机制》,刘炳泽的《话说通俗文学作家》,王炘的《也谈"雅俗文学的交界点"》;同期,发表尧山壁的《读文珊同志小说集〈第八级人〉》;长江的《如何敢写"劳模"?》;张磊的《人生易老天难老——〈两代风流〉出版谈》;牛志强的《严酷粗粝的砺石——评〈将帅落难记〉》;蒯天、魏琪的《运河桨声翩翩来——读王鸿诗集〈运河吟〉有感》。

《文学自由谈》第3期发表王蒙的《小说的随意性与规定性》;高缨的《谈偶然》;李明泉的《写书生活痛苦的愉悦》;叶君健的《儿童文学这个品种》;岑杰的《我看散文的回归》;乐黛云的《中国女性意识的觉醒》;王宁的《"弗洛伊德热"的冷却》;钱仓水的《天下文章三大类》;姚二龙的《小说中的民俗意识》;汪曾祺的《何时一尊酒 重与细论文》;邹志安的《题外话》;何立伟的《重振"湘军"之我见》;叔绥人的《何"热"汪国真》;苏童、李子干等的《小说的现状》;蔡恒平整理的《诗人与时代》;金梅、吴若增的《在"人话"与"神话"之间》(创作通信);木青的《博者著文精且辟》;彭斯远的《读邓元杰的幼儿诗》;杨远宏的《靳晓静的爱情哲学》;京京的《石楠与她的第五部书》;郭小东的《把忧伤还给从前》;王立的《〈一地鸡毛〉的意蕴》;赵丽宏的《为中国知识分子写"史"》;张旭的《读两本诗集》;张哲明的《小说〈杨三姐〉的新奇之处》;刘宗武的《山风海韵总是情》;莲子的《小议席慕蓉诗歌》;张新颖的《回不去了》;严晓的《我看〈片段〉》。

本月,《小说月报》第7期发表王干的《写实的多种可能性——〈小说月报〉第四届百花奖获奖小说漫评》;李锐的《自己的歌哭》。

《芳草》第7期发表何国瑞的《论社会主义文艺的若干问题》。

《作品》第7期发表黄培亮的《地方风采和茶文化——评廖琪中篇小说集〈茶仙〉》;黄虹的《有胆有识 求实求深——谈陈绍伟的文学评论》;司徒杰的《语言学的辩解》。

《芙蓉》第4期以"重振'湘军'雄风笔谈"为总题,发表聂雄前的《走向长篇与追求大气》,龚曙光的《创作批评的个体与群落》,吴康的《立足创作的多面文化批评》;谭桂林的《寻求与创作主体的精神共振》;李立军的《确立"身份",参与对话》;何立柱的《提倡对话和交流》。

《春风》第7期发表费振钟的《范小青的"物语"小说》;唐风的《爱的升华》。

《荷花淀》第4期发表李文珊的《道德高标亦锦章》;陈晓峰的《新时期荷派文

学的兴盛与沉寂》。

《萌芽》第 7 期发表陆士清的《深层律动的揭示——八十年代台湾短篇小说轨迹之一》。

《当代文学研究资料与信息》第 7 期发表张晓瑜的《台湾新诗坛掠影》。

本月,花城出版社出版赖伯疆的《海外华文文学概观》。

陕西人民教育出版社出版古继堂、黎湘萍的《台湾地区文化透视》,张炯的《新时期文学格局》,孟悦的《历史与叙述》。

山西人民教育出版社出版周政保的《泥泞的坦途》。

中国工人出版社出版吴泰昌的《艺文轶话》。

湖南文艺出版社出版艾晓明的《中国左翼文学思潮探源》,古继堂编的《台湾女诗人五十家》。

吉林大学出版社出版冯为群、李春燕的《东北沦陷时期文学新论》。

陕西人民出版社出版木斧编著的《文苑絮语》。

花山文艺出版社出版刘锡诚编著的《作家的爱与知》。

春风文艺出版社出版谢俊华的《沈水知艺录》。

南海出版公司出版唐彬的《一个孤独诗人的呓语》。

广西教育出版社出版王晋民的《台湾文学家辞典》。

8 月

1 日,《广州文艺》第 8 期发表司徒杰的《南国都市文学的新收获——南北名家评 1990 年度"中达朝花文学奖"获奖作品》;陈志红、白帆的《走出与返回——对一种主体与模式的描述》。

《山西文学》第 8 期以"短篇小说艺术谈"为总题,发表田中禾的《短篇小说与门杰海绵》;吕新的《面壁而坐》。同期,发表孙钊的《走向文化的小说——〈山西文学〉1—6 期农村题材小说扫描》;苏华的《生死对话录——田澍中篇小说〈碑文〉读后》。

《上海文学》第8期发表晓华的《一片闲心对落花——储福金近作读札》；张新颖的《理解吕新》；康正果的《土原上的蚁民——兼谈杨争光小说的土味》。

《作家》第8期发表纪众的《艺术之根与生活之谜》；王德忱的《热爱生活——在全国青年作家会议上的书面发言》；潘军的《时代赋予小说形式——台湾版〈潘军选集〉总序》。

《鸭绿江》第8期发表闻树国的《由盘古想到巫术》。

《滇池》第8期发表毛志成的《试论"中国式"才气》；魏达的《靳柯的小小说》；李明生的《新燕衔泥情更深——对密英文、王红彬、晋效先诗特征的解读》。

《解放军文艺》第8期发表杨白冰的《在全军文艺创作座谈会上的讲话（摘要）》；丁临一的《自以为是与自以为非——漫谈天宝的小说创作》；肖文的《节奏、旋律与意蕴——读董太锋短篇漫笔》。

3日，《人民文学》第7、8期合刊发表本刊编辑部的《到人民生活的海洋去》；李捷整理的《钢铁工人心中的〈人民文学〉》；飞吾的《杏花村小说谈——〈人民文学〉、〈山西文学〉联合召开短篇小说艺术研讨会》；遇按的《春天，我们在这里播种希望——〈人民文学〉临潼笔会速写》。

《文艺报》第30期发表赵骜的《扎根于深厚的生活土壤之中》；陈子伶的《人的生死界——读〈一百名死者的最后时刻〉》；胡德培的《传奇与现实的巧妙融会——喜读王川的〈白发狂夫〉》；雷达的《说〈神戏〉》；李扬的《论"美学的历史的"批评原则——兼谈马克思主义文艺批评的党性原则》；姜凌的《历史的镜子》；鲁兵的《幼儿文学的昨天和明天——读〈幼儿文学集成〉》；樊发稼的《倪树根童话散论》；杨桂森、高涧平的《小花也能散发出清香——评谷世泰儿童小说〈追猎的孩子〉》；陈尚信的《给孩子们以温存——评〈少年抒情诗选〉》。

5日，《山花》第8期以"大视野中的贵州文学（之二）"为总题，发表张建建的《被压抑的文本》；以"青年作家笔谈"为总题，发表井绪东的《生活、生活、还是生活》，李钢音的《土地、生命、文学》，赵剑平的《老井和游泳馆》，张平原的《大山里的主旋律》，唐徽的《闲话空盘》；同期，发表张建建的《戴冰与语词之眩晕》。

《北方文学》第8期发表刘军的《几句闲话》；鲁晓聪的《编后的几句话》。

《中国西部文学》第8期以"创造西部诗新局面——新疆青年诗人创造座谈会笔谈"为总题，发表陈伯中的《需要更多的沟通和理解》，郑兴富的《生活·学习·创新》，刘亮程的《寻找另一个村庄》，沈苇的《让食物自己说话》，韩子勇的

《有诗为证》,汪文勤的《诗歌于我是一种需要》,杨子的《诗歌境况和西部诗歌》,亚楠的《守卫自己的寂寞》,黄毅的《我们该怎么办》,孤岛的《黄金的召唤》,北野的《诗歌的现状》。

《延河》第 8 期发表苑湖的《〈古镇〉闲话》;冒炘、江滨的《自然美与心灵美的勘探者——李若冰散文论》。

《湖南文学》第 8 期发表鲁达的《凝聚在奔向新世纪的航道上——湖南青年文学评论家座谈会侧记》;宗林的《青春洋溢 花絮连篇——湖南代表们在全国青年作家会议上》。

6 日,《河北文学》第 8 期发表刘大枫的《重说"懂不懂"》。

7 日,《天津文学》第 8 期发表吴若增的《政治、经济、艺术与心理指向——关于艺术与非艺术的串联》;林希的《偶记二则》;艾云的《语言与虚静——一种精神现象描述》。

10 日,《文艺报》第 31 期发表韩瑞亭的《军中俊杰 笔底真情——读杨景民的两篇报告文学》;孙立峰的《读〈胡绳诗存〉》;绍俊的《绿色诗意下的特区生活——读〈珠海〉的"特区寻梦"栏目》;字心的《来自改革第一线的报告——评叙〈同一个太阳〉》;李琦的《要旗帜鲜明地抓好文艺思想的清理工作——在首都文艺界老同志纪念建党 70 周年座谈会上的发言》;李准的《时代的要求和我们的使命》(在 1991 年全国电视报刊工作会议上讲话提纲);峻青的《三情的思索》;刘金的《新时期农村的众生态——谈杨润身〈魔鬼的锁链〉》;张进的《三岔口的人物们——沈祖连"三岔口系列"小小说篇什初览》。

《北京文学》第 8 期"北京文学"栏发表《古立高小传》,古立高的《回顾与困惑》;马尚瑞的《说说老古》。

《诗刊》第 8 期"全国诗歌座谈会发言选登"栏发表公木的《摆正诗与政治的关系——读〈共产党自白诗〉》,陈良运的《生命意识·主旋律·使命感》,赵恺的《我从洪泽湖走来》;同期,发表古远清的《"先从法入,后从法出"》。

《读书》第 8 期发表杨匡汉的《智慧的痛苦与快乐》;吴岳添的《作家与生孩子》。

12 日,《中流》第 8 期发表本刊编辑部的《刺破青天锷未残——学习江泽民总书记"七一"讲话》;魏巍的《真正的爱国者——读颜元叔诸先生文章有感》;颜元叔的《盘古龙之再临——答苏晓康先生》;王文兴的《中国社会主义的人道面》;郭一村的《谁对苦难残忍地漠视?》;本刊评论员的《贵在全心全意——向读者推荐

〈"包罗万象"的背后〉》；姚青苗的《文风之我见》。

15日，《民族文学》第8期发表达多·吉平的《走向城市——评小说集〈松耳石的项链〉》；汪玉良的《西部女性的完美情感体系——满族女诗人匡文留与她的诗》；吴立德的《水族作家文学简介》。

17日，《作品与争鸣》第8期发表阮明的《一曲军婚的咏叹调——〈军婚，围墙中的世界〉》；林青的《对国民精神的深入探察——评析小说〈新兵三事〉》；王朝的《荒诞：一种深刻的生存体验——〈新兵三事〉中荒诞的表现及意义》；海蒂的《讴歌那片热土——读〈牛背〉》；师培的《手抚〈牛背〉说短长》；宋强的《"我"观"叔叔"——评〈叔叔的故事〉》；阎舒的《"叔叔"的困惑——谈〈叔叔的故事〉》。

19日，《青年文学》第8期发表达也的《小说情节的魅力》；袁益的《于不动声色之中见真谛》；王永平的《戈壁上的人生场景》；赵同军的《〈琴师〉的悲剧性》；许向前的《并非多余的话》；俞汝捷的《论兴趣——小说人物心理类型（八）》。

20日，《当代》第4期发表丁临一的《为健康美好的情怀而歌唱——读陆颖墨的〈白手绢，黑飘带〉》；冯立三的《壮哉！中国的航天画卷——评报告文学〈飞向太空港〉》。

《广东社会科学》第4期发表何慧的《夏易小说中的现实主义特点》。

《福建论坛》第4期发表黄重添的《略论台湾文学中的民族文化基因》。

25日，由中国作家协会、中华台港澳暨海外华文文学研究会、中国国际文化交流中心和浙江省金华市人民政府主办、诗刊社协办的艾青作品国际研讨会在北京人民大会堂举行。（本年《诗刊》第10期）

29日，《山东师大学报（哲学社会科学版）》发表叶锦田的《1933年间香港普罗文艺活动片断》。

《文史杂志》第4期发表胡绍轩的《记台湾老作家陈纪滢》。

31日，《台湾研究集刊》第3期发表朱双一的《80年代台湾文学对于中华文化传统的感应》；徐学的《从古典到现代——台湾作家散文综论之二》；许建生的《台湾乡土诗歌与闽南风情》。

下旬，青海省地矿局和《当代》编辑部联合在西宁举行了《高原》讨论会。（本年《当代》第6期）

本月，《小说家》第4期发表王干的《去掉一个最高分　去掉一个最低分》；木弓的《多有得罪》；朱伟的《为难的评判》；盛英的《解读与希望》；高维晞的《棋逢敌手,将遇良才——观张、吴二君打擂散记》;贾春颖的《为觅骁将访古都》。

《小说界》第4期发表陈思和的《又见陈奂生——致高晓声的一封信》。

《文艺评论》第4期"'反串'大戏台"栏发表辛晓征的短篇小说《很远》,马原的《论"很远"》,同期,发表张荣翼的《文学理论上的两种循环》;徐亮的《第三种存在》;杨建平的《试论艺术的最佳社会效应——〈渴望〉现象透视与反思》;马少华的《时间结构的意义——对近年几部长篇小说的感悟》;蔡翔的《救世与厌世——中国文学中的"归位"模式》;李运抟的《忍耐:美与丑之间的钟摆——当代小说平民形象论之六》;张光崑的《"新公案文学"说略》;鲁微的《命名·呈现·养育光芒——评庞壮国的三个角度对诗歌的新思索》;李布克的《朦胧的白桦林——论庞壮国的审美内涵》;庞壮国的《能不要脚印多好》;临轩的《黑龙江青年诗人扫描》;段更新的《俯视苦难——关于〈寻找到的脚印〉的一封信》;公木的《文化视野中的艺术——"艺术文化学"序》;陈士果、张孝军的《关于散文诗集〈地上的云〉的通信》;一丁的《默默耕耘为诗趣——读诗集〈彩色风〉》;程树榛的《从平凡中撷取美的情愫——序〈美的启蒙〉》;彬彬的《偶思长短录》;张葆成的《麟爪话东瀛》;陈士果的《拟诗话》;杨志勇的《新时期十年武侠片的流变》。

《东海》第8期发表汝瞳的《艺术典型与文学价值》;谢志强的《小说创作的规律意识》。

《百花洲》第4期发表黄颇的《艺术的语言和符号及其相互关系》。

《芒种》第8期发表许振强的《从文化谈起》;张启范的《您的散文与你们的学会——致康启昌同志》;李万庆的《李松涛论》;皮皮的《为了愉快》。

《芳草》第8期发表达流的《困惑与期待:近年小说的道德审视》;樊星的《再打通一层墙》。

《作品》第8期发表张奥列的《大众口味的纯文学——〈作品〉1990年小说概评》;严瑞昌的《关注社会时代　思考现实人生——读沈仁康中篇小说集〈荒原上的少男少女〉》;游焜炳的《诗情发自爱心——读西彤新诗集〈痴情的追求〉》。

《青年文学家》第8期发表张雪松的《一曲痴情的苹果之歌——读王长军获奖诗集〈太阳相思症〉》。

《春风》第8期发表张韧的《人生·语言·天籁之声——读阿成两篇小说随想》;亦闻的《倾向,应从情节中自然流出——〈搭车人〉编后》。

《语文月刊》第8期发表古继堂的《睡醒的雨——谈台湾诗人李春生的诗

(上)》。

《青岛师专学报(社会科学版)》第 8 期发表耿建华的《东方席慕容》。

本月,明天出版社出版樊发稼的《樊发稼儿童文学评论集》。

文化艺术出版社出版康式昭、李世凯的《鼓吹与论争:文艺评论随笔选》。

厦门大学出版社出版罗宗义的《茅盾文学批评论》。

海峡文艺出版社出版王光明的《灵魂的探险》。

花山文艺出版社出版米宝柱的《灯下品评录》;任玉福的《文艺沉思录》。

百花文艺出版社出版罗强烈的《原型的意义群:二十世纪中国文学主题》。

北方文艺出版社出版宋德胤的《文艺民俗学》。

9 月

1 日,《广州文艺》第 9 期发表陆建东的《历史之河 风流之河——系列报告文学〈南天绿洲〉之七》;吴晓敏的《女性美学"导言"——夜读偶记札记》。

《山西文学》第 9 期以"短篇小说艺术谈"为总题,发表张宇的《杏花村逗酒》;钟道新的《小说无技巧》。同期,发表王巧凤的《回首春风最可怜——"晋军"作家与女性形象》。

《四川文学》第 9 期发表晓华、汪政的《小说的问题界限》。

《青年作家》第 5 期发表苏恒的《在阳光下发生的悲剧——简评小说〈盛夏〉》;袁基亮的《善耶恶耶凭谁说——〈盛夏〉读后》。

《鸭绿江》第 9 期发表许振强的《生活经验:诘问与理解——黄仁惠短篇小说评述》;康耀华的《愿你永远年轻》。

《滇池》第 9 期发表彭荆风的《神奇的土地 朴素的作家——〈云南边地短篇小说佳作〉序》。

《解放军文艺》第 9 期发表权延赤的《郭兵艺其人其文》;王瑛的《经过小说,我们走进走出》;郭晓晔的《诗化:真情的抒写》。

5日,《山花》第9期以"大视野中的贵州文学(之三):群体的写作意愿"为总题,发表李裴的《火塘边的批判与价值追求》,徐新建的《江山之助与写作本体》;同期,发表何光渝的《〈山花〉"征文专号"漫评》;石永言的《了却一桩心愿——写在〈遵义会议纪实〉出版之后》。

《长江文艺》第9期发表王先霈的《探索性、通俗性、文化内涵》;赵国泰的《诗人气质论》。

《北方文学》第9期发表樊星的《东北的神秘——当代地缘文化研究》;张茜黄的《我通狗性》;滕贞甫的《因为孤独便想到文学》。

《中国西部文学》第9期发表张德明的《孤寂中执着与生命意识的体现——韩明人〈兵哥三章〉的审美情绪》;陈晓江的《谈周涛散文中的动物形象》。

《当代文坛》第5期发表黎正光的《一位爱国主义的抒情诗人——初评〈孙静轩诗选〉》;夏文的《〈贾平凹之谜〉谈片》;吴秉杰的《小说中的文化态度——对于新时期小说创作的一种思考》;刘远的《精心建构大厦的门庭——长篇小说开篇艺术略论》;吴野的《妩媚:张放对人生的独特切入》;易光的《从凝固中寻觅生命律动——朱亚宁小说的一种审美视角》;刘火的《在都市与乡村间踟蹰——陈文明小说略论》;王世德的《从汪国真作品受欢迎谈起》;老谭的《〈红岩〉为何长盛不衰》;沙鸥的《素朴的清芬 沉宏的呼喊——读杨大矛诗集〈沉思者〉》;苏平的《朴素扎实 说理明晰——读严肃的〈茅庐集〉》;侗肆的《时间的厚土和生命的隐语——宋学镰诗路探微》;蔡廷华的《批评的价值》。

《延河》第9期发表大营的《明亮的谢军》。

《莽原》第5期发表周良沛的《苏金伞和他的诗——中国新诗库·苏金伞卷·卷首》;李树友、山丁的《开封文化和开封文学创作漫谈录》;傅开沛的《繁荣革命历史题材创作》;孙韧的《短小·精深·质朴》;申爱萍的《〈黄犬奇案〉读后笔记》;郭先芳的《洛阳富才雄——读李准年表》。

《湖南文学》第9期发表潘吉光的《跨世纪的新一代——文学新秀选拔赛获奖作品畅评》。

6日,《河北文学》第9期发表李新宇的《苟活者及其人生哲学——英雄远去之后新写实小说的迷失》。

7日,《文艺报》第35期发表梁长森的《从〈逆火〉看鲁彦周的小说创作》;刘征的《金黄金黄的迎春花》;袁忠岳的《血肉凝成的诗句》;孙达佑的《〈乐土〉印象》。

《天津文学》第 9 期发表李洁非的《小说的开放概念——论艺术间的边缘状态及其积极性》。

10 日,《小说林》第 5 期发表赵志军的《沧海横流方显英雄本色——评贾宏图报告文学〈人格的力量〉》;孙少山的《主宰自己》。

《中国作家》第 5 期发表贾平凹的中篇小说《五魁》。同期,发表林斤澜的《注一个"淡"字——读汪曾祺〈七十书怀〉》。

《北京文学》第 9 期"北京作家"栏发表《浩然小传》,浩然的《再往前边奔一程》,孙达佑的《浩然的创作心态》。

《诗刊》第 10 期"全国诗歌座谈会发言选登"栏发表姜耕玉的《抒情诗的自我表现与人民性》;同期,发表何锐的《诗歌中的隐喻结构及其功能》;尹在勤的《这本诗绝不只是属于过去——读贺敬之诗集〈回答今日的世界〉有感》;莫文征的《真善美追求者的足迹——读屠岸诗集〈哑歌人的自白〉》。

《读书》第 9 期发表李欧梵的《狐狸洞书话》。

《当代文学研究资料与信息》第 9 期发表雷业洪的《难见的及时雨——〈台港现代诗论十二家〉评介》。

10—13 日,由河北省文联、省作协、《诗神》编辑部、《河北文学》编辑部、《河北日报》文艺部、石家庄文联、承德地区文联、兴隆县人民政府等 8 家单位联合举办的"刘章诗歌研讨会"在石家庄市举行。(本年《诗刊》第 11 期)

12 日,《中流》第 9 期发表吴冷西等的《来自广大读者的反馈》;董学文的《一头两脚兽的表演——评〈习惯死亡〉》。

14 日,《文艺报》第 36 期发表朱子奇的《艾青——世纪诗人》;公木、张德厚的《现实主义诗美原则的确立和胜利——艾青诗歌艺术论》;李万武的《普及与提高相统一:社会主义文艺建设的战略原则》;李希凡的《中国话剧史上的一座丰碑》(在曹禺研究国际讨论会上的致辞);汪帆的《颂歌与心曲——1991 年上半年河北散文创作巡礼》;迟维谦的《只是征行自有诗——〈西口大逃荒〉的启示》;张同吾的《诗与梦的玫瑰园——读萨仁图娅的诗》;李电晖的《在乎山水间——记青年作家廖静仁》。

15 日,《文艺争鸣》第 5 期以"李杰戏剧作品讨论"为总题,发表杜清源的《审美主体意识的觉醒》;林克欢的《文化自觉与文化心理——评〈田野又是青纱帐〉的得与失》;关德富的《李杰的探索与追求——评〈田野又是青纱帐〉》;温愠的《李杰剧作的悲剧意识》。同期,发表陈晋的《发展与选择——新时期文艺走向分析》;李下的《论新时期文学对道德观念变化的表现》。

《文学评论》第 5 期发表朱向前的《涌动的潜流——近年军旅小说形势分析》;罗岗的《文化·审美·创新——革命历史题材文学创作的文化背景问题》;陈晓明的《最后的仪式——"先锋派"的历史及其评估》。

《民族文学》第 9 期发表王愚的《回民的风韵　回民的灵魂——回族作家冯福宽创作漫议》;穆光的《一束散发泥土清香的绚丽山花——读东乡族作家马自祥的小说集〈山情〉》;(苗族)李入哲的《边塞女性的风采——〈中国少数民族女诗人诗选〉序》;郭辉的《不泯的太阳——读潘容才〈天眼〉》。

《江南》第 5 期发表陈学昭的《我的创作生涯》。

《钟山》第 5 期发表周宪的《说小说家小说中的说》;周政保的《关于〈绝望中诞生〉的杂谈》。

《特区文学》第 5 期发表吕炳文的《作家的社会责任感与思想道德修养》;潘亚暾的《植根于生活的沃土——陈残云小说人物形象断想》;易准的《从战场到文坛——读吴有恒长篇小说札记》;罗春生的《张奥列的批评风格——读〈文学的选择〉》。

《杂文界》5 期发表楼沪光的《愿通过杂文的桥梁把我们联系起来:访台湾女杂文家丹扉》。

17 日,《作品与争鸣》第 9 期发表王万森的《美的报告文学——读〈一百个女兵梦〉》;朱铁志的《别样人性的无情展示——读〈官人〉》;照光的《独特的"震云风味"——〈官人〉的艺术特色》;李玫的《一个女人的精神世界——评小说〈生为女人〉》;熊元义的《切碎了的父亲形象》(批评作品同上篇);孙珉的《怪圈里的挣扎》(批评作品同下篇);夏平的《普通一官的两难境地——读〈苦衷〉》;张首映的《"写实"与"写意"的双重变奏——关于〈牛背〉的答问》;钱海源的《对范曾出走巴黎的思考》(原载《中流》1991 年第 6 期)。

19 日,《青年文学》第 9 期发表石寿伦的《诉不尽的亲情》;李志坚的《平直而深沉的生活意韵》;丛晓峰的《校园小说中的佳作》;王波的《饱满与凹陷》;俞汝捷的《论惊奇——小说人物心理类型(九)》。

20 日,《长江》第 5 期发表张明达的《愿作家笔下有钢铁》。

《小说评论》第 5 期发表姜静楠的《"改革文学"的现状与出路》;袁晖的《论通

俗文学的题材"》；韩子勇的《张承志小说散论》；晓华、汪政的《优势与局限——聂鑫森小说创作论》；喻季欣的《生活思情与意蕴质感——张波军事题材小说创作审美论》；郑海的《何真和她的"女性天空"》；范步淹的《一种独特的叙述立场——评陈应松的中篇小说》；潘亚暾的《不说谎的恨与爱——评何飞长篇小说〈红观音〉》；姚泽芹的《水到渠成　天机自露——论汪曾祺的幽默》；梁新俊的《张鼎全和他的小说创作》；刘建中的《一枝红杏出墙来——漫评方英文和他的小说》；张毅的《当前小说的文体模式》；张惠辛、钟萌的《记忆如何进入文本——试论近年来小说形式中的记忆因素》；陆志平的《小说的时空》；陈加伟的《人生体验与文本意识的双重变奏——评南帆〈阐释的空间〉兼说知青批评家》；康震等整理的《穿越云层寻找阳光——西安联大师院中文系学生讨论贾平凹近作纪要》；伏署的《对民族伟大精神的呼唤——读李锐〈传说之死〉》；边三的《生命的雕像——读高建群的〈雕像〉》；高冠的《现代传奇——读杨争光〈棺材铺〉〈赌徒〉》；淼炎的《失落中的心理体验——读刘心武的〈缺货〉》；蔡田明的《两岸〈家变〉讨论之我见》。

《上海文论》第5期"当代视野中的大众文艺"栏发表袁进的《世间唯有情难诉——试析"言情小说"的若干特征》，王宏图的《遥相对峙的国度——纯文学的衰微与大众的文学接受模式》；同期，发表赵园的《知青文学主题之一：怀念与回归》；潘向黎的《新时期青年小说流变》；丁永强的《城市与城市文学》；张业松的《消除藩篱：关于人与世界——由张欣的几篇小说说起》；张新颖的《无辜的石头：话语权利和结构功能——读西西小说〈致西西弗斯〉》；林树明的《抗拒的阅读——女权主义文学批评与读者的接受理论》；雷达的《评论与理论的互渗——评许振强评论集〈文学：思辨与审美〉》。

《花城》第5期发表陈晓明的《末路寻踪：在都市与历史之间——1990年〈花城〉中篇小说综评》。

《海上文坛》第5期发表袁幼鸣的《汪国真在华师大的遭遇及我见》。

《清明》第5期发表陈家伦的《你将如何投入世界》。

《台湾研究》发表安兴本的《"后现代主义"与八十年代台湾文学风潮》。

21日，《文艺研究》第5期发表邢煦寰的《"艺术掌握方式"新论——兼论艺术本质和艺术分类》；胡潇的《乡土文艺的美学特征》；张宏良的《开展有中国特色的"审美趣味"研究》；张玉能、林武的《审美意志的功能剖析》；冷梦的《略论荒诞》；

蒋文安的《诗美的时代性》；王建高的《论中外影视艺术剧艺术两大美学新潮》；胡星亮的《中国话剧在国外》；王岳川的《后现代文化策略与审美逻辑》。

24日，《文艺理论与批评》第5期发表张器友的《走向世界的中国诗人——艾青国际题材诗歌纵论》；黄国柱的《战争亲历和艺术创造的结晶——评萧克将军的长篇处女作〈浴血罗霄〉》；邵默夏的《闪光的红星——红军诗人张云晓的诗集〈一个红军战士的诗〉》；田海兰、燕妮的《钢魂铁魄——从草明的长篇小说〈乘风破浪〉说起》；田怡的《评魏巍的〈石油战线巡礼〉》；舜之的《要用鲁迅式的批评——读吴有恒杂文著作有感》；陈绍伟的《重评北岛》。

25日，《长城》第5期发表周申明、杨振喜的《奉献于"人民的文学"——孙犁与大众文学》；张宇的《心地明朗——徐光耀近作草评》。

《当代作家评论》第5期以"长篇小说评论小辑"为总题，发表韩毓海的《人活天地间——〈泥日〉随感录》，张志忠的《泥淖中搏动的灵魂——〈泥日〉简评》，黄毓璜的《生活实感和文化品味——〈故乡天下黄花〉的一种解读》，何志云的《读〈故乡天下黄花〉》，张新颖的《〈我是你爸爸〉语义分析》；以"评论之评论"为总题发表叶鹏的《为人生的艺术评论——王必胜文艺评论集〈缪斯情结〉》，鲁臻的《继承与开拓：一位建设者的足迹——评李星〈求索漫笔〉及其他》，丁宗皓的《走向现实深处 走向文学本身——本溪地区文学创作的嬗变》；同期，发表舒咏平的《一部"绿海"探幽的力著——读彭定安的〈创作心理学〉》；李作祥的《创作心理研究中的一个突破——评〈创作心理学〉兼评彭定安的学术个性》；陈晓明的《反神话与神话写作——老乔漫评》；吴俊的《小说之难与批评之难——谈谈老乔的小说》；赵园的《"重读"两篇》；徐沂凯、王建华的《海派文学的新收获——评王晓玉的"上海女性"三部曲》；李扬的《贾大山论》；谢冕、孟繁华等的《"文学走向九十年代"笔谈》；郭风的《散文琐议》；洪治纲的《历史的认同与超越——新时期作家主体动向》；徐亮的《事件与叙述：小说事件的绝对性》；雨泽的《争辩综述——将形式镶嵌在生命的总背景之中》；刁斗的《杨敏生》；丁宗皓的《王太丰》。

《海峡》第5期发表刘登翰的《〈晚景〉论纪弦》。

《江苏教育学院学报》第5期发表古远清的《鲁迅精神在二十世纪五十年代的马华文坛》。

28日，《文艺报》第38期发表张伯海的《配上理论翅膀，往更高处飞翔——从"环印奖"通俗文学理论评论征文揭晓想到的》；罗竹风的《大胆的突破 杂文的丰碑——为〈中国杂文鉴赏辞典〉说几句话》；苗雨时的《大海——人民的深情——读高恩才的叙事长诗〈大海情〉》；周明的《文苑岁月总多情——读謇国政散文随感》；龚富忠的《人生哲理与文化意蕴——张志春散文印象》；林志浩的《文学永远是人民的事业——纪念鲁迅诞辰110周年》；钟友的《让诗飞进孩子的心中——谈尹世霖的朗诵诗创作》；于友先的《生动活泼的儿童形象——读李志儿童诗选〈鸟姑娘的故事〉》。

30日，《台港与海外华文文学评论和研究》第2期发表杨匡汉的《唐山流寓话巢痕——试论台湾当代文学的中国人文精神》；王润华的《从中国文学传统到海外本土文学传统——论世界华文文学之形成》；陈大哲的《根苗和花果——中华文化与越南华文文艺》；张振金的《香港散文的特质和流向》；陆士清的《魂之所系》；刘登翰的《原住民族文化、中原文化和外来文化》；梦花的《戴小华的情结》；曾阳的《论中华文化在台湾小说中的表层对应和深层内涵》；赖伯疆的《世界华文文学的同质性和异质性》；潘亚暾、汪义生的《东西方华文文学论》；李元洛的《中国诗歌传统的创造性转化》；简政珍的《放逐诗学（摘录）——台湾放逐文学初探》；孟樊的《台湾的写实主义诗学（摘录）》；王晋民的《台湾文艺问题两则》；王宗法的《论当代台湾文学的文化主题》；张恒春的《从困境中走出》；黄重添的《略论台湾文学中的民族文化基因》；朱双一的《八〇年代台湾文学对于中华文化传统的感应》；林承璜的《论台湾的阿Q——〈锣〉中的憨钦仔》；徐学的《从古典到现代》；张文彦的《试论台湾歌仔戏的衍变》；安兴本的《管窥与泛视》；翁光宇的《论台湾前乡土文学的特质》；钱虹的《历史与神话》；高陶的《只是征行自有诗——简评吴天才诗歌》；丁子人的《中国新诗传统与台湾本土现代诗》；王景山的《鲁迅与台湾新文学》；汪景寿、杨正犁的《论"新生代"》；王列耀的《台湾女性文学中的母性审视》；包恒新的《台湾文学的共性与个性》；熊国华的《回归传统　融汇中西》；周文彬的《金融浪涛上的浮沉》；杨际岚的《旋风耶？地震耶？》；杜元明的《试论台湾散文的文化内涵和艺术魅力》；楼肇明的《台湾散文四十五年发展的轮廓》；李丽中的《血痕与墨痕》；谢常青的《中国新文学运动与香港新文学》；粟多贵的《试论香港当代都市女性文学审美特征与变异》；王剑丛的《新一代南迁作家创作论》；何慧的《觉醒与忧虑》；曹惠民的《陶然的"散文现代化"探索》；李莘的《超脱入世　言情寓理》；梁若梅的《关于澳门文学的思考》；田流的《华文文学之我见——兼谈新华文学今昔的发展概况》；流军的《马华文学的渊源与发展》；戴小华的《八十年代马华文学的思潮》;马阳的《偏离与回归——试切新马"现代诗"脉象》;陈贤茂的《新马散文掠影》;苏卫红的《战后二十年新马华文小说概论》;王振科的《血浓于水——试论新马华文诗歌的"泛中国文化倾向"》;钦鸿的《论雅波杂文的思想和艺术》;王春煜的《跋涉者的艺术天地——尤今创作印象之一》;司马攻的《无心插柳柳成荫——中华文化在泰国的流传》;李少儒的《泰华诗歌时代递进的衍展》;张国培的《八十年代泰华文学寻根主题管窥》;戈云的《美国华文文学之兴盛与隐忧》;袁良骏的《新领域,新开拓,新贡献——於梨华长篇小说试论》;陈天庆、张超的《"说老实话"的三种艺术境界——聂华苓长篇小说漫论》;古继堂的《克服浮躁情绪,深入台港文学研究》;王彤的《为中华文化精英立传》;刘红林、秦家琪的《台湾女性文学形象举要》;曹惠民的《旧雨新知会翠亨——"第五届台港澳暨海外华文文学国际学术研讨会"记略》。

《四川外语学院学报》第3期发表佘德银的《他山之石 可以攻玉——论英美诗歌对余光中的影响》。

本月,《小说月报》第9期发表何镇邦的《时代的投影 历史的回声——闽南地区小说创作巡礼》。

《东海》第9期发表柯堤的《浙江当代小说的现实主义主潮》;张邦友的《生活告诉我》。

《芒种》第9期发表许振强的《数量说明的问题》;彭定安的《"重逢":金河小说的原型意向》;周兴华的《真诚质朴的情感历程——读刘黑枷散文札记》;鲍闻的《高扬时代主旋律 繁荣报告文学》。

《芳草》第9期发表於可训的《叙事话语的戏剧化和非戏剧化——读小说札记》;李运抟的《传统·变革·选择——当代小说情节艺术今论之三》。

《作品》第9期发表秦牧的《当代散文艺术的一个缩影——〈中国散文鉴赏文库·当代卷〉序》;申家仁的《诗味与禅性》。

《春风》第9期发表方克强的《沈嘉禄笔下的女性》;孙琅的《要娴于设疑》。

《萌芽》第9期发表徐学的《我攻司马攻》。

《语文月刊》第9期发表古继堂的《睡醒的雨——谈台湾诗人李春生的诗(下)》。

《盐城师专学报(哲学社会科学版)》第3期发表温潘亚的《台湾现代女性自塑的雕像:试析〈女强人〉中的林欣华形象》。

《张家口师专学报》第2期发表范志强的《一段应该重写的文学史——对梁实秋"与抗战无关"论的再思考》。

本月,贵州教育出版社出版徐新建的《从文化到文学》。

人民文学出版社出版彭华生、钱光培编的《新时期作家创作艺术新探》,秦牧的《寻梦者的足印:文学生涯回忆录》。

社会科学文献出版社出版郑恩波的《大运河之子刘绍棠》。

南京大学出版社出版丁柏铨主编的《中国新时期文学词典》。

复旦大学出版社出版吴立昌的《沈从文:建筑人性神庙》。

华东师范大学出版社出版许临星、安家正的《峻青创作论稿》。

漓江出版社出版雷锐等编的《梁实秋幽默散文赏析》。

复旦大学出版社出版陆士清编的《台湾小说选讲新编》。

10月

1日,《广州文艺》第10期发表司徒杰的《寻找可栖之木的凤凰——新时期广东"女诗人现象"管窥》。

《山西文学》第10期以"短篇小说艺术谈"为总题,发表肖亦农的《梦幻构筑的艺术世界》;王祥夫的《关于短篇小说》。同期,发表谢海阳、韩石山的《山的风骨　诗的情韵——谈张承信的诗》;柯蓝的《怎样写哲理散文诗——附贾祝文散文诗四章》。

《上海文学》第10期发表南帆的《文学:父与子》;蒋原伦等的《新时期文学主流》。

《文艺报》第39期发表万平近的《从〈陕北风光〉、〈访美散记〉看丁玲思想和艺术境界的升华》;雨人的《共同的财富——读李硕儒中篇小说〈海外豪门〉》;李青果的《历史的审美　审美的诗艺——简论王耀东诗歌的美学追求》;黄源的《不能搞指导思想的多元化——为纪念鲁迅诞辰110周年而作》;叶鹏的《寻找军人的情感家园——评徐贵祥的中篇小说〈潇洒行军〉》;傅俊霞的《他贴在农民的心上——记老作家杨润身》。

《北方文学》第10期发表张茜荑的《冷红色的硬玻璃》；石舟的《纯属多余的话》。

《中国西部文学》第10期发表韩子勇的《赵光鸣短篇小说二题的阅读分析》。

《四川文学》第10期发表李洁非的《关于小说结尾的结构意味》；甘建民的《钱钟书"诗理"论》。

《鸭绿江》第10期发表高海涛的《春天对冬天的感受——边玲玲小说创作论》。

《滇池》第10期发表杨红昆的《试论近年通俗文学创作趋向与不足》。

4日，《山东文学》第10期发表陈宝云的《生命的艺术与艺术的生命——文学偶感录之二》。

5日，《长江文艺》第10期发表王浩洪的《叙述主体与创造主体的关系——文学叙述论之三》；李道荣的《简缩笔墨写苍生——评叶明山的两组集束小说》；杨光治的《一本"诗论论家"的新著——序古远清的〈海峡两岸诗论新潮〉》；普丽华的《层层玉叶谁剪成？——评张默的〈剪成碧玉叶层层〉》。

《延河》第10期发表李炳银的《愉悦的美——读韩望愈〈美的愉悦〉》；贺抒玉的《闪光的年华——刘仲平作品读后》；权海帆的《读〈高原魂魄〉想到的》。

《湖南文学》第10期发表曾镇南的《山之子深情的歌吟——评彭东明的小说》；未央的《人生需要思索——读刘定中〈人生启示录〉》；龙长顺的《新作短评两则》。

6日，《河北文学》第10期发表何镇邦的《可贵的突破　重要的贡献——喜读徐光耀同志的"我的喜剧"系列》。

《台港文学选刊》第10期发表王保生的《为历史和社会作证》；《揭疮剥痍为人间——试论当代台湾文学中的"环保"意识》。

7日，《天津文学》第10期发表刘家鸣的《"收纳新潮，脱离旧套"——鲁迅五四时期文艺观谈片》；陈仲义的《为大陆现代诗定位》；余世存的《最新小说扫描》。

10日，《北京文学》第10期"北京作家"栏发表《葛翠琳小传》，葛翠琳的《玫瑰云》，樊发稼的《不懈的探索　卓著的成就——兼论葛翠琳的童话创作》；同期，发表成志伟的《关于"双百"方针的随想》。

《诗刊》第10期以"艾青作品国际研讨会特辑"为总题，发表童芜的《在浩瀚的大海面前——艾青作品国际研讨会侧记》，王震的《王震的讲话》，贺敬之的《时

代的歌手　人民的诗人——在艾青作品国际研讨会上的讲话》,玛拉沁夫的《诗的情怀,光的礼赞——在艾青作品国际研讨会开幕式上的致词》,杨子敏的《中国诗坛的一桩盛事——写在艾青作品国际研讨会召开之际》,艾青的《艾青的答辞》;"新诗话"栏发表高凯的《体验童心》,马立鞭的《诗与题》及《动词的破格借用》;同期,发表《诗如其人,文如其人——志冯至同志八十六寿辰》;沙鸥的《小诗的创作》。

《读书》第10期发表李欧梵的《狐狸洞书话》。

《当代文学研究资料与信息》第10期发表杨匡汉的《唐山流寓话巢痕：试论台湾当代文学的中国人文精神》。

12日,《文艺报》第40期发表查理森的《塑造更多党的基层干部形象——读中篇小说〈党委书记〉、〈现场会〉》;冯牧的《序〈文学评论的阐释〉》;丁临一的《跨越"豁口"——评赵立山的中篇小说〈豁子〉》;韦野的《独具异彩的篇章——谈王乃飞的散文〈心符集〉》;一宁的《朴素的生活画面——读〈柳元小说集〉》;孙荪的《心忘方入妙——由冰心老人一篇散文新作所引发的联想》。

《中流》第10期以"纪念鲁迅诞辰110周年"为总题,发表魏巍的《鲁迅的昭示——纪念鲁迅诞辰110周年》,王士菁的《重读〈党给鲁迅以力量〉》,马鸣棠的《像鲁迅那样坚持革命乐观主义》;同期,发表程代熙的《社会主义的新中国,是值得全身心地去爱的——读颜元叔诸先生宏文感言》;叶先扬、陈冠雄的《从列强侵华史的血泪中站起来——〈世界经济形势与中国经济问题〉读后感》;淳于水的《为什么"稀粥"还会"坚硬"呢？》。

15日,《民族文学》第10期发表(景颇族)晨宏的《远山的童话——景颇族青年作家岳丁小说的构筑》;开落的《艰辛的业绩——读杨继国的〈回族文学与回族文化〉》。

《修辞学习》第4期发表傅惠钧的《〈我的空中楼阁〉的语言艺术》。

17日,《作品与争鸣》第10期发表徐怀谦的《植根于历史土壤上的抉择——〈走出杂院〉的价值取向》;王敏的《还历史以本来面目——读〈样板戏启示录〉的启示》;池莉的《就是那一瞬间》(原载《中篇小说选刊》1990年第6期);张首映的《意识流·生活链及艺术塔的倒掉——也从〈太阳出世〉谈起》;念文的《凡俗人生的还原与超越——由池莉的〈太阳出世〉谈起》(原载《文论月刊》1991年第6期);金惠敏的《婚恋：古典的式微和浪漫的困窘——〈回归温柔〉的辩证批判》。

19日,《文艺报》第41期发表邸惠连的《时代的传神写照》;汪浙成的《用严肃文学手法写通俗小说——汪卫兴的通俗长篇〈巨商秘私〉序》;孟繁树的《别具一格的京味通俗小说——评刘颖南的〈青山飞人〉》;曹铁娟的《〈沧桑曲〉的人物刻画》。

《青年文学》第10期发表艾叶青的《荒诞的真实与真实的荒诞》;孔立新的《阐释〈墨庄〉》;俞汝捷的《论移情——小说人物心理类型(十)》。

20日,《当代》第5期发表中篇小说柯云路的《草帽山的传说——〈十年梦魇〉(1966—1976)系列之一》。

《文艺报》第42期发表刘锡诚的《杨沫的创作与现实主义问题》;屠岸的《对人生的探索与思考》(评郭阔的诗集《心泉奏鸣曲》);周可的《好读故事中的严肃人生——南翔近期小说创作谈片》;陈模的《要为下一代提供少儿文学精品——从黄世衡的短篇创作说开去》;达帆的《走进儿童的心灵世界——读徐康的儿童诗》;官晋东的《儿童文学理论园地的新收获——读〈儿童文学的审美指令〉》。

《广东社会科学》第5期发表孟樊的《台湾的写实主义诗学》;良风的《"第五届台港澳暨海外华文文学国际学术研讨会"综述》。

《福建论坛》第5期发表刘登翰的《论台湾移民社会的形成对台湾文学性格的影响》。

25日,《学术研究》第5期发表陶原珂的《调整着视角的华文文学研究——"第五届台港澳暨海外华文文学国际学术研讨会"综述》;王润华的《论世界华文文学之形成——从中国文学传统到海外本土文学传统》。

28日,《上海大学学报(社会科学版)》第5期发表殷仪的《悄然兴起的"游子文学":从〈怎得人如天上月〉说开去》。

《中国图书评论》第5期发表黄佳骧的《林语堂与〈朱门〉》。

29日,《中国作家》编辑部在中华文学基金会的文采阁召开长篇报告文学《塔克拉玛干:生命的辉煌》的作品讨论会。(《中国作家》1991年第1期)

29日—11月3日,"全国新时期文艺论争学术讨论会"在重庆召开。(1992年《文艺研究》第1期)

本月,《小说月报》第10期发表方方的《只言片语》。

《小说家》第5期发表叶兆言的中篇小说《挽歌》。同期,发表以建的《发表后修改》;金梅的《并不轻松的阅读》;罗强烈的《"裁判"的工作笔记》;耿占春的《这不是我曾经指望的智慧》。

《小说界》第5期以"我看小说"为总题,发表王蒙的《我不想谈小说》;徐中玉的《我爱读怎样的小说》;孙颙的《时髦与非时髦》;李庆西的《小说与自我》;陆星儿的《小说——心灵的历程》;阿成的《感谢上帝——我存在》。

《文艺评论》第5期"'反串'大戏台"栏发表孙绍振的短篇小说《梦的汉堡》,迟子建的《一场游戏一场梦》;同期,发表陈晋的《诗家的识见——毛泽东与中国文艺之五》;张惠辛的《虚构作为目的——文化意味对艺术范畴的渗透思考之一》;代迅的《艺术审美价值的功能分析》;林为进的《自觉与不自觉的选择——谈新写实主义在长篇创作中的表现》;牛玉秋的《文化与人生的二重奏》;蔡翔的《救世与厌世——中国文学中的"归位"模式(续)》;李运抟的《尊严:人格的太阳——当代小说平民形象论之七》;翁之秋的《生命的受伤与复原——关于新时期文学中"陶罐碎了"的审美意象述评》;小路的《孤帆远影碧空尽——探李蔚小说创作之流变》;张景超的《虎气与鼠气的混合体——评李蔚的小说创作》;李蔚的《甲虫,还爬吗?》;临轩的《黑龙江青年诗人扫描》;张葆成的《麟爪话东瀛》;韩子勇的《小说批评的"刺激"与"起哄"》;于俊赋的《蜗居碎语》;陈士果的《拟诗话》。

《东海》第10期发表黄源的《海外鲁迅颂》;王浩波的《发掘确定语言的审美潜能》。

《当代作家》第5期发表张德明的《回顾与检讨,楔入历史画卷——评系列小说〈白屋随笔〉》。

《百花洲》第5期发表陈金泉的《一个深刻的悖论:执著中的迷惘与迷惘中的执著——读胡辛的〈蔷薇雨〉兼及新时期女性文学未来走向》。

《芳草》第10期发表李运抟的《艰难的选择与真诚的寻找——青年作家邓一光小说创作论》;范步淹的《文学为人民服务的理论蕴含》。

《作品》第10期发表陈辽的《为时代所选择的文学评论——评张奥列的〈文学的选择〉》。

《春风》第10期发表盛子潮的《文化的内核　抒情的形态——由沈贻伟的两篇小说谈风情小说的创作》;建新的《"人"之初……》。

《萌芽》第10期发表曹阳的《多姿的生活　多彩的作品——1991四川笔会述评》。

《当代文学研究资料与信息》第10期发表杨匡汉的《唐山流寓话巢痕:试论

台湾当代文学的中国人文精神(未完)》。

《名作欣赏》第5期发表常笑的《诗歌释义学的自由联想与定向联想:兼与〈余光中诗《布谷》解〉作者商榷》。

本月,天津教育出版社出版王剑丛、汪景寿、杨正犁、蒋朗朗的《台湾香港文学研究述论》。

河南人民出版社出版古远清的《台港现代诗赏析》。

花山文艺出版社出版金耕晨的《潜山文艺漫论》,赵树标的《没能闪光的金子》。

重庆出版社出版陆梅林、盛同主编的《新时期文艺论争辑要》。

群众出版社出版高涧平的《审美的理性与激情》。

浙江文艺出版社出版钱文彬编的《林淡秋研究专集》。

云南人民出版社出版冉隆中、郑海的《红土高原的回声》,杨振昆的《边地文学启示录》。

江苏文艺出版社出版潘震宙主编的《江苏青年作家论》。

天津教育出版社出版陈思和的《巴金研究的回顾与瞻望》。

黄河出版社出版蔡桂林的《文学的当代思考》。

漓江出版社出版梁超然的《文艺沉思录》。

天津社会科学院出版社出版张学新主编的《让历史告诉未来:解放区文学研究论文集》。

河南大学出版社出版胡山林的《文艺欣赏心理学》。

光明日报出版社出版程代熙的《理论风云录:一个文艺理论工作者的手记》。

上海文艺出版社出版陈勤建的《文艺民俗学导论》。

11月

1日,《广州文艺》第11期发表饶芃子的《异国的奇葩》。

《山西文学》第11期以"短篇小说艺术谈"为总题，发表邵振国的《"细节"小议》，曹乃谦的《小说创作艺术散谈》，王春林的《农民生存的冷静展示——评曹乃谦系列小说〈温家窖风景〉》，小苏、永宏的《浏览本期"联展"》。

《上海文学》第11期发表殷国明的《文化情结：世界文学与中国文学》。

《作家》第11期发表陈思和的《对人物传记的两点思考——〈人格的发展：巴金传〉后记》。

《鸭绿江》第11期发表李万庆的《生命的花树——于宗信诗的意象世界》。

《滇池》第11期发表刘火的《不能仅仅为了"边地"——再论"边地小说"》；张倩的《开在滇池畔的一朵新花》。

《解放军文艺》第11期发表陈墨的《一束花与一张像片——读〈偶人〉、〈涅槃〉》。

4日，《山东文学》第11期发表《本刊"新作者作品讨论会"纪要》。

5日，《广西文学》第11期发表江泽民的《进一步学习和发扬鲁迅精神——在鲁迅诞生一百一十周年纪念大会上的讲话（一九九一年九月二十四日）》。

《山花》第11期发表南帆的《概念的权力——现实主义与现代主义的论争》；朱先树的《明天是可以信赖的——王建平〈野太阳〉诗集读后》；黄山的《〈遵义会议纪实〉作品讨论会综述》。

《长江文艺》第11期发表刘安海的《论创作中的艺术直觉》；李运抟的《语言的"浮雕"——论当代小说中的一种描写艺术》；罗公元的《老骥伏枥　壮志不已——周代散文集〈晚晴小集〉读后》。

《北方文学》第11期发表李福亮的《文化的魔力——读〈手谈〉》；孟久成的《一笔无法实现的交易》。

《中国西部文学》第11期发表尼克的《尘世上空的飞翔》；王仲明的《苏醒的草原——评习铁军的中篇小说创作》；李运抟的《曹建勋小说创作论析及其它》。

《当代文坛》第6期发表冯宪光的《呼唤改革的创新之作——评长篇小说〈谁是未来的省委书记〉》；张大明的《近代回族命运的真实写照——评木斧小说〈十个女人的命运〉》；肖阳的《崩岭山人的艰辛和强韧——评高旭帆的小说创作》；吕进、王毅的《任风雨雕刻一种形象——王长富的两集新作谈片》；程地宇的《符号化人物群体的衰落及其当代文学意义》；向荣的《延续与断裂：探索中的小说时间意识——兼论小说时间意识的现代涵义》；叶潮的《诗歌与文化区域——对诗歌的文化学考察之一》;周晓风的《现代诗歌的时空结构——现代诗艺管窥之一》;季水河的《胡风与冯雪峰:不同轴心的现实主义理论》;胡德培的《生存追求之后……——对一种残缺艺术观的剖析》;朱亚辉的《"新写实"作家的集体退隐现象——来自叙述学角度的一种解读》;胡良桂的《蜕变转型 超越现实——孙健忠倾斜的湘西系列小说描述》;高缨的《不熄的篝火——凉山民主改革与我的创作》;孙静轩的《白色和黑色——序雪川诗集〈太阳血〉》;李炳银的《"天柱"的赋文——评杨景民报告文学〈黎鳌〉》;蒲人的《十色的童话树——王志杰〈深秋的石榴花〉掠影》;李宽定的《东篱的牵牛西篱的菊——西篱和她的〈谁在窗外〉》;孙骏毅的《面对共同的世界——浅说〈第三军团〉中的几个人物》;知日的《真切与执着——樊雄诗作漫评》;陈菱的《〈绿房子〉的时空结构》。

《延河》第 11 期发表姚逸仙的《迷惑的雪雾》;李若冰的《序文三题》;李星的《人生和理想,人格和良心——肖重生散文集序》。

《莽原》第 6 期发表潘凯雄的《经典的意义》;刘士林的《新时期农村知识青年的精神历程——从黑娃、高加林到金狗》;乐烁的《困惑与选择——试谈大陆妇女文学的内在矛盾》。

《湖南文学》第 11 期发表孙文盛的《学习和发扬鲁迅精神 努力繁荣我省社会主义文艺》;刘文华的《叙事诗的另一半视野:深刻和净化——读谢午恒的诗》。

《四海—港台海外华文文学》第 6 期发表汉闻的《文学老将刘以鬯》;曹惠民的《步入更新、更高的学术境界——"第五届台港澳暨海外华文文学国际学术研讨会"述略》;白少帆辑注的《台湾近现代文学史程年表:1894—1949(未完)》;杨匡汉的《唐山流寓话巢痕:论台湾当代文学的中国人文精神》。

6 日,《河北文学》第 11 期发表刘友宾的《薛勇小说的叙述思考》。

《文汇报》发表陈钢的《冰玫瑰:一个从南北极走来的女人:李乐诗》。

《台港文学选刊》第 11 期发表简政珍的《为何写诗》。

7 日,《天津文学》第 11 期发表张春生的《杏花消息雨声中——天津青年小说近作漫谈》;董延梅的《散文的断想》。

9 日,《文艺报》第 44 期发表张炯的《现实土壤的执着耕耘——评毕四海的三部中篇小说》;司马玉常的《战士情怀——读〈北撤壮歌〉》;马立群的《残墨与〈风流侠丐〉》;余昌谷的《读石楠传记小说》;曹毓生的《〈茅盾的矛盾〉质疑》;柯岩的《榜样的力量——看辽宁人艺话剧〈爱洒人间〉》。

10日,《小说林》第6期发表张一的《奉上一片赤诚——读李汉平长篇小说〈记忆门〉》;姜晓燕的《是旗帜,就该飘扬》。

《中国作家》第6期发表周翼南的《书为友,案为邻——杨书案素描》。

《北京文学》第11期"北京作家"栏发表《刘绍棠小传》,刘绍棠的《僵卧孤村不自哀》,郑恩波的《最可宝贵的》;同期,发表刘绍棠的《目标已经明确》。

《诗刊》第11期"全国诗歌座谈会发言选登"栏发表陈绍伟的《重评北岛》;同期,发表袁可嘉的《欧美现代三大诗潮——〈欧美现代十大流派诗选〉序》;卢斯飞的《果实,在生命的秋天里成熟——读曾有云的诗作断想》;黎焕颐的《吴正和他的诗》;朱先树的《在困惑中求突破——谈"滇东北诗会"作品》;高洪波的《诗的调侃》;流千里的《"谱写新歌献人民"——刘章诗歌研讨会在石家庄召开》。

《时代文学》第6期发表崔道怡的《有感于〈内当家之死〉》;蔡桂林的《否定之否定的螺旋式上升》。

《读书》第11期发表李欧梵的《狐狸洞书话》;吴岳添的《自学成才的作家》。

《当代文学资料与信息》第11期发表安兴本的《八十年代台湾后现代文学泛视》;杨匡汉的《唐山流寓话巢痕:试论台湾当代文学的中国人文精神(续)》。

《唐山教育学院·唐山师专学报》第6期发表林承璜的《台湾的阿Q——黄春明的〈锣〉读后》。

《写作》第11期发表古远清的《咏物诗:新的美学追求——评台湾侯吉谅的〈小家电六种〉》。

12日,《中流》第11期发表本刊评论员的《千秋功过　谁人评说》;朱子奇的《献给艾青同志的贺辞》;丁宁的《沂蒙山的儿子——悼知侠同志》。

15日,《文学评论》第6期发表晓雪的《艾青的诗美学》;王淑秧的《中国当代海峡两岸"文化小说"比较》;袁良骏的《台湾文学史家的鲁迅论》。

《文艺争鸣》第6期发表胡厚钧的《意识形态是反和平演变的重要领域》;许中田的《坚定马克思主义对文艺工作的指导地位》;刘国枢的《进一步坚定文艺的社会主义方向》;乔迈的《文化的斗争　政治的斗争》;李心峰的《再论从马克思艺术生产理论看艺术的本质——兼与邵建同志商榷》;张首映的《关于当前社会主义文化主要矛盾的思考》;木易的《研究通俗小说的新模式》;黄永林的《论通俗文学与民间文学的分野》;李星的《东方和世界:寻找自己的位置——关于贾平凹艺术思维方式的札记》;洁泯的《关于"新写实小说"》;费秉勋的《谈贾平凹的小说新

作》;白烨《虚怀·虚静——贾平凹近作风度速写》;贾平凹的《在一次研讨会的发言》;肖君和的《中华民族大众文艺论纲》;包忠文的《评陈映真〈山路〉系列短篇小说》。

《民族文学》第11期发表董兰春、王再平的《乳香飘逸的诗情美——读蒙古族诗人哈斯乌拉的诗》;王珂的《美之定格》;(土族)马光星的《土族当代小说创作状况简介》。

《特区文学》第6期发表秦晋的《孤独的审美意味——〈OK黄昏〉评析》。

16日,《文艺报》第45期发表刘白羽的《惊心动魄的壮美——读〈沂蒙九章〉》;谢金雄的《作家自我超越的成果——谈长篇小说〈天堂挣扎录〉》;高明星的《他们拥有财富》(评李旭雨、樊敏捷的中篇小说〈富翁〉);罗守让的《曾辉和他的长篇小说》;黄力之的《告别诸神之梦——中国当代文学理论"世纪末"的搏斗》(评香港《二十一世纪》1991年第5期发表的刘再复的《告别诸神——中国当代文学理论"世纪末"的挣扎》);晋京的《他始终唱着普通人的赞歌——谈焦祖尧的报告文学创作》;王必胜的《改革生活的五彩缤纷——"五彩城"散文大赛获奖作品述评》;朱霞的《创造一个视野开阔的艺术世界——读蔡洪声小说集〈今晚他没有舞伴〉》。

17日,《作品与争鸣》第11期发表刘玉山的《谷穗沉甸甸——读报告文学〈逐日〉》;朱侠的《诗意与理性 长处与不足——读〈此恨绵绵无尽期〉》;陈墨的《夜半无人私语时——〈此恨绵绵无尽期〉读后》;冠平的《写这样的"黑社会"有什么意义——关于批评中篇小说〈死亡追忆〉的来信》;刘景芳的《困惑·迷茫·警世通言——评中篇小说〈死亡追忆〉》;陈俊山的《在世界新潮流中游泳而不被淹没——略谈关于鲁迅性格的诸问题》;成志伟的《多难兴邦》;布白的《〈杨乃武与小白菜〉的舛误》、《关于"样板戏"的议论》;牛玉秋的《乡村情感与中国文化——评〈乡村情感〉》;亦麻的《一场危险的爱情游戏——读小说〈回归温柔〉》。

18日,《当代》杂志编辑部和鲁迅文学院在北京联合召开报告文学《不死的土地》作品座谈会。(《当代》1992年第1期)

19日,《青年文学》第11期发表许向前的《展示内心的真实》;嘉旺的《一曲悲壮的劳动、生活之歌》;立春的《评〈纸船〉》;李竞宏的《〈学会嫉妒〉读后》;俞汝捷的《论愤怒——小说人物心理类型(十一)》。

20日,《长江》第6期发表童志刚的《请在此"中转"——"中篇处女园"作品印象》。

《小说评论》第6期发表雷达的《一部需要重新审视的长篇——读〈东方商人〉(第一部)》;郭济访的《王安忆小说风格的流变》;韩鲁华的《生命本体意义的审美建构——贾平凹近年小说审美意识形态论》;栾建梅的《大众化:高晓声的艺术旨归》;苏冰的《动情地关怀世界——评王宏甲的小说》;陈辽的《认真写出的真话——评〈白发狂夫〉》;张德祥的《〈黄河东流去〉重读札记》;李运抟的《更多的不是失落——我看〈海外留学的故事〉与新的理解》;叶公觉的《新时期幽默小说浅探》;钟本康的《历史题材小说断想》;阎纲等的《程海小说十人谈》;刘俐俐的《柏原小说世界与西部文学》;李若冰的《陕北有个张效友——读张效友长篇小说〈青天泪〉》;郭文珍的《对黄色文化的新思考——读麦甲的〈黄色〉》;汪溟的《言语的欢悦——小说言语研究导论(上)》;梁旭东的《论小说深层意蕴的构成》;钱谷融的《序〈20世纪中国小说的文化精神〉》;黄毓璜的《读〈新时期小说思潮和小说流变〉》;余北的《"此情可待成追忆"——读谌容新作〈人到老年〉》;商秋的《开天辟地的小说天地——〈不要问我从哪里来〉读后》;秋吟的《一个感伤而动人的故事——读张旻的〈忝为人师〉》;项滨的《戒与不戒全在己——读李国文的小说〈戒之惑〉》。

《上海文论》第6期"当代视野中的大众文艺"栏发表杨文虎的《电视艺术:大众的消费品》,鲁妮的《大众传播媒介:一个文化学的思考》;同期,发表邱明正的《意会与言传的矛盾、统一》;嵇山的《"谎话"是如何说"圆"的?——论艺术真实的本体机制兼及艺术真实之界说》;祁志祥的《论艺术家的记忆气质》;陈思和的《困惑与疑难:关于比较文学的一次发言》;施连均的《超越之路——关于孙甘露的阐释》;陈娟的《於梨华与留学生文学》;鲁枢元的《湿婆之舞:一种生存的境界——读萌萌的〈升腾与坠落〉》;孙乃修的《〈劫后文存:贾植芳序跋集〉编后记》;杨剑龙的《论席慕蓉的散文创作》。

《花城》第6期发表艾云的《论女性批评家》。

《复旦学报》第6期发表杜荣根的《试论"创世纪"的诗》;陆士清的《〈文学杂志〉与台湾现代小说》。

21日,《文艺研究》第6期发表彭立勋的《论文艺的意识形态性与审美性的关系》;冯翔的《对马恩文艺意识形态论的理解》;李希凡的《从五四"启蒙"中继承什么?——重读〈新民主主义论〉兼评〈新启蒙〉的某些观点》;何为的《戏曲剧种与戏曲现代化》;华生的《中国戏剧文化的一大嬗变——从剧作家中心制到演员中心制》。

由《钟山》杂志社举办的1990—1991年度"中国潮"报告文学双奖颁奖活动在南京中山大厦举行。(《钟山》1992年第1期)

23日,《文艺报》第46期以"纪念田汉诞辰94周年、中国左翼戏剧家联盟成立60周年"为总题,发表阳翰笙的《深深的怀念》,张庚的《发扬革命传统　争取更大成绩》,赵寻的《为了现实和未来》,石维坚的《楷模和榜样》、《剧联老战士感慨话当年》;同期,发表宗禾的《通俗文学呼唤理性的关注——"环印奖"通俗文学理论评论征文评奖综述》;喻晓的《努力表现当代军人的精神世界——读谷办华的军旅小说》;祝鲁的《爱与美的探索——朱德发等著〈爱河溯舟〉札记》;梵杨的《群鹰欢唱破云来——赞诗集〈菊花诗情〉》。

24日,《文艺理论与批评》第6期发表李万武的《评"新写实主义"的理论鼓吹》;古耜的《放歌生活的真善美——石英散文略论》。

25日,《文艺理论研究》第6期以"对'新写实'小说的不同议论"为总题,发表金文野的《新写实:现实主义的回归与深化》,傅书华的《精神的困窘与灵魂的疲惫》,颜向红的《新写实小说:传统文化的回声》,张闳的《对几个基本理论命题的看法》,陈福民的《我们拥有和缺乏什么——谈"新写实"小说兼及一种批评倾向》。

《当代作家评论》第6期发表以"长篇小说评论小辑"为总题,发表吴秉杰的《一半是历史　一半是寓言——苏童长篇小说〈米〉中新的探索》,胡河清的《苏童的"米雕"》;吴义勤的《在乡村与都市的对峙中构筑神话——苏童长篇小说〈米〉的故事拆解》;徐兆淮的《努力创造新时期小说融汇复合之美——读王川长篇小说〈白发狂夫〉随想》;以"评论之评论"为总题,发表陈骏涛的《一种切实的文学批评——张奥列文学批评的选择》;同期,发表何镇邦的《独特的视角与独具的风采——读马加的长篇新作〈血映关山〉》;林为进的《状历史之风云　叙青春之无愧——读马加新著〈血映关山〉》;马风的《陌生的阅读——〈马加散文选〉读后札记》;董之林的《不断发现陌生的自己——评孙惠芬创作中的女性小说倾向》;张德祥的《乡土世界与人生况味——评孙惠芬的小说创作》;胡平的《1991年短篇小说新作述评》;王安忆、斯特凡亚、秦立德的《从现实人生的体验到叙述策略的转型——一份关于王安忆十年小说创作的访谈录》;朱伟的《张宇札记》;吴俊的《小说：对一种文体的追求——李其纲小说简析》；方克强的《从出国梦到中国梦——评长篇纪实小说〈我的财富在澳洲〉》；王春林的《红土地的"神话"与"史诗"——熊正良红土地系列中篇小说释义》；南帆的《批评之境——读〈中国当代文学参阅作品选〉有感》；张宇的《我读赵树理》；李其纲的《我的写作大方向》；李洁非的《"情节"概论——权作补课》；刁斗的《和曲有源有关》；何立彬的《王忠懿》。

《长城》第6期发表陈玉杰的《我读〈辉煌青春〉》；范国华的《一种读法》。

《收获》第6期发表余华的《呼喊与细雨》；王朔的《动物凶猛》。

27日，《文学自由谈》第4期发表蒋原伦的《华丽忧伤又一曲》（评苏童的《妻妾成群》）；马原的《批评的提醒》；王鹰飞的《王蒙小说模式谈》；郭熙志的《王安忆、莫言的疲惫》；季红真的《朦胧的古典精神》（"寻根后"小说谈）；单正平的《写情三说》；田敬斌的《小说观念的变革与稳定》；金梅、许淇的《地域情调的追寻》（创作通信）；胡宗健的《孙健忠创作印象》；黄伟林的《智者乐水》（评张宗栻的创作）；柳宁的《许一青和他的书》；闵人的《〈流亡将军〉题内题外话》；李惠彬的《一片冰心在玉壶》（评宗璞的《三生石》、《南渡记》）；刘连群的《诗笔写生活》（评毕力格太的小说集《南国相思》）；黄桂元的《当代都市潮向的变奏》（孙颙小说集《骚动》）；王尔龄的《于细微处见精神》（评周而复的《逆流与暗流》）；王仲明的《新生代的阿凡提形象》（评冉红的《小阿凡提》）；王力的《批评的死亡》。

28日，《文学报》发表吴欢章的《台湾美文的艺术追求》。

30日，《文艺报》第47期发表曾来福的《纪实性叙述下的文化冲击——读〈北京人在纽约〉》；王汶石的《我心中的当代中国农民》；黄国柱的《热爱生活——读窦志先的小说集〈蓝鸟〉》；叶延滨的《他在开掘生活的富矿——读孙建军的两本诗集》；肖云儒的《中国民族文化的结构和活力》；千帆的《作家应正确对待读者的批评》；邹荻帆的《给一位青年诗友》；正言的《东海女儿的舴艋舟——读钱国丹〈闺中女友〉感言》；钱明的《情、理、美的和谐与统一》（《七星篇》自述）；柳盛元的《寻找自己的角色》（评王筠的创作）。

鲁迅文学院、《当代》杂志编辑部、新疆作家协会、新疆生产建设兵团作家协会联合在北京举办中篇小说《西边的太阳》作品座谈会。（《当代》1992年第1期）

《台湾研究集刊》第4期发表张恒春的《从困境中走出——论台湾现代派作家文化意识的变迁》；黄重添的《寸有所长，尺有所短——关于台湾言情小说》。

本月，《小说月报》第11期发表池莉的《获奖作者感言》。

《东海》第 11 期发表骆寒超的《一本进行革命传统教育的好书——读〈九个省委书记〉》。

《红岩》第 6 期发表阎纲的《〈高尚的圣者和殉道者〉后记》;辛友余的《奏出时代最强音》;陈伯君的《艺术与人生的交响》。

《芒种》第 11 期发表许振强的《秋天的对话》;李忠昌的《历史小说创作的追求与探索——刘恩铭论》。

《芳草》第 11 期发表易中天的《汉味小说三题议》。

《作品》第 11 期发表韩志鸿的《困惑者的清醒——张雄辉小说散论》;叶海的《为历史记录下这难忘的一页——读长篇报告文学〈南粤之春〉》。

《芙蓉》第 6 期发表胡真的《学习与思考——纪念〈在延安文艺座谈会上的讲话〉发表 49 周年》;曾惠、黄力之的《正面品格与复杂人性交织——读〈十二生肖变奏曲〉》;龙长顺的《劲健尚气 其美在力》;韩抗的《小说与虚构——评〈夕阳黑田铺〉》;张自文的《陶醉在宇宙秩序里——谈银云散文审美追求》;樊家信的《读〈夕阳黑田铺〉》。

《青年文学家》第 11 期发表阿红的《他,沉思在人生风景线——序黄秋实〈人生风景线〉》;冯澍的《黑土地上的一朵新花——评介长篇小说〈魂与梦〉》。

《春风》第 11 期发表潘凯雄的《最初的印象——孙建成小说读后》。

《萌芽》第 11 期发表杜元明的《从城市生活中捕捉灵感——谈台湾青年女作家萧锦锦的散文》。

汕头市和汕头大学联合举办海内外潮人(潮汕籍人)作家研讨会。

《台港与海外华文文学》第 3 期发表肖村的《沐浴在友谊的暖流中——记同新、马华文作家欢聚的日子》;陈贤茂的《新加坡五月诗社的艺术追求》;杨义的《林语堂:道家文化的海外回归者(续)》;徐学的《岭南人的诗与人》;潘亚暾的《木欣欣以向荣——〈感怀〉、〈椰花集〉读后记》;胡凌芝的《把根深深地盘扎在泥土的底层——读诗集〈呐喊的土地〉》;冒炘、庄汉新的《寻求那一片文学净土——郭枫散文论》;王列耀的《郭良蕙小说二题》;王耀辉的《一部成功的台港文学教科书——评〈台港文学导论〉》;吴颖的《坎坷·跋涉·追求——我所知道的林艾》;赵顺宏的《平凡生活的诗意——读尤今〈金色的微笑〉》;吴奕锜的《"台湾式民主"的一个注脚——读黄凡小说〈示威〉随感》;《出席世界华文文学研讨会的作家和学者倡议成立"世界华文文学协会"》。

《中国现代文学研究丛刊》第 4 期发表安兴本的《台湾文艺家联盟与左翼文学运动》。

《当代文学资料与信息》第 11 期发表安兴本的《八十年代台湾后现代文学泛视》;杨匡汉的《唐山流寓话巢痕:试论台湾当代文学的中国人文精神(续)》。

《湖南师范大学学报》第 6 期发表田中阳的《当代大陆、台湾现代主义文学思潮比较》。

本月,百花洲文艺出版社出版公仲、江冰的《文学评论的阐释》。

陕西人民教育出版社出版刘建勋、王静波编的《中国当代文学百题》。

人民文学出版社出版王蒙的《风格散记》。

学林出版社出版徐俊西的《再现与审美》。

暨南大学出版社出版张振金的《作家与时代:杜埃的生活和创作》、苏菲的《战后二十年新马华文小说研究》。

长江文艺出版社出版古远清编的《海峡两岸朦胧诗品赏》。

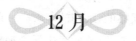

12 月

1 日,《广州文艺》第 12 期发表陶小淳的《写作:男女平起平坐的世界》。

《山西文学》第 12 期以"短篇小说艺术谈"为总题,发表路远的《小说艺术的可言说与不可言说》;陈冲的《信口开河说短篇》;杨士忠的《稻花蛙声的世界——李海清小说漫评》。

《小说月刊》第 12 期发表上官缨的《面向大众 雅俗共赏——〈小说月刊〉1991 年 1 至 10 期漫评》。

《上海文学》第 12 期发表贾平凹的《四十岁说》;汪曾祺的《一种小说——关于魏志远的小说》;周政保的《忧柔的月光——贾平凹散文的阅读笔记》;郜元宝的《作为小说家的"本性"——重读王安忆的小说》。

《四川文学》第 12 期发表本刊记者袁基亮的《背负热切的希望》。

《作家》第12期发表王进的《文学阐释逻辑规则》;胡宗健的《"新写实"小说是什么——兼谈苏童长篇近作〈米〉》。

《鸭绿江》第12期发表李作祥的《期待着更为宏阔和凝重的现实主义——〈鸭绿江〉"五彩杯"征文阅读札记》。

《滇池》第12期发表胡彦的《叙事的转变——评〈滇池〉的几篇"边地小说"》;郑海的《从热闹到沉寂——昆明城市小说一瞥》。

《解放军文艺》第12期发表黄献国的《审美交叉小径上的军旅人情》;陈先义的《直面现实 拥抱生活——读江永红报告文学新作〈看不见的回归线〉》。

4日,《山东文学》第12期发表《本刊"新作者作品讨论会"纪要》。

5日,《山花》第12期以"纪念《讲话》发表五十周年征文"为总题,发表胡宗健的《文学:反映论与主体论的龃龉》;林树明的《大众化:"新写实小说"的价值取向》。同期,发表陈超的《实验诗对结构的发展——兼谈如何阅读实验诗》。

《长江文艺》第12期发表吴刚的《金与淘金者的双重折射——读〈在镰刀斧头的旗帜下〉》。

《北方文学》第12期发表包临轩的《朝拜圣殿——读张爱华散文》。

《中国西部文学》第12期发表韩子勇的《心中的美丽》;周政保的《〈西圣地〉与作家的感觉——西部小说创作的借鉴与思考》;王正的《长脚的墙——〈坠情〉随想》;王珂的《认识杨牧——〈暮然回首〉读后》。

《湖南文学》第12期发表彭国华的《永远学习鲁迅精神》。

6日,《河北文学》第12期发表周申明的《在文艺工作实践中坚持正确的指导思想——学习江泽民同志"七一"讲话的体会》。

《台港文学选刊》第12期发表钱虹的《历史与神话——评台湾作家林耀德的小说新作〈高砂百合〉及其他》。

7日,《文艺报》第48期发表李若冰的《绿色天使的世界——〈绿色沧桑〉》;温金海的《展示企业家风采——读梅宝恒报告文学〈多彩辐射光〉》;韩笑的《读〈柳絮似雪〉致楚明》;罗守让的《中国当代文学和民族传统文化》;柯岩的《情之所钟——看话剧〈情结〉》。

《天津文学》第12期发表王宁的《后现代主义的终结——兼论中国当代先锋小说之命运》;李书磊的《散文作为一个问题》。

10日,《北京文学》第12期"北京作家"栏目发表《李方立小传》;李方立的《随笔》；谭谊的《李方立其人其创作》。

《雨花》第12期发表储福金的《带色彩的小说》。

《诗刊》第12期发表晓雪的《石油诗花别样明——"油城中秋诗会"侧记》；吕进的《北方的山枣——在刘章诗歌研讨会上的发言》；陈良运的《传神之笔足千秋》；钱光培的《从"单色想象"到"单'元'艺术"——读晏明诗集〈高原的诱惑〉》。

《读书》第12期发表王蒙的《话说这碗"粥"》；冯其庸的《瓜饭楼上说金庸》。

《当代文学研究资料与信息》第12期发表郑逸文的《孤寂的怀乡情结：旅美华人作家王渝女士谈留学生文学》；郏宗培的《留学生文学之断想》。

12日，中国人民保险公司和《当代》编辑部联合在北京举办报告文学《保险启示录》作品座谈会。(《当代》1992年第1期)

《中流》第12期发表本刊记者的《关于"毛泽东热"——邓力群同志答本刊记者》；《游晓晔给本刊的来信》；颜元叔的《中国的希望在你们身上——颜元叔教授致游晓晔同学》、《忆长江——兼答龚鹏程教授》；侯华象的《侯华象给本刊的来信》、《我们懂得什么叫"炼狱"——读颜元叔文有感》；李丹的《对灵魂疯狂的拍卖——评苏晓康〈对苦难漠视的残忍〉》；李蕤的《接过鲁迅的战斗火炬》；郭秋良的《青山遮不住　毕竟东流去——翟向东〈大江东流〉漫议》。

13日，国家土地局和《当代》编辑部联合在北京举办报告文学《黄土地、黑土地》作品座谈会。(《当代》1992年第1期)

14日，《文艺报》第49期发表张贺琴的《情与爱的丝丝细雨》(评艾明之"火焰三部曲"第二部《燃烧吧上海》)；韩望愈的《一泓汩汩流淌的清泉——评徐山林诗集〈碧水泉〉》；丁柏铨的《坚持历史的证明——评丁亚平的〈一个批评家的心路历程〉》；阿海的《迎接改革的洪流——读报告文学〈强者的纪年〉》；杜键的《进一步开展同志式的批评和反批评——从对新潮美术问题的争论中想到的》。

《人民日报·海外版》发表傅旭的《爱，心中流淌的小溪：台湾女作家罗兰印象》。

15日，《民族文学》第12期发表谢昌余的《执着于改革现实的优秀之作——读朵藏才旦的小说集〈半阴半阳回旋曲〉》；(回族)杨继国的《深情真挚的大地颂歌——读汪玉良的新诗》；刘恩龙的《闪烁异彩的青藏金莲花——漫谈格桑多杰创作的民族特色》；朱向前的《照亮了天空的传奇——关于〈蓝旗兵巴图鲁〉的随想》。

16—23日,由中国艺术研究院、《文艺研究编辑部》、湖北省文联、湖南省文联联合主办,湖北省文联承办的"首届中国楚文化文艺研讨会"在湖北省武汉市举行。(《文艺研究》1992年第2期)

18日,由中宣部文艺局、中国文联、中国艺术研究院联合举办的优秀文艺评论报刊表彰大会在人民大会堂举行,共十七家文艺评论报刊受表彰。(《文艺研究》1992年第2期)

19日,《青年文学》第12期发表陈进的《读笔记小说〈王〉随想》;许潮生的《离形去知,神韵天然》;宋建英的《意味与韵味》;宋建平的《这故事非这样讲不可》;夏似飞的《成功的暗处理》;俞汝捷的《论嫉妒——小说人物心理类型(十二)》。

20日,《小说评论》第6期发表李运抟的《更多的不是失落——我看"海外留学的故事"与新的理解》。

《福建论坛》第6期发表包恒新的《从陈映真看台湾乡土作家的中国情结》。

21日,《文艺报》第50期发表李仁臣的《风萧萧兮大漠暖——评报告文学〈塔克拉玛干:生命的辉煌〉》;顾锡东的《许胤丰和他的乡土文学》;晓雪的《面对五彩生活的海洋——读肖敏的〈三月,女人的三月〉》;潘凯雄的《在历史与现实的狂澜中求索——读熊诚的长篇处女作〈狂澜〉》;李允经的《可喜的收获——评林志浩〈鲁迅传〉增订本》;李建树的《〈月亮船〉及其作者》;高洪波的《洋洋一大观——读〈中外童话大观〉》;李星的《农村残疾少年的奋斗足迹——评李凤杰的儿童长篇小说新作》。

25日,《华侨大学学报》第2期发表叶鸣的《林语堂的"一团矛盾"和〈八十自叙〉》;施建伟的《林语堂:从"中西文化溶合"破题》。

28日,《文艺报》第51期发表马烽的《让文学为深化农村改革大唱赞歌——读长篇报告文学〈走向天堂〉》;陈澍的《关于〈走向天堂〉的创作》;耘德的《千般衷曲寄乡情——评〈一方水土养一方人〉》;梁长森的《山音水韵——读葛崇岳诗集〈生活是一个圆〉》;冯宪光的《文学价值的根本来源——与文学价值主体论者商榷》;王瑛的《五个人面对一道老墙——读〈东方老墙〉断想》;沈泽宜的《质朴深沉的歌——评贾丹华诗集〈翡翠色的憧憬〉》;董均伦、江源的《〈孔子世家〉琐记》;雷加的《群众时代与散文》。

31日,《汕头大学学报》第4期发表吴奕锜的《论八十年代台湾文学中的"政治化倾向"》。

《中国现代文学研究丛刊》第4期发表安兴本的《台湾文艺家联盟与左翼文学运动》。

本月,《小说月报》第12期发表孜刚的《为"小中篇"呼》。

《小说家》第6期发表吴方的《平稳的河流》;张奥列的《沉稳从容的叙事态度——对六部中篇的评估》;绿雪的《文学中的调侃与文学中的小人物》。

《小说界》第6期发表张德林、花建、江曾培、曾文渊、毛时安、沈善增、陆行良、王晓玉的《"上海女性系列"八人谈》;徐中玉、朱桦的《他的财富在澳洲,终属故土——读刘观德的〈我的财富在澳洲〉》。

《文艺批评》第6期"'反串'大戏台"栏目发表林焱的短篇小说《两个声》;戈戎的《第二种声音》。同期,发表陈晋的《英雄风骚与心路历程——毛泽东与中国文艺之六(上)》;李洁非的《渴望中的普通小说学》;张景超的《静观的艺术:小说创作一种》;何二元的《为"言象意"立论》;吴义勤的《无语的反思:由缄默走向成熟——1990年小说创作鸟瞰》;李树声的《生命的极限与历史的永恒——读近年来部分历史小说断想》;李运抟的《平等:永久的梦寻——当代小说平民形象论之八》;陈晓明的《失落与眷念:蜕变中的游子心态——新时期留学生文学立体观照》;陈凤翚的《永远高扬伟大时代的旗帜》;临轩的《黑龙江青年诗人扫描》;艾若的《悲剧命运的透视——漫谈〈情僧〉》;马伟业的《生活之魂与理想之梦——评长篇小说〈魂与梦〉》;高涧平的《山林之子的内心独白——谷世泰散文创作简论》;李佳的《飞絮篇(二题)》;吴炫的《新潮随笔》;孙博文、陶同的《科学与绘画艺术》。

《东海》第12期发表汝瞳的《民族特征与文学价值》;柯堤的《当代意识和小说发展的艺术轨迹》。

《百花洲》第6期发表贺光鑫的《小说的语言艺术》。

《芒种》第12期发表许振强的《平庸的朋友和敌人》;[挪威]陶丽·莫依的《"女性形象"批评派》。

《芳草》第12期发表李运抟的《色彩斑斓的传奇——当代小说情节艺术今论之四》。

《作品》第12期发表潘大华的《诗的幽默》;罗宏的《喜剧中的"挣扎"——杨干华长篇小说〈天堂的挣扎〉一瞥》;韦丘的《〈明天有早晨〉序》。

《青年文学家》第12期发表黄东成的《幻想与现实的碰撞——也算小传,或我的文学之路》。

《春风》第 12 期发表晓白的《一花一世界——读谢友鄣新作两篇》；吴开晋的《对诗艺的不倦追求——评芦萍近年的诗作》。

《萌芽》第 12 期发表何笑梅的《黄凡的都市文学作品一瞥》；孙悦的《无情亦有情——简评九二年(原文如此)〈萌芽〉新诗》。

《语文月刊》第 12 期发表王淑秧的《玲珑剔透　神妙入微——读刘以鬯的〈珍品〉》。

《当代文学研究资料与信息》第 12 期发表郑逸文的《孤寂的怀乡情结：旅美华人作家王渝女士谈留学生文学》；郏宗培的《留学生文学之断想》。

《上海金融学报》第 4 期发表张敏健的《真诚地表现自己：冰心、席慕蓉散文创作比较谈》。

江苏省台港与海外华人作家作品学术讨论会召开。

本月，山东大学出版社出版卜召林的《鲁迅的文学批评》。

河北少年儿童出版社出版薛才康的《爱的升华》。

山东教育出版社出版任孚先、王光东的《山东新时期小说论稿》。

中国戏剧出版社出版田本相、胡叔和编的《曹禺研究资料》。

浙江文艺出版社出版李子云的《昨日风景》。

中山大学出版社出版广东省文学艺术界联合会编的《宝剑与骊珠：吴有恒研究论文集》。

四川大学出版社出版孙自筠的《论内江十二作家》；毛迅的《徐志摩论稿》。

文津出版社出版蔡清富的《冯雪峰文艺思想论稿》。

北岳文艺出版社出版董大中、王智才主编，山西省文学艺术界联合会编的《山西文学艺术评论选：1979—1989》。

浙江文艺出版社出版吴福辉编著的《带着枷锁的笑》，王安忆的《故事和讲故事》。

北京十月文艺出版社出版余仁凯等编的《曹明葛琴研究资料》。

花山文艺出版社出版白海珍的《文学探索录》。

江西教育出版社出版曾奕禅的《文艺心理学》。

北岳文艺出版社出版陶本一、王宇鸿编的《台湾新诗鉴赏辞典》，卢今、王宇鸿编的《台湾散文鉴赏辞典》。

本年

《青岛师专学报(社会科学版)》第 8 期发表耿建华的《东方席慕容》。

《四川外语学院学报》第 3 期发表余德银的《他山之石,可以攻玉:论英美诗歌对余光中的影响》。

《图书评介》第 5 期发表张新颖的《从焦虑开始——欧阳子的小说集〈秋叶〉》。

《统一战线》第 3 期发表陈桂芬的《中国女性的真善美:读台湾女作家三毛小说有感》。

《西湖》第 4 期发表姚小雄的《梦里花落:写给三毛》。

《新疆师范大学学报(社会科学版)》第 4 期发表蔡兴水的《浪游与追寻:三毛创作的个性与意义》。

《信阳师范学院学报(哲学社会科学版)》第 1 期发表陈倩的《独具风韵别样美:评三毛的成名作〈撒哈拉的故事〉》。

《修辞学习》第 4 期发表傅惠钧的《〈我的空中楼阁〉的语言艺术》。

《徐州师范学院学报(哲学社会科学版)》第 1 期发表华辇的《在东西方文化的夹缝中:析台湾留学生小说的"放逐"主题》。

《扬州师范学院学报(社会科学版)》第 2 期发表吴义勤的《论徐訏小说的叙述模式:〈徐訏论〉之一》。

《文学自由谈》发表陈墨的《金庸的小说》。

泉州华侨大学成立海外华人文学研究所。

1992年

1992年

1月

1日,《山西文学》第1期发表王东满的《还是奢望一辆好"车子"》;池莉的《跳动的感觉》。

《上海文学》第1期发表李洁非的《普通小说类型论》;方克强的《文学人类学批评的内容与前景》。

《四川文学》第1期发表徐维刚的《小说·语言的艺术》;唐正序、冯宪光的《文学本体,意识形态》;方敬的《巴金散文读记》。

《作家》第1期发表汪政、晓华的《小说的调子》;从维熙的《偶读〈随风沉默〉——兼致郁子》。

《解放军文艺》第1期发表马继红的《军旅大风歌——评电视系列片〈边关军魂〉》。

2日,《文学报》发表李俊玉的《探求者的踪迹》(评张承志的《心灵史》)。

3日,《人民文学》第1期"读者之声"栏目发表《石油勘探工作者的真诚颂扬》;《〈在镰刀斧头的旗帜下〉轰动二汽》;《一曲殉道者的赞歌》。

4日,《文艺报》第1期发表赵则训的《时代的画卷 人民的心声——读〈沙汀文集〉》;聂雄前的《现代文化背景下的道德世界——读谭谈的〈空镜·素描〉》;客人的《评彭颂声的〈心里充满着爱〉》;程思的《由"自我推销"想到的》;刘润为的《谈谈文学中的影射问题》;袁志冲的《也谈艺术形式与"载体"——与林焕平同志商榷》。

《团结报》发表袁晓院的《海峡两岸汉字学术交流会纪盛》。

5日,《北方文学》第1期发表张孝军的《漫步心灵的芳草地——黑龙江五位青年作者散文印象》。

《当代文坛》第1期发表邓时忠的《理性批判精神的失落——新写实主义与现实主义之比较》;尹鸿的《外来影响与中国新时期荒诞小说》;林为进的《小说任是由人写——〈洗澡〉启示录》;肖开愚的《孙静轩诗歌谈片》;夏文的《略谈〈省城轶事〉的人物塑造》;曾镇南的《评达夫的散文诗》;孔凡岑的《力图超越的呼唤——评中篇小说〈天火〉与〈狼狗〉》;山杉的《旋转的星辰——读孙建军诗集〈善

良的孩子〉》；半夏的《读〈十七岁少年〉致金平》；尹在勤的《寻你的乡情——致诗友张大成（代序）》；黄国柱的《诗人面对永恒——读诗集〈都市村庄〉》；银甲的《诗，抒发真情——读组诗〈高原晨曲〉》；尔龄的《关于〈扶贫纪事〉的思考》；刘建平的《在现实与历史的交叉点上——评中篇小说〈十步街〉》。

《莽原》第1期发表鲁枢元的《心态 视野 手法》；孙荪的《文学的太阳》；王鸿生的《文学断想录》。

《四海—台港海外华文文学》第1期发表王淑秧的《性格的鲜明塑造与多层次的艺术对比——读李蓝的〈红唇〉》；白舒荣的《〈海之歌〉——爱之歌，诗人的人格——读郭枫〈海之歌〉》。

《修辞学习》第1期发表王十禾的《诡谲的世界：古龙小说二题》。

《厦门文学》第1期发表谢春池、姚兆平、朱水涌、徐学的《交流·根·新的期待：中秋前夕，关于台湾文学的漫谈》。

6日，《河北文学》第1期发表王珂的《纯景·纯情·纯诗——论刘毅的抒情艺术》。

7日，《天津文学》第1期发表宋贵生、杨剑龙、高小康、阳晓儒的《当代文学审美四人谈》；卢今的《透过纷繁多样的爱情悲剧——对近年来一些小说所反映的婚恋问题的思索》。

10日，《小说林》第1期发表蒋巍的《时代呼唤着巨人和史诗——纪念毛泽东同志〈在延安文艺座谈会上的讲话〉发表50周年》；何国平的《孟庆华创作管窥》；程树臻的《不算印象的印象——孟庆华素描》。

《中国作家》第1期以"秋山红叶话中篇"为总题，发表雷达的《小说的活力与当代现实》，张韧的《潜流的追求》，冯立三的《肖克凡笔下的市民社会——读〈都是人间城郭〉》，白烨的《神性传说中的人性隐秘——读高建群的〈雕像〉》，林为进的《耐看〈御花园〉》，牛玉秋的《执着追求 日臻成熟——〈中国作家〉1991年中篇小说概观》；同期，发表冯牧的《我和苏策》；何启治的《夕阳风采——韦君宜素描》。

《北京文学》第1期"北京作家"栏发表《李克小传》，李克的《生活、创作的回顾》；赵成的《地下 水上 高山——作家李克印象记》；同期，发表刘友宾的《乡土文学：多种艺术形态的追求——贤浩小说引发的思考》；苗雨时的《工人阶级的歌手》。

《诗刊》第1期发表《王震与臧克家同志的通信》;伊娃的《读者意见调查综述:礼尚往来》;吴开晋的《感觉的变形与诗歌语言的新奇》;向明的《三写夕阳》;杨光治的《从席慕容、汪国真到洛湃——初谈新诗潮》。

《雨花》第1期发表陈辽的《写出青年作家的"这一个"——读〈江苏青年作家论〉》。

《读书》第1期发表许纪霖的《现代性的反省》;朱学勤的《六十年代的教育危机和八十年代的话语破译》;王蒙的《"缘木求鱼"》。

《当代文学研究资料与信息》第1期发表马德俊的《充满古典情趣的现代诗:读台湾青年诗人杨平的〈空山灵雨〉》;马相武的《值得大陆重视的两位香港诗人》。

11日,《文艺报》第2期发表张学新的《文学与革命同步——喜读〈王林选集〉》;刘士杰的《如火诗情赞高原——读晏明诗集〈高原的诱惑〉》;刘润为的《传统与新变之间的探索——评石英的长篇小说〈密码〉》;郭志刚、章无忌的《孙犁和文坛风云》;别道玉的《简论谢璞的儿童题材创作》;张继楼的《开掘校园生活的诗美——谈蒲华清的校园朗诵诗创作》;王志清的《属于孩子们的纯情——王慧骐〈十七岁的天空〉散论》。

12日,《中流》第1期发表王震的《认真办好〈中流〉》;胡可的《悄然来临的话剧高潮》;徐英、熊炬的《大众化的诗路在延伸》;刘绍棠、陈守礼的《作家通信》。

15日,《文艺争鸣》第1期专栏"文艺广角·当代戏剧笔谈"发表王肯的《中国戏曲的创作思维》,陆炜的《关于新时期歌剧发展的思考》,胡星亮的《新时期"探索派"戏剧观论》;专栏"文艺百家·刘震云小说讨论会"发表白烨的《生活流·文化病·平民意识——刘震云论》,王必胜的《刘震云的意义》,潘凯雄的《此系身前身后事 倩谁记去作奇传——刘震云小说漫评》,陈晓明的《漫评刘震云的小说》,刘震云的《整体的故乡与故乡的具体》;同期,发表李洁非的《小说学的演进:历史和方法》;洪峰的《相遇——关于胡昭》。

《文学评论》第1期发表敏泽的《时代的强音 民族的脊梁——读〈沂蒙九章〉》;雷达的《历史的人与人的历史——〈少年天子〉沉思录》;韩瑞亭的《〈金瓯缺〉艺术创造成就初谭》;凌力的《路漫漫其修远兮》(创作谈);陆星儿的《心灵与文学的相伴相辅》(创作谈);周大新的《漫说"故事"》(创作谈);严昭柱的《论"文学本体论"》;肖向东、赵歌东的《"中国当代文学:大陆与台湾"学术座谈会侧记》。

《长城》第 1 期发表宋遂良的《苦涩中也有温馨——〈下个星期天〉读后》;张根树、李屏锦的《高扬时代主旋律的动人乐章》。

《江南》第 1 期发表谭新的《悲苦的喜事——漫评中篇小说〈外婆比我年轻〉》;林斤澜的《我的创作历程》。

《钟山》第 1 期发表张颐武的《"人民记忆"与文化的命运》;木弓的《"自我"的消解》;丹晨的《生命的歧路》。

《修辞学习》第 1 期发表王十禾的《诡谲的世界:古龙小说二题》。

16 日,《文学报》发表毛时安的《差距仅在半目之间——关于几部反映上海生活的中长篇小说》;舒戴之的《文艺评论的导向作用》;《活跃文艺评论　推动文艺创作——本报文艺评论座谈会纪要》;潘向黎的《梦与现实的界限——黑孩〈罗曼隐情〉解读》;段慧芬的《我别无选择》(创作谈)。

18 日,《文艺报》第 3 期发表杨品的《改革:"龙舆"和"看不见的手"的冲突——中篇小说〈龙舆〉的价值》;贝力的《一篇张扬雷锋精神的诗报告——读王恩宇的〈李放之歌〉》;江晓天的《奋起与命运抗争的人——读长篇小说〈无定河〉》;思力的《加强文艺评论工作　促进社会主义文艺的更大繁荣——文艺评论研讨会综述》;唐因的《真诚的探索——〈巴金美学思想论稿〉读后》。

20 日,《小说评论》第 1 期发表赵俊贤的《执著探求的小说艺术家——为杜鹏程创作学术讨论会作》;费秉勋的《杜鹏程创作特质论》;周艳芬的《传统与现实之间——"新写实"与传统现实主义小说比较论》;王力军的《新时期小说创作的非理性主义倾向论评》;陈瑞琳的《野火·荒原——邹志安爱情小说创作心理透视》;肖云儒的《贺抒玉小说印象》;聂震宁的《高扬一面爱的旗帜——王棚中篇小说集〈黑牡丹和她的丈夫〉》;缪俊杰的《从新的视角观照人的生存本相——评杨雪萍"特区移民故事"系列小说》;朱向前的《刘宏伟在这里寻觅什么——评长篇小说〈寻寻觅觅〉》;龙彼德的《人生的意义在于追求——评夏真、王毅的两部长篇小说》;李士德的《乡土小说创作的可喜收获——评王长元的小说集〈野村风流纪实〉》;李小巴的《〈幻想与现实〉印象》;王宝成的《致李小巴》;李星的《苦闷与追求:一代人的精神历程——对蒲冬林形象的一种阐释》;杜鹏程、段国超的《历史真实和艺术虚构的统一——杨立峰长篇历史小说〈腥秋〉》;许文郁的《爱的注视与理性的审视——论阎国强的小说》;刘建军、段建军的《情节与生命》(第 2 期续完);于雨的《市井生活　文化氤氲——读冯苓植〈茶楼轶事〉》;容崇的《意味深长的人生悲剧——读方方〈桃花灿烂〉有感》；初雪的《空门中的滚滚红尘——读何祚欢的〈栖云寺晨钟〉》；虞邑的《富有者的悲哀——读蒋杏的〈鱼王〉》。

《上海文论》第 1 期发表周来祥的《辩证思维方法与当代马克思主义美学、文艺学理论体系》；方克强的《新时期文学人类学批评述评》；叶舒宪的《破译与重构：原型批评的发展趋向》、《从"千面英雄"到"单一神话"——坎贝尔神话观述评》；倪文尖的《女人"围"的城与围女人的"城"——〈围城〉从小说到电视剧》；郑向虹的《作为现代神话的电影》；戴锦华的《〈人·鬼·情〉：一个女人的困境》；王璞的《关于〈剪纸〉的断想》；施圣扬的《寻常家语写华章——乔忠芳散文集〈路……〉序》；鸣亚的《沉潜往复　从容含玩——读张振华〈第三丰碑——电影符号学综述〉》。

《清明》第 1 期发表徐志啸的《城市文学的新探索——谈蔡其康的系列中篇〈闯上海〉、〈上海梦〉》。

《暨南学报（哲学社会科学版）》第 1 期发表饶芃子的《中泰文化融合与泰华文学个性》；翁光宇的《〈千山外，水长流〉与〈桑青与桃红〉文体比较》；潘亚暾的《林燿德论》。

21 日，《文艺研究》第 1 期发表江业国的《毛泽东文艺思想的典型观》；骆寒超的《论艾青诗的意象世界及其结构系统》；丁荫楠的《制作电影〈周恩来〉的几点想法》；蔡骧的《再谈电视剧的创业与创新》。

23 日，《文学报》发表魏明伦的《新诗审美嬗变说》。

24 日，《文艺理论与批评》第 1 期发表李希凡的《从理论高度上总结经验教训——在全国新时期文艺论争学术讨论会上的致词》；陆梅林的《回顾过去　展望未来——近十年来文艺理论论争一瞥》；郝孚逸的《对当前文艺论争的一些看法——从〈新时期文艺论争辑要〉说起》；一弘的《全国新时期文艺论争学术讨论会综述》；范咏戈的《历史与人：经炼狱到天堂之门——评长篇小说〈第二个太阳〉》；王长贵的《评小说〈坚硬的稀粥〉》；陈晓东的《岁月沧桑　诗心不老——评廖代谦诗集〈不老的猎户星座〉》；吴慧颖的《社会主义文学不能降旗易帜》；潘亚暾的《东西华文文学面面观》；谢福铨的《犁青情寄山水——论犁青的山水诗》。

25 日，《文艺报》第 4 期发表魏巍的《我的散文——〈魏巍散文选〉自序》；齐柯的《人是他作品的中心——读张步真的〈诗友〉》；纪鹏的《精思·凝重·耐读——杨子敏〈回音壁〉读后》；金石开的《大时代的歌者——陈焕仁创作片论》；王长贵的《评小说〈坚硬的稀粥〉》；潘涌的《从花岗岩的诗到语言的诗》；夏锦乾的《面对时代：更冷静地探索——陈继光长篇新作〈做梦也想不到〉读后》；生晓清的《难以拒绝的诱惑》（论微型小说）。

《文艺理论研究》第1期发表金国华的《当代大众文艺：反拨、沉沦与拯救》。

《当代作家评论》第1期以"评论之评论"为总题，发表李子云的《苦难的升华——评于青〈女性文学评论集〉》，张德祥的《评张志忠的〈莫言论〉》；同期，发表谢冕的《我们面对一个海》；郭风的《关于冰心景象》；王蒙的《光明澄净　如归故乡——谈冰心早期的散文小品》；舒乙的《冰心和文学研究会》；以建的《话语的迁徙——读〈冰心近作选〉》；杨流昌的《人同世纪寿　心与天地齐——记冰心奶奶》；杨劼的《"对话"愿望的复始——新潮小说式微之后》；王光东、杜新华的《温情·自娱——论近年小说创作中的二种倾向》；谭学纯、唐跃的《新时期小说语言变异的运动轨迹》；毛浩、李师东的《文坛走向略论》；蒋子龙的《签名售书的诱惑》；朱大可的《无边的聒噪》；陈晓明的《北村的迷津》；王长安的《风光只在有无中——陈源斌小说的故事形态》；洪治纲的《故事：小说叙述的意义符号——陈源斌近作拆析》；朱向前的《半部杰作的咏叹——朱苏进和〈炮群〉联想录》；王彬彬的《残雪、余华："真的恶声"？——残雪、余华与鲁迅的一种比较》；孙郁的《〈海土〉的意义》；何西来的《评庞泽云的小说创作》；张新颖的《灵视之域——罗门诗主题论述》；陈奋武的《黄文山》。

《海峡》第1期发表吴奕锜的《当代台湾散文发展纵览》；季仲的《台湾文学研究的丰硕成果——评〈台湾文学史〉（上卷）》。

《团结报》发表陈漱渝的《她希望葬在母亲的墓旁：台南访苏雪林教授》。

26日，《小说》第1期发表张炯的《向更宽广的艺术世界开拓——读〈公关小姐外传〉》；《毕四海作品讨论会纪要》。

27日，《文学自由谈》第1期发表叶君健的《涉足儿童文学之初》；史铁生的《一封信》；俞天白的《上海人，无法定格的形象》；陈建功的《我看〈从实招来〉》；叶辛的《小说叙述的角度》；高红十的《抡圆了侃》；路遥的《李星：拥有生活的批评》；孙绍振的《陈仲义的〈嬗变与整合〉》；张中行的《散文的领域》；刘继明的《呼唤朴素的诗歌》；王家斌的《海狼的呼唤——中国海洋文学巡礼》；李明泉、向荣的《小说的时间意识》；赵统斌的《一种叙事模式的终结》；罗绍权的《杂文的崛起与文学史的不屑》；王从学的《雄浑壮阔的历史画卷——评黄济人长篇新作〈重庆谈判〉》

（上卷）》；王春林、张莹的《人和历史的悖反与错位——读中篇小说〈传说之死〉》；黑孩的《杨泥近期小说》；陈骏涛的《〈金庸小说赏析〉读后》；曹纪祖的《生命的昭示》(评樊雄的诗歌)；伍立杨的《文章烟月——何立伟小说的诗的气质》；金石开的《大时代的歌者》(评陈焕仁的小说)；张志民的《质朴浑厚的歌》(评日升的诗集《岁月之窗》)；单正平的《难得通俗》(评林希的小说)；刑小群的《觉醒后的困惑——致陆星儿》；郑宗培的《读严力小说》；金梅、李玲修的《沧海横流　英雄本色》(创作通信)；张春生的《文风：潜在的人格》；傅春生、吴洪森的《假作真时真亦假》(评王安忆的中篇小说《叔叔的故事》)；吴义勤的《王安忆的"转型"》；陈骏涛的《〈金庸小说赏析〉读后》；张哲明的《亦舒小说与中年男女》；王璞的《也斯的〈剪纸〉》。

本月，《小说月报》第1期发表宫瑞华的《接天莲叶无穷碧　映日荷花别样红——首届经济特区文学创作笔会暨研讨会综述》；方敏的《红蟹的启示》。

《红岩》第1期发表胡德培的《抗日风云与王火艺术——读〈战争和人〉随感》；冯宪光、苏丁的《体味人生　涉笔成趣——四川部分青年作家创作散论》。

《作品》第1期发表朱安的《现代派与晦涩》；艾彤的《笔墨常新与生活常新》；张绰的《杜埃作品的海外情思》；游焜炳的《寻求史与美、雅与俗的交合——余松岩长篇历史小说〈地火侠魂〉谈片》；温波的《荒唐岁月悲喜剧的审美观照——杨干华长篇小说〈天堂挣扎录〉研讨会综述》。

《青年文学家》第1期发表文耕夫的《时代感、责任心及任务——〈荒原上的故事〉读后》；金呈祉的《团结奋斗，进一步开创文艺创作新局面》；赵宪臣的《激越而动听的组歌——读报告文学集〈太阳骄子〉》；王新弟的《笔底春秋　脚下人生——记著名剧作家郭大彬》。

《萌芽》第1期发表罗洛的《序金宇澄小说集〈迷夜〉》；茹志鹃的《不能忽略的一位——序蒋丽萍小说集〈掠过四达别墅的影子〉》；张贤亮的《有感无序——序郑柯小说集〈战争的故事〉》；叶辛的《序王小克小说集〈寻找你的鸽子〉》；王振科的《"马华文学"漫谈》。

《殷都学刊》第1期发表李启仁的《哑弦诗歌印象》。

《语文教学与研究》第1期发表彭显忠的《林语堂并非反动文人》。

本月，中国华侨出版社出版梁若梅的《陈若曦创作论》。

漓江出版社出版王弋丁、陈运佑主编的《风展红旗如画：毛泽东文艺思想再学习》。

陕西人民出版社出版冯肖华的《当代批评家评介》。

广西教育出版社出版黎运汉、李剑云的《秦牧作品语言艺术》。

2月

1日,《山西文学》第1期发表高岸的《花借美人红——从细节到全篇》;唐栋的《杂言碎语说短篇》;石页的《故事的魅力及其他》;赵园的《大地之歌》。

《文艺报》第5期发表沈培新的《一曲抗洪正气歌——读〈1991安徽抗洪纪实〉》;刘志洪的《一种饶有意味的挑战——评"汪国真诗歌效应"》;范万钧的《谨防上当——范小青长篇新著〈天砚〉读后》;苏格的《人情温热的辐射——读〈我的主治医生〉》;蒯天的《红月亮的印象——读黄强诗集〈红月亮〉》;洪明的《促进创作繁荣的一种手段》。

《作家》第2期发表王彬彬的《当代文学为何必要——对一种检验当代文学尺度的检验》。

《解放军文艺》第2期发表丛文的《圣火不熄　真纯依旧——1991年部队文艺创作成果巡礼》;王蒙的《我看朱向前论文——序〈灰与绿——朱向前文学批评〉》。

3日,《人民文学》第2期"读者之声"发表车吉心等的《沂蒙精神的赞歌》。

5日,《湖南文学》第2期发表伍振戈的《当代城市青年的心灵投影》;何力柱的《静悄悄的崛起》;武振戈的《当代城市青年的心灵投影——裴建平、为何小说创作比较谈》。

6日,《河北文学》第2期发表刘俐俐的《我们向小说要求什么?——近期小说创作印象》。

7日,《天津文学》第2期发表李运抟的《胜利与代价——论当代小说的观念性人物形象》;高小康的《同贝多芬以"你"相称——当代大众的古典趣味》。

10日,《北京文学》第2期"北京作家"栏发表《钱小惠小传》,钱小惠的《耕耘小记》,陈允豪的《从大众中来　到大众中去》。

《诗刊》第 2 期发表周良沛的《绿原的诗》;邹荻帆的《箴言、寓言、哲理与追求——读〈呵,红罂粟〉》;石天河的《沉郁与奔突的诗风——读王志杰〈深秋的石榴花〉》;梁南的《"诗家语"纵横谈》;丁芒的《言不及艺》;晓钢的《"获得记忆"——法国诗歌狂欢日速写》。

《读书》第 2 期发表李锐的《毛泽东早年的两首诗》;程麻的《夏娃们的义旗》;王蒙的《九死未悔的郑重》;柳苏的《香港文学和消费文学》。

《阅读与写作》第 2 期发表卢斯飞的《少年情怀总是诗——洛夫的抒情短诗欣赏(一)》;常健的《悠悠人生路 绵绵故国情——读海外作家赵淑侠〈小路上的岁月〉手记》。

《写作》第 2 期发表魏星的《午夜的"风景"——读台湾简政珍诗作〈火〉》。

12 日,《中流》第 2 期发表王昌定的《一位革命作家走过的路——读〈一个小说家的自述〉》;梵杨的《从〈栗色马〉想到诗人气质》。

15 日,《文艺报》第 6 期发表刘润为的《"人生为众人,价值在奉献"——评〈七松魂〉兼及英雄性格的审美把握问题》;柯蓝的《令人瞩目的校园散文——校园散文诗集序》;喻晓的《他在为默默奉献的士兵立传——读邓绪东的报告文学集〈云上,山上,浪上〉》;巴乔的《辉煌使短暂变得永恒——读中篇小说〈这里的沙漠五彩缤纷〉》;殷实的《刘业勇诗集〈绿兵〉读后》;未青的《资产阶级自由化与文艺多元化》;严麟书的《从现实中发掘出真理的火花——林淡秋小说创作的时代感》;那沙的《秋浦新韵——序〈"集团军"进行曲〉》;封秋昌的《人生体验的理性升华——评郁葱诗集〈生存者的背影〉》;马石利的《路在脚下——读徐光荣长篇报告文学〈烹饪大师〉》。

17 日,《作品与争鸣》第 2 期发表司马汤汤的《疯潮滚滚为哪般?——读〈邮市疯潮录〉有感》;李小虹的《甘蔗林:香甜与严峻——评〈开垦甘泉的北和人〉》;菲文的《一篇虚假平庸的小说》;门和平的《一个当代中国女人的喜悲剧——评小说〈都市的骚动〉》;祁志祥的《切忌,作家与人物的"错位"》;张首映的《系列小说的魅力》;李万武的《评"新写实主义"的理论鼓吹》(原载《文艺理论与批评》1991 年第 6 期)。

20 日,《当代》第 1 期发表黄献国的《超越苦难:鼓乐世家的喜剧风格》。

《广东社会科学》第 1 期发表苏卫红的《孟紫的小说世界》。

《福建论坛》第 1 期发表陈天庆、张超的《"说老实话"的三种艺术境界——聂华苓长篇小说漫论》;陈辽的《开创和奠基之作:评〈台湾文学史〉》。

22日,《文艺报》第7期发表聂大江的《创作无愧于伟大革命历史的革命史剧》;高深的《选择食品的标准语文艺批评》;咏康的《新时代的"木兰诗"——读王宗仁〈女人,世界屋脊上新鲜的太阳〉》;冯牧的《为时代传神　为民族写照——序高建国的中篇报告文学集〈地球第一雕塑〉》;白崇人的《我读〈洼树棺〉》;罗公元的《回肠荡气的潮音——刘湘如报告文学集〈国魂〉读后》。

《新文学史料》第1期以"沉樱研究"为总题,发表田仲济的《沉樱去台湾以后》,林海音的《念远方的沉樱》,琦君的《一回相见一回老》,罗兰的《天之涯,地之角》,张秀亚的《艺术的沉樱》,杨洪承的《沉樱著译年表》。

28日,《台湾研究集刊》第1期发表王宗法的《论当代台湾文学的文化主题》;周林的《〈白先勇论〉与鲁迅研究——读袁良骏新著的一点启示》。

29日,《文艺报》第8期以"《希望在南方》四人谈"为总题,发表蔡葵的《希望在改革》,西南的《为改革鼓与呼》,李炳银的《作家的慧识和责任感》,丁临一的《人物塑造与理知生活》;同期,发表木弓的《〈第二草国〉:一部具有科学意识的报告文学》;邹建军的《红杜鹃的雕塑者——评丁永淮诗集〈杜鹃红〉》;碧森的《自然的飞翔——读〈凉山的风〉》。

《上饶师范学院学报》第1期发表潘亚暾、汪义生的《东西方华文文学论》。

月底,《名作欣赏》第1期发表张放的《布谷比不上杜鹃啼:就余光中〈布谷〉与商榷者商榷》;赵铭善的《情之一字,维系乾坤:读萧丽红长篇小说〈千江有水千江月〉》。

本月,《小说月报》第2期发表张欣的《记录生活而已》。

《小说界》第1期以"我看小说"为总题,发表蒋子龙的《小说小说》,韩少功的《灵魂的声音》,叶文玲的《酸甜苦辣说小说》,彭见明的《小说无定法》;同期,发表赵丽宏的《失踪的古语——关于〈槟榔村纪事〉》。

《小说家》第1期发表刘大枫的《"裁判"感言》;李书磊的《权作裁判》;李炳银的《以文代票》;余世存的《进入人心的表现》。

《文艺评论》第1期发表陈晋的《英雄风骚与心路历程——毛泽东与中国文艺之六(下)》;金健人的《叙事者的叙事功能》;东耕、政玺的《构筑"黑土文化"的基石——黑龙江艺术创作群体论》;王俭美的《文艺心理学:与二十二位作家的对话与潜对话》;何向阳的《部落与家园——近年小说的一种文化倾向》;兰爱国的《当代文学中的"头人"形象论》;蔡宇知的《小说家的批评和批评家的小说——文学"反串"的可能、特点及其他》;阎新华的《新写实:本真的存在与琐碎的方式》;

李运抟的《从众:安危同在的选择——当代小说平民形象论之九》;临轩的《黑龙江青年诗人扫描》;戴洪龄的《〈北极村童话〉与〈原始风景〉》;彬彬的《偶思长短录》;庞壮国的《雪花诗话》;代迅的《语言的可靠性及其限度》;历剑的《当代喜剧小品审美特征之我见》。

《当代作家》第1期发表刘富道的《从〈六指龙〉夺魁说起》;杨昌江的《〈老街〉,一部成功的市井民俗佳作》;吴双的《老舞还能跳出新鲜》。

《作品》第2期发表胡德培的《找区别 求独特——艺术规律探微》;唐挚的《释"化机"》;艾彤的《有趣加有益》;申家仁的《从老诗人的困惑谈起》;林扬的《自由的心灵 文化的熏染——评饶芃子评论集〈文学批评与比较文学〉》;丰杰的《寻求"纯"与"俗"的结合》。

《萌芽》第2期发表施蛰存的《书〈徐芳诗选〉前》;也斯的《熟悉与陌生——读王璞小说印象》。

《台声》第2期发表陈辽的《开创和奠基之作:评〈台湾文学史〉》;白少帆的《志〈台湾文学史〉刊世》。

《语文月刊》第2期发表古继堂的《台湾文学中的女性意识(上)》。

《中国文学研究年鉴1988》出版古继堂的《台湾的文学研究概述》。

本月,百花文艺出版社出版滕云等编的《孙犁作品评论续编》。

中国社会科学出版社出版[美]昂利·拜尔编、徐继曾译的《方法、批评及文学史:朗松文论选》。

电子科技大学出版社出版王少青编著的《毛泽东文艺思想论稿》。

花城出版社出版古远清的《海峡两岸诗论新潮》。

3月

1日,《山西文学》第3期发表张德祥的《乡土情感与理性精神——关于农村题材小说断想》;青苗的《小说散论》。

《上海文学》第 3 期发表张业松的《写实内外——说刘震云》；郭小东的《童年的死结》。

《作家》第 3 期发表吴亮的《剧院与梦乡——城市场景分析之二》。

《解放军文艺》第 3 期发表赵琪的《徘徊中的军旅小说》。

《河北学刊》第 1 期发表李莘：《超脱入世　言情寓理：谈亦舒言情小说的两面性》。

《上饶师范学院学报》第 1 期发表潘亚暾的《东西方华文文学论》。

3 日,《人民文学》第 3 期"读者之声"栏发表刘培亮等的《震撼心灵的乐章》。

4 日,《山东文学》第 3 期发表邱勋的《〈天外有雨〉读稿札记》。

《团结报》发表陈漱渝的《飘飘何所似,天地一沙鸥——台湾女作家三毛冥归周年祭》。

5 日,《北方文学》第 3 期发表袁元的《偷得一点平常心——读〈北方文学〉1991 年 12 期(散文专号)》。

《当代文坛》第 2 期发表艾斐的《对"寻根文学"的社会思考和美学探询》；张学军的《新时期散文化小说论》；江永长的《诗的形式结构——时态　意象　语言》；杨匡汉、杨匡满的《地之子的歌吟——为"1991·艾青作品国际研讨会"而作》；冒炘、庄汉新的《情·理·诗的熔炼与升华——袁鹰散文论》；曹家治的《贾平凹散文新变简论》；卢人的《李门和他的文学创作》；范锐的《对当代"多余人"心态的透视——评陈村的中篇小说〈愿意〉》；黄树凯的《"川军"的一次集团冲锋——〈萌芽·四川青年作家新作专号〉小说巡礼》；齐欣荣的《李林樱报告文学简评》；张学梦的《皈依与超越——〈叶延滨诗选〉读后》；张德义的《选择的困惑——王庆小说漫评》；肖向东的《近水楼台先得月,欲识真月须放目——也谈当代文学写"史"问题兼与熊忠武同志商榷》；张奥列的《〈关山月传〉：漫漫情思满关山》。

《莽原》第 2 期发表于友先的《进更时代步伐　繁荣我省文学事业——在河南省作家协会第二次代表大会上的祝辞》；阿海的《乡村题材与如歌行板——从对孙希彬小说的印象谈起》；杜田材的《试论河南现当代文学语言的发展流脉与审美创造》；耿占春的《生活空间与实践幻想——读〈枯树的诞生〉与〈南方旧梦〉》。

《湖南文学》第 3 期发表胡良桂的《一块孕育大作家的热土》；蒋三立的《时代

需要开辟诗的新领域》。

《四海—台港海外华文文学》第2期发表赵朕的《语言基调：质文相映的胜质：海峡两岸小说比较谈》；庄美华的《从银梦到桃花源——郭良蕙的〈缘来缘去〉》；张诗剑的《南来的诗群》；阿红的《汉俳风情——序晓帆的〈迷朦的港湾〉》；徐学的《斩不断的乡愁——台湾探亲散文评析》。

6日，《河北文学》第3期发表曹明海的《创新并突破散文的华严世界——读郭保林的散文》。

7日，《文艺报》第9期发表刘金祥的《也是普罗米修斯——评报告文学〈完达山麓的傻子〉》；黄国柱的《描绘一代青年真实的道德风貌——读杨泥小说一得》；袁鹰的《序〈一个"情"字谁能丢〉》；张同吾的《土地滋润的事情——谈赵日升的〈岁月之窗〉》；曾加的《叶败仍含翠　花残不改黄——读中篇小说〈晚节问题〉》；刘彦广的《批评中的文本与历史——从〈理想主义的终结〉一文看"文本主义"批评的极端发展》；迟墀的《战斗者的风格——读〈苦斗集〉》。

《天津文学》第3期发表吴秉杰的《文化的讽刺》；橡子的《世纪末诗歌的情感衰微》。

10日，《小说林》第2期发表袁元的《不能归航的水手——姜育恒的歌与孙少山的小说》。

《中国作家》第2期公布《中国作家》1991年度中篇小说评选获奖篇目；同期，发表铁凝的短篇小说《孕妇和牛》；池莉的短篇小说《预谋杀人》；同期，发表赵玫的《铁凝的故事》。

《北京文学》第3期"北京作家"栏发表《赵大年小传》，赵大年的《惭愧的幽默》，白崇人的《大器晚成的赵大年》；同期，发表王遇按的《晓白创作跟踪录》。

《时代文学》第2期发表周政保的《〈祭奠星座〉阅读札记》。

《诗刊》第3期公布《诗刊》1991年度优秀诗文评奖获奖名单；同期，发表《呼唤诗魂——兼论"新诗潮"、"后新诗潮"的美学误区》；陈绍伟的《新诗躲过转折期后的亮点——读1991年〈诗刊〉的作品随想》；弘征的《将军本色是诗人——读〈萧克诗稿〉》；纪鹏的《〈菊花诗情〉读后》；钟艺兵的《赤子之心——观"闻山百诗书画展"》。

《雨花》第3期发表黄毓璜的《读陈道龙作品随感》。

《读书》第3期发表蔡测海的《微型世界》；莫多的《梦幻和财富》。

《阅读与写作》第3期发表刘屏的《耐人咀嚼的石榴——台湾诗人舒兰诗〈石榴〉欣赏》。

《当代文学研究资料与信息》第2期发表安兴本的《八十年代台湾女性小说创作概况与发展趋势》；古远清的《散文研究在台湾》。

《徐州师范学院学报》第1期发表张北鸿的《香港文学概论》。

《语文月刊》第3期发表王淑秧的《灵魂的惩罚与构思的巧妙——读陈映真的〈文书〉》。

12日，《中流》第3期发表伍修权的《国际主义的颂歌　民族精神的体现——报告文学〈中国团在俄罗斯〉序言》；曾镇南的《苍苍莽莽自雄奇——读〈胡绳诗存〉》；杨星火的《好!〈共产党员自白诗〉》；舜之的《论鲁迅的"不苦"和"不悔"》；王晓吟的《辛亥国魂之陶铸——谈鲁迅〈自题小像〉的写作背景》。

14日，《文艺报》第10期发表沈培新的《为现实生活鼓与呼——评陈源斌长篇纪实小说〈业绩〉》；公木的《读〈我播种心〉》；端木蕻良的《一篇绿叶——〈聚散何匆匆〉序》；张东焱的《人生的窘迫与期望——评小说〈下个星期天〉》；治芳的《唱给土地的歌》；朱立元的《现实主义的强大生命力》；张峻的《根植一方沃土——何中和他的"乡村干部系列"小说》；何香久的《凝重与飞扬——读林杉诗集〈如梦的节令〉》；王仲生的《匡燮的散文》；张燕翎的《反映现实社会内涵的京味小说——读许桂林中篇小说集〈雷震口人家〉》。

15日，《文艺争鸣》第2期发表马学良、张公瑾的《少数民族文学纵横关系论》；马原的《小说百窖》；何小娜、李书磊的《男人和女人的心灵冲突——〈辘轳、女人和井〉管窥》；颜廷奎的《涉足无人问津的荒原——评〈十字血〉》；曾镇南的《关于文化问题的几点思考》；专栏"文艺百家·李杭育作品讨论会"发表王彬彬的《李杭育论》；汪政、晓华的《李杭育与中国"文人"传统》；新雨的《观念的干扰——关于李杭育小说的对话》；李杭育的《我最近在干什么》。

《文学评论》第2期发表张韧的《寻找中的过渡性现象——新写实小说得失论》；李炳银的《生活与文学凝聚的大山——对报告文学创作的阅读与理解》；张卫中的《林斤澜创作的审美情趣》；李润新的《石英小说的审美追求》；唐湜的《诗人屠岸的〈哑歌人的自白〉》；[菲]张放的《新时期某些小说病态初探》；吴奕锜的《海内外潮人作家研讨会概述》。

《长城》第2期发表曾镇南的《从〈农家少妇〉到〈草民〉》；封秋昌的《他依然年

轻——关汝松其人其作印象》;《王宗仁青藏风景线系列报告文学作品讨论会纪要》。

《钟山》第 2 期发表王干的《马原——小说之乔》、《叶兆言——尴尬的仿古者》;黄书泉的《潘军——迟到的先锋》;吴炫的《洪峰——含混的"生命"》;肖向东的《残雪——"两个灵魂"》;李念的《刘西鸿——"风"何时再起》。

17 日,《作品与争鸣》第 3 期发表本刊评论员的《深入现实,繁荣文艺》;未水的《人民是社会主义事业的希望——读报告文学〈希望〉》;方平的《平庸低俗的次品小说——评〈离婚指南〉》;赵凤山的《复杂而又扭曲的心态——中篇小说〈离婚指南〉人物心理分析》;张锲的《让希望之光燃烧起来》(原载《后勤文艺》1991 年第 4 期);余立华的《西部军人的英雄群像——报告文学〈青藏高原之脊〉读后》(原载《文艺报》1991 年 7 月 20 日);周克玉的《在〈青藏高原之脊〉作品讨论会上的讲话》(原载《后勤文艺》1991 年第 2 期);阎新瑞的《从〈热也好冷也好活着就好〉谈起——关于池莉小说新现实主义手法的思考》;小雨的《热也不好　冷也不好——谈〈热也好冷也好活着就好〉中所表现的文化性格》;吴昊的《另有一感》(原载 1991 年 10 月 15 日《文汇报》);吴言的《令人悲哀的杂文家》(原载《中国文化报》1991 年 11 月 27 日);成志伟的《真诚、真话与真理(外一篇)》;

17—19 日,总政文化部在京召开全军文艺评论座谈会。(《解放军文艺》本年第 7 期)

19 日,《文学报》发表邹平的《幽默的三种境界——李晓小说艺术论》;徐中玉的《为评论鼓劲》;范小青的《花开花落》;向荣的《探骊得珠,意会神合——评何开四〈碧海擎鲸录〉》。

《人民日报》发表陈东捷的《由〈北京人在纽约〉想开去》。

20 日,《小说评论》第 2 期发表洪治纲的《英雄的光芒——论新时期小说英雄母题的流变倾向及其意义》;黄国柱的《军事题材小说的创新之路》;古耜的《性灵世界的多重透视——读石英的长篇〈密码〉》;杨剑龙的《写出都市社会历史嬗变中执著的爱——论王晓玉的上海女性系列小说》;刘乐群的《"俗"中展示真、善、美——漫评林希笔下的无非子、陈三与侯九爷的异同》;吴然的《于悲壮中思考的炮群——评朱苏进的长篇小说〈炮群〉》;许来渠的《试论阿宁的大学校园系列小说》;陈文忠的《〈万家诉讼〉的深度和力度》;陈墨的《长篇小说叙事艺术的新气象——读展锋长篇新作〈山陨〉》;黄益庸的《读〈天荒〉想到的》;何启治的《谱写侨乡妇女命运的变奏曲——林鼎安小说集〈爱,正在消逝〉》;周百义的《不同凡响的艺术魅力——读长篇历史小说〈雍正皇帝·九王夺嫡〉》;刀石公的《白描的功力——〈夏天的最后几朵玫瑰〉读后》;薛迪之的《保卫心灵——评〈水祥和他的三只耳朵〉》;杨桂欣的《"犹有花枝俏"——重读〈在和平的日子里〉》;周政保的《辽阔悠远的金色牧场——评金平的"西部小说"》;张毓书的《超越困惑:李君小说审美视点分析》;春生的《对经济改革生活的生动描绘——读钟道新〈股票市场的迷走神经〉》;秦西的《人生的归宿——读张廷竹〈太太〉》;冷梅的《精神的固守与孤寂——读何玉茹〈忧伤的眼睛〉》;张侯的《酸楚中的欣慰——读金萍的〈神笔〉》;周天的《〈孙犁风格论〉序》;林承璜的《论台湾的阿Q:〈锣〉中的憨钦仔》。

《上海文论》第2期以"关于江苏作家群的笔谈"为总题,发表孙津的《他们不写知青》,陈晓明的《南方的怀旧情调》,草原的《符号体验与生活体验》,张颐武的《寻访记忆的空间》,木弓的《感伤的秦淮河派小说》;同期,发表张岩冰的《接受美学研究在中国》;朱立元的《研究重心的历史性转移——西方接受美学简要述评》;姚基的《卡勒与阅读理论》;李亦中的《柯灵电影刍议》;生民的《评中篇小说〈叔叔的故事〉》;白烨的《直面国情——读近期反映改革生活的小说》;应光耀的《寻找人的终极价值——知青生涯两次回归的延续性主题》;蒋原伦的《沈乔生小说中的叙事法和语言——谈沈乔生的几篇近作》;立文的《爱,不能没有奉献——略评晨蔷的长篇新作〈我的蝴蝶兰〉》;翟墨的《陌生而奇异的叠幻——读李金安的散文诗》;罗洛的《吴天才诗序》;陈良运的《〈中国诗学体系〉跋》;黎慧的《欲望·代码·升华——大众传播媒介中的女性形象》。

《长江》第2期发表易中天的《读法与写法》;古远清的《羊羣散文诗赏析》;王新明的《诗与酒》,万文武的《但求刻意写心声》。

《花城》第2期发表苏童长篇小说的《我的帝王生涯》;陈晓明的《无望的救赎——论先锋派从形式向"历史"的转化》。

《清明》第2期发表邢海珍的《理性现实中的生死格局——陈知柏〈深情〉琐谈》。

21日,《文艺报》第11期发表蔡葵的《踟蹰人生的文学投影——读长篇小说〈他乡明月〉》;田柏的《人格力量的魅力和遗憾——读中篇小说〈村支书〉》;王臻中的《情思蕴藉 强音萦绕——评俞明〈姑苏烟水集〉》;金河的《让生活多一些爱——读〈鲁野康启昌小说选〉》;王慧骐的《诗,永远是一种发现——读刘建春的

〈五彩路〉》;黄力之的《谈谈人权与文艺》。

《文艺研究》第3期发表杨汉池的《毛泽东文艺思想与方法论》;林焕平的《深入学习〈讲话〉,繁荣文艺创作》;陆一帆的《文艺意识形态论》;刘慧贞的《试论巴金在中西文化交汇点上的矛盾心态》;潘显一的《论巴金小说的传统文化意识》;张民权的《巴金与二十世纪中国文学》;周宁的《歌与话:中西戏剧的交流与差异》;马小朝的《中西悲剧精神之比较》。

24日,《文艺理论与批评》第2期发表闻礼萍的《发展和繁荣马克思主义文艺批评》;思力的《加强文艺评论工作　促进社会主义文艺的更大繁荣——文艺评论研讨会综述》;艾农的《文艺创作的主旋律与多样化》;李万武的《"新写实主义"的意识形态选择》;康洪兴的《话剧艺术发展的新起点——对"全国话剧交流演出"的宏观审视》;霍清安的《读李瑛〈黄土地情思〉及〈戈壁海〉随想录》;蔡桂林的《笔饱墨酣唱大风——读〈沂蒙九章〉》;尤刚的《〈大地之光〉读后》;胡良桂的《〈李自成〉的史诗艺术》;罗守让的《推荐一部优秀的报告文学——〈七松魂〉读后感言》;白金的《爱,在冲撞中升华——评长篇小说〈魔鬼的锁链〉兼论作家杨润身》;仲呈祥的《1991年度:中国电视剧佳作述评》;纪鹏的《朱子奇和他的诗》;庄钟庆的《毛泽东文艺思想的活力——丁玲创作在当代文学中的独特价值》;梵杨的《从〈栗色马〉想到诗人气质》;孙宜君、毛宗刚的《台湾当代散文鸟瞰》。

25日,《文艺理论研究》第2期发表毛时安的《〈我的财富在澳洲〉和留学生文学主题悖论》。

《当代作家评论》第2期以"批评之批评"为总题,发表吴泽永的《评缪俊杰的文艺论评》;同期,发表潘凯雄的《走出轮回了吗?——由几位青年作家的长篇新作所引发的思考》;丁亚平的《结构的文学史论——由〈原型的意义群〉、〈二十世纪中国小说史〉说起》;张德林的《作家的感情倾向与艺术创造》;蒋子龙的《中国当代产业文学散论》;史铁生的《游戏·平等·墓地》;李作祥的《论罗丹——读罗丹的两部关于鞍钢的长篇的感想》;吴俊的《追忆:月光下的灵魂漫游——关于迟子建小说的意蕴》;彭定安的《女性视角的人生欢欣与惆怅——马秋芬中篇系列的意义世界和叙述范型》;韩毓海的《"悲剧的诞生"与"谎言的衰朽"——王安忆〈叔叔的故事〉及中国当代文学的艺术问题》;张京媛的《解构神话——评王安忆的〈弟兄们〉》;戴翊的《从表现和参与的真诚到体验和探究的执著——王安忆论》;段崇轩的《感情世界里的孤独漫游——吕新小说创作综论》;樊星的《苍凉之诗——吕新小说论(1989—1991)》;费秉勋的《生命审美化——对贾平凹人格气质的一种分析》;吴秀明、陈择纲的《金庸:对武侠本体的追求与构建》;焦桐的《向死而在:由死亡理解生存——叶兆言小说的文化分析》。

张国安的《望尽天涯路之后——读李昕的〈望尽天涯路〉》;孟宪忠的《世纪诗人与世纪之歌——诺贝尔文学奖诗歌漫评》。

《海峡》第 2 期发表薛晨曦的《耕耘·收获·奉献——〈台湾文学史〉(上卷)座谈会综述》;宋瑞的《呼啸和他的〈死亡弥撒〉》。

《外国文学研究》第 1 期发表张木荣的《深圳世界华文文学学会》。

《社会科学战线》第 2 期发表安兴本的《管窥与泛视——八十年代台湾文学思潮述评》。

《海南师院学报》第 1 期发表周伟民的《罗门诗世界的艺术经验》;徐永龄的《论黄维梁的文学批评意识》。

《华侨大学学报》第 1 期发表陈旋波的《论林语堂的基督教思想与中国传统文化的联系》。

《呼兰师专学报》第 1 期发表王金城的《大陆:台湾文学热的原因与启示——关于十年来一种文化现象的思考》。

28 日,《文艺报》第 12 期发表刘雪梅的《史笔与诗笔相交融的瑰丽篇章——评报告文学〈走出洪荒〉》;成志伟的《反映煤矿生活的几篇散文近作》;缪俊杰的《改革大潮下的人生世相——评杨雪萍的"特区移民故事"系列小说》;罗西的《与生活同步的〈序幕〉》;王元骧的《评文艺上的"自我表现"论》;王仲生的《一本弘扬崇高美的作家专论——评赵俊贤的〈论杜鹏程的审美理想〉》;柳倩的《我看当前的诗歌》;谢望新的《潇洒自如　新颖嬗变——读广东青年女作家张梅的小说》;洪迪的《辽阔的爱——读张德强诗集〈飘柔的情思〉》;杨光治的《深情无限的乡歌——评邓文初的诗集〈情无限〉》;桂兴华的《花开不一样——漫话当前的散文诗坛》。

本月,《作品》第 3 期发表张永枚的《言者志之苗,行者文之根》;杨羽仪的《个性——散文创作谈之四》;罗宏的《"崛起"的追求与"轰动"的诱惑——"崛起"丛谈之一》;饶芃子的《艺术感觉漫谈》;张绰的《对人物命运的哲理探索——评程贤章新作〈神仙、老虎、狗〉》;杨光治的《狭小"舞台"天地宽——谈十行诗兼评蔡宗周的〈人生旋律〉》;温波的《大异其趣的两部长篇——〈狂澜〉、〈青春无悔〉研讨会述要》。

《青年文学家》第3期发表佟石的《燃烧的火焰——谈王中国和他的诗集〈北方的火〉》。

《广西民族学院学报》第1期发表万燕的《残雪与三毛的创作心态比较》。

《语文月刊》第3期发表古继堂的《台湾文学中的女性意识(下)》。

《小说界》第3期发表江曾培的《世界华文文坛的一次整合——读〈世界华文微型小说大成〉》。

本月,江苏人民出版社出版沈劲的《十字路口的缪斯》,董健的《文学与历史》。

敦煌文艺出版社出版谢昌余的《文踪探访录》。

陕西人民出版社出版支克坚的《冯雪峰论》。

4月

1日,《山西文学》第4期发表董大中的《铺设一座彩色的桥——读报告文学集〈火、犁人间和明天〉兼谈"焦祖尧模式"》;王祥夫的《一九九一·联展》。

《上海文学》第4期发表杨扬的《重返文学史——对中国当代文学批评的一种新期待》。

《红岩》第2期发表石天河的《落潮期眺望》;陈伯君的《艺术与人生的交响(续一)》。

《作家》第4期发表曾镇南的《评王德忱的小说创作》。

《解放军文艺》第4期发表郑晖的《警钟为任重者而鸣》;刘静的《女兵文学,一块未被深掘的沃土》;许福芦的《淡远的高山》。

《散文》第4期发表莫渝的《略谈散文诗》。

《外国文学研究》第1期发表张木荣的《深圳世界华文文学学会》。

《殷都学刊》第1期发表李启仁的《痖弦诗歌印象》。

2—22日,《当代》编辑部与广西作协在广西举办了创作笔会和讲学活动。(《当代》本年第4期)

3日,《人民文学》第4期"读者之声"发表陆文蔚等的《〈沂蒙九章〉的巨大反响》。

4日,《文艺报》第13期发表姜耕玉的《叶延滨诗歌创作的足迹》;柯曼的《一代知识分子的心史——读杜为政的中篇小说〈出帖〉》;周兴华的《质朴、粗犷的黑土地诗情——读〈刘文玉诗选〉》;王聚敏的《小我大我复合的情感世界——读尧山壁的怀亲系列散文》;周申明的《在真诚探索的道路上——读白海珍〈文学探索路〉》。

5日,《湖南文学》第4期以"纪念《讲话》50周年"为总题,发表少鸿的《遥远的姜汤》;聂雄前的《那个灰坑里的孩子》;屈国新的《一件往事》;贺晓彤的《我心里的文学》;银云的《热爱 理解 倾述》;刘春来的《感谢这片土地》。

6日,《河北文学》第4期发表穆涛的《从活力到意义:郭秋良新方法的简单理解》。

《台港文学选刊》第4期发表朱水涌的《两极摆动中的体验与表现:评香港诗人梦如的〈季节的错误〉》;徐学的《台湾女性爱情散文综论》。

7日,《天津文学》第4期发表刘大枫的《文学语言的崇拜评说》。

10日,《北京文学》第4期发表木弓的《小说的自我意识与第一人称叙述》;张颐武的《小说:叙述与语言》。

《诗刊》第4期"新诗话"栏发表马立鞭的《妙哉虚出》及《借代的间接性》、《诗中贵有独得语》;同期,发表本刊记者的《繁荣诗歌创作 提高刊物质量——〈诗刊〉新一届编委会会议侧记》;周良沛的《关于诗的导向及其他》;石天河的《诗歌艺术审美解释的难题》;刘强的《现实,诗的宇宙》。

《雨花》第4期发表苏叶的《如饮醇醪——读〈福地〉》。

《读书》第4期发表孙津的《后什么现代,而且主义?》;孙郁的《彼岸的声音》;黄子平的《文学乐观主义者的自信》;潘凯雄的《"老墙"作证》;陶钧的《将矛盾提升为原理》;丁帆的《叩击死亡之门》。

《华声报》发表赵国泰的《如虹卧波的缪斯心迹:读古远清〈海峡两岸朦胧诗欣赏〉》。

《写作》第4期发表熊礼汇的《乡愁纤结何时消——台湾怀乡诗一瞥》。

《阅读与写作》第2期发表卢斯飞的《少年情怀总是诗：洛夫的抒情短诗欣赏（二）》。

《唐山师专·唐山教育学院学报》第2期发表赵朕的《海峡两岸小说现代主义手法比较谈》；邹建军的《干之以风力 润之以丹彩——读古继堂〈台湾新诗发展史〉》；林承璜的《谈柯振中小说的艺术特色》；陈贤茂的《新加坡马来西亚散文掠影》。

11日，《文艺报》第14期以"努力表现农村的变革生活"为总题，发表马烽的《生活的馈赠》，焦祖尧的《面对变革的农村》，孙谦的《重提深入生活问题》，陈登科的《忆旧感怀》，玛拉沁夫的《祝贺与希望》，冯池的《在继承与发展中前进——〈山西文学〉"农村题材小说联展"一年回顾》，崇岭的《深入生活，促进农村题材创作——"农村题材小说研讨会"综述》，段崇轩的《永驻的"厚土"——关于山西文学一个侧面的考察》，杨品的《读〈山西文学〉农村题材小说》。

12日，《中流》第4期发表本刊评论员的《摆正文艺的位置——纪念〈在延安文艺座谈会上的讲话〉发表五十周年》；何宗文的《用散文描绘今朝风流人物——论刘白羽新时期散文写人的艺术成就》；阿依的《做人要做这样的人——读〈大匠的困惑〉》。

15日，《中国图书评论》第4期发表东方曼英的《人生多艰，珍重浮生半日闲——读〈悠闲生活絮语〉》。

16日，《文学报》发表江曾培的《美学的与历史的追求——上海首届长中篇小说优秀作品评选记感》；钱谷融的《保持理智的清明》；陈宝云的《写实与写意的结合——读姜树茂长篇新著〈长乐岛〉》。

17日，《作品与争鸣》第4期发表范国华的《在历史的制高点上》；志兰的《是记者超越文学，还是文学超越记者》；凌若的《〈深圳股市风云〉的启示》；陈忠辅的《为历史记下这风云的开端》；海师的《冷峻的微笑》（以上两篇文章批评对象同上）；朱湘南的《迷失在异国他乡》；乌兰高娃的《亦喜亦忧话满足》（以上两篇文章均是批评高晓声的小说《陈奂生出国》，该作品发表于《小说界》1991年第4期）；李鸣的《彩云易散琉璃碎——读〈一个女孩的浪漫股市〉》；雍向前的《一篇空虚无聊之作》（批评对象同上）；金圣的《关于新写实主义小说的主题与创作倾向》；布白的《为"性自由"、"性解放"推波助澜的〈习惯死亡〉》。

18日，《文艺报》第15期发表侯大康的《唱给特区护花神的歌——读长篇报告文学〈鼓浪世界〉》;来华强的《霜叶红于二月花——读孙犁的〈耕堂读书记〉》;曹明海的《境界·风韵·气度——读郭保林的散文》;晓冰的《粤北听涛——〈神仙·老虎·狗〉读后》;田柏的《情感与道德的两难抉择——读徐卓人的长篇小说〈蜗人〉》;王世德的《关于"〈讲话〉后现象"——纪念〈在延安文艺座谈会上的讲话〉发表五十周年》;侯振岩的《第一位的工作——学习毛泽东同志〈在延安文艺座谈会上的讲话〉的一点体会》。

20日,《暨南学报(哲学社会科学版)》第2期发表管林的《赴美华人的血泪史诗——试论天使岛诗歌》。

《福建论坛》第2期发表闻毅的《民族共质与地方特性:台湾文学性质论析》。

25日,《文艺报》第16期以"进一步繁荣公安题材文学创作"为总题,发表励笙的《增强品位意识 促进"公安文学"的进一步繁荣——"公安题材文学创作讨论会"综述》;何锋涛的《为"公安文学"的理论建设而努力》。

《社会科学战线》第2期发表安兴本的《管窥与泛视——八十年代台湾文学思潮述评》。

27日,《文学自由谈》第2期发表荒煤的《了解人·熟悉人——重温〈讲话〉》;南任的《文艺为什么人的问题,是一个根本的问题——重读〈在延安文艺座谈会上的讲话〉有感》;冯牧的《关于中国报告文学的发展》;木弓的《怀念爱情小说》;贺兴安的《文学的"真"情》;康洪伟的《小说创作的一种走向》;黄秋耘的《小题材与大作品》;何立伟的《致友人》;石楠的《我写〈一代名优舒绣文〉》;王英琦的《散文情感的价值蕴含》;安波舜的《评叙四则》;谢冕、严家炎等的《无可回避的省思——记一次文学理论批评研讨会》;黄泽新、柴德森的《〈黑色日记〉讨论记》;谢子影的《个体经验的窘境——长篇〈米〉的另一种解读》;张凤珠的《从〈我与地坛〉看史铁生》;刘友宾的《陈建功:困境中的沉默》;丁少颖的《一边落寞 一边快乐》(评丁蔚文的诗);管卫中的《一个文学批评者的困惑》;陈忠实的《〈风雪娘子关〉阅读笔记》;陈晓明的《〈风琴〉——后悲剧时代的抒情风格》;王干的《社会、心理的多重变奏》(评沈乔生的小说);谢海扬的《〈花雕〉阅读记》;魏志强的《读〈黑暗中的眼睛〉》;东瑞的《温绍贤系列长篇的成功》;古远清的《简评〈从台湾看大陆当代文学〉》。

30日,《安徽师大学报(社会科学版)》第2期发表陈庆元的《台湾〈竹枝词〉散论》。

本月,《小说月报》第 4 期发表史铁生的《谢幕》。

《小说界》第 2 期以"我看小说"为总题,发表沙叶新的《剧作家眼中的小说》,胡万春的《小说的"生产"与"消费"》,梁晓声的《读写在如今》,叶永烈的《小说和年龄》,李洁非的《神话之后裔》,谭元亨的《自己的文学 自己的小说》,张土敏的《漩涡中的小说》;同期,发表曾镇南的《他仍然是现实主义的典型形象——读〈陈奂生出国〉》;江曾培的《论邓开善的百字小说》。

《小说家》第 2 期发表赵园的《说长道短》;赵玫的《也算裁判》;郭小东的《匆忙地走着自己》;黄国柱的《各吹各的号 各唱各的调》。

《文艺评论》第 2 期发表朱国庆的《艺术在本质上是实践的》;吴华渊的《艺术是一个实验——关于艺术本质问题的思考》;李心峰的《超越艺术与美的对立——现代艺术学对象论》;金健人的《叙事者的叙事功能(下)》;靳原的《价值的迷津——读张承志、路遥、张炜的小说》;范步淹的《近年小说中的"新都市人"视角》;李运抟的《隐私:维护与窥探的抗衡——当代小说平民形象论之十》;李晓峰的《死亡的意义》;李家兴的《歌声,传自密林深处——读屈兴岐散文、短篇小说》;梁南的《破译诗歌语言奥秘的钥匙——读谢文利〈诗歌语言的奥秘〉杂感》;彭放的《追寻那生命之绿的缪斯——韩百琴其人其文》;姚楠的《对自然、社会和人的整体观照——评张雅文的报告文学三部曲》;黄国柱的《〈赵尚志〉启示录》;庞壮国的《雪花诗话》;邢海珍的《关于诗歌不景气之我见》;彬彬的《偶思长短录》;谷启珍的《影评:理论形态及其基本类型》;张东林《博学而笃志 切问而近思——〈电影艺术新论——交叉与分离〉评介》。

《当代作家》第 2 期发表吴双的《麻将的灵感》;秦文仲的《股票这玩意儿》;张正平的《悬念:给人想象的空间》;李正武的《游戏:在中西价值观的交汇点》。

《百花洲》第 2 期发表缪俊杰的《呼唤"红土地文艺"的发展和繁荣》;杜宗义的《耗散结构与欧美文学——从耗散结构理论看欧美文学思潮的演变》。

《作品》第 4 期发表张波的《关于文学的"准自白"》;申家仁的《通感要通》;游焜炳的《炫目而又炫目的小说世界——读吕雷中篇小说集〈望海椰之恋〉》;何楚雄的《崇高的美学追求——长篇小说〈地火侠魂〉艺术之构思探》。

《芙蓉》第 2 期发表张同吾的《平静中的寻觅——近年来诗歌创作的审美趋向》;罗成琰的《论当代作家的文化意识》。

《萌芽》第 4 期发表李其纲的《迪伦马特的诱惑——写在〈出国热:迅速缩小

的世界〉之前》;曹阳的《永恒的短暂——〈上海滩新"大亨"〉序》。

本月,长江文艺出版社出版江岳主编的《湖北新时期文学评论选》。

春风文艺出版社出版赵鹤翔的《赵鹤翔论文选》。

江苏教育出版社出版王继志的《沈从文论》。

解放军文艺出版社出版陆文虎的《"围城"内外:钱钟书的文学世界》。

华东师范大学出版社出版黄世瑜的《马列文论与文艺现实》。

百花州文艺出版社出版杨光治的《从席慕蓉、汪国真到洛湃——论热潮诗及其他》。

5 月

1日,《小说月刊》第5期发表纪众的《坚持文艺为人民服务,繁荣大众文学创作——纪念〈在延安文艺座谈会上的讲话〉发表五十周年》。

《山西文学》第5期以"纪念《讲话》发表五十周年"为总题,发表马烽的《偶然机遇,步入文坛》,西戎的《文学路上》,束为的《生活之树常青》,孙谦的《一件山羊皮短大衣》,胡正的《昨天的足迹》,李旦初的《在〈讲话〉的旗帜下——"五战友"与"山药蛋派"》。

《上海文学》第5期专栏"纪念毛泽东《讲话》发表五十周年"发表蒋孔阳的《关于思想内容与艺术形式相互统一的思考》,俞天白的《生活教我这样调整》。

《作家》第5期发表公木的《纪念·建设——为毛泽东同志〈在延安文艺座谈会上的讲话〉发表50周年而作》;木弓的《走向务实的小说》;陈思和的《余华小说与世纪末意识——致友人书》。

《青年作家》第3期以"纪念《在延安文艺座谈会上的讲话》发表五十周年"为总题,发表李少言的《发扬〈讲话〉精神 投入改革洪流》,吴野的《作家和人民》;同期,发表肖阳的《对变革时代人生追求的审美观照——读〈青年作家〉91年部分中篇小说》。

《解放军文艺》第 5 期发表朱力的《加强队伍建设　繁荣军事文艺——纪念毛泽东同志〈在延安文艺座谈会上的讲话〉发表五十周年》。

2 日,《文艺报》第 17 期发表张永健的《正义、和平与希望的颂歌——评朱子奇的诗集〈星球的希望〉》;江晓天的《读〈中国当代长篇小说创作论〉》;尧山璧的《世纪·永恒·人——漫评朱增泉诗创作》;张志忠的《诗神与爱神——峭岩诗集〈爱的双桅帆〉简评》;黎辛的《〈讲话〉是马克思主义的光辉文献》;苗得雨的《有〈讲话〉基本精神在　就有主心骨在》;彭荆风的《神奇的土地　素朴的作家——读〈云南边地短篇小说佳作〉》;陈志红的《沉郁中灵动——读李兰妮散文集〈一份缘〉》;曹正文的《关于我写武侠小说评论二三事》;阿依的《探寻那一片"最后净土"——马丽华的〈西行阿里〉读后》。

3 日,《人民文学》第 5 期以"纪念《在延安文艺座谈会上的讲话》发表 50 周年"为总题,发表本刊编辑部的《光辉的方向　神圣的使命》,欧阳山的《杨家岭往事初忆》,马加的《五月的阳光》,公木的《〈讲话〉百读感言》,梅绍静的《词中有势两心知》;同期,公布《人民文学》1991 年优秀小说奖获奖篇目。同期,"作家书简"栏发表《韩素英——刘白羽》,《徐迟——刘白羽》。

4 日,《山东文学》第 5 期以"纪念《讲话》发表 50 周年"为总题,发表李存葆的《我是一只笨鸟》,王希坚的《努力做一个真正的文学家》,王凤胜的《重学〈讲话〉断想》。

5 日,《北方文学》第 3 期以"纪念《在延安文艺座谈会上的讲话》发表 50 周年"为总题,发表林风、刘水的《文学:第三条道路》,屈兴岐的《攀援中说路》;同期,发表初照人的《盛日寻芳黑水滨——读"黑龙江新人小说专辑"》。

《当代文坛》第 3 期专栏"纪念《讲话》发表五十周年论文选"发表张炯的《繁荣人民的社会主义的文艺——纪念毛泽东同志〈在延安文艺座谈会上的讲话〉发表五十周年》,郑贤斌的《坚持党性原则是军事文学创作之本——重读毛泽东同志〈在延安文艺座谈会上的讲话〉的笔记》,吴野的《〈讲话〉对文艺审美本质的揭示》,殷白的《〈讲话〉与解放区文学》;同期,发表孙武臣的《塔克拉玛干:生命的辉煌〉的悲壮美》;梁长森的《内容的新拓展　艺术的新进境——评〈逆火〉,兼谈鲁彦周艺术创造的发展脉络》;潘新宁的《历史意识与悲剧意识的双重视野——评星城的长篇小说〈陨星〉》;朱安玉的《再一次的辉煌——评报告文学〈沂蒙九章〉》;老谭的《再现历史风云中的英雄情怀——评黄济人新作〈重庆谈判〉上部》;

余见的《追求"现实编织的丰满"——徐国志诗作漫议》;姚咏絮的《悲壮华鋆魂——读〈魂荡华鋆——"双枪老太婆"前传〉》;王爱松的《魏志远小说印象》;萧斌的《圆镜与碎玻璃——对校园新诗的一点忧虑》;蔡桂林的《真情的意象组合——读阿民处女诗集〈琴之涅槃〉》;耿林莽的《击石燕鸣春之声——读何永康散文诗集〈在君之侧〉》;逢源的《深刻的内涵 雄浑的笔触——江兰创作琐谈》;胡彦的《人生的隐喻——张国庆〈灰色山岗〉解读》;罗越先的《文学的文化学意义——我所读到的云南文学》;星城的《梦湖如烟绽奇葩——读黄一辉童话集〈梦湖〉》;蒋原伦的《在同一地平线上——读〈六弦的大圣堂〉有感》;马骏的《魂牵梦绕总是情——评诗集〈情潮〉》;李复的《论白先勇小说的"女性文学"倾向》。

《萌芽》第3期发表耿恭让的《繁荣社会主义文艺的纲领——纪念〈在延安文艺座谈会上的讲话〉》;赵景春的《真理之树常青——重温毛泽东〈在延安文艺座谈会上的讲话〉》;南丁的《晕说孙方友》;曹增渝的《面对粗鄙而热辣的现实人生——〈仲夏小调〉和〈生活是太阳〉漫评》。

《湖南文学》第5期发表刘鸣泰的《认真学习〈讲话〉精神 努力繁荣社会主义文艺》。

《四海—台港海外华文文学》第3期发表张恒春的《民族文化精神的张扬——评海峡版〈台湾文学史〉》;黄重添的《创世纪诗社与台湾现代主义诗歌运动的第二次高潮》;王振科的《提高到文化的层次上来看——评黄孟文小说集〈安乐窝〉》;张诗剑的《锦绣诗文 情景交融——"锦绣中华杯征文"简评》。

6日,《河北文学》第5期发表张庆田的《"源"与"流"——重读毛泽东〈在延安文艺座谈会上的讲话〉》;姚鹤鸣的《关于文艺上的"主义"的思考》。

《团结报》发表世蓉的《台湾文坛话五四》。

林焕彰儿童诗研讨会在北京召开。

6—9日,由全国美学学会、河南省社联和郑州大学联合主办的"中国当代美学学术研讨会"在河南省焦作市召开。(《文艺研究》1992年第4期)

7日,《天津文学》第5期发表武郯的《文艺为人民——学习〈在延安文艺座谈会上的讲话〉》。

9日,《文艺报》第18期发表柳万的《为文学寻找家园》;周申明的《寻找突破口——关于繁荣"燕赵文艺"的几点思考》。

10日,《小说林》第3期发表鲍十的《读葛均义的小说》;子干的《在孩子面前——读毕淑敏短篇小说〈一厘米〉》;李福亮的《荒野刮过忧郁的风——常新港成人小说印象》;安伊的《读〈陈风翚杂文选〉散札》。

《中国作家》第3期以"学《讲话》忆延安特辑"为总题,发表银笙的《延安情绪》;荒煤的《"同志们,唱国际歌"》;葛洛的《宝贵的一课》;冯牧的《延安梦寻》;陈学昭的《难忘的教诲》;程远的《萧军在延安二三事》。同期,发表葛文的《路上的爱——忆田间》;雷达的《面对生活之树——读〈中国作家〉获奖中篇札记》。

《北京文学》第5期发表张建业的《坚持毛泽东文艺思想的理论原则——纪念〈在延安文艺座谈会上的讲话〉发表五十周年》;李树声的《对绿色生命的呼唤——读报告文学〈第二草国〉》。

《时代文学》第3期以"学习《讲话》 繁荣创作——纪念毛泽东《在延安文艺座谈会上的讲话》发表五十周年"为总题,发表苗得雨的《坚定地坚持〈讲话〉的基本精神》,李存葆的《文学仍在呼唤开放意识》,任孚先的《深刻体验生活的总动向》,陈宝云的《魂归大地》,吴开晋的《贯彻"双百"方针 繁荣文学创作》,孔范今的《正确认识〈讲话〉的价值和意义》,李贯通的《生活的养育》,宋遂良的《学习毛泽东《同音乐工作者的谈话》》,袁忠岳的《无"源"之"流"流不成一条大河》,张达的《牢记〈讲话〉的基本精神》。

发表袁忠岳的《割不断的根》;吴开晋的《跨步,去穿越路障——读姜言博抒情诗》。

《雨花》第5期以"纪念《在延安文艺座谈会上的讲话》发表五十周年笔谈"为总题,发表海笑的《对"5·23"的回忆和思考》,陈辽的《全面地、准确地理解和贯彻〈讲话〉精神》,梅汝恺的《重读〈讲话〉的感悟》,范小青的《感谢生活》,杨守松的《我说"路"》。同期,发表钟本康的《对农村妇女命运的关切与思考——读〈闺中女友〉》。

《诗刊》第5期"纪念毛泽东同志《讲话》发表五十周年"栏发表李小为的《情系柴达木——记诗人李季1954年一进柴达木》,姜耕玉的《"阳春白雪"和"下里巴人"的统一》。同期,发表文华整理的《星球的希望》,忆明珠的《诗与"猴子观海"——戏赠雪兵》,韦锦的《贴近泥土的歌吟——读丁庆友组诗〈忆念那一片泥土〉》。

《读书》第5期发表李辉的《理性透视下的人格》;蓝棣之的《见血见肉,方为真实》;唐湜的《多彩的鉴赏》;桑晔的《谁主沉浮?》。

《语文月刊》第 5 期发表张德明的《段落蝉联的艺术魅力——谈琼瑶小说的篇章修辞的一种技巧》。

12 日,《中流》第 5 期以"纪念《在延安文艺座谈会上的讲话》发表五十周年"为总题,发表本刊评论员的《人民是文艺工作的母亲——纪念〈讲话〉发表 50 周年》,李尔重的《不能依了你们——纪念〈讲话〉发表 50 周年》,魏巍的《灯塔——纪念〈讲话〉发表 50 周年》;同期发表杨明春的《回娘家——丁玲访延安追忆》;祁念曾的《从柳青到路遥》;宋文申的《严家其又在扮演什么"角色"?》;徐火的《严家其的"人权"奥秘》。

14 日,《文学报》发表肖复兴的《重新感悟人生——关于长篇小说〈青春奏鸣曲〉》;江迅的《"顽主"王朔》。

15 日,《文艺争鸣》第 3 期发表翁之秋、蔡跃锐的《让生活淹没一切悲和喜——评汪曾祺小说的叙述风度》;李继凯的《矛盾交叉:路遥文化心理的复杂构成》;李以建的《北村小说解读》;郜元宝的《文体学小说批评》;关德富的《爱的荒原——读迟子建的中篇小说〈秧歌〉》;傅百龄的《离开家园的咏叹——读小说〈离乡〉》;杨凡的《东北文化的历史投影——读薛立业的小说〈蹦蹦井〉》;宗仁发的《悬置的窘困——读〈回归村庄〉系列诗》。

《文学评论》第 3 期发表周政保的《战争小说的审美与寓意构造》;邓嗣明的《弥漫着氛围气的抒情美文——论汪曾祺小说的艺术品格》;苗长水的《明月之夜风雨之夕》(创作谈)。

《长城》第 3 期以"纪念《在延安文艺座谈会上的讲话》发表 50 周年"为总题,发表杨润身的《在"讲话"精神指引下——从参与改编〈白毛女〉电影说起》,冯建男的《论梁斌小说的大众化和典型化成就》,陈晋的《毛泽东与传统文艺——丰富毛泽东文艺思想研究的一个思路》。

《江南》第 3 期以"笔谈《在延安文艺座谈会上的讲话》发表五十周年"为总题,发表黄源的《坚决地认真地贯彻执行〈讲话〉》,叶文玲的《挖掘那口属于我的井》,黄亚洲的《文艺应该歌颂人民》,赵锐勇的《结庐在人境》,程蔚东的《生活是文学艺术的唯一源泉》;同期,发表刘枫的《创造一个繁花似锦的文艺春天——在省作协第四次代表大会上的讲话》;戈悟觉的《追求真实》。

《钟山》第 3 期"'美奇杯'专家评论栏"发表黄毓璜的《阅读四部作品之我见》,周桐淦的《乱语四则》,朱伟的《我的看法》,潘凯雄的《立此存照——读四部中篇小说印象点滴》;"'麦圈杯'读者评论栏"发表陈志越的《黄土地的兰花花——〈民谣〉等四篇小说读后感》;张荣彩的《笔记·传奇·故事——〈还俗〉等四篇小说读后》;朱军的《我参与了创造——谈〈十九间房〉等四部小说》;杨小龙的《〈还俗〉、〈民谣〉和另外两篇小说》;以"纪念'讲话'发表五十周年"为总题,发表包忠文的《对新时期文艺思潮的一点思考——毛泽东文艺思想学习札记》,梅汝恺的《对文艺民族化的三点想法——学习〈讲话〉精神的感悟摘录》。

16日,《文艺报》第19期发表张锲的《一部适时的、有益的好书——读长篇报告文学〈混血儿〉》;罗洛的《序〈命运的眼神〉》;辛由的《一首税务工作者的歌——读刘学文的〈中国税务启示录〉》;古耜的《熠耀着时代的光华——读石英的两本散文新著》;曾镇南的《反映和推进改革开放的社会主义新时代——〈讲话〉研习录》;张志民的《眼界无穷世界宽——读〈申身诗选〉》;戴仁毅的《梅破知春近——读冰夫散文集〈匆匆飘去的云〉》;包临轩的《走不出戈壁——谈张爱华散文创作》;石一宁的《现实与寓言——读黄佩华小说集〈南方女族〉》;欣荣的《钟情于一方百姓——读短篇小说集〈大杂院的悲欢〉》。

17日,《作品与争鸣》第5期发表本刊评论员的《表现新的人物,新的世界——纪念〈在延安文艺座谈会上的讲话〉发表五十周年》;东方旭光的《中国社会主义文艺繁荣兴旺的指路明灯——电视片文学剧本〈中国文艺的光明之路〉读后》;白飞的《忠诚人民而又目光远大——读〈在人生坐标系上〉》;董方、王明的《〈曼哈顿的中国女人〉纵横谈》;王淑秧的《尤今游记的魅力——兼谈她与三毛的异同》(原载〈文艺报〉1992年2月15日);张炯的《学习唐弢同志为人为文和治学治史的精神》;《〈北京人在纽约〉的写作》;《众说纷纭谈〈成长〉》。

20日,《小说评论》第3期发表潘向黎的《新时期小说青年形象系列》;阎建滨的《深度的探寻与搁浅——论新时期小说对深度价值的追求》;刘静生的《读〈裤裆巷风流记〉谈"小家子气"》;亦村的《几篇新写实小说的哲学精神》;张跃生、王湘庆的《祖父、父亲、儿子与生命价值——三篇小说的一种串读》;晓华、汪政的《沈乔生近作札记》;刘树元的《追寻小说艺术的生命形式——高深小说论》;聂雄前的《唱给黑土地的挽歌——姜贻斌小说世界的文化阐释》;李作祥的《善:意味着热爱生命——读赵天山的中篇〈西圣地〉》;老莫的《不逝的精魂之探寻——邹忠民中篇小说〈腊叶〉论析》;韩梅村的《道德文化层面的艺术思考——评京夫长篇小说〈文化层〉》;权海帆的《她们顽强地与命运抗争——评长篇小说〈女儿河〉》；徐亮的《悲壮筏子客——评张锐、汪玉良长篇小说〈爱神？死神？〉》；姚维荣的《新的视角　新的意蕴——评〈敢死队长〉》；陆志平的《小说人物及典型问题》；李洁非的《略论小说五大叙述技巧》(第 4 期续完)；刘春的《别有滋味的命运美——读田中禾中篇〈落花溪〉》；春寒的《贫困对人的扭曲——读梁晓声的〈表弟〉》；西评的《超越西部的一种尝试——读朱玉葆〈荒原〉》；杭斯的《一个历史与文化的传说——读孙连远的小说〈宝桃〉》。

《上海文论》第 3 期以"纪念《在延安文艺座谈会上的讲话》发表五十周年"为总题，发表刘崇义的《论文学艺术与革命功利主义》，邱明正的《论生活美向艺术美转化的中介——重温〈在延安文艺座谈会上的讲话〉》，毛时安的《〈讲话〉：历史性与当代性的统一——纪念毛泽东〈在延安文艺座谈会上的讲话〉发表五十周年》；同期，以"中长篇小说笔谈"为总题，发表唐金海的《深刻性：广度和力度的聚焦点》，曹维劲的《对人的本体的深层思考》，王纪人的《读〈叔叔的故事〉》，张德林的《创作需要真情实感——读〈我的财富在澳洲〉》，蒋国忠的《在"两极"之间做文章》，戴翎的《要紧的还是心灵的沟通——读王朔的〈我是你爸爸〉有感》，方克强的《知名作家如何突破自己》，邹平的《呼唤精品——漫议近年来上海中长篇小说》；同期，发表严锋的《结构主义在中国》；马驰的《结构主义文论的流变》；朱光的《文学观念的再造——托多罗夫结构主义批评理论述评》；蒋孔阳的《〈珈蓝梦〉读后感》；倪乐雄的《战争与文学——从战争文化的观点看刘亚洲军事报告文学》；戈铧的《〈致命的诱惑〉：性别与谎言的构成》；吴竹筠的《走向格式塔：对文学发展的另一种陈述及其心理学依据》；徐中玉的《〈文学人类学批评〉序言》；董大中的《〈为了艺术的永恒上帝〉序》。

《花城》第 3 期发表郭小东的《阴晴圆缺——1991 年〈花城〉中篇小说综述》。

《清明》第 3 期发表本刊编辑部的《新的时期　新的使命——纪念〈在延安文艺座谈会上的讲话〉发表 50 周年》；梅次的《浪拍涛欺胸有尘——读〈鹅卵石小史〉有感》；刘伟馨的《乡村和都市的梦境——评孙建成的小说》。

21 日，《文学报》发表西戎的《我的心声》；王纪人的《〈讲话〉的文化学阐释——兼谈学习和贯彻〈讲话〉的态度和方法》；王富荣的《评论的感觉》；何立伟的《童话与我们》；夏雨的《在审美中审视——评程贤章长篇新著〈青春无悔〉》。

《文艺研究》第 3 期"以壮美的历史画卷　雄奇的艺术风采"为总题，发表史超的《〈大决战〉的立意》，李俊的《导演〈大决战〉的总体把握》，翟俊杰的《〈大决战〉"国民党统帅部"导演回顾》,李平分的《〈大决战〉的叙事魅力》,杨光远的《把握总体布局》,蔡继渭的《空间·真实·虚构》,韦廉的《影片要拍得好看》,景慕逵的《塑造伟人英姿》,张东的《〈大决战〉的文学品味》,周政保的《"接近"历史与"接近"艺术》,李洋的《〈大决战〉的人、史兼顾》;同期,发表潘新宁的《借"术"而衍"道"——一个耐人寻味的"文化小说"现象》。同期,发表张国民的《论毛泽东文艺思想的根本性质》;刘俊骧的《龙飞凤舞五千年的历史凝聚——纪念毛泽东〈在延安文艺座谈会上的讲话〉发表五十周年》;王畅的《雅俗共赏与建设有中国特色的社会主义文学问题——重温〈讲话〉的几点感想》。

文化民俗与台湾文学研讨会在福州召开。

22—24日,中国文联、中国作协、中国艺术研究院在京联合举办坚持和发展毛泽东文艺思想理论研讨会。(《文艺报》本年5月30日)

23日,《文艺报》第20期发表社论《争取社会主义文艺的更大繁荣——纪念〈在延安文艺座谈会上的讲话〉发表50周年》;刘雪梅的《一曲共产党人的正气歌——评正言、爱民的报告文学〈天地人心〉》;关肇昕的《苏子龙的散文》;贺晓风的《还给我,这本属于我们的沉重》;李万庆的《长白山的眷恋——罗继仁诗歌创作漫评》;黄力之的《人民是审美价值关系的主体——重读〈在延安文艺座谈会上的讲话〉》;尹在勤的《民族的大众的诗学观——毛泽东诗论新探》;郭风的《有关朱谷忠散文的印象——读〈回答沉默的爱〉》;殷白的《陆政英散文集〈无名花〉序》;施益民的《地质之光耀神州——读报告文学集〈地质之光〉》;朱先树的《艺术的感觉与诗的思辨——读〈阳关在前〉》。

24日,《文艺理论与批评》第3期专栏"纪念《讲话》发表五十周年"发表胡可的《谈话剧中的社会主义新人形象》,凌笙的《文艺要更好地为"四化"建设服务》,张国民的《毛泽东文艺思想的中国特色》,胡百顺的《邓小平同志对马克思主义典型论的新贡献》,罗扬的《认真学习陈云同志关于文艺问题的论述》,王鸿儒的《〈讲话〉:哲学的认识论基础与文艺的审美本质》,林焕平的《延安文艺刍议》,贾锦福、张永昊的《"歌颂与暴露"的风雨历程》,杨润身的《我要沿着毛主席指引的道路走到底》;同期,发表谭滔的《对一个创作口号的质疑——评新写实主义的所谓"绝对客观呈现"》;吴慧颖的《"心史"唱出"杀伐之声"——评〈寻找的悲歌〉及其评论》;陈播的《谈新时期革命战争影片》;伊云的《沂蒙精神谱新篇——〈沂蒙九章〉读后》。

25日,《文艺理论研究》第3期发表徐中玉的《把文艺运动推进到一个光辉的新阶段——纪念〈在延安文艺座谈会上的讲话〉发表五十周年》。

《收获》第3期发表张炜的《九月寓言》。

《当代作家评论》第3期以"纪念《讲话》发表五十周年"为总题,发表徐中玉的《〈讲话〉的光辉思想值得我们永远纪念珍惜——纪念毛泽东〈在延安文艺座谈会上的讲话〉发表五十周年》,蒋子龙的《九二年和〈讲话〉》;同期,发表丹晨的《话说巴金与爱情》;杨流昌的《痛苦与真诚——说说我心目中的巴金老人》;以"长篇小说评论小辑"为总题,发表林为进的《花多果少又一年——1991年长篇小说简论》,钟本康的《两极交流的叙述形式——苏童〈米〉的"中间小说"特性》;以"批评之批评"为总题,发表刘蜀鄂的《论王蒙的文学批评》,朱桦的《批评的否定意味与现代精神——关于〈否定与徘徊〉的随想》;同期,发表晓雪的《我们时代伟大而独特的诗人——论艾青》;孙郁的《"绿风土":张承志的圣火》;汪政、晓华的《超越小说——史铁生〈中篇1或短篇4〉讨论》;吴义勤的《论储福金的艺术世界》;于青的《俱道适往　著手成春——论〈雪庐〉的审美品格》;曾镇南的《张涛小说创作印象》;启迪的《由"毛泽东热"而想到的……》;叶鹏的《生活是文学创作的唯一源泉》;李洁非的《"主题"新论》;何言红的《中国当代文学中的"后现代自我"》;孙先科的《理性精神与"乡村情感"——河南近期小说创作透视》;孙建江的《温和的吟唱——读木子童话故事集〈长腿七和短腿八〉》。

28日,《文学报》发表徐泓的《"对着文字,我找到了真正的自己"——记女作家张洁》;郭风的《读〈西楼红叶〉》。

28—31日,《文艺理论与批评》编辑部、《人民日报》文艺部、《光明日报》文艺部、四川大学中文系等12个单位联合发起的全国文艺批评学术讨论会在四川大学召开。(本年《文艺理论与批评》第4期报道《全国文艺批评学术讨论会在成都召开》)

30日,《文艺报》第21期以"努力写出更多的报告文学精品——1990—1991年全国优秀报告文学获奖作者笔谈"为总题,发表宏甲的《生活的创作》,马役军的《永远不离脚下的这片土地》,长江的《"金芒果"》,江宛柳的《我写军人》,曹岩、邢军纪的《一点感言》,曾凡华的《报告文学审美视野的拓展与延伸》,孙晶岩的《进入心灵　走向审美》,李鸣生的《这话只能对你说》,郭传火的《使命感是报告文学作家的生命》,王光明的《歌颂暴露应有度》,江奇涛的《上借天光　下接地气》、徐志耕的《世界真奇妙——我写〈莽昆仑〉》、杨守松的《走正路　出精品》、刘富道的《我从这边看》、杨景民的《北太平庄散笔》、周嘉俊的《我宠爱这片土地》、燕燕、张卫明的《世界最高处的膜拜》；同期，发表阎国忠的《把〈讲话〉当做方法论入门去读》；冯宪光的《对文艺批评性质的科学回答——重读〈在延安文艺座谈会上的讲话〉的思考》。

《台港与海外华文文学评论和研究》第1期发表汪景寿的《抽刀断水水更流——略论大陆三十年代文学对台湾文学的影响》；庄若江的《台湾散文与中国传统文化初论》；徐放的《百草千花"莹华路"——喜读新加坡诗人淡莹的〈太极拳谱〉和王润华的〈橡胶树〉》；陈贤茂的《学者兼诗人——王润华》；刘俊的《论白先勇小说中的意象群落》；梦花的《皇皇巨著　功披后代——〈新马文坛人物扫描〉简介》；周成平的《迁徙动荡时代的艺术记录——论李黎的小说创作》；王沂的《人生的况味　民族的悲哀——司马中原〈骤雨〉印象》；方忠的《留予他年说梦痕　一花一木耐温存——琦君散文论》；王振科的《背负着"双重十字架的重荷"而前行——忠扬文艺观评析》；白舒荣的《殉美的忧魂——诗人杜国清》；陆士清的《谈欧阳子的情结小说》；陈辽的《台湾小说中的恋旧情结》；严炎的《都市精灵——〈香港散文诗选〉序》；沈存步的《像云一样柔　似月一般明——莫渝诗集《浮云集》读后》；梦花的《他不会消逝——悼何紫》；殷志扬的《从张爱玲作品汲取营养》；章渡的《走进张爱玲的世界——评〈流言〉》；马晓光的《一轮山月一颗心——小品席慕蓉的诗〈山月〉》；刘红林、秦家琪的《试论台湾女性文学的悲剧性品格》；张文彦的《漫谈台湾话剧》；曹明的《姚一苇的戏剧创作和文学评论初探》；钟来因的《耕耘不辍　成就卓著——台湾罗联添教授的唐代文学研究》；闵特的《〈现代文学〉作家群近况》；陈鸿祥的《台港与海外王国维研究概览》；萧凡的《崛起在江海之滨——江苏省港台文学研究现状掠影》。

31日，《台湾研究集刊》第2期发表齐建华的《台湾当代戏剧创作的发展演变》；朱双一的《大众消费文化的影响及台湾文坛的因应》。

本月，《小说月报》第5期发表李晓的《河边漫步》。

《红岩》第3期发表殷白的《〈在延安文艺座谈会上的讲话〉与解放区文学》；方敬的《诗路历程》；林彦伯的《文学兴衰的内驱力——文学兴衰之谜试解》。

《作品》第5期以"纪念《在延安文艺座谈会上的讲话》发表五十周年"为总题，发表易准的《发人深省的科学论断——〈讲话〉学习札记》；张绰的《深入生活表现时代》;陈绍伟的《建设具有中国特色的社会主义文艺的理论纲领——重读〈在延安文艺座谈会上的讲话〉》;楼栖的《发扬〈讲话〉精神》;沈仁康的《人民性与深入生活》;古式今的《并非危言耸听》。同期,发表何镇邦的《文学批评的困惑》;野曼的《为了刚出土的诗苗——编辑〈民间新诗报刊作品选粹〉的感想》;艾彤的《关于亲历的一场争论》;卢冰念的《诺贝尔文学奖启示录——诗海一瓢录》。

《青年文学家》第5期发表本刊编辑部的《深入生活　反映时代　繁荣文艺——纪念毛泽东同志〈在延安文艺座谈会上的讲话〉发表50周年》。

《萌芽》第5期发表哈华的《春花秋月何时了　往事知多少——回忆延安文艺座谈会前后》;本刊编辑部的《时代呼唤精品》。

《中国现代文学研究丛刊》第2期发表古远清的《台湾的"文坛往事辨伪案"与"文化汉奸得奖案"》。

本月,人民文学出版社出版王景山主编的《台港澳暨海外华文作家辞典》。

厦门大学出版社出版林兴宅主编的《文学评论概要》。

学林出版社出版陈思和的《马蹄声声碎》。

广东高等教育出版社出版卢菁光的《中国现当代文学整体观与比较论》。

大连出版社出版董志正主编的《这是一方沃土:大连新时期文艺评论集》。

漓江出版社出版雷锐编的《余光中幽默散文赏析》。

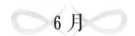

6月

1日,《山西文学》第6期发表柯云路的《朦胧中少年在海滩——读潞潞诗集〈携带的花园〉》;杨品的《月是故乡明——乡土作家的恋家情结》。

《上海文学》第6期发表毛时安的《美丽的忧伤——关于蒋韵近作的一种解读》;李洁非的《沈乔生的"隐身帽"》。

《作家》第6期发表逄增玉的《割裂的缪斯——中国现当代文学中现代主义思潮的内在矛盾》;吴亮的《咖啡馆的肖像》。

4日,《文学报》发表白烨的《深切关注着农民的命运》(评陈忠实的创作)。

5日,《湖南文学》第6期以"纪念《在延安文艺座谈会的讲话》发表50周年"为总题,发表胡代炜的《革命文艺家要站在人民大众的立场上》;未央的《柴、米、饭及其他》;胡光凡的《谈谈社会主义文艺的民族化》。

6日,《文艺报》第22期发表李灏的《深圳向人们展示了一个真理——〈深圳的斯芬克斯之谜〉序》;荒煤的《一部富有现实意义的好书》;桂晓风的《要有更多的无愧于时代的作品问世》;徐迟的《谈谈深圳之谜》;冯牧的《实事求是的力量》;刘玉山的《一部反映深圳改革开放的力作》;杨桂欣的《丁玲为坚持和发展毛泽东文艺思想而斗争》;曹增渝的《历史:被理性和激情照亮——评陈继会的〈拯救与重建〉》。同期,以"努力写出更多的报告文学精品——1990—1991年全国优秀报告文学获奖作者笔谈(续)"为总题,发表白崇人的《时代的产儿——从首届中国满族文学评奖所想到的》;余秋雨的《〈记者眼中的世界〉序》;半岛的《四月浩浩荡荡——读谢先云诗集〈幽兰留给你〉》;陈忠实的《灵魂的再铸》;王作人、王守义的《精神业绩的传播张扬》;王戈的《艰难的选择和选择的艰难》;白描的《只因那份真情》。

《河北文学》第6期发表陈辽、庄若江的《大陆、台湾散文特色比较谈》。

《团结报》发表陈漱渝的《应似飞鸿踏雪泥——张爱玲的台湾之行》。

10日,《北京文学》第6期发表高玉琨的《读王愈奇小说随想》。

《诗刊》第6期专栏"纪念毛泽东同志《讲话》发表五十周年"发表伊娃的《延河的星斗——纪念毛泽东同志〈讲话〉发表五十周年座谈会纪要》;同期,发表袁忠岳的《心里场、形式场、语言场——关于诗歌语言特定情境的构筑》;公木的《讽刺诗谈片——读〈带刺的幽默〉随想》;叶橹的《"叶延滨方式"之一种——兼评〈叶延滨诗选〉》;曹纪祖的《"适度"的原则及其他——散议张新全的几组近作》。

《雨花》第6期发表汪曾祺的《日子就这么过来了——徐卓人小说集〈你先去彼岸〉代序》。

《读书》第6期发表汪晖的《"火湖"在前——唐弢先生杂忆》;汪政、晓华的《闲谈小品》;辛丰年的《两全其美与有得有失——文学化之音乐与音乐之文学化》;王蒙的《参古考今》。

《语文月刊》第6期发表饶芃子的《落叶片片——读澳门诗人流星子的诗集〈落叶的季节〉》。

11日,《文学报》发表张锲的《在历史与现实的交叉点上——致孙颙》。

12日,《中流》第6期以"纪念《在延安文艺座谈会上的讲话》发表五十周年"为总题,发表王忍之的《实现社会主义文艺的更大繁荣——在纪念〈讲话〉发表50周年颁奖大会上的讲话》;林默涵的《团结奋斗 繁荣文艺——在坚持和发展毛泽东文艺思想理论研讨会上的发言》;本刊评论员的《把火炬传给下一代》。同期,发表关山月的《春到好耕耘》;杨润身的《我看到了希望——在天津老文艺工作者、青年师生座谈会上的发言》;姚雪垠的《谈革命浪漫主义诗歌——给朱子奇的一封信》。

13日,《文艺报》第23期发表程树臻的《充满艰辛和希望的改革画卷——读长篇小说〈晨风〉》;晓冰的《许一青和他的〈地球圣曲〉》;祁述裕、欧阳的《他是个拓荒者——评刘以林的小说》;陈宝云的《作用于文学的力——偶感录》。

17日,《作品与争鸣》第6期发表本刊评论员的《努力繁荣儿童文学》;樊发稼的《一篇童话佳作——读〈会飞的小鹿〉》;东方亮的《深刻的困惑,真实的形象——评〈内当家之死〉》;燕子的《什么思想倾向——评〈内当家之死〉》;王光东的《悖论:在人生与现实之间——〈最后一个生产队〉阅读札记》(原载《作家报》1992年4月4日);高立民的《刘玉堂:出入情感》(原载《作家报》1992年4月4日,批评对象同上);杨政的《一曲"生产队"的挽歌》(原载《作家报》1992年4月4日,批评对象同上);吴天的《扑朔迷离,引人入胜——评〈黑雾英魂〉》;方放的《需要有更高的思想艺术要求——也评〈黑雾英魂〉》。

18日,《文学报》发表周介人的《池莉与她的"过日子小说"》;张德林的《文风琐议》;麦可的《口语化与哲理美——试论现代诗的走向》;高建群的《史诗与二十世纪》;周峻的《透视扭曲的心灵——读赵长天〈透视〉》;潘凯雄的《变与不变——读朱晓平〈浮黄〉》。

20日,《文艺报》第24期发表李若冰的《韩梅林的评论现象》;扎拉嘎胡的《〈虔诚者的遗嘱〉序》;潘凯雄的《根植于红土地上的辛勤耕耘——读〈"红高原"文学丛书〉》;邢跃文的《于强的中日友好三部曲》;丁芒的《散文诗艺的微观探索——读张彦加的〈散文诗探艺〉》。

《当代》第3期以"纪念《在延安文艺座谈会上的讲话》发表五十周年"为总题,发表《新版〈毛泽东论文艺〉选》,荒煤的《一盏小小的煤油灯》,朱寨的《桥儿沟的星辰》,李清泉的《回望延安》;同期,发表段崇轩的《对人与社会的深广透视——评中篇小说〈环球同此凉热〉》。

《信阳师范学院学报(哲学社会科学版)》第2期发表陈永禹的《精理传情,秀气腾采:席慕蓉及其创作简论》。

《福建论坛》第3期发表周意新的《高阳历史小说评析》。

25日,《文学报》发表亚弦编的《独行于历史与现实之间:台湾文化界人士怀念高阳》。

《外交学院学报》第2期发表何惺的《浅谈林语堂的小品文》。

《海南师院学报》第2期发表喻大翔的《黄维梁散文论——兼论学者散文的特征》;陈剑晖的《吴岸:不知疲倦的生活和诗的"旅者"》。

《语文学刊》第2期发表卢斯飞的《一瓣心香祭诗魂——洛夫〈水祭〉赏析》。

26日,《人民文学》和攀枝花钢铁公司联合发起举办"中国脊梁"("攀钢杯")搞好国营中型企业优秀报告文学征文,活动新闻发布会在北京人民大会堂举行。(《人民文学》本年第8期)

《文学报》发表宋遂良的《当代长篇小说研究的开拓性成果》(评陈美兰的《中国当代长篇小说创作论》)。

27日,《小说界》第3期以"我看小说"为总题,发表谭谈的《咀嚼人生》;程乃珊的《小说——流行歌手》;张放的《小说乃小民之说》;沈乔生的《幼稚的想法》。同期,发表江曾培的《世界华文文坛的一次整合——读〈世界华文微型小说大成〉》。

《文艺报》第25期发表荒煤的《边疆情——〈红指甲的女人〉读后》;浩然的《读贤浩的小说》;方绍忠的《丰碑在苦难中铸就——长篇历史小说〈杨升庵〉读后》;王绯的《读王克增的〈黑舟〉》;唐正序的《〈讲话〉对马克思主义文艺批评学的重大贡献》;沈义贞的《徘徊在感性与理性之间——读何永康的〈通向性格世界〉》。

30日,《中国文学研究》第2期发表田中阳的《对当代大陆和台湾文学"两个交融"发展趋势的思考》。

本月,《小说月报》第6期发表朱苏进的《天真声明》;王宏山、雪火的《百字小说创作谈(二则)》。

《小说家》第3期发表刘武的《作品写给谁看》;吴秉杰的《好花不常开》;黄桂元的《景观各异 读解有别》;崔道怡的《"浯溪"游记》;陆家齐翻译的《90年代的

作家们接受文学的挑战》（原载1992年1月2日《中国日报》5版《文化》）。

《文艺评论》第3期发表曲若镁的《〈在延安文艺座谈会上的讲话〉当代意义的几点思考》；关沫南的《沿着〈讲话〉的方向提高——纪念〈在延安文艺座谈会上的讲话〉发表50周年》；辛文的《学习〈讲话〉精神　促进文艺繁荣——纪念〈在延安文艺座谈会上的讲话〉发表50周年》；李咏吟的《美感与快感的立体观照》；何二元的《什么是中国现（当）代诗论？》；陆伟然、包临轩的《诗歌创作与感性思维》；徐剑艺的《血亲恋情结与乡村爱情小说——中国当代乡村小说的文化人类学研究之一（上篇：亲与爱）》；丁帆的《乡土——寻找与逃离》；汪政、晓华的《散文絮论》；李运抟的《乡情的内核——当代小说平民形象论之十一》；李家兴的《天涯游子思乡曲——读巴波〈川味及其它〉》；赵宪臣的《不安的灵魂在乡村躁动——读关恒武短篇小说集〈阴阳先生〉》；蔡翔的《咬文嚼字》；吴亮的《影院神话》；王蒙的《关于读小说的断想》；马风的《超越的策略——向黑龙江小说家进一言》；谧亚的《距离与审美》；庞壮国的《雪花诗话》；李福亮的《方音·方言与影视》；常晓华的《"金三角"的倾斜——近期黑龙江戏剧评论之一》；彭放的《美感的耳朵对广播剧的形式规范——关于提高广播剧艺术质量的思考》；邵宏大的《论戏剧的创作逻辑》。

《当代作家》第3期发表李正武的《诗一样的深情　诗一样的街》；吴双的《千万别当真》；陈辉平的《寻找乐园》。

《百花洲》第3期发表谢金雄的《生活的深入开掘和艺术的自我超越——再谈〈天堂挣扎录〉》。

《作品》第6期发表李元洛的《略论野曼的小诗创作》；陈辽的《毛泽东在文化遗产问题上对马克思主义的发展》；从维熙的《一刀磨十年——话说"写实主义"》；艾彤的《味不同嗜》。

《芙蓉》第3期发表韩抗的《渴望超越——致知名作家乌有先生》。

《青年文学家》第6期发表柴千的《震撼心灵的道德颂歌——谈中篇小说〈冬去春来的日子〉》；时擂声的《耕耘在春天的乡土上——记诗人戈缨》。

《萌芽》第6期发表毛时安的《五月之花——1991年"萌芽文学奖获奖作品点评"》。

《名作欣赏》第3期发表李丽中的《一曲悲壮的乐章：罗门〈麦坚利堡〉赏析》；余光中的《评戴望舒的诗》；李元洛的《隔岸品诗：〈台湾新诗鉴赏辞典〉代序》；叶橹的《令人心灵震撼的诗：罗门〈麦坚利堡〉赏析》；丁四新的《罗门的〈流浪人〉及

其生命意识的艺术观》。

《台港与海外华文文学》第1期发表方北方的《〈花飘果坠〉前言与后记》;陈贤茂的《〈花飘果坠〉序》;杨义的《新加坡诗坛上的"周粲体"》;吴中杰的《蓉子的家庭小说》;吴奕锜的《彼岸的诱惑——读彼岸诗集〈脚步的诱惑〉》;陈辽的《通过泰华小说这个窗口……》;徐绍峰的《〈迷园〉的叙事艺术》;东瑞的《另一种完善的构筑者:读梦如诗集〈季节的错误〉》;唐玲玲的《蓉子诗歌的独特格调》;华强的《追求,追求——华莎散文创作巡礼》;冯尚的《东西方道德观的一次撞击——小说〈燕子的季节〉简析》;陈贤茂的《刘以鬯的文学之路》;高仕的《林文锦与其微型小说》;晓刚的《读〈烟湖更添一段愁〉随感》;吴奕锜的《文学和乡情的聚会——"海内外潮人作家研讨会"记盛》;田思的《〈华文文学〉放异彩》。

《写作》第6期发表胥岸英的《在传统与现代的交汇点上:余光中〈等你,在雨中〉赏析》。

本月,文化艺术出版社出版陈默的《新武侠二十家》。

青岛出版社出版成志伟的《社会主义文艺论集》,杨政的《一段真实历史的回声》。

国际文化出版公司出版王朔等的《我是王朔:经历、创作谈、论爱情、作品片段、评论》。

敦煌文艺出版社出版季成家的《文学论评集》,梁胜明的《文艺论辩集》。

海天出版社出版深圳市委宣传部文艺处编的《文艺评论选:1980—1991》。

百花文艺出版社出版徐景熙、钱勤来的《文学审美与批评》。

中共中央党校出版社出版左人、苏川编著的《文艺规律与文艺领导》。

漓江出版社出版雷锐、刘开明编著的《柏杨幽默散文赏析》。

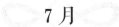

7月

1日,《山西文学》第7期以"祝贺马烽、西戎、束为、孙谦、胡正文学创作五十周年专页"为总题,发表焦祖尧的《永远走与人民相结合的文学之路》,杨品的《半个世纪的友情　五十春秋文墨酣》;同期,发表张锐锋、金汝平的《彷徨的散文——从鲁迅〈野草〉谈起》;何曲的《编稿手记》。

《上海文学》第7期发表薛毅的《主体的位置与话语——当代小说中的后现代问题》;周毅的《情感·法度》。

《作家》第7期发表王英琦的《关于散文》;何志云的《访汪曾祺》;木弓的《小说的第一人称叙述》。

《解放军文艺》第7期发表本刊记者整理的《全军文艺评论座谈会发言摘要》;刘晓江的《关于搞好军队文艺评论工作的几点思考》。

3日,《人民文学》第7期发表杨品的《山西文学创作的新开拓》。

《外交学院学报》第2期发表何惺的《浅谈林语堂的小品文》。

《中国文学研究》第2期发表田中阳的《对当代大陆和台湾文学"两个交融"发展趋势的思考》。

《华文文学》第2期发表古远清的《十年来台湾的大陆文学研究论评》。

4日,《山东文学》第7期发表王光东的《生命·自然——张炜近年中短篇小说论》。

《文艺报》第26期发表王愚的《乡土的现代与现代的乡土——读赵熙长篇新作〈女儿河〉》;雷达的《读〈清风白水〉记》;李华飞的《豪壮的韵律不减当年——林林诗集〈雁来红〉读后》;柏峰的《毛锜散文的"故土情结"及美学特色》;董大中的《赵树理与大众文学》;杨润身的《深情的赞歌——读〈千日巨变〉随想》;未央的《有一个孩子在捡石子——读匡国泰的诗》;贾宏图的《我愿与你同行》;傅德岷的《谈王维洲的散文》;邹建军的《再现民族文化精神——评胡鸿延的〈屈原诗传四部曲〉》;李先锋的《宁肯平淡如水　也要确保真实——读〈纪宇报告文学选〉》。

5日,《当代文坛》第4期专栏"纪念《讲话》发表50周年"发表本刊记者的《坚持和发展毛泽东文艺思想——纪念〈讲话〉发表50周年暨毛泽东文艺思想研讨会在成都召开》,沙汀的《到人民群众中去》,艾芜的《〈讲话〉是我们创作的指南》,马识途的《为繁荣有中国特色的社会主义文艺而努力》,李敬敏的《略论〈讲话〉中关于文艺本性的思想》,艾斐的《马克思主义的科学人性观》;同期,发表吕进的《东鳞西爪说于沙——读〈于沙诗选〉》;谢海阳的《和生活一起前进——论梁晴的小说创作》;丁胜如的《陈源斌小说的悲剧意蕴》;丁帆的《改革大潮中农民文化心态的描摹——读王剑章的三部小说》;唐鸿棣的《捕摄美,报告美,创造美——论江宛柳的报告文学创作》;阎建滨的《生存之累与信仰之轻——论新写实的精神价值取向》;彭斯远的《继承与超越的轨迹——崔桦的小说艺术》;丁临一的《清新隽永的战地新歌——评老山诞生的歌》;曹纪祖的《"乱花渐欲迷人眼"——一九九一年四川诗歌创作巡礼》;吴尚华的《对知识女性老年人生的双重透视——读谌容长篇小说〈人到老年〉》;沈太慧的《思念总在分手后——读高缨的中篇小说〈薛玛姑娘〉》;傅德岷的《热切的爱恋与忧思——读陈焕仁的散文集〈小楼又东风〉》;郭久麟的《海外游子故国情——读旅美华侨刘荒田的诗集〈北美洲的天空〉》。

《莽原》第4期发表曹元勇的《走向成熟的叙事艺术——读中篇小说〈永远的夏天〉》;蔡翔的《拯救与慰藉》;汪淏的《流浪者之歌——郑彦英小说近作阅读笔记》。

《湖南文学》第7期发表刘强的《独钓寒江雪——聂鑫森写意》;李虹的《人生的围困——一位现代女性的生命走向》;叶梦的《逃避矫情》。

《四海—台港海外华文文学》第4期发表袁良骏的《新领域、新开拓、新贡献——於梨华长篇小说试论》。

6日,《河北文学》第7期发表杨品的《探索小说的历史价值与现实评价》;赵玉彬的《意境的拓展——康志刚小说浅论》。

《台港文学选刊》第7期发表武治纯、李魁贤的《台湾文学的主流界说及其他》;王保生的《走向深切的艺术剖视》。

7日,《天津文学》第7期发表张同吾的《无极之路与有岸之海——诗的本质》;木弓的《读书札记二则》。

9日,《文学报》发表陆棨的《我的形象如乞丐》(创作自述);汪曾祺的《感觉是一种才能——黑孩和她的散文》;朱鸿的《散文的人格意象》。

10日,《小说林》第4期发表姚楠的《一意探索两个世界——左泓儿童小说和成人小说巡礼》;王敬文的《对普通人生的透视——读迟子建的长篇处女作〈树下〉》。

《中国作家》第4期发表朱谷忠的《我说郭风》。

《时代文学》第4期发表袁忠岳的《心灵的沉吟》;黄国柱的《追求优美的军事艺术境界——朱苏进〈祭奠星座〉读后》;王干的《朱苏进的审美三情结》。

《诗刊》第 7 期发表吕进的《立象与建构》；陈显荣的《从〈质量万里行〉想到诗》；储大泓的《真诚的激情　独特的风格——读〈黎焕颐抒情诗选〉》；黄益庸的《他属于大森林——读〈鲍雨冰森林诗百首〉》；吴嘉的《一石，一个不著名的诗人》；未凡的《高云和他的诗——读〈高云诗选〉》。

《读书》第 7 期发表朱健的《照亮一切生在世上的人》；谭其骧的《一草一木总关情——邓云乡与燕京乡土》；王蒙的《清新·穿透与"永恒的单纯"》。

《当代文学研究资料与信息》第 4 期发表黛青《"后现代：台湾与大陆的文学形势讨论"综述》。

12 日，《中流》第 7 期以"'发扬延安精神　繁荣文艺创作'座谈会发言摘登"为总题，发表李准的《发扬延安精神　繁荣文艺创作》，王巨才的《自觉坚持文艺的社会主义方向》，刘绍棠的《理直气壮　不遗余力》，于敏的《为改造二字正名》，王玉堂的《欢迎作家到科学家中来》；同期，发表本刊评论员的《发扬我们的精神优势》；辛治的《我们并非大海的孤舟——"边远小镇纪事"的核实之纪实》。

15 日，《文学评论》第 4 期发表樊星的《深化当代文学史的研究——中国当代文学史学术讨论会纪要》；韩石山的《看她锦心绣口——评何玉茹的小说》；高洪波的《解析高建群　兼谈他的四部中篇小说》；黄毓璜的《忆明珠的散文世界》；姚雪垠的《从历史研究到历史小说创作——从〈李自成〉第五卷的序曲谈起》；斯义宁的《"后现代：台湾与大陆的文学形势"研讨会纪要》。

《长城》第 4 期发表贾平凹的《文学访谈录——答"长城"编辑问》；李瑛的《庄严回答历史的召唤——在〈青藏风景线〉作品讨论会上的讲话》；吴亮的《广场镜像》。

《江南》第 4 期发表刘枫的《重振文化之邦——在全省文艺工作座谈会上的讲话》。

《钟山》第 4 期发表叶兆言的中篇小说《挽歌》；同期，"'麦圈杯'读者评论栏"发表张德林的《色彩纷呈　各领风骚——点评四部中篇》，王必胜的《情绪的还原——论四篇小说随感》，贺绍俊的《在城市文化与乡村文化的权衡中》，陈晓明的《难能的小说》；同期，"'美奇杯'专家评论栏"发表成瑞华的《永远关注人——说黄蓓佳的〈藤之舞〉等小说》，陆根生的《没有钱　泪汪汪——谈苏童〈十九间房〉有感》，岑煦的《花开花落，顺其自然——读范小青的〈还俗〉》，徐爱珍、徐宁燕的《读〈民谣〉和〈十九间房〉》；同期，发表吴亮的《"车库 91 展"札记》。

《特区文学》第 4 期发表野曼的《香港诗人晓帆和他的小诗》;谢福铨的《犁青情寄山水》。

《文艺争鸣》第 4 期发表黎湘萍的《超越压抑:从语言选择到叙述——观察台湾小说写作史的一个视野》。

17 日,《作品与争鸣》第 7 期发表曹凤的《圣火中的金凤凰——读报告文学〈圣火〉》;张学敏的《风起于青萍之末——评周渺新作〈起步〉》;宋强的《道德判断的偏失——评周渺的中篇小说〈起步〉》;王安忆的《故事不是什么(节选)》(原载《文学角》1989 年第 1 期);杜元明的《〈温家窑风景〉印象——读〈到黑夜我想你没办法〉和〈铜瓢铁瓢瓮上挂〉》;汪曾祺的《〈到黑夜我想你没办法〉读后》(原载《北京文学》1988 年第 6 期);王铁仙、刘观德的《关于〈我的财富在澳洲〉的通信》(原载《文汇报》1992 年 1 月 19 日);徐中玉、朱桦的《他的财富在澳洲,终属故土——读刘观德的〈我的财富在澳洲〉》(原载《小说界》1991 年第 6 期)。

18 日,《文艺报》第 28 期发表江晓天的《血肉丰满的民族资产阶级人物形象——读鄢国培的小说〈长江三部曲〉》;刘金祥的《雄浑的悲歌 壮美的画面——读雪墨长篇小说〈哈尔滨保卫战〉》;杨葵的《祸兮?福兮?——读雷建政小说集〈劫道〉》;张厚明的《感情与理性交融的心灵世界——评董宏量诗集〈少女与鸽子〉》;张玉华的《恢宏的导弹部落交响曲——读报告文学集〈崛起的战略导弹部落群〉》;殷白的《斯文悠悠别有情——序〈吴成蔚抒情作品选集〉》;叶公觉的《小巷女子与大千世界——谈吕锦华的散文创作》;渝友的《一代莘莘学子的深沉恋歌——读长篇小说〈囚锁在荒原上的爱〉》。

20 日,《小说评论》第 4 期发表张韧的《一九九一年小说四大现象》;张惠平(正文为张惠辛)的《童年视角:回归与放逐——试析近年"童年小说"现象》;雷达的《失落的追求——谈陈丹丹的小说》;陆文虎的《再创世的寓言——读钱钟书的〈上帝梦〉》;胡德培的《韦君宜小说的独到艺术——从〈旧梦难温〉〈老干部别传〉谈开去》;曹增渝的《用激情和理性浇注当代英雄——兼论张一弓对主流文学的意义》;刘海军的《跨越心灵的"栅栏"——张欣小说创作略论》;董大中的《稻畦里的复调音乐——读李海青的小说》;杨品、王君的《从文坛边鼓手到小说创作家——高岸小说面面观》;黄景忠的《雷铎战争小说评论》;陈柏中的《哈萨克族当代小说发展的新生态——漫评〈走动的石人〉》;孙豹隐的《别一种沧桑透视——评短篇小说〈英雄〉》;王春林的《循环:人生的怪圈——杨争光中篇近作解读》;王兰英的《女儿河的语言描述》;唐人的《农村现实的真实反映——读〈锻炼〉》;忽来哉的《古典情怀的现代尴尬——读蒋韵的〈古典情节〉》;济安的《微醺中的人生感悟——读高岸的〈微醺〉》;春生的《好梦为何不能圆——谈邓友梅〈好梦难圆〉的新意蕴》。

《上海文论》第4期发表林树明的《新时期女性主义文学批评述评》;张京媛的《从寻找自我到颠覆主体:当代女性主义文学批评发展趋势》;鲁妮的《镜域之中:西方女性主义电影理论综述》;喜勇的《文学的窘境——王朔作品的解读和思考》;艾云的《灵魂的还乡:谈迟子建的〈原始风暴〉及其他》;邵燕君的《一个解读神话的过程——读王安忆的近作〈叔叔的故事〉》;蔡翔的《知识分子与江湖文化——中国文学中的"任侠"问题》;南帆的《超越本义》;管卫中的《西部忧患者的沉吟——〈中国西部文学纵观〉序》;潘知常的《起飞的图腾:当代大众文化——序〈当代图腾〉》。

《长江》第4期发表岳恒寿的《简论张诚》;易中天的《好梦难圆——读周永祥著〈三个女人三个梦〉》。

《暨南学报(哲学社会科学版)》第3期发表郭小东的《永远的异乡人二题——论梦莉与司马攻》。

21日,《文艺研究》第4期发表吴慧颖的《毛泽东对文学接受理论的重大贡献》;靳绍彤的《毛泽东的诗词美学》;唐跃、谭学纯的《静态接受与动态接受》;傅道彬的《森林的象征及其文学意蕴》;陈坚的《论苏俄文学对夏衍世界观和文艺观的影响》。

24日,《文艺理论与批评》第4期发表程代熙的《关于文艺批评——为毛主席的〈讲话〉发表五十周年而作》;李扬的《生活真是这样吗?——从新写实小说的阅读感受谈起》;尚文的《关于新写实主义》;陆贵山的《对"文学主体性"理论的综合分析》;邓启光的《"不畏浮云遮望眼,自缘身在最高层"——从〈希望〉看作家的使命感和对创作的深刻影响》;孙豹隐的《颇具特色的人生探索和艺术追求——简评中篇小说〈晚安,舅舅〉》;火村的《古体今用结硕果——读刘颖南同志章回体小说〈青山飞人〉有感》;孙达佑的《浩然对毛泽东〈讲话〉思想的实践》;潘亚暾的《高擎民族文学大旗的颜元叔——兼评〈谈民族文学〉》;刘金的《马宁和他的创作——为〈马宁文集〉出版而作》;任愫的《乡土情深 诗韵淳真——论刘章诗的艺术风格》;刘润为的《如何看待当前文艺创作的主旋律》。

25日,《文艺报》第29期发表马识途的《通俗小说的新尝试——〈雷神传奇〉后记》;凌行正的《他在西南厚土中》;姜宇清的《文化的融通 诗情的灌注——读李文珊的域外游记散文》;涪村的《人格力量的体现——评里遥的报告文学集〈地老天荒〉》;许世杰的《观察人生的独特视角——对反映残疾人生活的文学创作的几点思考》;陈模的《读〈人生·爱情·艺术〉》;高介子的《一束典雅的紫罗兰——评顾潇的〈梦追南楼〉》。

《当代作家评论》第4期以"批评之批评"为总题,发表郑有的《小说潮汐的感应与解析——评〈新时期小说读解〉》;同期,发表陈晓明的《胜过父法:绝望的心理自传——评余华〈呼喊与细雨〉》;韩毓海的《大地梦回——〈呼喊与细雨〉的超验救赎意义》;潘凯雄的《〈呼喊与细雨〉及其他》;林斤澜的《杨沫心态》;刘兆林的《散说朱苏进》;谢永旺的《〈则天皇帝〉读后随记》;张志忠的《读奇文,话奇人——张承志〈心灵史〉赘言》;沈金耀的《贾平凹的散文艺术》;王必胜的《熊诚〈狂澜〉四题》;祝丽的《自己成为自己的地狱——读〈桃花灿烂〉》;吴亮的《在写作的日子里——关于西飐的〈季节之旅〉》;管卫中的《灵魂里,有一堆浇不灭的圣火——李镜小说的特殊意味》;张德明的《浑厚文化力场的建构——评王朔两个中篇近作》;谢冕的《散文文体的个人风貌——读王充闾的散文》;罗中起的《直视现实的审美取向及其深拓与浅滞——孙春平小说创作分析》;陈瑞周的《评〈王天一传记文学选〉》;李树声的《人的颖悟与梦的追寻——漫谈凌力的作品及其他》;凌力的《致李树声》;谷梁的《道德的光彩和束缚——关于巴金传记的一封信》;吴俊的《呼唤文学的正义之声》;珍妮的《文坛热点今何在?》;杨劫的《角色扮演者——当代的小说家们》;李晓峰的《龃龉与回归——关于新写实批评与创作走向的思考》;郑敏的《20世纪大陆文学评论与西方解构思维的撞击》;张业松的《拆碎七宝楼台——席慕蓉诗境界说》。

《海峡》第4期发表林承璜的《历史使命感、社会责任感和其他——论台湾郭枫的散文》;何绵山的《智者的散文——试论俞元桂散文集〈晚晴漫步〉》;谢有顺的《爱情故事与都市梦——评江汉的〈鹊桥上的星星〉》。

《通俗文学评论》第1期发表汪剑光的《金庸小说人物论》。

27日,《文学自由谈》第3期发表彭荆风的《知人·写人·"写完了"》;张贤亮的《追求智慧》;舒婷的《我读〈行走的风景〉》;邓刚的《作家的能耐》;曹志培的《作家被"养"的窘态》;蔡江珍的《读〈中国当代散文史〉》;宋家宏的《谈接受者的"期待"心理》);榛子的《读汪先生有感》;高万云的《语言的"失度"与"适度"》;袁方的《文学自古寂寞事》;昌耀的《报诗人叶延滨书》;陈建功的《四合院的悲戚与文学的可能性》;鲁羊、汪政的《关于"文人语言"的通信》;胡德培的《简单与复杂》;李尚才的《说"读者意识的负效应"》;木弓的《主题与功能》;谷梁的《凡人的悲哀——读钱理群的〈周作人传〉》;子干的《1991年:中短篇小说的变化》;李锐的《〈旧址〉序言及后记》;张长的《我只想把故事讲好——〈太阳树〉后记》;孙颙的《在高高的书架下》(《雪庐》创作自述);孔见的《谈赵伯涛散文近作》;何镇邦的《读彭荆风新作〈绿月亮〉》;郭风的《吴然散文印象》;陈骏涛的《序诗集〈感情的时间〉》;周介人的《读〈小学教师〉》;薛宝琨的《富于创见的论文》(评刑广域的《幽默的美学品格》);刘火的《读〈老旦是一棵树〉》;康锦屏、张盛如的《内涵丰富的书》(评《新时代作家创作艺术》);韩进的《报告小说的成功尝试》;刘素芬的《好小说〈四妹子〉》;肖云儒的《读〈丛影吟〉》;李子云的《台湾小说评选集的诞生过程》。

30日,《小说月报》第7期发表夏峰的《继承与嬗变 坚持与发展——纪念〈在延安文艺座谈会上的讲话〉发表五十周年》;裴建平的《两难人生》。

《文学报》发表朱成蓉的《魂系军魂——康其纲其人其作》。

31日,《华声报》发表潘亚暾的《海外华文巨观扫描》。

本月,《作品》第7期发表黄浩的《关于建设有中国特色的社会主义文化思考》;吕雷的《寻找那座桥——杨剑军营小说谈片》;罗宏的《"崛起"的历史诗情与"崛起"的审美自信——"崛起"丛谈之二》;朱安的《散文一议》;舜子的《作家的"出路"》;李硕儒的《回环往复,天成出新——世界文化交汇互补杂谈》;艾彤的《杂文作家一二三》。

《萌芽》第7期发表《中央政治局委员、国务委员李铁映同志致本社的一封信》;曹阳的《〈献给后代的报告(第一辑)〉后记》;曹惠民的《世纪风吹进散文园》。

《博览群书》第7期发表李星的《梁凤仪小说中的女性群体》;冯异的《李敖和琼瑶之争》。

本月,东北师范大学出版社出版卢善庆的《台湾文艺美学研究》。

陕西人民出版社出版龙泉明的《在历史与现实的交合点上:中国现代作家心理分析》。

山东大学出版社出版牛运清的《大地之子的抉择》。

北京师范大学出版社出版李洁非、杨劼选编的《寻找的时代:新潮批评选萃》。

文津出版社出版刘士杰的《审美的沉思》。

时代文艺出版社出版顾骧的《新时期文学纵论》。

8月

1日,《山西文学》第8期发表韩石山的《执著于变通——评李海清的小说》。

《上海文学》第8期发表向荣的《告别伊甸园——魏志远小说论》;王干的《叶兆言苏童异同论》。

《文艺报》第30期发表蒲苇的《冯德英的形象世界——评〈晴朗的天空〉》;马联玉的《对中华文化执拗的爱——〈周颖南与中华文化〉序》;夏启良的《怎一个情字了得——读叶文玲散文集〈不了情〉》;敏岐、叶滨的《寻找幸福鸟:林冬诗歌散论》;顾骧的《论"崇高"——与严昭柱先生商榷》;奎曾的《当代文艺批评的职责——〈鼓吹与论争〉读后》;栾文华的《他追求更深的生活底蕴——评朱奇的散文集〈泰国萍踪〉》;老谭的《别出心裁写汗青——简评〈上帝鞭折钓鱼域〉》;周彦文、范玉刚的《一曲华鋆悲歌——评傅德岷的〈魂荡华鋆〉》;和谷的《谢强的散文》;郭风的《独特的散文文体》。

《作家》第8期发表孟宪忠的《立其大者 小者自立——散文观念变革谈》;张同吾的《诗之恋——张志民印象》;吴亮的《俱乐部透视学》。

《解放军文艺》第8期发表张东的《〈大决战〉的影像视界》;《我看〈大决战〉——解放军艺术学院谈片》;黄献国的《拨响军旅人情美的丝弦》。

4日,《山东文学》第8期发表马瑞芳的《折得疏梅香满袖——〈山东文学〉近两年散文漫谈》;王邵军的《散文三评》。

5日,《北方文学》第8期发表陆伟然的《论诗的意象》。

《湖南文学》第8期发表胡德培的《自我发现与自我局限》;余三定的《自觉的使命意识——张步真近期创作漫评》;雷抒雁的《缠绵诗情的眼睛——序谭晓春

诗集〈忧郁的诗情〉》。

6日,《文学报》以"一起由文艺批评引起的诉讼案"为总题,发表吴若增的《我的声明》;转载《文学自由谈》1991年第4期潘渊之的《吴若增的失落》;《〈文学自由谈〉1992年第一期编后》;《文学自由谈》1992年第1期张春生的《文风:潜在的人格》。

《河北文学》第8期发表汪凌的《淡泊与智慧——试论中国传统文化对孙犁晚近创作的影响》;刘甫田的《弘扬伟大民族精神的乐章——读刘向东新近诗作》。

7日,《天津文学》第8期发表杨匡汉、班澜的《姗姗来迟的第十位缪斯——关于当代"新学院批评"的思辨》;王宁的《批评的困惑与顿悟》;张伟刚的《如水,如诗——海男小说印象点滴》。

8日,《文艺报》第31期发表杨品的《对人间温情的追求——胡正小说〈重阳风雨〉漫评》;管桦的《惜今斋里的学者——刘峻骧》;吴思敬的《崇高而无私的爱——〈世纪之爱——师梦奇大姐传奇〉读后》;余三定的《以常为奇,化俗为雅——浅析姜贻斌的小说》;杨锦的《雪的声音 冰的声音——读杨川庆的诗集〈最后的冬天〉》;专栏"'文学价值论'讨论"发表邵伯周的《"文学价值"论应该有哪些内涵?——与冯宪光同志商榷》(回应1991年12月28日《文艺报》发表的冯宪光的《文学价值的根本来源——与文学价值主体论者商榷》),斯义宁的《后现代——台湾与大陆的文学形势专题研讨会综述》。

10日,《北京文学》第8期发表鲁枢元的《读解〈筝波〉》;李洁非的《普通小说类型论》;吴方的《阅读四题》。

《诗刊》第8期"新诗话"栏发表沙白的《弃与藏》,马立鞭的《借代与诗的情理悖谬》,峭岩的《诗语小集》;同期,发表艾青的《序〈中国散文诗〉》;纪鹏、王宗仁的《〈中国散文诗(北京卷)〉跋语》;刘强的《冷峻:诗美的一种别致——郑玲诗创作的艺术发展》;盛海耕的《牛汉诗的崇高美》;孔孚的《致马林》。

《读书》第8期发表唐小兵的《在黑暗闸门的后面》;吴岳添的《后女权主义时代》。

《写作》8期发表胡毓智的《盼归的思妇心态与无根的过客心理——也说郑愁予的〈错误〉》。

11—14日,昆明、台北儿童文学研讨会在昆明召开。

12 日,《中流》第 8 期发表本刊编辑部的《刺破青天锷未残——学习江泽民总书记"七一"讲话》;魏巍的《真正的爱国者——读颜元叔诸先生文章有感》;颜元叔的《盘古龙之再临——答苏晓康先生》;王文兴的《中国社会主义的人道面》;郭一村的《谁对苦难残忍地漠视?》;本刊评论员的《贵在全心全意——向读者推荐〈包罗万象〉的背后》;姚青苗的《文风之我见》。

15 日,《文艺报》第 32 期发表赵则训的《情满天地——读南永前的诗集〈山魂〉》;木弓的《务实的晋江人——读报告文学集〈晋江人〉》;刘绍智的《一个西部作家的情愫——谈吴淮生的散文》;晓光的《历史的眼光被推远了——评长篇小说〈黑玫瑰〉》;张彦文的《军旅和故乡融合的诗情——读杨德祥散文诗集〈流水吟〉》;专栏"'文学价值论'讨论"发表纪众的《文学价值、价值本源与价值规定性——兼与冯宪光同志商榷》。

17 日,《作品与争鸣》第 8 期发表杜元明的《一篇颂扬我国军威的佳作——读报告文学〈中国第一旅〉》;江迅的《"金钱梦"和"文化梦"——刘观德及其〈我的财富在澳洲〉》(原载 1991 年 8 月 15 日《文学报》);胡静波的《悲凉的调子——略谈刘观德〈我的财富在澳洲〉的感情主旋律》;赵小琪的《物质填不满心灵——〈饥饿〉分析》(原载《台港文学选刊》1992 年第 3 期);黄黎星的《刺激与诱导——小议〈饥饿〉的艺术手法》(原载《台港文学选刊》1992 年第 3 期);徐世丕的《一篇发人深省的故事——评小说〈穷寨〉》。

20 日,《文学报》发表何西来的《世纪末的回顾与前瞻——关于文艺学的发展走向》;吴俊的《评论的没落》;杨剑龙、杨智勇的《周梅森军旅小说中的"矿井情结"》;樊星的《理性与激情的结晶——评李运抟〈当代小说世界面面观〉》;周晓的《阅读是一种享受——评韩辉先〈校园喜剧〉》。

《广东社会科学》第 4 期发表饶芃子的《足迹和心影——〈泰国华文小说选集〉评介》。

《福建论坛》第 4 期专栏"谈台湾文学在中国文学中的地位(笔谈)"发表吕良弼、汪毅夫的《谈台湾文学在中国文学中的地位》,林承璜的《台湾文学的共相与殊相》,余禺的《文学的特殊性与民族的认同感》,游小波的《前言后语 判若两人》,包恒新的《事实与共识》。

22 日,《文艺报》第 33 期发表袁厚春的《好兵自应成阵势——写在〈海军作家丛书〉出版之际》;秦牧的《塞北江南如画图——王知十〈行云集〉序》;封秋昌的

《孕育生命的诗——简议铁凝及新作〈孕妇和牛〉》；林为进的《执着的追求　执着的爱——谈展锋的长篇小说》；夏玲的《"留学生文学"的新收获——评李佩中篇小说集〈遥远的海〉》；专栏"'文学价值论'讨论"发表谢焜炳的《从经济角度看文艺能否商品化》。

24日，《文学报》发表汪迅的《〈勤＋缘〉梁凤仪的小说和她的出版社》。

27日，《文学报》以"文学向哪里去"为总题，发表赵长天的《文学总会存在下去》；戴厚英的《为了精神的充实》；俞天白的《二次分流赞》；陈村的《我们的天数》。

本月，《小说月报》第8期发表刘醒龙的《留下青翠的草木》。

《小说界》第4期以"我看小说"为总题，发表谢冕的《有用或无用的小说》；戴厚英的《小说小说》；张颐武的《小说闲话》；方克强的《小说：危机感与生命力》。同期，发表《上海首届长中篇优秀作品奖评委会议纪要》。

《小说家》第4期发表白烨的《看客的观感》；周政保的《小曲好唱口难开》；黄泽新的《各显其能的擂台风采》；缪俊杰的《难当的"裁判"》。

《文艺评论》第4期发表张奎志的《当代文学的选择》；张荣翼的《预见性——文艺理论的反思盲点》；刘秀梅的《尊重当代鉴赏主体的审美参与意识》；王彪的《与历史对话——新历史小说论》；徐剑艺的《血亲恋情结与乡村爱情小说——中国当代乡村小说的文化人类学研究之一（下篇：非性的审美）》；临轩的《有限的本土与无边的艺术》；司汉科的《走出交叉地带——新小说与新写实小说比较论》；张同吾的《长诗与短诗的审美特征》；韩子勇的《我读杨争光》；赵佩玲的《时有幽花一树明——一九九一年〈北方文学〉小说选读》；刘顺利的《美学基因的改造——陶同〈全息正负美学〉评价》；刘戈的《疏野清奇一束花——评〈北大荒袖珍诗丛〉》；蔡翔的《咬文嚼字》；吴亮的《酒吧类型学》；李琦的《三封信》；蔡桂林的《文学：在两个世纪的交叉点上》；彬彬的《偶思长短录》。

《当代作家》第4期发表张正平的《情感皆在不言中》；吴双的《零零散散地想》、《拉拉杂杂地说》；李正武的《梦里哪有橄榄树》；耿占春的《语言·感觉·回忆——读〈佛岛诗情〉》。

《百花洲》第4期发表黄伟宗的《论本根文化意识及其典型作家——程贤章》；游焜炳的《农村众生相的关照——〈天堂挣扎录〉人物论》。

《作品》第8期发表杜峻的《那一片云霞——读张颖小说三题》；何镇邦的《作

家要做"通家"》;饶芃子的《关于艺术精神的思考》;罗宏的《"崛起"的心悸与理智的现实——"崛起"丛谈之三》;王列耀的《谢望新与"广派"文学批评》;赖伯疆的《正确认识社会主义文艺的功能》。

《芙蓉》第4期发表兰爱国的《地域文化影响下的当代文学》;吴亮的《竞技场透视》。

《萌芽》第8期发表张锲的《人生的底蕴在于追求——序韩小蕙散文集〈悠悠心会〉》。

《写作》第8期发表胡毓智的《盼归的思妇心态与无根的过客心理:也说郑愁予的〈错误〉》。

《泉州文学》第2期发表古远清的《富有当代性、现实性的散文诗理论:评徐成森的〈散文诗的精灵〉》。

《语文月刊》第8期发表古继堂的《睡醒的雨——谈台湾诗人李春生的诗(上)》。

两岸三地文学探讨会在北京、南京、上海等地召开。

本月,北岳文艺出版社出版李元洛的《写给缪斯的情书——台港与海外新诗欣赏》。

百花文艺出版社出版施建伟的《林语堂在海外》。

花山文艺出版社出版曹广志的《新时期河北通俗文学论集》。

武汉出版社出版冯贵民的《毛泽东文艺思想体系论稿》。

中国国际广播出版社出版奚跃华编的《青春园:台湾校园散文赏读》、《花季梦:台湾校园小说赏读》,李珊利编的《爱的橄榄:台湾爱情诗赏读》。

9月

1日,《山西文学》第1期发表阎晶明的《故事·文化·叙述——对高岸小说的一种理解》;张贺琴的《时代的青春气息——读长篇小说〈世界正年轻〉》。

《上海文学》第9期发表杨扬的《论文学与文化的内在冲突》。

《四川文学》第9期发表向荣的《人在旅途的文化风景——〈四川文学〉中篇小说专辑的一种解读》；吴野的《从商场转战文坛——谈漠然和她的处女作》。

《解放军文艺》第9期发表刘盛的《话说分寸》；周政保的《军旅小说杂述》。

《台湾研究集刊》第3期发表何笑梅的《台湾科幻小说的创作及其特点》；徐学的《当代台湾散文中的故园意识》。

3日，《文学报》发表李小雨的《关于陶罐》(诗歌《陶罐》创作自述)。

4日，《山东文学》第9期发表张玉初的《革命精神与当代意识的有机结合——评陈进轩的中篇小说〈梦中的黄河滩〉》；袁忠岳的《内心世界的意象呈现》。

5日，《文艺报》第35期发表康式昭、李世凯的《严谨的耕耘　勤奋的登攀——读〈陈昌本中短篇小说集〉》；梁长森的《积极人生的礼赞——评李建华诗集〈男子汉的沉思〉》；周星的《小说艺术的新探索——评吴福辉〈带着枷锁的笑〉》；吴秉杰的《问题的提出——读吴海民〈来自音像世界的警示〉》；罗扬的《文艺要面向农村》；文翙的《生机盎然的理性建构——读肖云儒的〈八十年代文艺论〉》；古远清的《陈映真的文学思想》。

《当代文坛》第5期发表唐晓丹的《新时期文坛上的双子星座——简论王安忆和铁凝创作流变中的契合现象》；潘亚暾的《努力跨越散文新高度的杨羽仪——〈大漠惊魂〉读后》；何镇邦的《人性的开掘与文体意识的觉醒——曾英小说创作初论》；孙郁的《林非的治学与创作》；王菊延的《人生组曲的新变奏——评池莉中篇小说〈你是一条河〉》；苏恒、胡映浓的《真实终归是艺术的生命——读〈高缨小说18篇〉》；蒲永川的《沙汀新时期小说创作初探》；廖全京的《他轻轻地说：地球，我的家园——读〈程宝林抒情诗拔萃〉》；乌且的《读〈夜歌〉》；牛志强的《现实躁动与历史窒息——评长篇小说〈招魂〉》；胡雪松的《红土浓情润芳华——读小说集〈鬼谷情冤〉》；张叹凤的《白花红喙啼惊心——读干天全〈梨花纷飞〉》；张继楼的《幼儿生活小诗得失谈——读常福生的〈会走路的蘑菇〉有感》。

《莽原》第5期发表宗树洁的《意义的空白与空白的意义——新写实小说的接受美学对话》；梅蕙兰的《超越世俗——从张宇的新作看其精神转向》；曲春景的《文学与语言的对话》。

《湖南文学》第9期发表弘征的《青春与火焰的歌——读廖志理的诗小札》。

《四海——台港海外华文文学》第5期发表徐学的《当代台湾散文的总体风貌》。

6日,《河北文学》第9期发表李扬的《生活:在幽暗与澄明之间——读郭淑敏散文近作断想》;方伟的《生存:诘问中的呼唤——读陈映实的中篇小说〈下个星期天〉》;贾大山的《我读〈枯井〉》。

《台港文学选刊》第9期发表徐学的《王鼎均散文创作论》。

7日,《天津文学》第9期发表陈思和的《创意与可读性——试论台湾当代科幻与通俗文类的关系》;王玉树的《关于文学的朦胧性——读书偶记》。

10日,《小说林》第5期发表谭健的《唯造平易难——读易木中篇小说〈知青连〉》;司汉科的《走出东北角,走出黑土地——评刘国民小说创作》。

《文学报》发表潘渊之的《"第二被告"如是说》;吴若增的《我为了什么要起诉〈文学自由谈〉》;陈辽的《〈战争和人〉意如何?》;戴仲燕的《鲜亮的人生和他的灰色故事》(评苏童的创作)。

《中国作家》第5期发表孙星的《冯至先生》。

《北京文学》第9期发表罗小东的《论常利民的小说》。

《诗刊》第9期发表梁南的《读"诗歌经验现象"的反思》;冯至的《读〈中国新诗库〉(第三辑)——致周良沛》;束沛德的《真、善、美的孩子天地——读〈林焕彰儿童诗选〉》;潘天强的《铿锵的木斧声——读木斧诗印象》;吴开晋的《使古典诗美与现代诗美相契合——读匡满的〈天堂之歌〉》。

《雨花》第9期发表叶橹的《人情世事尽文章——读忆明珠〈小天地庐漫笔〉》;王干的《写实之纯——王明皓小说简评》。

《读书》第9期发表朱正琳的《读〈一百个人的十年〉有感》;陈平原的《理论整合》。

《语文月刊》第9期发表守拙的《张弛相济 涉笔成趣——读陈若曦的〈骑骡记〉》;王淑秧的《悬念的迭生与作品的艺术效果——读尤今的〈"骆驼"尾巴〉》。

王火的长篇小说《战争和人》在人民文学出版社召开。(《当代》本年第6期)

12日,《文艺报》第36期发表高洪波的《好一个仇振亮——读报告文学〈东方的道路〉》;罗守让的《贴近现实 表现改革——喜读谭谈长篇新作〈桥〉》;王浩洪的《对精神价值的执着追求——刘醒龙三部中篇小说评介》;专栏"'文学价值论'讨论"发表冯宪光的《在争鸣中建设新的文学价值论——兼答邵伯周、纪众同志》;同期,发表彭荆风的《夕照中的叹息——评〈风流父子〉》;成善一的《从生活真实到艺术真实——试谈刘庆邦小说的特色》;张执浩的《二十世纪的最后一夜——〈程宝林抒情诗拔萃〉漫评》;李光训的《质朴清新,情真意美——漫评曹继铎散文的艺术特色》;亦麻的《抒情的哲思——谈〈高云诗选〉》。

《中流》第9期以"愿革命歌曲世代传唱"为总题,发表王晓恭的《一曲爱国主义的赞歌》,虞文琴的《希望之歌常青》;同期,发表钱海源的《忠于社会主义艺术的使命——工笔人物画家陈白一的艺术之路》;高扬的《血与火凝成的情歌——读李涌的长篇小说〈风雨情缘〉》;本刊编者的《读颜元叔教授的〈邪恶帝国〉》。

《安徽教育学院学报》第3期发表潘亚暾的《海外华文文学现状及思考》;徐学的《80年代台湾散文状况与趋势》。

15日,《文艺争鸣》第5期发表张瑗的《十七年小说与"中间人物"》;南帆的《新写实主义:叙事的幻觉》;梁新俊的《关于"新写实小说"的争鸣综述》;张颐武的《梦或神话:我的东北故事》;毛浩、李师东的《地域文化的现代化——在远处看东北文学》;专栏"文艺百家·王安忆小说讨论会"发表方克强的《王安忆论——亲子间离情结与命运观》,李念的《西西弗斯的咏叹——评王安忆近作〈神圣祭坛〉〈叔叔的故事〉〈妙妙〉》,胡河清的《王安忆的"慧心人"》,王安忆的《近日创作谈》。

《文学评论》第5期发表王庆生、陈美兰、范际燕、王又平的《史观·史识·史鉴——深化中国当代文学史研究四人谈》;张志忠的《王安忆小说近作漫评》;黎汝清的《长篇小说十题》;樊星的《贾平凹:走向神秘——兼论当代志怪小说》;黄忠顺的《长篇小说的半部杰作现象——论长篇小说的情节时间与艺术化叙事时间》。

《长城》第5期发表马嘶的《"燕赵艺术"的总体精神、风格、神韵与特色》;何镇邦的《我读〈秋歌〉》。

《江南》第5期发表金江的《满目青山夕照明——回顾我的创作生涯》。

《钟山》第5期"'麦圈杯'读者评论栏"发表雷达的《写在四部小说的边上》,李子干的《远近高低各不同——四篇中篇小说读后》,毛时安的《夏日的文字风景》,谢海阳的《误读乱弹》;同期,"'美奇杯'专家评论栏"发表文青整理的《来自石化总厂的对话》,杨林红的《喜欢的和不喜欢的》;晓琳的《需要时间》。

17日,《文学报》发表方克强的《耕耘知青文学的另一半——评殷惠芬的工厂知青小说》；丘岳的《面对平庸之作》；代一的《真切的人生感受——读〈高云诗选〉》。

《作品与争鸣》第9期发表鲁丁的《矛盾——文学作品中的生长点——中篇小说〈黄军装黄土地〉评介》（原载《时代文学》1992年第2期）；周政保的《〈祭奠星座〉阅读札记》（原载《时代文学》1992年第2期）；晓工的《干瘪的现代寓言——评中篇小说〈祭奠星座〉》；陈东捷的《小说与现实：寻找新的视点——评中篇小说〈祭奠星座〉》；朱苏进的《天真声明（创作谈）》（原载《小说月报》第5期）；汪政、晓华的《超越小说——史铁生〈中篇1或短篇4〉讨论》（原载《当代作家评论》1992年第3期）；史铁生的《谢幕（创作谈）》（原载《小说月报》1992年第4期）；唐芙蓉整理的《〈青草连天〉七人谈》；周云的《"穷"根在何处？——〈穷寨〉对罗汉果的描写想到的》。

19日，《文艺报》第37期发表林默涵的《关于〈一个"左联"兵士的求索〉》；李小甘的《青春没有驿站——记安子和她的〈青春驿站〉》；江长胜的《奋进的强音 深沉的心曲——评王恩宇的诗集〈月光吻着窗纱〉》；王世德的《现实主义与"新写实"小说》；白崇人的《报告文学杂识》。

20日，《小说评论》第5期发表缪俊杰的《粤北改革风云与客家地域文化——评程贤章的长篇新作〈神仙·老虎·狗〉》；陈骏涛的《在凡俗人生的背后——方方小说〈从〈风景〉到〈一唱三叹〉〉阅读笔记》；宋遂良的《我读〈废都〉》；陈旭光、翁志鸿的《视角、语体、模式与作家心态——刘震云小说文本叙事批评》；林冬云的《〈孤独萨克斯〉和它忧伤的回声》；马治军（正文为马冶军）的《在"乡村情感"中修悟人生——张宇小说主题原型论》；彭岚嘉的《生存的话题——从〈桑那高地的太阳〉到〈泥日〉》；王干的《北方图腾与命运的倾吐欲——读高光的小说》；关懿民（正文为关懿珉）的《生命的焦灼与抗争——余华的〈夏季台风〉解读一种》；韩子勇的《苏童：南方的植物》；叶鹏的《寻找"盛着思想的花盆"——评杨景民中篇小说〈渔鼓〉、〈云游〉》；屈雅军的《理性的美与理性的困惑——谈李天芳的小说》；李运抟的《根植于现世的奇景异观——试论新时期"现代传奇小说"》；蔡翔的《人生的艺术化》（第6期续完）；马风的《超前的年龄体验与语言表达——青年小说家的一种追求》；管卫中的《现代荒原上的招魂曲——从邓九刚小说看一种文学新思潮》；肖云儒的《〈爱河〉徜徉录》；梁新俊的《李晓伟中篇小说印象》；中伏的《读张宇的新话本小说》；于夏的《寻找大师的精魂——读许谋清〈寻找大师〉》；截和的《怪圈中的人生——读赵长天的〈书生〉》；安邑的《逆水行舟更奋发——读曾志明的〈上行船〉》。

《上海文论》第5期发表季桂保的《结构主义在中国》；佘碧平的《"无底的棋盘"：解构主义思想概要》；张德兴的《在批评的"荒野"中求索——哈特曼解构主义理论述评》；吴俊的《略论中国现代国学的时代特征与研究心态》；侍春生、吴洪森的《现实主义与现代主义》；陈虹的《肯定与否定的悖论——新写实的意义困境》；袁进的《商品化与近代上海文学》；陈颖的《独特的魅力——读余秋雨〈文化苦旅〉》；张颐武的《退隐的作家——李君维先生与写作的命运》；魏威的《〈金魇〉的魅力及其它——给渠川先生的书简》；林树明的《试析马原的男性叙事》；蔡翔的《知识分子与江湖文化（续）——中国文学的"任侠"问题》；叶洪生的《论当代武侠小说的"成人童话"世界——透视四十年来台湾武侠创作的发展与流变》；徐中玉的《全方位、多层次地研究鲁迅——〈激情与理性——国学大师鲁迅评传〉序》；陈平原的《〈小说史：理论与实践〉小引》。

《长江》第5期发表童志刚的《乐观的宿命——读岳恒寿的中篇小说〈归骚〉》；王维洲的《人生的礼赞——"青峰杯"获奖作品漫议》。

《花城》第5期发表王蒙的《恋爱的季节》（第6期续完）。

《清明》第5期发表罗戎平的《冷静笔法下的理性感悟——评贺毅武的中篇小说〈告帮〉》。

《台湾研究》第3期发表古继堂的《日据末期台湾文学思潮与文学斗争》。

21日，《文艺研究》第5期发表边平恕的《文艺的意识形态性和艺术分类问题》；张涵的《艺术的当代美学视界》；李心峰的《试论艺术的逻辑分类体系》；陶东风的《历时文体学：对象与方法》；杨匡汉的《飞鸟犹知恋故林——论台湾当代文学中的中国文学母题》；黎湘萍的《台湾的忧郁——论陈映真的虚构叙事》；童道明的《焦菊隐和斯坦尼斯拉夫斯基》；叶廷芳的《"垦荒"者的足迹与风采——评林兆华的艺术探索》；黄在敏的《现代戏曲舞台上的空间结构》。

24日，《文学报》发表唐挚的《灵魂病态的真相》（评刘心武的《风过耳》）；李国文的《关于刘心武的〈风过耳〉》；王绯的《"逆向批评"的学术品格》；张锲的《文章之道才、学、识——致王安忆》。

《文艺理论与批评》第5期发表唐正序的《〈讲话〉对马克思主义文艺批评学的重大贡献》；冯宪光的《文学批评的科学方法论原则》；刘玉平的《关于文艺批评

的批评——论文艺批评的实事求是精神》;田怡的《魏巍创作发展的五个阶段》;冒炘、庄汉新的《时代精神的提炼与美学的凝聚——刘白羽散文论》;艾斐的《〈讲话〉与马烽的文学道路》;周启祥的《端木蕻良笔下的雍正皇帝——读〈曹雪芹〉上卷札记》;柳万的《"因为我朝向太阳,所以眼里充满阳光"——读高深的小说集〈军魂〉》;伊云的《多情的魅力——评石英的两本散文集》;谷方的《评李泽厚的审美经验中心论》;罗守让的《文学理论和实践的双重畸变和迷失——评"生命意识"论》。

25日,《文艺理论研究》第5期发表刘挺生的《话语与意蕴——新时期小说的一种读法》;夏中义、朱健松的《漫谈"消遣型的阅读"》。

《当代作家评论》第5期以"批评之批评"为总题,发表楼肇明的《孙绍振和他的幽默研究》,李西建的《从文学编辑到青年评论家——白烨其人其文漫说》;同期,发表孙玉石的《郑敏:攀登不息的诗人》;蓝棣之的《郑敏:从现代到后现代》;切·迈耶的《出路——读郑敏在新时期诗创作的笔记》;吴俊的《诗神,青春伴你同行——郑敏诗歌读后》;王绯的《拆碎王蒙——王蒙幽默、讽刺、调侃意味小说一览》;单理的《作为著作家的高占祥》;胡河清的《论格非、苏童、余华与术数文化》;陈晓明的《空缺与重复:格非的叙事策略》;於可训的《池莉论》;孙郁的《另一种思路——关于〈第二草国〉的思考》;王彬彬的《心债的偿还——潘旭澜先生散文读札》;马风的《超越的艰难——与三位黑龙江小说家对话》;蒋守谦的《民间传说的种子 现代小说的花——徐铎创作印象》;姚一风的《超越死亡:论赵天山小说关于死亡的铸造》;莫言的《说说福克纳这个老头儿》;木弓的《改革对中国作家是吉是凶?》;胡河清的《中国当代文学与文化传统》;丁亚平的《创作的召唤》;潘凯雄的《演绎型文体在文学批评中的规范显现——文学批评文体研究》;徐剑艺的《论新都市小说》;刘介民的《台湾女性诗歌中的"情欲主题"》。

《海峡》第5期发表陈浩的《太平山下诚可爱——简评汉闻〈太平山之恋〉》;张默芸的《金钱毁灭爱情——评吕赫若的〈女人心〉》。

《外国文学研究》第3期发表林锦的《战前五年新马华文文学的论争课题》。

26日,《文艺报》第38期发表邓友梅的《王火王火 非同小可》;殷白的《关于〈战争和人〉》;蔡葵的《选择史诗——读王火的〈战争和人〉》;王火的《〈战争和人〉创作手记》;杨桂欣的《宏大创作计划的良好开端——读长篇小说〈那年冬天没有雪〉》;关耕夫的《一个需要重新审视的理论问题——也谈文学艺术中的"崇高"》;

胡德培的《蒙古族辉煌历史的动人画卷——姜兆文〈穹庐传〉及其他》;陈创业的《〈波斯猫〉的魅力》;吴野的《他把日常生活引进散文——析戴善奎散文的艺术特色》;蔡润田的《文艺创作与鉴赏研究的新收获——评魏丕一〈文艺创作与鉴赏〉》。

30日,《四川外语学院学报》第3期发表余德银的《他山之石,可以攻玉:论英美诗歌对余光中的影响》。

《新疆师范大学学报(哲学社会科学版)》第3期发表蔡兴水的《浪游与追寻:三毛创作的个性与意义》。

本月,《十月》第5期发表白烨的《心性的误区——评胡健的中篇小说〈心里有事〉》。

《小说月报》第9期发表林希的《津味小说浅见》;兆林摘录的《史铁生的超越》(原载本年《当代作家评论》第3期)。

《作品》第9期发表吴奕锜的《尺幅之中见深沉——读黄孟文的微型小说》;木青的《我的现实生活与现实主义》;屠岸的《中国现代新诗发展之我见》;郑莹的《散文诗断想》;罗宏的《杨干华创作简论》。

《青年文学家》第9期发表马顺强的《团结起来 为繁荣我市文学创作而努力奋斗》;马洪平的《试比较论述〈琵琶行〉、〈李凭箜篌引〉和〈听颖师弹琴〉》。

《漳州师院学报》第3期发表田继绚的《略论林语堂的佛教观》。

本月,内蒙古人民出版社出版徐文海的《文海徐探》。

广西师范大学出版社出版周作秋编的《李英敏研究专集》。

海峡文艺出版社出版赵朕的《台湾与大陆小说比较论》。

10 月

1日,《上海文学》第10期发表张新颖的《平常心与非常心——重读史铁生》;张业松的《魅力之源:飞翔于失落——重读苏童》。

《四川文学》第10期发表韩少功的《小说似乎在逐渐死亡》;韩小蕙的《请听一点关于散文的新话》;魏铮的《长篇小说何以遭受冷遇》。

《作家》第10期发表南帆的《艺术还俗》;吴亮的《医院简略图》;季红真的《糊涂孩子的糊涂梦》。

《解放军文艺》第1期发表屈塬的《一种我们尚不熟悉的声音》;林撞的《对另一种生命状态的关注》。

3日,《文艺报》第39期发表黄国柱的《军事文学:在商品经济大潮中生存——中国革命斗争报告文学丛书的启示》;荒煤的《关于〈世纪末的情人们〉致作者》;缪俊杰的《心灵的信息——〈七星篇〉读后漫语》;梁长森的《哲理·激情·力量——读诗集〈赠你一块蓝天〉》;曾实的《吴励生公安题材小说漫议》。

5日,《湖南文学》第10期发表白崇人的《读蔡测海的〈留贼〉》。

6日,《台港文学选刊》第10期发表王保生的《为历史和社会作证》;《揭疮剥夷为人间——试论当代台湾文学中的"环保"意识》。

7日,《天津文学》第10期发表潘凯雄的《对话型文体与对话精神》;王德胜的《言情小说与审美文化——关于当代审美文化的札记》;吕慧敏的《极限的消失:新一代心灵历程的一隅——论琼瑶、席慕容、三毛现象》。

8日,《文学报》发表陈可雄的《"请炼最高贵的感情":台湾诗人余光中访谈录》。

10日,《文艺报》第40期发表萧乾的《中国农村社会的历史长卷——读竹林长篇小说〈女巫〉》;李瑛的《〈日本之旅〉后记》;正言的《唯有真情才动人——赵德举长篇小说〈深绿色的画夹〉序》;祝高的《他与弱小人物的命运共呼吸——〈高缨小说18篇〉读后》;吴思敬的《诗评家的诗——读张同吾的〈听海〉》;晓冰的《王彬和他的〈沉船集〉》;以"中共中央党校'师资培训部'学员毕业论文摘登"为总题,发表陈学璞的《论解放和发展文艺生产力》,陈载舸的《坚持"双百"方针的辩证思考》,刘永新的《"性文学热"寸思录》。

《北京文学》第10期发表吴光华的《来自生活的沃土——中篇小说〈男户长〉读后》。

《诗刊》第10期发表吕进的《强劲的殿军——漫评臧克家〈放歌新岁月〉》;张永枚的《今天仍需要号角和鼓点——读朱子奇诗集〈星球的希望〉》;邹降的《九言诗的建行问题》;屠岸、丁力的《关于〈祭黄帝陵〉的通信》。

《雨花》第10期发表朱玉华的《尽在诗情画意中——谈魏毓庆散文》。

《读书》第10期"文讯"栏发表白烨的《众说纷纭话批评》,《"学院式批评"的提示》,《文学"新时期"的终结》,《电脑写作有扩展之势》。同期,发表柳苏的《杂花生树的香港小说》;陈思和的《人品风格之一斑》;牛宪钢的《如橄榄果的小说》;谢冕的《"异端"的贡献》。

《写作》第10期发表古继堂的《开拓新的题材 寻求新的表现角度——谈台湾青年女诗人的诗》。

12日,《中流》第10期发表山城客的《社会主义文艺的使命——学习札记一则》;陈志昂的《长江的怒吼——关于音乐家章枚》。

15日,《文学报》发表晓蓉的《"豹子"触电归来——电影〈秋菊打官司〉〈菊豆〉编剧刘恒访谈录》。

17日,《文艺报》第41期发表竹韵的《对经济大潮中灵魂的透视——评远山、纯晖的长篇小说〈台湾飘来的渔船〉》;叶楠的《睿智的感悟——读燕燕的小说》;晓冰的《不仅因为记忆的难忘——韩遒寅知青小说读后》;木青的《梦与超越平庸——作家刘元举印象》;彭荆风的《神秘而又多彩的光环——评丁光洪的〈忧乐黄昏〉》;专栏"'文学价值论'讨论"发表董大中的《艺术价值杂谈》,李敬敏的《文艺价值三题》,侯民治的《文学的价值就是审美的价值》。

《作品与争鸣》第10期发表的朱向前的《短有短的难处——读张慧敏短篇三题》;唐人的《农村现实的真实反映——读〈锻炼〉》(原载〈小说评论〉1992年第4期);乔丽华的《读〈锻炼〉》(原载《上海文学》1992年第7期);李淑芹的《对立化了的生活现实——读中篇小说〈锻炼〉》;陈晓明的《读小说〈刘慧芳〉》(原载《钟山》第4期);张德林的《一篇妙趣横生的佳作》(批评对象同上,原载〈钟山〉1992年第4期);贺绍俊的《典型的城市文化样式》(批评对象同上,原载《钟山》1992年第4期);张首映的《圣母、痞子及其毁灭与超越——王朔〈刘慧芳〉读后感》;老旷的《从〈苍凉之地〉到〈原始记忆〉》;王影的《关汝松的审美走向》(评论对象同上);陆根生的《没有钱泪汪汪——读〈十九间房〉有感》(原载《钟山》1992年第4期)。

20日,《当代》第5期发表雷达的《自然欲求中的文化观照——评〈孤坟〉》。

《广东社会科学》第5期发表张绰的《从文化视角论黄谷柳》。

《中山大学学报(哲学社会科学版)》第4期发表王剑丛的《香港新一代南迁作家创作论》。

《暨南学报(哲学社会科学版)》第14卷第4期发表王列耀的《台湾女性文学中的母性审视》;钱虹的《三毛的"故事":阅读的误区——兼谈三毛作品的文体及其读者的接受》;林宋瑜的《割不断的血脉——评黄维樑的两部散文集》。

《福建论坛》第5期发表管宁、叶恩忠的《主体人格精神的艺术展现——施叔青〈香港人的故事〉阐释》。

22日,《文学报》发表吴慧颖的《试析"三个断语"》;杨匡汉的《批评的向度》;西飏的《面向现实:读与写》;子干的《九十年代"羊脂球"——读毕淑敏〈女人之约〉》。

24日,《文艺报》第42期发表张炯的《在苍茫时空中发掘美——读李瑛诗集〈多梦的西高原〉》;李若冰的《心泉喷涌的浪花——读骞国政的散文》;袁忠岳的《让花儿草儿都幸福——读李晓梅的诗集〈最后一朵玫瑰〉》;刘江滨的《心灵流过风景——王玉民游记散文简评》;以"'文学价值论'讨论会部分发言摘要"为总题,发表张炯、刘庆福、陆贵山、程代熙、李正忠、刘润为、涂途的发言。同期,发表张国民的《论文艺价值和商品价值的质别》;黄国柱的《小小世界大风景——读项小米的小说集〈丑娃娃〉》;励笙的《近年福建散文创作概况小识》;奚学瑶的《她从西部走来——读散文集〈迷失在西部〉》;钱谦的《冲出因循着的人生模式——读肖复兴的长篇小说〈青春奏鸣曲〉》。

26日,《小说》第4期发表缪俊杰的《时代的大潮与妇女的命运——评赵熙的长篇〈女儿河〉》;李星的《痛苦和希望:献给山乡女儿的爱——赵熙〈女儿河〉的审美特色》。

27日,《上海大学学报(社会科学版)》第5期发表殷仪的《乡愁,游子心灵的归帆:再论游子文学》。

30日,《台港与海外华文文学评论和研究》第2期发表朱文华的《胡适晚年的学术文化活动》;甘竞存的《值得商榷的"人生指南"——评林语堂著〈生活的艺术〉》;王伟的《雅致地表现雅致的人生——略谈梁实秋散文创作》;吴义勤的《徐訏创作与中外文化》;苦的《戴小华写作结硕果》;陈辽的《卓然独立之文——郭枫散文论》;吴周文的《"美文"语言的审美品格——论文郭枫散文语言艺术》;秦家琪的《郭枫其人》;苏必扬的《传统与现代的融合——评聂华苓小说技巧》;梦花的《美丽的中国人——张诗剑、陈娟二三事》;陈剑晖的《淡而有味——谈岭南人的诗歌创作》;张文彦的《画眉何时再歌唱——读凌烟的〈失声画眉〉》;陈彬彬的《琼瑶现象》；庆华的《"自己的天空"——海外华人女作家联谊会第二届年会述评》；周俟松的《许地山年表(上)》。

31日，《文艺报》第43期发表卢婉清的《文学作为科学载体的尝试——简评丁羽的长篇小说〈大地之光〉》；姜宇清的《张立勤散文特色》；马欣来的《"坚质、浩气、高韵、深情"——读谭昌华〈潮声集〉》；黄献国的《心灵还乡：阎连科小说人格探视》；陈先义的《创自家风格　成一家之言——读朱向前文学评论集〈灰与绿〉》。

本月，《小说月报》第10期发表崔道怡的《又一个海的歌者》。

《小说界》第5期以"我看小说"为总题，发表顾骧的《小说的"人物"与"真实"》，李国文的《小说如人》，陈国凯的《小说毕竟是小说》，张志忠的《小说的南拳北腿》，程树榛的《关于"小说"的一点想法——从读小说、写小说到编小说》。

《文艺评论》第5期发表陈金泉的《形变：通往艺术王国的桥梁》；蒋原伦的《一种新的批评话语——读巴赫金〈陀思妥耶夫斯基诗学问题〉》；徐岱的《叙事文本的可能性空间：小说与电影比较论》；蔡翔的《渴望理解——中国文学中的"知己"问题》；何向阳的《"审父"与"恋祖"——兼评寻根后文学文化主题的流变》；徐剑艺的《家族情结与乡土小说——中国当代乡村小说的文化人类学研究之二(上篇：永恒的血缘)》；周政保的《长篇小说问题杂述》；耿建华的《阳光与白雪的歌者——谈杨川庆的抒情诗》；范震威的《绿色永远属于他——评谷世泰的散文集〈晚秋绿〉》；栾振国的《北国是一片神奇的土地——门瑞瑜散文印象》；蔡翔的《咬文嚼字》；吴亮的《博物馆阐释》；李庆西的《午夜话题》；李琦的《杂说》；何二元的《古语今言二则》；代迅的《一本旧书的忧虑与联想》；关杰的《歌曲创作民族特点之我见》。

《当代作家》第5期发表张正平的《对道家文化的张扬》；吴双的《根的悲哀》；陈辉平的《阅不尽的女儿国》；王蒙等的《〈跨世纪文丛〉序跋选登》。

《百花洲》第5期发表丁帆的《寻觅精神漂泊的历史足迹——序庞瑞根〈漂泊的少女〉》。

《作品》第10期发表邱超祥的《寻找港湾的小船——黄秀萍和他的打工妹文学》；罗宏的《主观的"谋事"与崛起的"天成"——"崛起"丛谈之四》；何镇邦的《当代南方都市心态的真实写照——读廖小勉小说集〈夜的诱惑〉》。

《萌芽》第10期发表曹阳的《泥土精神万岁！——悼念〈萌芽〉老主编哈华同

志》;叶辛的《根深叶茂》。

《殷都学刊》第 4 期发表李佳的《林语堂和梁实秋的散文》。

《名作欣赏》第 5 期发表朱邦国的《醉意正在唠叨中——读余光中〈何以解忧?〉》;张百栋的《双线并行　交相生辉——浅析林海音〈爸爸的花儿落了〉》;冯友君的《奇喻巧拟著文章——余光中散文中的比喻和比拟》。

本月,花城出版社出版何龙的《追踪文学新潮》。

陕西人民教育出版社出版王愚的《当代文学述林》。

大连出版社出版黄河浪的《文学与艺术:黄河浪文学艺术论文集》。

四川文艺出版社出版李益荪的《马克思主义文学社会学原理》。

11 月

1 日,《山西文学》第 11 期发表王巧凤的《执着地耕耘——山西近期小说漫评》;李文田的《扎根于沃土中——评张玉良的〈梧桐雨〉》。

《上海文学》第 11 期发表陈晓明的《抒情的时代》。

《作家》第 11 期发表邵建的《作为新写实的生态小说》。

《解放军文艺》第 11 期发表徐贵祥的中篇小说《弹道无痕》。同期,发表王炳根的《本色与非本色——漫议阎欣宁近期军旅小说》。

4 日,《四川文学》第 11 期发表胡德培的《高扬着革命英雄主义精神的通俗文学创作——读马识途〈雷神传奇〉有感》。

5 日,《当代文坛》第 6 期专栏"王火《战争和人》评论特辑"发表滕云的《历史的来路与去路——读〈枫叶荻花秋瑟瑟〉》,吴野的《美和真的结合,诗和史的汇聚——〈战争和人〉管窥》,冯宪光的《史和诗的一体化——评王火长篇小说〈战争和人〉》,本刊记者的《谱写中华民族英勇奋斗的壮丽史诗——记王火长篇小说〈战争和人〉讨论会》;同期,发表张义奇的《沉郁畅达的心灵之浴——〈三人行——鲁迅与许广平、朱安〉试析》;罗良德的《陆大献报告文学漫评》;文楚安的

《文本分析与读者反应——戴善奎散文集〈人生好境〉阅读体验》;孙光萱的《诗的"宽泛性"及其他》;木弓的《功利困扰与小说写作》;曾镇南的《不能忘却的悲剧——读彭荆风的长篇小说〈断肠草〉》;余昌谷的《她始终唱着巾帼才女的赞歌——读石楠传记小说》;古耜的《颖异隽拔的四重交响——读石英散文集〈哲理之花〉》;荣松的《残疾意识与人类情感——史铁生小说新论》;陈辽的《文艺:在改革大潮面前》;张海翔的《试论新时期小说创作的心理定势》;杨景民的《张东辉其人》;胡德培的《在人生和艺术的门坎上——从〈昨天的故事〉谈开去》;袁书的《沙鸥八行体——沙鸥〈情诗〉读后》;南帆的《心灵·人间·旅情——读朱谷忠〈回答沉默的爱〉》;何国利的《又朴素又高贵——张新泉诗〈做官的朋友〉读后》;肖涌的《悲哀的挣扎——读梁晓声中篇小说〈表弟〉有感》;冯源的《爱心映照出的美——文然游记散文简评》。

《莽原》第6期发表郎毛的《反虚无主义的青春宣言——中篇小说〈黑白片〉阅读札记》;于友先的《序报告文学集〈热土〉》;杨吉哲的《在沉静中渐起的河南诗坛——1992年〈莽原〉诗歌漫评》;赵恒的《崇高与壮美:论黄河人物的意蕴——评张栓固、徐增兰的黄河系列小说》。

《湖南文学》第11期发表龙长吟的《在超脱和流俗间周旋——评王跃文的三篇小说》;萧元的《解读王平》。

《四海—台港澳海外华文文学》第6期发表冒炘、赵江滨的《现代生存的艺术反思——许达然散文艺术片论》;谢福铨的《不断实验　贵在创新》;王振科的《"是合理的,但并不容易"——陶然小说艺术新变谈片》。

6日,《河北文学》第11期发表王科的《女性特有的挚爱与深情——李淑娟散文近作解读》。

《台港文学选刊》第11期发表冰清的《一个妙趣横生的天地:简析〈漫语慢蜗牛〉的艺术特色》;钱虹《香港女作家的散文天地》。

7日,《文艺报》第44期发表林默涵的《一团火一样的诗人柯仲平》;桑原的《可贵的人世真情——简评梅洁的〈苍茫时节〉》;张志忠的《"万物皆可入韵"——〈道琴〉、〈小城歌谣〉读后》;敏泽的《关于文学的价值问题——断想数则》;袁振保的《艺术价值与艺术作品的商品价值》;王臻中的《欲求与良知的搏击——评叶辛的长篇小说〈孽债〉》;张学梦的《写在出生卡上的挽歌》(评杨泥的小说《激情月光》);高少锋的《一曲动人心魄的历史悲歌——读长篇小说〈异域情仇〉》;佘树森的《小说家散文：散文革新的一个参照》。

《天津文学》第 11 期以"批评学笔谈"为总题，发表谢冕的《建设性和科学精神》，宁宗一的《响应"新学院派批评"的建构》，许明的《两种关切》，腾云的《批评：观察与参与》，何西来的《文学批评以文学化为好》，汤学智的《走出批评的误区》，杨剑龙的《建立中国当代文艺批评学体系之构想》。

10 日，《小说林》第 6 期发表胡德培的《抓住你的独特感受》；汪新的《就〈舞会之后〉谈托尔斯泰的心灵辩证法及其艺术表现形式》。

《中国作家》第 6 期发表《巴金、冰心、夏衍、张光年、荒煤、王蒙、袁鹰、谌容、冯牧笔谈邓小平同志南巡讲话》；朱寨的《伴随着时代的行吟——记荒煤同志》。同期，公布本刊 1991—1992 年度"力象杯"优秀散文获奖篇目。

《北京文学》第 11 期发表吴思敬的《哲理·悟性·生命——〈北京文学〉近期诗作漫议》；王彬的《Essay 的诱发》。

《时代文学》第 6 期发表王光东的《旷达·诗意——论新时期小说创作的两种倾向》。

《诗刊》第 11 期以"纪念郭沫若诞辰一百周年"为总题，发表臧克家的《怀郭老字少情多》，冯至的《重读〈女神〉》，卞之琳的《一条界线和另一方面：郭沫若诗人百年生辰纪念》，钱光培的《呼唤世界新生的诗人——郭沫若诗歌新论》，箭鸣的《轻轻地唱出的心底的歌——谈郭沫若〈女神〉之前的诗歌》；同期，发表张炯的《深化诗歌理论建设的我见》；石天河的《诗人的弱点》。

《读书》第 11 期发表金克木的《八旗女儿心》；王蒙的《人·历史·李香兰》；萧乾的《一代的反思》；张志忠的《写作的几种方式》；高骏千的《〈卡萨布兰卡〉如何成为"经典"》；陈平原的《独上高楼》。

《阅读与写作》第 11 期发表鲁非的《永生的形象：余光中悼亲诗二首赏析》。

《当代文学研究资料与信息》第 6 期发表古远清的《四十年来台湾小说评论走向》；刘岳兵的《诗魔的禅悟：片论洛夫的诗路历程中的超现实主义与禅学的汇通》。

12 日，《中流》第 11 期发表魏巍的《名将传奇有新篇——〈纵马湘赣〉读后》；余飘的《周恩来论郭沫若》；芮茵的《一簇山花开了——议陕西省首届群众诗歌创作大赛获奖作品集〈兵马俑游思〉》。

14 日，《文艺报》第 45 期发表谭谈的《深深地扎根于你脚下那片热土——致杨华方》；马光复的《读邓友梅新作〈好梦难圆〉》；丁临一的《"健民潮"的秘密与启示》；张同吾的《圣殿外的分娩——评刘新洲的诗》；龚小凡的《张之静诗歌印象》。

15日，《文艺争鸣》第6期发表白烨的《"后新时期小说"走向刍议》；张颐武的《后新时期文学：新的文化空间》；赵毅衡的《二种当代文学》；王宁的《继承与断裂：走向后新时期文学》；同期，专栏"杨争光作品讨论会"发表李星的《杨争光论：对精神太阳的渴求》；康正果的《徐培兰变形记——读〈黄尘〉三部曲》；林为进的《男人无泪：杨争光创作风格论》；杨争光的《我的简历及其它》；专栏"池莉作品讨论会"发表易中天的《池莉论——"烦恼"与池莉作品的风格和意义》；吴秉杰的《池莉小说面面观》；胡平的《现实的人生　现实的池莉》；陈旭光、何薇的《面向生存的退却——池莉小说创作别一解》；池莉的《说说写小说》，专栏"刘庆邦作品讨论会"发表何志云的《从生存状态到艺术情境——刘庆邦小论》，王必胜的《我读刘庆邦》，罗强烈的《〈走窑汉〉〈汉爷〉：刘庆邦的方式》，刘庆邦的《让人走神儿》；专栏"王晓玉作品讨论会"发表张德林的《〈上海女性〉的艺术》，牛玉秋的《传统文化与现代女性精神——王晓玉笔下的上海女性》，王建华的《王晓玉小说的历史内涵》，王晓玉的《创作答问》；专栏"马秋芬作品讨论会"发表王绯的《马秋芬：生存与伦理的悖论——关于〈雪梦〉》，马秋芬的《出卖阳光》；专栏"述平作品讨论会"发表宗仁发的《关于述平的ABCD》，曾煜的《关于述平小说的问答》，述平的《搞文学》；专栏"阿成作品讨论会"发表包临轩的《此岸人生之趣——漫议阿成小说》，李洁非的《风俗画和文人画——简说阿成小说》，阿成的《我与城市》。

《文学评论》第6期发表刘锡庆的《当代散文：发展轨迹、分"体"考察和作家特色——兼评"当代文学史"有关散文的表述》；雷达的《季风与地火——刘庆邦小说面面观》；陈骏涛的《寂寥和不安分的文学探索——陈染小说三题》；许振强的《年青而练达的心灵——迟子建小说论》；叶鹏的《历史的纪实与悲剧的再现——评黎汝清的〈皖南事变〉、〈湘江之战〉、〈碧血黄沙〉》。

《长城》第6期发表崔道怡的《在躁动的大潮中——关仁山的〈躁潮〉读后感》。

《钟山》第6期"'麦圈杯'读者评论栏"发表周介人的《人生之困》，王愚的《一段人生　几种观照——四篇小说漫议》，王宁的《阅读的愉悦》，张颐武的《我的困惑》；同期，"'美奇杯'专家评论栏"发表程军的《与谁同在——读储福金小说〈与其同在〉》，成爱君的《正常与非正常之间——读格非〈傻瓜的诗篇〉》，杨铁平的

《痛苦的升腾》,孙拥军、孙爱铭的《混沌与澄澈——读中篇〈梦境与杂种〉〈与其同在〉》,孙春娣的《生命属于谁——周梅森的新作〈心狱〉》。

17日,《作品与争鸣》第11期发表般若的《生命的华彩乐章——读小说〈面对死亡〉》;励志的《一篇独具特色的传记文学——读〈不屈的马寅初〉》;冯牧的《动人心魄和发人深省之作——读〈村支书〉》(原载《青年文学》1992年第1期);田柏的《人格力量的魅力和遗憾——读中篇小说〈村支书〉》(原载《文艺报》1992年3月21日);徐衍成的《也说〈村支书〉》(原载《青年文学》1992年第6期);刘丽的《在情感冲突中寻找人性的世界——谈报告文学〈苦海中的泅渡〉》;刘敏杰的《是人性的复归还是人性的泯灭?——也谈报告文学〈苦海中的泅渡〉》;张海的《法律不相信眼泪——谈〈苦海中的泅渡〉》。

20日,《小说评论》第6期发表陈晓明的《永无归期的流放——新时期关于"自我"的想象关系》;钟本康的《关于新笔记小说》;张德祥的《王朔与他的"顽主"人生叙述》;阿敏古的《侃王朔》;徐兆淮的《薛冰和他的金陵文化小说漫论》;李建军的《〈一百个人的十年〉:醒悟者的忧患和叮咛——读冯骥才的〈一百个人的十年〉》;金梅的《新颖的文体的创造:神话现实主义小说——姜天民、吴若增、邓九刚三家作品阅读记》;周荷初、胡宗健的《一幕逝去又还存在的活剧——评潘吉光新作〈黑色家族〉》;逸凡的《文学调整期的新葩——于青与她的中篇小说》;陆幸生的《流火跃天时 飞星传恨日——评剐天中篇小说〈有魅力的不仅仅是女人〉》;崔月恒的《极致的境界 神秘的美感——朱苏进〈祭奠星座〉一探》;韩玉珠的《尽情映现普通人的奋斗精神美——评路遥作品的审美追求》;张毓书的《深植于现实的土地上——杜光辉中篇小说综评》;何向阳的《"图腾"与"禁忌"——张承志男权文化的神话》;许文郁的《骚动的荒原——论浩岭的小说》;瑶莲的《土族之乡的执著耕耘者——土族作家鲍义志小说印象》;秋鸿的《富有情趣的农村生活故事——读晓苏的三篇小说》;于秋雨的《和平环境下的军人灵魂——读阎连科〈和平雪〉》;蟋蟀的《可叹无计补"窟窿"——读沈海深〈窟窿〉》;虞乡的《孤独者的心灵剖白——读静杨的〈蓝梦〉》。

《华东师范大学学报(哲学社会科学版)》第6期发表马以鑫的《张爱玲神秘意味及其对台湾文学的影响》;古继堂的《萌生、发展、演变——论台湾的现代派文学和后现代派文学》。

《花城》第6期发表王干的《苏童意象》。

21日,《文艺报》第46期发表郭永文的《摄取大火中的世界投影——评长篇报告文学〈海湾国际大灭火〉》；王汶石的《〈女性的世界〉序》；刘金祥的《一部铭写和平与正义的备忘录——评雪墨长篇历史小说〈大雪谷〉》；刘士杰的《烹文煮诗健笔纵横——读毛锜新作〈和金坪闲话〉》；段崇轩的《孤独的殉道者——评焦祖尧中篇小说〈故垒西边〉》。

《文艺研究》第6期发表吴功正的《中国美学史研究的世纪型开拓者——为郭沫若诞辰100周年而作》；杜书瀛的《审美价值生产的基本类型》；蒋培坤的《当代美学研究要解决的两个问题》；翟墨的《审美观念变革中的美学定位》；陈晓明的《常规与变异——当前小说的形势与流向》；罗艺军的《中国早期的电影观念和电影的文化思考》；昊冬的《论电影构思中的视点问题》；陈孝英、冷梦的《喜剧小品对相声的冲击和启示》。

22日,《新文学史料》第4期发表陶易王的《晶孙在台湾》。

24日,《文艺理论与批评》第6期发表古远清的《尉天聪：台湾乡土文学论战中的骁将》；陶德宗的《论日据时期台湾新文学的现代意识》。

25日,《收获》第6期发表余华的《活着》。

《海峡》第6期发表刘粹的《我读李昂》；陈维信的《关于〈水源村的新年〉》。

《当代作家评论》第6期以"走出八十年代的中国文学"笔谈为总题,发表王蒙的《中国的先锋小说与新写实主义》,谢冕的《世纪之交的文学转型》,宋遂良的《漂流的文学》,陈骏涛的《后新时期：纯文学的命运及其它》,何西来的《文学观念转变与阵地意识》；以"批评之批评"为总题,发表鲁枢元的《批评的整合——读〈文学批评学〉》,南帆的《诗,作为思的对象——读俞兆平的〈诗美解悟〉》；同期,发表张颐武的《穿行于话语的缝隙之间》；陈晓明的《挽歌悠唱》；丹晨的《刘心武式的"盒子"》；唐挚的《讽刺烛照下的灵魂画像》；张凤珠的《风来过耳》；洪治纲的《梦态与抒情：从张承志到肖亦农》；吴义勤的《沦落与救赎——苏童〈我的帝王生涯〉读解》；张德明的《调整交叉：周梅森小说的叙述形式——长篇小说〈此夜漫长〉札记》；阎纲的《诗人型,也是学者型——读王充闾散文集〈清风白水〉》；商薇薇的《关于〈雪梦〉的一封信》；李万庆的《于宗信诗歌近作的文化透视》；杭纲的《重塑心灵的丰碑》；王彬彬的《"谁缚汝？"》；绿原的《"一千"与"五百"》；一文的《说"怀旧"》；于青的《文坛的"私语"与"私语"的文坛》；盛子潮的《论小说语言的基本"词汇—意义"单位》；安兴本的《缺失的悲歌与难鸣的梦魇——台港当代同性恋文学论》；蔡江珍的《女性境遇的吟述及其美感特征——近期两岸女性散文比较》；张新颖的《现代精神：从感悟到抗拒——对王文兴小说创作主题的一种贯通》。

《社会科学战线》第6期发表杨匡汉的《艺术的时间：此岸与彼岸的艺术汇通之一》。

《通俗文学评论》第2期发表古远清的《"冥纸越多越好"》；潘亚暾的《推陈出新的梁羽生》。

26—29日，海内外潮人作家研讨会在召开。

27日，《文学自由谈》第4期发表王蒙的《你为什么写作》；林斤澜的《小说的散文化和散文的小说化》；叶蔚林的《海南有个陈颖全》；穆涛的《贾平凹近作倾向持异》；老愚的《我看这十年散文》；应为众的《漫评柯云路的"科学哲学小说"》；大营的《逃离峰巅》；陈旭光、何一薇的《面向生存的退却和苟安——池莉小说别解一种》；荒煤的《漫议二则》；谢冕的《新时期文学的转型——关于"后新时期文学"》；蔚蓝的《城市文学的二度空间》；傅书华的《对新写实小说的一种理解》；冯牧、王川的《关于〈白发狂夫〉的交谈》；从维熙的《序言二则》；《亚洲周刊》记者的《"调侃自己才能调侃别人"》(采访王朔)；萧乾的《自己人的话——序〈海峡情〉》；郭小东的《我写〈逐出伊甸园的夏娃〉》；刑广域的《评论不是"打托儿"》；潘凯雄的《人总是要有点精神的》(通信)；艾若的《抒情言志的美文学》(通信)；姚育明的《是告别，也是迎接》(评《为了告别的聚会》)；何立伟的《匡国泰和他的诗》；涂怀章的《具有个性的散文》；陈海龙的《热门话题的反响》(评《惠州，崛起的新大陆》)；石坚的《读〈"自杀呼救"电话纪实〉》；周介人的《另一种故事法——读〈无尾猪轶事〉》；傅志强的《读〈新闻年年有〉》；徐兆淮的《荒诞了的力量与魅力——荒诞小说〈换脑人〉阅读随想》；张锦贻的《〈怪人木罗汉〉读后》；宗儒的《〈美梦难圆〉的阅读愉快》；张炯、陈晓明等的《后现代：台湾与大陆文学态势》；古继堂的《小议台湾小说理论批评的演变》；向荣的《〈秋笺〉阅读记》；张厚仁的《永远的琼瑶》；王璞的《记香港散文家石人》。

28日，《文艺报》第47期发表吴秉杰的《一剑一箫见深情——评陈军的创作兼谈"吴越风情小说"》；阿红的《美，总在他心头闪耀——读陈剑文诗集〈看天的男孩〉》；李俏梅的《谁解其中味——读雷锋长篇小说〈子民们〉》；吴周文的《构筑一个爱与诗的世界——评王慧骐的〈爱的世界〉》；谈风梁的《爱国　进取　务实奉献——〈中华国魂〉评介》；晓雪的《走向新的世纪——〈繁花诗丛〉第一辑总序》；丁亚平的《瑰奇而丰富的艺术世界——郑恩波域外游记散论》；赵则训的《春天无声 乳燕有情——读昭诚的〈春天无声〉》。

30日，《台湾研究集刊》第4期发表许建生的《台湾乡土文学对于闽南文化的感应》；黎湘萍的《陈映真与三代台湾作家（上）》。

本月，《小说月报》第11期发表毕淑敏的《别把你的秘密告诉我》。

《红岩》第6期发表张德明的《透视文化人的生存与困惑——评〈作家忏悔录〉》；陈晓文的《在现实主义的深处——1991年〈红岩〉中篇小说综评》。

《作品》第11期发表胡德培的《个人体验与艺术选择——艺术规律探微》；陈辽的《生活积累·形象积累·感情积累》；林贤治的《水与诗人》；梵杨的《鲜艳夺目的花朵——评于最的〈漂泊的诗魂〉》；温波的《意蕴丰富 锐意探索——邹月照长篇小说〈沼泽〉研讨会综述》。

《萌芽》第11期发表戴厚英的《真诚无价——悼哈华》。

《中国现代文学研究》第4期发表陈炳良的《香港中国现代文学研讨会综录》。

本月，陕西人民出版社出版王宁的《深层心理学与文学批评》。

上海文艺出版社出版樊骏的《论中国现代文学研究》。

海峡文艺出版社出版吴亦文主编的《新时期文艺理论论争概观》。

解放军文艺出版社出版丁临一的《踏波推澜：丁临一文学批评集》。

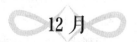

12月

1日，《山西文学》第12期发表郭俊明的《弱者的家园与守林人的小屋——读李杜诗集〈生为弱者〉》；徐建宏的《民族诗人的特质——张不代诗歌印象》；雷霆的《境界：诗的终极价值——读贾真诗集〈雁子又来〉》。

《上海文学》第12期发表周政保的《高地之风——读周涛〈稀世之鸟〉六记》；

王宏图的《西方文化的霸权和东方的边缘性》。

《四川文学》第12期发表曹家治的《真人真声任性发——〈四川文学〉九一年八期、九二年八期散文专号漫谈》;罗强烈的《走向叙述的散文》。

《作家》第12期发表张毓茂的《王充闾的散文世界》;刘锡庆、李虹的《对群体文化和个体生命的探寻——1990、1991年散文述评》。

3日,《文学报》报道北京大学举行如何评价后新时期文学研讨会。

"郭良蕙作品研讨会"在北京召开。

5日,《文艺报》第48期发表李玉英的《胡辛:红土地的女儿》;杨远宏的《一个打量者——读王采玲诗集〈爱你,向你倾诉〉》;专栏"'文学价值论'讨论"发表程代熙的《文学价值谈》,曹毓生的《文学价值来源于审美创造力》,曾慧的《客体性与文学审美价值》。

《北方文学》第12期发表秀清的《天性与天命——说说〈人骰子·虎甩子〉》。

6日,《河北文学》第12期发表卞卞的《散文的城市美》;张学梦的《大风起兮云飞扬——评王俭庭诗集〈大风〉》;欧阳明的《生命的走向与价值取向——阿宁小说印象》。(从1993年第1期开始,本刊更名为《当代人》)

7日,《天津文学》第12期发表李洁非的《短篇小说、长篇小说以及中篇小说的内在逻辑分析》。

10日,《北京文学》第12期发表黄国柱的《永恒的乡土——〈谈陆涛声小说创作的审美取向〉》;刘晓川的《倪勤小说漫谈》。

《诗刊》第12期发表李小雨、邹静之的《听钟声悠悠响起——1992年"青春诗会"侧记》;钟敬文的《〈兰窗诗论集〉自序》;宫玺整理的《闻捷谈诗》;张同吾的《女性诗歌与文化流变》;傅宗洪的《一部"通"中求"变"的诗学论著——读吕进新著〈中国现代诗学〉》;古远清的《开创新诗史料整理的新局面——读张默整理的台湾新诗史料》;陈旭光的《在"影响的焦虑"中——读吴晓诗集〈心灵之约〉和〈突破自身〉》。

《雨花》第12期发表一泓的《长篇小说〈半个冒险家〉研讨会纪要》。

《读书》第12期"文讯"栏发表静综的《"重写文学史"势所必然》,白烨的《"后新时期文学"》、《"畅销书"背后》、《读来读去读书社》、《超乎电影之外的效应》、《恢复失落的人文品格》;同期,发表陈平原的《超越规则》;郁之的《关于"再批判"》;王蒙的《精神侏儒的几个镜头》;洁珉的《小说的新气息》;晓华、汪政的《读

〈小说美学〉》。

12日,《文艺报》第49期发表刘雪梅的《"系着风筝的线,是长在大地上的"——评陈祖芬的报告文学〈大地与风筝〉》;丁宁的《执著地走自己的路——〈黑虎〉序》;胡彦的《评汤世杰长篇小说〈土船〉》;刘安海的《罗维扬和他的〈五行八作〉》;叶鹏的《走向伟人的凡人——评〈山帅〉毛泽东形象的塑造》;朱子奇的《柯仲平——不朽的狂飙诗人》。

《中流》第12期发表《两手都要硬　两手都要抓——江泽民同志在十四大报告中关于建设社会主义精神文明的论述》;师哲的《〈毛泽东和斯大林〉序言》;顾秀莲的《序〈吉化人〉》。

15日,《社会科学》第12期发表胡河清《金庸小说的伦理情感》。

17日,《作品与争鸣》第12期以"《十九间房》笔谈四篇"为总题,发表黄毓璜的《读〈十九间房〉》,朱伟的《也读〈十九间房〉》,潘凯雄的《人物的多重反差》,周桐滏的《〈十九间房〉的房》(以上四篇均原载《钟山》1992年第3期);同期,发表徐国源的《临终的眼·自然的美》;刘丽的《于无声处听惊雷——评小说〈重阳风云〉》;聪聪的《一片汪洋都不见,知向谁边——也评小说〈重阳风雨〉》;姚露的《理性与现实的反差——〈女人眼中的丈夫们〉读后》;马杰的《以独特的视角透视人生——从〈女人眼中的丈夫们〉看世界》;张炯的《史诗性的努力——评〈战争和人〉》;邓友梅的《王火旺火　非同小可》;殷白的《关于〈战争和人〉》;蔡葵的《选择史诗——读王火〈战争和人〉》;王火的《〈战争和人〉创作手记》;夏海的《生活,呼唤着法治——读中篇小说〈野河女〉》;李晓文的《野河为啥一片黑——谈〈野河女〉的不足》;陈志越等的《关于中篇小说〈十九间房〉(群众评论)》。

19日,《文艺报》第50期发表蒲苇的《在蓝天和大海之间——关于长篇报告文学〈海天魂〉》;曾敏之的《〈梦笔生花〉序——读钟永华山水风情诗集》;白崇人的《读1992〈三月三〉》;叶子的《追求:理性的、也是形象的——浅谈严炎〈连心桥〉中的诗文论》;袁济喜的《浮泛:当前文艺领域中的突出现象》;李瑛的《诗的生活和生活的诗——读〈绿色的相思树〉》;耿占春的《张斌小说中生命之美》;肖云儒的《撒拉尔诗心的现代旋律——序翼人诗集〈被神祇放逐的誓文〉》;许桂林的《无悔的青春——诗人李建华印象》。

20日,《当代》第6期发表陈忠实的长篇小说《白鹿原(上)》。

《广东社会科学》第6期发表张洪的《张爱玲与港台女作家》。

《台湾研究》第 4 期发表杨彦杰的《荷据时期中华文化在台湾的传播》。

《中国教育报星期刊》发表古远清的《纵横流变史,珍珠一线穿：评古继堂的〈台湾小说发展史〉》。

《郑州大学学报(哲学社会科学版)》第 6 期发表樊洛平的《台港小小说创作现象研究》。

25 日,《海南师院学报》第 4 期发表陈贤茂的《新马短篇小说创作的发展》；吴周文的《意境：艺术品格与艺术精神——论郭枫的散文》。

《外国文学研究》第 4 期发表陈旋波的《王礼溥与〈菲华文艺六十年〉》。

26 日,《文艺报》第 51 期发表辛由的《走向经济振兴的报告文学——读刘恩龙的报告文学〈世界屋脊：猛士建造辉煌〉》；徐怀中的《序〈踏波推澜〉》；许文郁的《激情与心血的凝结——读路遥的〈早晨从中午开始〉》；文平的《读半岛的长篇小说〈凶年〉》。

《郑州大学学报(哲学社会科学版)》第 6 期发表樊洛平的《台港小小说创作现象研究》。

30 日,《殷都学刊》第 4 期发表李佳的《林语堂和梁实秋的散文》。

本月,《小说月报》第 12 期发表刘乐群的《十里洋场　九河下梢——读林希的"津味"小说》；陈源斌的《静心写世界》。

《小说界》第 6 期以"我看小说"为总题,发表公刘的《安于末流好》；陈骏涛的《认同未必是喜欢的》。

《文艺评论》第 6 期发表刘士林的《二十世纪末期的中国文化利用》；何二元的《什么是文学的当代意识？》；刘邦厚的《关于黑土文化的思考》；陈虹的《中国当代先锋小说的元小说因素》；张景超的《新小说可读性的秘密——叙事美学研究之一》；李运抟的《走向自然状态的"故事"——论当代小说叙事意识的一种转变》；徐剑艺的《家族情结与乡土小说——中国当代乡村小说的文化人类学研究之二(下篇：生存之圈)》；高佳俊、廖开顺的《"思归"文学作品的精神现象学机制》；朱希祥的《一半是神,一半是……——中国文学中教师形象的塑造及文化意味》；黄益庸的《真诚而执着的追求——方形和他的〈泪的花环〉》；马风的《〈树下〉意味着什么？——迟子建审美"意识"描述》；叶伯泉的《历史的回声——读赤叶的散文诗》；蔡翔的《咬文嚼字》；吴亮的《校园追述》、《目之所及：写在〈漫游者的行踪〉一书之后》；李庆西的《午夜话题》；杨韬的《关于"习惯"的追问》；彬彬的《偶思长短录》。

《当代作家》第6期发表张正平的《写生活中存在的》;陈辉平的《啤酒的滋味》;郭襄的《好山好水好风景》;闻仲的《深深的情　苦苦的爱》。

《百花洲》第6期发表陈良运的《情到深处诗自来——序朱光甫〈岁月之光〉》;丘峰的《"李晓现象"的社会意蕴》。

《作品》第12期以"悼念秦牧"为总题,发表蔡运桂的《文学巨星永照人间——悼念秦牧同志》,林焕平的《一代散文大家的陨落——深切怀念秦牧同志》;同期,发表杨羽仪的《悲剧意识——散文创作谈之五》;罗宏的《崛起的创作与崛起的评论——"崛起"丛谈之五》;李运抟的《观念与生活——说说张欣关于"城市爱情"的思考与表现》;申家仁的《诗魂的呼唤——评安文江中篇小说〈魂系何方〉》。

《芙蓉》第6期发表余虹的《诗人何为?——海子及荷尔德林》;龙长吟的《泥土深层透出的悒郁——评匡国泰的诗》。

《萌芽》第12期发表曹阳的《秋收无垠》。

《台港与海外华文文学》第2期发表陈剑晖的《司马攻散文论》;林非的《许世旭印象》;倪邦文的《站在现代都市边缘翘首回眸的乡恋者——读〈许世旭散文选〉》;陈贤茂的《赵淑侠小说创作论》;王列耀的《孙爱玲小说论二题》;杜丽秋的《孟紫创作散论》;王振科的《艺术地表现生命本能——评〈韦晕小说选〉》;张国培的《八十年代泰华文学寻根问题管窥》;陆士清的《谈欧阳子的情结小说》;林青的《杰出的历史小说作家高阳》;饶芃子的《新的飞跃——〈在月光下砌座小塔〉序》;林锦的《采撷诗岛的散文果实——〈狮岛情怀〉编后记》;古远清、达流的《十年来台湾的大陆文学研究论评》;连俊经的《精神的摧残——读〈跳舞的向日葵〉断想》;悠悠的《东盟文学之春——马来西亚文学之旅之一》。

《上饶师专学报(社会科学)》第12期发表潘亚暾的《东西方华文文学论》。

《贵州社会科学》第12期发表古远清的《夏志清的〈中国现代小说史〉及其小说评论》。

《信阳师范学院学报(哲学社会科学版)》第12期发表陈永禹的《精理传情,秀气腾采:席慕蓉及其创作简论》。

《唐山师专、唐山教育学院学报》第12期发表邹建军的《干之风力,润以丹彩:读古继堂〈台湾新诗发展史论〉》。

本月,华东师范大学出版社出版吴俊的《鲁迅个性心理研究》。

百花洲文艺出版社出版《当代文学评论选》。

上海书店出版全国巴人学术讨论会编的《巴人研究》。

花城出版社出版蔡运桂的《文学探索与争鸣》,游焜炳的《文学思考录》。

漓江出版社出版王蒙、王干的《王蒙王干对话录》。

中国国际广播出版社出版毛代胜的《现代文学作家漫评》。

湖南教育出版社出版罗成琰的《现代中国的浪漫文学思潮》。

中国文联出版公司出版中国文联理论研究室编的《1990年文学艺术论稿》。

春风文艺出版社出版石翔、刘菊香编的《台湾名家散文精品鉴赏》。

本年

《小说界》第1期发表赵丽宏的《失踪的古语——关于〈槟榔村纪事〉》。

《小说界》第3期发表江曾培的《世界华文文坛的一次整合:读〈世界华文微型小说大成〉》。

《外交学院学报》第2期发表何惺的《浅谈林语堂的小品文》。

中南财经大学台港澳暨海外华文文学研究所在武汉成立。

图书在版编目(CIP)数据

中国当代文学批评史料编年.第六卷,1988—1992/吴俊总主编;方岩,李媛媛本卷主编.—上海:华东师范大学出版社,2016.5
ISBN 978-7-5675-5254-8

Ⅰ.①中… Ⅱ.①吴…②方…③李… Ⅲ.中国文学-文学批评史-1988—1992 Ⅳ.I206.7

中国版本图书馆 CIP 数据核字(2016)第 114094 号

中国当代文学史料丛刊

中国当代文学批评史料编年
第六卷:1988—1992

总 主 编	吴 俊
总 校 阅	黄 静 肖 进 李 丹
本卷主编	方 岩 李媛媛
策划编辑	王 焰
项目编辑	陈庆生 庞 坚
特约审读	许引泉
装帧设计	崔 楚

出版发行	华东师范大学出版社
社　　址	上海市中山北路3663号 邮编 200062
网　　址	www.ecnupress.com.cn
电　　话	021-60821666 行政传真 021-62572105
客服电话	021-62865537
门市(邮购)电话	021-62869887
地　　址	上海市中山北路3663号华东师范大学校内先锋路口
网　　店	http://ecnup.taobao.com
印 刷 者	上海中华商务联合印刷有限公司
开　　本	787×1092 16开
印　　张	26.75
字　　数	432千字
版　　次	2017年10月第1版
印　　次	2017年10月第1次
书　　号	ISBN 978-7-5675-5254-8/I·1534
定　　价	132.00元

出版人 王 焰

(如发现本版图书有印订质量问题,请寄回本社市场部调换或电话 021-62865537 联系)